BASTEI LÜBBE

Über den Autor:

Hans José Rehfisch, am 10. April 1891 in Berlin geboren, war ursprünglich Jurist, Richter und Staatsanwalt. Er wandte sich jedoch schon früh der Theaterwelt zu, war Syndikus einer Filmgesellschaft und Theaterdirektor, leitete schließlich bis 1933 den Verband deutscher Bühnenschriftsteller und Komponisten. Dann musste er Deutschland verlassen. Seine Emigration in Wien, London und New York endete erst 1950, als er sich in Hamburg niederließ. In seinen Theaterstücken und Romanen hat Hans J. Rehfisch immer wieder brisante soziale Fragen bearbeitet. Er starb am 9. Juni 1960.

Hans J. Rehfisch

DIE HEXEN VON PARIS

Roman

BASTEI LÜBBE

BASTEI LÜBBE TASCHENBUCH
Band 15705

1. Auflage: Juli 2007

Bastei Lübbe Taschenbücher in der Verlagsgruppe Lübbe

Dieser Titel ist 1957 erstmals erschienen bei Rütten & Loening, Berlin
Titelillustration: Credit: A Girl at the Window (oil on board)
by Schalken or Schalcken, Godfried (1643–1706)
© National Museum and Gallery of Wales, Cardiff/
The Bridgeman Art Library
Umschlaggestaltung: Tanja Østlyngen
Satz: hanseatenSatz-bremen, Bremen
Druck und Verarbeitung: Ebner & Spiegel, Ulm
Printed in Germany
ISBN 978-3-404-15705-1

ERSTER TEIL

ZWEITER TEIL

DRITTER TEIL

Erster Teil

Erstes Kapitel

Die Nacht des Dämons

Das Gesicht halb verborgen im schwarzen Schal, das Geldtäschchen mit der rechten Hand umklammernd, den linken Ellenbogen nach außen gekehrt – so windet sie sich durch die Menge, dahinhuschend, hastend, um geschwinder zu sein als die Dämmerung, die schon in gelblichem Dunst die Stadt einzuhüllen beginnt. Sie will Madame Filastres Haus erreichen, bevor es von abendlichen Besuchern überlaufen ist.

Ganz Paris scheint auf den Beinen. Die Stadt ist luftlos, der Himmel eine trübe Glasglocke. Seit drei Wochen kein Regen. Der heißeste Juni seit zwanzig Jahren.

Sie hastet durch die Rue Ambrose. Muss zur Seite springen vor daherratternden Equipagen, der Lärm verdoppelt sich im Widerhall von den Hausfronten. Jetzt durch die engen Gassen, durch Stille und Gestank.

Die Unrast ist über sie gekommen, als die Sonne sank. Sie erreicht den freien Platz vor der Kathedrale, Krüppel lamentieren im Chor: »Eine milde Gabe! Ein Scherflein für die Armen!« Aus dem bettelnden Schwarm kommen zwei auf sie zu, von rechts und von links, die Hände unter den Lumpen. Im fahlen Licht glaubt sie ein Messer blinken zu sehen – ein Geldtaschenräuber? Ein Mörder? Sie hält den Schrei zurück, rennt geradeaus, stößt die linke Faust gegen den Kleineren. Er taumelt, sie sieht: Er ist ein Buckliger. Kein schlechtes Zeichen!, denkt sie. Weiter, über die unbehauenen Pflastersteine des Platzes.

Einen Augenblick Rast. Sie kauert sich hin, auf den Fliesen längs der Mauer, auf ihrem Gesicht das weiche Licht eines Lämpchens.

Die Lampe brennt unter einem Marienbild. Der Schein streift die steinernen kleinen Ungetüme und Dämonenfratzen auf den Simsen und Vorsprüngen von Notre-Dame de Paris – eine satanische Versammlung, gebannt durch die Macht der Mutter Kirche und geladen von den Bildhauern.

Sie fühlt sich lüstern angestarrt von einem gehörnten Bürschlein mit Bocksfüßen und geringeltem Schwanz, seine gespaltene Zunge streckt sich nach ihr. Sie sammelt ihre Gedanken: Du züngle nur – wenn ich Glück habe, wissen wir noch heute Nacht, wie wir miteinander stehen, deinesgleichen und ich …

Sie fühlt sich seltsam beruhigt, als sie aufsteht. Der Erzbischof von Paris, so hat sie gehört, liest heute Abend die Hohe Messe. Das ist wohl der Grund, dass so viele Menschen über den Platz kommen. Aber nein, sie gehen an der Kirche vorüber. Plötzlich fällt es ihr wieder ein, die zieht es zu einer anderen Art Messe – der Messe von Saint-Germain!

Droben zwischen den Türmen von Notre-Dame sammeln sich Wolken. Sie verzieht das Gesicht: So werden wir schon seit Tagen gefoppt – und es wird weder regnen noch donnern noch blitzen – auch nicht heute Nacht.

Sie eilt weiter … Inmitten von Paris ist der Bezirk Saint-Sulpice und inmitten von Saint-Sulpice das Messgelände von Saint-Germain. Ein Gewirr von Gässchen und Fahrwegen, erhellt durch qualmende Fackeln und Laternen. Dunkle Häuser mit vorgebautem Obergeschoß, oft meint man unter einem massiven Dach zu wandeln. Ein schwieriges Vorwärtskommen zwischen den Reihen der Verkaufsstände, hastig errichtet, die einen offen, andere dünne Holzbuden, alle vollgestopft mit Waren. Ein Gedränge von Händlern und Schaulustigen: Marktschreier und Marquis, Kärrner und Kavaliere, Scharlatane aller Art, Gräfinnen und Huren, Bürger und Bettelvolk, Prinzen und Zuhälter, Taschendiebe und Philosophen – die Messe von Saint-Germain.

Straßenmusikanten mit schrillen Querflöten, verstimmten Fiedeln, gellenden Hörnern über dem Stimmengewirr der Menge, dem Gebell der Anreißer, dem Stakkato der sich selber anpreisenden Jongleure, Clowns, Feuerfresser. Und immer wieder Stimmen von Betrunkenen, wehleidig oder streitsüchtig.

Das Mädchen fühlt diese disharmonische wilde Musik anregend in sich eindringen. Ihre Augen tränen vom beißenden Qualm der Pechfackeln. Weich unter ihren Sohlen wippt der Grund, zerstampfter Abfall und Dreck, niemals weggeräumt, schon ein Teil der Straße. Diese Unzahl von Gerüchen – wer kennt sie noch auseinander? Alle Gerüche der Welt, lockende und garstige, alle, außer dem Geruch des Todes. Nein, zum Sterben ist hier kein Platz, niemand hier denkt an den Tod, niemand auf dem Messgelände von Saint-Germain.

Eine Weile lässt sie sich im Gewühl treiben. Ihr Blick streift die Auslagen von Gewürzkrämern, Silberschmieden, Schustern, Hutmachern, Haarkräuslern, Waffenhändlern. Geruch von siedendem Bratenfett, scharfer Duft von italienischem Käse aus einer offenen Gaststätte – gegenüber ein Marionettentheater, den Beginn einer Vorstellung ankündigend: »Merlin, der weise Zauberer, Sohn des Teufels und einer reinen Jungfrau!« Sie zögert, dieses Stück möchte sie dargestellt sehen! Aber nein, sie muss zu Madame Filastre; fest umschließen ihre Finger die kleine Geldbörse, die Börse mit den fünf Goldstücken.

Da – bei einem Silberschmied schimmert ein juwelenbesetztes Armband, zwischen Bechern und Schalen aus getriebenem Silber. Sie wendet ihr Gesicht ab – und fühlt sich gleich wieder angelockt: ein Weißwarenhändler mit flandrischer Tischwäsche, Genueser Spitzen, Leibchen aus irischer Wolle, heute Morgen erst hereingekommen – heute, am 16. Juni 1658.

Plötzlich dringt durch die Vielheit der Gerüche der betäubende Duft von hundert Parfüms: persisches Rosenwasser, Chypre, syrischer Balsam; und ein paar Schritte weiter der sanftere Wohlgeruch von Orangen, Zitronen, Teeblättern und, wieder schärfer, orientalische Speisegewürze, noch ein Luxus, erschwinglich nur für die Reichen. Ein Negerknabe mit blausamtenem Turban schwört beim Bart des Propheten, dass im ganzen Morgenland keine feineren Teppiche zu finden seien.

Da ist die Gasse zu Ende, anrennend gegen eine Frontreihe zweistöckiger Häuser. Das Mädchen biegt um die Ecke. Wieder Läden und Verkaufsstände, aber von anderer Art: Kunsthändler, Buchbinder mit Stapeln von Büchern in gepresstem, cordobanischem Leder. Nein, sie verweilt nicht eine Sekunde länger, sie ist nicht gekommen, ihr Wissen zu bereichern, nicht heute Abend.

Das Haus, das sie sucht, muss eins von diesen sein. Die Adresse, das weiß sie, ist verdächtig. Sie zögert. Ihr Blick fällt auf einen herumlungernden Schlingel, etwa vierzehnjährig. »Kannst du mir sagen, wo Madame Filastre ihren Laden hat?« Er grinst: »Und wenn ich dich hinführe – was krieg' ich?« Sie bietet ihm eine Kupfermünze; er nimmt, aber verzieht geringschätzig die blassen Lippen: »Bah – Weiber haben Besseres anzubieten! Aber du bist dir wohl zu schade …!« Er deutet mit dem Daumen über die Schulter, auf ein bräunliches, verwittertes Haus.

Sie atmet tief, zwingt ihre Erregung nieder, zählt bis zehn. Dann nimmt sie den Messingklopfer. Sie bemerkt, dass er blind ist und geputzt werden sollte.

Die Wände sind vollgehängt mit holländischen und italienischen Meistern, viele schon nachgedunkelt. Am Rahmen eines jeden Gemäldes ist das handschriftliche Zeugnis eines Sachverständigen befestigt, die Unterschrift echt oder gefälscht. Statuetten von Nymphen, von Satyrn, in Marmor, auch Terrakotta, beschädigt, angeblich herstammend aus neuen Ausgrabungen – wer kann es verneinen?

»Sind Sie Madame Filastre?« Die Frau, eine Fünfzigerin, sieht aus, als habe sie vor mehr als zweitausend Jahren für König Saul den Geist Samuels beschworen: in purpurnem Turban, das Gewand aus violettem Samt, Perlenschnüre und gelbe Bernsteinketten auf ihren mächtigen, schwappenden Brüsten. Damals, an jenem Nachmittag im März, als sie den Vater des Mädchens aufsuchte, war sie eine ehrbar gekleidete Bürgersfrau, die ein Paar Ellen Tuch einzukaufen kam.

Sie mustert das zuckende Gesicht der Besucherin. »Du kommst wohl kaum wegen meiner Kunstausstellung. Gehen wir ins Hinterzimmer.« Sie verschließt die Ladentür, nimmt den fünfarmigen Messingleuchter, führt das Mädchen in einen anderen Raum. Da sind die Wände verhangen mit schwarzem Tuch, als Ornamente darauf drei Totenschädel und eine große Wandkarte, bedeckt mit ägyptischen Hieroglyphen. Auf dem Tisch eine mächtige kristallene Kugel, daneben ein Päckchen gewöhnlicher Spielkarten. Kein Fenster.

Die Frau deutet auf den Schemel zur Seite des Tisches: »Setz dich. Soll ich dir aus der Hand wahrsagen – oder aus den Karten – oder die Kugel befragen?«

Das Mädchen schluckt: »Mir braucht niemand wahrzusagen. Ich weiß, wie meine Zukunft sein wird. Morgen heirate ich Antoine Monvoisin. Er hat einen Juwelierladen auf dem Pont Marie.«

»Gute Zeiten für Juwelenhändler«, erklärt die Frau. »Verarmte Edelleute und Damen verschleudern ihre Erbstücke für einen Apfel und ein Ei – und genug Glücksritter, Kurtisanen und Frauen von Wucherern wollen sich mit dem Zeug behängen. Wenn dein Mann sich auf sein Geschäft versteht, könnt ihr bald reiche Leute sein.«

»Also werden wir reich sein. Und jedes Jahr werd' ich ein Kind kriegen, bis ich fett bin und gallenleidend, und das Geld geht weg an die Ärzte. Oder wir verlieren es schon früher und enden im Armenhaus oder im Gefängnis – falls ich nicht an der Pest umkomme oder an schierer Langeweile ... Nein, ich will mir nicht wahrsagen lassen.«

Die Frau zuckt mit den Achseln. »Also, warum kommst du zu mir, im Dunkeln, am Abend vor deiner Hochzeit?«

Das Mädchen zwingt sich ein scheu-trotziges Lächeln ab. »Meine letzte Gelegenheit. Zu Hause denken sie, ich sei zu Bett gegangen oder bete zur heiligen Katharina. Gleich nach dem Essen hatte ich gute Nacht gesagt, zu Vater und Antoine und Pauline.«

»Wer ist Pauline?«

»Unsere alte Magd. Die Mutter starb drei Tage nach meiner Geburt ... Jetzt sitzen sie gewiss noch beisammen, trinken und besprechen alles für morgen. Wahrscheinlich sind sie schon alle drei betrunken ... Ich schob mein Bett zum Fenster, drehte das Betttuch zusammen, knüpfte es um den Bettpfosten und ließ mich aus dem Fenster.«

Madame Filastre lacht scheppernd: »Da baumelt dein Betttuch wohl noch aus dem Fenster?«

»Ich bin vorsichtig. Fand einen Stein, wickelte ihn in das Ende des

Lakens, schleuderte es zurück durchs Fenster … Ja – und jetzt bin ich hier.«

Die Frau glaubt endlich zu verstehen. »Hast du Geld mitgebracht?«

Das Mädchen nickt, ihre Finger spielen mit dem Geldtäschchen, die fünf Goldstücke darin sind fünf Namenstagsgeschenke.

Madame Filastre schlägt ihren geschäftlichen Ton an: »Wann ist es passiert?«

»Wann ist was passiert?«

Die Frau thront in dem mächtigen geschnitzten Lehnstuhl hinter dem Tisch; sie massiert ihre starken Finger, dass sie knacken. »Ich werde dir helfen. Aber heraus mit der Sprache: Seit wann fühlst du dich schwanger?«

Das Mädchen starrt sie groß an. »Schwanger? Morgen ist mein Hochzeitstag, und ich hab' mich von keinem Mann anrühren lassen – nicht mal im Traum!«

»Das will was heißen, für ein hübsches Ding wie du! Stiehl mir nicht meine Zeit!«

Das Mädchen räuspert sich: »Ich bin Catherine Deshayes. Mein Vater ist Tuchhändler. Als Sie zu uns ins Geschäft kamen, notierte ich Namen und Adresse, um Ihnen das Paket zuzusenden. Als der Vater Ihnen das Zeug billiger ließ, lasen Sie ihm aus der Hand und sagten, sein Name würde nachträglich noch berühmt werden. Jetzt ist er über achtzig, und ich bin das einzige Kind. Aber deswegen komme ich nicht …« Sie pausiert einen Augenblick, bevor sie es sagt: »Sie erzählten, Sie seien aus Rouen.«

Die großen schwarzen Augen der Frau scheinen noch tiefer einzusinken. »Ich bin aus Rouen. Eine von Gott verfluchte Stadt. Die Stadt, in der sie Jeanne d'Arc lebendig verbrannten.«

Catherine Deshayes spricht ruhig: »Da waren noch andere, nicht so heilig wie Jeanne – aber das Feuer des Scheiterhaufens war ihnen nicht weniger heiß.«

Madame Filastre blickt auf. »An wen denkst du?«

»An meine Großmutter. Genauer gesagt: an die Großmutter meiner Mutter. Ich war vierzehn, als ich zum ersten Mal davon hörte.

Ein reisender Mönch erwähnte es, als er meinem Vater einen Ablassbrief verkaufen wollte.«

»Erzähl weiter.«

»Der Vater sagte dem Mönch, er sei ein guter Christ, aber nicht verantwortlich für das Seelenheil einer so entfernten Verwandten wie der Großmutter seiner seligen Frau. Da sprach der Mönch im Flüsterton – aber ich konnte es hören: ›Mann, denke an deine Tochter … Hexen weihen ihre Erstgeburt ihrem Meister – Satan!‹«

Die Frau erhebt warnend die Rechte. »Sprich diesen Namen nicht so achtlos hin! Wenn du schon von ihm reden musst, sag ›der Geist‹, das ist ungefährlicher … Da wollte der Mönch zu verstehen geben, dass Hexenblut von der Großmutter her auf deine Mutter vererbt wurde – und schließlich …« Sie beendet den Satz nicht.

Catherine nickt langsam. »Schließlich auf mich … Ist es so? Gehöre ich Sat… – dem Geist? Darüber muss ich Bescheid wissen, bevor ich heirate und – selbst ein Kind bekomme!«

Die Frau zögert mit der Antwort. Sie fühlt, Catherine steht am Kreuzweg. Aber sie bringt es nicht über sich, ihr zu sagen: Vergiss die Geschichte – Satan hat keine Gewalt über reine Herzen! Nein, das wagt sie nicht, glaubt sie doch zutiefst an die allgegenwärtige Macht des Teufels, den der Herrgott zum Fürsten dieser Welt ernannt hat, der Erde und des Höllenreichs – und er ist ein sehr empfindlicher, rachsüchtiger Fürst, der unehrerbietige Bemerkungen grausam ahndet. – Sie streift den Schal von den schmalen Schultern der Siebzehnjährigen, betrachtet die zarte, doch schon entwickelte Büste, das feste Kinn, die kräftige kurze Nase, die großen stahlgrauen Augen und zwischen den geschwungenen Brauen die schon eingegrabene, senkrechte kleine Falte. »Du bist gewohnt, selbst zu prüfen und zu denken – wie soll man dir raten und helfen?«

Catherine hält dem forschenden Blick stand. »Ich will weiter nichts als wissen, ob der Mönch die Wahrheit gesagt hat. Wurde meine Urgroßmutter als Hexe verbrannt? Mein Vater behauptet, er wisse nichts von Mutters Familie, außer dass ihre Eltern ein kleines Landgut bei Rouen gehabt hätten, sie hätte Colin geheißen.«

Madame Filastre denkt nach. »Ich entsinne mich keiner Frau dieses Namens – oder in Verbindung mit einer Familie Colin –, die in Rouen verbrannt wurde. Und bei wem sollte man sich erkundigen? Die alten Leute sind tot oder geflüchtet – viele wurden als Ketzer verjagt, als Hugenotten oder Jansenisten. Und du, Kind, solltest die Sache auf sich beruhen lassen. Du bist hübsch und gescheit – wirst, über kurz oder lang, eine Menge Leute gegen dich haben. Gib ihnen nicht diese schreckliche Waffe in die Hand, das Gerücht, in deinen Adern fließe Hexenblut!«

Catherine schüttelt den Kopf. »So ein Gerücht saugt sich keiner aus den Fingern. Und wenn es wahr wäre …«

Die Frau fällt ihr ins Wort: »Und wenn es wahr wäre? Wenn deine Mutter dich ihm geweiht hätte, dem Geist – was wäre der Unterschied? Auch ohne das – sind wir Weiber ihm sämtlich verfallen. Wusstest du es nicht?«

Das Mädchen steht tief betroffen.

Madame Filastres Blick scheint weit wegzuwandern, über Raum und Zeit, in den unendlichen Nebel uralten Aberglaubens.

Das Schweigen erdrückt Catherine.

Endlich, endlich spricht die Frau: »Heilige Männer haben es von alters her verkündet, immer und immer wieder, dass wir Weiber Gefäße der Sünde sind und der Verderbnis. Manche haben öffentlich gebetet: Lieber möge die Welt untergehen und alles Leben aufhören – als sich fortsetzen durch unser Geschlecht!«

Trotz der gedämpften Stimme und dem unbewegten Gesicht spürt Catherine den tiefen, den elementaren Hass. Ein Schauder überkommt sie. Sie stammelt: »Sie reden, als wäre Krieg zwischen ihnen – und uns!«

Die Frau steht aufgereckt statuarisch wie eine Seherin der Antike. »Es ist Krieg. Erbarmungsloser Krieg. Krieg seit den Tagen, da die Männer es nicht länger ertragen wollten, ewig Unmündige zu sein, geleitet von ihren Weibern … Was haben sie aus uns gemacht?! Unser Denken haben sie verkrüppelt, unsern Mut gebrochen – und trotzdem sind sie selbst Unmündige geblieben! Aber Furcht haben sie – so wie die Eroberer eines fremden Landes die Besiegten fürchten und ihrer Demut misstrauen; denn eines Tages, das spüren sie insgeheim, werden jene aufstehen und an den Siegern blutige Rache üben, ohne den Gutherzigen zu verschonen oder den Reuigen.« Die dunklen Augen ruhen wieder auf Catherine, die Stimme klingt sanfter, beinahe mütterlich: »Glaub mir, Kind, ich weiß, was ich rede. Mein zweiter Ehemann war ein Gelehrter, ein gut Teil Wissen hat er in mich hineingeprügelt. Wir sind in großer Gefahr. Man nennt uns nicht mehr nur die Werkzeuge des Bösen, scharfsinnige Dominikaner haben bewiesen, dass wir noch verruchter und mächtiger sind als unser Meister, verdammen uns als Verführerinnen des großen Verführers!«

Der Aufruhr schleudert aus Catherines Tiefen in ihr Bewusstsein ein Stück ihrer selbst, von dem sie zuvor nur eine dumpfe Ahnung gehabt hat. Jetzt sieht sie es: wie eine gemiedene Landschaft mit riesigen düsteren Bäumen und scharlachnen Blumen, fantastischen Tieren und Vögeln, strotzend von unheiligem Leben, üppig und beängstigend. Aber siehe, die Beängstigung ist im Schwinden – denn dies alles ist ja sie selbst, ein lebendiger Teil ihrer selbst und also geschaffen vom Schöpfer alles Lebens. Sie wagt eine Frage: »Wir sind Gottes Geschöpfe – wie könnte seine Gnade unterscheiden zwischen Mann und Weib?«

»Hüte dich, Kind, solche verfänglichen Fragen zu stellen! Wir leben nicht mehr in den Tagen des Heilands. Seither haben uns erleuchtete Männer belehrt, dass der Ewige der Menschheit überdrüssig geworden ist, um ihrer Sündhaftigkeit und Verstocktheit willen. Darum, so lehren sie uns, hat Er seine Gnade abgewandt und die Erde mit allem, was darauf lebt, dem Fürsten der Finsternis übergeben.«

Noch wehrt sich Catherine. »Das ist nicht die heilige Lehre, wie die frommen Schwestern von Notre-Dame sie mir eingeprägt haben! Ich will nichts mehr hören von ›erleuchteten Männern‹. Ich – ich kann's auch nicht glauben, dass kleine Kinder nur wegen eines Gelübdes ihrer Mütter ihm gehören sollen, Satan, der sie nicht erschuf!«

Die Filastre scheint etwas ermüdet, gähnt, zeigt ihre starken gelben Zähne. »Viele erneuern ein solches Gelübde später, wenn sie selbst erwachsen sind, entweder durch ein Schriftstück, mit ihrem Blut unterzeichnet – oder durch einen Akt.«

»Was für einen Akt?«

»Den fleischlichen Akt.«

Catherine hat verstanden. Jetzt zum ersten Mal sieht sie auf dem dunklen Gesicht der Frau ein flüchtiges Lächeln. Sie erbebt. »Wie können Sie durchs Leben gehen – essen, trinken, atmen, schlafen – mit dem Wissen, dass Ihnen die ewigen Höllenqualen bevorstehen?«

Die Frau streichelt flüchtig das junge Gesicht. »Weiß ich es denn? Lehrt man uns nicht alle paar Jahre etwas anderes? Vielleicht ersinnt sich doch unser Meister für die Ewigkeit einen gescheiteren Zeitvertreib, als uns unaufhörlich mit glühenden Zangen zwicken zu lassen …«

»Vielleicht …«, murmelt das Mädchen atemlos vor sich hin.

»Wie dem auch sei: Uns Weibern, verworfen wie wir sind, bleibt nichts anderes, als ihn um Hilfe anzugehen, wenn wir mit dem Leben nicht selbst fertig werden. Du kannst mir glauben: Zu jeder Stunde des Tages und der Nacht werden seine Gehilfen, Dämonen, bösen Geister angerufen von Arm und Reich, von Edelleuten, Bürgern und Bettlern. Und da macht es keinen Unterschied, ob solche Anrufung mit wachen Sinnen erfolgt oder im Traum. Denn nur auf die innere Bereitschaft kommt es an! Das ist auch die Ansicht der Hexenrichter.«

Und jetzt fragt Catherine die Frage aller Fragen, immer wieder gestellt von Einfältigen wie von Weisen, niemals gültig beantwortet: »Warum hat der Allmächtige in seinem Ratschluss den Bösen erschaffen und groß werden lassen?«

»Du bist zu wissbegierig. Das war Urmutter Evas Unglück, und daher stammt wahrscheinlich alles weitere Übel. Unterdrücke deine Neugier, oder es wird dir schlimm ergehen. In deinem Alter war ich ähnlich wie du. Aber dann heiratete ich. Mein erster war ein großer Schürzenjäger, mein zweiter ein Mathematiker und Philosoph, mein dritter Mann ein schlechter Trunkenbold. Sie alle kamen um in ihren Lastern – und da stand ich, eine arme Witwe, mit Schulden beim Bäcker und beim Hauswirt. Böse Zungen wisperten, ich hätte meine

Ehemänner durch Beschwörungen umgebracht! Schließlich sagte ich mir: Also gut – stehe ich schon im Geruch der Hexerei, dann will ich mich der großen Schwesternschaft anschließen und so mein Brot verdienen.«

Catherine, wieder in ihren Schal gehüllt, stellt eine letzte Frage: »Sind Sie sicher, war das für Sie der richtige Weg?«

Die Filastre schnäuzt sich geräuschvoll. »Wucher und Kuppelei bringen einem zehnmal mehr ein. Aber – mein Gewerbe macht es mir manchmal möglich, meine Feinde zu verderben. In Hofkreisen habe ich keine Kunden, denen bin ich nicht geschniegelt genug … Genug, Kind, interessiere dich nicht zu sehr für die Schwarze Kunst. Solltest du jemals Hilfe brauchen, um einen Mann zu erhitzen, der sich kalt zeigt – oder auch nur, um Leute auseinanderzubringen, deren gutes Einvernehmen dir unerwünscht ist: Du kennst ja meine Adresse.« Sie steckt ihr das Geldtäschchen wieder zu. »Von dir will ich keine Bezahlung, nicht jetzt … Nein, geh nicht durch den Laden, ich höre Kunden kommen – hier hinaus, über den Hof.«

Catherine stand wieder in der Gasse, im Qualm der flackernden Fackeln. Ihre Sohlen schmerzten. Sie hatte Mühe zu atmen. Gern hätte sie sich niedergesetzt, am liebsten drunten an der Seine, den Blick ruhen zu lassen auf dem nächtlichen Wasser, die Gedanken zu sänftigen. Da verlange ich also zu viel zu wissen – aber Gott hat mich doch so geschaffen! Geschaffen – und verworfen!, dachte sie weiter.

Im auf- und abebbenden Lärm der Menge fühlte sie sich jämmerlich einsam. Sie wusste, immer war sie einsam gewesen. Der Vater war immer mürrisch, hatte mit seinem einzigen Kind nichts anzufangen gewusst; wie sollte er auch, ein bekümmerter Geschäftsmann, schon Ende sechzig, als sie zu laufen anfing. Ohne die gute alte Pauline wäre sie wohl an Vernachlässigung eingegangen. Später hatten die guten Schwestern von Notre-Dame sie Lesen und Schreiben gelehrt, auch ein bisschen Rechnen und natürlich Religion – ein freundlicher und unzureichender Unterricht. Niemand half ihr, sich in ihren Gedanken zurechtzufinden, niemand hatte Zeit für sie. Auch mit Antoine konnte man nur über die alltäglichsten Dinge reden, nicht anders als mit Vater und Pauline. Sie wusste, dass niemand sie lieb hatte, aber Liebe war wohl nirgends in der Welt, Liebe war ein Refrain der Straßenmusikanten … Sie dachte weiter: Seit drei Jahren habe ich versucht, mich an den Gedanken zu gewöhnen, dass ich dem bösen Geist verschrieben bin – die Filastre hat nichts weiter getan, als es für mich zu einer Gewissheit zu machen –, jetzt weiß ich es und habe mich damit abzufinden …

Beinahe wurde sie umgerannt von einem Schwarm Halbwüchsiger, die durch die Gasse tobten: »He – schläfst du im Stehen?« Über den Straßenlärm erhob es sich wie grollender Donner, zugleich spürte sie einen erregenden, beizenden Geruch, fremd und unheimlich. Sie sah Menschen sich zusammendrängen, gewahrte die Eisenstäbe eines Käfigs, hörte jetzt einen Ausrufer grölen: »Der Löwe, meine Herrschaften! Der Löwe beehrt sich, die Grüße seiner afrikanischen Wüstenheimat zu überbringen!« Ein magerer Bursche versuchte durchs Gitter hindurch mit einer Stange den Löwen zu erreichen, ihn aufbrüllen zu machen zum Ergötzen der Menge.

Catherine erbebte – sie wusste, es war nicht Angst vor dem zottigen, breitnasigen Tier.

Jemand berührte ihre Schulter. Sie fuhr herum. Eine martialische Erscheinung, derb-hübsches Bauerngesicht, schwarzer Schnurrbart unter der fleischigen Nase. »Was gibt's an dem Löwen zu gucken, ist es doch eine heruntergekommene, mottenzerfressene Bestie! Bin ich nicht ein besserer Anblick? Also – gehen wir trinken.« Drei andere standen hinter ihm: Degen an der Seite, mächtige Federhüte, alle in lichtblauen Waffenröcken mit silberner Schärpe.

Sie musste sich sagen, mit einem Lächeln: Die sind keine Satansdiener, keine Dämonen, nein, diese nicht! Und schlug doch die Augen nieder und sagte züchtig: »Danke für die Einladung, aber ich muss heimgehen.«

Er vertrat ihr den Weg. »Schönes Kind, um die Wahrheit zu sagen: Ich hab' mit meinen Kameraden hier eine Wette gemacht, dass Sie uns die Ehre erweisen werden, mit uns einen Becher Wein …«

Ein Mann wie ein Turm, musste sie denken, stark und brav, und sie sagte: »Es tut mir leid, mein Herr Offizier ...«

Er beachtete ihre Weigerung nicht, zog ihre Hand unter seinen Arm, setzte sich mit ihr in Gang, seine drei Kameraden hinterher.

»Ich weiß einen guten Ausschank, gleich hier um die Ecke, keine besseren Weinchen gibt es in ganz Paris: Malvasier aus England, Rheinwein, süßer Malaga aus Spanien ...«

Sie strebte von ihm fort, fühlte seine Finger um ihren Arm wie einen Schraubstock – und merkte plötzlich: Es gab doch ein Gefühl der Sicherheit, jetzt mit jemandem zu sein, in ein bestimmtes Haus zu gehen, das einen Namen hatte und eine Hausnummer. Sie musterte ihn mit einem Seitenblick: Sein Rockkragen war aus schwarzem Samt, mit scharlachroten Insignien.

Sein Gesicht verzog sich zu einem selbstbewussten Lächeln, das Linien zog um die runden hellblauen Augen. Er machte eine steife kurze Verbeugung: »Sergeant Brissac, vom Regiment seiner Eminenz des Herrn Kardinals und Premierministers ...« – »Wir sind Kardinal Mazarins Musketiere«, schnarrten alle vier im Chor.

Sie standen vor der Taverne. Ober dem Eingang baumelte ein bunt bemaltes Holzschild: »Zum Kalekutischen Hahn«

»Wenn man nur wüsste«, sagte der Sergeant, »warum jede Schenke Frankreichs entweder nach einem Hahn heißt oder einem Kater!«

Sie musste lachen – und gewahrte zu spät, dass die andern drei Soldaten verschwunden waren.

»Ich hab' sie weggezwinkert«, gestand Brissac vergnügt, »dacht' ich mir doch, wir zwei ...«

Der Raum war überfüllt. An der einen Längsseite über einem offenen Herdfeuer wurden große Fleischstücke gebraten, an einem in zwei Gabeln gedrehten Spieß. Gegenüber war der Schanktisch. Längs der Rückwand, ein paar Stufen erhöht, waren mehrere Nischen, abschließbar durch Vorhänge. Mit ein paar langen Schritten, das Mädchen an der Hand hinter sich herziehend, erstürmte Brissac rasch eine Nische, bestellte geräuschvoll einen Krug spanischen Weins.

Sie saß stumm und betrachtete den Becher. Sein rechter Arm lag um ihre Schulter. Seine Knie schoben sich gegen die ihren. Sie wollte wegrücken, aber er hielt sie wie in einer Eisenklammer. »Trink«, lachte er, »es ist Wein, gut genug für eine Prinzessin.«

Sie nippte an ihrem Becher, der Wein war gut und stark und machte ihr warm. Er schmunzelte, wie er Farbe in ihr Gesicht steigen sah. Dass sie unerfahren war, hatte er längst heraus. Er glaubte ihre Gedanken auszusprechen: »Verdammt drängelich muss dir's gewesen sein, was? Schon sechzehn oder siebzehn, ohne das richtige Paris zu kennen!« Wenn Vater oder Antoine eine Ahnung hätten!, dachte sie. Er sah das Lächeln um ihre Lippen: »Wie ist dir, mein Liebchen?« – »Jetzt ist mir gut«, antwortete sie still.

Er schlug mit der flachen Hand auf den Tisch, dass die Zinnbecher klirrten. »Dazu ist Brissac auf der Welt: hübsche Mädels glücklich zu machen!« Er trank kräftig. Etwas unruhig wurde ihr, sie wagte, die Hände über seinen Becher zu legen, mit einem schüchternen: »Bitte …!« Er schüttelte sich vor Gelächter, das Schnurrbärtchen wippte komisch über der dicken Oberlippe. Seine Hand umschloss ihr Knie, als er prustete: »*Mort de ma vie!* Hier wird getrunken, hier wird geliebt! Das eine ist eine so gute Sache wie das andere – und du hast gleich beides auf einmal! Mädel, Mädel – musst dich doch fühlen wie im Paradies!«

Sie wunderte sich über sich selbst, dass sie keine Angst verspürte – eher eine leichte Verachtung für diesen Prahlhans mit den Knochen eines Riesen und dem Verstand eines Zehnjährigen.

Er neigte den Kopf zu ihr: »Sind wir nicht geschaffen füreinander?« Und küsste sie, in einem gierigen feuchten Kuss, der ihr übel werden ließ. Sie wollte freikommen, hieb mit dem Ellenbogen gegen seinen Brustkasten, wollte schreien … Er drückte sie in die Ecke der Nische, das Gewicht seines Oberkörpers gegen ihre Schultern und Brust. Mit der linken Hand versuchte er den Vorhang zu schließen, seine Rechte griff in den Halsausschnitt ihres Kleides. Mit beiden Fäusten hämmerte sie auf ihn ein, traf seine Nase. Er fluchte kurz, schimpfte, keuchte.

Eine helle männliche Stimme: »Mit Verlaub – Sergeant!«

Brissac richtete sich auf. Sie kam zu Atem, starrte den Fremden an: ein schlanker junger Mann, mittelgroß, in Schwarz vom Barett bis zu den Schnallenschuhen. Da stand er, auf den Stufen zur Nische, mit unbewegtem Gesicht. »Was, zum Teufel, wollen Sie …«, schnauzte Brissac.

Sie fühlte ihr Herz ruhiger schlagen. Das Gesicht war von einer unheimlichen Blässe. Eine hohe gewölbte Stirn, fast brauenlose, tief liegende Augen, über dem schmalen Mund eine Adlernase.

Die behandschuhte Rechte schloss sich um den Degengriff. »Mir schien, Sie belästigten Ihre Begleiterin, Sergeant.«

Brissac schüttelte die Trunkenheit ab. Ein neues hitziges Verlangen machte seine Augen funkeln. »Was ich mit dem Mädel treibe, geht Sie einen Dreck an!«

In den Augen des Fremden spielten zuckende Flämmchen. »Ihre Behauptung, Sergeant, gilt nur, falls ich sie gelten lasse – und dazu bin ich nicht gewillt.«

Brissac richtete sich auf zu seiner vollen Größe.

Sein muskulöser Körper bewegt sich mit der Anmut eines großen Tiers, musste Catherine denken, und sah die Gefahr für den Fremden – nein, der war diesem Schlagetot nicht gewachsen, reichte ihm kaum bis ans Kinn.

Brissac sagte gemessen: »Wenn Sie sich sofort zum Teufel scheren, will ich Ihnen die Unverschämtheit nachsehen, obzwar mir heute Abend die Laune ebenso wohl aufs Umbringen steht wie aufs Küssen!«

Der Fremde verneigte sich leicht, mit klarer Ironie: »Ich habe meine Zweifel, ob Sie wohl mit dem Degen gewandter sind als in Ihrem Liebeswerben!«

Brissac polterte: »Vorwärts! Soll mir ein Vergnügen sein, dich stumm zu machen, Bürschlein!«

Rasch schritten beide in die Mitte des Raums. »Platz da«, schrie Brissac, »schaut zu, wie ich's einem Störenfried besorge!« Tische und Stühle wurden eilig zur Seite gerückt, die Gäste lüsterten auf das blutige Spiel. Schon war ein leeres Rund geschaffen.

»Dass mir keiner sich einmischt!«, verwarnte Brissac den fetten Wirt. Dann zog er: »Fertig, mein Herr?« Der Fremde bog spielerisch seinen Degen. Beide musterten einander nochmals kurz, banden die Klingen, und es begann.

Catherine sah sogleich, wie alle anderen, dass Brissac ein Meister war. In Ausfall, Parade und Finte, immer schien die Spitze seiner Waffe an vielen Punkten zugleich zu blitzen, jeder gleich tödlich für den Gegner. Da – jetzt wich er zurück – und schoss wieder weit vor, in geradem langen Ausfall. Der Fremde bog sich leicht zur Seite, parierend mit einer Drehung des Handgelenks. Ein gefährlicher Moment für Brissac, ohne Deckung. Aber sein Gegner gestattete ihm, wieder in Stellung zu gehen.

Wie Brissac stand, spähend, wägend, erklang die jugendliche Stimme: »Wenn Sie es wünschen, will ich Ihnen die Fortsetzung erlassen.«

Brissac brüllte vor Wut. *Mort de ma vie,* diesem Laffen wird er's doch eintränken! Er wechselte seine Methode, hieb mit dem Degen wuchtig gegen die Waffe seines Gegners, zerschlug ihm so die Deckung und stieß plötzlich geradeaus, gegen den Unterleib. Aber er erreichte ihn nicht: Der Fremde war schneller, stieß höher, sein Stahl landete in Brissacs Brust.

Einen Moment stand Brissac kerzengerade, mit durchbohrter Lunge, Erstaunen auf seinem Gesicht. Dann schlug er vornüber zu Boden. Ein Blutstrom aus seinem Mund. Er regte sich nicht mehr.

Der Fremde zog die Klinge aus dem Toten, wandte sich kurz, kam zu Catherine. Sie sah sein Lächeln, wieder spielten die züngelnden Flämmchen in seinen Augen Er warf ein Goldstück auf den Tisch für die Zeche. Dann verneigte er sich leicht. »Ich bringe Sie nach Hause.«

Sie strich ihr Kleid glatt, zog den Schal um sich, ging mit ihm durch den Raum zum Ausgang. Wie sie um den Toten bog, hörte sie einen Gast leise fluchen: »Was die sich dünken, diese verdammten Studenten der Sorbonne, jeder kommt sich schon vor wie ein künftiger Mazarin!« Sie sah einen Wappenring am Finger des Fremden –

und fuhr zusammen, als eine Betrunkene ihm ins Gesicht starrte und sich jäh bekreuzigte.

Draußen beschleunigten sie ihre Schritte. Weg vom Messgelände, weg von Saint-Germain. Die Luft war nicht mehr so drückend. Ein leichter Wind sprang auf. Über den Himmel huschten Lichter, gelblich und violett. Ein blutroter Mond spielte mit lockeren Wölkchen …

Sie wartet auf ein Wort ihres Begleiters. Er bleibt stumm. Weiter, weiter … Sie merkt, sie gehen der Seine zu. Gleich wird sie den Duft des Rasens der Böschung spüren, wird das dunkle, still fließende Wasser sehen. Der Strom und die Nacht, ein paar Sterne – und sie allein mit ihm, ihrem Führer …

Ein Schrei, grimm und höhnisch, zerreißt die Stille – sie blickt auf und sieht einen Zug von wilden Schwänen, nach Norden fliegend.

Sie fasst sich ein Herz. »Bitte, wer sind Sie?«

Er lacht leise. Aber ihr ist, als setze sein Lachen die Nacht in Flammen. »Wer sonst könnte ich sein als – dein guter Engel?!«

»Ein Engel?« Alles kehrt in ihr zurück, was sich heute Nacht begab, bevor sie den Löwen sah, den Löwen und Brissac. »Sie sind kein Engel – keinesfalls ein Engel des Lichts …«

Er nimmt ihren Arm in den seinen. »Ich sehe, ich bin durchschaut … Fürchtest du dich jetzt? Sagst du ein heimliches Gebet?«

»Zu wem könnt' ich beten?«

»Gibt es nicht Legionen von Heiligen, zu denen ein Mädchen beten kann?«

Sie schüttelt ernsthaft den Kopf: »Heilige aus Stein oder Holz – die können mir keine Kraft geben und – kein Wissen!«

Da blinkt die Seine. Kaum weiß sie, wie es zuging, dass sie jetzt hier ist. Sie ist ihm gefolgt, als habe er, ungesehen, ihre Schritte seit jeher geleitet … Wieder betrachtet sie sein Profil – seine unnatürlich schimmernde Blässe. Plötzlich zuckt es ihr durch den Sinn: Ob er unter dem Barett Hörner hat? Aber sogleich ärgert sie diese kindische Vorstellung; kein Dämon trägt mehr so sichtbare Zeichen.

Er spricht wieder: »Dich verlangt nach Wissen und Kraft – ich könnte dir zeigen, wo und wie du beides erlangen kannst. Ja, das könnte ich – als dein dienender Geist. Weißt du nicht, dass jedem Weib ein dienender Geist zur Verfügung ist? Den deinigen hast du gefunden.« Er sagt es spielerisch hin.

Sie blickt ihn an, tiefernst. »Und was muss ich dafür geben?« – »Dich, Mädchen.«

Da hat er es gesagt! Sie hat es erwartet. Sie weiß, jetzt gibt es für sie keine Verteidigung, wie es sie gab, als Brissac über sie herfiel. Sie weiß es – und macht doch einen schüchternen Versuch: »Bitte – ich muss wirklich nach Hause.«

Die goldnen Lichtlein in seinen Augen funkeln heller. »In solcher Nacht?«

Sie sind durch die Hecken hindurch, weich ist der Rasen unter ihren Sohlen, sanft abschüssig zum Strom hinunter. Wie dunkel die Seine fließt, trotz des Mondlichts. Schwarz und schweigend das Wasser, und dann für Momente aufblinkendes Silber mit raschen Lichtern und Schatten – vorüber – und wieder das Dunkle – das Stille – das Fließende.

Er breitet seinen Mantel über den Rasen, hascht ihre Hand, zieht sie sanft neben sich nieder. Sie sieht silbrigen Nebel aus dem Wasser aufsteigen. Sie denkt: Es soll wohl so sein …

Seine Lippen fühlt sie auf ihrem Nacken, auf ihren Wangen, auf ihrem Mund. Sie widerstrebt nicht. Sie wehrt ihm nicht, wie seine Hände sich um ihre Schultern schließen, sie sanft niederdrückend, bis sie ausgestreckt liegt. Durch das Tuch seines Mantels hindurch fühlt sie die Feuchtigkeit des nächtlichen Rasens, winzige Kiesel pressen sich in ihr Fleisch. Ihr kommt plötzlich ein kindisches Verlangen, zu lachen, ein Kinderlied zu singen … Aber sein Kuss schließt ihr den Mund. Seine Hände tasten, streicheln, gleiten – bis ein Zittern sie überläuft, alle Nerven zu tönen beginnen, sie sich vergehen fühlt in einem schimmernden Nebel. Noch ein kurzer Schrei von ihren Lippen – aber nicht einmal sie selbst könnte aussagen, ob es ein Schrei um Gnade sei oder ein Schrei der Lust.

Die Nebelschwaden, opalfarben unter dem Mond, heben sich über die Böschung. Er kniet bei ihr, streichelt zart ihre Stirn, küsst ihre Handfläche. Noch hält sie die Augen geschlossen. Das war es, sagt sie sich, das war die Besiegelung, der Pakt ist geschlossen … Sie blickt auf, springt auf die Füße, sagt leise, ohne Zittern: »Satan – du Satan …!«

Er macht eine Reverenz: »Vielleicht bin ich ein Teufel – aber ich wüsst' mir keine bessere Gefährtin.« Da stockt ihm die Stimme. Plötzlich erinnert er sich an etwas, was er vergessen hat – und nicht hätte vergessen dürfen! Er seufzt, streift das feuchte Haar aus der Stirn, nimmt behutsam Catherines Hand, führt sie zurück durch die Dunkelheit, zurück in die schlafende Stadt.

Der Mond war verschwunden. Schwarze Wolken hatten den Himmel erobert. Noch kämpfte das Morgengrauen vergeblich, durchzudringen.

Als sie die Rue Ambrose erreichten, hatte sie ihm auf sein Befragen alles über sich selbst mitgeteilt, ohne von ihm das Gleiche zu verlangen. Sie sah aus der Entfernung die Haustür offen stehen. Heraus kam die alte Pauline mit dem Abfalleimer, schleppte ihn über die Straße, entleerte ihn in die Gosse, in der die Ratten schon warteten.

Catherine nahm keinen Abschied. Rasch schlüpfte sie über die Gasse, durch die offene Tür ins Haus ihres Vaters, war verschwunden.

Der Student im schwarzen Mantel fühlte einen kurzen stechenden Schmerz in der Herzgrube. Er betupfte seine Stirn mit einem Tüchlein. Bedrückt fühlte er sich, ohne Mut und Zuversicht. Er wandte sich und ging langsam weg, vornübergebeugt wie ein Alter.

Catherine zündete kein Licht an; sie schob ihr Bett vom Fenster zurück, entkleidete sich rasch, schlüpfte unter die Decke. Da war sie: Michel Deshayes' züchtiges Töchterlein, in ein paar Stunden Antoine Monvoisins Ehegespons. Sie lag mit offnen Augen. War sie wirklich die Nacht aus dem Hause gewesen, oder war alles nur ein wirrer, wilder Traum, aus dem sie jetzt erwacht war? Sie schloss die Lider. Ein Stündchen Schlaf, Morgenschlaf, bevor ihr Tag begann, dieser Tag vor allen Tagen, ihr Hochzeitstag.

Sie war am Einschlummern, als die Tür aufging. Pauline schob sich herein, in der Hand eine brennende Kerze. »Guten Morgen, Kind, hoffentlich hast du gut geträumt.« Die Stimme war gut und weich wie Butter. »Dein Bad ist fertig. Du musst baden, bevor dein Vater und der Lehrling herunterkommen.«

Catherine blickte schläfrig auf den freundlichen Fleischberg neben ihrem Bett. Sie gähnte, seufzte: »Eine Menge Schererei …«, und rollte sich aus dem Bett.

»Viel Schererei«, schmunzelte die Alte und babbelte weiter, während sie die enge Stiege zur Küche hinuntergingen: »Heiraten bedeutet Schererei ohne Ende. Erst muss man den rechten Bräutigam ausfindig machen, dann ihn einfangen, dann wegen der Mitgift einig werden. Und dann mit ihm leben, mit ihm schlafen – ei, da fängt die Schererei erst richtig an.«

Catherine blieb auf dem Treppenabsatz stehen. »Du warst doch schon im Haus, als der Vater sich verheiratete …?«

Die Alte nickte: »Zu Michaelis bin ich dreißig Jahre hier«, und sprach gleich weiter, als hätte sie Catherines Frage geahnt: »Ich hatte ja meine Zweifel, als er deine Mutter nahm – er beinah sechzig, sie ein Engel von sechzehn. Die Leute meinten, sie solle keinen heiraten, der sie wahrscheinlich schon als Dreißigerin zur Witwe machen würde. Lieber Gott, er führt immer noch sein Geschäft, wenn's auch recht still geworden ist – und sie ist schon über siebzehn Jahre im Paradies!«

»Im Paradies«, wiederholte Catherine, aber sie versagte es sich, weitere Fragen zu stellen, es war ja jetzt auch ohne Bedeutung …

Sie waren im Erdgeschoss angelangt, in der großen Küche. Ein mächtiger Bottich stand in der Mitte. Auf dem Herd, über einem prasselnden Holzfeuer, ein großer Kupferkessel mit siedendem Wasser. An den Bottich gelehnt stand eine kleine Stehleiter, die sonst im Laden gebraucht wurde. Die Alte streckte die Hand in den Bottich; ihr mächtiges Hinterteil, angeleuchtet von der Herdflamme, tauchte grotesk im Kupferbauch des Kessels auf. Sie zog die Hand zurück. »Grad recht so, vielleicht noch einen Kessel voll hinein.«

Während die Alte heißes Wasser nachfüllte, schlüpfte Catherine aus ihrem Hemd. Nackt bestieg sie vorsichtig die Leiter. Einen Augenblick stand sie reglos, wie erstarrt: Sie sah sich gespiegelt in dem blanken Messing einer großen Bratpfanne, die gegenüber dem Herd an der Wand hing, sah sich auf den Sprossen der Leiter, umzüngelt von Flammen …

Pauline schalt: »Hinein mit dir ins Bad, sonst kriegst du einen Schnupfen – und was gibt das für eine Hochzeitsnacht, wenn dem Bräutchen die Nase läuft!«

Catherine schwang ein Bein über den Rand des Bottichs, saß einen Moment rittlings. »Ich will's wagen – aber wenn ich im kochenden Wasser umkomme, wird Gott dir niemals vergeben – und ich schon gar nicht.«

Paulines fette Kinnfalten schwappten vor Gelächter: »Vorwärts, vorwärts – sei eine Märtyrerin, aber sei eine geschrubbte!«

»Gott liebt alle seine Geschöpfe, reinliche und dreckige«, rief Catherine und sank, sich am Rande festhaltend, in das warme Bad, ein wohliges Ach auf den Lippen.

Pauline reichte ihr einen rauen Lappen und ein Stück grober bräunlicher Seife. Es war schlecht schäumende Seife. Catherine bearbeitete ihre Arme, Schultern, den Nacken. Ihre Brüstchen stiegen aus dem Wasser. »Da schau!«, rief sie aus.

Pauline verstand nicht.

Das Mädchen errötete leicht, während sie sagte: »Ich bin eine Brünette, und meine Haut ist eher gelblich – und doch hab' ich rosige Spitzchen.«

»Werden nicht immer rosig sein«, erklärte ihr die Alte, »in zwei oder drei Jahren werden sie die Farbe von reifem Honig haben – und hast du erst deine Kinder gekriegt, dann sind deine Brüste braun und schwer.«

»Wenn *er* es zulässt«, sagte Catherine nachdenklich.

»Was soll er dagegen tun, der gute Antoine?«

»Ei was, Antoine …«, murrte Catherine. »Und jetzt bin ich sauber genug, hilf mir aus der Tonne.«

Zweites Kapitel

Von Satyrn und Heiligen

Sie steht im gelben Licht eines Oktobernachmittags und betrachtet das dreistöckige Haus, einen wuchtigen Bau mit angeklebtem Fassadenzierrat, wie es jetzt deren viele gibt in diesem neuen und wohlhabenden Viertel von Paris, dem Marais. Sie vergewissert sich nochmals, dass es die richtige Adresse ist: Haus Scarron, Rue Saint-Louis, Nummer siebzehn. Neben der messingbeschlagenen Eingangstür baumelt ein Glockenzug. Sie streckt die Hand aus, zögert aber.

Wenn sie die Glocke zieht, wird ein livrierter Türhüter herauskommen, wird ihre bescheidene Erscheinung – im bischofsroten Kleid mit selbst geklöppeltem Spitzenkragen – unwirsch mustern: Monsieur und Madame sind nicht zu Hause!, und ihr vor der Nase die Tür zuschlagen.

Zum ersten Mal in ihrem Leben sucht sie eine Stellung. Ihr Mann hat Pech gehabt und seinen Laden auf dem Pont Marie aufgegeben. Vater Deshayes ist ein paar Monate nach ihrer Hochzeit gestorben, die noch vorhandenen Ballen Ware aus seinem Geschäft hat man rasch versteigern müssen, um seine unangenehmsten Gläubiger zu befriedigen. Das väterliche Haus in seinem Verfallszustand scheint unverkäuflich. Dann ist das Kind gekommen, Madeleine – pünktlich neun Monate nach der Hochzeit. Pauline in ihrer Herzensgüte hat ein Einsehen gehabt und das Kleine mit sich in ein Dorf der Bretagne genommen, wo sie bei Angehörigen ihre alten Tage zu verbringen gedenkt. Ja, so ist's wohl am besten für Madeleine, in jeder Hinsicht am besten.

Ein Stellenvermittlungsbüro in ihrer Straße hat ihr diese Adresse ausgehändigt und einen versiegelten Brief, persönlich abzugeben an Monsieur Paul Scarron, Dichter und Schriftsteller. Sie kann sich nicht denken, von wem der Brief ist oder was an ihr sei, das zu einer

Empfehlung führen könnte – einer Empfehlung an einen solchen Mann, der in einem kleinen Palast wohnt! Trotzdem entscheidet sie, dass sie Scarron sprechen muss, es scheint ihre einzige Möglichkeit.

Sie muss rasch zur Seite treten, da vor dem Haus Scarron eine stattliche Equipage haltmacht. Vom Sitz neben dem Kutscher springt ein Lakai und lässt sich zwei große verdeckte Körbe herunterreichen. Ein anderer öffnet den Wagenschlag. Zwei Männer steigen aus, gekleidet wie die Prinzen. Den älteren, massiv und gedrungen, hört sie sagen: »Sie werden nicht bereuen, dass wir Sie hergeschleppt haben. Für einen wackeren Feldsoldaten wie Sie muss Paris dieser Tage eine Enttäuschung sein. Tja – unser voriger König war ein Schwachsinniger und ein Frömmler, und der jetzige ist noch nicht trocken hinter den Ohren. Dazu der Bürgerkrieg und zwei Kardinäle als Premierminister: Kein Wunder, wenn Paris noch nicht wieder zu Atem gekommen ist. Bei Scarron treffen Sie wenigstens keine Bürokraten und keine Halsabschneider, und wenn er seinen guten Tag hat, lachen Sie, dass Ihnen die Hosen nass werden!« Der jüngere, mit engelhaft rosigem Gesicht, lächelt nichtssagend, dann hilft er drei seidestarrenden Damen aus dem Schlag.

Inzwischen hat jemand die Glocke gezogen. Ein Riese in blauer Livree tritt aus dem Haus, lässt die Besucher ein, empfängt die mitgebrachten Körbe. Niemand gewahrt, dass Catherine ins Haus schlüpft.

In der geräumigen, halbdunklen Empfangshalle sieht sie eine Seitenstiege, eilt empor, gelangt in einen unbeleuchteten Korridor des ersten Stocks, öffnet die erste Tür, deren Klinke sie in die Hand bekommt. Sie steht in einem Vorzimmer; es führt – das sieht sie durch die offnen Vorhänge – in einen größeren Raum mit Bücherschränken, offenbar die Bibliothek. Da hört sie Schritte im Korridor. Wo ist ein Versteck? Die schweren Samtportieren vor dem Fenster – rasch dahintergehuscht und den Atem verhalten, denn da stapft schon jemand zur Tür herein, durchs Vorzimmer in die Bibliothek. Und dann, aus der Entfernung, eine dunkle Männerstimme: »Was gibt's, Mangin?«

Mangins Antwort: »Drei Uhr, Monsieur. Und Gäste: Marschall d'Albret mit seinen Damen, die Gräfin Corbieu und der Chevalier Louis de Vanens.«

»Vanens? Nie gehört. Sagt der Name dir was, Adam?«

Eine dritte Stimme, kräftig und angenehm, gibt die Auskunft: »Ein Glücksritter. Ein *mauvais sujet,* das du nicht ins Haus lassen solltest, mein guter Paul.«

Wieder Mangin: »Der Chevalier hat ein Fässchen Malaga mitgebracht und ein gebratenes Ferkel.«

Paul Scarrons Stimme: »Das Ferkel macht den Mann! Bringt mich hier heraus, ich muss mich herrichten.«

Sie hört das Rücken von Sesseln, Schritte von der Bibliothek herein. Im Samt der Portiere ist ein Mottenloch. Sie lugt hindurch, sieht im wuchtigen Lehnstuhl einen Mann, eine schwarze Atlasdecke über den Knien. Graublonder Haarschopf über mächtiger, zerfurchter Stirn. Weiter, schmallippiger Mund, breite Stülpnase – eine Satyrstatuette in Madame Filastres Laden fällt ihr ein. Da sieht sie die Augen, groß und blau – nicht das Blau des Himmels noch der Veilchen, eher grünlich schillernd wie das tiefe Meer. Sie sind also Paul Scarron, sagt sie sich, Dichter und Schriftsteller. Und sieht zu, wie er von seinem Bedienten seinen wilden Schopf mit Bürste und Kamm bearbeiten lässt, während er seitwärts in einen Wandspiegel äugt. Mangin beendet die Toilette seines Herrn und geht hinaus.

Scarron spricht zu dem schlanken, dunkelhaarigen Mann, der da unruhig auf dem Teppich hin und her tritt: »So beruhige dich endlich, mein guter Adam. Natürlich bin ich heilfroh, dass du den Posten übernommen hast. Für mich steht und fällt unsere Gründung mit dir. Was ich befürchte, ist, dass du aus lauter Gutherzigkeit mehr Beamte und Aufsichtspersonal anstellst als Arbeitskräfte und dass du zu viele Weiber und Kinder an Bord nimmst – oder gar geistliche Herren!«

Adam verwahrt sich dagegen: »Bitte, lies endlich das Statut! Es berechtigt jeden von uns Gründern, mindestens vier Personen nach seiner Wahl mitzusenden, und zwar gleich beim ersten Transport. Soll man's darauf ankommen lassen, dass Leute ihre Einlage zurückziehen – wo du selbst noch gar nicht voll einbezahlt hast?«

»Sorg dich deswegen nicht«, beschwichtigt Scarron. »Schwester Céleste versprach mir in die Hand, die noch fehlenden dreitausend diesen Monat für mich aufzubringen.«

Adam hüstelt. »Gedenkt Schwester Céleste in ihrem derzeitigen frommen Kreis für dich zu werben – oder in der Lebewelt, in der sie ehemals ihre Kundschaft hatte?«

»Was geht uns Célestes oder irgendjemandes ›Ehemals‹ an? Sind wir Sittenrichter?«

»Ich weiß, ich weiß«, sagt Adam. »Inzwischen würdest du wirklich gut daran tun, unsere Denkschrift durchzulesen, bevor wir sie in Druck geben.«

Scarron seufzt: »Muss ich? Also dann geh hinunter und hilf meiner Frau, unsere Gäste in Stimmung zu halten, bis ich fertig bin mit diesem Räuberroman – unserer ›Denkschrift‹.«

Adam steht vor Scarron, in seiner Stimme ist Besorgnis: »Befindest du dich wohl, Paul?«

»Ausgezeichnet. Bitte, geh jetzt, ich werde nicht lang auf mich warten lassen.«

Catherine hört Adam hinausgehen. Stille. Sie fühlt ihr Herz pochen – so laut, als müsste der Mann im Lehnstuhl es hören.

Ein tiefes, urtiefes Stöhnen. Sie sieht Scarron zusammengekrümmt, den Kopf in beiden Händen – die Blätter des Manuskripts auf dem Teppich. Sie tritt aus ihrem Versteck. »Monsieur – ist Ihnen übel?«

Sein Kopf zuckt empor, Mund und Stirn sind verzerrt vom Schmerz. Ein kurzes, herzbeklemmendes Schweigen. Dann beruhigt sich sein Gesicht, die durchsichtigen Hände sinken auf die Armlehne. Und seine Stimme ist völlig beherrscht und trocken: »Wer, zum Kuckuck, sind Sie?«

Sie reicht ihm den versiegelten Empfehlungsbrief. Er öffnet, liest. Ein Lächeln. Er blickt nicht auf. Eine Ewigkeit braucht er dazu!, denkt sie.

Endlich hat er den Brief zu Ende studiert. »Sie wissen natürlich, was drinsteht?«

»Ich habe nicht die leiseste Ahnung, Monsieur.«

Er spürt, dass sie nicht lügt. »Man verständigt mich, Sie brauchen eine Stellung. Was sind Ihre Fertigkeiten?«

»Ich kann kochen, nähen, flicken – wenn nötig, eine Wirtschaft führen.«

»Nicht nötig. Madame Scarron wirtschaftet vortrefflich. Können Sie lesen?«

Sie fasst wieder Mut. »O ja, Monsieur.«

Irgendetwas scheint ihm großen Spaß zu verursachen. »Da können Sie also lesen. Bücher? Vielleicht auch Gesichter – Hände?«

Sie schluckt: »Ich denke schon. Wünschen Sie, dass ich Ihnen aus der Hand lese?«

Er versteckt rasch seine Hände, lacht: »Sachte, sachte! Meine Verhältnisse gestatten mir keine solchen Extravaganzen. Ich bin kein Fürst. Bin kein Bankier. Nur ein Schriftsteller. Wissen Sie, was das ist?« Er versucht, es ihr zu erklären: »Heutzutage ein jämmerliches Gewerbe, das die Selbstachtung dessen zerstört, der es ausübt. Seit Richelieu ist das so. Erst zertrat er den Hochadel, dann die Protestanten. Später beschied er die Schriftsteller zu sich: ›Ich adoptiere euch alle miteinander. Von heute ab gehört ihr mir – gehört dem Staat!‹« Scarron schweigt, versunken in Erinnerung. Jetzt blickt er wieder auf. »Einem Tiger wie Richelieu widersetzt man sich nicht. Aber auf den Tiger folgten der Fuchs, Mazarin, und die verwitwete Königinmutter – und ich schlug mich auf die Seite der Rebellen, der Fronde, schrieb ein satirisches Epos gegen Mazarin. Als wir den Bürgerkrieg verloren, erwartete ich, für meine ›Mazarinade‹ an den Galgen zu kommen. Aber Seine Eminenz, der Herr Kardinal, war wohl anderweitig zu stark in Anspruch genommen, vergaß zu meinem Glück die Satire und mich. Nicht so Anne, die Königinmutter: Sie befestigte ihre Popularität, indem sie Leuten wie mir eine Rente aussetzte, eine recht schwache Rente zwar, die kaum reicht, den Hauszins zu decken – immerhin ... Ach, hol's die Pest!« Aber gleich wieder muss er lachen. »Warum wohl erzähl' ich Ihnen das alles?«

Sie fühlt sich beklommen. »Damit ich verstehen soll, Sie haben für mich keine Verwendung.«

Er schüttelt den Kopf. »Damit Sie verstehen sollen, wir sind arme Leute! Kaum glaublich, meinen Sie, weil wir in diesem Riesenkasten wohnen ...«

Sie wird immer unsicherer.

Er betrachtet ihre Stirn. »Wovon, glauben Sie, leben wir?«

»Von Speise und Trank, wahrscheinlich ...«

»Eine scharfsinnige Vermutung! Also: Den Propheten Elia fütterten die Raben. Uns verproviantieren Vögel anderer Art: eitle Gockelhähne, dumme Gänse, auch ein paar widerliche Aasgeier. Geradeheraus: Unsern Besuchern ist beigebracht worden, es sei für sie eine Auszeichnung, uns Wildbret schicken zu dürfen, Fasanen, Forellen, ganze Ferkel, Pasteten, Torten, Körbe mit Früchten, Wein – meistens ist genug im Haus, eine Kompanie Musketiere traktieren zu können. Verstanden? Gut. Jetzt wollen Sie natürlich wissen, warum man so erpicht darauf ist, bei uns eingeladen zu werden.«

Sie hat einen Einfall. »Vielleicht ist es Neugier, wie bei den Leuten vor dem Löwenkäfig in Saint-Germain ...«

»Hélas! Vor nichts haben die Menschen solche Angst wie vor Langeweile. Hier erwarten sie sich Amüsement, in diesen ungemütlichen, mit lauter überflüssigem Zeug vollgestopften Räumen. Finanzleute, Hofleute, Marschälle, Steuerpächter – hierher kommen sie und treffen Künstler, Literaten, Schauspielerinnen. Und Weiber, Weiber jeden Kalibers – alle verliebt in meine kleinen Bosheiten und in die leichte Unanständigkeit meiner Bonmots. Bleibt es doch ein unverfänglicher Kitzel – bin ich doch der ›Kranke der Königin‹, der Dekan aller Invaliden Frankreichs! Zu mir lieb sein gilt als ein gottgefälliges Werk. Nebenher gewinnen die wackeren Damen daraus mehr Vergnügen als aus den Umarmungen ihrer etwas impotenten Gatten und Liebhaber. Nur zu, mir kann's recht sein, zumal es mich bisher davor bewahrt hat, an Straßenecken betteln zu müssen ... Ein recht abscheuliches Leben, nicht wahr? Wünschen Sie immer noch, es mit uns zu teilen?«

Sie spürt, dass hinter solchem Zynismus erst der richtige Scarron steckt. »Mehr denn je wünsch ich es mir, Monsieur.«

Er mag sie. Aber er sagt: »Leider muss ich Sie enttäuschen.«

Sie wallt auf, empfindet es als ein demütigendes Spiel, was er da mit ihr treibt. »Adieu, Monsieur!« Knickst kurz, geht zur Tür.

Seine Stimme hält sie zurück: »Erst erklären Sie mir freundlichst, wie Sie da hereingelangt sind.«

»Ich hab' mich hereingeschmuggelt, als keiner achtgab.«

Er kneift ein Auge zu. »Soll ich Madame Scarron bitten, Sie als Gesellschafterin anzunehmen? Nur wird es kaum für längere Zeit sein – es sei denn, Sie hätten Lust, mit uns nach Amerika zu segeln. Wie?«

Sie muss ihr Erstaunen bemeistern, schluckt: »Mit Ihnen? Meinetwegen – in die Hölle!«

»Dacht' ich's mir doch, du hättest keine Angst vor der Hölle! Aber das ist im Augenblick nicht wichtig. Ich habe mich für Amerika entschieden – die Westindischen Inseln. Wir haben eine Gesellschaft gegründet. Ein Freund von mir bugsiert noch vor Jahresende die erste Gruppe Auswanderer nach drüben. In fünf bis sechs Monaten kommen wir nach.«

Das also ist die Expedition, von der geredet worden ist, als sie hinterm Vorhang stand. Sie braucht sich nicht lange zu besinnen. »Was für Sie gut ist, Monsieur, ist für mich noch lange gut genug!«

Er zieht einen Zettel aus der Tasche, reicht ihn ihr. »Lies, lies laut.«

Sie hat Mühe, seine kleinen, aber regelmäßigen Schriftzüge zu entziffern:

> »Amerika – ist nicht der Name Musik?!
> Land ohne Winter, Land ohne Krieg,
> Kein Mazarin und keine Bourbonen,
> Und keine Konfiskationen.

Land ohne Politiker, seliges Land.
Man trägt keine Waffen, kaum ein Gewand.
Die Flur trägt Früchte zu jeder Frist –
Und nirgends ein Polizist!

Da gibt's keine jährliche Pacht zu erneuern,
Es gibt keinen Wucher, gibt keine Steuern.
Doch wünschst du Profite vorzuweisen:
Gold gibt man für Alteisen.

Wir pflanzen Tabak und, uns zum Spaß,
Bananen, Zuckerrohr, Ananas.
Mit Sandelholz wolln wir handeln und Pelzen
Und uns in der Sonne wälzen.

Lebt wohl, Tuilerien, ade, alte Seine
Und Luxembourg, Park der galanten Hähne.
Ade, ihr welk gewordenen Laster –
Lebt wohl auch, Kritikaster!

Im Märzwind gehen wir unter Segel.
Ade, ihr säbelrasselnden Flegel,
Gravitätische Esel, giftige Spinnen,
Frömmelnde Tigerinnen!

Genesen von Siechtum und Unbehagen,
Verwegen wie einst in jungen Tagen –
Milch lasst uns schlürfen aus Kokosnüssen,
Und die Töchter der Inkas küssen!«

Er nimmt ihr den Zettel aus der Hand. Denn auf der Schwelle steht der langbeinige Adam; sein hübsches Gesicht ist außerordentlich verdutzt. »Komm her, lass dir Mademoiselle Catherine Deshayes vorstellen – sie gehört zu unserm Haushalt. Dies ist Adam

Lesage, Direktor unserer Compagnie.« Die beiden mustern einander.

Lesage sagt: »Madame möchte wissen, ob du dich wohl genug fühlst, eine Menge Gäste sind da.«

Scarron blickt Catherine an. »Seien Sie so gut, meinen Mangin heraufzuschicken, damit er mich in den Salon trägt.« Als sie nicht gleich versteht, erklärt er ihr: »Ich muss getragen werden, weil ich von der Hüfte abwärts gelähmt bin.«

Sie entfernt sich stumm.

Lesage platzt heraus: »Sie war nicht im Zimmer, als ich hinunterging; wie ist sie hereingekommen?«

»Durch den Kamin«, schmunzelt Scarron. Nochmals vertieft er sich in den Empfehlungsbrief, stellt nebenher die Frage: »Was ist ein Skeptiker?«

»Tja«, sagt Lesage, »was ist wirklich ein Skeptiker?«

Der Dichter sagt: »Ein Skeptiker ist ein Idealist, der Menschen und menschliche Einrichtungen in Verdacht hat, dem Ideal nicht entsprechen zu wollen oder nicht entsprechen zu können ... Hier, lies, dann weißt du alles über Mademoiselle Deshayes.«

Er liest:

Verehrter Meister und väterlicher Freund!

Vielleicht gelangt dieses Schreiben niemals in Ihre Hände. Ich lasse es im Büro eines Instituts, das von mir Auftrag hat, über eine gewisse junge Person zu wachen, die bald in Not geraten könnte. Denn sie heiratet einen mittelmäßigen Burschen ohne sicheres Einkommen, und das Geschäft ihres Vaters ist bankrott. Sollte die Ehe gut werden und Catherine Deshayes, so heißt sie, das Leben einer Bürgersfrau führen, so bin ich jeder Verpflichtung enthoben, und diese Zeilen werden Sie nie erreichen. Andernfalls aber, wenn sie in Schwierigkeiten gerät, wüsste ich niemand Besseren als Sie, verehrter Freund, ihr aus ihren geistigen Nöten herauszuhelfen und ihr gleichzeitig praktische Ratschläge zu geben, wie sie ihr Leben einrichten soll. Sie hat eine ungewöhnlich gute Auffassungsgabe, einen emsig forschenden Geist und eine mehr als lebhafte Fantasie. Ken-

nen lernte ich sie am 16. Juni 1658 unter merkwürdigen Umständen. Ich hatte an dem Tage an der Universität die Schlussprüfung bestanden, fühlte meinen Geist überanstrengt und suchte abends Zerstreuung in Saint-Germain. Statt eines leichten Abenteuers traf ich ein »bedrängtes Mägdlein«, dessen Bedränger ich im Degenduell umbringen musste. Seltsamerweise aber erblickte sie in mir keineswegs ihren Schutzengel oder Ritter, sondern ein Wesen höchst verdächtiger Art, bei dessen Erwähnung gute Christen sich zu bekreuzigen pflegen. Weiter möchte ich auf diesen Punkt nicht eingehen, da ich mir schon Ihr skeptisches Lächeln vorstelle. Jene Nacht endete mit einer hastigen, stürmischen Eroberung. Ich habe wenig Erfahrung in solchen Angelegenheiten und wusste hinterher nicht recht, wie ich mich zu verhalten hatte. Meine anfängliche Absicht, sie zu meiner ständigen Geliebten zu nehmen, war nicht ausführbar – fiel mir doch rechtzeitig ein, dass ich so gut wie verlobt bin, nämlich mit Françoise de Rochechouart-Mortemart, Tochter des Herzogs, unseres Gutsnachbarn. Ich liebe Françoise, seit wir Kinder waren, und darf diese Beziehung nicht gefährden durch eine Liebesaffäre mit der ungewöhnlichen und reizvollen Catherine. Andererseits wünsche ich doch nicht, mich meiner Verantwortlichkeit zu entschlagen, umso weniger, als es Catherine bei sorgsamer Unterweisung noch weit bringen kann, vielleicht sogar auf dem Gebiet der Wissenschaften.

Was ihr wohl vor allem nottut, ist bessere Bildung – und Beseitigung ihres gewissen Hanges zum Flug ins Übernatürliche. Sobald meine wirtschaftlichen Umstände geklärt sind, werde ich Sie für Ihre Bemühungen reichlich entschädigen – obgleich ich nicht daran zweifle, dass schon der Erfolg des guten Werkes an Catherine Sie sehr befriedigen wird.

Ich bin sehr überarbeitet und muss Paris verlassen, werde wohl aber in spätestens zwei Jahren wiederkehren, wahrscheinlich um Françoise zu begleiten, die sich dann bei Hofe vorzustellen haben wird.

Ich denke, es ist im Interesse aller Beteiligten, dass Catherine weder von diesem Schreiben erfährt noch gesagt bekommt, wer ich bin.

Ihr Ihnen immer zugetaner

Louis Henri de Pardillac, Marquis de Montespan

Lesage reichte den Brief zurück. »Warum schreibt er nicht einfach: Ich habe sie entjungfert und – bitte kümmern Sie sich um sie, während ich auf dem Lande bin?«

»Das wäre nicht sein Stil«, sagte Scarron, während er den Brief zerriss. »Dieser Jüngling unterscheidet sich von seinen Standesgenossen dadurch, dass er sich ein Gewissen zugelegt hat und die Dinge ernst zu nehmen versucht. Leider hat er wenig Humor und wird sich eines Tages entscheiden wollen, ob er ein Mensch zu sein hat – oder ein sogenannter Erfolg.«

»Ein unausstehlicher Laffe, wie mir scheint«, versetzte Lesage. »Aber ich verstehe wohl nichts von aristokratischen Seelen, ich bin und bleibe ein Holzhändlerssohn.«

Mangin trat ein; hinter dem gutmütig blickenden Riesen erschien Catherine wie ein Kind. »Gefällt sie dir, Mangin?«, erkundigte sich Scarron; und als er das beifällige Schmunzeln des Riesen sah, winkte er: »Also vorwärts, hinunter in die Menagerie!«

Mangin zögerte. »Der Marschall d'Albret wünscht Sie privat zu sprechen.« Da wurde schon kräftig an die Tür gepocht.

Scarron erläuterte rasch: »Der wackere Marschall ist weniger bekannt für strategisches Genie als für seinen hervorragend schlechten Geschmack gegenüber Frauen. Auch ist er nicht ungefährlich: Seine ersten beiden Gattinnen brachte er auf raffinierte Weise um, indem er sie langsam zu Tode langweilte. Die dritte Madame d'Albret rettet sich dadurch, dass sie sich zwecks Ergötzung an Personen ihres eigenen Geschlechtes hält.« Das Pochen wurde lauter, der Dichter rief ungeduldig: »Herein doch, zum Teufel! Hier herein kommt man ohne Feierlichkeit – und geht ohne Teilnahmsbekundung!«

Sechs Fuß hoch, massiv und stramm, wuchtete Honoré d'Albret, Marschall von Frankreich, herein. Ein Kennerblick streifte Catherine. Ein rasselndes Räuspern: »Also – gestern war ich bei einem Bankett, da hörte ich was, dachte mir, muss es Ihnen berichten, allerdings ist es recht heikel.«

»Ich bin nicht so zart besaitet wie Sie, lieber Marschall, und meine drei Freunde hier auch nicht. Also?«

»Hörten Sie je von einem Burschen namens Boileau? Ein bedeutender Kritiker, manche betrachten ihn als ihr Orakel.«

Scarron zuckte leicht. »Boileaus Ansehen beruht auf dem gegenwärtigen Bedürfnis der Pariser, sich sagen zu lassen, wo und wann man gerührt oder amüsiert oder begeistert zu sein hat und wem man applaudieren soll.«

»Sie müssen den Mann verärgert haben, er hat gegen Sie dieses Spottgedicht verfasst:

> Paul Scarron, verlorst du den Verstand?
> Hältst dich für den klügsten Kopf im Land –
> Aber wähnst, dass wegen deiner Witze
> Halb Paris in deiner Klause sitze!
> Kratze dir den Schädel, eitler Tor:
> Kräftig sprießt dir ein Gehörn hervor –
> Keines Satyrs, keines Satans: Dir
> Wächst des Hahnreis jämmerliche Zier!«

»Das findet Boileau geistreich? Der Mann muss noch ärmer sein, als ich dachte!«

Der Marschall grinste: »Trotzdem, alter Freund, trotzdem! Es war eine glänzende Idee von Ihnen, Ihre Frau zu heiraten – aber noch glänzender wäre es, und alles dumme Gerede müsste verstummen, wenn Sie die Gute ein Kind kriegen ließen.«

Scarron blinzelte. »Und Sie erbieten sich zu persönlicher Hilfe?« Der Marschall lief dunkelrot an. Scarron neigte den Kopf. »Niemals würden meine Frau und ich uns erlauben, einen viel beschäftigten Mann wie Sie mit einer solchen Bagatelle zu behelligen.«

Unerwartet mischte Lesage sich ein: »Und damit ist dieses Thema wohl erschöpft!«

Scarron nickte. »Du hast recht, wie gewöhnlich.«

Mangin nahm seinen Herrn in die Arme und trug ihn wie ein Kind die Treppe hinunter, durch die Empfangshalle in den Salon. In einigem Abstand folgten Lesage und Catherine. Er sagte halblaut:

»Sie werden über Madame Scarron viel tratschen hören, beachten Sie es nicht. Sie ist eine der umworbensten Frauen von Paris.«

Catherine sah die Dame des Hauses in ihrem Salon. Sie mochte fünfundzwanzig sein, war mit diskreter Eleganz gekleidet; die goldschimmernde Tönung ihrer Haut wurde gehoben durch einen großen Kragen aus cremefarbenen Genueser Spitzen, die hochsitzende kleine Büste ruhte in dunkelblauem Samt, ihr weiter Faltenrock war aus blau gewürfeltem Taft – ein Kreolinnentyp mit einem Mona-Lisa-Lächeln. Catherine fand, dass sie bei aller gewandten Liebenswürdigkeit etwas von einer Schullehrerin hatte.

Scarron in hohem gepolsterten Lehrstuhl war rasch umringt von Nymphen verschiedenen Alters. Je anzüglicher er zu ihnen sprach, desto ausgelassener gaben sie sich, und die anwesenden Männer fühlten sich umso behaglicher. Catherine fand es schwer, der von Scarron dirigierten, aber sprunghaften Unterhaltung zu folgen.

Da war Louis de Vanens mit dem rosigen, engelhaften Gesicht und den mädchenhaften Händen, aber unbestritten war sein Ruf als tüchtiger Feldoffizier. Catherine gewahrte einen hasserfüllten Blick aus Lesages Augen, quittiert mit einem unschuldigen Lächeln Vanens', der gerade eine Anekdote aus dem letzten Bürgerkrieg zum Besten gab.

Scarron fiel ein, mit Verve: »Was bei solchen Kriegen herausschaut, ist bestenfalls unser Gefühl der Mitschuld auch an dem Unheil, das die andern angerichtet haben in Tagen, da sämtliche Narren zu Berserkern werden.«

Vanens lächelte verbindlich: »Wie die andern Künste muss auch der Krieg zunächst einmal um seiner selbst willen gepflegt werden. Kriegerischer Lorbeer bleibt das Kostbarste in dieser Welt.«

Scarron ließ es ihm nicht hingehen. »Mich entzückt Lorbeer nur, wenn ein Ferkel damit garniert ist!«

Die Marschallin d'Albret seufzte: »Entzückt sich ein Dichter für – Schweinebraten?«

»Madame, meine Wertschätzung für die Genüsse der Tafel hab' ich mir sorglich bewahrt, wie verarmte Familien an einem geschnitzten Lehnstuhl oder einem silbernen Leuchter festhalten, als Zeugnis für einstigen Wohlstand!«

»Was sind Wohlstand und Glück in diesen Tagen«, ließ eine übermäßig gepuderte ältere Dame sich vernehmen, »da eine Herrscherlaune sie gewährt und nimmt? Nehmen Sie unsern Kardinal Mazarin zum Beispiel: Wiegte er sich nicht schon in der Hoffnung, dass seine zartsinnige Nichte Königin von Frankreich werden würde? Und jetzt hören wir, unser jugendlicher Monarch habe die reizende Olympe Mancini aus seinem Bett verbannt.«

»Damit bringt unser Gebieter dem Wohle Frankreichs ein Opfer«, sagte der Marschall. »Und hängen lassen will ich mich, wenn Mazarin selbst nichts Höheres kennt als die Karriere seiner mannstollen Nichte!«

Jemand erkundigte sich: »Weiß man schon, wen Seine Majestät heiraten wird? Etwa Henriette Stuart?«

Eine junge Dame erschauerte. »Die Ärmste. Es muss peinlich sein, als Tochter eines Geköpften durchs Leben zu gehen, besonders wenn er König von England war!«

Vanens ließ durchblicken, er habe es aus zuverlässiger Quelle, dass der Kardinal, zwecks endgültiger Beilegung eines alten Zwistes, die Verehelichung Ludwigs des Vierzehnten mit der Tochter des Königs von Spanien betreibe.

Scarron zeigte sich skeptisch. »Wir sollten niemals für bare Münze nehmen, was Seine Eminenz sagt oder verbreiten lässt. Lügt er doch, sowie er den Mund auftut. Neuerdings getraut er sich nicht mal mehr, seine Equipage zu benutzen – weil er es einfach nicht über sich bringen kann, dem Kutscher die Wahrheit zu sagen, wohin er gefahren werden will!«

Catherine prustete heraus. Alle anderen schwiegen betreten.

Madame Scarron sagte: »Also wirklich, Paul …«

Aus dem für den Dichter nicht ungefährlichen Kurs versuchte Lesage das Gespräch wegzusteuern. »Wäre es nicht gut, wenn in der hohen Politik ein gleiches Maß von Umsicht und Gewissenhaftigkeit angewandt würde – wie im Werk unserer Komödiendichter?«

»Lesage soll selbst mal Komödiant gewesen sein«, hörte Catherine jemanden seiner Dame zuflüstern.

Der Marschall, auch sichtlich erleichtert durch den Wechsel des Themas, schwur, er habe sich letzte Woche köstlich amüsiert in dem neuen Lustspiel »Schule der Frauen« von Molière.

»Nächstes Mal, Teure, müssen Sie mit uns kommen!«, sagte die Marschallin zu Madame Scarron.

Die Gräfin Corbieu – dunkel gekleidet, mit farblosem Gesicht, ein Kreuzchen aus schwerem Gold auf flachem Busen – fragte Scarron, ob er nicht befürchte, von dem jüngeren Molière in den Schatten gestellt zu werden.

»Molière, Madame, ist ein Künstler – ich bin nur ein Possenreißer. Er sieht das Leben mit der vorgefassten Absicht, es durch seine Deutung und Darstellung in ein Stück Kunst zu verwandeln, während ich die Dinge nur so zu sehen vermag, wie sie sind.«

Die Gräfin tat besorgt: »Ich fürchte nur, das Treiben eines Possenreißers ist anstößig für religiöse Gemüter.«

Catherine dachte: Was kann sie ihm ins Haus geschickt haben, dass er sie duldet – diese Kuh! Da hörte sie Scarron freundlich sagen: »Ich bin nicht eigentlich bewandert in den wirklichen Empfindungen der Frommen. Nur sage ich mir: Wer Leute zum Lachen bringt, macht sie ein bisschen glücklicher oder lässt sie doch wenigstens so fühlen. Warum sollte der Herr das missbilligen – Er, der sich zu unser aller Heil geopfert hat?«

Catherine gewahrte den Ausdruck echten Kummers in Madame Scarrons Gesicht. Die Marschallin versuchte, mit zärtlich beschwichtigendem Blick die Augen der Bekümmerten zu fangen, und sagte: »Es ist doch beruhigend, aus Monsieurs eignem Mund zu vernehmen, dass er ein religiöser Mensch ist.«

Scarron schüttelte langsam den Kopf. »Ich liebe meinen Nächsten, und ich halte die meisten der Zehn Gebote, aber die Aufrichtigkeit gebietet mir zu gestehen: Ich bin schwach im Glauben.«

Die Gräfin schlug die hageren Hände zusammen. »Wie können Sie da hoffen, der ewigen Seligkeit teilhaftig zu werden – ohne Glauben?«

Catherine hatte ein unerklärliches Gefühl, als brauche dieser Mann, Paul Scarron, sich deswegen nicht zu sorgen.

Er sah die Blässe auf dem Gesicht seiner Frau. Er antwortete der Gräfin: »Ich weigere mich, dem Herrgott zu unterstellen, dass Er mich für meinen mangelnden Glauben zu bestrafen gedenkt oder dass Er einen so unwichtigen Umstand überhaupt zur Kenntnis nimmt – Er, der erhaben ist über Eifersucht, Ehrgeiz, Selbstgerechtigkeit und alle andern menschlichen Schwächen!«

»Genug!«, bat der Marschall. »Religionsgespräche sind immer verfänglich! Begnügen wir uns mit der Erkenntnis, dass wir alle Sünder sind und Bestien.«

Eine etwas korpulente Dame wurde elegisch: »Es ist so viel die Rede von Sinnlichkeit, dabei wollen die Männer sich meistens nur aufspielen!«

Der Marschall sagte: »Was soll ein Mann im Winter mit sich anfangen? Im Sommer hat man wenigstens die Feldzüge.«

Vanens protestierte: »Diese gar zu bescheidene Auffassung ist nicht die meine, halte ich mich doch für etwas Besseres als ein Tier!«

»Warum?«, fragte Lesage mit gerunzelter Stirn.

»Was den Menschen vom Tier unterscheidet, ist zunächst die Gabe der Sprache ...«

»Falsch«, fuhr Scarron dazwischen, »es gibt ja auch redende Esel.«

Als die Gäste sich verabschiedet hatten, stellte Scarron seiner Frau Catherine vor, ohne den Brief des Marquis zu erwähnen. Madame war ermüdet und schlug vor, Catherine solle im Hause übernachten, am Morgen könne man dann alles regeln. Scarron stimmte zu: »Es dämmert schon, und wir haben niemanden verfügbar, Sie nach Hause zu begleiten.« – »Ich brauche keine Begleitung«, sagte Catherine. »Hunde und Strolche fallen niemanden an, der keine Angst hat. Aber mein Mann hat Angst, wenn ich die Nacht über ausbleibe.« Sie merkte, wie diese Äußerung ihr Madames Sympathie eintrug, versprach, am nächsten Vormittag wiederzukommen, und ging.

Unterwegs, in der schon halbdunklen Straße, fühlte sie, dass ihr Blut rascher wallte. Paul Scarron – niemals hatte sie gedacht, es könne einen solchen Menschen geben, zugleich Bewunderung und Zärtlichkeit einflößend. Und von morgen ab würde sie ihn täglich sehen: Paul Scarron … Ein neues Kapitel ihres Lebens hatte begonnen; und sie wusste keine Erklärung, wie und warum dies alles geschah.

Beim Verlassen des Marais-Bezirks beschleunigte sie ihren Schritt und durchquerte das angrenzende ärmere Viertel. Eine Erinnerung tauchte ihr auf: Sie sah sich als Vierjährige, über das Fensterbrett ihres Dachkämmerchens lugend zu dem freundlichen alten Mann – gegenüber auf dem Dach des einstöckigen Hauses –, mit seinem langen silbernen Bart und Haar, wie er die Tauben mit einer langen Rute umherbewegte. Er ließ sie auffliegen und eine Weile kreisen, damit sie nicht zu fett und schwerfällig würden. Hinterher belohnte er sie mit Krumen.

Jeden Morgen schaute sie ihm andächtig zu. Eines Tages sah er sie und lächelte freundlich und winkte, winkte dem kleinen Mädchen. Und sie winkte zurück und war glücklich. Und es ergab sich für sie: Er ist der liebe Gott, kann gar niemand anderer sein als der liebe Gott, ist er doch immer gut und freundlich und spielt mit den Tauben und füttert sie! Und sie begann zu ihm zu beten.

Manchmal regnete es. Dann ließ er sich nicht sehen. Sie drückte ihr Gesicht an die Fensterscheibe und wartete. Gott ist ärgerlich, sagte sie sich, und deshalb lässt er es regnen. Der Regen hörte auf, die Sonne schien, und auf dem Dach gegenüber tauchte der Silberhaarige wieder auf, lächelte und winkte. Und sie konnte aufatmen: Gott ärgert sich nicht mehr.

Eines Morgens im August, trotz warmem Sonnenschein, blieb er aus. Sie lief zu Pauline. »Wo ist der Taubenmann, wo?« – »Er ist weg«, sagte Pauline, »über den Fluss.« Sie versuchte sich damit zu trösten, dass er wahrscheinlich auch drüben benötigt würde, über dem Fluss.

Ein paar Wochen später ging sie mit Pauline zum Fischmarkt auf das andere Seineufer. Da sah sie ihn, sah ihn aus einem Wirtshaus herauskommen. Sein Gang war etwas torkelnd, sein gutes Gesicht gerötet, und er trällerte ein Liedchen vor sich hin. Sie wollte zu ihm und ihn umarmen und sagen: Lieber Gott, ich hab' mich so nach dir gebangt. Aber Pauline hielt sie fest und sagte: »Lass ihn nur, er ist betrunken.«

Als sie nach Hause kam, ging sie zu ihrem Vater; der spielte Karten mit Monsieur Duclos, dem Maurermeister von nebenan. Und sie sagte stolz: »Ich habe den lieben Gott gesehen, er hat gesungen und war betrunken.« Michel Deshayes kriegte ein krebsrotes Gesicht, stand auf und schlug zu; seine schwere Hand traf wuchtig ihre Wange. Sie floh in ihre Dachkammer hinauf, drückte das brennende Gesicht gegen das Fenster und betete: »Lieber Gott, mach, dass er stirbt, mach, dass der böse Teufel, mein Vater, stirbt – bitte, bitte!«

Michel Deshayes blieb am Leben. Lebte immer weiter. Oft hörte sie ihn sagen: »Mit meiner Familie hab' ich kein Glück gehabt, auch in meinem Geschäft nicht. Aber überleben werd' ich sie – alle, die es besser hatten als ich.«

Sie war schon sechs, als sie endlich Gelegenheit fand, allein über die Seinebrücke zu gehen. An einem Frühlingsvormittag – Vater und Pauline waren im Laden beschäftigt – ging sie heimlich hinüber.

Ja, ein paar Leute erinnerten sich an den weißbärtigen Alten, den Freund der Vögel und Eichhörnchen. Vorigen Winter war er gestorben.

Der liebe Gott war tot – sie weinte bitterlich. Kam tränenüberströmt heim. Danach weinte sie nie mehr, war trotzig und scheu, ein schweigsames Kind.

Aber ihr Vater war nicht der Teufel. Das fand sie heraus, mit acht Jahren, als sie hörte, wie er sich bei Monsieur Duclos beklagte: »Das Balg verursacht mir schlechte Träume. Sie hat nichts von mir, weder äußerlich noch innerlich. Dabei ist es ausgeschlossen, dass meine Selige mich betrogen haben könnte, da gab ich zu gut acht. Also muss schon der Teufel selbst den Bankert gezeugt haben!« Duclos belachte das als einen kräftigen Scherz. Aber Catherine fühlte sich erleichtert und erhoben bei dem Gedanken, dass es der Teufel war, dem sie ihre Existenz verdankte – nicht der garstige alte Mann, der sie schlug, als sie ihm berichtete, sie habe Gott getroffen.

So geschah es denn, dass sich in ihr die Überzeugung befestigte, es bestehe eine geheimnisvolle unmittelbare Beziehung zwischen ihr und ihrem übernatürlichen Vater oder Meister und Herrn. Niemals sprach sie davon zu andern. Niemals – bis der Besuch des fremden Mönchs sie bestimmte, zu Madame Filastre zu gehen.

Und jetzt war der Vater tot, und mit ihm hatte sie den Groll begraben. Schließlich war er sein Leben lang ein freudloser, einsamer Mann gewesen. Und einerlei, es war vorüber, all das spielte ja jetzt keine Rolle mehr, jetzt – da Scarron in ihrem Leben war. Scarron!

Sie kam in die Rue Ambrose, mit den sauren Gerüchen, Antoine Monvoisin – sie seufzte tief. Als sie Gott verloren hatte und die Menschen sie nicht mochten, da war es Antoine gewesen, der sich geduldig und anhänglich zeigte, trotz ihrer Verschlossenheit, ihrer Launen. Antoine, der einzige Sohn kränklicher Eltern, mit seinen Sommersprossen, seinem dünnen gelben Haar, dem linkischen Wesen. Vor ihm konnte sie ihre Wutanfälle haben, ihn gegen das Schienbein treten, an seinen Haaren reißen, seine Finger quetschen, die Finger mit den abgebissenen Nägeln. Er ließ es sich gefallen; sagte, er *wolle* leiden: »Wer hienieden leidet, bekommt einen besseren Platz im Himmel – außerdem leide ich gern.« Es tat gut, jemanden zu haben, der sich nie beklagte.

Als sie kam, stand er gegen die Haustür gelehnt, sah trübe aus, unglücklich. »Ich dachte schon, du kommst überhaupt nicht mehr.«

»Es ist spät geworden. Aber wir können von Glück sagen – ich habe eine Stellung.«

Sie gingen ins obere Stockwerk. Michel Deshayes' Zimmer war jetzt ihr eheliches Gemach, mit dem uralten Bett aus dunklem Nussbaum, breit genug für fünf. Er stellte keine Fragen, und sie beeilte sich nicht mit ihrem Bericht. »Hast du zu Abend gegessen?«, fragte sie.

Er gab keine Antwort, zündete die Kerze an. Sie begann sich auszukleiden. Er hockte verdrossen auf der Bettkante, blickte sie nicht an. Endlich fragte er: »Was für Leute sind die Scarrons?«

Sie betrachtete sich in dem halbblinden Wandspiegel, dachte: Ich muss lernen, mir das Haar zu stecken wie Madame. Dann antwortete sie: »Sie sind schwer zu beschreiben. Madame ist eine sehr schöne Dame. Und Monsieur Scarron – ich glaube, es ist ein Glück, ihn zu kennen.«

»Was du nicht sagst!« Seine Stimme war zittrig.

»Er ist gelähmt, von den Hüften abwärts«, setzte sie rasch hinzu.

»Der Ärmste …« Seine Stimmung erhellte sich rasch. »Werden sie dir genug zahlen, sodass wir Geld für Madeleine wegschicken können?«

Sie nickte. Und dann wünschte sie den kritischen Punkt sogleich zur Sprache zu bringen. »Ich soll bei ihnen im Haus leben, als Madames Gesellschafterin.«

»Du – eine Gesellschafterin – für so eine feine Dame?« Er zuckte mit den Achseln, seufzte: »Was sollte dich schließlich zurückhalten – hier in diesem wackligen Käfig – besonders seit Madeleine weg ist!«

Es wäre ihr lieber gewesen, er hätte widersprochen, gescholten, gewettert. Seine unterwürfige Sanftmut ärgerte sie. Begrüßte er gar die Aussicht auf eine Unterbrechung ihres Ehelebens? Sie fragte: »Vielleicht ist es dir gar nicht unangenehm, wenn du mich nur einmal die Woche siehst?«

Seine wasserblauen Äuglein röteten sich. »Gewöhnlich leben Frauen mit ihren Männern …«

Endlich ein Vorwurf! »Gewöhnlich leben Frauen von dem, was ihre Männer verdienen!«, versetzte sie ihm.

Er nickte. »Das ist wahr.« Schweigen.

Es tat ihr leid, es gesagt zu haben. Schließlich hatte er sich nach Kräften bemüht, einen neuen Verdienst zu finden. Die Unzahl von Briefen, die er geschrieben hatte, die vielen Bittgänge! Einige Male war er empfangen worden. Aber für wichtigere Posten war er weder geeignet noch vorgebildet, und um für grobe Arbeiten angenommen zu werden, dazu war er zu schwach und seine Manieren zu bürgerlich. »Man will keinen Juweliersohn als Hausdiener«, war er mehrmals beschieden worden.

Plötzlich sagte er: »Es ist ja doch kein richtiges Familienleben – mit dem Kind außer Haus.«

Sie konnte ihm nicht sagen, warum sie es zufrieden war, dass Madeleine so viele, viele Meilen von ihr entfernt aufwuchs – entfernt von ihrer Mutter, die den Pakt besiegelt hatte … Sie versuchte, ihn zu trösten: »Auf dem Land ist's für sie gesünder, mit gutem Essen, in frischer Luft, unter ruhigen Verhältnissen.«

Er sah traurig aus. »Du wirst mir's kaum glauben, aber ich bange mich um meine Tochter!«

Armer Narr!, dachte sie. »Sei gescheit, Antoine, was könntest du mit dem kleinen Ding anfangen?«

Er sinnierte. »Mit ihr spielen, Püppchen für sie anziehen, Bällchen bemalen – rosa oder grün oder blau.«

Sie zog ihre Schuhe aus. »Wir haben nie zusammen gespielt, als wir Kinder waren.«

»Mit mir hat überhaupt nie jemand gespielt. Nicht mal meine Mutter, immer hatte sie den Kopf voll mit Vaters Geschäftssorgen. Und du? Du hattest ja niemals Lust, oder hattest du?«

Sie stand vor dem Spiegel, gereckt, die Arme zum Kopf gerundet, ihr Haar lösend. »Ein Mädel fragt man nicht, ob sie mit einem spielen will, man spielt halt mit ihr.« Und sie lachte.

Ihr Lachen erregte ihn. Er stand auf. Mit zwei Fingerspitzen zupfte er an dem dunklen Flaum unter ihren Achseln. »Kiiik …«

»Lass das!«, rief sie, schärfer als sie beabsichtigte.

Er wandte sich zum Bett, streifte Hose und Weste ab, faltete sie sorglich zusammen, legte sie auf den Schemel. Dann schlüpfte er unter die Bettdecke, lag still.

Sie kämmte ihr Haar aus. »Sag, Antoine – ich hab' dir doch nie was Schlimmes getan …?«

»Nein«, sagte er, »aber du wärest dazu imstande – wenn ich nicht täglich meine Gebete sagen würde.«

»Musst du dich vor mir durch Gebete schützen? Wenn ich dir so – so unheimlich bin, warum hast du mich geheiratet?«

Er zog die Decke bis an die Nase, vermied ihren Blick, flüsterte: »Alle Weiber sind so, alle über vierzehn. Aber heiraten muss man trotzdem, sagt die Religion, wenn man nicht das Glück hat, leben zu können wie ein heiliger Mönch.«

Sie setzte sich zu ihm aufs Bett. »Was meinst du damit: Alle Weiber sind so. Hältst du uns allesamt für Hexen?«

Er zögerte, bevor er sprach: »Eines Tages wirst du mir Schreckliches antun. Ich fühle es … Wenn wir im Bett sind und du schläfst, dann mag Gott wissen, wo du wirklich bist, während dein Körper neben mir liegt. Und dann krieg' ich Herzklopfen, und die Füße werden mir kalt und feucht – und ich würde mich gar nicht wundern, mich um Mitternacht verwandelt zu finden – in einen Esel ….«

Sie wurde böse. »Geh aus meinem Bett und richte dich im Dachzimmer ein!« Und da er nicht gleich gehorchte: »Ich weiß nicht, ob Männer in Tiere verhext werden können, aber kein Zauber macht aus einem Esel einen Mann! Gute Nacht, Antoine. Es tut mir leid, wenn ich dir wehtue – aber wir schlafen nie wieder im selben Zimmer.«

Er stand fröstelnd auf seinen dünnen behaarten Beinen, eine dicke Träne rollte über die Sommersprossen, ein Geruch ging von ihm aus wie von einem ungewaschenen Säugling. Er nahm sein Zeug vom Schemel, langte nach der Kerze, zögerte.

»Nimm nur«, sagte sie und streckte sich aus im Bett.

Er versuchte eine Entschuldigung zu murmeln, stolperte hinaus, machte die Tür zu.

Sie lag im Dunkeln, schloss die Augen und sah Scarrons Gesicht.

Am nächsten Morgen packte sie einige ihrer Habseligkeiten zusammen und ging zurück in die Rue Saint-Louis. Antoine Monvoisin trug ihr das Bündel.

Catherines Leben bei den Scarrons war zunächst recht ungeregelt und verwirrte sie. Gewiss, täglich von Neuem fühlte sie sich dankbar; sie hatte ihr eigenes Zimmerchen im zweiten Stock, ganz in Weiß und mit einem zierlichen Bett, wie eine junge Prinzessin. Ihre Pflichten waren lächerlich gering: Frühstück machen, Kleinigkeiten für den Haushalt einkaufen, Madame zur Hutmacherin und zum Schneider begleiten, auch zu den langen Sitzungen bei Mignard, der Madames Porträt malte. Ohne viel Mühe lernte sie von ihr, sich modisch anzuziehen, ihr Haar zu frisieren, Konversation zu machen. »Warum soll ich nicht an dich weitergeben, was mir Monsieur Scarron und einige seiner Gönnerinnen beibrachten«, hatte Madame gleichmütig geäußert.

Von den vielen Rätseln im Hause Scarron erschien ihr das um Madame am befremdlichsten. Immer liebenswürdig und gleichmäßig schien Madame wie in einer gläsernen Kugel zu leben, durch die hindurch kein Gefühl sich mitteilen ließ, nicht nach draußen und nicht nach drinnen. Mit der Zeit konnte Catherine wenigstens die äußeren Ereignisse in Madames Geschichte ermitteln:

Sie war im Gefängnis zur Welt gekommen, als Kind protestantischer Edelleute, die sich weigerten, ihren Glauben aufzugeben. Nach langer Haft wurden sie zwar nicht dem Henker überliefert, aber aus Frankreich verbannt, auf die Insel Martinique. Dort starb der Marquis d'Aubigné, ihr Vater. Die Mutter sorgte für die schleunige Aufnahme des Kindes in den Schoß der katholischen Kirche. Eine Vollwaise, nach Frankreich zurückgekehrt, mittellos, von einer altjüngferlichen Tante in Obhut genommen, erhielt sie zunächst ein paar Jahre Klostererziehung. Dann kam der Tante der Einfall, die Sechzehnjährige zwecks Vervollkommnung ihrer Bildung dem Literaten und ehemaligen Abbé Paul Scarron anzuvertrauen, dessen Gelähmtheit als Gewähr erschien für die Unverfänglichkeit der Beziehung zwischen Lehrer und Schülerin. Trotzdem verliebte sich Scarron, und sie heirateten … So weit Madames eigener Bericht, den Rest vermochte Catherine sich nicht zusammenzureimen. Diese schöne, gesunde Frau – und Monsieur Scarron! Sie glaubte auf eine Fährte zu kommen, als sie eines frühen Nachmittags unerwartet in den Salon trat und dort sah, wie die ätherische Marschallin d'Albret Madames schlanke Hände mit inbrünstigen Küssen bedeckte; aber der gelangweilte Ausdruck auf Madames Gesicht bewies, dass sie dabei unerregt blieb.

Ein Rätsel war Catherine auch die Sorglichkeit, mit der Scarron sich bemühte, sie in die Welt des Geistes einzuführen. Nach einem kurzen eindringlichen Unterricht in der lateinischen Sprache gab er ihr Seneca zu lesen. Übersetzungen aus Plato, Schriften der großen Humanisten wie Erasmus und Thomas More. Bald stand sie davon ab, seinen Beweggründen nachzugrübeln; er hatte sie an die Hand genommen, er wollte es so – und sie gehorchte. Ach, wie gut war es, sich vertrauensvoll führen zu lassen.

Nur gelegentlich handelte sie seinen Weisungen entgegen: In einem Winkel der großen Bibliothek hatte sie einige Wälzer über das Hexenwesen entdeckt – Del Rio, Grillandus und den fürchterlichen »Hexenhammer«, dessen Behauptungen, wie ihr jetzt aufging, den Äußerungen der Madame Filastre zugrunde gelegen haben mussten. »Vergeude die Zeit nicht mit diesem Schund«, hatte Scarron gesagt, »das Zeug ist nichts weiter als ein Schandmal für den Verfall der Vernunft, von dem die Welt sich noch nicht erholt hat!« Ach, so einfach lässt sich die Sache nicht abtun, dachte sie, aber freilich, Monsieur Scarron braucht das nicht zu wissen, ist er doch gefeit gegen Dämonen sowohl wie Inquisitoren. Warum er gefeit sein sollte, das allerdings wusste sie sich noch nicht zu beantworten. Wenn er sie in seiner Bibliothek sah, mit heißen Wangen die Sätze irgendeines der klassischen Denker verschlingend, dann lächelte er wohl: »Nimm's nicht gar so ernst, Kind. Denke an kleine Knaben, die sich auch sehr wichtig nehmen, wenn sie Ball spielen oder aus Sand Burgen und Schlösser bauen – lach nicht über sie, sonst werfen sie mit Dreck nach dir oder gehen dir gar zu Leibe! Darum, wenn du diese Gedankengebäude und Systeme studierst, setze eine respektvolle Miene auf, aber halte dich nicht zu lange auf; geh deinen eignen Weg und schau, dass du die ursprüngliche Weisheit wiederfindest, die deine Urmutter Eva – wie es heißt, auf unerlaubte Art – im Garten Eden gewann!«

Auf Scarrons Wunsch unterrichtete Adam Lesage sie hin und wieder in den Anfangsgründen von Physik und Chemie. Alles, was ihr an Wissen geboten wurde, saugte sie auf, immer vorwärts drängend, als dürfe kein Tag versäumt werden. Zwischendurch fragte sie sich wohl, was es sein mochte, das Scarron so fest mit diesem Adam verband, der kein Schriftsteller oder Gelehrter war; ein Holzhändlerssohn, der mit siebenundzwanzig das vom Vater ererbte Vermögen durchgebracht hatte – auf welche Weise, das sagte er nicht. Warum nur war Scarron ihm so sehr zugetan, behandelte ihn fast wie einen Sohn und Erben? Aber nicht weniger rätselhaft erschien ihr Lesages bedingungslose Ergebenheit für den älteren Mann, der ihm weder ein Einkommen noch besondere Protektion zu gewähren imstande war. Es war nicht zu verstehen …

Und dann kam die Schreckensnacht. Es war im Dezember. Madame war mit den d'Albrets zu einer neuen Komödie im Théâtre du Marais. Scarron hatte sich schon frühzeitig von Mangin zu Bett bringen lassen. Das gesamte Personal war zu einem Faustkampf zweier Berühmtheiten in einem Wirtshaussaal beurlaubt.

Catherine hatte in ihr Zimmer ein Buch mitgenommen, von dem viel hergemacht wurde; Madame hatte sie gebeten, es für sie zu lesen, da es ihr von der Marschallin enthusiastisch empfohlen war. Es hieß »Die ehrbare Witwe«, von François de Grenailles.

Catherine, schon im Nachtkleid, hockte auf ihrem Bett und überflog beim Licht einer Kerze den Inhalt. Sie fand den Verfasser völlig erfüllt vom Geist der christlichen Lehre, so wie sie die Kirchenväter ausgelegt hatten: »Ehe ist gut, Witwenschaft ist besser, Jungfräulichkeit ist am besten.«

Also für diese Art Lektüre, dachte Catherine, begeistern sich die Damen der noblen Gesellschaft – ganz ähnlich, wie Ehebrecherinnen und Huren andere Weiber ermutigen, doch ja keusch zu bleiben! Wie es scheint, lesen diese Leute eben alles, Erhabenes und Ordinäres, durcheinander, konversieren über alles in dem gleichen leichten Ton. Ja, die Kunst der Unterhaltung wird halt um ihrer selbst willen hoch geschätzt, ähnlich wie die Kunst, rasch Geld zu machen, oder die Kunst, einander die Ehegatten zu stehlen oder beim Kartenspiel zu täuschen! Gefirnisst mit leidlichem Geschmack und artigem Witz, erscheinen sogar Betrug und Niedertracht gesellschaftsfähig. Eine wunderliche Welt – in ihrer glänzenden Außenseite kann man sich spiegeln wie in einem polierten Nachttopf!

Sie fühlte sich erinnert an die Messe von Saint-Germain mit den

Ausrufern und Händlern, Schwindlern, Zuhältern, Amüsierlustigen, Trunkenbolden – alle in Hast, nur ja keinen Augenblick ungenützt zu lassen, keine Gelegenheit zu versäumen. Und mittendrin der alte Löwe, ergrimmt aufbrüllend in seinem engen Käfig. Ihre Fantasie begann mit dem Löwen zu spielen. Sie streckte sich rücklings auf dem Bett aus, die Arme unterm Kopf verschränkt …

Sie stellt sich vor, wie der Löwe den Käfig verlässt, mit erhobenen Vordertatzen aufrecht daherschreitet, nicht achtend des schweren Schnees, der über Paris niedersinkt. Er schreitet fürbass, der Löwe, erreicht die Rue Saint-Louis, erreicht das Haus Scarron – drinnen lärmt eine ausgelassene Gesellschaft. Sie sieht den Löwen, auf den Hintertatzen schreitend, in die Vorhalle eintreten, jetzt in den Salon, etwas geblendet durch die vielen Kerzen. Ha – wie die Gäste aufkreischen und auseinanderstieben, Damen und edle Ritter, in Panik, jeder drängt über die Treppe hinauf, stößt, tritt auf die Leiber von Stürzenden. Und der Löwe brüllt – brüllt wie Sankt Peters Löwe: der Löwe, der Satan war.

Und siehe da: Beim Erdröhnen der Löwenstimme zeigt es sich, dass sie gar nicht wirklich sind, keine menschlichen Wesen, nur Marionetten in Seide und Samt und Spitzen, mit künstlich aufgetürmten Locken und Perücken, hin und her gelenkt von den nimmermüden Händen eines unsichtbaren Puppenspielers.

Dem Löwen geht das auf, und er lacht. Die meerblauen Augen lachen, die breite Stülpnase zuckt vor Gelächter. Er lässt sich nieder auf alle viere, kommt zu ihr, legt das Kinn in ihren Schoß, lädt sie ein, auf seinem goldmähnigen Nacken zu reiten, der Löwe … Und da ist sein Geruch, stark und beizend, erbeben macht es sie. Ja, der Löwengeruch, durch alle Nerven geht es ihr, der erregende wilde Geruch … Sie fährt hoch, die Nüstern weit: Da ist ein Geruch – ein wirklicher Geruch – Gefahr! Gefahr! Der Geruch von Qualm. Es brennt.

Sie bläst die Kerze aus, stürmt aus dem Zimmer. Rauch kriecht die Treppe empor. Feuer! Im Dunkeln tastet sie sich hinunter, am Treppengeländer, in das tiefere Stockwerk.

Scarrons Schlafzimmer. Die Tür einen Spalt geöffnet. Hervor quellen Rauchschwaden, schmale Flammen züngeln.

Sie schreit: »Monsieur Scarron!« Keine Antwort. Sie reißt die Tür auf. Da liegt er auf dem Bett: Gesicht aschfahl, Augen geschlossen, graue Lippen röcheln. Mit einem Blick sieht sie, was geschehen ist: der Leuchter auf dem Teppich, das umgestürzte Nachttischchen – er muss versucht haben, im Bett Aufzeichnungen zu machen, hat den Tisch umgestoßen, die Kerzen stürzten auf den Teppich, der Teppich fing Feuer, die Flamme lief die Bettvorhänge empor, sprang über auf das Holz der Tür, die Mangin zum Glück nicht ganz geschlossen hatte.

Sie stürzt durch den Qualm zum Fenster, stößt es auf, schreit in die Straße hinunter: »Feuer! Feuer!« Schnee weht herein. Ihr Nachtkleid fängt Feuer, sie reißt es herunter. Sie nimmt den Mann von seinem Lager auf, hockt ihn sich auf den Rücken, seine ausgemergelten Arme um ihren Nacken, die verkümmerten Schenkel um ihre Hüften. »Monsieur, lieber, guter Monsieur, festhalten! Bitte, festhalten! Ihnen kann nichts geschehen, ich bin mit Ihnen, Catherine!«

Über die geilen Flammen tritt sie weg, ihre Knöchel werden angesengt, sie schreit auf. Und dann, unter Aufbietung all ihrer Willenskraft: »Geist, mächtiger Geist, ich rufe dich! Rufe dich, das Feuer zu töten!«

Mit Scarron auf dem Rücken taumelt sie aus dem schwelenden Raum, die Treppe hinunter, erreicht die große Halle, da ist kein Rauch mehr, kein Feuer.

Das Licht hin und her schwankender Handlaternen. Sie sieht Männer, von der Straße hereingeeilt. Männer mit Kübeln voll Wasser. Männer mit Äxten. Männer die Treppe empor, einander zurufend, im Kampf gegen das Feuer, bevor es auf die Nachbarhäuser überspringt.

Auf eine Polsterbank lässt sie Scarron niedergleiten, neigt sich über den armseligen Leib, aufschluchzend: »Monsieur, liebster Monsieur – sprechen Sie doch – sprechen Sie zu mir, Catherine!«

Der Schein einer Laterne streift sein Gesicht. Er schlägt die Augen auf, die blutlosen Lippen öffnen sich in geisterhaftem Lächeln: »Verkehrte Welt! Sankt Christophorus trug das heilige Kind durchs Wasser – und mich Unheiligen trägt ein Kind durchs Feuer!«

Sie versucht zu lachen, aber es wird ein Stöhnen, ihre Brandwunden schmerzen. Scarron ist unverletzt, das sieht sie, als Mangin mit einer Laterne kommt. Jetzt erst gewahrt sie, dass sie nackt ist.

Eines Abends, nach einer besonders geräuschvoll verlaufenen Gesellschaft, glaubte Catherine die Letzte im Haus zu sein, die noch auf den Beinen war, als sie durch die Stockwerke ging, um etwa vergessene Kerzen zu löschen. Ein Lichtschein aus der Bibliothek erinnerte sie, dass Louis de Vanens unauffällig Lesage zu einem Gespräch unter vier Augen beiseite gewinkt hatte. Die Stimmen der Männer, die sie jetzt hören konnte, klangen erregt. Etwas zögernd ging sie hinein.

Vanens, das sonst so engelhafte Gesicht wutgerötet und verzerrt, zischte Lesage an: »Ich machte Ihnen einen geschäftlichen Vorschlag, der Ihnen frühere Verluste einbringen könnte, und zum Dank wagen Sie mir eine Moralpredigt zu halten – Sie, Adam Lesage, recte Cœuret, ein Bankrotteur und Scharlatan!«

»Halt's Maul«, sagte Lesage.

»Jahrmarktsclown! Wann produzieren Sie sich wieder vor Dorftrotteln und blöden Frauenzimmern?«

Lesage beherrschte sich. »Immerhin ist meine Vergangenheit sauberer als Ihre! Schlagen Sie sich Ihre Ideen die Scarrons betreffend endgültig aus dem Kopf – oder ich mache mit Ihnen ein Ende!«

»Obgleich Sie nicht von Stande sind – ich hätte Lust, dies mit dem Degen auszutragen«, fauchte Vanens.

Catherine musste an Brissac denken, trat rasch dazwischen. »Messieurs!«

Vanens, als bemerkte er ihre Anwesenheit erst jetzt, setzte sein verbindlichstes Lächeln auf: »Ich bedaure, dass ich mich in diesem Hause gehen ließ. Nichts für ungut, Adam.«

Lesage übersah die dargebotene Hand und blickte Catherine an. »Falls Sie zugehört haben: Er hat nicht gelogen. Ja, ich habe einmal so ein Leben geführt – als Zauberkünstler, Jongleur, Wahrsager ...«

Vanens fiel ihm ins Wort: »Bei Lichte besehen – es ist nichts Schimpfliches, wenn ein Mann vermittels seines Gehirns sich sein Brot verdient, in Zeiten, da er Unglück gehabt hat!«

»Mein Unglück hieß Louis de Vanens«, sagte Lesage eiskalt, »und ich werde nicht zulassen, dass Sie hier die Leute ebenso hereinlegen wie damals mich!«

Vanens lächelte, jetzt wieder völlig engelhaft: »Aber Adam! Wer hätte nicht gelegentlich Pech mit an sich gesunden Projekten? Was ich vorschlage, soll doch auch Ihnen Geld einbringen! Sehen wir die Dinge realistisch an. Was muss Mademoiselle von uns denken?!«

Sie konnte sich noch kein Bild machen. Sie sagte: »Messieurs, es ist spät.« Und zu Lesage gewandt: »Monsieur Scarron wünscht noch ein Wort mit Ihnen.«

»Mademoiselle«, bemerkte Vanens, »bitte, stehen Sie mir bei, Monsieur Scarron dieses überseeische Abenteuer auszureden. Es steht unter keinem guten Stern und wird ihm nichts einbringen als Enttäuschungen und den Verlust seiner Ersparnisse.«

Das klang echt!, dachte sie bei sich.

Lesage sagte: »So skeptisch ist er erst, seitdem er darauf aus ist, Monsieur Scarron und seine begüterten Freunde in ein anderes Unternehmen zu verwickeln, bei dem man Kopf und Kragen verlieren muss und dazu den guten Namen! Unser Amerikaprojekt haben wir nach allen Richtungen hin geprüft und für gut befunden – und Sie mit Ihren Unkenrufen, scheren Sie sich doch zum Teufel!«

Vanens zuckte bedauernd mit den Achseln und blickte Catherine tief in die Augen. »Mademoiselle, bitte, glauben Sie mir: Ich betrachte mich als einen redlichen Freund von Monsieur und Madame und Ihnen selbst – und möchte Ihnen allen bittere Erfahrungen erspart sehen!« Damit ging er hinaus, ohne sich nach Lesage umzuschauen. Catherine schloss hinter ihm die Tür.

»Was wünscht Monsieur Scarron von mir?«, fragte Lesage.

»Nichts«, sagte Catherine, »ich wollte nur nicht, dass ihr zwei euch draußen an die Gurgel geht!«

Lesage warf sich in den großen Lehnstuhl, streckte die langen

Beine aus. »Fallen Sie diesem Verbrecher nicht auf seine süßen Manieren herein! Wenn er sich davon etwas verspräche, würde er keine Minute zögern, die Scarrons und Sie auf langsamem Feuer rösten zu lassen.«

Catherine gab keine Antwort, sondern nahm seine Hände und studierte die innere Fläche. »Die Lebenslinie scheint überhaupt nicht aufzuhören. Ihre Eifersucht ist heftig, aber nicht unüberwindbar. Gern möchten Sie sehr gut sein – und sehr reich. Keines von beiden dürfte Ihnen gelingen ...«

Er zog seine Hände rasch zurück. »Schon gut, diese Dinge habe ich früher selbst betrieben – und könnte Sie noch einiges lehren. Im Augenblick ist es wichtiger, dass Sie verstehen, warum so viel davon abhängt, dass die Scarrons nach Amerika reisen, und zwar für immer ... Bitte, setzen Sie sich.«

Sie zögerte. »Monsieur, ich werde hier verwöhnt, als gehörte ich wirklich zur Familie. Aber das verdreht mir nicht den Kopf. Mir kommt es nicht zu, mir Gedanken zu machen, ob Monsieur Scarrons Entscheidungen weise sind. Ich versuche nicht mal herauszubekommen, warum er Ihnen so sehr zugetan ist ...«

»Das – weiß ich selbst nicht«, gestand Lesage, »aber es ist mir wichtig, Sie zu überzeugen, dass meine Empfindungen für ihn die lautersten sind. Als ich nicht mehr aus noch ein wusste, wurde ich Komödiant. Der miserabelste, den Sie sich denken können. Scarron sah auf der Probe eines seiner Stücke, wie mir meine Rolle abgenommen wurde. Er nahm mich mit nach Hause, ließ sich von mir berichten, dass ich der verkommene Sohn eines rechtschaffenen Kaufmanns war, und lud mich ein, ihm behilflich zu sein bei der Ordnung seiner recht unübersichtlich gewordenen Vermögensangelegenheiten. Der einzige Mensch, der es jemals der Mühe wert hielt, mir die Hand zu reichen. Nie werde ich ihm vergessen, was er für mich getan hat und noch immer weiter tut – durch seine Freundschaft, seine Werke, seine Existenz.«

Eine rührende Geschichte, dachte sie sich, aber noch keine Erklärung für Scarrons Motiv.

Er sprach weiter: »Wir müssen ihn von Paris wegkriegen. Hier verzettelt er seine Kraft mit lauter unnützen Dingen. Dilettanten bringen ihm die Verse zum Verbessern, mit überspannten Weibern muss er über Plato korrespondieren, ein Schwarm von Müßiggängern will für freundliche Spenden zweimal die Woche von ihm amüsiert werden, daneben schreibt er sich die Finger wund, um Theaterdirektoren und Buchhändler zu beliefern – und kein Werk kann mehr ausreifen! Er muss von hier fort.«

Sie sah ihn an. »Und das alles ist noch nicht der wahre Grund!«

Er rang es sich ab: »Und wie recht Sie haben! Im warmen Klima Amerikas hofft er seine Gesundheit und seine Männlichkeit wiederzugewinnen. Falls Sie es nicht wissen: Er ist nicht nur ein siecher Mann, er ist überhaupt kein Mann mehr. Und seine Frau – ist noch jungfräulich! Er verzehrt sich nach ihr, und es martert ihn, ihr nicht das Glück geben zu können, auf das die Natur ihr ein Recht gewährt hat. Gewiss, wir bewundern ihr Verhalten: Niemals klagt sie, lebt makellos, lächelt, kümmert sich um keinerlei Gerede. Aber er glaubt nicht an ihre Kühle, er hat's mir einmal gesagt. Wenn diese seine letzte Hoffnung auf Genesung zuschanden würde, wäre der Rest seines Lebens eine wahre Hölle. Darum müssen wir, seine Freunde, ihn ermutigen, nicht nur durch Zuspruch, sondern durch unser Vertrauen in das Unternehmen. Darum segle ich bald, um drüben für ihn den Boden zu bereiten – tu es auf die Gefahr hin, dass die Expedition finanziell nichts einbringt.«

Seine idealistische Auffassung von Freundschaft rührte Catherine im Augenblick tiefer als die Vorstellung von Scarrons unerfülltem Verlangen nach den Umarmungen seiner Frau. »Sie werden hier sehr fehlen«, sagte sie, »und – ich werde mich wirklich freuen, Sie drüben wiederzusehen.«

Er wurde rot. »Und – Ihr Mann?«

Sie lächelte flüchtig: »Ich muss es ihm überlassen, ob er mitkommen will.«

Als Lesage gegangen war, löschte sie die Leuchter und stieg in den zweiten Stock hinauf. Am Ende des Korridors sah sie einen Lichtstreifen unterhalb der Tür zu Madames Bettkammer. Auf Fußspitzen wollte sie vorübergehen, als sich die Tür auftat. Sie sah – zum ersten Mal im vollen Licht der großen Wachskerzen – das hohe silberne Kruzifix und goldene Sterne aufschimmern gegen das dunkle Violett des Wandbehangs.

»Ist im Haus etwas nicht in Ordnung?«, fragte Madames gleichmütige Stimme. »Es ist alles in bester Ordnung, Madame«, stammelte Catherine.

Das Jahr war zu Ende gegangen. Lesage war abgereist, begleitet von den heißen Wünschen der Scarrons. Vor Mai oder Juni, das hatte man errechnet, war von ihm keine Nachricht zu erwarten.

Scarron arbeitete an zwei Komödien, mit Fieberhast, als stände ein hoher Preis auf ihre schleunige Vollendung. Manchmal besuchte ihn Louis de Vanens, jetzt in königlichen Diensten. Was die beiden in lang dauernden Konferenzen verhandelten, darüber zerbrach Catherine sich nicht den Kopf, rechnete sie doch mit der baldigen Abreise. Die gewohnten geräuschvollen Empfänge im Haus hielten an. Scarron schien bei besserer Gesundheit als früher; Schmerzanfälle wie jenen, den er am Tag ihrer Ankunft erlitten hatte, gewahrte sie jetzt nicht mehr.

An einem sonnigen Vormittag, Mitte April, saß sie über Büchern in der Bibliothek. Nirgends hatte sie sich jemals so zu Hause gefühlt. An der Wand gegenüber dem breiten Schreibtisch hing Nicolas Poussins »Vision des Apostels Paulus«. Zur Erklärung, warum er dieses Gemälde liebte, hatte Scarron mit seinem entwaffnenden Lächeln nur gesagt: »Ich beneide Menschen, die Visionen hatten.« Sie hockte an der Schmalseite des Schreibtisches auf einem der zierlichen Taburetts, die so sehr abstachen von der Wucht des großen Lehnstuhls. Wie gewöhnlich war auf dem Tisch ein Chaos von beschriebenen Blättern, Schreibutensilien, aufgeschlagenen Büchern, angebissenen Früchten, zerkrümelten Biskuits, an das Scarron niemanden rühren ließ. An eine zerbrochene Vase gelehnt, ein Blatt mit Versen. Sie wagte, es aufzunehmen, und las:

Drangsal des Tages ist mit ihm beendet,
Und mit dem Dunkel strömt die Ruhe ein.
Mir aber ist die Nacht nicht hold – sie spendet
Mir nur verschärfte Pein.

Es fällt mich an, noch wütender als gestern.
Ich fluche meinem Schöpfer, schmerzverstört.
Gott aber tut, als hab' er's nicht gehört –
Und straflos bleibt mein Lästern.

Solch Übermaß an Huld verwirrt den Geist.
Verdien' ich's, dass die Folter mich zerreißt?
Vergib, o Herr – ich murre nicht einmal –,
Nur steigre nicht die Qual!

Dich preisend, Herr, tu ich, was meine Pflicht.
Du tust die Deine: hältst Gericht!
Muss ich's erdulden, bis ich ganz zerrissen –
Dann stärke, Herr, mir Glauben und Gewissen!

Das Herz krampfte sich ihr zusammen, hatte sie doch geglaubt, er leide jetzt kaum noch. Wie es sie beschämte, immer noch so wenig um ihn zu wissen, um den Mann Paul Scarron! Billig und unreif erschien ihr jetzt ihr Gefühl kindlicher Verehrung. Was konnte es ihm bedeuten, dem Gemarterten?

Die Tür ging auf. Mangin trug seinen Herrn herein, setzte ihn in den Lehnstuhl, ging wieder hinaus. Sie war längst daran gewöhnt, an diese tägliche Prozedur, von Scarron selbst als etwas Selbstverständliches hingenommen. Heute ertrug sie den Anblick nicht, grüßte nur stumm, versenkte ihr Gesicht in das Buch auf ihren Knien.

Sie fühlte seine Augen auf sich. »Immer voller Feuereifer«, sagte er, »immer vorwärts hastend. Wovor läufst du davon? Wo fürchtest du, zu spät anzukommen?«

Sie wagte nicht aufzublicken. »So – so viel muss ich noch lernen!

Da ist noch das ganze Weltall – und ich bin kaum durch mit einem Hundertstel Ihrer Bibliothek!«

»Geduld ist dir nicht gegeben«, lächelte er, »ebenso wenig wie mir.« Er streckte die Hand nach dem Buch aus. Sie gab es ihm. Er blätterte darin. »Descartes. Ein kühner Geist. Was fängst du damit an – mit seiner Darlegung des ewigen Gegensatzes zwischen Seele und Leib, Geist und Materie – dem Ding, das da denkt, und den gegenständlichen Dingen?« Er meditierte vor sich hin: »Seit Plato geht das schon, dieser Riss mitten durchs Leben. Später verlautbarten Theologen, dass der Geist von göttlicher Beschaffenheit sei, die Materie aber mit Sünde beladen und zur Verwesung bestimmt – und zugleich wurde der Geist als das männliche Element verkündet, die Materie aber als das weibliche.« Er lachte kurz auf: »Und seit zwei Jahrhunderten lodern die Scheiterhaufen für Hexen – und am liebsten hätten sie das ganze Weibergeschlecht verbrannt! Und Satan? Gewiss lacht er dazu, lacht ob der wütenden Versuche, den Teufel zu überteufeln! Wie selten, dass einer dagegen aufstand! Immerhin, es gab hie und da redliche Männer. Da war vor hundert Jahren ein Deutscher, du solltest ihn lesen: Cornelius Heinrich Agrippa von Nettesheim, ›Von der größeren Vortrefflichkeit des Geschlechts der Frauen‹. – Er ist im Elend gestorben.«

Sie fasste sich ein Herz. »Monsieur – reisen wir doch ab, ohne länger noch auf Nachricht von Lesage zu warten!«

Er verstand nicht, warum sie es sagte. »Hast du es so eilig? Ich dachte, du bist gern hier. Und nützest deine Zeit …«

Sie nickte: »Ich habe gelesen und gelesen – daneben auch praktische Dinge gelernt, sogar Physiognomik, Gedankenlesen, Kartenkunststücke, die Kunst zu plaudern und mich angenehm zu machen. Ich wollte, wir wären ein paar Tausend Meilen von hier und das Klima drüben gäbe Ihnen, was Sie erhoffen!«

Er sah das Blatt mit den Versen – und verstand. Seine durchsichtige Hand fuhr durch den graublonden Schopf. »Als wüsstest du, Kind, was ich mir erhoffe! Vergiss die schlechten Verse da. Und vor allem: Glaub nicht, ich sei für meine Sünden von Gottes Zorn niedergestreckt worden! Es ist nichts Übernatürliches um mein Gebrechen, abgesehen von der übernatürlichen Dummheit meiner Ärzte. Meinen Zustand hab' ich selbst verschuldet, durch einen Akt idiotischen Leichtsinns.«

Sie kämpfte um einen Stand im Sturm ihrer Gefühle. »Und wen klagen Sie wirklich an – mit Ihrer Selbstbezichtigung?«

Auf diese Gewissensfrage gab er zur Antwort: »Vor fünfundzwanzig Jahren war ich eins von jenen amphibischen Wesen, zu Hause in zwei Elementen zugleich, im geistlichen und im frivolen: ein galanter Abbé. Ich lebte in einem Landstädtchen, in Maine. Es war Karneval. Natürlich bestand für Geistliche das Verbot, ein Maskenkostüm anzulegen. Aber mich im Karneval nicht hervortun zu sollen, das musste meinem Ruf bei der Damenwelt schaden! Ich kämpfte mit mir – und entschied mich zugunsten des Weltlichen. Aus meiner Küche holte ich einen Topf Honig, strich ihn mir über den nackten Körper, schlitzte mein Federbett auf, wälzte mich in den Federn und Federchen. Danach sah ich aus wie ein fantastischer Vogel aus irgendeinem alten Märchen. Eine schwarze Maske vors Gesicht gebunden – und ich ging ins Stadthaus zum Maskenball. Leute kreischten auf, hielten mich für den Gottseibeiuns, bald war ich die erfolgreichste Maske des Balles. Ein paar Tänzerinnen wurden verwegen, versuchten mich kahl zu rupfen. Ich verteidigte mich. Bis eine kühn genug war, zu ermitteln, dass der unheimliche Vogel sehr männlichen Geschlechts war. Allgemeine Empörung, Skandal – ich musste Reißaus nehmen. Eine wilde Jagd. Ich rannte durch die dunklen Gassen, im Bewusstsein der Schande und Gefahr, die meiner warteten, wenn man herausfand, wer ich war. Hinter mir her die Verfolger. Da war der Stadtteich. Ich sprang hinein, verbarg mich im Schilf. Blieb in dem eiskalten schwarzen Wasser, mit klappernden Zähnen, erstarrenden Gliedern. Als ich wagen konnte, mich nach Hause zu schleichen, dämmerte es schon … Dieser Narrenstreich hat mich den Gebrauch meiner Glieder gekostet. Als sich ergab, dass ich an den Lehnstuhl geschmiedet bleiben würde, entschloss ich mich, Schriftsteller zu werden.«

Ihr war nicht bewusst, dass ihre Lippen sich bewegten, ohne hörbare Worte zu formen.

Er sah es. »Nicht, Catherine, für mich zu beten hat keinen Zweck … Vor acht Jahren gab es ein paar Wochen, da glaubte ich an eine Heilung. Damals heiratete ich. Unsere Hochzeitsnacht: Sie stand schweigend am Fenster, im Mondlicht. Ich saß im Finstern – sah zu, wie sie aus dem Brautkleid stieg, eine dunkel schimmernde Nymphe, die jungen Glieder blasses Gold unter den Mondstrahlen. Da war mir, als wäre ich wieder gesund – ja es gelang mir, mich aus meinem Lehnstuhl zu erheben. Denk dir: Stehen konnte ich, ohne Krücken auf meinen Füßen stehen! Einen Schritt konnte ich tun – zwei Schritte – Gott, ich konnte gehen!« Er trocknete sich die Stirn. »Beim dritten Schritt schlug ich zu Boden. Es war, als bohrten sich mir glühende Messer in den Leib … Die Erlösung, schon so nahe, kam nicht. Sie ist mir nicht beschieden.«

Sie saß reglos.

Nach einer Weile sprach er weiter, in vollkommen gleichgültigem Ton: »Warum soll ich zu dir nicht davon reden? Du bist mir wie eine Tochter – und kennst die Liebe. Jener Nacht folgten Tage, Wochen, Jahre, in denen ich jeden Mann in der Welt als einen Nebenbuhler hasste. Ach, die Hölle hat nicht Strafen genug zur Erfüllung all der Flüche, die ich über den verhing, der eines Tages meine Frau in die Arme nehmen würde!«

»Madame ist Ihnen treu, Monsieur«, sagte Catherine mühsam.

»Sie ist eine noble Seele – und missversteht ihre eigne Dankbarkeit als Güte. Sie vermag es, mir treu zu sein – weil noch kein Mann ihre Sinne geweckt hat. Aber tief drunten, unter der Kühle ihres Wesens, schwelt die Flamme. Eines Tages wird sie auflodern.«

»Bitte, Monsieur …!« Catherine konnte es nicht ertragen.

Er hob beschwichtigend die Hand. »Ich gestehe, dass ich das Meinige dazu getan habe. Im ersten Jahr unserer Ehe nahm ich ihr die geistige Unschuld, beschrieb ihr die vielen Masken, schillernd und elegisch, die fleischliches Verlangen sich vorbindet. Es war grausam von mir; aber ich redete ihr ein, dass ich es nur zu ihrem Schutze tat!

Ja – sie hält mich für weise und gut, und ich werde mich hüten, ihr ein anderes Bild von mir zu geben!«

Sie empfand Scham, dass er sich so vor ihr enthüllte, aber sie sagte nur: »Sie werden geheilt werden, Monsieur, der Klimawechsel wird Sie heilen.«

Er wehrte das ab. »Nicht doch, Catherine, nicht diesen Samariterinnenblick, an dir mag ich ihn nicht! Nichts, gar nichts wird mich heilen, das weißt du ebenso gut wie ich. Wozu auch? Ich lebe nicht mehr lange. Der allgemeine Stumpfsinn dieses Zeitalters gibt mir den Rest. Und was das Schlimmste ist: Ich werde mir selbst schon unerträglich.«

Sie war sich im Zweifel, ob er nicht doch die Hoffnung nährte, eines Tages der Liebhaber seiner Frau zu sein.

Er spürte ihre Gedanken. »Nein, Catherine, ich denke nicht mehr daran. Niemals werd' ich sie haben – selbst wenn es Heilung gäbe!«

Sie verstand nicht sofort. Sie spürte nur, dass ihr ein inneres Erlebnis bevorstand, wie sie es niemals gehabt hatte.

Er sprach vor sich hin, als sei sie gar nicht im Zimmer: »Wenn ich so rücksichtsvoll bin, bald das Zeitliche zu segnen, wird sie noch jung genug sein für die Liebe. Nur wünsche ich, dass sie einer bekommt, der ihrer wert ist – keiner von den Laffen und Narren, die hier im Hause verkehren! Ich beschloss, selbst einen jungen Menschen ausfindig zu machen, gescheit und ansehnlich und reinen Herzens, ihn zu meinem *alter ego* zu formen, zu einer Wiederauflage von mir, ohne meine Verkrüppelung und meinen Zynismus. Dieser junge Mensch, so dachte ich, könnte eines Tages würdig sein, ihr zu geben, was mir nicht beschieden war.«

Ihr stockte der Atem. »Und – fanden Sie einen?«

»Ja, ich fand ihn. Er hat mich nicht enttäuscht. Ich habe ihn lieb gewonnen, lieber als viele Väter ihre Söhne haben … Es versteht sich, dass er nicht im Geringsten ahnt, wofür ich ihn ausersehen habe.«

Sie fühlte, dass er von Adam Lesage sprach.

»Leider«, fuhr er fort, »leider sind wir nur imstande, die Gedanken anderer anzuregen und zu lenken, nicht aber ihre Gefühle. Und für diesen jungen Mann ist und bleibt sie die Frau seines Freundes und Lehrers – nichts sonst.«

Nach dieser Enthüllung fiel ihr ein Stein vom Herzen, aber sogleich fühlte sie sich zerknirscht ob ihrer selbstsüchtigen Regung.

Seine Stimme wurde unstet, klang heiser: »Versagt habe ich, überall versagt, ein Dickicht von Misserfolgen! Kein Grund, deswegen vor dir zu jammern, ich weiß. Aber sie – meine Frau! Acht Jahre mit mir gelebt, in dieser Ehe, ein Hohn auf alle Gesetze der Natur. Was wird ihr zum Lohn für ihre Engelsgeduld? Nicht mal die bescheidene Sicherheit einer Rente! Sie wird zurückbleiben – ohne Mittel, ohne Liebe, ohne Hoffnung. Nichts wird der Witwe Scarron gehören, nichts als der Name eines schlecht angeschriebenen Possenreißers – und eine Schönheit, die sie den Nachstellungen aller Lüstlinge in Paris aussetzt! Hol's die Pest – was frag' ich danach, ob ich drüben wieder auf die Beine komme! Ich habe mit meinem Leben abgeschlossen. Nein, Catherine – was ich mir erhoffe, woran ich alle Findigkeit meines Gehirns wende: Es ist die Möglichkeit, drüben ein Vermögen zusammenzuraffen – durch Pflanzerarbeit, Handel, Bodenverbesserung, ein Vermögen, groß genug, ihr ein sorgloses Leben zu sichern, wenn ich nicht mehr bin.«

Es war, als zerisse ein Nebel vor Catherines Blick. Zum ersten Male vermochte sie klar zu sehen – zu sehen, was keine Lektüre, keine Predigt, keine Anstrengung des eigenen Denkens ihr offenbart hatte: Es gab eine Macht, die war erhabener und gewaltiger als die der bösen Geister und Schwarzen Künste. Scarron, der Liebende – Scarron, der Mann, dessen Trachten und Dichten und Wirken auf das einzige Ziel gerichtet war: seiner Liebe zu dienen, ohne Hoffnung auf irdischen oder himmlischen Lohn – Scarron, einsam und ungekannt, leuchtete vor ihr auf in strahlender Glorie. Und aus den Tiefen ihres noch ungeordneten Gefühls stieg fast unschuldig ihr Wunsch: Ihm müssten, ihm würden, ohne Pakt, auch die Mächte der Finsternis dienen. Sie neigte sich, sagte erbebend: »Geben Sie nicht alle Hoffnung auf, Monsieur! Es gibt mächtigere Helfer als Ihre Ärzte oder das Klima Amerikas!«

Er schüttelte langsam den Kopf. »An mystische Heilung glaube ich nicht. Wenn du mir Gebete empfehlen willst, Bußübungen, Fasten – ach, Catherine, wenn ich jemals den Glauben daran besaß, ich habe ihn längst verloren!«

»Madame – betet für Sie!«

»Ich weiß.«

Um Mitternacht schien der Mond durch das Fensterchen der Bettkammer auf Madame Scarron, die zu Füßen des Gekreuzigten in inbrünstigem Gebet lag. Am andern Ende des Korridors kauerte Catherine auf ihrem Bett – ihre Lippen bewegten sich im unhörbaren Anrufen einer Macht, deren Namen auszusprechen ihr verboten war.

Drittes Kapitel

Der Stein der Weisen

Nicht den Namen Lesage, der Weise, sollte ich gewählt haben, sondern den Namen Lesot, der Trottel!, dachte Adam, als er durch das Marais wankte in Richtung auf die Rue Saint-Louis. In der sonnenwarmen Vormittagsluft war frühlingshafte Frische, am 27. August des Jahres 1660.

An Bord eines englischen Kaperschiffs, als Hilfskoch, war er von Amerika zurückgekommen. Die Freibeuter hatten ihn gern, da er bescheiden war und auf Verlangen lustige Schnurren zum Besten gab. Darum waren sie so rücksichtsvoll, ihn, als er erkrankte, nicht den Haifischen vorzuwerfen, sondern in der Nähe von Cherbourg an Land zu setzen. Dort, in dem kleinen Spital der Benediktiner, durfte er sich von seiner Krankheit erholen, einer heftigen Ruhr mit Fieberanfällen. Sein Bericht über die verunglückte Expedition, einem freundlichen Mönch diktiert, war schon Ende Juli in Scarrons Hände gelangt. Zwei Wochen später verhalfen ihm die Benediktiner zur Rückkehr nach Paris.

Er war schon seit mehreren Tagen in der Stadt. Er fühlte sich noch recht schwach, in seinen Gedanken und Träumen verfolgt von den überstandenen Schrecknissen. Da er unter keinen Umständen seinem Freund auf der Tasche liegen wollte, hatte er vorübergehend sein früheres Notstandsmetier wieder aufgenommen: in Vorstadtschenken Leuten aus der Hand gelesen, aus den Karten geweissagt, magische Kuren verschrieben. Eines Nachts hatte sein Hokuspokus ihm sogar ein paar Goldstücke eingebracht, aus der Börse einer maskierten Dame, offenbar von Adel, die aus Abenteuerlust die übel beleumundete Schenke besuchte.

Beim Einbiegen in die Rue Saint-Louis fiel ihm auf, dass die meisten Häuser beflaggt waren und die Leute Sonntagskleider trugen.

Er lehnte sich für einen Augenblick gegen eine Hauswand, bemüht, mit seinen Gedanken ins Reine zu kommen. Weit gebracht, musste er sich sagen, weit gebracht für einen, der immer das Beste gewollt hat! Obwohl er sich einen Rationalisten nannte, konnte er sich des Gedankens nicht erwehren, dass sein fortdauerndes Missgeschick die gerechte Strafe war für den Verrat an der Tradition seiner Familie, begangen durch den Verkauf der väterlichen Firma »Cœuret & Fils«. Er fragte sich, ob er wirklich nur ein idealistischer Provinzler gewesen sei, als er das väterliche Geschäft zu Geld machte, um damit Experimente zu finanzieren, die er für gemeinnützig hielt.

Jetzt stand er vor dem Hause Scarron und zog die Glocke. Hinter dem Türhüter sah er sie auftauchen, anmutig und leichtfüßig, in einem zartvioletten Sommerkleid; darunter knisternde Seide. Es ging ihm warm durchs Herz, fast war es wie Nachhausekommen. Er streckte die Hände aus. »Catherine!«

Sie knickste leicht, berührte seine Hand – verriet ihm nicht, wie betroffen sie war, ihn so fahl und abgemagert zu sehen. Sie sandte einen Bedienten hinauf, um Monsieur und Madame zu melden, Lesage sei gekommen. Dann ging sie mit ihm in die Bibliothek.

Er wunderte sich, dass Scarron in dieser seiner gewohnten Stunde nicht am Schreibtisch saß, und fragte, ob er etwa krank sei. Catherine verneinte es. Er blickte sich um. Wie immer war die Atmosphäre des Raums bestimmt durch die ruhige Würde geistigen Schaffens, dachte er, und nun brachte er Unrast hinein, Misserfolg, Verzweiflung.

Sie saß ihm gegenüber, die gepflegten Hände im Schoß gefaltet, still wartend.

»Sie hatten damals so recht«, sagte er endlich, »ich bin nicht geboren, um reich zu sein – auch nicht, um gut zu sein.«

Sie lächelte nicht, vermied seinen Blick. »Es wird noch alles gut werden für Sie …«

Er tat es mit einer kurzen Geste ab. Und dann erzählte er. Und sie hörte ihm atemlos zu, seiner dunklen, vibrierenden Stimme.

»Von Anfang an war es ein ungesundes Unternehmen. Bei der ersten Ausfahrt gelangten wir nicht einmal bis aufs offene Meer; denn die Westindische Compagnie hatte uns einen seeuntüchtigen, halb verfaulten Kasten verkauft. So mussten wir die Passagiere des ersten Transports auf das zweite Schiff bringen und den zweiten Transport zurückstellen. Es gab schlimmen Streit, und die Brutalsten behaupteten sich an Bord. Schon in Madeira stellte sich heraus, dass wir ungenügend verproviantiert waren. Der Zahlmeister verschwand, bevor wir ihn zur Rechenschaft ziehen konnten. Kein Mehl, kein Fleisch, unzureichender Wasservorrat. Drei Wochen gingen hin mit dem Aufbringen von Proviant und mit Reparaturen am Schiff.«

Sie dachte an Louis de Vanens' Warnungen.

»Endlich segelten wir von Madeira weiter. Die Mannschaft bestand vorwiegend aus Galgenvögeln. Die Passagiere – nicht wenige davon hatten hier im Hause verkehrt – hatten es eilig, sich der Zivilisation zu entledigen, ergaben sich sinnlosem Saufen, Hurerei, wüstem Gezänk. Eines Morgens fand man den Kapitän mit einem Messer in der Kehle und die Schiffskasse geplündert. Nachforschungen führten zu nichts, zumal jedem Zweiten an Bord das Verbrechen zuzutrauen war.«

Und diesen traurigen Stümper hat Scarron sich als *alter ego* ausgesucht!, fuhr es ihr durch den Kopf.

»Als wir unser Ziel erreichten, die ›Vogelinsel‹, sahen wir zu unserem Entsetzen: Das uns versprochene Paradies würde dem Teufel selbst zu unwirtlich sein. Kahle Felsen, darauf Millionen von Seevögeln, dahinter Urwald. Kein Gebäude, nicht einmal eine Holzbaracke, kein beackertes Stück Feld. Und wir traten den Marsch durchs Dickicht an, bis an die Zähne bewaffnet.«

Sie unterbrach: »Die Männer, die hier zuerst für das Unternehmen warben, waren doch vorher dort gewesen! Irgendeinen Plan für die neuen Siedler müssen sie doch vorgelegt haben.«

Er wischte sich die Stirn. »Einen Plan ja – aber an Ort und Stelle sah es anders aus: Die Siedler einer früheren Expedition sollten wir überfallen und niedermachen, um ihre Häuser und Pflanzungen zu übernehmen. Als wir, nach mehreren Tagemärschen, in die Nähe dieser Siedlung kamen, griffen die Eingeborenen ein, und wir Weißen mussten alle zusammenstehen, um sie zurückzuschlagen.« Er unterbrach sich. »Die weiteren Einzelheiten sind Ihnen wohl bekannt, ich sandte ja einen ausführlichen Bericht.«

»Monsieur Scarron hat ihn uns nicht gezeigt«, versicherte sie – und dachte sich: Scarron hat sich für seinen Freund geschämt.

Lesage sagte: »Zum Glück hatte ich, in meiner Eigenschaft als Compagniedirektor und Leiter des Transports, darauf bestanden, dass Frauen und Kinder mit der Schiffsmannschaft an Bord blieben.«

»Ich weiß«, fiel sie ein, »wir hatten schon Nachricht, dass sie alle heil in Martinique angelangt sind. Madame hat eine Sammlung veranstaltet, damit man die Rückkehr nach Frankreich ermöglichen kann.«

Es zwang ihn weiterzusprechen. »Die alten Siedler zeigten sich zuerst gar nicht unfreundlich. Ihre Zahl war durch Krankheit und Hunger dezimiert, und es gab Arbeit genug. Wir bauten uns ein Blockhaus, die Frommen errichteten eine Kapelle. Aber wenig Nahrung, noch weniger Trinkwasser. Als wir einen Teich entdeckten, erkrankte alles an der Ruhr. Die Schwachen starben weg, die Starken wurden schwach. Ich wurde abgesetzt. Die Leitung übernahm ein Komitee von drei Männern, drei Teufeln! Sofort gingen sie daran, alle andern als Arbeitssklaven zu behandeln. Wer zusammenbrach, wurde in den Urwald gejagt und kam um. Nachts erfolgten Überfälle der Eingeborenen. Selten bekam man einen zu Gesicht, aber Speere und vergiftete Pfeile schwirrten durchs Dunkel. Es kam zu einer Revolte. Sie wurde vorzeitig verraten. Der junge Marquis, der ihr Haupt war, wollte nichts Schlimmeres, als seine Leidensgefährten ans Meer und nach Europa zurückführen. Er wurde öffentlich hingerichtet, mit einer Holzsäge trennten sie ihm den Kopf vom Rumpf. Das taten Franzosen – christliche Edelleute!« Der Schweiß floss von seiner Stirn, die Augen flackerten. Gewaltsam riss er sich zusammen. »Von da an war an einen gemeinsamen Plan nicht mehr zu denken, jeder auf sich selbst gestellt. Ich zog es vor, mich den Schrecken des Urwalds zu überliefern und den Wilden – nur fort aus der Gewalt dieser Bestien! Die Eingeborenen taten mir nichts. Einen ganzen Monat lebte ich mit ihnen, lernte nützliche Dinge: den Bogen handhaben, ohne Köder fischen. Ich lernte die Verwendung von Kräutern, eine ganze Wissenschaft, die Kunst des Heilens und des Tötens. Viele Pflanzensäfte bewirken beides, Tod und Heilung – es kommt auf die Dosierung an.«

»Jede alte Dorfhexe weiß das«, sagte sie – und wollte lächeln, aber es gelang nicht.

Er lehnte erschöpft an der Wand. »Sie brachten mich auf den Weg nach Cayenne. Von dort bin ich zurückgekommen.«

Sie war aufgestanden, wollte ihm etwas Tröstliches sagen: Ich bin froh, dass Sie es überstanden haben und wieder da sind. Aber die Worte wollten ihr nicht aus der Kehle. Das Schweigen war quälend.

Endlich blickte er auf. »Wie schön Sie geworden sind!«

Sie sah auf ihr Kleid. »Weil ich feiertäglich angezogen bin? Das ist, weil wir ausgehen wollen, Madame und ich – dem festlichen Ereignis beiwohnen ...«

»Welchem Ereignis?«

Sie zwang sich ein Lächeln ab: »Dies ist Paris, Monsieur, nicht der Urwald. Es wäre gut, Sie fänden sich wieder in die Wirklichkeit. Heute ist der Tag, da unser Allerchristlichster König in seine Hauptstadt einzuziehen geruht, an der Seite Ihrer Majestät der Königin Maria Teresa.«

Ein Bedienter erschien und forderte beide auf, zu Monsieur Scarron zu kommen, ins Laboratorium im zweiten Stock.

Lesage verstand nicht. »Ein Laboratorium?«

»Und was für eins! Stinkt davon nicht das ganze Haus?«, erwiderte sie.

Beim Hinaufgehen zeigte er neue Unruhe. »Wie nahm er's auf? Hat die Nachricht vom Scheitern der Expedition ihn sehr betroffen?«

»Er ließ sich nichts anmerken. Fast schien es, als habe hinterher seine Kraft einen mächtigen Antrieb erhalten.« Sie fühlte sich nicht berechtigt, ihm anzuvertrauen, was in Wahrheit Paul Scarron am Leben hielt.

Der Raum, bis vor Kurzem Mangins Schlafkammer, war mit dickem Qualm erfüllt, hindurch stach der scharfe Geruch von Chemikalien. In einem aus rohen Ziegeln gebauten Öfchen brannte ein Kohlenfeuer, darüber hing ein kupferner Kessel. Vom Ofen weg trug der schwitzende Mangin ein großes Glasgefäß an einen Tisch, auf dem Retorten und Schalen standen; Gläser, Destillierkolben, Mörser, Pinzetten, Löffel. Der Qualm kam aus einem Spalt zwischen den Ziegeln des Ofens, vermischte sich mit dem weißen Dampf, der aus dem Kessel über dem Feuer aufstieg.

Und in der Ecke, auf einem erhöhten Lehnstuhl, hockte Scarron – gestikulierend, fluchend, mit sich selbst zankend, ein fantastischer Gnom. Auf seinen Knien ein altes Buch in Schweinsleder: ein Werk des mittelalterlichen Okkultisten Raimundus Lullus, dessen Weisungen Scarron mit den Daten eines zeitgenössischen Lehrbuches verglich, Zahlen und Formeln herausziehend, mit Kreide auf einer Schiefertafel notierend, wieder auswischend, fluchend, gestikulierend.

»Also das heißt Wirklichkeit!«, sagte Lesage und musste krampfhaft husten.

Scarron blickte auf, fuchtelte mit beiden Armen, krächzte: »Eine Pause, Mangin, eine Pause, sonst erstickt der zarte Freund!«

Ventile wurden geschlossen, das Fenster geöffnet, der Rauch verzog sich, der stechende Geruch ließ etwas nach. Mangin machte die Feuerklappe des Destillierofens zu, ging leise seufzend hinaus.

Catherine beobachtete, wie die beiden Männer ihre Blicke ineinandersenkten, als könnten sie so einander alles sagen, was sie beschwerte.

»Du siehst recht gut aus, Adam«, räusperte sich Scarron.

»Das Gleiche könnt' ich dir sagen, Paul – und wir beide hätten gelogen!«

Scarron lachte unwirsch: »Was sonst erwartest du von mir als die Erklärung: Ich freue mich, dass du mit heilen Gliedern zurück bist.«

»Es sind Menschen umgekommen, Paul, und alles ist verloren, was wir an dieses Unternehmen gesetzt hatten: Geld, Zeit, Hoffnung.«

»Der Zeitverlust ist schlimm, das gebe ich zu. Geld haben wir immer rascher verloren als gewonnen, darum heißt es jetzt, ein anderes Tempo nehmen! Und was die Hoffnung betrifft – ich hoffe, solang ich atme.« Er rieb sich die Hände, seine Augen funkelten. »Also Schluss mit dem Kapitel Amerika! Die ersten Seiten des neuen Kapitels sind schon geschrieben und es wird eins, das den Blick Fortunas auf uns zwingen muss, dieses launischsten aller Frauenzimmer!«

Lesage wehrte sich zu glauben, was er da gegenständlich vor sich sah. Er versuchte zu tun, als habe er für Scarron einen sicheren und einfachen Weg entdeckt, zu Geld zu kommen.

»Eine adlige Dame, die ich kürzlich traf – ihren Namen gab sie nicht preis –, regte an, du solltest dich um den Posten eines Hofhistorikers bemühen.«

»Ausgezeichnet! Wie erpicht sie darauf sind bei Hofe, sich die Geschichte der Monarchie von einem berüchtigten Frondeur schreiben zu lassen! Unsinn, guter Adam. Auch hab' ich nicht mehr viel Zeit … Sieh dich hier um – ich habe den denkbar kürzesten Weg gewählt: Alchemie!«

»Hol's die Pest!«, fluchte Lesage, seiner selbst nicht mehr mächtig.

»Sachte, Monsieur«, knurrte Scarron. Er deutete auf ein amtlich gestempeltes Schriftstück, das gerahmt an der Wand hing: eine königliche Lizenz, die Apparate und Materialien anzuschaffen und zu benützen, die erforderlich waren zur Erforschung der geheimen Kräfte von Mineralien sowie zur Destillierung von Drogen zur Heilung menschlicher Leiden.

Lesage las es. Dann fragte er brüsk Catherine: »Wer hat ihn da hineingeredet?«

»Du kannst mich direkt fragen!«, sagte Scarron. »Louis de Vanens war mir behilflich zur Erlangung der Lizenz. Er gilt als großer Sachverständiger, hat jetzt sein eigenes Laboratorium in einem Gewölbe der Bastille, wo er an dienstfreien Tagen arbeitet.«

Lesage rang nach Luft.

»Der junge Mann«, erläuterte Scarron, »erklimmt Stufe um Stufe einer außerordentlichen Karriere. Die d'Albrets haben ihn dem Bruder des Königs vorgestellt, der soll Gefallen an ihm gefunden haben …«

»Versteht sich«, polterte Lesage. »Gleiche Brüder, gleiche Kappen! Sogar wenn die beiden nicht ineinander verliebt sind – sie können sich zur größeren Bequemlichkeit dieselben Lustknaben abrichten!«

Catherine ärgerte sich: Nicht einmal die Hölle, durch die Adam gegangen ist, hat ihn von seiner kleinlichen Eifersucht befreit!

Lesage holte Atem. »Ich sehe ein, ich schulde euch beiden eine Erklärung. Vor einigen Jahren redete ich mir ein, ich sei zu was Besserem geschaffen, als mit Holz zu handeln wie mein seliger Vater. Damals traf ich Louis de Vanens. Er überredete mich, zu verkaufen – und mit dem Erlös eine Gesellschaft von Alchemisten zu finanzieren. Die waren, wie er es darstellte, keineswegs darauf aus, Geld zu machen – o nein: Es ginge ihnen darum, dem Grundprinzip allen Lebens im Weltall auf die Spur zu kommen, die Einheit von Geist und Materie wiederherzustellen, Gott wieder mit seiner Schöpfung zu vereinigen. Das klingt doch überwältigend, nicht wahr? Phasen der Suche nach jenem Grundprinzip waren begreiflicherweise die Umwandlung von Metallen und die Verlängerung des menschlichen Lebens. Als mein Geld in ihre Taschen gewandert war, fand ich heraus, dass sie nichts weiter vorhatten, als künstliches Gold zu machen – und als es damit Schwierigkeiten hatte, brauten sie verdächtige Drogen und Gifte und betrieben Falschmünzerei.«

Catherine konnte sich nicht enthalten auszurufen:

»Aber es wurde niemandem der Kopf abgesägt – wie bei dem Unternehmen, vor dem der Chevalier gewarnt hat!«

»Mir geht's weder um die Einheit von Geist und Materie«, bemerkte der Dichter trocken, »noch um die Wiedervereinigung des Schöpfers mit seiner Schöpfung. Dem Universum ist es gleichgültig, ob auf unserer Erde Zivilisation ist oder Urwald. Mir kommt's darauf an, rasch Geld zu verdienen. Eine Gruppe von angesehenen Bankiers, Advokaten, hohen Beamten arbeitet in derselben Richtung wie ich. Aber ich, der Dichter – ich bin, wie es den Anschein hat, der Lösung am nächsten: flüssiges Gold, meine Freunde!«

»Flüssiges Gold«, brach es aus Lesage hervor, »der Stein der Weisen: trinkbares Gold, Wundergold, das auch die anderen Metalle zu Gold veredelt! Das mystische Elixier, von dem ein Tropfen genügt, das Weltmeer in eine geschmolzene Sonne zu verwandeln! Nebenbei kuriert die Wundertinktur die Pest, heilt die Bleichsucht, stellt geschwundene Manneskraft wieder her! Ein armer Phantast wie ich ließ sich von der Idee berauschen – aber du, Paul? Mein Gott!« Plötzlich ging ihm etwas auf: »Es ist doch ganz klar, warum Vanens so sehr daran interessiert war, dass du in Paris bleibst: Er brauchte, ohne dass es auf seinen Namen ging, ein zweites Laboratorium, in dem er ohne Überwachung seine gefährlichen Drogen brauen kann!« Er brach ab, da Madame Scarron hereinkam, zum Ausgehen gekleidet.

Sie reichte ihm die Hand. »Nur gut, dass Sie wieder da sind!«

Scarron ließ sich in die Bibliothek hinuntertragen und frühstückte mit Lesage: Hasenpastete, hart gesottene Eier, Trauben aus der Provence, dazu roten Burgunder. Das Band zwischen ihnen, Scarron spürte es, war jetzt das Einzige, was Lesage auf den Beinen hielt – er sollte nicht meinen, es sei gelockert!

»Iss und trink, Adam, und schau nicht so beleidigt drein, weil ich Alchemie treibe. Was darf man – was darf man nicht? Nur Trottel reden sich ein, sie besäßen ein allgemeingültiges Muster für menschliches Verhalten. Was wissen wir? Nicht die elementarsten Dinge! Nicht einmal, wie Leben entsteht.« Er schälte ein Ei, hielt es gegen das Licht. »Schau her. Siehst du hier irgendwas, das an ein Huhn erinnert? Was gibt dem Dotter die Vogelgestalt mit Federn, Sehnen, Knochen, Schnabel, Hirn? Was verleiht ihm die Kraft, Instinkt, Leben? Sag nicht, das seien Funktionen der Materie – ich könnte darauf erwidern: Es sind Funktionen des Geistes.« Er verspeiste das Ei, wischte sich den Mund. »Frauen wissen mehr von solchen Dingen. Im alten Ägypten und in anderen Ländern soll es als selbstverständlich gegolten haben, dass eine Frau außer ihrem leiblichen Gatten noch einen anderen hatte, einen unsichtbaren, einen Geistergatten – und von diesem, nicht vom offiziellen Ehemann, bekam sie ihr

Kind … Aberglaube? Ach, das ist auch nur so ein Wort! Spuren davon findest du heute noch im Gemüt jeder gesunden Frau.«

Lesage spürte, dass Scarron unauffällig das Gespräch auf Catherine lenken wollte. Er wurde aufmerksam.

Aber nochmals ließ der Dichter seine Gedanken schweifen. »Narren glauben, sie hätten eine Frau erobert, weil sie mit ihr schliefen! Ich weiß, auch ein völlig normales Eheleben hätte mir nicht den Schlüssel überliefert, den Schlüssel zu dem Schrein, der ihr wirkliches Wesen einschließt. Vielleicht hat sie den Schlüssel verloren – vielleicht hält sie ihn versteckt, bis der Mann in ihr Leben tritt, den sie für berufen hält, den Schlüssel zu empfangen … Wer weiß? So viel ist gewiss: Keine Berechnung bestimmt ihr Verhalten, Adam – sie gehorcht, bewusst oder unbewusst, dem Geist!«

Lesage sah müde aus.

Scarron leerte seinen Becher. »Entschuldige … Weiß ich doch, dass deine Gedanken um eine andere Frau kreisen …«

Lesage blickte ihn nicht an. »Sag mir lieber, was du da meinst: ›Der Geist‹!«

Scarron füllte die Becher wieder. »Trink, Adam, und nimm mich nicht zu scharf ins Verhör. Ich könnte ebenso gut gesagt haben: das Etwas, das sich jeder Erforschung entzieht, das gut oder böse ist, je nachdem es uns fördert oder schädigt, das ohne feste Gestalt ist, ungeheuer und unergründlich wie der Ozean, der oftmals brüllende, bedeckt mit Millionen glitzernder Schuppen: der alte Leviathan, mit dem in Stunden der Muße der Herrgott spielt!« Er seufzte. »Ja, Adam, wir Rationalisten, wir haben uns vorgenommen, dieses Etwas zu ignorieren, aber es ignoriert uns keineswegs! Die Weiber sind nicht so töricht oder so feig wie wir; sie verstehen – oder verstanden –, mit ihm zu leben.«

Lesage wusste nicht mehr aus noch ein. »Ist es deine Meinung, Paul, dass die Probleme unserer Zeit besser zu lösen wären, wenn die Frauen dazu beitrügen – nach Wiederherstellung ihrer ursprünglichen Fähigkeiten?«

»Wer kann das beantworten?«, äußerte Scarron. »Jedenfalls muss unser Geschlecht seine Fähigkeiten verhängnisvoll überschätzt haben, als es die menschliche Gesellschaft zu formen unternahm. Oder könnten die Dinge schlimmer stehen? Darum glaube ich, es stände kaum etwas zu verlieren, wenn man die Weiber an die Macht ließe!«

»Grillen eines Poeten«, murrte Lesage. »Immerhin – Gott, heißt es, beschäftigt sich mit Dichtern.«

»Unsinn«, versetzte Scarron. »Gott liest keine Gedichte. Und Millionen in Frankreich lesen überhaupt nichts – sind an ihre magere Scholle gebunden, sterben an Erschöpfung, bevor sie vierzig sind, retten vor Steuern und Abgaben kaum den Bissen Brot, leben wie in einem engen Schacht. Und richten sie den Blick nach droben, dann ist der Himmel verhangen, und sie sehen, wenn sie überhaupt etwas sehen, eine dräuende Fratze, der Teufel genannt, hinter der das Bild des Erlösers verschwindet! Mag dies ein christliches Jahrhundert nennen, wer es vermag!«

Lesage stand auf, ging ruhelos hin und her. »Die Männer fürchten sich viel zu sehr vor den Weibern, um sie an wichtige Aufgaben heranzulassen – und das ist so seit mehr als tausend Jahren!«

Scarron fingerte in seinem Schopf, lächelte: »Manche alten Kirchenväter, die in ihrem Horror vor den Weibern das Geschlechtliche als den Abscheu des Abscheus verdammten – diese ehrwürdigen Männer, so denke ich manchmal, müssen doch naiv gewesen sein! Ist die Sinnenlust bedingt durch das Vorhandensein zweier Geschlechter? Vielleicht hat der Herrgott Eva dazu erschaffen, damit nicht dein Namensvetter, der Schlingel Adam, auf groteske Verirrungen geriet und gar mit der Schlange was anfing …«

»Du hast eine unsaubere Fantasie«, versicherte Lesage.

Scarron musste es zugeben. »Aber das ist meine einzige Möglichkeit, auf die Nachwelt zu gelangen. Warum? Weil doch eines Tages, wie wir hoffen, alle Männer weise sein werden wie Sokrates und König Salomo und alle Weiber sanft und tugendhaft wie Ruth oder Penelope. Dann wird das Leben sehr rein sein und nicht sehr unterhaltsam. Und Spitzbuben und Huren wird man mit Gold aufwiegen. Und dann, und kaum vorher, wird Nachfrage sein nach meinen anstößigen Schriften!«

Lesage fühlte sich zu elend, um zu lachen. Zögernd richtete er noch eine Frage an Scarron: »Glaubst du im Ernst an die Liebe?«

Scarron machte das Zeichen des Kreuzes. »So wahr mir Gott helfe – ja!«

Mangin kam und meldete: »Der Marquis de Montespan.« »Herein mit ihm«, sagte Scarron. »Eine junge Dame ist mitgekommen«, fügte Mangin hinzu. »Den Namen habe ich nicht verstanden. Aber sie sagte, es mache ihr nichts aus, im Salon zu warten, bis der Herr Marquis seine persönlichen Geschäfte mit Ihnen erledigt habe.«

Ein wahres Glück, dass Catherine nicht im Hause ist!, dachte Lesage.

Der Marquis kam herein, schmal, jung. Sein schwarzes Wams war mit Goldknöpfen besetzt, Goldfilet in den Schlitzen der gebauschten Ärmel, Goldstickerei an den Hosen, gefältelte Spitzen überhingen den Umschlag der Stiefel. Er zerrte nervös an den langen Spitzenmanschetten, verneigte sich umständlich, stellte sich dann Lesage vor.

»Lange her, dass ich von Ihnen etwas gesehen und gehört habe, Henri«, ließ Scarron sich vernehmen. »Wahrscheinlich sind es die Festlichkeiten am Hofe, die Sie nach Paris führen?«

»Ich hin alles andere eher als ein Höfling«, versetzte der Marquis, »ich bin gekommen, um alten Freunden meine Aufwartung zu machen, vor allem Ihnen – und bei dieser Gelegenheit eine überfällige Schuld zu begleichen.«

»Sie meinen, Sie schulden mir Ihre jünglinghafte Verehrung?«

»Ich schulde Ihnen, daneben, eine Summe Geldes.«

Scarron tat, als verstehe er nicht, und ermutigte den jungen Mann, kein Blatt vor den Mund zu nehmen, sei doch Monsieur Lesage sein finanzieller Berater.

Der Marquis zog seine Börse. »Ich bin kürzlich zu Gelde gekommen. Mein Onkel mütterlicherseits wurde zu seinen Vätern versammelt, ich bin der alleinige Erbe. Zur Erbschaft gehören Liegenschaften in den Pyrenäen.« Er begann, Geldstücke auf den Schreibtisch zu schütten.

»Gratuliere«, sagte Scarron, »aber wofür ist dieser Mammon?«

»Wir hatten es doch so vereinbart.«

»Lieber Freund«, sagte Scarron, »wenn ich mir von Ihnen eine Rente aussetzen lassen will, werde ich Sie verständigen. Sollte sich's aber um Catherine handeln, so erübrigt sich jede Erkenntlichkeit Ihrerseits, sei es in Geld, sei es in Dankesgefühlen!«

Der Marquis, verlegen und steif, steckte seine Goldstücke wieder ein.

Laffe!, dachte Lesage.

Scarron amüsierte sich.

Endlich fragte der Marquis stockend: »Wie – ergeht es ihr?«

Scarron lächelte: »Sollten Sie eines Tages Ihren Kredit beim Herrgott überzogen finden, dann geben Sie getrost Ihren Einfall zu Buche, Catherine zu uns zu schicken!«

Der Marquis, sichtlich erleichtert, wollte etwas Verbindliches sagen: »Ist sie – noch schön?«

Scarron verzog das Gesicht. »Mir steht kein Urteil zu, ich bin zu sehr an sie gewöhnt. Vielleicht gibt Adam Ihnen Auskunft?«

»Sie ist keineswegs schön«, sagte Lesage gemessen, »aber sie macht einen glauben, sie sei es.«

Der Marquis wurde rot. Dann gestand er: »Ich habe mir viele Gedanken über sie gemacht.«

Lesage trat ans Fenster, blickte auf die besonnte Straße hinunter, fragte sich, warum das Gespräch über Catherine ihn ärgerte. Er hörte Scarron dem andern Aufschluss geben: »Sie können Ihr Gewissen beruhigen, Henri, Catherines wegen braucht niemand besorgt zu sein. Vielleicht ist sie wissbegieriger als andere.« Lesage wusste, diese Worte waren mehr an ihn gerichtet als an den Marquis. Der Dichter schloss das Thema ab: »Schmeicheln wir uns nicht mit der Selbsttäuschung, Freunde, dass wir Teufel seien oder gefallene Engel, denn wir sind nichts als höchst komische Lebewesen, die gravitätisch von der Wiege zum Grabe stolpern, immer in Angst, unsere Mittelmäßigkeit könnte von den Weibern bemerkt werden! Und nun, Henri, Hand aufs Herz: Was führt Sie wirklich nach Paris?«

Der Marquis holte Atem. »Eine junge Dame ist mit mir gekommen. Sie wird demnächst bei Hofe vorgestellt werden. Wir dachten, es könne nur von Vorteil sein, wenn sie sich vorher einige Aufschlüsse bei Ihnen holt.«

»Jetzt schmeicheln Sie mir wirklich«, sagte Scarron. »Und wer ist die junge Dame?«

»Meine Verlobte: Françoise Athénaïs de Rochechouart-Mortemart.«

Sie war hochgewachsen, schlank, klassisch schön; mit milchweißer Haut, tiefgrünen Augen, bernsteinfarbenem Haar, das in je drei gewundenen Locken das Oval des Gesichts umrahmte. Grün wie ihr Kleid war der Hut, den kirschrote Bänder zierten; an einem kirschroten Band hing vom Gürtel eine goldene Uhr und ein mit Perlen besetztes Spiegelchen. Eine große Brosche, zwei ineinandergeringelte Goldschlangen mit Rubinköpfen, lag über dem Tal zwischen ihren Brüsten.

Die Männer begrüßten sie stumm. Endlich sprach Scarron: »Unser Schweigen, Mademoiselle, ist der Ausdruck unserer Bewunderung.«

Sie machte einen Hofknicks. »Ich danke Ihnen, Monsieur.«

Als alle saßen, fragte Scarron: »Wie kommt es, Mademoiselle, dass Sie nicht beim Einzug unserer Majestät zugegen sind?«

Ihr Gesicht wurde für einen Augenblick unnahbar. »Meine Familie interessiert sich nicht für die Familienangelegenheiten der Bourbonen.«

Warum sind die beiden wirklich hier?, fragte sich Lesage.

Scarron schmunzelte: »Eine standesbewusste junge Dame, Henri! Trotzdem, Mademoiselle, werden Sie sich, wie ich höre, bei Hofe vorstellen?«

Sie blickte auf den jungen Marquis, in ihrem Gesicht war Zärtlichkeit, gemischt mit Trotz. »Ich tue es nur um seinetwillen. Hat er's Ihnen nicht gesagt? Ich will helfen, dass er rascher vorwärtskommt!«

Der junge Mann rückte unruhig auf seinem Sitz. »Du bist ebenso weise und gütig, meine teuerste Françoise, wie du eigensinnig bist. Ich bin der Meinung, wir sollten uns gleich nach unserer Hochzeit in die Pyrenäen zurückziehen; die Ländereien bedürfen meiner Gegenwart, ich bedarf der deinigen.« Er blickte Hilfe suchend auf Scarron.

Jetzt verstand der Dichter, welche Rolle ihm zugedacht war. Es vergnügte ihn.

Sie lächelte unschuldig, während sie seine Augen suchte. »Bitte, bitte, Monsieur, geben Sie ihm doch zu verstehen: Eine Gattin ist wie ein Freund, ein Gefährte, ein Bundesgenosse, aber kein Stück Eigentum oder Möbel, das man anschafft, weil man's fürs Haus benötigt. Freilich, in England soll der Ehemann der unbeschränkte Gebieter seiner Frau sein, sogar auf den Markt kann er sie führen, mit einem Seil um den Hals wie eine Kuh, und sie verkaufen. Aber die Engländer machen ja alles anders als andere Völker – eine Nation von Halbwilden, die sich sogar für berechtigt hielten, ihr Seelenheil in die Hände ihres Monarchen zu geben, und dann diesen Monarchen in die Hände des Henkers!«

Ei, dachte Scarron, du gewinnst mich rasch auf deine Seite. Er musste an ein Frauengemälde von Tizian denken.

»Monsieur, ich bin zwar kein Wunderkind, aber meine wenigen Freunde sagen von mir: Wo ich bin, da hat es die Langeweile schwer, Fuß zu fassen.«

Ihre Worte, ihre Gesten, ihr Wesen – reine Liebenswürdigkeit. Trotzdem empfand Lesage, als spräche sie mit ihnen nicht viel anders als ein Erwachsener, der sich herablässt, Kinder zu unterhalten.

Scarron entschied: »Mein lieber Henri, Sie sollten sich die Pyrenäen aus dem Kopf schlagen. Sie ist schön wie die Sonne, gewachsen wie Diana, gescheit wie ein Teufelchen.«

»Wie ein Engelchen wäre mir lieber«, lispelte sie mit einer Naivität, von der schwer zu sagen war, ob sie gespielt war oder echt.

Jedenfalls strahlte Scarron. »Sagen wir: gescheit wie eine gescheite Frau! Und alle diese Eigenschaften werden Ihnen und Ihrem Gatten mehr Ansehen und Einfluss verschaffen als ein Dutzend Adelstitel und Ländereien.«

Der Marquis versuchte seine Niederlage durch ein sauersüßes Lächeln zu verbergen.

Dieser Tropf, dachte Lesage, niemals ist er ihr gewachsen. Er ist rasend verliebt, hat sich nicht mehr in der Hand, und so wird er sie verlieren. Das ist der Lauf der Welt: Bei einem Dutzend Mädeln setzt so ein junger Tunichtgut seinen Willen durch, und dann verfällt er der Einen, die ihn erledigt! Ich kann es verstehen. Aber er hätte besser getan, sich an Catherine zu halten, wiewohl sie eine Bürgerliche ist!

Der Marquis de Montespan erhob sich.

»Es gehört sich wohl doch, dass ich mich für einige Minuten im Louvre zeige. Kommst du, meine Teure?«

Sie schüttelte den Kopf. »Nichts in ganz Paris könnte so interessant sein, dass ich deswegen diesen Nachmittag mit Monsieur Scarron abkürzen wollte. Geh nur ruhig allein und lass die Equipage für mich zurück.«

Er zögerte, dann küsste er ihre Hand.

»Ich begleite Sie hinaus«, sagte Lesage.

Sie gingen schweigend die Treppe hinunter; aus der Bibliothek tönte Scarrons Lachen.

»Sie werden eine außerordentliche Karriere machen!«, versicherte Lesage, um irgendetwas zu sagen.

»Danke, Monsieur«, erwiderte der Marquis de Montespan.

In der Haustür verabschiedeten sie sich. Lesage sah ihn in der Straße verschwinden. Er atmete auf, dass der Marquis sich entfernt hatte, bevor Catherine zurück war.

Niemals, glaubt Catherine, niemals hat sie so viel Farbigkeit gesehen, angefangen mit dem strahlenden Gelb der Sonne aus meerblauem Himmel. Zu sechst sind sie auf dem Balkon des Hauses d'Albret, von dem aus die Straße des Festzuges, die Rue Saint-Antoine, zu überblicken ist: der Marschall und seine Frau; die säuerliche Gräfin de Corbieu; der Vicomte de Villemain, ein hagerer, eingetrockneter Fünfziger, und Madame und ihre Gesellschafterin Catherine als Gäste der d'Albrets.

»Alles was recht ist«, lässt der Marschall sich vernehmen. »Mazarin ist ein hartgesottener alter Sünder – aber er dient Frankreich!«

»Frankreich – was meinen Sie mit diesem Wort?«, examiniert ihn der Vicomte. »Doch wohl kaum den Adel, zerschlagen und schlimm geschröpft, wie wir sind. Etwa das Volk? Das wird als eine Hammelherde betrachtet, die nach Bedarf geschoren und zur Schlachtbank geführt wird. Schon seit Richelieu ist Frankreich nur mehr ein theoretischer Begriff! Und die so viel zitierte Staatsräson ist eine Art Beschwörungsformel, uns am Räsonieren zu hindern.«

Das gezwungene Bonmot erregt das schallende Gelächter des Marschalls. Die Gräfin mischt sich ein: »Wie dem auch sei, Messieurs, das Herz Seiner Eminenz gehört wirklich nur dem Lande! Er sah ein, dass Frankreich und Spanien einen Bund schließen müssen – und so reißt er unserem Souverän die Jugendliebe aus dem Busen, galt diese gleich seiner eigenen Nichte! Maria Teresa ist unsere Königin, ein Krieg ist vermieden, die Dynastie ist gesichert.«

Catherine sieht die Ungeduld, mit der Madame Scarron dieses Geschwätz über Liebschaften bei Hof mit anhört – wahrlich, bis zum Überdruss hat die Arme das über sich ergehen lassen müssen, jahraus, jahrein. Sie blickt auf die Straße. Wimpel, Fahnen, bunte Teppiche von den Brüstungen der Balkons, von den Fenstersimsen, dahinter geputzte Menschen, dicht gedrängt, manche mit halbem Leibe heraushängend. Riesige Blumensträuße in vielen Händen. Kränze an Pfosten und Erkervorsprüngen. Und ein wogender Ozean von Stimmen, alle vibrierend von Erwartung. Paris hat einen seiner *beaux jours.*

Catherine fühlt, wie sich ihr die allgemeine Festesstimmung mitteilt, ihre Wangen glühen, ihre Augen leuchten. In der Ferne gewahrt sie die dicken dunklen Rundtürme der Bastille, wie sie dräuend in den Himmel reichen. Etwas näher, weiß und kühl im Sonnenflimmer, spreizt sich der Triumphbogen, errichtet für diese besondere Gelegenheit. Und Menschen – Menschen die lange Straße entlang, ein drängender Strom, eingedämmt durch zwei Reihen geharnischter Miliz.

Madame Scarron blickt nicht auf die Straße. Sie mustert die Gruppe auf dem Balkon gegenüber; eigentlich ist es schon mehr eine

Tribüne: Unter einem Baldachin aus purpurnem Samt sitzt die Königinmutter, Anne von Österreich, in Goldbrokat und Spitzen, angelegentlich plaudernd mit der steif und kerzengerade dasitzenden verblühten Witwe Karls des Ersten von England und seiner blonden Tochter, der zarten Prinzessin Henriette.

»Die Königinmutter sieht angegriffen aus«, wispert die Marschallin.

Der Marschall unterbricht, deutet auf eine würdig aussehende Matrone, die der Königinmutter ein Glas mit einer Erfrischung bringt und sich dann hinter ihrem Thron niedersetzt. »Ihrer Majestät Erste Kammerfrau – sie war verdienstlicherweise das erste weibliche Wesen, dem der Monarch im Alter von fünfzehn Jahren seine Huld zuwandte; in einem Vorzimmer kniff sie unversehens das königliche Gesäß, sodass Seine Majestät aufschrie: Verdammtes Luder! Und so gewann sie ihn, wie es seine Mutter gewünscht hatte.«

Um nicht herausplatzen zu müssen, wendet Catherine züchtig den Kopf. Ihr Blick fällt auf einen überschlanken Mann in feuerfarbener Seidenrobe und Hermelinkragen, der in nächster Nähe der Königinmutter seinen Sessel einnimmt. Ihm zur Seite sitzt ein untersetzter Breitschultriger in schmucklosem schwarzen Tuchwams. Wie ein Wollhändler sieht er aus, muss sie denken.

»Wie kommt es nur«, fragt die Gräfin halblaut, »dass Seine Eminenz so freundlich ist zu dem Marschall Turenne, der ist doch ein Protestant?« – »Turenne ist nicht mehr Protestant«, erklärt die Marschallin, »seit seiner Bekehrung durch einen begnadeten Priester, den Pater Bossuet.« Madame Scarrons Gesicht belebt sich etwas: Turennes Bekehrung kann nicht leicht gewesen sein. Pater Bossuet, den Namen will sie sich merken.

Der Graf stellt ohne Bedauern fest, dass die ungesunde Blässe auf Mazarins Gesicht das Schwinden seiner Lebenskraft anzeigt. »Um ein Fass Malvasier will ich wetten«, fällt d'Albret ein, »dass unser nächster Premierminister ein französischer Marschall sein wird – kein Priester, kein Ausländer. Frankreich für die Franzosen!«

Rufe, Schreie wirbeln durch die Straße: »Sie kommen, sie kommen!« Und durch das Stimmengewirr, laut und klar, dringen Fanfaren. Unter dem Triumphbogen hervor taucht der Kopf des Festzuges auf. Die Menge stürzt nach vorn. Mit Hellebarden und flachen Klingen drängt die Miliz sie zurück gegen die Hausfronten, hält die Mitte der Straße offen. Balkons und Fenster scheinen zu schwanken, sich zu neigen unter dem Gewicht der angewachsenen Erregung.

Nach ein paar Minuten, die wie eine Ewigkeit dünken, hört Catherine von fern Marschtritte, das Klappern von Hufen, das Rollen von Rädern. Die Garden? Noch lange nicht.

Voran schreitet die Geistlichkeit von Paris, zahllose Mönche als Vorhut, mit Kreuzen und Bannern und Weihrauchgefäßen – langsam, langsam ... Kein Kopf wendet sich. Wenn sie doch rascher gehen wollten!, denkt Catherine.

Einen stärkeren Eindruck macht ihr dann das Aufziehen von Lehrkörpern und Studentenschaft der Pariser Universität. Voran die Pedelle, in schwarzen Wämsern, vierkantigen hohen Hüten, Stäbe mit Goldköpfen schwingend. Dann vier Herolde in Röcken aus fliederfarbenem Tuch, auf Brust und Rücken das Wappen der Universität: eine sich aus Wolken streckende Hand mit einem Buch, umrankt von den drei Lilien der Bourbonen, auf blauem Grund. Dahinter Studenten, Doktoranden, Doktoren. Die Fakultäten, geführt von einer Gruppe der berühmtesten Gelehrten Frankreichs, alle in schwarzen Talaren und mit Goldketten. Dann die vier Dekane: einer in Scharlachrot, einer in Violett, einer in Blau, einer in dunklem Purpur. Zuletzt, hoch zu Roß, Seine Magnifizenz der Rektor, in Violett und Scharlach, mit schwerem Goldbehang unter dem Hermelinkragen ... Vorbei, vorbei.

Jetzt kommen die Flurschützen, Stadtwächter, Trompeter der Stadt Paris, sichtlich geschwellt vom Bewusstsein ihrer Wichtigkeit. Gleich hinter ihnen, auf einem mächtigen Apfelschimmel, der Präsident der Kaufmannsgilde, ein ernst blickender Riese. Ihm folgen, zu Pferde oder zu Fuß, die Stadtrichter, die Zunftmeister, Bezirksvorsteher, städtischen Beamten und Ratsherren – von ihnen lächelt niemand: Mag die Stadt Paris sich ergötzen, ihre Väter haben die Zukunft zu bedenken. Catherine sieht Madame Scarron gähnen. Was bedeuten ihr Gilden und Zünfte und Magistrat dieser leichtfertigen Stadt!

»Hier kommen Mazarins Leute«, kündigt d'Albret an.

Madame Scarron blickt hinüber, sieht den Kardinal in seinem Sessel zusammengesunken, er tut ihr leid.

Elf Karossen, alle sechsspännig, rollen langsam vorüber, in ihnen, züchtig und verklärt dreinschauend, weiß bekleidete Mädchen.

»Vierundzwanzig«, ruft Catherine.

»Jungfrauen?«, fragt die Gräfin.

»Maulesel«, sagt Catherine.

»Sie können nicht zählen, es sind zweiundsiebzig«, sagt der Marschall.

Drei Gruppen von Mauleseln kommen getrottet. Die erste Gruppe hat schlichtes Zaumzeug von weißem Leder. Die nächsten vierundzwanzig haben rote Schabracken, Silbertrensen, Glöckchen. Auf den Tieren der dritten Gruppe reiten vierundzwanzig Pagen in Rot und Gold. Dann folgen die Hausbeamten Seiner Eminenz und dann zwei Abteilungen seines Regimentes, in Blau und Silber, auf tänzelnden Pferden ... Catherine mag den Anblick nicht; sie glaubt, in der Luft Brissacs Gespenst zu sehen, mit der blutenden Stichwunde in der Brust.

»Man vergleiche, wie ärmlich sich dagegen der Zug des Herzogs von Orléans ausnimmt!«, bemerkt der Vicomte.

»Der Herzog ist nur eine schlechte Kopie seines königlichen Bruders«, säuselt die Gräfin. »Auch die zwei Zoll dicken Sohlen unter seinen Stiefeln erhöhen seine Statur kaum, hat doch Seine Majestät gleich darauf die seinigen um drei Zoll unterlegt.«

»Der Herzog ist eine Seele von Mensch«, sagt der Marschall, »und wir sind seine Freunde. Was kann er dafür, dass die Natur ihm alle Schwächen einer Frau verlieh?«

»Aber keinen ihrer Vorzüge«, schnarrt der Vicomte.

Catherine sieht den Vorbeimarsch der Königlichen Musketiere, Helme und Harnische gleißen im Licht. Weiße Kreuze blenden von ihren tiefblauen Bannern. Hinter ihnen eine Schwadron Kavallerie in scharlachfarbenen Waffenröcken. Schau – da ist Louis de Vanens, auf einem schwarzen Hengst, sein Kindergesicht strahlt unter dem Helm, wie er seine Rolle genießt! Einer, der das Leben so liebt, wie es ist. Adam macht sich von ihm ein viel zu finsteres Bild!

In langer Zeile, immer zwei und zwei, reiten die Edelleute des Hofes, alle auf dunkelbraunen Pferden, alle mit blau-weißen Federn an den breitkrempigen Hüten, Goldstickereien und Spitzen an den Waffenröcken, unbeweglich sind die Gesichter, die Haltung steif. Und dann die hohen Beamten des Hofes und des Staats, Provinzialgouverneure, Seneschalle, der Großsiegelbewahrer, Staatssekretäre, Kammerherren, Finanzräte. Und die Prinzen aus königlichem Geblüt, jeder einzeln daherreitend auf edlem Vollblut.

Mein Gott, denkt Catherine, welcher Glanz, welche Pracht! Und plötzlich spürt sie: Es könnte auch für sie, außer dem Leben im Hause Scarron und dem beendeten Traum von Amerika, eine dritte Möglichkeit geben – ein Leben im Licht dieser Glorie, wenn auch nur am äußersten Rande, aber dazu müssten andere Kräfte in Tätigkeit treten als nur die ihres eigenen Geistes und Leibes …

Feierlicher, lang gezogener Fanfarenklang verkündet das Nahen des Höhepunkts. Hinter den vier langsam schreitenden Trompetern reiten neunzehn Herolde, zu dritt, in violettem Wams, auf Brust und Rücken sind groß gestickt die drei goldenen Lilien; der letzte, allein reitend, schwingt wie ein Zepter einen mit Goldlilien umwundenen Stab. Und jetzt, jetzt kommen vier Riesen, sie tragen eine Art Podium, eine große brokatbelegte Fläche – feierlich, als trügen sie den Altar eines Gottes; kein Gerät darauf, nichts.

Und dann eine emphatische Pause – nichts.

Er reitet allein. Niemand vor ihm, niemand hinter ihm. Sein großer spanischer Hengst, dunkelbraun, mit blutroten Nüstern, die Mähne mit goldenen Fäden durchflochten, schreitet unwirsch und hochmütig. Er trägt den König. Louis, den König, in einem Rock aus Silberbrokat, überhangen von einem Netz aus gesponnenem Silber und Perlenschnüren; am Hut wallende Federn, silberweiß, eine rosa, zusammengehalten durch eine Agraffe aus großen Diamanten.

Er verhält seinen Hengst, neigt sich grüßend vor seiner Mutter, sein sonnengebräuntes jugendliches Gesicht erstrahlt in einem Lächeln.

Hüte fliegen in die Luft, ein dröhnendes Willkommen! Wie aus einem einzigen ungeheuren Mund. Hände, Blumen, Flaggen, Schärpen, Schale – Paris tobt vor Entzücken.

Er hat seine Mutter gegrüßt, richtet sich wieder auf, bewegt seinen Hengst weiter, weiter ... Er ist vorüber.

»Mein Gott!«, sagt Madame Scarron.

Catherine holt Atem, blickt auf ihre Herrin. Das Gesicht, sonst so verschlossen, ist gelöst in hingegebenem Lächeln, die Augen leuchten warm. Wie eine Braut!, muss Catherine denken.

»Wie gefällt Ihnen unsere junge Königin?«, wispert die Marschallin.

Richtig, da ist ja noch die Königin. Sechs große dänische Schimmel ziehen den Wagen, ein zierliches Gefährt mit vergoldeten Rädern, die Wände bedeckt mit Goldrelief, das Innere mit Goldbrokat gepolstert, darüber ein Baldachin, ruhend auf schlanken Säulen, die mit Olivblüten und Jasmin umwunden sind, Sinnbildern des Friedens. Aus welchem Stoff das Kleid Ihrer Majestät ist, kann man nicht sehen, da es ganz mit Perlen und Diamanten besät ist.

Nochmals fragt die Marschallin: »Wie gefällt sie Ihnen?«

Catherine antwortet für Madame: »Sie sieht – nach nichts aus.«

Eben das haben sie alle hören wollen. Alle, außer Madame Scarron. Und es trifft zu: Maria Teresa sieht wirklich nach nichts aus, mit ihrem stumpfen Blick, den vorstehenden Zähnen, dem mausfarbenen Haar.

»Sehr tugendhaft soll sie sein, und sehr gutmütig«, sagt die Gräfin.

»Aber ganz ungebildet und bigott«, setzt der Vicomte hinzu.

»Was sonst kann man von einem Mädchen erwarten, das unter der verkrampften Etikette des spanischen Hofes aufwuchs«, plädiert die Marschallin.

»Sie soll so schüchtern sein«, lacht der Marschall, »dass sie zu niemandem zu sprechen wagt, außer zu ihren Kammerfrauen.«

Madame Scarron beteiligt sich nicht am Gespräch.

»Es scheint zu Ende zu sein«, bemerkt Catherine, »die Königinmutter und der Kardinal sind aufgestanden.«

Während sie sich erheben und zum Fortgehen anschicken, gähnt der Marschall vernehmlich: »Hoffentlich wird Paris jetzt wieder eine Stadt, in der man leben kann!«

Der Vicomte ist skeptisch. »Ich sehe nicht, warum wir auf Seine Majestät besondere Hoffnungen setzen sollten – der Sohn einer leichtfertigen Österreicherin, und wer sein Vater ist …« Er zuckt vielsagend die Schultern. Die andern lächeln diskret.

So werden sie immer weiter lästern, denkt Madame Scarron, mir nachträglich die Stunde besudeln! Sie hat den König ganz nahe gesehen, den Mann; sie wünscht, sich den Eindruck im Herzen zu erhalten. Und zum Erstaunen der andern sagt sie: »Es war herrlich! Jede Frau muss Ihre Majestät beneiden! Adieu, Mesdames et Messieurs. Komm, Catherine!«

Vor dem Haus Scarron stand noch die wappengeschmückte Equipage. Beim Hinaufgehen hörten sie Lachen und angeregte Stimmen in der Bibliothek. Sie traten ein, und Scarron stellte vor. Er erklärte seiner Frau, seit Langem habe er keinen so vergnügten Nachmittag verlebt. Dabei beobachtete er ihr Gesicht, ihre Gesten: Wie gewöhnlich ließ sie sich nicht anmerken, was in ihr vorging. Lesage, mehr aus Höflichkeit als aus Neugier, erkundigte sich nach dem Verlauf der Festlichkeit. Madame äußerte gleichmütig, es sei des Anschauens wert gewesen.

»Sehen Sie, Mademoiselle«, äußerte Scarron zu seiner Besucherin, »da haben Sie etwas versäumt.«

Françoise bemühte sich, bescheiden dreinzublicken. »Ich bin eine so schlechte Zuschauerin! Wenn ich eine Veranstaltung genießen soll, muss ich eine Rolle drin haben.« Die Männer lachten. Madame schien dankbar, dass die junge Dame jedenfalls Scarrons Laune etwas verbessert hatte.

Françoises Haar, jetzt ohne Hut, schimmerte golden im Licht der

Nachmittagssonne. Catherines Blicke hingen an ihr. So sieht man also aus, wenn man nächstens zu Hofe geht, um unter den Sternen des Adels zu strahlen!

»Womit habt ihr den Nachmittag zugebracht?«, fragte Madame Lesage. Bevor er antworten konnte, schwenkte Scarron, geheimnisvoll lächelnd, ein mit steilen, klaren Schriftzügen bedecktes Blatt. »Monsieur Scarron hat mir sein Testament diktiert«, erklärte Françoise strahlend. Madame zuckte zusammen. War das witzig, taktvoll? »Lies vor«, sagte der Dichter zu Catherine. Lesage beruhigte Madame: »Natürlich nur ein Scherz – Sie werden nichts zu beanstanden haben.« Scarron trommelte auf der Tischplatte: »Vorlesen! Was nützt ein Testament dem Erblasser, wenn er nicht sehen kann, wie die Hinterbliebenen sich drüber zanken!« Catherine las zögernd:

»Meinem Freunde Lesage, diesem gewandten Plauderer und Rationalisten, hinterlasse ich zur Ausbeutung meine sämtlichen merkantilen Projekte.«

Madame atmete auf. Catherine las weiter:

»Dem gediegensten und ehrwürdigsten meiner Kollegen, Pierre Corneille, vermache ich zehn Zentner von mir unverbrauchter Tiefgründigkeit. Meinem Nachfolger in der Kunst, Leute zum Lachen zu bringen und Gläubiger hinters Licht zu führen, dem lieben Molière, hinterlasse ich Hahnreischaft – als das noch immer verlässlichste Sujet für Lustspiele. Meinen Lehnstuhl sowie mein Nachtgeschirr nebst allen Übeln dieser Welt, einschließlich Schwindsucht, Beulenpest, Hühneraugen und Verarmung, vermache ich den ausgezeichneten Ärzten, die mich zwanzig Jahre und länger gequält haben.«

Sie hielt inne, als Scarron plötzlich die Hand ausstreckte und das Papier nahm, um selbst weiterzulesen; ein ungewohnt zärtlicher Blick aus feuchten Augen streichelte die drei jungen Frauen.

»Alle Anmut und Feinheit, die freundliche Kritiker meinen Versen nachgesagt haben, sehe ich schon bei meinen Lebzeiten übergegangen auf diese hinreißenden Wesen, die mich umgeben. Und damit lege ich meine Feder aus der Hand und beende meinen langen Krieg gegen Dummheit, Heuchelei, Unduldsamkeit, falsche Würde …

Ein heftiger Hustenanfall erschütterte ihn, die andern fuhren jäh auf von ihren Sitzen. Aber es ging rasch vorüber, und er sank gegen die Lehne des Stuhls. »Sollte ich mich jemals wieder erholen, dann schreibe ich ein satirisches Epos gegen den – Schluckauf.« Noch sahen alle betroffen aus, als Françoise sagte: »Monsieur, Sie lasen noch nicht die wichtigste Verfügung in Ihrem Testament.« Er nickte ihr dankbar zu, sein Gesicht wieder entspannend, und las den letzten Satz:

»Meiner Frau vermache ich Unsterblichkeit.«

Catherine half der Besucherin, sich vor einem Spiegel des Salons zum Weggehen fertig zu machen.

»Sie wissen natürlich, dass Ihre Freunde beide sehr besondere Männer sind«, äußerte Françoise.

Catherine nickte – und spürte den seltsamen Zauber, der von diesem schönen Geschöpf ausging.

»Es wäre ein Jammer«, fuhr Françoise fort, »wenn Monsieur Scarron sein bisschen Lebenskraft an alchemistische Experimente vergeudete.«

Catherines Augen leuchteten auf. »Wenn er es vielleicht auch nicht weiß, er besitzt ja schon, wonach er sucht – ja, er besitzt den Stein der Weisen!«

Françoise verstand nicht.

»Den Stein der Weisen – das Zaubermittel, das alles in Gold verwandelt: Liebe, Mademoiselle, die große und selbstlose Liebe ...« Catherine verstummte.

Françoise schwieg eine Weile. Dann seufzte sie: »Monsieur Scarron ist weise wie Sokrates – und doch ist er so blind gegenüber seiner Frau!« Rasch setzte sie hinzu: »Missverstehen Sie mich nicht, es fällt mir nicht ein, ihre Tugend anzuzweifeln! Nur – sie bringt ihm keineswegs, wie er glaubt, ein Opfer. Es kann ihr nicht schwerfallen, die eheliche Treue zu wahren; denn die Gute ist von frigider Natur. Spüren Sie denn das nicht? Ach – vielleicht ist sie besser dran als andere! Das meine ich in vollem Ernst – und sollte ich jemals Kinder haben, würde ich sie ihr gern zur Erziehung anvertrauen. Welch herrliche Gouvernante und Lehrerin …« Sie unterbrach sich, als sie Catherines Lächeln sah, und wurde etwas unsicher. »Glauben Sie gar, es gäbe eine Kur für weibliche Kälte?« Sie nahm Catherines Hand.

Catherine sagte, ohne es zu wollen: »Heute Nachmittag, während des Festzuges, hatte ich das Gefühl, als sei Madame in gar keiner Weise von der Natur benachteiligt worden …«

Françoise lachte leicht: »Kind! Seid ihr beide so schlichten Gemüts, dass ein Karnevalsaufzug euch so beeindrucken kann?«

»Ich – werde noch lange davon träumen«, verteidigte sich Catherine.

Françoise fuhr ihr leicht übers Haar. »Sieh an! Louis Bourbon ein erfolgreicher Arrangeur von festlichen Umzügen! Nicht übel – für den Sohn eines Schwachsinnigen!« Plötzlich neigte sie sich und küsste Catherines Wange. »Grüßen Sie mir Ihre Freunde – und zählen Sie mich zu ihnen!«

Sie war hinausgeeilt. Catherine sah sie in den Wagen steigen, sah die Pferde anziehen. Ihre Finger berührten die Wange, auf der die weichen Lippen eine Sekunde geruht hatten; in allen Nerven fühlte sie die seltsame Anziehungskraft, die von ihr ausging, von dieser Françoise Athénaïs de Rochechouart-Mortemart …

Viertes Kapitel

Von zweien, die sich zu groß dünken

Der Dreiundzwanzigjährige, dessen Name in aller Munde ist, Louis Bourbon, weiß, dass der entscheidende Tag für ihn anbricht. Er weiß es, als die Strahlen der frühen Märzsonne ihm aufs Gesicht fallen. Sogleich ist er wach, setzt sich auf, wirft die Decken von seinem improvisierten Bett – hier in der Bibliothek, Mazarins Bibliothek in Mazarins Palais. Er steht bloßfüßig auf dem dicken Teppich, besinnt sich nicht lange: Ohne Hilfe beginnt er sich anzukleiden. Ja, das kann er, er hat es gelernt, es gewährt ihm Selbstbewusstsein. Es ergötzt Uns schon nicht mehr, denkt er, dass sie in jeder Frühe zu Dutzenden um Uns scharwenzeln, wetteifernd um die Gunst, Uns in die Kleider zu helfen. Trotzdem – trotzdem wollen Wir nicht verkennen: Etikette ist etwas Großes! Und etwas Großes ist es auch, dass der Adel Frankreichs Uns das Silberbecken zur Handwaschung reicht – der Adel, den es unlängst noch nach Unserem Kopf gelüstete.

Er geht auf Zehenspitzen ins Nebenzimmer, einen mit viel zu vielen und zu schweren Möbeln ausgestatteten Salon mit Gemälden von Tintoretto und Veronese an den Wänden. Er fröstelt leicht, schlägt mit den Armen um seine Schultern. Immer ist das Schloss von Vincennes ein zugiges Gebäude gewesen, man hätte Uns einen warmen Überrock mitbringen sollen! Unhörbar nähert er sich dem großen Diwan, auf dem seine Mutter noch schlummert, Anne von Österreich. Sie sind über Nacht hiergeblieben, um in Mazarins Sterbestunde gegenwärtig zu sein.

Wie lange doch der Kardinal braucht, um zu sterben! Ob er wohl zögert, weil er Zweifel hat, welcher Rang ihm in der himmlischen Hierarchie beschieden sein wird? Oder kann er sich nur nicht entschließen, seine irdische Machtstellung aufzugeben, an der er so viele Jahre festgehalten hat? – Ein holpriger Hexameter fällt ihm ein: *Hic est monstrorum domitor pacator et orbis* – Bändiger der Bestien und Bringer des Friedens für die Welt –, so steht es zu lesen unter Mignards Porträt des Kardinals.

Louis blickt auf das Gesicht der Schlummernden. Recht gealtert ist sie doch seit jenem schönen Sommer vor fünfzehn Jahren, als sie mit ihren Damen buchstäblich in den Fluten der Seine Hof hielt, alle in Badekleidern, einschließlich zweier Marschälle von Frankreich, des Gouverneurs von Paris und der kleinen Prinzen. Damals ist sie eine hübsche Frau von vierundvierzig gewesen, von gesunder Üppigkeit, mit einem außerordentlichen Appetit begabt und mit einer sprichwörtlichen Vorliebe für unzeremonielle Vergnügungen. Wie heftig sie oft werden konnte! Manchmal, wenn ihre Stimme hart und schrill wurde, glaubte man förmlich zu sehen, wie ihr Temperament ihr straffes Fleisch schüttelte.

Mit Lächeln gedenkt er jener Kronratssitzung, in der über die Gewährung einer Rente für die Hinterbliebenen Karl Stuarts beraten wurde. Damals ist sie Regentin von Frankreich gewesen, und alles stimmte gegen ihren Antrag, bis sie aufsprang und rief: »Genug, Messieurs – jetzt haltet endlich den Mund!« Ohne Genehmigung hat sie die Summe ausbezahlt! Ja, sie hat sich wie eine Königin zu geben gewusst – in einer Epoche, da jeder Baron in Frankreich sich von Gottes Gnaden dünkte.

Er wehrt sich zum tausendsten Mal gegen die peinigende Frage: Ist es denkbar, dass diese leidenschaftliche Frau, seine Mutter, ihrem kläglichen Gatten, Ludwig dem Dreizehnten, treu gewesen ist – sie, die ihr Leben lang umringt war von vorzüglichen Männern, der Elite Europas, darunter der ritterliche, glänzende Herzog von Buckingham, der mit Diamanten um sich warf wie Knaben mit Kieseln? Ach – möchte sie ihrem Gemahl doch untreu gewesen sein, dem Frömmler und Hypochonder, der sich aus Furcht vor Krankheiten alle guten Dinge des Lebens versagt hat, bis er an Erschöpfung starb, in einem Alter, da andere erst zum vollen Genuss ihrer Mannheit gelangen! Der junge Mensch erbebt bei dem Gedanken, er könnte die Gebrechlichkeit und den Schwachsinn Ludwigs des Dreizehnten geerbt haben – ein zu hoher Preis für die Legitimität und die Krone! Wenn er aber nicht der Sohn ihres Gatten ist: Wessen Sohn ist er? Nie getraut er sich, seine Mutter zu befragen – wäre doch die Antwort, wie geheim man sie auch halten würde, eine Pulvermine unter seinem Thron! Er starrt auf die Liegende: Ihre Treue oder ihre Untreue – was von beiden wäre hassenswürdiger?

Auf der Bettdecke liegen ihre weißen, kräftigen Hände, von blauem Geäder durchzogen. Er erinnerte sich, wie diese Hände ihn zu schlagen pflegten, wenn er Schläge verdiente, ihn danach wieder streichelten. Sie hat resolut sein müssen in den stürmischen Tagen ihrer Regentschaft! Oft galt es, mit ihm, der als Fünfjähriger König geworden, aus einem Palast in den andern zu flüchten, wohl auch heimlich Paris zu verlassen, wenn der aufständische Adel seine Kanonen auf den Louvre richtete – in offnem Krieg gegen das »österreichische Weibsstück« und ihren »italienischen Zuhälter«! Noch heute erblasst er vor Wut, seine Fäuste ballen sich, wenn er daran zurückdenkt. Dieses Gesindel, dieser Abschaum der Menschheit – sich der geheiligten Person ihres jungen Monarchen versichern zu wollen! Zum Glück hat Anne immer gewusst, rechtzeitig der Katastrophe auszuweichen, mit ihm ins Versteck zu gehen und wieder aufzutauchen, wenn der Zeitpunkt günstig war. Und inzwischen hat sie den Knaben in Zucht gehalten. Oft, wenn er sich zu schwierig zeigte, mit einer gesunden Tracht Prügel. Ja, die Erinnerung seines Fleisches an die mütterliche Züchtigung beschwört zugleich die Zeit herauf, da die gesamte Verantwortung für ihn bei Anne lag – und sie dieser Verantwortung gerecht zu werden wusste.

Jetzt, da keiner ihn mehr züchtigt, jetzt trägt keiner mehr für ihn die Verantwortung! Und keiner hilft sie ihm tragen!

Jetzt wird auch Mazarin ihn verlassen. Ein unheimlicher Mann, von sanftem Gehabe, sanfter Stimme. Was verbirgt sich hinter dieser Sanftmut? Giulio Mazarini, Advokat, Kriegsmann, Poet, Kardinal, Premierminister von Frankreich, der so überaus fesselnd Geschichten zu erzählen weiß, sich so meisterhaft darauf versteht, Sympathie zu erwecken, wo ihm daran gelegen ist. So bald wird man keinen zweiten Mazarin finden!

Er ist sich klar darüber: Echtes Gefühl hat es zwischen ihm und Mazarin nicht gegeben. Trotzdem: Mazarin ist ein Mann, erhaben über Hass und Freundschaft, trotz aller Verbindlichkeit seines Wesens niemals einer der politischen Parteien verfallen. Um wie vieles bedachter und gewandter als sein ursprünglicher Beschützer und Brotgeber, der schreckliche, Menschenblut in Strömen verschwendende Richelieu! Und doch, in einem Punkt gleichen sich die zwei Kardinäle: Beide haben die Staatsautorität auf den Gipfel gehoben! Und wer ist das, der Staat? Von jetzt ab nur ein Einziger: der König!

Gleichwohl ist es Mazarin gewesen, der Sanfte, der Humanist, der die jungen Prinzen in zerrissenen Betttüchern schlafen, in schäbigen Kleidern herumlaufen und nicht viel anderes lernen ließ als Lesen und Schreiben und ein bisschen Latein! Warum hat Anne das geduldet? Welche geheime Macht hatte der Mann über sie, achtzehn Jahre lang? War sie seine Geliebte? Louis wird die Frage nicht los.

Er geht leise aus dem Salon, betritt die Galerie, an deren Ende Mazarins Schlafzimmer liegt. Die Sonne scheint schon ermutigend. Sie scheint nicht für den Sterbenden – sie scheint für mich: Louis Quatorze!

Er bleibt einen Augenblick stehen. Hat er nicht etwas vergessen, etwas von besonderer Wichtigkeit? Er kann sich nicht besinnen, was es war. Es wird ihm schon rechtzeitig wieder einfallen.

Aus einer Nische in der Mauer der Galerie erhebt sich jemand und verneigt sich ehrerbietig: ein schwarz gekleideter Mann, etwa vierzig, ein wohlgeformtes Gesicht, nur die Nase etwas zu spitz. Wo hat er ihn schon gesehen? »Sind Sie nicht der Sekretär Seiner Eminenz?«

Der Mann blickt seinen König ruhig an, aus tief liegenden Augen unter dicken schwarzen Brauen. »Mit Euer Majestät Verlaub – ich stehe zu Seiner Eminenz in dem gleichen Verhältnis, in dem Seine Eminenz zu Kardinal Richelieu gestanden hat.«

Louis lächelt weder, noch runzelt er die Stirn. Er weiß: Große Zurückhaltung, höflicher Ernst, Sparsamkeit in Worten und Gunstbezeugungen – das bringt ihn am weitesten mit Männern, die ihm an Geist und Wissen überlegen sind. Jetzt fällt ihm ein, was er vorher vergessen hatte. »Empfing ich nicht ein Memorandum von Ihnen, Monsieur Colbert, betreffend ein Dokument, das ich auf Wunsch des Kardinals unterzeichnen soll?«

Colberts Gesicht ist nicht minder ernst und unbewegt als das seines Königs. »Seine Eminenz glaubt eine weise Verfügung zu treffen, indem er seinen gesamten Besitz auf Euer Majestät überträgt.«

Der alte Fuchs, denkt Louis, befürchtet auf dem Sterbebett, dass sein ungeheurer Reichtum – die Millionen, die er dem Staat gestohlen hat – beschlagnahmt werden könnte! Darum will er noch bei Lebzeiten alles auf mich übertragen – in der Erwartung, ich werde es annehmen und dann großmütig genug sein, ihm Verfügungen zu gestatten, die seiner Familie die Substanz dieses riesigen Vermögens sichern. – Sein Gesicht verrät nicht, dass er innerlich lächelt. – Fern sei es von mir, seinen Nichten ein gutes Leben zu missgönnen – war es doch ein nobler Zug von dem alten Ränkeschmied, mir Olympe Mancini aus den Armen zu nehmen, bevor ich sie auf den Thron setzte!

Sie sind an der Schlafzimmertür angelangt. Colbert öffnet. Ein spitzes kleines Kreischen begrüßt sie. Vom Vorhang der Tür flüchtet Mazarins Lieblingsäffchen aufs Bett seines Herrn, verbirgt den Kopf an dessen Schulter.

Mazarins eingefallenes Gesicht ist graugelb wie altes Pergament. Weit geöffnet die Augen, der Blick abseitig, als habe er bereits gestreift, was kein Lebender je ersieht.

Dieser Mann ist Louis' Vormund gewesen, sein Lehrer, der alleinige Berater seiner Mutter. Er hat Frankreich erbarmungslos geplündert. Aber welcher französische Minister hat nicht gestohlen? Andrerseits, muss Louis sich sagen, hat Mazarin unablässig für die Souveränität der Krone gearbeitet, hat systematisch die Verarmung des Adels bewirkt, um ihn in Abhängigkeit vom König zu bringen.

Und Mazarins drastische Maßnahmen, den jungen Prinzen Sparsamkeit beizubringen, sie Misstrauen zu lehren gegen einen jeden, einschließlich gegeneinander, und gleichzeitig sein Unterricht in der Kunst, stets verbindlich zu sein, ohne sich jemals festzulegen – nichts

Besseres hätte, in einer solchen Epoche, ein guter Vater tun können, um seinen Sohn für das schwierigste aller Ämter vorzubereiten. Und jetzt diese Vermögensschenkung – Louis zögert, den Gedanken zu vollenden –, könnte sie nicht der natürlichen Absicht entspringen, den leiblichen Sohn zum alleinigen Erben zu machen …? Er blickt, eine Antwort stumm erflehend, in die großen dunklen Augen des Sterbenden.

Und unter Louis' Blick scheint sich das Bewusstsein des Gegenwärtigen nochmals einzustellen. Als läse er die peinigenden Gedanken von der Stirn seines Herrn, spricht er mit sanfter, noch immer wohlklingender Stimme: »Sire, Ihr Mut und Ihr Selbstvertrauen werden einen großen Aufschwung nehmen. Sie werden Kräfte in sich entdecken, die Ihnen bisher verborgen waren. Ja, Sire, Ihnen wird bewusst werden, dass Sie der König sind – und dazu geboren.«

Sanfte, ehrerbietige Worte – noch im Sterben huldigt der Kardinal seinem König!, denkt der Jugendliche.

Aber in der Tiefe seines Bewusstseins sieht Mazarin die Wahrheit ungeschminkt. Er spürt seinen Leib vergehen, aber noch ist da dieses eine letzte Fort, in dem seine Gedanken verharren: Für diesen höchst mittelmäßigen jungen Burschen da, ohne Geschmack und ohne inneren Funken, für diesen Flachkopf und seine Nachkommenschaft habe ich meine Gaben und meine Lebenskraft verschwendet, ich, Giulio Mazarini, Wissenschaftler und Kriegsmann, der bedeutendste Diplomat Europas, erster Staatsmann des Jahrhunderts, der ich Regieren zum Rang einer hohen Kunst erhob! Warum zog ich mich nicht zurück, nachdem mein Vermögen gemacht war, um den Rest meines Lebens geruhsam zu verbringen im Dienst der Schönheit und Gottes? Ach, was ist sie schon wert, die schäbige, schwankende Glorie dieses Frankreichs – verglichen mit der unsterblichen Leuchtkraft von Raffaels Gemälden, verglichen mit dem himmlischen Rhythmus der Sonette Petrarcas, mit der Göttlichkeit von Michelangelos Statuen!

Das Äffchen, als spüre und teile es die Empfindungen des Kardinals, zischt verächtlich dem jungen Mann ins Gesicht.

Gelobt sei Gott, dieser da kann nicht mein Vater sein!, entscheidet sich Louis. Wäre er es, so wäre er jetzt nicht stumm – ein Wort des Trostes fände er für mich, ein väterlich liebreiches Wort für mich, der ich mit meinen dreiundzwanzig Jahren diese erdrückende Bürde neuer Verantwortungen auf meine Schultern nehmen muss! Nein, er ist nicht mein Vater, meine Legitimität bleibt eine Tatsache – und da bedeutet es nur eine Formalität, wenn ich die Schenkung annehme!

Er geht zum Schreibtisch hinüber. Dort, im Erker, gibt ihm Colbert die Feder. Er unterzeichnet mit groß geschwungenem Namenszug, reicht dem Sekretär das Dokument.

»Alles, was ich wurde und besaß, verdanke ich Ihnen, Sire«, flüstert der Kardinal. »Nur eine einzige Gegengabe vermag ich zu bieten: hier, meinen Jean Baptiste Colbert.« Und dann plötzlich, als spräche ein anderer Mann, ein spitzes hartes Stakkato: »Eine wichtige Warnung: Gift, Majestät! Schützen – schützen Sie sich vor Gift!« Sein Kopf zuckt um ein paar Zoll vom Kissen empor, Louis fühlt sich wie getroffen vom Hieb einer gepanzerten Faust. Und wieder die Stimme: »Niemals ließ ich Gift verwenden, duldete es nie im Arsenal unserer Diplomatie – es ist grausam, Sire. Ihrer Feinde im Feld werden Sie Herr werden, Ihre Widersacher rasch entwaffnen, aber hüten Sie sich, Sire – Gift!«

Dem König schwindelt, das Herz stockt ihm in der Brust. Was war das? Warum hat der alte Mann das gesagt? Wer kann sich vor Gift schützen?

Mazarin ist zurückgesunken, die dunklen Augen schließen sich mit einem Aufleuchten befriedigten Hasses. Durch den Raum ist, schwächer werdend, sein mühsames Atmen hörbar. Mit der braunen Samtmanschette seines Ärmels wischt der König die Schweißtropfen von seiner Stirn. Dieser Teufel! Einem jungen Menschen Furcht ins Herz zu säen, sein Denken mit unvergänglichem Misstrauen zu impfen!

Colbert naht sich mit ehrerbietigem Zögern. »Sire – Seine Eminenz hat nach dem italienischen Beichtvater verlangt.«

Louis fühlt Dankbarkeit für den ihm dargebotenen Vorwand, den unheimlichen Raum zu verlassen. Ohne noch einmal auf Mazarin zu blicken, geht er auf den Zehenspitzen hinaus. Durch die Galerie zurück in den Salon. Er findet seine Mutter, angekleidet und frisiert, beim Genuss ihrer Morgenschokolade.

Sie sagt »Guten Morgen, mein Sohn« und erkundigt sich gleichsam beiläufig, wie es dem Kardinal gehe. Und dann, ohne die Antwort abzuwarten, sagt sie eifrig, sie habe beim Erwachen einen vorzüglichen Einfall gehabt. Dass sie, wie immer, eine Weisung Mazarins ausführt, sagt sie nicht. In ihr Herz lässt sie den Sohn so wenig hineinblicken wie er sie in das seinige. »Unser diplomatischer Dienst bedarf gewisser Reformen. Und da habe ich einen Rat zu geben. Du bist dir wohl darüber klar, dass dein lieber Bruder mit der lieben Henriette keine gute Ehe führt. Da sie hübsch gewachsen, taktvoll und geistreich ist, hofften wir, es würde ihr gelingen, den lieben Philipp zu den Annehmlichkeiten eines normalen Liebeslebens zu bekehren. Leider hat sie das nicht vermocht – vielleicht wegen ihrer Enttäuschung, dass du Maria Teresa geheiratet hast. Aber wie dem auch sei – Henriette wird nur allzugern die Gelegenheit wahrnehmen, Reisen ins Ausland zu machen. Solltest du also jemals mit London diskrete Verhandlungen zu führen haben: Karl der Zweite liebt seine Schwester zärtlich – und du kannst dich unbedingt auf Henriettens Takt und Ergebenheit verlassen, hat sie doch niemals aufgehört, dich anzubeten, die arme Kleine …«

Er sitzt beim Fenster, starrt in die Märzsonne. Das Herz seiner Mutter, so denkt er, kennt keine Gefühle mehr als nur für die Dynastie. Er verneigt sich mit seinem gemessenen Ernst, zieht die Reithandschuhe an, nimmt seinen Hut. Wie er die Tür öffnet, sieht er Colbert kommen, das Gesicht in feierlicher Unbewegtheit. »Sire – Seine Eminenz Kardinal Mazarin, Premierminister Ihres Landes, ist in Gott dem Herrn verschieden.«

Der König geht in die Schlosshalle hinunter. Dort findet er sie versammelt: Minister, Hofbeamte, geistliche und weltliche Würdenträger. Der Häuptling der Geier ist tot, sagt er sich, und sie können es nicht erwarten, an sich zu reißen, was er in seinem Horst zurückgelassen haben mag.

Der alte Erzbischof von Rouen nähert sich. »Sire, ich habe die Ehre des Vorsitzes in der Versammlung aller Geistlichen Ihres Königreichs. Bisher hatte ich Weisung, mich in allen unseren Angelegenheiten an Seine Eminenz zu wenden. An wen wünschen Euer Majestät, dass ich mich fortan wenden soll?«

»An mich, Herr Erzbischof. Und bitte geben Sie jedermann zu verstehen, geistlichen und weltlichen Behörden ohne Ausnahme, dass fortan zu *jeder* amtlichen Handlung, sei es auch nur die Ausstellung eines Reisepasses, meine Befehle einzuholen sind.« Er weiß, er hat laut genug gesprochen, um in der ganzen Halle vernommen zu werden. Er spürt das betroffene Erstaunen, und es gibt ihm Befriedigung. Dann grüßt er die Versammlung und geht in den Schlosshof hinaus.

Dort wartet sein Getreuer, Graf d'Artagnan, mit den Reitknechten und Pferden. Sobald er im Sattel sitzt, fühlt er sich sicher und frei. Jetzt, zum ersten Mal, lässt er seinen Gedanken die Zügel schießen. Der Tag ist da, den er zugleich erhofft und gefürchtet hat. Jetzt erst ist er in Wahrheit König, Frankreichs legitimer König, mit niemandem mehr zwischen sich und dem Höchsten. Kein Vormund, nicht einmal mehr seine Mutter, kein Mittler mehr, niemand – er steht für sich selbst, der König, Louis Quatorze. Und es wird fortan keinen Premierminister mehr geben, nicht unter seiner Regierung!

Im Überschwang dieses Augenblicks möchte er die Hand emporstrecken und Gottes Rechte schütteln: Wir beide, Du und ich, mein Vater! In die gleißende Sonne lugt er empor, in den schwingenden Frühlingshimmel. Dir ist es doch genehm, dass es hinfort keine Autorität mehr geben wird, als die ich, der König, verleihe? Keinerlei Befugnisse, keine Rechte als die Rechte des Königs – die von Dir sind, von Gott! Und kein Ziel und Zweck menschlichen Strebens wird anerkannt außer der Glorie Frankreichs, die dasselbe ist wie deine Glorie, Gott, und die meinige, Ludwigs Glorie, Ludwigs des Vierzehnten! Aber um unser beider Glorie und Frankreichs Glorie zu mehren, gibt es nur einen Weg: dieses Land stark und groß machen, es sichern vor seinen Feinden, die Nachbarvölker unterwerfen, alle Rivalen mit zitternder Furcht erfüllen – bis die ganze Erde demütig anerkennt: Louis' Reich hienieden ist das Ebenbild des Himmelreichs. – Ja, er gelobt, ein getreuer Helfer Gottes zu sein, seines alleinigen Vaters – und darum wird er ein Kriegsheld sein, ein Eroberer, eine Geißel der Völker. Hat nicht Mazarin selbst ihm eingeprägt: »Könige sind von Gottes Gnaden«? Und Mazarin, ein Kirchenfürst, hat solche Dinge wissen müssen und gewusst! Könige sind Könige kraft ihrer Geburt!

Beim Passieren der Rue Saint-Louis sieht sich die Kavalkade für einen Augenblick aufgehalten. »Ein Begräbnis«, sagt d'Artagnan, »nur zwei Wagen, Sire, es ist gleich vorüber.«

»Ein schöner Tag, gleich gut für Begräbnisse und hohes Beginnen«, verlautbart Seine Majestät und wartet in königlicher Geduld. Er weiß nicht – und es zu wissen würde ihm nichts bedeuten –, dass es der Dichter Paul Scarron ist, dessen Sarg vorübergeführt wird.

Es waren ihrer vier. Vier, die ihn liebten: seine Frau, sein Freund, seine Schülerin, sein Diener. In möglichster Stille, so hatte Scarron es gewünscht, sollte sein Leib der Erde übergeben werden, auf dem kleinen Friedhof der Pfarrkirche des Marais.

Der Priester sprach den Segen, seine Stimme klang erkältet. Auf ihre Schaufeln gelehnt, warteten die Totengräber, sahen auf zum lichtblauen Himmel, hörten die lateinischen Worte verhallen, nahmen die Schaufeln zur Hand. Und die Erdschollen fielen dumpf auf den Holzsarg.

Ein Schrei zerriss die Luft. Catherine schrie, laut und schrill, besinnungslos, besinnungslos niederstürzend auf die gehäufte Erde neben der gähnenden Wunde, die da hineingeschlagen war in den grünenden Boden. Schrie, als wäre in ihr selbst die weite Wunde, die abgründige Kluft, nicht zu schließen durch menschliches Bemühen, nicht durch der Engel Hände. Lesage beugte sich, hob sie vom Boden, sprach gedämpft auf sie ein, Madame Scarrons Gesicht zeigte Bestürzung: Hatte ihr Gatte wirklich so viel für Catherine bedeutet …?

Es war vorüber, und sie gingen zum Wagen zurück. Fuhren langsam, langsam durch die Stadt. Vor dem Kloster de la Charité, auf der Place Royale, hielt der Wagen. Sie halfen Madame beim Aussteigen. Die Pforte des Klosters öffnete sich. Zwei grau gekleidete Nonnen kamen, um Madame in Empfang zu nehmen. Sie umarmte für einen kurzen Augenblick Catherine, küsste leicht Lesages gesenkte Stirn, ging mit den Nonnen. Niemand hatte gesprochen.

»Es ist schon am besten so«, sagte Lesage zu Catherine, »hier kann sie in Geborgenheit abwarten, bis die Gläubiger sich wegen der kläglichen Erbschaft auseinandergesetzt haben. Hinterher werden die d'Albrets sich Madames annehmen, sie haben es versprochen, und wir dürfen beruhigt sein.«

Sie hatten die Kalesche entlassen, sich von Mangin verabschiedet, gingen jetzt stumm für sich hin. Lange gingen sie so, schweigend und fremd. Der Himmel hatte sich bezogen, es begann zu tröpfeln. »Als weinten die Engel um Paul Scarron …«, meditierte Lesage und musste unwillkürlich lächeln, als er sich Scarrons Grimasse bei einer solchen Metapher vorstellte. Und dann wanderten seine Gedanken weg von dem toten Freund, verweilten bei ihr, die da neben ihm einherging. Catherine, Catherine … Was hatte er ihr zu bieten außer seiner beweglichen Fantasie und vielen Erfahrungen mit Schurken und Narren? Wenn er ihr doch ein Heim bieten könnte oder wenigstens genug bares Geld, damit sie für die nächste Zukunft außer Sorge wäre! Aber vielleicht sollte er einfach den Hut abnehmen, ihr alles Gute wünschen, auf die andere Seite der Straße hinübergehen, um sie nie wiederzusehen. Wenn er das jetzt täte, dann – das wusste er nur allzu gut – würde ihr Bild ihm Nacht für Nacht im Traum erscheinen, bis er alles daransetzen würde, ihre Verzeihung zu erlangen, um ihr dann für immer verfallen zu sein, ohne Autorität über sie, ihr hilflos preisgegeben. Merkwürdig, dass es ihn so gepackt haben sollte, ihn, Adam Lesage, den gewitzten Menschenkenner, der an die hundert Weiber umarmt hatte, leichtfertige und empfindsame. Ach, was nützen jedoch solche Betrachtungen – die Tatsache war da, er liebte Catherine, und es war schon am besten, sich in guter Haltung damit abzufinden.

Sie schien gar nicht zu bemerken, dass er neben ihr ging. Verlassen fühlte sie sich wie damals als kleines Kind, als sie ihr auf dem andern Seineufer gesagt hatten, der Taubenmann sei gestorben. Paul Scarron – bei ihm hatte sie sich dem Teufel schon entfremdet gefühlt und im Begriff, Gott wiederzufinden, vielleicht nicht den Gott der Nonnen und Priester, doch den Gott, der lebendig war in allen guten Menschen. Es hätte gelingen können, ganz sicher wäre es gelungen – in einem Jahr, vielleicht schon in ein paar Monaten, einfach durch sein Dasein, sein tägliches Mit-ihr-Sein –, und es hätte sich für sie eine Straße eröffnet, die hinwegführt über alle Ängste und Versuchungen. Zu früh war er aus ihrem Leben gegangen, Paul Scarron, bevor ihre Augen sehend geworden waren – und da blieb sie zurück, wieder am Kreuzweg, wieder allein.

An der Ecke der Rue Ambrose blieb sie stehen. »Ob sie eine Vakanz haben?« Es war das Stellenvermittlungsbüro; ein kleines Metallschild über der Eingangstür besagte, dass im Jahre des Herrn 1630 Ludwig der Dreizehnte seinem Arzt Theophraste Renaudet eine Lizenz erteilt hatte, eine Agentur für Hausangestellte aller Art zu führen. Lesage war dagegen, dass Catherine Dienstbote werden sollte.

Während sie hin und her redeten, kam aus dem Büro ein hochgewachsener, grau gekleideter Mann, ein gefrorenes Lächeln auf dem martialischen Gesicht, das nicht allzu sehr entstellt war durch eine große Säbelnarbe. Er grüßte Catherine und verschwand in der Menge.

»Woher kennen Sie den?«, fragte Lesage etwas betroffen.

»Er war im Büro, als ich die Adresse der Scarrons bekam. Seitdem traf ich ihn zufällig drei- oder viermal, und er erkundigte sich, wie es mir denn ginge – und was für Leute dort im Haus verkehrten.«

»Er heißt Desgrets und ist einer der gewiegtesten Beamten der Pariser Polizei.«

»Was geht das mich an?«, fragte sie mürrisch. »Ich habe nichts zu verbergen.« Nach kurzem Nachdenken setzte sie hinzu: »Oder doch so gut wie nichts.«

Da war ihr Vaterhaus. Beim Eintreffen fanden sie Antoine Monvoisin in dem Raum, der früher als Verkaufsladen gedient hatte. Jetzt waren die Wände kahl, die Gestelle ohne Ware. Dicke Spinnweben hingen vom Deckengebälk und in den Ecken. Die Rollläden vor dem Schaufenster waren geschlossen, eine rauchige Öllampe stand auf dem Tisch.

Antoine tat, als habe er eifrig in einem Lederband gelesen, der aufgeschlagen vor ihm lag. Aber sein Atem und eine fast geleerte große Karaffe verrieten, wie er sich die Zeit vertrieb. Er sprach mit schwerer Zunge: »Ich bin un-unglücklich, dass ich keine Zeit hatte, zum Begräbnis zu gehen. Welch ein Verlust für die Welt!«

Lesage sagte, was ihm gar nicht zukam: »Ich hab' Sie nur einmal getroffen, als ich eines Samstagabends Ihre Frau herbegleitete. Sie sind also berechtigt, mich als einen Eindringling zu betrachten. Trotzdem sind da Dinge, die sofort geregelt werden müssen!«

Antoine starrte ihn trübselig an. »Ach Monsieur, mir ist elend genug zumute. Wissen Sie, was das für ein Leben ist: ein hausierender Juwelier, ein Juwelier ohne Laden? Meine lieben Eltern hätten das erleben sollen, ihren einzigen Sohn und sein teures Weib verarmen zu sehen – ganz zu schweigen von ihrem süßen Enkelkind, unserer Madeleine.«

»Ich hatte damit gerechnet, dass Sie sich leidtun«, sagte Lesage energisch, »trotzdem machen Sie sich bitte klar: Jetzt sind Sie an der Reihe in Stellung zu gehen.«

Antoines wasserblaue Äuglein standen voll Tränen, die Nase tropfte. »Mein Zartgefühl verbietet mir, an so einem Tag Geschäftliches zu besprechen. Entschuldige, Catherine, ich muss mich zurückziehen – bin zu traurig, um euch weiter Gesellschaft zu leisten. Außerdem, wie ihr wohl bemerkt habt, bin ich betrunken.« Er versuchte eine Verbeugung, dann stolperten seine dünnen Beine die Treppe hinauf. Vom Treppenabsatz rief er hinunter: »Sie sind ihr das letzte Monatsgehalt schuldig geblieben. Feine Leute lassen in solchen Fällen ein volles Quartal auszahlen. Freilich, wie mich der Advokat belehrt hat: Wo nichts ist, hat auch der Teufel sein Recht verloren.« Er verschwand.

Sie versuchte, es spielerisch zu nehmen: »Eine glückliche Natur.

Immer wenn es schwierig wird, betrinkt er sich. Und da es schwierige Zeiten geworden sind, ist er meistens betrunken.«

Aus Adam brach es hervor: »Umbringen könnt' ich das Schwein!« Er atmete tief: »Aber, wenn Sie ihn los wären – würden Sie mich dann heiraten …?«

Sie strich die mottenzerfressene Decke glatt, die über einem wackligen Diwan lag. »Und warum sollte ich Sie heiraten, Monsieur?«

Er biss sich auf die Lippen. »Es war nur eine Grille … Aber bei dem da bleiben? Lassen Sie ihn im eigenen Dreck verkommen! Fangen Sie ein ganz neues Leben an! Was stände dem im Wege?« Sie schwieg. Und da fiel ihm die Antwort auf seine Frage ein – so grotesk die Erkenntnis war, er fühlte sich gerührt: »Sie wollen – ehrbar bleiben! Eine ehrbare Bürgersfrau! Mein Gott …!«

Sie kauerte sich auf den Diwan, die Hände zuckten leicht.

Er spürte, sie war zu Sarkasmen nicht aufgelegt – kamen sie doch vom Friedhof! Er wünschte, Scarrons Geist möge ihm die rechten Worte eingeben. »Nimm dich Catherines an«, hatte ihm der Dichter aufgetragen. Es hätte dessen nicht bedurft.

»Worüber denken Sie nach?«, fragte sie leise.

Er gab vor: »Ich – suche nach einer Inschrift für seinen Grabstein.«

»Suchen Sie nicht«, sagte sie, »er selbst hat sich seine Grabschrift entworfen. Ich fand das Blatt.« Sie entnahm es ihrem Täschchen.

Lesage starrte auf Scarrons Schriftzüge. Im flackernden Schein der Lampe las er halblaut:

»Der so oft gestorben ist,
Als er lebt' in eurer Mitte,
Hat an euch nur eine Bitte:
Dass ihn jeder rasch vergisst.

Der von Glück und Neid gemieden,
Schläft zum ersten Mal in Frieden,
Da ihn dieser Rasen deckt.
Leise – dass ihr ihn nicht weckt!«

Lesages Gesicht zuckte. Aber nein, sagte er sich, nein, jetzt darf man sich nicht in Empfindungen verlieren, den Tatsachen muss man ins Gesicht sehen, es handelt sich um Catherines Zukunft! Er setzte ihr auseinander: »Für eine Stellung in irgendeinem Haushalt sind Sie durch das Leben mit den Scarrons verdorben. Was sonst? Verkäuferin werden? Sich herumkommandieren lassen von irgendeinem unverschämten Weibsbild – oder gar einem geilen Ladeninhaber?« Die bloße Vorstellung schien ihn schon aus dem Gleichgewicht zu bringen.

Sie sagte gelassen: »Warum soll ich mir mein Brot nicht verdienen können wie Hunderttausend andere? Nur, weil er mich gelehrt hat, mein Gehirn so zweckmäßig zu gebrauchen wie meine Hände? Und – sehen Sie – Madeleine kann nicht für immer mit Pauline und ihren Leuten leben. Soll sie eines Tages zurückkommen und ihre Mutter im Armenhaus besuchen – oder im Gefängnis?«

»Sie denken – weit voraus!«, warf er ein.

Sie hatte die Füße auf den Diwan emporgezogen, streifte die Schuhe ab und bewegte die Zehen. »Ich kann Leuten aus der Hand lesen«, sagte sie, »wenn ich mich anstrenge, kann ich manchmal wirklich voraussagen, was ihnen geschehen wird. Vielleicht – sollte ich mich als Hellseherin niederlassen.«

Er begann sich zu ärgern. »Schlagen Sie sich solche Ungereimtheiten ein für alle Mal aus dem Kopf! Mit dem Unsichtbaren herumspielen! Hände weg, das ist für Sie viel zu gefährlich. Um die Zukunft zu prophezeien, muss man entweder visionär veranlagt sein – oder skrupellos wie ein Marktdieb. Sie sind weder das eine noch das andere.«

Scarrons *alter ego* dachte sie bei sich. Der Mann, der genauso unbeirrbar wie sein Meister Redlichkeit des Denkens und selbstlose Liebe für die wichtigsten Dinge hält – wenigstens hat Scarron es von ihm gesagt.

»Zermartern Sie jetzt nicht Ihren Kopf«, sagte Lesage. »Es wird sich alles finden. Wir werden Sie in einer Stellung unterbringen, ähnlich wie die in der Rue Saint-Louis. Nur lassen Sie mir etwas Zeit.«

Die Rue Saint-Louis, ging es ihr durch den Kopf, bevor ich dorthin kam, gehörte ich dem bösen Geist. Dann zeigte Scarron mir einen Weg. Jetzt ist er tot. Wenn es stimmt, dass dieser hier mir auf dem gleichen Weg weiterhelfen kann, dann kann für mich noch alles gut werden. Ach – möchte doch Adam sein, was Scarron in ihm gesehen hat! »Dass mich jeder rasch vergisst …« Die Worte der Grabschrift vibrierten in ihrem Herzen. Draußen auf dem Friedhof hatte sie Scham und Qual empfunden: dass sie doch weiterlebte, nachdem ihr Meister, ihr Vater gestorben war. Jetzt kehrte langsam der Strom des Lebens zurück, begann schon in ihr zu rauschen.

In ihm wallte eine große Zärtlichkeit auf. Es drängte ihn zu tun, was er noch niemals getan hatte: sie in die Arme zu nehmen, an seinem Herzen zu hegen. Er getraute es sich nicht. Sprach stattdessen: »Wenn es dir irgendwas bedeuten kann, Catherine – ich liebe dich.«

Ihre Augen wurden feucht, aber sie vermied seinen Blick und horchte auf ihr Herz, ob es eine Antwort habe. Sie hörte ihn weitersprechen:

»Ich weiß, ich bin keiner, dessen Liebe eine Frau stolz machen könnte. Ich bin ein Pechvogel. Aber ich spüre, es könnte ein neues Leben werden, aufwachsend aus den Trümmern meiner Existenz – wenn das Ziel wäre: dir zu dienen.«

Lange schwieg Catherine. Und dann war ihre Stimme wie die Stimme eines Kindes, klein und verzagt: »Ich möchte so gerne gut sein – aber dann geschehen mir Dinge …« Sie vollendete den Satz nicht.

Er wurde ein bisschen kühner. »Ich bin noch nicht verbraucht, Catherine. Komm zu mir – und ich traue mir noch Dinge zu, die dich glücklich machen werden. Es braucht nur ein Wort von dir.«

Warum drängt er so, dachte sie, warum sitzt er nicht still, hält meine Hand in seiner und sagt nichts?

Aber er sprach – sprach weiter: »Vielleicht war mein ganzes bisheriges Leben, mit allen seinen schlimmen Irrtümern, nur ein unerquickliches Vorspiel zu diesem Augenblick … Catherine, willst du mich?«

Sie zog behutsam die Hand aus seinen Fingern. Und dann sprach sie aus, was ihr unaufschiebbar dünkte: »Sagen Sie mir doch bitte: Wer

Hörige zu Eltern hat, der bleibt zeitlebens selbst ein Höriger – es sei denn, der Grundherr geruhe ihn freizulassen. Stimmt das?«

Er bejahte es, erstaunt ob ihres plötzlichen Wunsches nach Belehrung über das Wesen der Leibeigenschaft.

Aber sie war noch nicht zu Ende: »Also bestimmt sich unsere Freiheit oder Knechtschaft nicht nach unserem Willen oder nach Anstrengungen oder Verdiensten. Hörige können immer nur Hörige zeugen. Und wenn nun der Herr und Meister nicht irgendein Herzog oder Graf ist, sondern der – der ›Geist‹ ...«

Er fiel ihr beruhigend ins Wort: »In der Heiligen Schrift steht, dass mit dem Kommen unseres Herrn alle Zauberkünste und Beschwörungen wirkungslos geworden sind, und Satan selbst wurde besiegt durch die Macht seiner Liebe ... Du glaubst doch wohl an Liebe?«

Sie sprach leise, kaum vernehmbar: »Wenn ich früher nicht daran geglaubt habe – ich habe es gelernt.« Und in ihrem Herzen wünschte sie sehnlichst, er möge aufhören, theologische oder logische Beweise vorzubringen – lieber durch sein Verhalten ihr dartun, dass mit Scarrons Tod selbstlose Liebe nicht aus der Welt verschwunden sei.

Aber er hatte sich vorgenommen, endgültig zu beseitigen, was er ihr »Festhalten an rohem Aberglauben« nannte. »Da glaubst du an die erlösende Macht der Liebe – und hältst es doch für möglich, dass durch einen aberwitzigen Pakt deiner Mutter oder Großmutter oder Urgroßmutter du und dein Kind persönliches Eigentum des Teufels geworden sein könnten!«

Sie hielt es für Intuition, die ihn so sprechen ließ, und wurde aufmerksamer.

»Versuche logisch zu denken, Catherine! Deine Mutter starb ein paar Wochen nach deiner Geburt – ist das die Art, wie Satan seinen Getreuen lohnt?«

»Der Fürst der Finsternis gilt nicht als ein Muster von Vertragstreue«, murmelte sie, und Adam tat ihr schon leid, da er so unentwegt am Wesentlichen vorbeiredete.

Sein Ton wurde schärfer: »Du bist nicht ehrlich, Catherine, weder mit mir noch mit dir selbst! Hör mich an: Ich habe mich von jeher geweigert, an die Existenz eines persönlichen Teufels zu glauben – aber lass uns einmal annehmen, es gäbe ihn: Würde ein so mächtiger Fürst und Oberherr nicht wichtigere Geschäfte zu besorgen haben, als die Lande zu durchstreifen und törichte Mägdlein zu verführen wie dich?«

Fast körperlich weh tat ihr seine Ungeschicklichkeit. Niemals würde Scarron so zu ihr gesprochen haben! Wenn Adam darauf bestand, ihre innere Ratlosigkeit ins Lächerliche zu ziehen, würde sie ihm die Tür weisen!

Er spürte nichts von ihrer Enttäuschung, als er in vorwurfsvollem Ton seine Lektion fortzusetzen versuchte: »Gewiss war es nicht Paul Scarron, der dich in deinem Dämonenwahn bestärkt hat!«

»Es war Madame Honorine Filastre«, sagte sie ruhig. »Sie hat einen Kunstladen in Saint-Germain, eine belesene Frau, wohlbewandert in der Heiligen Schrift und in den Lehren der Kirche.«

Er merkte sich Namen und Adresse. »Diese Hexe will ich mir bei Gelegenheit vornehmen!« Und dann stemmte er die Hände in die Hüften. »Wer immer es gewesen ist, der dir die Jungfräulichkeit nahm: Es muss ein Mann gewesen sein, einer von Fleisch und Blut, kein Dämon – begreife es doch!«

»Als hätten wir jemals Gewissheit, wer es wirklich ist, der uns in die Arme nimmt! Der – Geist wählt sich Leib und Stimme, wie es ihm gefällt: von Lebenden, von Toten, von solchen, die erst sein werden. Weißt du, wer *ich* bin, in diesem Augenblick?«

Hart kam ihn der Entschluss an, den er jetzt fasste: »Nun – gesetzt den Fall, ich bringe ihn dir, deinen ersten Liebhaber, und er bestätigt dir, dass er kein böser Geist ist, von keinem Teufel bewohnt war, als er dich nahm: Würde das dich zur Vernunft bringen, Catherine?«

Ihr war schwer ums Herz. Wenn Adam nicht der Mann war, Scarrons Vermächtnis zu hüten – auf wen konnte sie noch hoffen? Ach, so viele waren da, um für den Teufel zu zeugen – keiner für das Licht!

Draußen verebbte der Straßenlärm. Ferne Abendglocken klangen herüber.

Catherine sprach weiter; sie sprach nicht zu ihm, ihre Schwermut schuf sich Worte: »Warum verlangt es einen jeden, abhängig zu sein von jemandem oder von etwas? Von einem Menschen oder einer Idee oder einer überirdischen Macht? Und fühlen wir uns im Stich gelassen, so beschimpfen und verfluchen wir sie wie afrikanische Wilde, von denen ich las, dass sie ihre hölzernen Götzen schlagen, wenn kein Regen kommt.«

Er wusste nur eine lahme Antwort: »So ist es unsere Natur ...«

Sie neigte sich nach vorn. »Nicht unser aller Natur! Nicht Paul Scarrons – er hat gelebt und gehandelt, ohne sich jemals nach Bestätigung umzuschauen oder nach Beifall. Freilich wir anderen ... Kannst du mir erklären, warum wir uns weigern, auf unseren eigenen Füßen zu stehen? Uns immer ›hingeben‹ wollen?«

Er wünschte heißer denn je, sie möchte fühlen, wie sehr er ihrer bedurfte und sie begehrte. »Warum, Catherine? Weil das Herz uns drängt zu lieben – und Liebe ist Hingabe.«

Sie saß aufrecht, ihr Gesicht war ernst und rein. »Ich glaubte Gott zu kennen. Später traf ich den Dämon, er nahm mich und verließ mich. Und ich sah einen wirklichen Menschen, sah seine Marter und sein langsames Sterben, und wir begraben ihn. Und ich wäre bereit, seinem Beispiel und Opfer zu folgen, hätte ich die Liebe, die er hatte. Aber mein Herz ist dürr und ungesegnet. Und weil ich das weiß, darum sage ich dir, Adam: Nur wer stärker ist und tapferer als ich selbst, keine Stütze an mir sucht, keine Befehle von mir erwartet, mir nicht dienstbar sein will – nur ein solches Wesen könnte meine Liebe wecken. Aber wo gäbe es so einen?«

Unreif, jungmädchenhaft, überspannt fand er ihren Begriff von Liebe. »Liebe entsteht nicht aus Bewunderung oder Verehrung«, belehrte er sie milde, »wir lieben die, denen wir vonnöten sind.«

Sie lag ausgestreckt, die Augen geschlossen, kaum noch auf seine Worte hörend. Vor ihrem inneren Blick war ein schimmerndes Gesicht aufgetaucht, licht wie sonnenbeschienener Marmor, das Haar flammendes Gold.

Seine Stimme bebte vor Verlangen – und was er sagte, war für sie leerer Schall: »Lieben heißt dienen – und ›Der Liebende ist göttlicher als der Geliebte‹, hat Plato gelehrt.«

Sie sah im Geiste die geschmeidige Gestalt, sah sie herankommen, spürte auf ihrer Wange den leichten Kuss. Solange sie in der Nähe Scarrons gelebt hatte, war die Gestalt ihrem Bewusstsein entschwunden wie ein glänzender Meteor. Jetzt kehrte das Bild zurück, um in ihr zu verbleiben: Inbegriff von Kraft und Herrlichkeit, aufrecht, ohne Weisung des Wegs zu erbitten: Françoise de Mortemart.

Sein Atem streifte ihre Stirn. »Liebe«, flüsterte er, »ist uns Menschen gegeben – als Trost für den Verlust des Paradieses.«

Françoise de Mortemart! Wenn es ein Wesen gab, ihm in Liebe und Selbstentäußerung zu dienen, diese könnte es sein!

Lesage sah das weiche, fast sinnliche Lächeln um ihren Mund. Er missverstand es als eine Ermutigung, neigte sich über sie, stammelte: »Ich gehöre dir, will dir überall hin folgen – immer ...«

Aus ihrem Wachtraum schrak sie empor, wehrte seiner Werbung. »Mit deiner sanften unterwürfigen Liebe – was soll ich damit, Adam? Du willst ja doch, dass ich dir gehöre – und ich gehöre doch schon ...«

Er fluchte, seine Hand schloss ihr die Lippen: »Sag's nicht noch einmal! Es ist zu dumm! Es gibt ihn nicht, gibt keine ...«

Er sprach nicht zu Ende.

Unter seinem Griff war sie zurückgesunken, vermochte nur zu stammeln: »Lass mich, Adam ... Ich bin nicht verliebt in dich, das weißt du ... Geh! Lass mich ...«

Er fiel über sie mit der Last seines Körpers. Sein Mund war hart und heiß auf ihren Lippen. Seine Hände, derb zugreifend, waren knabenhaft linkisch. Mit geringer Anstrengung hätte sie ihn von sich schütteln können. Sie tat es nicht – wusste nicht, warum sie ihn duldete. Während er brannte, blickte sie nach oben, über seinen Kopf hinweg, sah eine riesige Spinne sich von der Decke langsam herunterlassen. Aus dem oberen Stockwerk kam Antoine Monvoisins schweres Schnarchen.

Als Lesage sie endlich freigab, richtete sie sich auf, glättete ihr

Kleid. Scarrons *alter ego,* musste sie denken, und fällt über mich her bei der ersten Gelegenheit, da wir allein sind!

Sie stand vom Diwan auf, beschäftigte sich mit der qualmenden Lampe. »Adam, ich will deine Freundschaft nicht verlieren ... Ich muss dich bitten: Tu das nicht wieder, hörst du?«

Er berührte kaum ihre dargebotene Hand, nahm seinen Hut und eilte hinaus mit einem Gefühl stumpfer Verzweiflung, wie er es bisher nur auf der Vogelinsel gekannt hatte.

Sie war allein, gedachte des Abends vor ihrer Hochzeit. Und dann jener Hochzeit selbst. Warum nur war es so schwierig zu leben? Was hatte alles so undurchsichtig gemacht?

Sie nahm den Lederband zur Hand, das Buch stammte aus Scarrons Bibliothek: eine Übersetzung von Cornelius Agrippa von Nettesheims »Philosophie des Okkulten«. Das Werk war, nach Scarrons Ansicht, eine Art Enzyklopädie allen Aberglaubens und aller magischen Praktiken in der Welt. Sie versuchte zu lesen, aber ihr Geist nahm nichts an. Und es war ihr wieder zumute, als müsste sie davonstürmen – aus der Dunkelheit, in der sie sich befand, vorwärts in Bezirke, wo es noch dunkler war.

Der Mann Adam Lesage, der in den Boden hätte versinken mögen aus Scham ob seiner Plumpheit bei der geliebten Frau, hatte sich einer beachtlichen Veränderung unterzogen, als er zwei Stunden später am Portal des kleinen Palais Montespan, Rue de Vaugirard, die Glocke zog. Seine Kleidung war sorgfältig, beinahe pedantisch. Das ernste und gedankenvoll blickende Gesicht über dem breiten weißen Kragen des schwarzen Tuchrocks hätte das eines Professors der Sorbonne sein können.

Er hatte den Kampf in sich zu Ende gekämpft! Catherine musste dem Mann wiederbegegnen, den sie in einem so mystischen, sinnverwirrenden Lichte sah! Natürlich war damit zu rechnen, dass der Marquis de Montespan, wenn sie ihn jetzt traf, ihr nicht als der Laffe und Weichling erscheinen würde, den Lesage in ihm sah. Aber konnte ein Mann überhaupt mit Sicherheit wissen, was an einem anderen

Mann Frauen anzieht und abstößt? Adams Kenntnis der Frauenseele, das musste er sich gestehen, hatte sich als höchst unvollkommen erwiesen. Ja, die Möglichkeit war nicht von der Hand zu weisen, dass der Marquis, seiner dämonischen Glorie entkleidet, in Catherine die natürlichen Gefühle wachrufen würde, die gesunde Frauen oft ihrem ersten Liebhaber bewahren. Wie sehr er auch diese Vorstellung hasste – er hatte sich dazu überwunden, lieber die Entwicklung eines Liebesverhältnisses zwischen Catherine und dem Marquis mit anzusehen als ihr weiteres Verharren im Teufelswahn.

Ich bin ein verächtliches rohes Vieh!, sagte er zu sich selbst. Muss man denn wirklich ein Gelähmter sein, ein unheilbarer Krüppel, um sich gegen Frauen menschlich zu zeigen? Er hatte entschieden, dass fortan sein eigenes Verlangen völlig in den Hintergrund zu treten habe; Catherines Wohl, die Befriedung ihrer Seele und die wirtschaftliche Sicherung ihrer Existenz – das waren die alleinigen Ziele, denen sein Leben fürder geweiht sein sollte. Bei diesem Entschluss kam er sich sehr erhaben vor, hinausgewachsen über sein bisheriges Maß …

So, im Bewusstsein seines geläuterten Selbst, betritt Lesage das Haus, in dem er dem Hausherrn einige Wahrheiten zu sagen gedenkt. Aber der Versuch verläuft anders, als er es geplant hat. Zunächst einmal muss er sich vom Torhüter mitteilen lassen, der Marquis habe schon vor drei Monaten Paris verlassen und lebe auf seinen Gütern in den Pyrenäen.

Trotz seiner frischen Bekehrung zur Selbstlosigkeit empfindet Lesage große Erleichterung. Als er sich zum Gehen wendet, hört er seinen Namen rufen.

Da steht sie auf dem Treppenabsatz, in Weiß und Meergrün, einen Bronzeleuchter in der Hand: Françoise Marquise de Montespan.

Er denkt sich, dass diese Begegnung kaum weniger wichtig ist, als die mit dem Marquis es gewesen wäre. Alle Geisteskraft nimmt er zusammen, verneigt sich höfisch und verleiht seiner Stimme Wohllaut: »Madame – als der junge Herakles sich auf den Olymp begab, um dem Herrscher des Weltalls seine Aufwartung zu machen, traf er nicht ihn, sondern die Göttinnen Hera, Pallas Athene und Aphrodite. Ich bin eher ein Regenwurm denn ein Herakles, aber ich fühle meine Augen begnadet durch den Anblick aller Reize der drei Göttinnen, vereinigt in einer Gestalt!«

Sie lächelt wohlgefällig und lädt ihn ein zu bleiben.

Wenige Minuten später sitzt er in ihrem Boudoir mit dem grün- und goldgestickten Wandbehang etwas unbequem auf dem niedrigen Taburett, da seine langen Beine sich nicht recht ausstrecken können. Er berichtet ihr, auf ihr Verlangen, von Scarrons Beisetzung.

Sie lehnt sinnend in einem schwarzen Renaissancesessel. »Er war zweifellos der sympathischste Mann, dem ich in Paris bisher begegnet bin. Gleichwohl, Monsieur Lesage, will ich Ihnen gestehen: Bei meinem ersten und einzigen Besuch im Hause Scarron erregten Sie mein Interesse – bis zu einem für mich ungewöhnlichen Grad.«

Er lässt sich sein Misstrauen nicht anmerken, blickt ihr bedeutend in die strahlenden grünen Augen, fragt sanft: »Darf ich meiner Überraschung Ausdruck geben, Madame, dass Sie sich herablassen, so huldvoll mit mir zu reden?«

»Überraschung?«, fragt sie. »Weil ich für hochfahrend und anmaßend gelte?« Sie lacht belustigt, bevor sie fortfährt: »Monsieur, meine Ahnen herrschten unumschränkt auf ihren Ländereien und unterhielten eigene Armeen, fochten Kriege unter ihren eigenen Bannern – lange bevor Hugo Capet, von dem die Bourbonen abzustammen vorgeben, sich zum Grafen von Paris ernennen ließ! Ich fühle mich daher berechtigt, die Bourbonen nicht als meinesgleichen anzuerkennen. Aber was in aller Welt sollte mich veranlassen, mich hochmütig zu gebärden vor einem gescheiten und gebildeten Menschen?«

»Auch mit Pferden und Hunden sind Sie nicht hochmütig«, bemerkt er trocken.

Sie schlägt einen weichen, beinahe herzlich zu nennenden Ton an: »Überwinden Sie doch bitte Ihre Voreingenommenheit gegen mich. Monsieur Scarron hat mich auf den ersten Blick gern gehabt. Und Sie, sein Jünger … Bitte, wenn ich mich auf mein Gefühl verlassen darf, Sie haben das Zeug, ein zweiter Scarron zu werden.«

»Ein zweiter Scarron«, erwidert er gemessen, »ohne sein Schöpferisches – das aber den ganzen Unterschied ausmacht zwischen einem Genie und einem Eulenspiegel!« Er ist sich im Unklaren über den Grad ihrer Wirkung. Ihre Schönheit ist vollkommen; die Statuen eines Praxiteles können nicht ebenmäßiger gemeißelt sein, die Porträts eines Tizian keine lichtere Tönung von Haar und Teint aufweisen. Und dennoch – als Mann würde er ihretwegen wohl kaum jemals die Fassung verlieren; keine seiner Nächte würde beunruhigt sein durch die Vorstellung ihrer Hüften, ihres Busens. Ist sie zu vollkommen – oder nur einen oder zwei Zoll zu hoch gewachsen?

Sie ist aufgestanden, lehnt sich gegen das Grün und Gold der Wandbespannung. »Was haben Sie für die nächste Zukunft mit sich vor, Monsieur? Jetzt, da Sie nicht mehr Monsieur Scarrons geschäftlicher Berater sind.«

Macht sie sich lustig über ihn? Er zieht es vor, eine gerade Antwort zu geben: »Ich beabsichtige, mich nach einem Posten in einer der neuen Industrien umzusehen, die Monsieur Colbert jetzt so eifrig fördert. Vielleicht in einer Möbelfabrik, als Werkleiter oder Einkäufer, verstehe ich mich doch auf Holz.«

Sie verzieht die Lippen. »Gehen Sie! Wie viele Jahre oder gar Jahrzehnte müssten Sie da sparen, bevor Sie sich wieder Ihren höheren Interessen zuwenden könnten. Und was soll inzwischen aus der lieben Catherine werden?«

Was, zum Teufel, will sie von ihm? Er wird unruhig.

»Um ganz offen mit Ihnen zu sein, Monsieur: Außer Monsieur Scarron hat noch jemand anders Sie mir gepriesen, nämlich meine gute Freundin, die Gräfin von Soissons, der Sie gewisse persönliche Dienste leisteten, gleich nach Ihrer Rückkehr aus Amerika.«

Verdammt, also weiß sie von dem Hokuspokus, den er damals praktiziert hat! Immerhin ist es gut, auf diese Weise zu erfahren, dass die maskierte Kundin in jener Vorstadtschenke die exzentrische Olympe Mancini gewesen ist, die Jugendgeliebte des Königs, jetzt Gemahlin des podagrageplagten ältlichen Grafen von Soissons.

»Wenn Ihre Ratschläge bei meiner Freundin nicht viel fruchteten«, setzt die Marquise hinzu, »dann lag das, wie Olympe selbst zugibt, an ihrer Ungeduld, ihrem Mangel an Selbstbeherrschung. Nun, ich bin darüber nur froh, würde doch andernfalls die Gute Sie völlig für sich mit Beschlag belegt haben – und ich hätte kaum Aussicht, mir Ihre Freundschaft zu gewinnen.«

Hätte er doch nur nicht diesen Besuch gemacht – am liebsten liefe er davon!

Jetzt wird ihr Gesicht ernst. »Warum nur zweifeln Sie an der Aufrichtigkeit der Sympathie, die ich Ihnen entgegenbringe?«

Es wird ihm wieder bewusst, dass er Catherines wegen in diesem Hause ist. Vielleicht ist dies doch die Gelegenheit, sich ihr nützlich zu erweisen, trotz der Abwesenheit des Marquis.

»Wenn Sie nicht von selbst gekommen wären – dieser Tage hätte ich nach Ihnen geschickt.«

»Und was könnte ich für Sie tun, Madame?«, fragt er. »Ihnen wahrsagen?«

»Ich interessiere mich nicht für die Bahn meines Gestirns. Meinen Weg bestimme ich selbst. Ich wünsche für mich nur Freiheit – Freiheit von Pflichten und Sternen …« Plötzlich wechselt sie ihren Ton, wirft sich aufseufzend in den Sessel. »Monsieur, ich sterbe vor Langeweile!«

Er verbirgt seine Überraschung. »Reisen Sie nicht zu Ihrem Gatten in die Pyrenäen?«

Sie spricht zu ihm ohne die geringste Verlegenheit, als wäre er ihr Kammerdiener, ihre Zofe: »Der Marquis hat sich entschlossen, mir zum Trotz am anderen Ende Frankreichs zu leben. Dort unterhält er sich damit, Straßen und Brücken zu bauen, landwirtschaftliche Reformen durchzuführen, mit dem Bauernvolk soziale Experimente zu machen.«

Wider seinen Willen empfindet Lesage Respekt: »Ungewöhnliche Liebhabereien – eines Herrn von Adel!«

Sie lässt sich gehen. »Was geht's mich an? Leider erfuhr ich erst nach der Hochzeit, dass der Marquis bei Weitem nicht die geistige Anmut und innere Kultur besitzt, die allein ein Eheleben erträglich machen. Trotzdem drang ich in ihn, mit mir in Paris zu bleiben, der einzigen Stadt in der Welt, die Möglichkeiten hat. Seine Güter in den Pyrenäen konnte er an einen Vetter verkaufen, damit sie in der Familie blieben. Es hat alles nichts gefruchtet, er ist abgereist – und in seinen Briefen beschreibt er mir die Schönheit der Landschaft, die Höhe der Wasserfälle, die raue Tugend der Dörfler, als wäre ich nicht selbst auf dem Land aufgewachsen, um für Lebenszeit davon genug zu haben.«

Ihm ist etwas unbehaglich, dass sie ihn ins Vertrauen zieht. »Sie haben nicht die Absicht, Madame, zu ihm zu reisen?«

»Nein, ich habe nicht die Absicht, Monsieur«, erwidert sie, seinen trocknen Ton leicht parodierend. »Der Marquis hat es schon vor seiner Abreise mit mir verdorben. Seine Leidenschaft für mich enthielt mehr Eifersucht als Zärtlichkeit …« Sie verstummt, nach einer Weile setzt sie hinzu, als sei es schon etwas Nebensächliches: »Die Königinmutter hat an mir Gefallen gefunden; ich würde sagen, sie hat mich ins Herz geschlossen, wenn bei ihr von einem Herzen gesprochen werden könnte. Dank ihrer Protektion bin ich jetzt eine der sechs Ehrendamen der jungen Königin.«

Lesage hat das nicht gewusst. »Und trotzdem – langweilen Sie sich?«

»Ach, mein Lieber, Sie kennen sie ja nicht, diese umständlichen Narren, diese hirnlosen Weibchen! Maria Teresa gibt den Ton an – und mehr Geist zu haben als die Königin ist gegen die Etikette! Dass sich Seine Majestät unter diesen Umständen anderswo nach Unterhaltung umsehen würde, war vorauszusehen. Erst glaubte man, er werde eine Liaison eingehen mit seiner Schwägerin, Henriette Stuart – und sein Bruder hätte sich wohl kaum zur Wehr gesetzt. Aber Henriette scheint einen puritanischen Ehrbarkeitsbegriff zu haben. Sie machte Platz für eine ihrer Damen, für Mademoiselle Louise de la Vallière, deren Jungfräulichkeit ein stärkerer Magnet für den König war als die Reize gereiften Frauentums … Warum ich Ihnen das alles erzähle, Monsieur? Nun, mit gutem Grund. Ich bedarf Ihrer Sympathie! Sie werden Sie mir nicht verweigern, wenn Sie erfahren, welche Rolle ich selbst in dieser Affäre spielen muss. Ob Sie's glauben oder nicht: Mademoiselle de la Vallière war naiv genug, von mir zu verlangen, ich solle während der Stunden, die ihr der König zu widmen geruht, ihnen Gesellschaft leisten!« Dabei schneidet sie eine so klägliche Grimasse, dass Lesage lächeln muss. »Dreimal die Woche drei volle Stunden, während deren ich Seine Majestät amüsieren muss, wenn die Unterhaltung zwischen den Liebenden stockt, also alle zehn Minuten! Ich habe die gute Louise abzurichten versucht, habe sogar ein kleines Repertoire von Histörchen und Bonmots für sie ausgearbeitet, die sie auswendig lernen sollte – hoffnungslos! So muss ich denn selbst meine Witzchen einstreuen; drei weiße Mäuse habe ich gezähmt, vor ein Wägelchen aus Silberfiligran geschirrt und lasse sie über den Tisch laufen. Ich komme mir vor wie ein Hofnarr!« Sie hebt die Arme, um die bernsteingoldene Fülle ihres Haares zu lockern. »Mir wird übel, wenn ich mit ansehen muss, wie sie ihn aus ihren veilchenblauen Augen anhimmelt! Und er? Wenn er mir für meine Bemühungen seinen königlichen Dank zunickt, ist in seinem Blick eher Angst vor mir als gute Laune! Sagen Sie mir ganz offen: Ist es nicht sonnenklar, wo mein natürlicher Platz ist?«

Er sieht sie im gedämpften Licht des Boudoirs gegen die grüngoldene Wand gelehnt, durch die grüne Seide des Hausgewandes zeichnen sich ihre Glieder ab. Wie eine prächtige Bestie im Dämmer des Urwaldes!, muss er denken.

Da sagt sie, und ihre dunkle Stimme verrät keine Erregung: »Frankreich hat nur einen einzigen Platz, der mich zu locken vermag, Monsieur: Ich will Königin sein.«

Ist sie verrückt oder macht sie einen kindischen Scherz?, fragt er sich.

»Ich weiß, Maria Teresa ist kaum älter als ich, und diese Sorte wird hundert Jahre alt! Außerdem ist der König keineswegs entzückt von mir. Ja, beträchtlichen Hindernissen sehe ich mich gegenüber. Darum braucht es ungewöhnliche Anstrengungen, sie aus dem Weg zu räumen … Monsieur, ich erbitte Ihren Beistand, Sie haben ihn ja anderen Personen gewährt!«

Er versteht. Aber er will ihr über sich selbst reinen Wein einschenken. So sagt er, beinahe grob: »Also gut, Madame, schreiben Sie Ihre Wünsche auf ein Stückchen Papier, ich will es in eine Kugel aus Brotkrumen stecken, vor Ihren Augen die Kugel verbrennen und Beschwörungsformeln murmeln. Drei Tage später bringe ich den Zettel unversehrt zurück und eröffne Ihnen: Satan hat durch Feuer Ihre Wünsche erfahren und sendet hier Ihre Bittschrift zurück, was so viel heißt, dass er Erfüllung verspricht!«

»Monsieur, ich weiß den Unterschied zwischen Magie und Taschenspielerkunststückchen!«

Da weiß sie mehr als ich!, denkt er.

Sie blickt ihm gerade ins Gesicht. »Ich bin weder eine Heidin noch eine Ketzerin. Ich glaube an die Heilige Schrift – und so glaube ich auch an den Teufel. Er kann mir dazu verhelfen, dass ich mein Ziel erreiche – und Sie wissen, wie man ihn sich verpflichtet!«

Eva, kommt es ihm in den Sinn, Eva im Garten Eden!

Ihr Gesicht drückt unbeirrbare Entschlossenheit aus. »Was nun den Preis betrifft, den er verlangt – also, das schreckt mich nicht. Schließlich – wer ist schon Satan?«

Sie reckt sich lachend. »Und letzten Endes, sollte es darauf ankommen, Monsieur: Sie dürfen mir zutrauen, dass ich ihn um seinen Verstand rede, zu meinem und Ihrem Heil!«

»Sie vermöchten den Teufel um seinen Verstand zu reden, Madame«, bestätigt er lakonisch, indem er von dem niedrigen Taburett aufsteht und die schmerzenden Glieder streckt. Er beschließt, sich ihre gegenwärtige Stimmung zunutze zu machen, bevor sie verfliegt. Warum auch nicht? Vielleicht verliebt sich doch eines Tages der König in dieses brillante Frauenzimmer – und dann soll sie es nur getrost ihm, Adam Lesage, zuschreiben, seinen »magischen Künsten«; sein Vermögen würde gemacht sein, seins und Catherines!

Sie bemüht sich um Wärme des Tons: »Ich möchte vorschlagen, Monsieur, Sie treten in meinen Dienst als Privatsekretär, das würde jeder Missdeutung und Schnüffelei die Spitze abbrechen. Und ich möchte noch mehr tun – ich nehme regen Anteil an Ihrer Catherine! Was treibt sie? Ich hoffe, ihr seid immer noch Liebesleute …«

Er wird rot wie ein Schulknabe und könnte sich deswegen ohrfeigen.

Sie wirbt weiter: »Bitte, senden Sie Catherine nur gleich zu mir. Ich habe sie außerordentlich gern. Und für die besonderen Riten, die wir zu vollführen haben, brauchen wir ja doch ein weibliches Wesen. Sie könnten Catherine einweihen, ich biete ihr ein reichliches Gehalt.«

»Nein, Madame«, sagt er mit Härte. »Catherine darf mit diesen Dingen nichts zu schaffen haben! Ein Punkt, auf dem ich bestehe! Wenn Sie wollen, geben Sie ihr den Posten einer Vorleserin!«

Sie lächelt so vertrauenerweckend, wie sie irgend vermag: »Eine Freundin soll sie mir sein, nicht eine Angestellte. Lassen Sie Catherine einstweilen zweimal die Woche herkommen, da ich die übrigen Tage bei Hof bin.«

Ihm fällt ein Name ein: Honorine Filastre, Kunsthändlerin in Saint-Germain … Er verneigt sich. »Man wird Sie zufriedenstellen, Madame.«

Lesage ging nicht heim. Er wanderte, wanderte durch das dunkle Paris. Es regnete nicht mehr. Als der Mond durchkam, schienen Straßen und Plätze die einer Traumlandschaft zu sein, schwebend in silbernem Dunst.

Er bemühte sich, geordnet zu denken, Gedanken von festem Umriss. Da hatte er nun Catherines Zukunft gestaltet, ohne zu fragen, ob sie einverstanden sein würde. Um ihr die Tür zu öffnen zu einem sinnvolleren Leben, hatte er selbst sich verpflichtet, die unsinnigsten Dinge zu tun! Gott muss einen unendlichen Sinn für Humor haben, da Er den Einfall hatte, uns Menschen zu erschaffen!

Aus dem Schatten eines Torbogens vor dem Pont Neuf trat ein junges Straßenmädchen. Sie zupfte ihn am Ärmel: »So allein und so tief in Gedanken, Monsieur?«

Er ging mit ihr.

Fünftes Kapitel

Fahrt in die Glorie

Im Nordflügel des neuen Palastes zu Versailles liegen die Gemächer Ihrer Majestät der Königin Maria Teresa. Ihre Ehrendamen und Kammerfrauen sind ebendort untergebracht. In ihrem Zimmerchen sitzt am gebrechlichen Schreibtisch, an diesem unwirschen Augustmorgen des Jahres 1667, die Marquise de Montespan und schreibt aus Langeweile ausführlich an ihren Vater, Gabriel de Rochechouart, Duc de Mortemart:

... Nichts hat sich in diesen Jahren ereignet, das die von meinem Gemahl an den Tag gelegte Rücksichtslosigkeit ungeschehen machen könnte. Gleichwohl, mein teuerster Vater, bitte ich Sie, meinem lieben Bruder auszureden, dass er sich mit dem Marquis schlägt – kann doch unsere Familienehre durch einen Montespan nicht verletzt werden. Die Anteilnahme, die mein Bruder an meinem Ergehen nimmt, will ich reichlich lohnen, sobald mein Einfluss hier am Hofe sich gefestigt haben wird. Dass meine Schwester den Schleier nehmen will, ist kein schlechter Gedanke und fügt sich durchaus den Plänen ein, die ich selbst für sie habe. Sie aber, mein Vater, rüstiger Witwer, der Sie sind, sollen nicht für immer die Ungezogenheiten von Steuereinnehmern, verarmenden Pächtern and aufsässigen Bauern zu erdulden haben, dafür lassen Sie mich bitte sorgen. Die königliche Politik zielt dahin, möglichst viele der Großen des Reichs an den Hof zu ziehen, und Seine Majestät ist sich bewusst, dass er sie zu unterhalten hat, in beiderlei Bedeutung des Worts. Diesem Zweck dienen während des Herbstes und Winters Ballette, Pantomimen, Jagden und Tanzfestlichkeiten, während der warmen Jahreszeit die Feldzüge; hier wie dort gefällt sich Seine Majestät als Träger der Hauptrollen. Jedoch ist zu vermerken, dass er zum Schausteller besser befähigt ist als zum Akteur.

Das Hämmern der Bauarbeiter auf dem Gerüst über ihrem Fenster lässt sie einen Augenblick unterbrechen. Sie schließt das Fenster, kehrt zum Schreibtisch zurück und fängt ein neues Blatt an:

Versailles soll ein Denkmal für die Größe unserer Nation werden und zugleich die Verkörperung der Fantasie und des Kunstgeschmacks der Besten in ganz Europa – der erhabenste Bau, den die Welt je gesehen hat! Mir erscheint dies als eine höchst ordinäre Erhabenheit, ein rechter Parvenüehrgeiz, auf diese Weise der Welt die Größe Frankreichs vor Augen führen zu wollen. Gibt es denn überhaupt ein Frankreich, oder gibt es nicht nur Louis? Gibt es eine Nation – oder just einen König?

Beim Überlesen besinnt sie sich doch anders und zerreißt dieses Blatt. Sie beginnt von Neuem:

Der gegenwärtige Krieg in Flandern entsprang dem Bedürfnis des Königs, über Versailles und Frankreich hinaus die Augen Europas auf sich zu lenken. Der Zeitpunkt war gut gewählt: Von den Nachbarstaaten ist Spanien im Innern zerrissen, England voll beschäftigt mit der Neuordnung seiner staatlichen und gesellschaftlichen Verhältnisse, Deutschland aber wohl noch auf Generationen krank an den Nachwirkungen des Dreißigjährigen Krieges, mit eingeäscherten Städten und einer auf einen Bruchteil des früheren Standes zurückgegangenen Bevölkerung. So hat unser Souverän keine Einmischung von dritter Seite zu befürchten beim Einmarsch seiner Armee in die spanischen Provinzen der Niederlande. Zum Anlass nahm er den durchaus strittigen Anspruch gegen die spanische Krone auf Herausgabe der Erbschaft seiner Gemahlin. Nun eilt er, ein neuer Alexander, in Flandern von Sieg zu Sieg.

Solange die Königinmutter am Leben war und heftig von diesem Abenteuer abriet, das der von dem verewigten Kardinal Mazarin eingeleiteten Politik entgegengesetzt war, wagte der König keinen Bruch mit Spanien. Ich möchte Sie doch wissen lassen, mein teurer Vater, dass Anne von Österreich eine ungewöhnliche Frau gewesen ist. Trotz ihrer geringen Herkunft – die Habsburger sind noch jüngeren und obskureren Ursprungs als die Bourbonen – ragte sie geistig hervor unter den Pygmäen des Hofes. Für mich hatte sie eine Schwäche und äußerte oft, in ihrer Jugend habe sie ähnlich ausgesehen wie ich heute –

eine durch Porträts aus jener Zeit bestätigte Tatsache, die verantwortlich sein mag für die seltsame Scheu, die Seine Majestät mir gegenüber empfindet. Was Anne und mich wesentlich unterschied, war die verborgene Leidenschaftlichkeit, mit der sie ein Leben lang einem Manne, Mazarin, anhing, sodass sie nach seinem Hinscheiden vor unseren Augen verwelkte: Niemals wäre ich gewillt oder fähig, einem Manne eine solche Bedeutung in meinem Leben einzuräumen! In der Tat lebe ich, nun seit zwei Jahren, wie in meinen Mädchentagen.

Gegen den flandrischen Krieg hatte sich auch Monsieur Colbert ausgesprochen, gegenwärtig der einflussreichste Minister. Sehr im Sinne des Monarchen zaubert Colbert aus allen Schichten der Bevölkerung immer neue Summen Geldes hervor: durch Steuern, Zwangsanleihen, Konfiskationen und Abgaben aller Art. Aber nicht im Kriege wünscht er diese Beträge vertan zu sehen, sondern er will damit eine große französische Industrie aufbauen, vornehmlich für Exportzwecke. Da dem Adel die Betätigung in industriellen und merkantilen Unternehmungen verboten ist, sehen wir eine neue Klasse rasch heraufkommen – Fabrikanten, Großhändler, Finanziers, Spekulanten –, deren Vertreter weder anmutig noch unterhaltsam zu nennen sind, aber von Monat zu Monat an Einfluss gewinnen. Welch ein Sarkasmus der Weltgeschichte, wenn diese neue Klasse eines Tages dazu ausersehen würde, an der Monarchie die Entwürdigung und Zerschlagung des alten Adels zu rächen!

Da zum Exporthandel eine Flotte gehört, lässt Monsieur Colbert eifrig Schiffe bauen. Aber wie sie bemannen, da Armee und Industrie alle kräftigen Männer beanspruchen? Colbert, niemals um einen Ausweg verlegen, bemannt seine Galeeren mit Arbeitssklaven aus den Kolonien und mit Sträflingen! Leider hat das Dekret, möglichst viele Angeklagte anstatt ins Gefängnis auf die Galeeren zu schicken, mich meinen Sekretär gekostet, den fähigen und ergebenen Lesage, den mir seinerzeit der Dichter Scarron empfohlen hatte. Niederträchtige, deren Namen ich nicht ermitteln konnte, zeigten ihn an wegen Religionsfrevels und Umgangs mit bösen Geistern! Obwohl er entrüstet leugnete, wurde er in einem raschen Verfahren zu fünf Jahren Galeerendienst verurteilt. Da rudert der Arme nun – für die Glorie Frankreichs, die Louis' Glorie ist, und die Glorie Gottes.

Sie schreibt diesen Brief nicht zu Ende. In ihr Zimmer tritt Monsieur Villarcerf, Erster Kammerherr der Königin. Er bringt eine willkommene Nachricht: Ein Kurier Seiner Majestät ist vor einer Viertelstunde aus Flandern eingetroffen, mit einem Schreiben des Königs, das seine Gemahlin beordert, sich in Begleitung einiger ihrer Damen noch am selbigen Tage auf die Reise zu begeben und den König in seinem derzeitigen Standquartier in Avesnes zu besuchen. Zu den von Ihrer Majestät Auserwählten gehört die Marquise de Montespan.

Françoise sah ihre Stunde gekommen. Sie besaß Vertrauen und Zuneigung nicht nur ihrer Königin, sondern auch der königlichen Favoritin, Louise de la Vallière. Und alles am Hofe musste anerkennen, dass sie alle religiösen Pflichten gewissenhaft beobachtete und ihr Wandel makellos war.

Da ihre Zofe, Marie Desoeillets, an den Masern erkrankt war, schrieb sie ein paar Zeilen an Catherine, doch bitte sofort nach Versailles zu kommen und sie auf einer Reise zu begleiten, wenngleich persönliche Bedienung »ihrer Marquise« keine von Catherines Obliegenheiten sei. Nachdem sie den Boten mit diesem Briefchen weggeschickt hatte, ging Françoise sofort zu der La Vallière hinüber und unterrichtete sie von dem wichtigen Ereignis, nicht ohne ihrer Meinung Ausdruck zu geben, dass in Wirklichkeit der König nach niemandem heißer verlange als nach der Frau, die er liebe! Louise saß mit offenem Mund, Tränen in den großen veilchenblauen Augen – einen verhängnisvollen Entschluss formend.

Françoise war von dem Ergebnis der kurzen Zwiesprache befriedigt.

In der Rue Ambrose stand Catherine in einer Menge, die sich vor einem zitronengelben Maueranschlag unterhielt – einem der vielen Ärgernisse für die Polizei: »Einladung zur großen Marionettenvorstellung, die Louis Quatorze in Flandern dem Publikum bietet, während Monsieur Colberts Schutzzölle die Einfuhr von Lebensmitteln sperren und Holland als Gegenmaßnahme seine Grenzen gegen die Einfuhr von Frankreich schließt.«

Als Catherine ins Haus trat, fand sie den Boten der Marquise. Ungesäumt packte sie ihre Reisetasche, ließ für Antoine eine kurze Benachrichtigung auf dem Tisch und folgte dem Boten nach Versailles.

Seit sechs Jahren war sie jetzt Vorleserin bei der Marquise de Montespan – ein Amt, das nach ihrem Empfinden ihr selbst weit mehr Nutzen brachte als ihrer Brotgeberin. Hatte Madame Scarron erbaulicher oder betrachtender Literatur den Vorzug gegeben, so waren es jetzt die geistreichen Maximen eines La Rochefoucauld, die gesellschaftskritischen Aufsätze eines Saint-Evremond, die Komödien Molières und ähnliche Schriften weltlichen Charakters, aus denen sie vorzulesen hatte. Zweimal wöchentlich, jahraus, jahrein, genoss sie die drei Nachmittagsstunden in dem grün-goldenen Boudoir in der Rue de Vaugirard, während derer die Marquise, oft mit Erfolg, die witzige Schärfe und Unbestechlichkeit der gelesenen Autoren durch eigene Anmerkungen zu erreichen bemüht war. Es ergab sich von selbst, dass sich Catherine, in immer gesteigerter Bewunderung für ihre schöne Herrin, deren geistige Beweglichkeit und weltliche Gewandtheit in einem gewissen Grade zu eigen machte – hielt sie es doch seit dem Tage jenes triumphalen Einzugs Seiner Majestät in Paris für durchaus wahrscheinlich, dass ihrem Emporstreben in glänzendere Regionen als die des niederen Mittelstandes, dem sie entstammte, von der Vorsehung keine Schranke gesetzt sei. Dass, wie sie selbst, auch Adam Lesage in einem Anstellungsverhältnis zur Marquise stand, fand sie durchaus nicht verwunderlich; warum sollte eine begüterte Dame sich nicht der Hinterbliebenen des verehrten Paul Scarron annehmen – sorgten doch andere Leute angelegentlich für Scarrons Witwe! Lesage, so hatte er ihr gesagt, war für die Marquise in Vermögensangelegenheiten tätig und bemühte sich außerdem um eine Trennung ihrer Ehe mit dem Marquis de Montespan. Ein Zufall unterrichtete Catherine über den eigentlichen Charakter von Lesages Tätigkeit. Eines Abends, beim Verlassen des Palais Montespan, bemerkte sie eine würdig gekleidete, etwas korpulente Matrone, die in der Nähe wartend auf und ab ging. Sie erkannte Madame Filastre, ohne von dieser erkannt zu werden. Sie trat in einen Torbogen und beobachtete. Nach einer Weile kam Lesage aus dem Palais und ging mit der Filastre davon, in offenbar vertraulichem Gespräch. Am nächsten Tage, von Catherine gestellt, musste Lesage eingestehen, dass er mit der Filastre gemeinsam »arbeite«. Catherine sagte ihm auf den Kopf zu, er habe dieses von ihr selbst ihm benannte Weibsbild herangezogen, um okkulte Riten für die Marquise zu praktizieren – wahrscheinlich, weil er der Filastre von seinem Gehalt weniger abgebe, als er ihr, Catherine, angeboten haben würde; denn dass sie, nach Veranlagung und Studium, mindestens so geeignet sei, Geister zu beschwören, daran könne es ja wohl keinen Zweifel geben! Lesage hatte mit einer groben Antwort erwidert, und sie war in eifersüchtigem Zorn davongelaufen, erbittert über seine vermeintliche Perfidie, die aus eigennützigen Motiven sie in einer so wichtigen Angelegenheit von ihrer geliebten Marquise getrennt hielt. Mit ihrer ohnehin nur noch losen Beziehung zu Lesage war es nun aus. Und als er dann plötzlich verhaftet und zu fünf Jahren Galeerendienst verurteilt worden war, sagte sie sich in verhärtetem Trotz, er habe wohl eine Strafe verdient – wiewohl sich ihr das Herz zusammenschnürte, als man ihn abführte. In ihrem häuslichen Leben hatte sich kaum etwas verändert. Antoine trank, und das Haus in der Rue Ambrose verfiel. Das Kind, nun schon acht Jahre alt, lebte noch immer bei Paulines redlichen Verwandten und lernte beim Dorfpfarrer Lesen und Schreiben. Das erste Briefchen trug Catherine wie ein Amulett bei sich, es lautete:

Libe fater un muter. wi get es euch? mir get es gut. das wedder ist schen, manchmal regnet es maisdens. wir ham ein schwarsn hund der ist alt un stingd. er baist die kuhe aber mir baist er nicht. jez mus ich schlisn. es grust madeleine.

Die Landstraße zog sich, ein bräunliches Band, durch das sommerliche Grün der Ebene. Für die Damen in den schwerfälligen Reisekarossen eine schier endlose Plage. Es regnete ohne Unterlass. Von der Nordsee blies ein unangenehmer Wind. Alle paar Hundert Meter versank ein Wagen bis an die Achse im aufgeweichten Lehm.

Die Karosse der Oberhofmeisterin, der angejahrten Prinzessin von Baden, stürzte um. Alles hatte zu halten. Kutscher, Lakaien, die eskortierenden Reiter arbeiteten unter groben Flüchen im Dreck. Inzwischen saßen die Damen unter einem improvisierten Schutzdach am Straßenrand, kauten missmutig an einem kalten Imbiss aus den Esskörben.

Die fette Herzogin von Montausier flüsterte Françoise zu: »Barbarisch, Ihre Majestät und uns Damen diesen Unbilden auszusetzen, nur damit wir den König im Lorbeerschmuck bewundern sollen!«

Françoise schwieg höflich. Regen und Wind und übernachten auf Stroh in Scheunen, was machte es ihr schon aus! Gegen Schnupfen und Übelkeit fühlte sie sich gefeit – in der Erhöhung ihrer Lebenskräfte angesichts des nahenden Ziels. Was sie jetzt etwas unruhig werden ließ: bisher noch kein Zeichen, dass die La Vallière unterwegs war! Wenn die Person doch zu schüchtern war, mochte eine einzigartige Gelegenheit verloren gehen!

Am vierten Tag der beschwerlichen Reise, gegen elf Uhr vormittags, gelangten sie in das Städtchen La Fère. Die Königin winkte ihrem Kammerherrn, der neben der Karosse ritt: »Wir wollen hier haltmachen und zu Mittag essen.«

Ein größerer Gasthof am Marktplatz schien geeignet. Françoise atmete auf: Dieser Aufenthalt könnte es ermöglichen, dass Louise uns doch einholt …

Als alles um den gescheuerten Gasttisch sitzt, äußert Ihre Majestät: »Wäre es nicht so kurz vor Avesnes, würde ich gern über Nacht hierbleiben und in einem Bett schlafen.«

»Das würde Euer Majestät außerordentlich guttun«, beeilt sich Françoise zu versichern. »Wir könnten hier übernachten und gleichwohl morgen in Avesnes eintreffen.«

»Ja, es würde mich wieder auf die Höhe bringen«, seufzt die Königin.

Als könnte irgendetwas dich in die Höhe bringen!, denkt Françoise. Wenn du übermüdet bist, siehst du aus wie ein gerupftes Huhn, und ausgeschlafen: wie eine Ente! Dass der König dich mit so viel Aufmerksamkeit behandelt, ist nicht verwunderlich – erweisen doch viele Männer ihren Gattinnen besondere Rücksicht, wenn sie aus dem Bett ihrer Mätressen kommen!

»Also, wir bleiben«, entscheidet die Königin.

Alle sind dankbar für die Unterbrechung der Reise. Die kräftige Mahlzeit wird unter Schweigen beendet.

»Euer Majestät haben so gut wie gar nichts gegessen«, klagt die flachbrüstige Prinzessin von Baden.

»Ihre Majestät ist zu freudig erregt, um Nahrung zu sich zu nehmen«, sagt die Herzogin von Montausier mit verständnisinnigem Lächeln.

Maria Teresa errötet, bringt aber die folgende Aussprache fertig: »Mesdames, ich wünschte, alle Frauen Frankreichs verlangten so sehr danach, ihre Gatten wiederzusehen, wie ich den meinen.« Sie sieht Françoise züchtig den blonden Kopf senken und setzt eilig hinzu: »Ich weiß, Liebe, ich weiß … Aber es ist nicht Ihre Schuld, dass Sie nicht mit Ihrem Gemahl vereint sind!«

Inzwischen ist es dem unermüdlichen Villarcerf gelungen, für sämtliche Damen Nachtquartier zu finden. Bald nach der Mahlzeit zieht sich die Königin zurück.

Den Nachmittag über spielen die Damen L'hombre oder hören mit leeren Gesichtern dem Regen zu, der an die Scheiben trommelt. Françoise langweilt sich beim Kartenspiel. Viel lieber ginge sie hinaus, um mit Catherine zu plaudern. Aber die Prinzessin, verkörperter Kodex der Hofetikette, würde das für unziemlich halten. Ach, wie gern sie diesem Hof beibringen möchte, was wahrhafte Würde ist! Aber noch ist sie ja nicht an ihrem Platz angelangt. Eine Falle hat sie gelegt, das ist alles. Freilich, wie sich die Dinge zu entwickeln scheinen, lässt sich wohl annehmen, dass eine ganze Schar unsichtbarer Gehilfen für sie am Werk ist. Käme doch nur Louise in Sicht – die Rolle, die ihr in diesem Akt zugewiesen ist, kann von niemand anderem übernommen werden …

Die Königin verbrachte den ganzen Nachmittag im Bett. Zum Abendessen kam sie wieder herunter. Sie aß wieder nur sehr wenig, redete kaum. Infolgedessen unterblieb jedes Tischgespräch. Aus der Küche hörten sie Gelächter, unterdrücktes Gekreisch. Die Prinzessin zog die Brauen hoch, machte dem Ersten Kammerherrn ein Zeichen. Villarcerf ging hinaus. Er fand zwei Soldaten mit den Aufwaschmädchen. Er hüstelte verweisend, ging wieder zurück.

Es dunkelte schon, als ein Reisewagen, vierspännig, vor dem Gasthof hielt. Selbstverständlich war es niemandem gestattet, den Gasthof zu betreten, solange ihre Majestät hier verweilte. Françoise hörte den Anruf des Postens.

Die Tür ging auf, ein Segeant stand in militärischer Haltung. Villarcerf ging zu ihm, ließ sich die Meldung zuraunen. Françoises Herz schlug rascher: Ja, jetzt war sie gekommen – Louise war da!

Villarcerf näherte sich der Königin. »Die Herzogin von La Vallière bittet Euer Majestät um eine Audienz.«

Maria Teresa wollte Haltung bewahren, aber es wurde eine wutverzerrte Grimasse. »Monsieur, ich entziehe Ihnen meine Huld, falls Sie jemals diese Person in meine Nähe lassen!«

Villarcerf gab dem Sergeanten entsprechende Weisung, der Mann ging hinaus.

Maria Teresas Blicke wanderten Hilfe suchend über die Gesichter der Damen.

»Welche Unverfrorenheit!«, grunzte die dicke Montausier.

Die Prinzessin schien fassungslos. »Wie kann die Frau Herzogin es wagen, Euer Majestät hierher zu folgen!«

Françoise sagte, indem sie sittsam die Augen niederschlug: »Wenn mich jemals das herbe Los träfe, zur Mätresse eines Königs zu werden, hätte ich bei Hofe doch zu viel Takt gelernt, um mich seiner Gemahlin aufzudrängen!«

»Danke, meine Lieben«, schluchzte die Königin auf und verlangte, wieder zu Bett gebracht zu werden, von der jüngsten ihrer Damen, der sanften und ergebenen Marquise de Montespan, deren Einfluss Seine Majestät vielleicht eines Tages aus den Netzen der ruchlosen La Vallière zu befreien vermochte!

La Vallière – ein Name, der nicht mehr genannt zu werden hatte! Sie einigten sich, ihrer nötigenfalls als der »Dame mit den Diamantohrringen« Erwähnung zu tun – kirschengroßen Edelsteinen, Louis' erstem Geschenk.

Françoise legte ihre Königin schlafen und ging dann auf das ihr zugewiesene Zimmerchen. Als sie die Kerze anzündete, sah sie eine Prozession von Schaben über die Dielen ziehen, aus der Zimmerecke beobachtet von einer dicken grauen Maus.

Françoise nahm den Spiegel aus ihrer Reisetasche und stellte ihn auf den wurmzerfressenen Holztisch. Sie betrachtete ihr Gesicht eingehend und war zufrieden. Das Haar bedurfte einiger Behandlung, morgen sollte es leuchten wie nie zuvor.

Catherine kam herein, sichtlich vergnügt. Die Kammermädchen, so berichtete sie, hatten das gleiche Thema durchgesprochen wie die Hofdamen.

»Wo verbringt sie denn die Nacht?«, fragte Françoise teilnahmsvoll.

»Beim Pfarrer«, gab Catherine Auskunft. »Es soll ein mildherziger Mann sein.«

Die Marquise fühlte Erleichterung. »Wenn es sich die Närrin hätte einfallen lassen, kehrtzumachen und nach Versailles zurück … Nicht auszudenken! Hast du sonst noch gute Neuigkeiten?«, fragte sie lächelnd.

Catherine konnte sich nicht enthalten zu kichern: »Zum Glück hat das plötzliche Auftauchen der Dame den Appetit Ihrer Majestät so wenig beeinträchtigt wie die Sehnsucht nach ihrem Gatten, Ihre spanische Amme fuhrwerkt in der Küche herum, kocht ihr Schokolade mit Kleeblättern, Hammelragout mit Knoblauch und Muskatnuss und brät diese barbarischen Tortillas.«

Françoise hatte ihr Kleid geöffnet, streichelte sich die schönen

Schultern. »So ist sie nun einmal – außer ihren spanischen Domestiken traut sie niemandem!«

»Vielleicht sollte man es ihr nicht verdenken«, lächelte Catherine und half ihr aus dem Kleid.

Françoise stand, halb entkleidet, vor dem Spiegelchen. Auf ihren Schultern, ihrem Busen sah sie Catherines dunkle Augen ruhen, beinahe andächtig. Sie ließ sich von ihr das Nachtkleid reichen. »Du hast dich letzthin verändert, Catherine – scheinst nicht mehr das stille harmlose Geschöpf, das du warst, als wir Freundschaft schlossen.«

Catherine verbesserte sanft: »Sie meinen, Madame, als ich Ihre Vorleserin wurde – und stellvertretende Kammerfrau.«

Françoise hatte sich kaum jemals gefragt, was in Catherines Innerem vorging. Sie hatte sie gern als eine intelligente, unterhaltsame und unaufdringliche Gesellschafterin, der gegenüber sie, ohne sich etwas zu vergeben, jederzeit reden konnte, wie ihr ums Herz war. Auch schätzte sie Catherines offensichtliches Bestreben, allen ihren Launen und Temperamentausbrüchen mit freundlichem Gleichmut zu begegnen. Das ihr von Lesage abgeforderte Versprechen hatte sie gehalten und Catherine niemals in den heimlichen Umgang mit der Geisterwelt einbezogen. Jetzt aber fehlte ihr Lesage, fehlte zu dem Zeitpunkt, an dem sie seiner am dringendsten bedurft hätte. Sich mit der Filastre und anderen Okkultisten, die er ihr zugeführt hatte, direkt in Verbindung zu setzen, war ihr gewagt erschienen. Aus solchen Gedanken heraus sagte sie: »Ich wollte, Lesage wäre hier – ohne ihn fühle ich mich fast wie ein Trunkenbold, der nichts mehr zu trinken geliefert bekommt!«

»Wenn Sie ihn doch lieber vergessen wollten!«, erwiderte Catherine. »Er ist ein Tunichtgut, ein Dieb, der Sie um dreißig Silberlinge dem Henker überliefern würde.«

Françoise traute ihren Ohren nicht. Diese Erbitterung, dieser Ausbruch von Hass aus dem sanften Geschöpf …?

Catherine rang sich mühsam die Worte ab: »Glauben Sie doch nicht, die heutige Situation verdankten Sie ihm und seinen Beschwörungsformeln! Dieser Betrüger!«

Die Marquise war betroffen. Hier musste Ernsteres vorgefallen sein als ein Zank zwischen Liebesleuten. Auch fühlte sie Unruhe wegen Lesages Indiskretion gegenüber Catherine.

»Er hat mir's nicht gesagt«, fuhr Catherine fort, »ich hab's mir selbst zusammengereimt. Wenn's nach ihm gegangen wäre, hätte ich nie davon erfahren, denn er war ja nur darauf aus, möglichst viel von dem Geld, das Sie ihm gaben, für sich selbst zu behalten. Als ob mir an Geld gelegen wäre!«

Françoise schien die Wahrheit zu ahnen. »Und woran ist dir gelegen, Catherine?«

Catherine schwieg in dunklem Erröten.

Die Marquise hob Catherines Kinn und schaute ihr forschend in die Augen. Da weiß sie also Bescheid mit okkulten Dingen – betet mich an – und hasst Lesage, weil sie glaubt, er habe sich zwischen sie und mich gedrängt! Sie löste ihr Haar, es fiel tief über den Rücken. Aus ihrer Reisetasche nahm sie eine Bürste mit ziseliertem Goldgriff. »Bitte, Catherine, bürste mir das Haar – hundert Striche.«

Catherine massierte ihr die Kopfhaut und strählte die goldene Mähne, ihre Hände zitterten etwas. Sie hörte Françoise sagen:

»Lesage dich um Geld prellen wollen – du bist doch recht närrisch, Catherine! Er stellte sich mir überhaupt nur deshalb zur Verfügung, weil ich ihm anbot, mich deiner anzunehmen! Und auch dann noch war seine Bedingung, dass ich dich in keinerlei gefährliche Abenteuer einbeziehe ... Lesage liebt dich.«

Catherine erblasste. »Liebt mich? Sie meinen doch nur, er will mich haben!«

Françoise wurde ungeduldig. »Ich sagte: Er liebt dich. Und du kannst mir glauben, durch seine Verurteilung hast du noch mehr verloren als ich selbst ...« Ein plötzlicher Verdacht stieg in ihr auf. »Warst du es gar, die ihn denunziert hat?«

»Umbringen hätte ich ihn können – aber denunzieren? Der Polizei? Ach – Madame!« Sie kämpfte ein aufquellendes Schluchzen nieder, dann brach es aus ihr hervor: »Madame, ich bin ein verworfenes Geschöpf! Adam, jetzt sehe ich es ein, ist ein guter Mensch. Nicht durchwegs gut, aber gut auf seine Art. Er denkt, er kann mit Ihnen spielen – und kann mit dem ›Geist‹ spielen! Das ist unsinnig, denn er gehört ihm nicht. Darum hat er kein Recht, sich zwischen Sie und mich zu stellen. Aber ich, Madame, ich gehöre Sat… dem Geist – und ich gehöre Ihnen!«

Françoise fuhr auf ihrem Sitz herum. Ihre erste Regung war zu rufen: Geh zu Bett und verschlaf deine Verwirrung! Aber die dunkle Flamme in Catherines Augen verwehrte ihr das. Sie fragte nur: »Glaubst du ernsthaft an den Geist?«

Catherine war sich seit einiger Zeit im Klaren: Diese ungebrochene Kraft, die Françoise erfüllte, dieses Freisein von Skrupeln und Ängsten, dieses unbekümmerte Vorwärtsschreiten auf gefahrvollem Weg – hier war das sichtbare Walten einer Macht, die von gläubigen Menschen die Macht des Bösen genannt wird. Und Catherine war gläubig, gläubig im Sinne der Frommen – mit dem einzigen Unterschied, dass sie es nicht für ihre Bestimmung hielt, die Macht des Bösen zu bekämpfen, sondern ihr dienstbar zu sein – dienstbar bis zu der Grenze, hinter der Unschuldigen willentlich Pein zugefügt werden müsste. Dazu, das wusste sie, würde ihr Herz nicht imstande sein. Aber ihrem Herzen zuwider war die stumpfe, gefräßige Maria Teresa, die niemandem zum Leide lebte und niemandem zur Lust – und nur Verachtung hatte sie für die tränenreiche, überempfindsame La Vallière, die den Mantel der Frömmigkeit trug, aber von ihrem königlichen Liebhaber Geschenke entgegennahm, reicher, als die Kurtisanen des alten Roms sie erhalten hatten. So gab es für Catherine keine Hemmungen, ihrem übersinnlich sinnlichen Drange zu folgen.

»Ich – glaube an Sie, Madame«, war die Antwort. Sie legte die Bürste aus der Hand. Das Haar der Marquise gleißte im Halbdunkel des Raums. »Gute Nacht, Madame.«

»Gute Nacht, Catherine«, erwiderte Françoise mit einem neuen Klang in ihrer vibrierenden Altstimme. »Morgen, in Avesnes, sprechen wir weiter …«

Am nächsten Morgen hatte sich das Wetter aufgeklärt. Die Königin war rosiger Laune. Jedem lächelte sie zu, erkundigte sich besorgt nach Villarcerfs Gesundheitszustand, obgleich jeder wusste, der Mann war zeit seines Lebens nicht krank gewesen. Den peinlichen Zwischenfall des Vorabends schien sie vergessen zu haben.

Das Frühstück war ländlich frugal. Maria Teresa nippte nur an einem Glas Milch. Sie hat ihr spanisches Frühstück im Bett gehabt!, vermutete Françoise.

»Was macht Sie lächeln, Liebe?«, erkundigte sich die Königin.

»Die Landluft, Majestät«, sagte Françoise. »Ist sie nicht überaus anregend?«

Maria Teresa geruhte der gleichen Meinung zu sein. Dann fragte sie Villarcerf, ob noch Zeit sei, zur Messe zu gehen.

»Wenn Euer Majestät befehlen, ist zu allem Zeit.«

»Es ist Unser Befehl«, sagte sie und hob die Frühstückstafel auf.

Wie die Erwartung, den König zu sehen, sie aufplustert!, dachte Françoise. Wäre es nicht um seinetwillen, würde sie ihr Leben lang in Schlafrock und Pantoffeln umherwatscheln.

Es war nur eine halbe Meile bis zur Pfarrkirche. Als sie nahe waren, lugte Françoise verstohlen aus dem Fenster der Karosse: Zur Seite der uralten Kirche hielt ein Wagen mit herzoglichem Wappenschmuck. Sie fühlte: Was von selbst fällt, das braucht man nicht zu stoßen. Sie half ihrer Majestät beim Aussteigen. Da öffnete sich die Kirchentür. Ein kurzes Verharren Auge in Auge. Dann kam die Dame die paar Stufen herab und knickste tief vor der Königin. »Majestät, darf ich mir die untertänige Bitte erlauben …« – »Sie …!«, zischte Maria Teresa. Bevor Louise de la Vallière ihre Bitte vortragen konnte, hatte die Königin sich zu Villarcerf umgewandt. »Wir bleiben nicht hier. Wir fahren sofort weiter nach Avesnes.«

Tränen standen in den veilchenblauen Augen der jüngsten aller Herzoginnen. »Von ganzem Herzen bitte ich Euer Majestät um die Erlaubnis, mich anschließen zu dürfen …«

Zum ersten und einzigen Mal sprach Maria Teresa zu der Favoritin: »Mademoiselle, ich hatte gehofft, Sie würden – was immer Sie sein mögen – so viel Erziehung besitzen, sich niemals in meine Nähe zu begeben. Ich mag Sie nicht, und es ist mein sehnlichster Wunsch, Sie niemals wieder zu erblicken. Seine Majestät, dessen dürfen Sie versichert sein, wird unverzüglich erfahren, wie Sie sich aufführen.«

Françoise sah, wie die Gescholtene noch einen verzweifelten Versuch machen wollte, das Herz der Königin zu rühren. Da trat sie rasch zwischen ihre Gebieterin und Louise. »So gehen Sie doch bitte! Sehen Sie denn nicht, dass Sie Ihre Majestät erzürnen?« Sie vergewisserte sich, dass die anderen Damen der Königin schon in den Wagen halfen, und flüsterte in verändertem Ton ein paar Worte in Louises Ohr. Catherine, die aus der Entfernung zusah, hätte nicht sagen können, ob es ein freundschaftlicher Rat war oder just ein Befehl. Es genügte, um Louise de la Vallière eilig zu ihrer Kutsche hinken zu lassen.

Die Karossen bewegten sich zwischen Äckern und Weidegrund. Grüne Kuppen stiegen auf über dem Marschland. Einmal jenseits der französischen Grenze sahen sie die ersten Wunden, die der Krieg in die flandrische Erde gerissen hatte: umgestürzte Furagewagen am Straßenrand, niedergebrochene spanische Lafetten, Pferdekadaver, eingeäscherte Dörfer, Windmühlen und Gutshöfe, die noch brannten.

Die Königin sagte: »Es hieß doch, die spanischen Garnisonen wären schwach und leisteten kaum Widerstand?«

»Die Bahn eines siegreichen Helden«, erklärte Françoise gleichmütig, »muss eingesäumt sein von Trümmern und Verwüstung, sonst begreift die Welt seine Größe nicht.«

Die Königin hielt ein Tüchlein vor die Nase. »Ich verstehe … Wenn Sieg nur nicht so stinken würde …«

Villarcerf ritt hinter der Karosse Maria Teresas. Im Geist entwarf er ein Briefchen, das er von Avesnes aus an seinen Freund Colbert zu senden gedachte: Ein gottverdammtes Amt, das Sie mir da aufgebürdet haben, Verehrtester. Finden Sie mir bald was anderes – meinetwegen ein Kommando auf einer Ihrer Galeeren!

Der Sergeant preschte vom Schluss des Zuges nach vorn.

»Da ist schon wieder dieser Wagen, sie folgt uns auf den Fersen!«

Villarcerf knurrte einen Fluch. Er trieb seinen Braunen neben die Karosse und erstattete der Königin Meldung.

Sie hielt sich krampfhaft aufrecht. »Senden Sie ein paar Reiter und arretieren Sie die Person!«

Er kratzte sich hinterm Ohr. Wem stand die Polizeigewalt zu, hier auf der flandrischen Landstraße? Und wie würde es ihm von Seiner Majestät ausgelegt werden?

Françoise hatte die unglaubliche Kühnheit, zu lispeln: »Halten Majestät das für einen zweckmäßigen Schritt?«

Maria Teresa sank zusammen, ihre Stimme versagte, eine Geste des Abwinkens zu Villarcerf.

Das Gelände wurde hügelig. Als sie durch eine Talenge hindurch waren, murmelte die Königin: »Folgt sie uns immer noch?« Ja, sie folgte …

Louise de la Vallière. Erst ganz kürzlich war ihr der Rang einer Herzogin verliehen worden, kraft eines königlichen Erlasses, in dem Louis der Welt zur Kenntnis brachte, dass die »außerordentliche Zuneigung Unseres Herzens« hervorgerufen war durch »die unvergleichliche Vollkommenheit ihres Charakters«. Zu Tode schämen wollte sie sich, als das Dekret veröffentlicht wurde. Ach, sie hätte sich nichts Besseres gewünscht, als ihn zeitlebens stumm anbeten zu dürfen! Wie zart und innig war doch der Anfang gewesen: Ein bescheidenes Hoffräulein der jungen Herzogin von Orléans, hatte sie nach einem Ball im Garten vor Gefährtinnen von Seiner Majestät geschwärmt als von dem bestaussehenden und gewandtesten Tänzer. Er hatte sie sprechen hören, aber nicht gesehen. Am nächsten Morgen, beim Lever seiner Schwägerin, erkannte er Louise an der Stimme und freute sich, dass sie sanft und unschuldig war. Henriette, wohl ein wenig eifersüchtig, machte ihn darauf aufmerksam, dass ihr Hoffräulein etwas hinkte …

Sie stieß heftig mit dem Kopf gegen das Verdeck, da der Wagen über Granatlöcher holperte.

Ach, das unvergessliche Schäferinnenfest im Walde von Fontainebleau! Es hatte plötzlich einen Wolkenbruch gegeben, alles stob auseinander, der König hob sie auf die Arme, trug sie in ein Wetterhäuschen. Das Dach war schadhaft, sie konnte es blitzen sehen. Und dann ergab sie sich einer Ohnmacht, während er sie nahm.

»Verfluchte Schindmähren«, hörte sie den Kutscher poltern, als er auf die Pferde einhieb.

Eines Tages hatte Olympe Mancini, immer noch in Louis verliebt und eifersüchtig, einen Brief in Spanisch an Maria Teresa geschrieben, die noch nichts von der Affäre wusste. Den Brief fing die Königinmutter ab. Heilige Jungfrau, wie grausam sie über die arme Louise herfuhr! Was blieb als zu flüchten, zehn Meilen weg von Paris, in das Kloster Chaillot. Am nächsten Tag holte der König sie zurück – das erste Mal, dass er seiner Mutter trotzte.

»Ach, wäre er doch nicht der König!«, seufzte sie. Wie glücklich könnten sie sein, in einem Häuschen mit Gärtchen und Kinderchen. Aber er war nun einmal der König, und daraus folgten Rücksichten und Verpflichtungen ohne Zahl. Vor allem die Pflicht, ihn auch außerhalb der Stunden der Umarmung zu unterhalten und zu erheitern, den armen, von den Sorgen seines hohen Amtes beschwerten Mann! Die liebe Françoise de Montespan, wie dankbar sie ihr war für ihren Beistand ... Ja, Françoise war eine verlässliche, selbstlose Freundin. Das hatte sich wieder gezeigt, als sie ihr heimlich riet, diese Fahrt zu unternehmen, ohne aufgefordert zu sein. Diese Fahrt in die Sonne, die neue Sonne des Feldherrnruhms, die nur ungern schien, solange ihr Strahl nicht die Augen der geliebten Frau entzückte ... Aber dieser schreckliche Auftritt heute Morgen mit Ihrer Majestät! Wenn die Königin nun zu ihm stürzte und – auf ihre Art – Louise »respektlosen Betragens« bezichtigte, seinen königlichen Zorn heraufbeschwor? Das musste verhindert werden, unter allen Umständen. Zuvorkommen musste man der ergrimmten Maria Teresa. Danke, liebe Françoise, wieder hast du mir in kluger Voraussicht den rechten Rat erteilt ...

Sie blickte in die Landschaft, es ging leicht bergab, in einem weiten S-Bogen. Drüben, schon erkennbar, hoben sich die königlichen Feldstandarten ab, tiefblau mit den Silberlilien. Reiter hielten auf einem kleinen Hügel. Das Feldlager!

»Halt!«, rief sie ihrem Kutscher zu. Sie betrachtete das Gelände, maß die Entfernung – und gab dem Mann einen ungewöhnlichen Befehl.

Der König, zu Pferde, hält auf einem Hügel, eigentlich ist es nur eine Bodenerhöhung, eine Meile von dem Städtchen Avesnes, seinem Standquartier. Gegen den Himmel, jetzt völlig wolkenlos, steigen im Osten und Nordosten leichte Rauchfahnen, eine zierliche dunkle Stickerei auf dem strahlenden Blau, erzeugt von niedergebrannten Dörfern und Weilern. Von Südwesten windet sich die Landstraße heran.

Der König, umringt von seinem Stab, ist hochgestimmt. Gnädig blickt er auf den Marquis de Louvois, der sich eben nach Charleroi beurlaubt.

Der Marquis de Louvois ist der dickste Mann in Frankreich. Allerdings heißt es, seine Korpulenz sei nicht wirklich, sondern er habe die Gewohnheit, seine Kleider, einschließlich der Handschuhe und Strümpfe, mit Gold auszustopfen. Jedenfalls ist er trotz seines Gewichtes rasch beweglichen Geistes, ein Mann, der für jede Schwierigkeit sofort die Lösung bereithat. Was Jean Baptiste Poquelin, genannt Le Sieur de Molière, seinem König für die Ballette und Komödien in Versailles an Diensten leistet, das leistet Louvois auf dem Kriegstheater: ein vorzüglicher Ausstattungsmeister, ein Organisator szenischer Effekte, ein unübertrefflicher *marchand de gloire.*

Der Marquis de Louvois soll nach Charleroi, wo sich die Reste der spanischen Besatzung Flanderns entschlossen haben, dem Gros der französischen Armee die Stirn zu bieten. Genaue Instruktionen müssen erteilt und geeignete Vorkehrungen getroffen werden, damit die Einnahme von Charleroi so etwas wie ein militärisches Ereignis darstellen könne, glorreich entschieden durch das persönliche Eingreifen Seiner Majestät.

»Nehmen Sie aber den Wagen, Herr Minister«, ertönt plötzlich d'Artagnans raue Stimme. »Sie sind so dick geworden, dass unter Ihnen jedes Pferd zusammenbrechen müsste, es sei denn ein Nilpferd!«

D'Artagnan darf sich dergleichen erlauben, denkt Louis, hat er doch vor zwanzig Jahren seinen König auf seinen Armen getragen, wenn es galt, nächtlicherweile vor der Fronde zu flüchten. Als Louvois sich entfernt, deckt er den Abgang mit seinem sattsam bekannten Bonmot: »Louvois, Messieurs, hilft mir ausgeben, was Colbert für mich vereinnahmt.«

Marschall Turenne setzt sein Fernrohr ab. »Majestät, da rollen die Karossen der Königin heran.«

Louis setzt sich im Sattel zurecht. Er weiß, er sieht blendend aus, über dem leichten goldenen Brustharnisch ist der scharlachrote, hermelinverbrämte Waffenrock geöffnet. Die andern tragen Helme, er einen schmalkrempigen Hut mit zwei Federn, eine weiß und eine rosa. Sogar der kritische Molière würde nichts einzuwenden haben.

D'Artagnan räuspert sich: »Eins von den Fahrzeugen ist von der Landstraße abgebogen und kommt im Galopp auf uns zu – dort!«

»Vielleicht hat Ihre Majestät es eilig«, sagt Turenne ziemlich respektlos.

Der König erwidert kühl: »Messieurs, die Königin begeht niemals eine Geschmackswidrigkeit.«

Sie blicken, recht angeregt, dem heranholpernden Gefährt entgegen, den keuchenden Rossen, dem fluchenden Kutscher. Turenne möchte wetten, dass der Wagen umkippt, bevor er den Sturzacker herunterkommt.

Der Wagen stürzt nicht um, sondern hält am Fuß der Anhöhe. Zerschrammt, mit zerzaustem Haar, verzückt lächelnd, klettert Louise aus der Kutsche und kommt heraufgestolpert.

Tief knickst sie. Eigentlich sitzt sie schon auf der Erde! Denkt Turenne.

»Sire«, himmelt sie Louis an. »Sire, wie es mich selig macht, Sie zu sehen!«

»In der Tat, Madame«, erwidert er frostig. »Sie hier – vor Ihrer Majestät der Königin!«

Als habe eisiger Nordwind ihr den Atem verschlagen, taumelt die Arme – jäh erkennend, dass sie ihr Leben verdorben hat.

D'Artagnan springt aus dem Sattel, stützt sie, hilft ihr ritterlich in ihren Wagen. Einen kurzen Blick der Verständigung tauscht er mit dem König, dann befiehlt er dem Kutscher: »Nach dem Schloss von Avesnes!« Er steigt wieder in den Sattel.

Die Kutsche wendet schwerfällig. Die Pferde wiehern hell in Erwartung von Stall und Hafer und ziehen an …

Der König sitzt noch zu Pferde, als die Karossen der Königin vor ihm auffahren. Mit seinem Marschallstab salutiert er in gemessener Anmut, salutiert vor seiner Gemahlin, den Prinzessinnen, den Edeldamen Frankreichs. Und er bedauert schier, dass er sich nicht selbst zuschauen kann – gleichzeitig Zuschauer sein und Akteur!

Die Marquise de Montespan, jüngste der Hofdamen, steigt als Erste aus, um Ihrer Majestät aus der Karosse zu helfen. Aber bevor sie ihren Dienst versieht, macht sie dem Heros ihre Reverenz.

Da schau!, denkt Louis. Die brillante Mortemart, gleichsam hingestreckt im Staube vor mir, Françoise Athénaïs, deren Blick und Witz mich zuweilen verwirrt machten … Wahrlich, erinnert sie mich doch vage an meine Mutter: die gleiche Behändigkeit des Geistes, das Temperament, die festen, wohlgeformten Hände, die Augen, in denen es vor Herrschsucht glüht … Vor ihm auf den Knien, obwohl von edlerer Abkunft als er, Louis Bourbon, selbst. Auf den Knien, wie gut es ihr ansteht, ist sie doch zwei Zoll zu groß, über sie triumphieren, bei Gott, einem Sieg auf der Walstatt käme es gleich!

Im Sattel wirkt er überzeugend, gesteht sie sich und verharrt länger in ihrem tiefen Knicks, als es die Etikette verlangt. Seine Augen fühlt sie auf sich, den Blick, der ihr über Mund und Wange tastet, ihren Hals entlanggleitet, sich teilt und beiderseits ihren Busen berührt, die Taille umfängt, die Hüften streichelt … Rasch sieht sie auf und hilft der Königin beim Aussteigen.

Das Schloss von Avesnes war im zwölften Jahrhundert erbaut worden, mit Türmen und Wällen, Graben und Zugbrücke: ein befestigter Herrschaftssitz für die Grafen von Flandern.

Es dunkelte schon, als sie durch das Portal in die große Bankett-halle traten. Françoise sah, wie Catherine von einem Hauptmann der Schweizergarden gegrüßt wurde. »Ein Freund von dir, Catherine?« – »Ein Bekannter, Madame.« Es war der Chevalier Louis de Vanens, heute Offizier vom Dienst; ihm unterstanden die Posten und Schildwachen, auch war es seines Amtes, die Angekommenen in die für sie vorbereiteten Räume zu geleiten. Françoise nahm Catherine beiseite und flüsterte ihr rasch etwas zu.

Ein paar Minuten später bekundete Catherine angelegentliches Interesse an dem Ergehen des Hauptmanns de Vanens.

Er gab ihr bereitwillig Auskunft: Er sei unlängst zu den Schweizergarden versetzt worden und erfreue sich des Vorzugs, gegenwärtig zum persönlichen Dienst bei Seiner Majestät kommandiert zu sein.

Er setzte sein bewährtes knabenhaftes Lächeln auf: »Mein bescheidenes Quartier, im selben Stockwerk wie die Gemächer des Königs, werde ich heute Nacht kaum benutzen können, unausgesetzt muss ich auf den Beinen sein, die Wachen inspizieren, bei Tafel Dienst tun, überall zugleich sein.«

»Sie, Herr Hauptmann, werden nicht der Einzige sein«, flötete sie, »der heute Nacht keinen Schlaf finden wird. Meine Marquise hatte die, meines Erachtens übertriebene Liebenswürdigkeit, das für sie bestimmt gewesene Zimmer der Herzogin de la Vallière zu überlassen, deren Kommen nicht vorgesehen war.«

Vanens verzog keine Miene. »Ich werde mich geehrt fühlen, Mademoiselle, wenn die Marquise geruhen will, mein Zimmerchen als das ihre zu betrachten.«

Catherine sah ihn dankbar an. »Sie sind doch der Allergütigste …«

Maria Teresa und sämtliche Damen waren im zweiten Stock untergebracht, alle – außer der Marquise de Montespan, denn das

Dienstzimmer des Hauptmanns de Vanens befand sich im ersten Stockwerk, linker Flügel, etwa fünfzig Schritt entfernt von den Gemächern Seiner Majestät.

Mit Sonnenuntergang hatte die Luft sich beträchtlich abgekühlt. Catherine ging zu Françoise hinein, um ihr beim Umkleiden zu helfen. Sie schloss das schmale Fenster, zündete eine Kerze an, wandte sich zu Françoise. Da war sie: in ihrem weißen Frisiermantel, auf dem schmalen Bett kniend, die Hände, Handflächen nach oben, seitwärts gebreitet, in der Haltung einer heidnischen Beterin.

Ohne durch Catherines Hereinkommen betroffen zu sein, machte sie ihr ein Zeichen, neben ihr auf dem Bett zu knien und die Beschwörung leise mitzusprechen: »Ich verlange Unfruchtbarkeit für die Königin. Ich verlange, dass der König des Morgens und des Abends, bei Nacht und bei Tisch an mich denken soll. Ich verlange, alles von ihm zu erhalten, was ich für mich selbst brauche und für Personen, die mir nahestehen, und dass meine Gefährten und Diener vom König gefördert werden und von seinen Großen respektiert. Vor allem aber verlange ich, dass er Louise de la Vallière für immer aus seinem Herzen verbannt und dass nach der Trennung seiner Ehe mit Maria Teresa ich seine Gemahlin werde!« Und mit dem Daumen der linken Hand schlug sie das Zeichen des Dreiecks unter ihrem Nabel.

Sie erhoben sich. Catherine nahm vom Tisch das schwere grüne Brokatkleid. Die Marquise sagte: »Diese Formel habe ich jeden Abend gesagt bei Sonnenuntergang, fünf Jahre lang.«

»Und – ist das alles, was Lesage Ihnen gegeben hat?«

Françoises Augen waren starr und leuchtend. »Einmal wöchentlich brachte er einen abgefallenen Priester. Der las über meinem Kopf das Evangelium, und das Zimmer war voll Weihrauch. Und dann musste ich sagen: ›Großer und mächtiger Gott, Gebieter meiner Seele – lass die La Vallière sterben und mich die Gunst des Königs gewinnen!‹«
Catherine half der Marquise ins Kleid. Françoises tiefe Stimme vibrierte: »Sieh, wie die Beschwörungen gewirkt haben! Der König ist für mich bereit …«

»Dazu bedurfte es nicht Lesages, Madame, der Geist ist in Ihnen!« Sie beugte sich über die schmalen Füße, zog ihnen die edelsteinbesetzten Schuhe aus grünem Saffianleder an.

»Ich brauche nur noch ein bisschen Hilfe. Kann ich auf deine Bereitschaft zählen, Catherine?«

Catherine blickte auf. »Ich habe noch keine Beschwörungen gemacht, nur die Zukunft geweissagt.«

»Was redest du da, Närrchen«, lachte Françoise. »Von dir brauche ich nichts dergleichen. Es ist eine Kleinigkeit, hör zu: Nach dem Bankett werde ich wahrscheinlich mit der Königin Karten spielen müssen, bis alles zu Bett geht. Auf diesem Korridor, aber auf der anderen Seite des Treppenabsatzes, sind die Zimmer des Königs. Auf dem Treppenabsatz steht ein Doppelposten. Niemand kann aus dem Bankettsaal in den ersten Stock, niemand von dieser Seite des Stockwerks auf die andere, ohne den Posten zu passieren. Es ist deine Aufgabe zu veranlassen, dass um Mitternacht die Soldaten nicht mehr auf dem Treppenabsatz postiert sind, sondern weiter unten, etwa am Fuß der Treppe.«

»Soll ich ihnen einen Schlaftrunk eingeben – oder wie denken Sie es sich?«

»Aber, Catherine! Offizier vom Dienst ist der Hauptmann de Vanens, dein Bekannter, er macht einen gescheiten Eindruck. Solltest du es nicht bei ihm erreichen können?«

Catherine wurde rot. »Wenn ich aber nun nicht auf ihn wirke?«

Die Marquise streichelte ihr sanft die Wange. »Diese Besorgnis solltest du niemals haben, Liebste! Ach – ich wünschte, ich wäre ein Mann, um dir den Beweis zu geben.«

»Das – wünschte ich auch!«, sagte Catherine ruhig. Aber dann schluckte sie und wandte die Augen ab. »Wenn alles gut ausgeht – würden Sie sich wohl bei Seiner Majestät für Adams Begnadigung einsetzen?«

»Das verspreche ich dir gern … Du möchtest ihn doch wiederhaben, nicht wahr?«

»Ich – möchte ihn in Freiheit wissen, Madame«, sagte Catherine.

Die hundert Wachskerzen in den Standleuchtern brennen gleichmäßig. Die Bankethalle, mit schwerer Holztäfelung und wuchtigen Sesseln und Tischen, ist eine würdige Stätte für das Mahl eines durch die Lande stürmenden Kriegshelden.

Auf dem erhöhten Mittelsitz der langen geraden Tafel: der König, sichtlich zufrieden mit sich und dem Weltall. So entfaltet er mit besonderer Huld seine schon sprichwörtliche, wohlbedachte Höflichkeit, so fein in ihren Schattierungen. Ja, auch mitten im Krieg bleibt er der ritterliche Fürst und Mann, der vor jedem weiblichen Wesen den Hut lüftet, sogar vor Scheuerfrauen.

Hol ihn die Pest, diesen Barbaren!, flucht innerlich die dicke Herzogin von Montausier. Uns diese Strapazen aufzuzwingen!

Die Sitzordnung ist, wie immer, bestimmt durch Rang und Dienstgrad. Louis, alleinige Instanz in Fragen des Taktes und der Etikette, hat kundgetan: Die Verfehlung der Frau Herzogin von La Vallière ist als ungeschehen zu betrachten, und bei Tafel ist ihr der Respekt zu erweisen, der ihrem Range gebührt.

So hält er es immer!, grollt der alte Turenne in sich hinein. Wen er persönlich kennt, dem kann er nicht wehtun. Überhaupt lässt er alle Grausamkeit, die er verursacht, durch Stellvertreter verüben. Die sinnlose Verwüstung Flanderns auf seinen ausdrücklichen Befehl zeigt zur Genüge, dass er nicht übermäßig empfindsam ist.

Soldaten, Diener, Zofen, Stallknechte haben Erlaubnis, vom Hintergrund der geräumigen Halle her den Anblick des speisenden Königs zu genießen. Zwischen ihnen befindet sich Catherine.

Die Speisen werden aus der Küche hereingetragen. Voran marschieren zwei Schweizer mit Hellebarden; hinter ihnen mit erhobenem Stab der Oberintendant des Königlichen Feldhaushalts: dann der Oberhofküchenmeister und der Oberhoftellermeister. In Sicht Seiner Majestät hält die Prozession. Die beiden Beamten, von altem Adel, reichen einander Kostproben von jedem Gang, jedem Früchtekorb, jedem Brotlaib, die aus der Küche unter militärischer Eskorte hereingelangen. Ein Ring von Königlichen Musketieren schließt dieses Ritual für Unbefugte ab. In gleicher Weise vollzieht sich die Prüfung der Getränke unter Leitung des Oberhofmundschenks.

»Warum wird das alles gemacht?«, fragt Catherine im Flüsterton de Vanens, der die Reihe der Zuschauer abschreitet.

»Seine Majestät wünscht sich vor Gift zu sichern, wie in Versailles so im Felde.«

»Sinnlos!«, entfährt es ihr. »So entdeckt man kein Gift, das langsam wirkt …«

Überrascht durch ihre unvermutete Sachkunde, mustert er sie von der Seite, bevor er weitergeht.

Die Königin, in sonniger Stimmung, beschwört ihren Gemahl, sich ja doch nicht in Person den Gefahren des Schlachtfeldes auszusetzen.

Der König, seinen Fasan verspeisend, erwidert ernst: »Wenn meine Krieger ohne mich ins Gefecht gehen würden, entkleideten sie mich meiner Glorie. Ich aber muss vor aller Augen etwas Größeres offenbaren als gewöhnliche Tapferkeit.« Er glaubt zu verspüren, wie seine Erklärung von der Marquise de Montespan bewundert wird – dort sitzt sie, am Ende der Tafel, ein Traum aus Grün und Gold. Erwärmt von verschiedenartigen Regungen, beginnt er ein gefülltes Rebhuhn zu verzehren.

Nur ein einziges Mal ist er in einen Laufgraben gegangen, denkt d'Artagnan, und der lag schon fünfhundert Meter hinter der Front.

Nektar und Ambrosia könnten Maria Teresa nicht so erquicken wie der Anblick der gedemütigten Favoritin. Oft blinzelt sie verschmitzt ihrer getreuesten und weisesten Dienerin zu, der jungen Marquise des Montespan.

Catherine sieht, wie Seine Majestät, tief in Gedanken, vier Teller verschiedener Suppen gemessen auslöffelt.

Louise sitzt reglos wie ein geschnitztes Heiligenbild; kein Zucken in ihrem Gesicht, das ihre tiefe Verzweiflung andeuten könnte.

Mir ist es gleichgültig, wie sie eines Tages von mir denken wird, sagt sich Françoise, ihr Stern war ohnehin im Sinken!

Der König leert eine Schüssel gemischten Salats, reich garniert mit Zwiebeln und Knoblauch. Er ist bei Appetit!, muss Catherine feststellen.

In der feierlichen Stille, leicht untermalt vom eintönigen Tafelgeräusch, erhebt sich die dürre Stimme der Prinzessin von Baden: »Mögen wir würdig befunden werden, die Erinnerung an dieses glorreiche Bankett unsern Kindern und Kindeskindern zu vererben!«

Indessen verspürt Seine Majestät leichten Ärger angesichts der vollkommenen Selbstbeherrschung, mit der diese Mortemart da drüben ihre Empfindungen verbirgt – ganz wie seine Mutter, muss er denken, die ihrem Temperament nur die Zügel schießen ließ, wenn ihr das angezeigt erschien, dann aber mit Bravour. Solchen Gedanken nachhängend, widmet er sich einer Hammelkeule mit Rosinensauce und anschließend einer Schüssel mit Früchten und Cremeschnitten.

Françoise quittiert mit einem kaum merklichen Lächeln die immer heiterer werdenden Blicke Maria Teresas, die ob ihres geheimen Einverständnisses kindliche Fröhlichkeit zu empfinden scheint – und in allen Fasern spürt sie den starken Strom, auf dem das Verlangen des Königs zu ihr herantreibt.

Catherine sieht Seine Majestät sechs hart gesottene Eier verspeisen und denkt: Sein Gedärm muss noch geräumiger sein als das von Meister Rabelais' Pantagruel!

Gegen Ende des Banketts verfügt der König, gleichsam beiläufig: Bei Sonnenaufgang möchten der Marschall und Graf d'Artagnan reisefertig sein, um mit ihm nach Charleroi aufzubrechen; Stadt und Festung seien reif zum Sturm, und er habe auf dem Plan zu sein, um die Armee zum Sieg zu führen. – Endlich hat er einen Vorwand gefunden, sich bald zurückzuziehen, erkennt Françoise.

Der König hebt die Tafel auf, verneigt sich zeremoniell gegen seine Gemahlin und die Damen, lässt sich von Turenne und d'Artagnan hinaufbegleiten, um mit ihnen, wie er sagt, nochmals die taktischen Maßnahmen durchzusprechen …

Die Kerzen sind schon weit heruntergebrannt. Die Tafel wird abgeräumt. Die Königin, noch keineswegs schläfrig, geruht mit ihren Damen eine Partie Lansquenet zu spielen. Als Louise de la Vallière sich mit heftiger Migräne entschuldigt, gestattet die Königin ihr, zu Bett zu gehen, ohne sie eines Blickes zu würdigen. Zum ersten Mal fällt es Catherine auf, dass Louise hinkt. Armes Ding – welch hartes Los, geistlos zu sein und ein Krüppel und obendrein verliebt in diesen König! Da trifft sie ein verstohlener Blick aus Françoises Augen. Es ist Zeit für dich, sagen die Augen.

Catherine schlängelt sich an Vanens heran, den undurchdringlich Lächelnden. »Armer Monsieur«, girrt sie, »waren so entgegenkommend zu uns – haben jetzt keine Ruhestätte zwischen Ihren Rundgängen.«

Er macht es ihr nicht leicht. »Ein Soldat gewöhnt sich dran, wach zu bleiben, während die seinem Schutz Befohlenen sanft schlummern.«

Sie seufzt. »Manchmal wäre denen, die der Soldat beschützt, wohler, wenn er für ein Weilchen die Augen schließen wollte.«

Er setzt den Helm auf, macht sich fertig, die Außenwachen zu inspizieren. »Die Gärten von Avesnes sind lieblich im Mondlicht … Ob die Demoiselle es wohl wagt, mich auf meinem Rundgang zu begleiten?«

Beim Verlassen der Halle, mit einem Blick über die Schulter, gewahrt sie die granitnen Gestalten der beiden Schweizer auf dem Treppenabsatz – und am Tisch die Königin, vertieft in ihre Karten.

Catherine und de Vanens wandeln im Mondschein, über die Zugbrücke, längs des Grabens, durch verwilderte Gärten. Wird er sich diese Gelegenheit mit ihr auf soldatische Weise zunutze machen wollen? Und wie wird sie sich seiner erwehren, ohne ihn zu verstimmen? So ist sie ihm dankbar, dass er zunächst das Gespräch auf anderes bringt: auf ihre Äußerung angesichts der Speisenprobe für Seine Majestät.

Sie beeilt sich zu versichern: »Ich weiß, es gibt die verschiedensten Gifte; manche wirken auf der Stelle, andere erst nach geraumer Zeit. Warum aber sollte der Sonnenkönig sich vor Gift fürchten – dieser Abgott der Nation?«

»Gift ist ein platter Ausdruck«, belehrt er sie milde, »für die mystischen Kräfte, die von der Vorsehung Pflanzen und Mineralien verliehen sind. Es ist recht eigentlich die Macht über Leben und Tod; sie zu verwalten, mit ihr zu heilen oder zu töten, das ermöglicht uns die Wissenschaft.« Er lacht leise. »Damit, Mademoiselle, sei nichts gesagt gegen die Wirksamkeit von Tränkchen, die unter Anrufung von Geistern gebraut werden. Aber wo die Magie versagt, kann die Chemie auf den Plan treten und die Irrtümer von Hexenmeistern korrigieren.«

»Das klingt überaus beruhigend«, erwidert sie, all ihren Mut zusammennehmend, »aber wenn Sie ebenso scharfsinnig wie liebenswürdig sind, Monsieur, müssen Sie gemerkt haben: Entweder durch Magie oder durch andere Mittel haben wir zwei Ihrer Schweizer von ihrem Posten wegzubringen – sei es auch nur bis an den Fuß der Treppe.«

Er versteht. In der Tat, er hat längst verstanden. »Ich sehe ein, das Wohlbefinden Seiner Majestät erfordert eher Bewachung des Aufgangs zum ersten Stock als des Korridors zwischen den Flügeln. Nur erschaure ich bei dem Gedanken, wie Graf d'Artagnan einen Verstoß gegen seine strikten Weisungen auffassen würde. Disziplin geht ihm über alles.«

Catherine ist beharrlich. »Im Falle des Aufstiegs einer gewissen Dame zu Einfluss wird es niemanden gereuen, ihr zuliebe die Disziplin leicht umgebogen zu haben. Mut, Monsieur, wagen Sie doch den Einsatz!«

»Ich bin ein geborener Spieler«, lächelt er und mustert gelassen ihren Wuchs und Teint. »Und darf ich fragen: Was setzen Sie selbst ein?«

»Leider, Monsieur, besitze ich nichts, was Sie mir abzugewinnen wünschen könnten.«

Und wieder sein Lachen, knabenhaft unbekümmert. »Sagen Sie das nicht, Mademoiselle! Übrigens, ich bin nicht eigentlich eine Gefahr für weibliche Tugend, aber …« Er unterbricht sich, nimmt ihre linke Hand und sagt ernst: »Sie sollten sich nachgerade entscheiden, was Sie mit sich anfangen wollen, Catherine. Sie sind kein Kind mehr – sind eine voll erblühte Frau …«

Ja, muss sie denken, sie sind nicht mehr rosenfarben, jetzt sind sie wie reifer Honig …

»Sie ließen sich einen Kretin zum Mann geben. Später entwickelte Monsieur Scarron Ihren Geist. Und dann wurde Monsieur Lesage, auf seine etwas bürgerliche Art, Ihr Liebhaber, nicht wahr?«

»Da war noch – jemand anders«, flüstert sie kaum hörbar.

»Ich bin nicht Ihr Beichtiger, Mademoiselle … Wollen Sie meine ehrliche Meinung wissen? Aphrodite, davon bin ich fest überzeugt, wird heutzutage lächerlich überbewertet!«

Der Kontrast seines lehrhaften Tons zu dem runden Knabengesicht macht sie lachen: »Monsieur – Sie reden mir aus der Seele!«

Er ist es zufrieden. »Aber vielleicht ergibt sich eines zukünftigen Tages ein ersprießliches Zusammenwirken, Catherine, für uns beide …«

Françoise rückt unruhig auf ihrem Sitz. Maria Teresa – sie hat schon mehr verloren, als nötig wäre, um dieses Schloss zu kaufen – sieht jetzt aus wie eine vergnügte Eule! Da – plötzlich fällt ihr doch das Kinn herunter. »Ich fürchte, jetzt muss ich zu Bett«, sagt sie schläfrig. »Morgen früh müssen wir rechtzeitig zur Messe, die – die mit den Diamantohrringen darf uns nicht wieder zuvorkommen!« Sie erhebt sich, und huldvoll nickt sie Françoise zu: »Gute Nacht, meine Liebe. Schlafen Sie recht angenehm.«

Catherine sieht die Königin mit ihren todmüden Damen die Treppe hinaufwanken. Den Schluss bildet Françoise; im ersten Stock biegt sie in den Korridor, links von dem Posten.

Catherine kauert sich hin bei dem sinkenden Feuer im großen Kamin der leeren Halle. Die Kerzen sind am Verlöschen. Vom Kirchturm von Avesnes schlägt es Mitternacht. Da – die Marschtritte der Ablösung über dem Estrich. Sie sieht Vanens die beiden Soldaten anhalten. Er erteilt ihnen einen kurzen Befehl. Während die beiden Schweizer vom Treppenabsatz herunterkommen und wegtreten, postieren sich die neuen am Fuß der Treppe, die Gesichter der Halle zugewandt. Vanens geht wortlos weg.

Stille. Dunkel. Ein einsamer Hängeleuchter flackert über dem Treppenabsatz.

Catherine sieht eine Gestalt, aus dem rechten Korridor des ersten Stocks kommend, auf dem Treppenabsatz auftauchen: im weiten Mantel, das Gesicht beschattet vom breitkrempigen Hut der Schweizergarden. Über den Treppenabsatz stiehlt sie sich hinweg in den linken Teil des Korridors. Die Posten am Fuß der Treppe scheinen stehend zu schlafen …

Diese Affäre, denkt Catherine, ist der unumgängliche erste Schritt ihres Aufstiegs – ihres Aufstiegs wozu? Ei, zum obersten Platz in Frankreich – in der Welt. Schlimm genug, dass es für eine Frau keinen angenehmeren Weg gibt, um auf den Gipfel zu gelangen.

Ein Schnurren neben ihr: eine schwarze Katze, aus der Nachtkühle zum Kaminfeuer herangeschlichen. »Komm!«, lallt Catherine schlaftrunken. Sie nimmt das Tier in den Arm. »Komm, schwarzer Dämon – schlaf mit mir …«

Sie erwacht erst, als die Sonnenstrahlen ihr ins Gesicht fallen. Über die Treppe kommt im lichtgrauen Staubmantel und Federhut sporenklirrend der König mit seinen Getreuen durch die Halle, vorbei an Catherine. Er lüftet gemessen den Hut, da gewahrt er in den Armen der Verwirrten das schwarze Kätzchen – unwillkürlich bekreuzigt er sich.

Im Hinausgehen sagt er zu d'Artagnan und Turenne: »Lassen Sie uns die Messe hören, Messieurs, bevor wir aufbrechen …«

Zweiter Teil

Sechstes Kapitel

Amphitryon

»Du solltest nach Versailles, Catherine, wirklich! Es ist das achte Weltwunder, und so viele wichtige Leute könntest du dort treffen. Warum immer nur uns Komödianten und Malersleuten aus der Hand lesen? Glaub mir, die nobelsten Kunden könntest du gewinnen!« Die so spricht, ist Marguerite du Parc, die hübscheste, wenngleich nicht intelligenteste Schauspielerin von Paris.

Sie sitzen in Marguerites Garderobe in dem neuen Theater du Marais; Catherine hat ihr soeben aus der Hand gelesen und Großes prophezeit. Auf diese Weise verdient sie sich jetzt ihr Brot, ein Jahr nachdem Madame de Montespan Favoritin des Königs geworden ist und in Versailles residiert; nur selten kommt Madame jetzt nach Paris, noch seltener erhält Catherine von ihr eine Geldzuwendung.

Der sie bei den Theaterleuten eingeführt hat, ist Lesage. Madame de Montespan hat ihr Versprechen gehalten, er ist begnadigt worden – gerade noch rechtzeitig, bevor seine Galeere nach Indien in See stach. Seine Aussöhnung mit Catherine ist rasch und kühl gewesen. Sie fühlt, dass etwas Fremdes in ihn gekommen ist: Er ist einsilbig geworden, zurückhaltend, ernst. Dass sie seinem Herzen noch nahesteht, schließt sie daraus, dass er zuweilen Antoine mit Geld aushilft. Wie er es verdient? Sie weiß, dass zwischen der Marquise und Lesage noch, oder wieder, ein geheimes Einverständnis besteht; aber sie fragt nicht, wo und wann sie sich treffen.

Lesage, immer noch leidlich beliebt bei seinen früheren Kollegen vom Theater, lehnt an diesem Septembermorgen am Fenster des Garderobenraums und kommt sich überflüssiger vor denn je.

»Ich nach Versailles gehen?«, überlegt Catherine. »Kein schlechter Rat. Aber wie stellst du es dir vor?« Catherine denkt an das Merkbüchlein, das sie im Laufe der Jahre angelegt hat, mit Beschreibungen von Personen der Hofgesellschaft, Charakterisierungen, Anekdoten, ihr zugeflogen aus Äußerungen der Marquise oder de Vanens' oder der Kammerfrauen während der Reise nach Avesnes – oder von ihren neuen Kunden, den Mitgliedern der neuen Truppen: Molières Komödienensemble und den Tragöden und Tragödinnen der berühmten Truppe des Théâtre de Bourgogne. Ach ja, es ist überfällig, sie sollte nach Versailles … Aber wie?

»Ich hab' einen göttlichen Einfall«, zwitschert Marguerite. »Wir verkleiden dich! Als italienische Obstverkäuferin! Hier hab ich noch mein Kostüm aus der ›Zauberinsel‹, ein paar Bänder machen das vollkommen italienisch, und den Akzent bringe ich dir im Nu bei!«

Lesage findet die Maskerade kindisch, wird aber nicht um seine Meinung befragt. Catherine erglüht; ja, der Vorschlag sagt ihr zu, sie wird auf diese Weise doch endlich nach Versailles gelangen, in den Glanz und das Abenteuer, auch ohne Einladung der Marquise, die sich letzthin kaum mehr um sie gekümmert hat, wiewohl Catherines Dienste in Avesnes nicht so schnell vergessen sein sollten!

»Und weißt du«, fährt Marguerite fort, »heute ist eine wunderbare Gelegenheit, an den Posten vorbeizukommen! In einer halben Stunde fährt ein Stellwagen mit Molières Leuten, sie spielen in Versailles heute Abend ›Amphitryon‹. Ein Zettelchen von mir wird dich unter sie schmuggeln.«

»Du bist mir eine wirkliche Freundin«, versetzt Catherine entschlossen. »Also fangen wir an, du musst mir ja auch noch das Gesicht braun schminken.«

Lesage will sich zurückziehen, als der Dichter Racine zur Tür hereintritt. Würdig, ernst wie ein Bischof blickt er und ist sich bewusst, der Dreißigjährige, dass er auf der Schwelle zur Unsterblichkeit steht. Außerdem ist er Marguerites Liebhaber. »Störe ich?«, sagt er. »Die Probe fängt sofort an.«

»Zehn Minuten Geduld noch«, erwidert die Schauspielerin, »du siehst, ich bin mit Catherine beschäftigt.«

»Was ich noch sagen wollte«, bemerkt Racine gemessen. »Freund

Molière hat wirklich Glück. Nicht nur, dass die satirischen Parallelen im ›Amphitryon‹ auch von den Dümmsten verstanden werden und dem Stück Erfolg sichern müssen – ich höre soeben, dass der Marquis de Montespan gestern Abend in Paris eingetroffen ist. Jemand wird ihn benachrichtigt haben, um was es in der neuen Komödie geht – und wir haben einen prächtigen Skandal zu erwarten!«

»Der Marquis de Montespan in Paris? Das bedeutet – eine Gefahr für Madame«, sagt Lesage betroffen.

»Was wird er ihr antun?«, plappert Marguerite. »Sie umbringen? Und ihren Schatz dazu? Ei, das müsste ein Aufsehen geben! Racine, Liebling, du müsstest sofort eine Tragödie drüber schreiben, mit einer herrlichen Rolle für mich!«

Racine nimmt es ernster. »Madame de Montespan war so gütig, meine Ernennung zum Hofhistoriker durchzusetzen; ich wünsche also nicht, dass ihr etwas zustößt.«

»Sie muss sofort gewarnt werden«, sagt Lesage.

»Warum fliegen Sie nicht als rettender Engel zu ihr?«, erkundigt sich Marguerite. »Oder haben Sie Bedenken, sich in Versailles zu zeigen – wegen Ihrer gewissen Heimlichkeiten mit hochmögenden Damen?«

Lesage wird ungeduldig. »Ich bin – ein ehemaliger Galeerensträfling! Aber Catherine ist ja ohnehin entschlossen, nach Versailles zu fahren …«

»Gut, ich will's übernehmen sie zu warnen«, sagt Catherine.

»Hinaus, Mannsbilder«, ruft die Schauspielerin, »ich muss sie ankleiden und schminken.«

Auf dem Korridor äußert Racine zu Lesage: »Ein anziehendes Wesen, diese Catherine. Schade, dass sie sich mit so läppischen Dingen wie Wahrsagerei beschäftigen muss! Es scheint, ich bemühe mich vergeblich, Marguerite von ihrem absurden Aberglauben zu befreien. Nun, bei ihr rührt er wohl daher, dass sie so viele Jahre einer Lustspielgruppe angehört hat – Leuten ohne tiefere Bildung.«

Lesage ärgert sich. »Mademoiselle du Parc kann von Glück sagen, und Sie auch, Monsieur, wenn sie in Ihren Tragödien annähernd solche Erfolge haben wird wie in Molières Lustspielen.«

»Klopfen wir auf Holz«, sagt der Dramatiker.

Versailles. Unterwegs haben die Komödianten Catherine erklärt, dass heute um diese Stunde die Majestäten und alles von Rang in der Pfarrkirche versammelt sein werden.

Als die bronzehäutige Italienerin in ländlich bunter Gewandung, am Arm einen großen Korb mit Edelobst, sich mit Weihwasser netzt und das Schiff betritt, hat die Predigt längst begonnen.

»… Die Beispiele Neros, Nebukadnezars, Dschingis-Khans lassen uns erkennen, was der Seele eines Mannes widerfährt, der dem schrecklichen Wahn erliegt, es gäbe keine Macht über ihm. In solchen Männern sehen wir zunächst unmäßigen Ehrgeiz überhandnehmen; dann kommt es zu unvorstellbaren Lastern und vollends zu unmenschlichen Lästerungen. Was aber ist das Ende? Sei er nun König oder Kaiser, Herr ganzer Kontinente, Herrscher über viele Millionen Menschen, der seine Statur bis in die Wolken erhöht hat – es braucht nur einen einzigen Tod, um ihn niederzustrecken …«

Ein großer Prediger, dieser Pater Bossuet!, denkt der König in seinem vergoldeten Kirchenstuhl. Wie fein und zugleich loyal von ihm, den Unterschied darzulegen zwischen jenen heidnischen Despoten – und mir, dem Allerchristlichsten König. Wahrlich, Bossuet hat es verdient, dass ich ihn schätze, nicht nur wegen der Bekehrung meines Turenne und anderer brauchbarer Protestanten – er hat es auch vermocht, Louises Tränen zu trocknen und sie eine Karmeliterin werden zu lassen, die einzige Lösung, die sich mit meiner Würde vertrug. Es schädigt mein Ansehen nicht, wenn eine Frau mich verlässt, um Gottes Braut zu werden. Hoffentlich macht es sie glücklich, Schwester Louise de la Misericorde mit dem hänfenen Seil um die schlanken Hüften und dem härenen Hemd auf dem lilienweißen Leib, den ich so gern liebkoste, da sie noch die Herzogin de la Vallière war … Ich mache wohl diesen Bossuet nächstens zum Bischof!

Eine Impertinenz, diese Predigt!, denkt, fast belustigt, die Marquise de Montespan in der dritten Bankreihe zwischen den Damen der Königin.

Jetzt wird die Stimme des Predigers mild, beinahe innig: »... Lasset uns jetzt jener vergessen, denen es an Menschlichkeit gebricht. Als der Schöpfer Geist und Gemüt der Menschen gestaltete, versah er sie zuerst mit dem Element der Güte ...«

Diese Worte wecken Widerhall in Catherine. Seit Scarrons Tod hat ihr niemand mehr den Gedanken an menschliche Güte nahegebracht. Sie betrachtet ihn sich jetzt, diesen beurlaubt gewesenen Gedanken – und verliert darüber den Faden von Bossuets Predigt. So erschrickt sie ein wenig, als sie ihn donnern hört:

»... Angesichts der frühen Erfolge Satans nimmt es uns nicht wunder, dass er weiter am Werk ist! Immer noch ist es sein wichtiges Bemühen, in unsern Herzen die Güte auszurotten. Und immer noch sucht er uns durch das Weib zu verderben. Seine Methoden freilich haben gewechselt. Einstmals, im Garten Eden, bediente er sich der Neugier – heute der sinnlichen Begierde. Wie damals ist es ihm auch heute bewusst: Im Weibe verbirgt sich die allergefährlichste Kraft zur Verderbnis des Menschengeschlechts.« Bossuet erhebt seine schönen, gepflegten Hände: »Allmächtiger, ewiger Vater, der du in deinem Ratschluss das Wesen des Mannes der Zersetzung durch Wollust zugänglich gemacht hast, du hast gleichzeitig das Gegenmittel verliehen – es heißt eheliche Liebe!«

Dieser Mann wird eines Tages mein Todfeind sein, spürt Madame de Montespan.

Maria Teresa, die fromme Spanierin, spürt heiße Rührung in ihrem Herzen aufquellen. Nimmermehr, so gelobt sie, soll meinen Ehestand unerlaubte Lust entweihen!

»Edler als das Weib ist der Mann geschaffen«, fährt Bossuet fort. »Kraft der Gabe der Vernunft ist der Mann ein höheres Wesen als die Frau. Und durch die Erbsünde wurde er zu ihrem Gebieter. Seine Eifersucht aber macht ihn zu ihrem Tyrannen, und für immer ist sie seiner Wildheit preisgegeben. So sehen wir denn fast überall in der Welt die Weiber im Stande der Hörigkeit. Beides, die raue Herrschaft des Mannes und das dem Weibe auferlegte Joch, sind die Folgen der Erbsünde. Und wehe ihnen, die diese Ordnung umkehren und einen Mann durch Sinnlichkeit beherrschen wollen!«

Die Marquise ist sich der versteckten Drohung bewusst – dieser Fehdeansage, die gegen niemanden gerichtet sein kann als gegen sie. In ihren gefalteten Händen zuckt es, als möchten sie sich zur Faust ballen.

Catherine fragt sich, ob dieser Gottesmann, der die menschliche Natur so hart verklagt, vergessen habe, dass sie von Gott geschaffen ist. Und wie verhält es sich denn mit der göttlichen Gnade? Hat sie ganz aufgehört zu walten? Freilich, so hat es ihr Madame Filastre vor zehn Jahren gesagt.

Sogar Marschall Turenne muss den grauen Kopf schütteln. Warum nur malt mein Freund Bossuet die Menschen als unwandelbar böse? So treibt er sie doch geradezu in die Schlechtigkeit, auch die noch unverhärteten! Wahrlich, mir wäre ein Prediger lieber, der seiner selbst nicht gar so sicher ist – eher sich als die Art Mann betrachtet, für die geistliche Vorhaltungen gedacht sind.

Aber wieder hat Bossuet den Ton gewechselt. Jetzt ist es, als fege er Wolken und Nebel beiseite und ein saphirblauer Himmel tue sich auf. »… Dies alles hielt ich euch vor Augen, meine Brüder und Schwestern, damit ihr wieder der himmlischen Dinge inne werdet. Ich weiß nur allzu wohl: Viele von euch leben dahin in dem Irrtum, sie hätten Berührung nur mit den menschlichen Dingen, und diese zu meistern, das sei doch wahrhaftig genug! Ich flehe euch an, mir zu glauben: Es ist nicht so! Im täglichen Verein mit euch lebt eine Schar unsichtbarer Wesen, lebt mitten unter euch durch die Gnade des Schöpfers.«

Catherine stiehlt sich aus der Kirche; hier wird sich doch keine Gelegenheit bieten, Françoise zu sprechen. So muss sie versuchen, sie vor dem Palast abzufangen. Von Bossuets Predigt fühlt sie sich verwirrt. Warum tut er nur der Engel Erwähnung, nicht aber der Dämonen, die doch gleich zahlreich unter uns umgehen? Und da weder die einen noch die andern sich uns in ihrer Urgestalt zeigen –

die einen mit lichten Schwingen in Roben aus Licht, die andern mit Klauen und Bockshörnern –, sondern immer nur in erborgter Gestalt, wie soll man da wissen, wann man es mit einem Engel zu tun hat – und wann mit einem bösen Geist? Ach, Pater Bossuet hat sie nur verwirrt. Und sie fängt an zu laufen …

Der Gottesdienst ist zu Ende. Françoise, beim Heraustreten aus der Bank, wird von der dürren Prinzessin von Baden angeredet: »Predigt er nicht wie ein biblischer Prophet … Furcht vor niemandem als Gott dem Herrn – und uns allen den Spiegel vor die Augen haltend?«

»Verzeihung, Durchlaucht«, knurrt Turenne, »aber was nützt es, den Spiegel vorzuhalten, wenn wir nur den schönen Schliff des Glases bewundern und dabei übersehen, welche Flecken er uns zeigt!«

Damit treten der alte Kriegsmann und die Damen zur Seite, um Seine Majestät vorüberzulassen.

Wäre ich nicht Louis, wollte ich Bossuet sein!, denkt der König. Dem gemessen Dahinschreitenden folgt sein Hof. Den Schluss bilden d'Artagnan und de Vanens.

»Neuerdings ist den Sündern das Recht aberkannt worden, sich ihrer Sünden öffentlich zu rühmen. Damit hat das Laster viel von seinem Reiz verloren. Der Rest – ist Heuchelei«, bemerkt d'Artagnan.

»Wo Heuchelei ist, da muss zuvor Gläubigkeit sein«, erwidert Vanens mit seinem engelhaften Lächeln.

Catherine hastet, ohne sich umzublicken, durch den Park von Versailles. Endlich ist sie vor dem Mittelportal der großen Einfahrt angelangt, steht in der Menge der Wartenden; jeder Einzelne wird genau im Auge behalten von Gardisten und Sicherheitsbeamten in Zivil. Als sie die Kalesche der Marquise heranrollen sieht, gleitet sie wie ein Kätzchen durch die Sperre, hält ihren Früchtekorb empor, flüstert durchdringend: »Madame, ich muss Sie sprechen!«

»Mein Gott – Catherine!« Françoise ist nicht wenig verdutzt, aber fünf Worte rasch gewispert, klären sie auf. »Danke, Catherine, wirklich … Warte an der Rückfront, vierter Kücheneingang links, Marie bringt dich zu mir.«

Im Bogen um das Hauptgebäude herumschlendernd, sah Catherine zur Linken die neue Menagerie: Vogelhäuser, Bärenzwinger, Käfige der Tiger, Hyänen, Löwen … Ihres zottigen alten Löwen gedachte sie, des Löwen von Saint-Germain, des Löwen ihres Mädchentums, den sie an dem Abend traf, da dieses zu Ende ging.

Und Scarrons gedachte sie. Beide waren längst tot, der Löwe und Scarron. Was sollten ihr diese hier, in Louis' Menagerie, gelehrige Bestien zur Unterhaltung des Hofs! Nein, nicht einmal den erst kürzlich hergeschaffenen Elefanten wünschte sie kennenzulernen; hieß es doch, dass auch dieser schon bei höfischen Schaustücken mittue.

Sie gelangte zu der Rückseite des Palastes, vorbei an den Gesindehäusern, den Küchengärten, dem Stall für die fünfzig Leibrösser Seiner Majestät, dem Hundezwinger, quer über den weiten Hof zu den Eingängen in die Küchen. Da war nichts mehr von der Würde und strikten Ordnung vor der Vorderfront, da lärmte und gestikulierte es in der warmen Septembersonne: Stallburschen und Küchenjungen balgten sich mit Aufwaschmägden, Fleischerknechte trugen abgehäutete Ochsenrümpfe über den Hof, Gärtnergesellen häuften Berge von Kohlköpfen, Rüben, Artischocken; Schmutzkübel wurden ausgeleert, Töpfe und Schöpfkellen am Brunnen gewaschen; ein Stelzbein fiedelte wie auf einer Kirmes.

Ein hoffärtig dreinschauender Lackel, offenbar ein Anrichter oder sonstiger Würdenträger, nahm sich aus Catherines Korb zwei goldgelbe Edelbirnen und schickte sich an, ihr zum Entgelt die Mysterien des königlichen Privathaushalts zu erklären, als sie mit großer Erleichterung Maries ansichtig wurde: Marie Desoeillets, Françoises Zofe, sommersprossig und rothaarig, mit immer lüsternen Augen und schaukelnden Hüften. Marie erkannte nicht sogleich Catherine, braun geschminkt und ländlich verkleidet, Madames sittsame Vorleserin aus der Rue de Vaugirard. Dann lachte sie, nahm Catherine beim Arm und führte sie über eine Flucht von Stiegen, treppauf, treppab.

Marie war eine von denen, die durch nichts in der Welt zu überraschen sind. »Wenn der Marquis kommen sollte, werden wir nicht unbeschützt sein, ich ließ dem Grafen Lauzun einen Wink geben …«

Catherine, schon leicht außer Atem, bemerkte, dass die Küchen recht weit von den Wohnräumen entfernt lägen. »Seiner Majestät«, erwiderte Marie, »macht es nichts aus, wenn die Speisen lauwarm aufgetragen werden, denn sein Appetit ist übermenschlich. Schauen Sie, dies hier sind die Badegelegenheiten, auch die sind noch weitab von den Schlafzimmern. Was schadet es? Hier wird nicht viel gebadet – nur von fremdländischen Gästen, Türken, Schweden und solchem Volk.«

Madame de Montespans Suite lag im gleichen Stockwerk wie die Privatgemächer des Königs. Wie in Avesnes!, kam es Catherine in den Sinn.

Sie durfte im Wohnzimmer warten. Der Raum war übervoll von Möbeln, Draperien, Bildwerken. Sie besah sich die vergoldeten Tischchen, beklopfte die dicken Säulen aus geädertem florentinischen Marmor. Da waren Schränkchen aus Ebenholz mit eingelegtem Mosaik, Bronzeleuchter und Goldvasen auf Sockeln aus Jaspis, Lapislazuli, Achat, Statuetten, kristallene Karaffen mit grünem und purpurnem Inhalt, Räucherpfannen aus getriebenem Silber. Die Fenster verhangen mit schwerem Silberbrokat, die Marmorfliesen des Fußbodens bedeckt mit dicken Teppichen, scharlachrot und tiefblau, mit eingewebten königlichen Insignien und Symbolen in Gold. Ein Diwan, darauf schwerer schwarzer Samt, gleichfalls mit symbolischer Goldstickerei. So groß wie der Altar in Notre-Dame!, musste Catherine denken. Und da, an der Wand über dem Diwan, flankiert von Ölgemälden, Venus und Bellona, das überlebensgroße Bildnis Louis': zu Ross, im Panzer eines römischen Imperators, mit dickem Lorbeerkranz. Catherine konnte sich kaum erholen; sie gedachte der ruhigen, mit sicherem Geschmack ausgestatteten Räume in der Rue de Vaugirard – und hier nun diese Überfülle, ermüdend und wild, als sei irgendeine Madame Filastre plötzlich zu Geld gekommen und habe in ihrem Laden einfach alles ausgestellt, was sich aufkaufen ließ.

Eine lichte Duftwolke, Orangenblüten: Françoise kommt aus ihrem Ankleidezimmer. Das Haar, leicht mit Goldstaub gepudert, ist besät mit Diamanten. Ein Halsgeschmeide aus großen Saphiren, dazwischen Perlen. Das tief ausgeschnittene Mieder, rosenfarbener Seidendamast mit Goldfäden, sitzt knapp um die herrliche Büste. Die Schleppe des Oberkleids, veilchenfarbener Samt mit Perlenbesatz und Goldborten, fegt ellenweit den Teppich.

Catherine fühlt sich wie auf den Mund geschlagen; sie stottert: »Und so gehen Sie jetzt bei sich zu Hause herum – wochentags! Was mögen Sie nur anhaben, wenn Sie im Bett sind, Madame?«

Die Marquise findet Catherines Staunen lustig und küsst sie leicht auf die Stirn, merkt zu spät, dass die Stirn braun geschminkt ist, sie muss ihre Lippen säubern und neues Rouge auflegen. Dabei sagt sie, und wirklich, es klingt wie echte Herzlichkeit: »Schon seit Wochen, seit Monaten wollte ich dich kommen lassen. Ich bin so froh, dass du bei mir bist – ein menschliches Wesen unter lauter Masken und Marionetten!«

Catherine will sich nicht sogleich wieder bezaubern lassen. »Madame, ich bin gekommen, um mir Versailles anzusehen – und um Sie vor Ihrem Gemahl …«

»Ich weiß, ich weiß«, fällt ihr die Marquise ins Wort. »Wenn er sich manierlich aufzuführen verspricht, will ich ihn vorlassen. Gut, dich endlich wiederzusehen, Liebe. Schwer, mich daran zu gewöhnen, dass hier in Versailles alles nach vorgeschriebenen Regeln geschieht, unser Gehen und Stehen und Sprechen und Niedersetzen – wohl auch das Sterben! Ich sage dir: Der geringste Verstoß gegen eine dieser unzähligen Vorschriften macht einen sofort zu einem Original – und das ist gleichbedeutend mit Unwürdigkeit, diese olympische Luft zu atmen.«

Marie kommt herein. »Madame, es ist Ihre Besuchsstunde; im Vorzimmer sitzen über ein Dutzend Leute – und falls Sie niemanden vor den Kopf stoßen wollen …«

»Nicht doch, niemanden will ich mir zum Feinde machen, beileibe nicht! Gut, ich empfange. Liebste Catherine, geh solange nach nebenan – oder hier in mein Schlafzimmer, mach dir's bequem. Ich will versuchen, sie möglichst rasch loszuwerden.«

Catherine, ihren Obstkorb am Arm, steht in Madames Schlafzimmer. Kann man in so einem Raum schlafen – zwischen all diesen Sachen und Sächelchen aus aller Herren Ländern: Porzellanstatuetten, chinesischem Lackzierrat, türkischen Sitzpolstern, indischen Schalgarnituren, Wolken von Musselin und venezianischen Spitzen, Bastionen von Seidenkissen, Bildern und Bildchen, Spiegeln, Batterien von Kristallflaschen und Fläschchen, von denen jedes einen besonderen Duft auszusenden scheint? Und dieses Bett unter goldenem Baldachin, mit schweren, in Falten herabsinkenden Purpurvorhängen, jetzt seitlich gerafft und gehalten durch dickgliedrige Goldketten! Fürwahr, eine urgesunde, robuste Liebe muss es sein, die in diesem Mausoleum nicht den Geist aufgibt! Das schmale Feldbett fällt ihr wieder ein, in Vanens' Zimmerchen damals in Avesnes, letzten August ist es ein Jahr gewesen. Plötzlich merkt sie, wie peinlich ihr das doch ist, die Vorstellung von Françoises Zusammensein mit Louis! Unwillig wendet sie den Kopf – überhaupt, was soll sie hier?

Der Klang der Stimmen nebenan macht sie aufhorchen: Françoises melodischer Alt … Aber mit wem spricht sie da, wem gehört diese sanfte, modulierte Stimme, die gleichzeitig gewinnt und irritiert, so bescheiden klingt und doch so seltsam hochmütig? Das ist doch – kein Zweifel, es ist Madame Scarron. Das Letzte, was Catherine über sie gehört hat: Immer noch lebt sie bei den d'Albrets, eine unbesoldete Haushälterin, in der Halle auf einem Taburett sitzend, mit einer Stickerei, geduldig wartend, dass der Marschall oder seine Frau nach ihr läute.

Sie schleicht sich an die Tür, öffnet nur ein wenig: Wirklich, Madame Scarron, in Schwarz – trauert sie immer noch, oder ist es, weil Schwarz ihren cremefarbenen Teint hebt?

Madame sagt: »Nicht dass ich bigott geworden wäre, Frau Marquise – aber ich wurde der beklagenswerten Abwege gewahr, auf denen die meisten meines früheren Kreises wandeln. Und so war es mir nicht länger möglich, die Gastfreundschaft der d'Albrets in Anspruch zu nehmen.«

Françoise kommt ihr zu Hilfe. »Sprechen wir doch offen, Liebste:

Die d'Albrets waren beide in Sie verliebt – und das führte zu unerträglichen Situationen, nicht wahr? Ei, Sie brauchen nicht zu erröten, Ihre Schuld war es sicher nicht!«

Was ist mit Françoise geschehen?, fragt sich Catherine. So herzliche Anteilnahme zu bekunden am Ergehen einer Fremden, die ihr von keinerlei Vorteil sein kann?

Madame Scarron atmet etwas beklommen. »Ich richtete mehrere Bittgesuche an Seine Majestät – in der Hoffnung, er werde geruhen, mir die kleine Unterstützung zu gewähren, die Monsieur Scarron von der verewigten Königinmutter empfing. Es hätte mir genügt, mich endlich, zum ersten Male in meinem Leben, auf die eignen Füße zu stellen. Ob nun meine Eingaben Seiner Majestät gar nicht vorgelegt wurden, oder ob, wie es heißt, sämtliche von der Königinmutter bewilligten Renten aufgehoben worden sind – mir war elend zumute, als ich ohne Bescheid blieb.«

»Ich hörte davon«, sagte Françoise, »und darum bat ich meinen Bruder, Sie zu mir einzuladen.«

Madame Scarron spricht jetzt freier: »So gütig wie Sie ist kaum jemals ein Mensch zu mir gewesen. Aber inzwischen erhielt ich ein Angebot von Ihrer Durchlaucht der Prinzessin von Nemours, als Gesellschafterin und Sekretärin für ständig mit ihr nach Lissabon zu gehen. Eine weite Reise, ich weiß, in ein unwirtliches Land. Doch als ich drei Jahre alt war, fuhr ich mit meinen Eltern nach Amerika – und als Zwölfjährige kehrte ich allein zurück, eine Waise.«

Françoise nimmt sie sanft bei den Händen. »Daraus wird nichts! Sie ans andere Ende der Welt verschleppen zu wollen – Ihre Durchlaucht scheint nicht erfasst zu haben, welch eine besondere Frau Sie sind. Sie bleiben in Frankreich; denn nirgends sonst gibt's ein menschenwürdiges Leben. Sie bleiben in Paris; denn hier allein existiert so etwas wie eine kultivierte Gesellschaft!« Und nach kurzem Nachdenken hat sie ihren Plan. »Schreiben Sie bitte noch ein weiteres Gesuch, aber unterzeichnen Sie es nicht als Madame Scarron, sondern mit Ihrem Mädchennamen – falls nicht Ihr Herz sich dagegen auflehnt.«

Madame Scarron schüttelt langsam den schönen Kopf. »Ich war eine treue Ehefrau, und ich ehrte sein Andenken, indem ich seine Schulden bezahlte und nichts von der Erbschaft für mich selbst zurückbehielt. Auch bete ich immer noch regelmäßig für ihn. Aber – aus meinem Denken und meinem Leben wünsche ich jede Spur zu löschen, die Monsieur Scarron hinterließ.«

Catherine fühlt heiße Erbitterung; sie möchte Scarrons Geist um Vergebung anflehen.

»Ich werde Ihr Gesuch Seiner Majestät persönlich vorlegen«, verspricht Françoise, »und ich glaube, Ihnen zusichern zu können, dass es genehmigt wird.« Und die beiden Damen umarmen einander zum Abschied.

Catherine sieht sich vor einem Rätsel: Entweder will sich Françoise durch gute Werke den Himmel versöhnen, oder sie hat einen Hintergedanken – aber welchen?

Der Nächste wird hereingelassen: Pierre Corneille, weißhaarig und gravitätisch, Altmeister der Tragödiendichter Frankreichs. Die Marquise hat es durchgesetzt, dass ihm endlich eine laufende Unterstützung aus der königlichen Schatulle bezahlt wird, und er kommt, um seinen Dank abzustatten. »Überdies aber, Frau Marquise, habe ich Ihnen dankbar zu sein für Ihre erfolgreichen Bemühungen um die Ernennung des jungen Racine zum Hofhistoriker, ist er doch das aufgehende Gestirn des französischen Dramas. Was Sie, verehrte Frau, für uns Dichter und Künstler getan haben und noch tun, das wird der Welt im Gedächtnis bleiben, wenn die Glorie der Kriegstaten und der Eroberungen dieser Epoche längst verblichen sein wird.«

Die feierliche Stimmung wird gestört durch den höchst unzeremoniellen Eintritt eines stämmigen, rothaarigen, überlebhaften Mannes Anfang dreißig, bunt wie ein Stieglitz, geschmückt mit Bändern und farbigen Steinen. »Ich weiß, ich weiß, man hat mich nicht angemeldet – einer meiner haarsträubenden Verstöße gegen die Etikette –, aber ach, mein gascognisches Temperament!«

Der Graf de Lauzun!, sagt sich Catherine. Laut ihrem Merkbüchlein ein Abenteurer aus der Gascogne, zu Hofe gegangen, um sein

Glück zu machen; wortreich, witzig, skrupellos; von seinem obersten Kriegsherrn geschätzt als ein Haudegen – und angebetet von der Base des Königs, der fünfzigjährigen Louise de Montpensier, Frankreichs reichster Frau.

Sogleich nachdem sich Corneille entfernt hat, ändert Lauzun seinen possenhaften Ton und spricht wie ein zärtlich besorgter Freund: »Ihre Kammerfrau hat mich unterrichtet. Fürchten Sie nichts, Teuerste – Sie stehen unter meinem Schutz, solange jenes Ungetüm in Freiheit umherstreift.« In seinem Blick ist Huldigung vor ihrer Schönheit.

Catherine nimmt sich vor, diesen galanten Ritter da zu studieren; Lauzun soll abergläubisch und vorurteilslos sein, solche Leute braucht sie.

Jetzt scheint der Gascogner leichte Konversation zu beginnen: »Was sagen Sie zu Bossuets heutiger Predigt? Welcher Vortrag, welche Gedankentiefe! Er meint es völlig im Ernst, wenn er das Regime unseres Herrn mit der Pracht von König Salomos Reich vergleicht – wiewohl er sich aller Hinweise auf Salomos tausend Weiber klüglich enthält …«

Françoise ist auf ihrer Hut. »Seine Majestät hat mir klargemacht, dass Pater Bossuet von tiefem und weisem Verständnis für die Größe unserer Epoche beseelt ist.«

Er pflichtet ihr bei: »Und niemand könnte es treffender formulieren! Ach, meine Teuerste, wie es mich froh macht, dass Sie eine so gute Christin sind, regelmäßig zur Messe gehen, zur Beichte …«

Vor noblem Freimut erglühend, gibt Françoise zur Antwort: »Weil ich *eine* Sünde begehe, sollten mir meine Freunde nicht allsogleich sämtliche andern Sünden zutrauen!«

Da wird er herzlich – um eine Nuance zu herzlich!, denkt Catherine.

»Wie recht Sie daran tun, mich Ihren Freund zu nennen! Was ich habe und vermag, steht immer zu Ihrer Verfügung. Dazu gehört, unter anderem, meine enge Freundschaft mit dem Kuraten von Versailles, dem vortrefflichen Abbé Lecuyer. Sie sollten einmal anwesend sein bei unsern erbaulichen Tischgesprächen. Letzten Donnerstag disputierten wir über Pater Bossuets Auffassung von der Erbsünde.«

Dieser schlaue Fuchs, denkt Catherine, er hat Bossuets versteckte Drohung bemerkt und erbietet sich jetzt schon als freundlichen Vermittler, falls ihr jemals das Abendmahl verweigert werden sollte – als wäre sie nicht hinreichend gesichert durch den König! Was will sich der Fuchs erschleichen?

Lauzun erhöht die Spannung der Lauschenden. »Da wir den heutigen Vormittag erwähnten: Mademoiselle de Montpensier war wieder hingerissen von Ihrer Kunst, sich zu kleiden, das Haar zu tragen. Ich fürchte, wir werden Sie, sobald wir verheiratet sind, mit jeder Kleinigkeit behelligen, die erlesenen Geschmack und Fantasie erfordert. Ja, ich denke doch, Seine Majestät wird dem Ehebündnis seiner Base mit mir nichts in den Weg legen – wie?«

Françoise setzt ihre unschuldigste Miene auf. »Als Sie und ich noch Kinder waren, Monsieur, da kommandierte Mademoiselle de Montpensier die Artillerie der Fronde gegen Mazarin und die Königinmutter. Sicher hat sie von ihrer heroischen Energie genug übrig, um jetzt einen Plan durchzusetzen, der so sicher dem Wohl Seiner Majestät dient: ihre Vermählung mit Ihnen, einem Paladin des Königs.«

Wenn doch die lederne alte Jungfer drauf versessen ist, ihr Vermögen an diesen Schlingel loszuwerden, soll Françoise dem König nur zureden, die Heiratserlaubnis zu geben!, denkt Catherine.

Aber der Gascogner zielt auf etwas anderes! »Was mich bedrückt, teuerste Freundin, ist meine bescheidene Stellung, die mich ihrer Hand unwürdig erscheinen lässt wie einen skrupellosen Mitgiftjäger – während doch unsere Liebe eine große Leidenschaft ist! Ach, könnte man doch unsern Herrn dafür gewinnen, mir entsprechende Beförderung zu gewähren, sagen wir: zum Großmeister der Artillerie, der Posten ist seit Längerem vakant mangels geeigneter Bewerber.«

Françoises Gesicht verrät mit keinem Zucken ihre Verachtung solcher Plumpheit. »Wenn es Ihr Wunsch ist, Monsieur, will ich bei Gelegenheit Seine Majestät daran erinnern …«

Die Vorzimmertür flog auf. Zwei protestierende Lakaien wurden zur Seite geschleudert. Gesichter, ängstlich oder nur neugierig, tauchten hinter ihm auf. Er warf die Tür zu, lehnte sich gegen sie; das Gesicht nicht mehr versonnen und bleich, sondern sonnengebräunt und fest, das Kinn gemeißelt: der Marquis de Montespan.

Sekundenlang spürte sich Catherine einer Ohnmacht nahe. »Der Geist!« Die Gestalt dieses Mannes hatte der Geist angenommen, um sich ihrer zu bemächtigen – und dann, in der gleichen Erscheinung, hatte er Françoise zu der Seinigen gemacht. Sie beide gehörten dem Geist – gehörten ihm in der gleichen Gestalt! Kam er jetzt, um sie zu holen – beide – oder nur eine?

»Welch eine Überraschung, lieber Henri«, sagte die Marquise, »warum nur wurde Ihr Besuch mir nicht angekündigt?«

Er habe noch nicht den Vorzug gehabt, dem Marquis zu begegnen, bemerkte Lauzun mit großer Höflichkeit und versuchte sich vorzustellen.

Eine ungeduldige, harte Handbewegung des Marquis machte der Hoflichkeitskomödie ein Ende.

»Ich komme nicht, um Sie mit Vorwürfen und Klagen zu überschütten, Madame. Ich möchte Sie nur bitten, sich zur Abreise fertig zu machen. Auf unserem Besitz ist jetzt alles so weit gediehen, dass Ihnen ein erquicklicher Aufenthalt gewährleistet ist.«

»Ich habe weder den Wunsch noch die Freiheit, wieder mit Ihnen zu leben, und das wissen Sie. Wollen Sie gegen mich eine Klage anhängig machen, dann kann ich es nicht hindern. Aber ersparen Sie uns beiden die Fortsetzung dieses melodramatischen Auftritts!«

Er hielt sich noch zurück. »Ich schrieb an Ihren Beschützer, den König, er muss den Brief längst gelesen haben. Auch wandte ich mich an Seine Heiligkeit den Papst.«

Das brachte Catherine wieder zu sich: Unvorstellbar, dass der Teufel sich an den Heiligen Vater wenden sollte! Nein, dieser hier war ein gewöhnlicher Sterblicher – ohne die geringste Ahnung, dass der Geist sich jemals seiner Gestalt bedient hatte.

Der Marquis sagte: »Ich befehle Ihnen, Madame, mit mir zu kommen!«

Ihre Stimme war spröde wie Eis: »Und wenn ich mich weigere?«

»Dann lasse ich Sie in ein Kloster sperren, falls Sie mich nicht vorher in die Bastille sperren lassen!«

Lauzun, die Linke am Degengriff, sagte gemessen: »Gestatten Sie mir den Hinweis, Monsieur: So spricht man nicht zu einer Dame – hier am Hof von Versailles!«

Der Marquis brach aus: »Die Pest hole Versailles mit allen seinen Schmarotzern, Narren und Kupplern – eingeschlossen Sie selbst, Monsieur, wer immer Sie sein mögen!«

Die Klingen waren heraus. Françoise schrie auf. Catherine stand in der Schlafzimmertür, aber ein Wink Françoises scheuchte sie zurück, bevor die Männer sie gewahrten. Es kam zu keiner Gewalttätigkeit.

D'Artagnan war vom Vorzimmer eingetreten. »Messieurs! Duelle sind in Versailles verboten. Und gar hier im Palast! Wollen Sie bitte sogleich Ihre Degen einstecken und mit mir kommen …«

Der Marquis war wieder beherrscht. Er machte eine kurze Verbeugung. »Ich – entschuldige mich vor Ihnen allen.«

Catherine konnte wieder denken. Françoises Gemahl war ein Mann, nichts als ein armer eifersuchtgeplagter Mann. Ob sie ihr wohl eröffnen sollte, dass vormals der »Geist« sich seiner Gestalt bedient hatte? Nein, es war unwichtig geworden, jetzt, da Françoise selbst so sichtbar im Bunde mit ihm war – im Bunde mit dem Geist! Nur an eines noch konnte sie sich klammern: Françoise war ihr zugetan, benötigte sie, liebte sie!

D'Artagnan, nunmehr sechzig und jenseits seiner galanten Tollkühnheiten, bedauerte jeden Mann, der sich um einer Frau willen quälte, und jede Frau, der von einem Mann zugesetzt wurde. »Ich hoffe doch, Messieurs«, sagte er, während sie durch die endlose Galerie gingen, »Sie tragen es mir nicht nach, dass ich mich einmengte. Bitte, glauben Sie mir: In diesem besonderen Fall würde ein Aderlass nichts gebessert haben.«

Der Marquis gab keine Antwort. Seine Zähne gruben sich in die

Lippe, ein dicker Blutstropfen lief ihm übers Kinn. Sie waren unter der mächtigen offenen Arkade angelangt, von der die große marmorne Freitreppe in den mittleren Schlosshof hinunterführt, jene Treppe, die nur von den Mitgliedern des Königlichen Hauses, von den Kabinettsministern und Botschaftern benutzt werden durfte.

Ein überschlanker, ansehnlicher, ernst blickender Mann, etwas älter als der Marquis, grüßte. Er war unauffällig und mit gewöhnlichem Geschmack gekleidet. Die große Onyxgemme, die seinen Kragen zusammenhielt, war das einzige Schmuckstück.

»Darf ich vorstellen«, sagte d'Artagnan: »Monsieur de la Reynie, von Seiner Majestät unlängst zum Königlichen Polizeipräfekten von Paris ernannt – Monsieur le Marquis de Montespan.«

»Ein Königlicher Polizeipräfekt für Paris?«, entfuhr es dem Marquis. »Das beseitigt die letzten Eigenrechte der Stadt. Die Zentralisierung der Gewalten in diesem Land macht rapiden Fortschritt: *eine* Religion, *eine* Polizei, *ein* Verführer ... Können die Herren mich unterrichten, welchem Ritual man sich zu unterziehen hat, um beim König vorgelassen zu werden?«

La Reynie verzog keine Miene. »Ich selbst habe es heute vergeblich versucht. Seine Majestät konferiert mit dem Sonderbotschafter aus Konstantinopel.«

D'Artagnan beeilte sich, das Gespräch von der Privataffäre des Marquis auf ein allgemeineres Thema zu wenden. »Der Sultan lässt nichts unversucht, um mit uns zu einem Nichtangriffspakt zu gelangen, bevor er seine Heere längs der Donau hinaufschickt.«

»Es sollte mich nicht wundern«, erklärte der Marquis, »wenn der Allerchristlichste König sich mit den Ungläubigen gegen das Heilige Römische Reich verbündete.«

D'Artagnan lächelte nachsichtig: »Messieurs, als ich jung war, unterstützte der Kardinal Richelieu die protestantischen Fürsten Deutschlands im Krieg gegen ihren katholischen Kaiser! Gewöhnen wir uns daran: Es gibt zweierlei Moral, eine für Staatspolitik – eine andere für uns Sterbliche!«

Mit dem erzwungenen Gleichmut des Marquis war es vorbei.

»Und was uns Sterblichen die Moral verbietet, das sieht man täglich verübt von *einem* Mann, sieht es in schweigendem Respekt oder in Bewunderung – ganz wie die heidnische Welt sich huldigend neigte vor einem geilen ehebrecherischen Jupiter!«

D'Artagnan hüstelte angelegentlich, entschuldigte sich mit dienstlichen Obliegenheiten und verließ die beiden jüngeren Männer.

Sie benutzten die »Treppen der Kammerherren«, durchquerten den brunnengeschmückten, schimmernden Hof.

Erst als sie den Park erreichten, sprach La Reynie: »Es war kein Zufall, dass wir uns trafen, Herr Marquis. Ich war von Ihrem Besuch hier unterrichtet. Erlauben Sie mir die Bitte, etwas zurückhaltender zu sein, wenn Sie sich vor anderen über Seine Majestät und die Regierung auslassen. Das Heer von Polizeiagenten, das mir neuerdings unterstellt ist, lebt davon, dass es mich jeden Morgen mit Berichten über Handlungen und Äußerungen interessanter Personen versieht. Es würden sich für mich bedauerliche Konsequenzen ergeben, wenn Hofleute hier Seiner Majestät hinterbrächten, was mir meine Polizeibeamten zutragen.«

»Da bin ich also eine interessante Person geworden«, versetzte der Marquis mit Bitterkeit. »Wahrscheinlich in dem Sinne, in dem Uria den Juden interessant wurde, als König David geruhte, Bathseba zu seiner Mätresse zu machen.«

In La Reynies Ton war redliche Teilnahme: »Ich bin nicht so zynisch, es beschönigen zu wollen. Nur erlaube ich mir den wohlgemeinten Rat: Versuchen Sie dieses Missgeschick als ein Mann zu tragen – nicht nur als ein Edelmann!« Er meinte es redlich, aber sprach unbeholfen.

Der Marquis bemerkte beides. Er sagte: »Ich habe mich bemüht, für das Verhalten des Königs ein philosophisches Verständnis aufzubringen. Ich sagte mir: Er hat es sich nun einmal in den Kopf gesetzt, der am meisten beachtete Mann der Welt zu sein. Alles soll glauben, er befinde sich im Mittelpunkt des Weltgeschehens. Daher will er von seiner Autorität an niemanden abgeben. Daher will er Ehrgeiz und Hoffnungen der Menschen nur insoweit bestehen lassen, als er selbst sie ihnen zu befriedigen vermag. Zu Letzterem ist er bereit, sobald es seinem Ansehen zuträglich ist. Er ist sich klar darüber, dass gewisse Kreise, vor allem der Hochadel, es verweigern, sich von ihm begnadigen zu lassen. Darum besetzt er wichtige Posten lieber mit Männern wie Colbert, der aus einer Familie von Tuchfabrikanten kommt.«

»Mein Vater war Apotheker, ich selbst Richter beim Pariser Stadtgericht«, warf La Reynie gleichmütig ein.

»Bis hierher«, fuhr der Marquis fort, »konnte ich eine gewisse Logik und Planmäßigkeit in seinen Handlungen wahrnehmen. Der Rest ist – Rachsucht. Trübe, wüste Rachsucht. Gerichtet gegen die Söhne und Enkel derer, die seit Jahrhunderten an der Macht waren und seine Kindheit während der Frondekriege zu einem unaufhörlichen Albdruck machten. So schwelgt er jetzt im Anblick der Grafen und Prinzen, die hier um ihn kriechen, lechzend nach einem Wink seines Auges, der gestattet, den Leuchter halten zu dürfen, wenn er zu Bett geht. Die sich ihm entziehen, die verdächtigt, hasst und fürchtet er.«

»Ich will Ihnen gewiss nicht zureden, diese Betrachtungen fortzusetzen«, sagte La Reynie, »aber wenn es Sie erleichtert, will ich Sie weiter anhören, als wäre ich Ihr – Beichtvater.«

Der Marquis lächelte bitter: »In diesem glorreichen Zeitalter ist also der einzige Beichtvater, dem ich mich anvertrauen kann, der Polizeipräfekt von Paris!«

Sie schritten tiefer in den durchsonnten Park.

Die Marquise hatte Catherine zu einem Imbiss dabehalten, über den Auftritt mit dem Marquis ging sie rasch hinweg – etwas zu rasch, empfand Catherine.

»In seiner Bergwildnis scheint er ein Mann geworden zu sein, beherzt und kräftig, kein Schwärmer und Grübler mehr. Wusst ich's doch immer: Im Grunde ist er ein Bauer – und das ist etwas Besseres als ein Hofmann. Aber ich kann mich jetzt nicht mehr um ihn kümmern.«

Schade!, dachte Catherine unwillkürlich.

Noch beiläufiger wurde die Witwe Scarron erwähnt. »Warum ich mich ihrer annehme? Ach, Catherine, am liebsten möcht' ich mir alle Menschen zu Freunden machen! Mit dieser Dame habe ich meine besonderen Pläne.«

»Ich würde nicht mit der Dankbarkeit einer Person rechnen, die sich damit brüstet, den Einen vergessen zu wollen, dem sie alles schuldet.«

»Liebste Catherine, auf Dankbarkeit zählen nur Narren – und noch schlimmere Narren verweigern es, dankbar zu sein! Von dieser Frau aber will ich gar keine Dankbarkeit, ich will ihre Dienste, wenn die Zeit kommt …«

Trotz dieser geheimnisvollen Andeutung konnte Catherine sich einer Erinnerung nicht erwehren: Sie sah sich selbst auf dem Balkon des Hauses d'Albret neben Madame Scarron, die beinahe bräutlich errötete, als Louis der Prächtige vorüberritt … War es weise, diese Frau in die Nähe des Königs zu bringen? Was ging in Françoise vor? Warum war sie so verändert?

Sie beendeten die Mahlzeit. Die Marquise zog Catherine neben sich, in schwesterlicher Vertraulichkeit, auf den schwarz-goldenen Diwan.

»Und wie geht es dir? Wie lebst du – mit deinen zwei Männern?«

Catherine wurde etwas verlegen. »Antoine ist immer noch ein Unglückswurm, nichts will ihm gelingen, aber mein Kind trägt seinen Namen, ich kann ihn nicht ganz fallen lassen. Und Adam …« Sie zögerte.

»Liebt er dich noch?«

»Vielleicht, vielleicht nicht. In der Hauptsache scheint's ihm darauf anzukommen, ich soll ein respektierliches Leben führen. Seit er zurückgekommen ist, hat er nicht mehr um mich geworben.«

Françoise schien sie zu bemitleiden. »Also lebst du wieder züchtig und keusch – wie als Mädchen?«

Nur mit Mühe hielt Catherine den Blick der leuchtenden Augen aus. »Warum nicht? Ich glaube kaum, dass mir viel entgeht.«

Kaum hatte sie das gesagt, da sah sie eine seltsame Veränderung in Françoises Gesicht. Ein Schleier schien wegzugleiten, und darunter blühte es hervor und entfaltete sich in leuchtender Echtheit.

»Ich bin verliebt, Catherine. Ja, meine Freundin, du sollst wissen, was ich mich schämen würde, anderen einzugestehen, auch ihm selbst. Ich hatte nicht gedacht, dies sei mir vorbehalten – mir, die ich seit meiner Kindheit mein kritisches Urteil und bisschen Witz für mein Kostbarstes gehalten habe. Es war auch nicht vorauszusehen, als ich meine Intrige begann. Trotz alledem, Catherine: Es ist mir geschehen. Wenn er bei mir ist, fühlen wir beide, er und ich, unser Innerstes hinschmelzen – da ist kein König mehr und keine Marquise, nur zwei Geschöpfe Gottes, in Liebe erbebend und beseligt in allen Fasern. Und oft ist mir, als würde ich nicht im Mindesten überrascht sein, wenn er aus meinen Armen verwandelt hervorginge: als ein Schwan – oder ein schimmernder Gott!«

Wie betäubt fühlte sich Catherine von dieser stolzen Ekstase. Françoise verliebt … Dieses von übernatürlichen Kräften durchpulste Wesen verliebt in einen solchen Mann! Sie fühlte sich tief enttäuscht. Françoise, entkleidet ihrer berückenden Macht, aufgegeben vom »Geist«, wenn sie jemals des Geistes gewesen war! Sie spürte, dies schnitt tief in ihr eigenes Leben – war es auch noch so planlos gewesen. Um irgendwas zu sagen, fragte sie: »Und die Königin schaut Eurem Glück zu, ohne dagegen ganz Frankreich und Spanien aufzurufen?«

Françoise lächelte in fast mitleidiger Verachtung. »Die Königin! Immer noch trunken von ihrem vermeintlichen Triumph, übersieht sie oder gibt vor, zu übersehen, was der König und ich einander sind. So blind hat sie die arme La Vallière gehasst! Aber nächstens wird sie den Dingen doch ins Gesicht sehen müssen.« Sie stand auf, verschränkte die Hände hinterm Kopf, wiegte sich …

Wie eine Birke im Sommerwind!, dachte Catherine.

»Catherine, ich bekomme ein Kind. Sein Kind. Und dann wird man sehen, ob nicht Françoise Athénaïs de Mortemart ihm einen stärkeren und schöneren Sohn gibt als der kränkliche arme Dauphin, den ihm die spanische Infantin geboren hat!«

Catherine verspürte rasenden Kopfschmerz. Sie schob es auf die ihr ungewohnte parfümierte Luft im Zimmer, stammelte Wünsche für Françoises Ergehen und äußerte die Zuversicht, dass alles zum Besten verlaufen werde.

Die Marquise schien nicht zu gewahren, was in ihrer Vertrauten vorging. Sie sagte übermütig: »Da du nun schon mein großes Geheimnis weißt, will ich dir auch anvertrauen, was ich mit Madame Scarron im Sinn habe: Sie soll, nach seiner Geburt, die Erziehung meines Sohnes leiten. Wie die Dinge liegen, wird mir ja wenig Zeit bleiben, mich selbst dieser Aufgabe zu widmen.«

Noch kaum fähig zu denken, stolperte Catherine ins Freie. Einmal aus dem Palast heraus, ließ sie zur Rechten das schimmernde Rasenplateau der Latona mit den großen Springbrunnen und Orangenbäumen. Etwas tiefer öffnete sich die große halbmondförmige Terrasse mit den kugelig zugestutzten Bosketten und Eiben, dem großen Wasserfall, den breiten Marmortreppen, den wasserspeienden Tritonen und lächelnden Faunen aus Stein. Ihren Augen tat es weh, dieses blinkende Zusammenspiel von Marmor, Silber und Grün.

Françoise bekommt ein Kind! Sie ist rasend verliebt – und bekommt ein Kind. – Nein, sie hatte fortan keinen Platz mehr in Françoises Leben. Die Sonne, der sie gefolgt war wie ein Planet, war plötzlich in eine andere Sphäre geglitten – ob in eine höhere oder tiefere, das war gleichgültig, da es doch keine Sphäre war, in die sie selbst folgen konnte. Zurückgelassen, allein im Weltall – eine Krise, noch schlimmer als jene, in die sie nach Scarrons Tod geraten war.

Sie ging wie eine Schlafwandelnde durch die schnurgerade Allee. Vorüber an promenierenden Gruppen schwatzender Damen und Herren. Warum nur blickten so viele Augen auf sie? Es fiel ihr wieder ein: Sie trug ja noch dieses lächerliche opernhafte Kostüm einer italienischen Obstverkäuferin, mit einem Früchtekorb am Arm.

Ihre Gedanken begannen sich leidlich zu ordnen. Da war es also der Marquis de Montespan gewesen, dessen Gestalt der »Geist« angenommen hatte, um mit ihr den Pakt zu schließen. An diesem Glauben hielt sie zäh fest. Wenn man doch niemals Gewissheit haben konnte, ob man mit einem wirklichen Menschen umging oder mit einem Dämon in Menschengestalt, dann war es nur vernünftig, in Zweifelsfällen das Letztere anzunehmen und sich als Satans Erkorene zu fühlen.

Wieder versuchte sie sich zu vergegenwärtigen, dass von allen Menschen, denen sie begegnet war, nur ein einziger dem Griff Satans entronnen sein konnte: Paul Scarron, um seiner Liebe willen. Dass sein Martyrium zum Nutzen eines einzigen irdischen Weibes erfolgt war, nicht zum Heil der gesamten Menschheit – nun, das konnte wohl kaum einen Unterschied machen in den Augen Gottes, dem ja der Liebende näher war als der Geliebte! Ja, dieser Satz Platos – einst von ihr weggeschoben, als Lesage ihn zitierte –, dieser Satz schien ihr jetzt eine göttliche Wahrheit zu enthalten. Leider eine Wahrheit, mit der sie noch nichts für sich anzufangen wusste. Ach, sie hätte sich so sehr gewünscht, lieben zu können, ganz unbeeinflusst davon, ob sie selbst nun geliebt würde oder nicht – Liebe auszuströmen, wie die Sonne ihr Licht gibt. Aber sie war überzeugt, diese Kraft war nicht in ihr, sie war keine von Gott Erlesene. Wie die meisten war sie eine Verworfene, war des Teufels. Immerhin – auf ihn glaubte sie zählen zu dürfen kraft des besonderen Pakts, den sie mit ihm hatte. Und wenn zu nichts anderem, so mochte sein Beistand ihr doch dazu verhelfen, nun ihren eigenen Kurs zu steuern, hinaus aus den trüben Gewässern der Armut und Abhängigkeit auf das hohe Meer, in dem sich reiche Fischzüge tun ließen, um endlich zu Wohlstand zu gelangen – mit ihrem Kind und ihrem Mann, die beide zu ihr gehörten, wie lose das Band auch geworden war.

Sie gelangte ans Ufer eines riesigen künstlichen Bassins, genannt der »See des Apollo«. Eine größere Gesellschaft unterhielt sich mit Fischfang. Sie fischten mit abgerichteten Kormoranen, Catherine betrachtete aus einiger Entfernung die großen silberfarbenen Vögel mit ihren mächtigen breiten Schnäbeln. Die Damen liebkosten die Vögel, während die Kavaliere kupferne Ringe um die Mitte der Vogelhälse schlossen; diese Ringe hinderten die Kormorane, die Fische hinunterzuschlingen.

Catherine sah die Vögel auffliegen, dann wie glitzernde Pfeile auf den Teich hinunterschießen und gleich darauf gehorsam die Beute zu Füßen ihrer Gebieter niederlegen. Andere Damen verwöhnten die Karpfen mit Leckerbissen, als wären es nicht dieselben Fische, die wenige Minuten später von den Kormoranen gepackt werden sollten.

Große weiße Schwäne wandten sich hochmütig weg und ruderten langsam dem stillen Kanal zu, der aus dem Teich durch den Park führte. Venezianische Gondeln, geschmückt mit Bannern und Bändern, die Baldachine scharlachrot und azurblau, glitten ziellos auf dem Wasser hin und her.

Catherine gewahrte den Grafen Lauzun. Der ergötzte seine Zuhörer mit dem reichlich ausgeschmückten Bericht seines ritterlichen Eintretens für Madame de Montespan.

Eine zarte, empfindsam blickende Dame unterbrach ihre freundliche Beschäftigung mit den Karpfen und sagte mit einem Seufzer: »Woanders gibt es noch viel wildere Menschen. Und so bin ich glücklich, wieder in Versailles zu sein, trotz der rauschenden Wälder und der duftenden Wiesen unseres Besitzes in der Bretagne.«

»Wahrscheinlich hatten Sie Arme dort eine schlimme Zeit wegen der Bauernunruhen im Distrikt von Rennes«, bemerkte teilnahmsvoll ein kränklich aussehender Kavalier.

Bauernunruhen im Distrikt von Rennes ... Catherine war von jähem Schrecken durchzuckt: Madeleine lebte unter bretonischen Bauern in der Nähe von Rennes!

Die empfindsam blickende Dame hob ihre fein gezeichneten Augenbrauen. »Ah, Messieurs, es war unvorstellbar. Vor nichts schreckten diese Wilden zurück! Denken Sie nur: Sie warfen faustgroße Steine über die Mauer des wunderschön gepflegten Gartens Seiner Exzellenz des Herrn Gouverneurs!«

Eine andere Dame versuchte sie zu trösten: »Fühlten Sie sich für das Entsetzen nicht einigermaßen entschädigt, als das Strafgericht einsetzte?«

Madeleine muss mir heraus aus dem Dorf!, gelobte sich Catherine.

Die sanfte Dame zuckte mit den mageren Schultern: »Leider war es weniger unterhaltsam, als wir erwartet hatten. Nicht mehr als vierzig Aufrührer sahen wir von den Soldaten aufs Rad geflochten und dreißig andere gevierteilt. Aber die Mehrzahl wurde auf höchst langweilige Art nur gehängt.«

»Sollten diese Letzteren nicht unschuldig gewesen sein?«, fragte Lauzun.

Die Sanfte erwiderte: »In solchen Fällen müssen die Unschuldigen für die Schuldigen leiden, die natürlich längst davongelaufen waren. Jedenfalls dürfte das in der Bretagne statuierte Exempel andere abschrecken, Steine in die Gärten von Edelleuten zu werfen und unsere Erholung zu stören, wenn wir uns in der schönen Natur ergehen.«

Zu mir kann ich Madeleine noch nicht nehmen, aber eine Klostererziehung lässt sich ermöglichen, wenn ich nur zu etwas Geld komme!, dachte Catherine.

Sie hörte, wie die empfindsame Dame sich verabschiedete mit dem Versprechen, die andern abends im Theater wiederzusehen.

»Wie hinreißend sie Geschichten erzählt, unsere liebe Madame de Sévigné«, lispelte ein Fräulein.

Catherine hatte ihren Entschluss gefasst. Sie reckte sich, schwenkte kokett die Hüften, schritt tapfer in die Gruppe hinein und hielt ihren Obstkorb Lauzun unter die Nase. Er lächelte, wählte ein paar Pfirsiche – und stutzte, als er sie, gleichsam gebannt, auf seine Hand starren sah.

»Ah, *bel signore* – lassen Sie mich Ihre Hand lesen.« Schmunzelnd betrachtete er ihre Formen, als sie hastig erläuterte: »Ich bin aus Florenz und suche meinen lieben Vater; er ist mit der italienischen Komödientruppe, die jetzt Francia bereist. Ich heiße Lucia und kann die Zukunft prophezeien.« Sie starrte in seine Hand, während sie still bis dreißig zählte. Dann rief sie aus: »*Dio mio,* niemals sah ich die Hand eines Glücklicheren! Es liebt Sie eine noble und reiche Signora, und bald werden Sie hinauswachsen über alle Francesi – alle, außer dem König!« – Da sah sie Vanens und wandte sich rasch ab. Würde er sie jetzt erkennen und den anderen ihre Beziehung zu Madame de Montespan preisgeben, es könnte in diesem Augenblick ihren ganzen Plan zunichtemachen! Aber sein Gesicht, knabenhaft hell wie immer, zeigte keinerlei Erinnerung.

Das Auftauchen eines unbekannten weiblichen Wesens – niedrig geboren, aber ausländisch und hübsch – schien die matten Lebensgeister der sich langweilenden Elite anzuregen. Einer nach dem andern erklärten sie: Wir sind erhaben über Aberglauben, aber lassen uns gern von dir wahrsagen. Und Catherine war entschlossen, keinen auszulassen.

Als der hagere, übernervöse Marquis des Fresnes sie seine Hand lesen ließ, sagte sie unverfroren: »Signore – wer immer Sie sein mögen –, Ihre Zukunft hängt ab von einer Kleinigkeit; aber ich getraue mich nicht, es Ihnen zu eröffnen.« Er nahm sie, sichtlich beunruhigt, beiseite. »Ihre Hand, Eccellenza, sagt mir, dass Sie an einer genierlichen Krankheit leiden und sich von Quacksalbern misshandeln lassen. Ich will Ihnen einen großen Heilkünstler empfehlen …« Und sie nannte Lesages Adresse. Er gab ihr mehrere Goldstücke und verschwand, von neuer Hoffnung erfüllt.

Ein anderer Kavalier wünschte sein Horoskop. Sie sagte wohlweislich: »Wie vermöchte ich das ohne genaue Kenntnis aller Einzelheiten über Sie, Signore. Überlegen Sie es sich – und wenn Sie dann noch Lust haben, schicken Sie mir einen Brief ins Théâtre du Marais, ich will ihn dort abholen.«

Die Erwähnung des Theaters veranlasste eine Dame, Lauzun zu fragen, ob die Komödie »Amphitryon« wirklich aus einer kleinen Verschwörung heraus entstanden sei. Seine Majestät, heiße es, wünsche seine eigenen Launen glorifiziert und zugleich seine Mätresse lächerlich gemacht zu sehen. Lauzun verneinte das kategorisch: »So sehr ich Molières Haltung in religiösen Dingen missbillige – er ist gleichwohl ein Ehrenmann und mein Freund, der niemals zu einer Niedertracht seine Hand bieten würde.« – »Das würde auch der König nicht«, versetzte Vanens trocken. Lauzun wurde rot und erklärte mit

Emphase: »Lieber wollte ich mich in diesen Teich stürzen als irgendjemandem gestatten, die Unfehlbarkeit Seiner Majestät in Fragen des Takts oder der Moral anzuzweifeln!«

Catherine hielt es für angezeigt, ihre Rolle als uniformierte Ausländerin weiterzuspielen. »Ist es die Marquise de Montespan, die jetzt Mademoiselle de la Vallières Posten hat?«

Mehrere kicherten.

Da sagte eine tiefe, leicht brüchige Frauenstimme: »Es ist doch wirklich schon ein offizieller Posten – wie der des Ersten Kammerherrn oder des Rechnungskammerpräsidenten.« – Die Dame war eine imposante Erscheinung, das zu stark gepuderte Gesicht umrahmt von kohlschwarzen Locken, unter den übergroßen schwarzen Augen breite violette Schatten – Medea in Versailles, empfand Catherine.

Lauzun beeilte sich. »Teuerste Olympe, lassen Sie sich Lucia vorstellen, eine tüchtige Verkäuferin von Pfirsichen und Prophezeiungen.«

So – Olympe Mancini, Mazarins Nichte, Louis' Jugendroman, dann Lauzuns Geliebte, rasch mit dem Grafen de Soissons vermählt und noch rascher verwitwet, vor Kurzem noch im Bunde mit Françoise, um den Sturz der La Vallière herbeizuführen … O Gott, sie ist ja Italienerin!, erinnerte sich Catherine rechtzeitig, bevor sie sich durch weiteres Radebrechen verraten konnte. Aber die Gräfin stellte nur eine scheinbar äußerst harmlose Frage: »Können Sie die Zukunft nur voraussagen, Lucia – oder könnten Sie sie auch beeinflussen?«

Catherine erwiderte klug, mit einem tiefen Knicks: »Diese Frage, Contessa, könnte ich nur unter vier Augen beantworten …«

Es war ihr doch etwas unbehaglich vor der Gräfin, und sie wandte sich dankbar der weißen parfümierten Hand zu, die Vanens ihr entgegenstreckte. »Sie mögen in der Vergangenheit Fehler gemacht haben, Signore, aber die Zeit Ihrer Prüfungen ist vorüber. Sie werden, wenn auch etwas verspätet, erreichen, wonach Sie streben …« Sie sah den Eindruck ihrer Worte auf die andern, verstärkt durch Vanens' scheinbare Gemütsbewegung. Er tat sehr verlegen.

»Sie müssen mir noch mehr sagen, aber nicht vor meinen Freunden!« Er zog sie fort.

Sie sprachen kein Wort, kreuzten die große Querallee, schlugen einen Seitenpfad ein, gelangten auf ein Rasenrondell. Eine marmorne Rundbank war überragt von der einsamen Statue der kurz gewandeten Diana, der jungfräulichen Jägerin. Diana ist weder jungfräulich noch einsam!, dachte Catherine. Nachts treibt sie unheimliche Dinge, aber davon wissen die Leute hier nichts.

Da saßen sie im Sonnenlicht, das schon schräg durch die Zweige kam.

Endlich sagte Vanens: »Jetzt zerbrechen die sich den Kopf, ob du nicht vielleicht eine Dame von Rang seist, die sich verkleidet hat, um ihr okkultes Wissen an den Mann zu bringen. Meine Hochachtung, Catherine!«

Sie musste lachen.

»Ich habe dich schon im Hause Scarron beobachtet, und in Avesnes bewunderte ich deine Geschicklichkeit. Da lebst du jetzt vom Wahrsagen?«

Sie erwiderte: »Ich kann noch mehr. In unserer Nachbarschaft habe ich Kinder und Nervenschwache von Krämpfen geheilt.«

Er nickte: »In einem früheren Jahrhundert würde man dich geholt haben, um böse Geister auszutreiben. Jaja, du hast noch große Möglichkeiten, bist wendig und arbeitsfreudig, nicht wahr?«

Sie zog ihre Hand aus der seinen, die etwas feucht geworden war. »Vor allem, Monsieur, habe ich eine große Unruhe in mir und muss fort und fort suchen. Und das meine ich im Ernst.«

»Ich weiß«, sagte er nachsichtig, »gerade darum solltest du dich nicht damit bescheiden, deine Zukunft im Voraus zu kennen. Du solltest dich bemühen, sie zu bestimmen – und nicht nur deine Zukunft, auch die Zukunft der andern! Aber leider weißt du noch nicht recht, was du von der Zukunft begehrst.«

»Und wissen Sie, Monsieur, was Sie begehren?«

»Geld, Catherine, sehr viel Geld. Denn ich habe nicht den geringsten Ehrgeiz, Marschall von Frankreich zu werden oder Erster

Königlicher Nachttopfschwenker. Der Bruder Seiner Majestät, der Herzog von Orléans, verehrt mich und bietet mir einen Intendantenposten, aber ich will keine feste Stellung, die mich an einen Platz ketten würde wie einen armen Hörigen! Frei will ich sein wie ein Engel oder wie ein wandernder Wolf – frei, zu kommen und zu gehen, wie's mir beliebt.«

»Wozu?«, fragte sie im Bann seiner Worte.

»Wozu? Nun, sicherlich nicht zum Ruhme Frankreichs oder zum Heil der Menschheit! Sobald ich genug Geld in der Tasche habe, verschwinde ich aus diesem albernen Land – vielleicht zu den Türken oder Mohren, bei denen ich mir ein unterhaltsameres Leben erwarte als in dieser respektablen Gesellschaft hier! Ach – noch die hartgesottnen Sünder hierzulande sind mehr auf den Geruch der Heiligkeit erpicht als anderwärts die Hohenpriester!«

»Das mag so sein«, sagte sie, »aber ich scheine mit den Leuten hier so weit gut auszukommen.«

Er lächelte: »Wie weit?«

Sie zuckte mit den Achseln. »Sie scheinen bereit, mich dafür zu bezahlen, dass ich jedem gerade das als bevorstehend verkünde, was er sich insgeheim wünscht.«

Er stimmte ihr zu. »Und von solchen Einnahmen kannst du dir, wenn du hübsch sparsam bist, in fünf oder zehn Jahren einen Modesalon kaufen oder ein vorstädtisches Freudenhaus.«

Sie wurde rot. »Ich kann nicht zehn Jahre sparen. Sofort brauche ich Geld – heute, morgen!«

»Dann lass dir sagen: Die Leute zahlen für Voraussagen des Zukünftigen mit Silber – aber mit schwerem Gold für die Beeinflussung des Schicksals gemäß ihren Wünschen, wie unheimlich auch die Mächte seien, die man darum angehen muss.«

»Das fällt in Lesages Gebiet«, sagte sie etwas gedankenlos. »Wenn Sie mit ihm Geschäfte machen wollen, will ich ihn zu Ihnen schicken.«

»Rede keinen Unsinn!«, versetzte er mit unerwarteter Heftigkeit und sprang auf. »In dem Mann ist keine Treue, keine Loyalität, keine

Wahrhaftigkeit – ei, hol ihn doch der Henker!« Er lief aufgeregt auf dem Rasen umher, warf sich dann der Länge nach in das kurz gehaltene Gras.

Ob er es war, der Adam damals denunziert hat?, ging es ihr durch den Kopf. Aber sie scheuchte den Verdacht von sich; jetzt hatte sie an anderes zu denken. Sie kniete neben ihm. »Lassen wir Adam Lesage. Ich bin großjährig und habe niemanden um Erlaubnis zu fragen.«

Er gähnte: »Ihr mit euren Zauberkunststückchen: Liebeszauber, Todeszauber – jede Küchenmagd ist überzeugt, dass es wirkt, und jede Herzogin! Immer vorausgesetzt, der Magier oder die Magierin versteht sich mit der Geisterwelt. Nun, ich will das keineswegs als Aberglauben abtun. Nur habe ich herausgefunden: Schwarze Magie versagt öfter, als dass sie Erfolg bringt. Wenn aber deine Kunden dir zu misstrauen beginnen, bleiben sie weg, dein Renommee ist verdorben, und da nützen keine neuen Zauberformeln oder magische Mixturen! Pulverisierte Kröten, Knöchelchen von neugeborenen Kindern, eingemachte Diebsfinger, gesottene Rattenschwänze, Abfälle von Nägeln und getrocknetes Weiberblut – der ganze Katalog von appetitlichen Ingredienzien wird zwecklos, sobald deine persönliche Verbindung mit den Dämonen zweifelhaft erscheint. Ich an deiner Stelle, Catherine, würde mich rechtzeitig sichern gegen – Wankelmütigkeit Seiner satanischen Majestät.«

Sie saß neben ihm im Gras, unruhig, gespannt. »Und was würde mich sichern? …«

Er kaute an einem Grashalm; endlich blickte er ihr wieder voll ins Gesicht, mit seinem engelhaften Lächeln. »Chemie, liebes Kind. Magie in allen Ehren – aber dieses Zeitalter ergibt sich mehr und mehr der Wissenschaft. Chemie ist, vorerst, ein Kind der Alchemie. Wir Alchemisten erzeugen, sozusagen als Nebenprodukte, Tinkturen, die den Teint verschönern, sinnverwirrende Parfüms, Tränkchen zur Erregung sinnlichen Verlangens. Da heutzutage die Küche der oberen Klassen Hautgout und scharfe Gewürze mit Vorliebe verwendet, ist es leicht, unsere Essenzen und Pülverchen in die Speisen, die pikanten Soßen, die gewürzten Ragouts zu mischen. Ja, seitdem die Vielfraße auch Feinschmecker geworden sind, ist die Chemie gleichsam eingeladen, der Natur nachzuhelfen. Und damit du weißt, wovon ich rede: Ich meine Destillierungen von Opium, Akonit, Digitalis, Belladonna, Atropin, Quecksilber, Arsenik. Sollten deine Kunden sich genieren, deine magischen Kräfte zu bemühen, können sie dich immer noch mit gutem Gewissen als Chemikerin konsultieren …«

»Als Giftmischerin!«, unterbrach sie mit Schärfe.

Wieder gähnte er: »Ein hässliches Wort! Wir sind Forscher, Catherine. Künstler sind wir, frei von persönlicher Vorliebe oder Abneigung. Haben ein Tizian, ein Raffael jemals den Auftrag zu einem Porträt zurückgewiesen, weil sie keine Sympathie hatten für den Auftraggeber oder seine Motive? Natürlich können wir uns jederzeit weigern, gefährliche Drogen zu liefern, und unsere Kunden an jemand anderen loswerden; schließlich verkauft ihnen jeder Gewürzkrämer Rattengift! Wir aber – wir wirken als echte Künstler, und aus der subtilen Ausführung unserer Aufträge erwächst uns künstlerische Befriedigung!« Er setzte sich auf. »Wenn du davor zurückschreckst, Chemikalien zu verwenden, hättest du dich niemals mit Magie einlassen dürfen!«

Sie schluckte mehrmals, bevor sie die Antwort gab: »Wenn Sie sich verpflichten wollen, Monsieur, mich nicht nur mit Drogen zu beliefern, sondern in jedem einzelnen Fall auch mit genauem Rezept für den Gebrauch – dann denke ich schon, wir können zusammenarbeiten.«

Plötzlich erbleichte er, kreischte leicht auf, sprang auf die Füße und rannte davon, mit dem Finger hinter sich weisend.

Sie sah, was ihn erschreckt hatte: Ein rotbraunes Haselmäuschen war herangeschlüpft und hatte dem Gespräch gelauscht. Catherine fühlte sich unsäglich erleichtert. Einer, der vor einer Maus davonläuft, kann kein gefährlicher Charakter sein. Ich glaube, ich darf mich mit ihm einlassen …

Das Gras unter ihren Gliedern war warm und belebt. Sie lag still, angeatmet von der Erde. Kraft kehrte in sie ein und etwas Beruhigung.

Durch das Buschwerk hörte sie Männerstimmen und Schritte auf dem Kies des Seitenpfades. Sie rollte sich unter eine Taxushecke und lauschte.

»Es ist doch nur natürlich«, plädierte La Reynie, »wenn nach einer solchen Jugend der König gegen jedermann von Misstrauen und Furcht erfüllt ist.«

»Furcht ist an sich kein übler Affekt«, erwiderte der Marquis de Montespan. »Im Bunde mit Voraussicht hilft Furcht nicht selten zur Überwindung von Schwierigkeiten. Aber Furcht gepaart mit Geistesarmut erzeugt nur Verbrechen und Katastrophen.«

La Reynie versuchte es auf andere Art. »Geben Sie wenigstens zu, dass dieses Regime bis jetzt doch recht erfolgreich ist!«

»Würden Sie einen Briganten erfolgreich nennen, weil es Jahre dauert, bis er gefasst und gehängt wird? Nennen Sie es Erfolg, wenn eine Falschmünzerbande eine Zeit lang im Luxus leben kann, bevor man sie aushebt? Wohnt denn dem Wörtchen Erfolg eine Kraft inne, vor der alle Gebote der Redlichkeit und der Vernunft aufgehoben sind? Provinzen zu annektieren, Gold und Juwelen anzuhäufen, die größten und kostspieligsten Bauwerke der Erde zu errichten, die bestausgerüstete Armee zu unterhalten, dem Kontinent Industrieprodukte zur Abnahme aufzuzwingen, uns als die gewaltigste Macht der Welt anstaunen zu lassen – nennen Sie das ›Erfolg‹?«

»Ich glaube, ja«, sagte La Reynie etwas zögernd.

»Sie enttäuschen mich, Monsieur. Also lassen Sie sich blenden von dieser allerordinärsten Schaustellerei. Oder – getrauen Sie sich nur nicht, der unheimlichen Wahrheit ins Gesicht zu sehen?«

»Was meinen Sie mit ›unheimlicher Wahrheit‹?«, fragte La Reynie.

Sie hatten sich auf die Marmorbank gesetzt. Catherine lag still und verhielt den Atem. Sie fühlte ihre Sympathie für den Marquis im Wachsen. Eigentlich unbegreiflich, dass der »Geist« sich jemals der Gestalt gerade dieses Mannes bedient hatte – aber wer begreift die Wege der übernatürlichen Mächte?

»Spüren Sie niemals dieses unheimliche, dieses düstere und grauenhafte Etwas, das da unter der Oberfläche unserer vielgerühmten

Zivilisation lauert? Die Kirche weiß, dass es da ist, nennt es den Teufel, versucht es auszutreiben durch Exorzismus und geheiligte Riten. Aber es ist immer noch da ... Manchmal muss ich denken, wir alle sind in Wirklichkeit noch Wilde, die sich kunstvolle Perücken und golddurchwirkte Gewänder verschafft haben – ohne die Barbarei abzulegen. Und wäre nicht Ihre tüchtige Polizei, Monsieur, wir wären imstande, den Nachbarn zu erwürgen – um uns seiner Habe zu bemächtigen oder auch nur aus Lust am Totschlag – und herzufallen über jedes weibliche Wesen, das wir allein im Walde treffen. Er aber, der sich über die Polizei und die Gesetze gestellt hat, gibt ein gefährliches Beispiel, das eines Tages von vielen nachgeahmt werden wird.«

La Reynie sagte sehr ernst: »Um dieser Gefahr zu begegnen, Monsieur, habe ich mein höchst undankbares Amt übernommen!«

»Die Menschen, die hier hausen«, fuhr der Marquis fort, »sind um nichts weniger primitiv als die rauesten meiner Gebirgler. Man glaubt, Primitive seien zufriedengestellt, sobald sie sich leidlich satt essen und ausschlafen können, und übersieht: Wenn der Mensch seinen physischen Hunger gestillt hat, drängt es ihn zum Werk – oder seine Seele verfault, und er wird zum Verbrecher oder zum Idioten. Teilnahme an einem Schaustück ist kein Ersatz für Werk, jedenfalls nicht für lange. Und jetzt schauen Sie sich die Edlen unserer Nation an. Mit nichts mehr sind sie beschäftigt außer mit Jagd, Glücksspielen, Saufen, Huren, billigen Intrigen – in zwei oder drei Generationen wird diese Gesellschaft vor die Hunde gegangen sein!« Er holte tief Atem, sein dunkles Gesicht erglühte von innen. »Die Wahrheit ist: Der Mensch kann nicht leben, ohne ständig Werke der Liebe zu schaffen und zu empfangen.«

Catherine erhob sich, strich ihr Kleid glatt, trat aus der Hecke heraus, damit er sie sehen sollte.

Aber er blickte zu Boden und sagte mit einem Ausdruck von Gram und Scham: »Glauben Sie ja nicht, ich hielte mich für besser als die andern, weil ich nicht geblendet bin von dem, was Ihr Erfolg nennt. Ich bin ärger, denn ich bin nüchternen Geistes – und trotzdem besessen von unvernünftigem Verlangen!«

Catherine gab acht auf sein Gesicht, als sie langsam an ihnen vorüberschritt. Nein, der Marquis schien sie nicht zu kennen. Wie sollte er auch? Wie konnte er ahnen, wer damals seine Gestalt angenommen hatte – so wie jetzt ein anderer sich sein Weib nahm ... Eine klägliche Sache, als Mensch geboren zu sein!, dachte sie und ging weiter.

Es wurde schon dunkel, als sie in den Teil des Parks gelangte, in dem sich das Theatergebäude befand. Sie gewahrte einen kreisrunden Rasenplatz, von dem sternförmig fünf Laubengänge ausliefen. Sie sah, wie unter militärischer Bewachung Berge von gebratenem Fleisch, Geflügel, Früchte sowie Fässer Wein nebst Batterien von Karaffen und Pokalen auf jenen Rasen getragen wurden, für einen kalten Imbiss.

Das Theater stand auf einer kleinen Anhöhe im Kreis wohlausgerichteter, beschnittener Bäume. Die Wände waren von außen wie haushohe Hecken lebendigen Grüns, innen brokatbehangen. Vom Plafond hingen zweiunddreißig Kandelaber, jeder mit zehn mächtigen Wachskerzen. Auf der kurzen Treppe zum Eingang, flankiert von ionischen Säulen, standen Statuen der Siegesgöttin und der Göttin des Friedens.

Catherine fand ihren Weg zur Hinterbühne. Da sah sie Molière, den Dichter, Regisseur und Darsteller, schon im Kostüm seiner Rolle eines griechischen Haussklaven, mit seinem traditionellen schwarzen Schnurrbärtchen. Er saß auf einer Requisitenkiste, sah todmüde aus.

Zu ihm sprach sein jüngerer Kollege Racine: »Sie sollten endlich zur Vernunft kommen! Da leben Sie nun schon seit Monaten mit einer Milchdiät, getrennt von ihrer jungen Frau – nur weil Sie sich beruflich übernehmen! Lassen Sie doch endlich die Schauspielerei und widmen Sie sich ganz Ihrer Dichtkunst. Aber nein – lieber verbrennen Sie sich in einer Passion, die doch noch hundertmal unvernünftiger ist als alle jene, die Sie in Ihren Komödien verspotten!«

Molière sagte still: »Nur die können mit dem Theater leben, die eine Leidenschaft dafür haben. Und wirkliche Leidenschaft stirbt nur mit uns selber.«

Wohlgeformte Arme umfingen Catherine von hinten. Marguerite du Parc lachte: »Lass dir gratulieren, ganz Versailles spricht schon von der weisen Lucia! Nach der Vorstellung musst du im Wagen mit uns zurückfahren und alles erzählen.« Sie half Catherine, sich neu zu schminken, seufzte dabei: »Molière wollte mich durchaus für dieses Stück haben, aber Racine besteht darauf, ich soll tragische Rollen spielen, das sei mein eigentliches Fach! Nun, er muss es wissen, da er doch der größte Dramatiker aller Zeiten ist. Wäre er nur nicht so ein ungeschickter Liebhaber!«

»Wer wäre das nicht?!«, bemerkte Catherine.

Sie spähten durch das Loch im Vorhang.

Eine Fanfare, geblasen von sechs Trompetern in Scharlachrot. In den Logen und auf dem Balkon stand alles auf und verbeugte sich tief, als der König auf dem spiegelblanken Parkett des Theaters erschien. Dort waren keine Sitzreihen, nur einige Sessel für Seine Majestät und seine Suite. Vier Kammerherren in Karminrot schritten voran. Dann kam er, in dunkelbraunem Samt, sein von keiner Perücke bedecktes rötlich braunes Haar hing, kunstvoll gewellt, bis fast auf die Schultern. Ihm zur Seite schritten der türkische Botschafter, ein bärtiger Herkules mit brillantengeschmücktem grünen Turban, sowie der Herzog und die Herzogin von Orléans; hinter ihm d'Artagnan, der Marquis de Louvois, Turenne und die Gräfin de Soissons, nun wieder bei Hofe zugelassen, da Louise de la Vallière im Kloster war.

»Beinahe die gleiche Gesellschaft wie vormittags bei Pater Bossuets Predigt«, flüsterte Catherine, »für Unterhaltung scheint hier wirklich gesorgt zu sein.« – »Und sie zahlen keinen Eintritt«, wisperte Marguerite, »alles haben sie frei, der König zahlt, zahlt jedem eine Rente dafür, dass er hier am Hofe lebt!«

Erlaubnis, abwesend zu sein, hatten die Königin sowie die Prinzessin von Baden und die Marquise de Montespan wegen einer Kartenpartie in den Gemächern Ihrer Majestät.

Der Vorhang ging auf. Catherine durfte von der Seite aus zusehen.

Hauptthema des Stücks war Jupiters Werbung um Alkmene, die tugendhafte Gattin des Generals Amphitryon, der sich mit der Armee auf dem Kriegsschauplatz befand, während der Gott seine Gestalt annahm. Es fing an mit einem gewagten Prolog: Merkur, der olympische Kuppler, und die Nacht, von Jupiter ersucht um Begünstigung seines Eindringens in Alkmenes Schlafzimmer, unterhielten sich freimütig über die Honorigkeit ihrer Aufgaben. Einige Zuschauer begannen auf ihren vergoldeten Sitzen unruhig hin und her zu rücken.

Siehe da, dachte Catherine, regt sich in ihnen doch ein Rest von Gewissen, wenn sie der besonderen Dienste gedenken, die *sie* ihrem Jupiter leisten! Sie folgte dem Spiel mit Aufmerksamkeit – und mit einiger Überraschung. Konnte man dies im Ernst missverstehen als eine Glorifizierung der Begierden des Königs? Spottete Molière hier nicht, auf seine Art, über die Charakterlosigkeit und Unterwürfigkeit der Hofgesellschaft – und zugleich über die Vermessenheit ihres Gebieters? Merkte das niemand?

Während der großen Pause kam Racine hinter die Bühne und erklärte emphatisch: »Mein Urteil ist bekanntlich streng, aber gerecht. Und somit erkläre ich: Diese alte griechisch-römische Fantasieposse ist hier durch das Genie der gallischen Komödie in ein unsterbliches Meisterwerk verwandelt worden.«

Catherine wurde von Vanens weggewinkt. »Der Herzog von Orléans wünscht dich zu sehen – aber lass niemanden merken, dass wir uns seit Langem kennen.« Sie folgte ihm aus dem Theater in einen der Laubengänge.

Breit flackernde Öllampen, getragen von marmornen Nymphen und Satyrn, erleuchteten Teile des Rasens. In einer geräumigen Laube hielt der Herzog Cercle; er war unter Mittelgröße, beweglich, überjugendlich gekleidet. Die Herzogin an seiner Seite, Henriette Stuart, saß schweigend und reglos, ihr durchsichtiges, süßes Gesicht verriet hoffnungslosen Gram.

Der Herzog knabberte an einer Fasanenkeule, jetzt schwang er sie fröhlich und krähte. – »Ich wünsche, schöne Italienerin, dass du hier diesem Helden dreier Kriege die Zukunft weissagst!« Der Mann, auf den er deutete, sah aus wie ein athletischer Metzger in rosa Atlas:

breite Schultern, niedere Stirn, brutales Kinn. Catherine gewahrte, wie er Blicke obszönen Einverständnisses mit dem Herzog wechselte, und sie begriff Henriettes langsame Tortur. Sie wusste: Dieser Lümmel konnte niemand anders sein als der Chevalier de Lorraine, berüchtigt wegen seiner Skrupellosigkeit und Tücke. Nachdem sie seine überparfümierten Hände betrachtet hatte, sagte sie: »Signore, Sie bedeuten eine große Gefahr für das weibliche Geschlecht …« Die beiden Männer prusteten vor Gelächter. Sie wurde reichlich entlohnt.

Als der Vorhang wieder aufging, überzählte Catherine ihren Tagesverdienst – und fand den Anfang ermutigend. Dann fesselte das Stück sie wieder.

Jupiter, in der angenommenen Gestalt Amphitryons, hatte es bereits schwer, zu unterscheiden zwischen sich als olympischem Liebhaber und als irdischem Gatten der Alkmene – in ständig wachsender Beklommenheit, war ängstlich, bald nicht mehr sagen zu können, wer er eigentlich sei. Und da war Sosias, von Molière selbst gespielt, in verzweifeltem Bemühen, die Doppelung der Persönlichkeit zu balancieren, die ihm der Schalk Merkur aufgehalst hatte. Wer war Sosias, wer war Merkur? Wie war der Unterschied feststellbar, der Unterschied zwischen Göttern und Menschen – abgesehen davon, dass die Ersten sich menschlicher gaben als die, deren Gestalt sie borgten?

Wenn das von den Göttern gilt, grübelte Catherine, warum nicht von den Dämonen? Das unheimliche Rätsel der Identität von Individuen schien sich von allen Seiten an sie zu drängen, zu allen Tageszeiten. Sie konnte nicht wieder davonlaufen. Sie hörte, wie Jupiter die ominösen Verse sprach:

»Sein Weib mit Jupiter zu teilen – nein,
Für niemand kann das eine Schande sein!«

Die Zuschauer wurden unruhig. War es als ein ernsthafter Ausspruch gemeint – oder als ein Zynismus? Im letzteren Fall aber würde Jupiter sich selber lächerlich machen, wenn er eine so prahlerische Äußerung täte!

Die Gescheiteren, in atemloser Spannung, spähten nach dem König: Wie fasste er es auf?

Louis' Gesicht zeigte Wohlwollen und Zufriedenheit.

Das Ende der Komödie war da, als Sosias-Molière, als komischer Chorus, beschwichtigend die Hände erhob und im Flüsterton sagte: »In solchen Fällen, meine Damen und Herren, tut man am besten, gar nichts zu sagen und still nach Hause zu gehen.«

Ein paar Sekunden Schweigen. Dann war der Bann gebrochen. Der König klatschte leicht in die Hände, allgemeiner Applaus folgte. Einer nach dem andern erschienen die Darsteller vor dem Vorhang. Molière, in seinem schnurrigen Kostüm, blickte etwas unsicher nach dem König – und siehe da, huldreich neigte Jupiter das Haupt.

Und dann geschah es. Plötzlich stand er an der Rampe, schwarz und hager, der Marquis de Montespan. Und seine Anklage dröhnte durch den Raum: »Ich trage Trauer, denn ich verlor meine Frau. Eines Tages werdet ihr trauern, weil ihr Frankreich verloren habt! Dieses Regime wird zu einem schmachvollen Ende kommen! Noch hängt der Fluch des John Knox über dieser Monarchie! Seit den Gräueln der Bartholomäusnacht ballt sich die Rache des Himmels, um es zu zerschmettern, dieses System von Verräterei, Mord, Lästerung, Unzucht!«

Catherine sah den König erbleichen, dann mit einer kurzen Wendung hinausgehen. Sie wollte sehen, was weiter geschah, eilte zur Bühnentür hinaus, trat ins Freie.

Als der Marquis de Montespan aus dem Zuschauerraum kam, nahmen ihn vier Gardisten in Empfang. Er schien es erwartet zu haben. D'Artagnan trat zu ihm, unterdrücktes Bedauern in der Stimme: »Ihren Degen, Monsieur. Sie bleiben in Gewahrsam, bis Sie wieder Ihrer selbst mächtig sind. Dann werden Sie wahrscheinlich auf Ihre Güter verbannt werden, die Sie ohne Erlaubnis Seiner Majestät nicht verlassen dürfen; auf Zuwiderhandlung steht die Todesstrafe. Jetzt wird man Sie nach der Festung Vincennes eskortieren.«

Der Marquis nickte stumm. Im Sternenlicht sah sein Gesicht nicht mehr gebräunt aus, es schimmerte durchsichtig bleich – wie damals …

Plötzlich blieb er stehen. Sein Blick fiel auf Catherine. Und da – da sagte er mit weicher und jugendlicher Stimme: »Catherine – Catherine! Es geht dir doch gut, nicht wahr?« Die Gardisten zogen ihn fort, ehe die Zuschauer herausströmten.

Catherine stand mit offenem Mund. Er hatte sie wiedererkannt … Er war auch damals dieser Mann gewesen, dieser sehr menschliche Mann – kein Dämon! Sie war keinen Pakt eingegangen! Wenn sie dem »Geist« gehörte, dann nur insoweit, als alle Weiber ihm untertan waren. Sie fühlte ein Lachen aus ihrer Tiefe hervorbrechen, ein unbändiges und unvernünftiges Lachen. Aber sogleich fiel ihr dazu ein: Wenn ich frei bin, dann hab ich auch keinen Anspruch mehr auf seinen Beistand – dann liegt alles nur noch bei mir selber …

Marguerite du Parc und Racine fanden sie und nahmen sie in ihre Kalesche.

Lange schwiegen die drei, während der Wagen aus dem Park von Versailles hinausrollte.

Endlich sprach Racine: »Molière ist ein Glückspilz. Nun, wir wollen ihm den Erfolg umso herzlicher gönnen, als er allem Anschein nach nicht mehr lange zu leben hat.«

»Ich hätte die Alkmene spielen sollen«, bemerkte Marguerite.

»Du sammle deine Gedanken und Kräfte für meine Andromache«, wies der Dramatiker sie zurecht.

»Der arme Marquis«, sagte die Schauspielerin, »es sollte doch Mittel und Wege geben, einen Mann von seiner Eifersucht zu erlösen – ähnlich wie das Liebesverlangen künstlich erweckt oder eingeschläfert werden kann. Das vermag man doch, Catherine?«

Racine runzelte die Brauen. »Sprecht ihr wieder einmal von Schwarzer Magie?«

»Wir sprechen von Chemie«, sagte Catherine mit Nachdruck. »Dies ist ein Zeitalter der Wissenschaft, Monsieur.«

Siebtes Kapitel

Der Tod einer Schauspielerin

Das Haus, in das Catherine übergesiedelt war, befand sich in der Rue Beauregard, der Hauptstraße eines neueren Stadtteils.

Vor zwanzig Jahren war die Gegend ein Heidegrund gewesen, auf dem ein paar zerfallene Windmühlen standen, ein Tummelplatz für Kinder und Hunde, nach Einbruch der Dunkelheit eine Zuflucht für Liebespaare. Die Polizeistreife ließ sich hier nur selten sehen. Nachdem die Königinmutter, Anne von Österreich, den Grundstein zu dem Kirchlein Notre-Dame de Villeneuve gelegt hatte, begannen Spekulanten das Gelände aufzukaufen und ließen bauen: um die Kirche herum ein ansehnliches Wohnviertel – aber ein paar Hundert Schritte davon Seitengässchen mit dunklen Durchfahrten und ebenso dunklen Hinterhöfen. Rasch entstanden dort Diebsherbergen, Häuser für Prostituierte, Werkstätten und Lagerplätze für anrüchige Waren. Die Straßenbeleuchtung, die La Reynie in ganz Paris einführen ließ, war im Stadtteil Villeneuve noch nicht vorhanden.

Die Rue Beauregard machte den Eindruck einer ruhigen, beinahe vornehmen Villenstraße. Catherines Haus, frisch gestrichen und dekoriert, nahm sich respektierlich genug aus mit den damastnen Fenstervorhängen, den Skulpturen und gepflegten Blumenbeeten des Vorgärtchens; in den Nachmittagsstunden waren aus dem Erkerzimmer die Klänge eines gut gestimmten Spinetts zu hören. Der äußere Eindruck ließ auf einen entwickelteren Geschmack und höheren Grad persönlicher Kultur schließen, als er bei den meisten der neuen Reichen zu finden war.

Der Erfolg hatte Catherines Selbstvertrauen gefestigt. Wenn ihre Klienten oder Patienten bewundernd ausriefen, sie sei sichtbar vom »Geist« geleitet, dann musste sie insgeheim lächeln. Sie wusste jetzt, dass seit Jahrhunderten Frauen es verstanden hatten, Krankheiten zu heilen, vor denen Ärzte wie Priester nur umständliche Sätze in mittelalterlichem Latein zu murmeln vermochten nebst der Erklärung, dass der Kranke nach dem Willen der Vorsehung nichts Besseres tun könne als leiden und sterben. Catherine hielt es für ausgemacht, dass sie als Frau den verborgenen Absichten der Natur näher war als die meisten Männer trotz ihrer Gelehrsamkeit.

Worüber sie immer noch einige Zweifel hatte, war die eigentliche Quelle, der ihre Begabung entsprang. War es wirklich nur die Behändigkeit, mit der ihr Sinn Dinge aufnahm und wertete? Pakt oder nicht: Tausend Jahre und länger war der Menschheit versichert worden, die Weiber seien als Werkzeuge Satans geboren und wirkten als seine Gehilfinnen, wenn nicht als seine Verführerinnen! Aber erlaubte sie sich gelegentlich, über die mystischen, die okkulten Mächte im Leben der Menschen zu philosophieren, dann musste sie sich Lesages Spott gefallen lassen: »Wer sich entschlossen hat, vom Aberglauben und der Dummheit anderer Leute zu leben, der muss sich hüten, selber dumm zu werden!« So verstand sie sich bald dazu, ein Thema unerörtert und unerforscht zu lassen, das noch immer für Theologen und Wissenschaftler Anlass gab zu heftigem Streit, wechselseitigen Beleidigungen und Denunziationen.

Sie emanzipierte sich, so gut es ging, von ihrer inneren Bindung an den »Geist« und übte bedachtsam ihr Gewerbe aus. Weissagte solche Ereignisse, deren Eintreffen sie aus dem Bericht des Klienten als wahrscheinlich entnahm, redete anderen hoffnungslose und gefährliche Wünsche aus und redete ihnen dafür aussichtsreichere ein. Sie beschwichtigte Gemütsstörungen und leichtere nervöse Krisen, indem sie dem Patienten abgab von ihrer eigenen inneren Kraft und Energie.

Bei alledem konnte sie es sich doch noch keineswegs gestatten, von Beschwörungen, Zauberformeln, magischen Riten abzusehen. Denn ihr Renommee gründete sich hauptsächlich auf den Glauben der Kundschaft, sie sei mit dem »Geist« im Bunde.

Lesage, mit dem sie jetzt viele Geheimnisse teilte, schien ihr doch nicht vertrauenswürdig genug, ihm ihre Begegnung – besser gesagt ihre Begegnungen – mit dem Marquis de Montespan zu bekennen. Und Lesage selber hatte keine Veranlassung, ihr zu sagen, was er davon wusste. Sie konnte es auch nicht über sich bringen, ihrem bedauernswerten Gatten, Antoine Monvoisin, seine letzte Illusion zu rauben: dass er ihr erster Liebhaber und Madeleines Vater sei! Leider konnte sie sonst nicht viel für den Armen tun, außer ihm Geld für Wohnen und Essen zu geben. In dem neuen Haus würde seine ständige Anwesenheil sie nur gestört haben und den Besuchern anstößig gewesen sein, da diese ja auf völlige Diskretion rechnen mussten. Nein, Antoine war kein Mann, der stoisches Schweigen wahren würde, sollten einmal Gericht oder Polizei sich für sie interessieren. Ohne dass sie sonderlich Angst vor dem Strafgesetz empfand, war sie doch immer bedacht darauf, sich innerhalb der Grenzen zu halten! Aber angesichts der Gemütsverwirrung und Unberechenbarkeit ihrer meisten Klienten konnte sie niemals völlig sicher sein, wie am nächsten Tag der Wind wehen würde.

Und Françoise? Obwohl ihre Wege sich getrennt hatten, war doch noch ein Band zwischen ihnen. Ein Band, das Catherine stärker dünkte als jede andere Beziehung in ihrem Leben, Scarron ausgenommen. Sie trafen sich hier und da insgeheim in einem entlegenen Park oder machten eine Spazierfahrt im Wagen der Marquise. Die allgemeine Gewohnheit vornehmer Damen, in den Straßen von Paris eine Gesichtsmaske zu tragen, erleichterte diese Zusammenkünfte. Es war Catherine, die auf diesen Vorsichtsmaßnahmen bestand. Die Beziehung zu einer bereits bekannten Hellseherin und Okkultistin hätte der Marquise übel ausgelegt werden können. Françoise fügte sich und genoss das gelegentliche Zusammensein mit Catherine wegen der Heimlichkeit umso mehr; sie erzählte von ihrer Liebe, von ihrem prächtig gedeihenden Söhnchen, von allen Intrigen bei Hofe – und beschenkte Catherine nach ihrer Laune.

Es ist ein Juninachmittag. Catherine bereitet sich für ihre Konsultationsstunde vor. Sie legt ihr »Arbeitsgewand« an: eine lang wallende Robe aus schwarzem Samt mit Brüsseler Spitzenbesatz und bestickt mit zweihundert Adlern aus Goldfäden; dazu trägt sie karminrote Schuhe, die mit goldenen Bienen benäht sind.

Ohne ersichtlichen Anlass verspürt sie Kopfschmerzen. Sie kommen ihr höchst ungelegen. Für die nächsten zwei Stunden bedarf sie der Fähigkeit zu vollkommener Konzentration. Sie betrachtet sich kritisch im Spiegel. Ihr Gebaren, das einer klassischen Seherin, hat sie monatelang mit Marguerite du Parc einstudiert. Es hat Wochen gedauert, bis es ihr gelang, den Lachreiz während der Sitzungen zu überwinden. Denn ihr gesunder Verstand ist der alte geblieben. Sie weiß: Über vierhundert Wahrsagerinnen praktizieren in Paris und beeindrucken das Publikum mit gravitätischem, mysteriösem Gehabe – es gehört zum Gewerbe. Catherine kann sich nicht ausschließen.

Skrupel, die ihr anfangs gekommen waren, hat sie verabschiedet mit der Feststellung, dass nicht wenige ihrer Besucher leichteren Herzens und ruhigeren Geistes hinausgingen, als sie gekommen waren. So betrachtet sie sich als eine Wohltäterin der Menschheit – und glaubt sich hierzu jedenfalls eher berechtigt als Dutzende gewöhnlicher Scharlatane und Hunderte gelehrter Ärzte.

Mit solchen Betrachtungen beschwichtigt sie allmählich die störende Unruhe in ihrem Gemüt. Trotzdem bleibt ein leichter Kopfschmerz.

Um vier Uhr setzt sie sich in den hohen Sessel hinter dem breiten Ebenholztisch, der ungefähr ein Fünftel ihres Arbeitszimmers – sie nennt es ihr Laboratorium – einnimmt. Der Tisch steht rechtwinklig zum großen Fenster, das mit perlfarbenem Damast verhangen ist; Decke und Wände des Raums sind mit schwarzem Holz getäfelt, schwarz sind auch die Schränke und geschnitzten Truhen. Der schwere marokkanische Teppich ist dunkelrot. Der einzige lichte Gegenstand ist die große Kristallkugel auf dem Tisch.

Margot, ihre Wirtschafterin, kommt herein: eine ältliche, verloren dreinschauende Person, die sie vor einem Jahr vor der Polizei gerettet hat, als ihr eine Anklage wegen versuchten Selbstmords drohte. Margot meldet, eine neue Besucherin sei da, offenbar eine Dame von Rang …

Da rauscht die Dame schon herein, dunkel gekleidet, eine Samtmaske vor dem Gesicht, und erklärt brüsk: »Ich bin nicht gewohnt, in Vorzimmern zu warten – wo immer es sei!«

Catherine sitzt schweigend und blickt die Besucherin an. Margot geht hinaus. Die Dame sinkt in den niedrigen Polstersessel zur Seite des Tisches. Sie streift ihre schwarzen Handschuhe ab und streckt ihre schlanken, leicht zitternden, etwas gelblichen Hände aus: »Lesen Sie!«

Catherine denkt kurz nach, lässt die Hauptcharaktere der Hof- und Gesellschaftsskandale Revue passieren. Es müssen Skandale gewesen sein, bevor die La Vallière Favoritin wurde, nach dem Alter dieser Dame zu schließen … Genug, schon weiß sie, wer sie ist.

Während sie sich über die Hände neigt, beobachtet sie, welchen Eindruck Stimme und Gehabe dieser Frau auf sie machen. Zwei Minuten überlegenden Schweigens. Dann spricht sie:

»Die Solarlinie ist lang … Sie liebten einen mächtigen Fürsten.«

Die Maskierte sitzt reglos. »Ja«, flüstert sie; und setzt, nach einigem Zögern, noch leiser hinzu: »Ist es möglich, dass es sich erneuert?«

»Ja, Madame, es ist möglich – aber nicht, solange die jetzigen Liebesbeziehungen des Herrn anhalten.«

Die Stimme der Dame bebt: »Ich sehe, Sie können wirklich die Zukunft voraussagen … Könnten Sie sie nicht auch beschleunigen?« Die Pupillen hinter den Schlitzen der schwarzen Maske sind erweitert, verraten beginnende Panik. »Ich bin nicht mehr jung genug, mich auf langsam wirkende Beschwörungen und Liebeszauber verlassen zu können … Würde die Summe von fünftausend Dukaten genügen, um mir ein Pulver oder Elixier zu verschaffen – das die jetzige Mätresse Seiner Majestät beseitigt?«

Also darum geht es ihr! Catherine sagt unbewegt: »Sie täuschen sich, Madame. Ich bin keine Giftmischerin, keine Mörderin.«

Die Dame steht auf, zieht ihre Handschuhe wieder an. Steif und hochmütig sagt sie: »Mir ist natürlich bekannt geworden, Mademoiselle, dass Sie früher einmal bei der Marquise im Dienst standen.

Aber ich hielt Sie für weniger empfindsam, wenn Ihnen Reichtum winkt!«

Catherine spürt es: Diese Person ist imstande, sich jetzt an irgendeinen Schurken zu wenden! Sie sagt mit aller beruflichen Autorität: »Madame, ich habe Sie darauf aufmerksam zu machen: Die Beseitigung einer Rivalin bedeutet nicht unbedingt Ihre Rückkehr in das Herz Seiner Majestät. Sie können nicht gut ein Dutzend Damen aus dem Wege räumen, ungerechnet die Zahl der Debütantinnen in jedem neuen Winter.«

Die Dame steht reglos.

Da tut Catherine, als folge sie einer plötzlichen Eingebung, und ruft: »Madame, wir sind im sechsten Monat des Jahres, und heute Nacht ist Vollmond. Wissen Sie, was das bedeutet? Es ist der richtige Tag für eine Anrufung des Geistes – der die Leidenschaft Ihres Geliebten für Sie erneuern wird, noch bevor das Jahr zu Ende geht! Kommen Sie, ziehen Sie die Handschuhe wieder aus, tun Sie, was ich Sie heiße. Knien Sie, knien Sie hier vor dem Kamin.«

Trotz der Juniwärme ist neben dem schwarz gekachelten offenen Kamin trockenes Reisig bereitgelegt. Catherine zündet Feuer an. Dann wendet sie sich zu einer großen Truhe, hebt den eisenbeschlagenen Deckel, nimmt ein mittelgroßes weißes Holzscheit heraus. Das legt sie umständlich auf das brennende Reisig, und wie die Flammen an ihm emporzüngeln, kniet sie sich neben die Dame und spricht langsam, mit rhythmischen Handbewegungen:

»Weißes Scheit, wir verbrennen dich. Doch was wir in Wahrheit in Flammen setzen, sind Blut und Leib und Verlangen eines großen Königs. Bei der Erde, bei Merkur, bei Jupiter und allen Planeten, beim Regenbogen und den zwölf heiligen Linien: Möge er bis ins Mark hinein unfähig werden, in Frieden mit sich selbst zu leben. Im Namen aller Dämonen: Weißes Holzscheit, geh auf in Flammen und verzehre ihn mit dem Feuer der Leidenschaft, auf dass er weder aufrecht stehen könne noch zu Pferde steigen noch über eine Brücke gehen, nicht zu denken und nicht zu träumen vermöge, bis die Sehnsucht dieser Beterin hier erfüllt ist … Quanto, quio, garocco!« Sie wiederholt die Schlussformel so lange, bis das Feuer niedergebrannt ist. Dann sammelt sie mit einer silbernen Kelle die Asche des Holzscheits, tut sie in eine kleine Schachtel aus rotem Holz, besprengt sie mit etwas Wein, streut ein paar Körner Salz darüber und murmelt: »Ousne, tousne – fiat!« Dann gibt sie der Dame das Schächtelchen und weist sie an, die Asche unter das Bett des Königs streuen zu lassen.

Die Dame atmet schwer, trocknet ihre feucht gewordenen Hände, reicht Catherine ihre Geldbörse und wankt halb betäubt hinaus.

Catherine lächelt befriedigt vor sich hin. Die Gräfin de Soissons ... Ihr italienischer Akzent, das auf der Geldbörse eingestickte Grafenkrönchen, ihre hoffnungslose Verliebtheit in den König: wahrlich genug, ihr Inkognito für Catherine zu lüften. Ob sie auch den plötzlichen Tod ihres Mannes, des Grafen, zu verantworten hat? Catherine ist im Zweifel: Dieses Weib ist zwar skrupellos genug – aber auch wieder zu ungeduldig und zu töricht für ein kunstvoll ausgeführtes Verbrechen.

Margot bringt die nächste Klientin herein: ein schüchternes, wehleidig blickendes Wesen, einer anderen gesellschaftlichen Schicht angehörend als die schwarze Olympe Mancini, Gräfin de Soissons. Catherine erinnert sich; diese war schon einmal da: Marie Brissart, Witwe eines Stadtrats, ungewöhnlich reich und ungewöhnlich bekümmert ob der Wankelmütigkeit ihres Liebhabers, eines leichtlebigen Offiziers der Königlichen Garde. Bei ihrem ersten Besuch ist sie von Catherine, die gerade mit andern Klienten beschäftigt war, an Lesage überwiesen worden. Was mag der mit dem armen Ding getrieben haben?, fragt sie sich.

Aber Madame Brissart hat kaum Platz genommen, als sie es ungefragt erzählt: »Im Stich gelassen hat mich Ihr Kollege, Mademoiselle – vielleicht aber ist es auch so, dass der Geist uns beide im Stich gelassen hat, mich und ihn! Ach, denken Sie nur: Er führte mich in den Garten hinter dem Haus, und ich musste die Augen ganz fest auf einen gewissen Maulwurfshaufen richten. Dann schlug er mit einer Gerte darauf und sagte – es klang wie eine Liturgie, und seine

Stimme war unheimlich –, sagte was von Asmodei, Azrael und Astarot und dass sie meinen Denis zu mir zurückführen sollten … Und dafür hab' ich ihm hundert Goldstücke gezahlt. Aber hat es mir geholfen? Ach nein, es hat nicht ein bisschen geholfen, im Gegenteil: Denis hat sich drei Wochen lang nicht sehen lassen!«

Catherine beruhigt die Schluchzende: »Wahrscheinlich hat Lesage eine kleine Formel ausgelassen oder unrichtig hergesagt, jetzt aber wird die Kristallkugel erkennen lassen, was zu tun ist; Sie müssen mir nur noch sagen, wann Sie den unsteten Herrn zuletzt eingeladen haben.«

Madame Brissart versucht ihre Tränen zu trocknen. »Drei Wochen lang brachte ihm meine Zofe jeden Morgen um acht ein zärtliches Billett von mir; er möchte doch zum Mittagsmahl kommen oder zum Abendessen, wie es ihm besser passe.«

Catherine weiß: Sie gibt ihm Geld, gibt ihm Unsummen – und der Windbeutel wird sich rasch eines Besseren besinnen, wenn die Quelle seines Haupteinkommens zu versiegen droht. Sie starrt in die Glaskugel und zählt still bis hundert. Endlich offenbart sie in feierlichem Singsang:

»In der zweiten Sphäre des Kristalls sehe ich den Geist. Ich lese von seinen Lippen. Jetzt – jetzt hör' ich auch seine Stimme, die keines Menschen Stimme ist. Er gibt mir Weisungen. Er befiehlt mir, dir, Marie Brissart, zu verkünden: Was du verloren glaubst, wirst du wiedergewinnen – wenn du dich dazu verstehen kannst, zwei Wochen lang still zu sein, nichts von dir hören zu lassen, gar nichts. Keinen Brief, keine mündliche Botschaft, kein Zeichen!«

Wieder bricht Madame Brissart in Tränen aus, aber dieses Mal sind es Tränen frischer Hoffnung. Sie verspricht zu gehorchen, lässt als Anzahlung zehn Goldstücke auf dem Tisch – das Zehnfache will sie bezahlen, wenn die Voraussagung sich erfüllt – und eilt beglückt hinaus.

Catherine hat keinen Zweifel: Der junge Mann wird sich innerhalb einer Woche zurückmelden, wo Bargeld und eine vorzügliche Küche seiner warten. Sie fühlt eine Art traurigen Triumphes, während sie die Geldstücke in eine Stahlkassette legt, die sie in einem Wandschrank verschließt; dabei überfliegt sie die wohlgeordneten Phiolen und Dosen …

Rasch verschließt sie den Schrank, als Margot meldet: »Der Marschall d'Albret.« Er hat immer zur Fülle geneigt, jetzt ist er dick; seine Sprache noch derber als damals im Hause Scarron.

Seine Majestät, so berichtet er ihr, hat ihn zum Mitglied der Gesandtschaft am Hof Karls des Zweiten ernannt, und damit verbunden ist ein Geheimauftrag, abzielend auf ein Militärbündnis – ihr darf er es ja unbekümmert erzählen, ein Staatsgeheimnis ist bei ihr so sicher aufgehoben wie Privatgeheimnisse. Und es sind zweierlei Dinge, die er von ihr haben will. Erstens möchte er ein verlässliches Amulett oder sonst ein Zauberding, das ihn beim Kartenspiel mit dem englischen König gewinnen lassen wird. »Aber bitte keine mumifizierte Hand eines Gehängten oder einen Kinderfötus; ich will was Gediegenes, etwas, was sicher wirkt!«

Sie blinzelt ihm zu; er soll spüren, sie halte ihn für einen äußerst durchtriebenen Gesellen. »Es gibt so ein Zaubermittel. Es ist nicht leicht zu beschaffen. Aber wenn Sie nochmals vorsprechen wollen, etwa nächsten Dienstag, hoffe ich es für Sie besorgt zu haben. Es ist eine fliegende Pistole: ein magisches Goldstück, das seinem Besitzer Glück bringt und immer wieder in seine Tasche zurückkehrt.«

Ja, davon hat er wohl schon gehört, das leuchtet ihm ein. Aber sein zweites Anliegen ist weniger harmlos. Da hat er kürzlich mit der Frau seines Bruders was angefangen – und leidet unter der Vorstellung, sie könnte während seiner Abwesenheit ihr Eheleben wieder aufnehmen. »Meine liebe Zauberin«, sagt er freimütig, »viel ruhiger würde ich schlafen, wenn Sie dafür sorgen könnten, dass mein lieber Bruder seine Manneskraft einbüßt – oder besser noch sein Leben, denn er ist uns doch nur im Wege.«

Catherine hält sich nicht für berufen, die Moralbegriffe der Elite zu reformieren; ebenso wenig wünscht sie ihre Beliebtheit in Hofkreisen aufs Spiel zu setzen. Was den Marschall selbst betrifft, so braucht man nicht auf die Gerechtigkeit des Himmels zu warten – die Marschallin zahlt ihm hienieden schon alles heim. Aber sie sagt doch: »Monsieur, weder bringe ich Leute um, noch nehme ich ihre Manneskraft von ihnen. Mir scheint, Sie benötigen für sich selbst ein Stärkungsmittel. Ich hätte für Sie eine unfehlbare, völlig unschädliche Essenz …«

Er wird noch röter, dann lacht er: »Gewiss hast du die: das rote Blut in deinen Adern und den Tau deiner Lippen! Meiner Seel, wenn ich mich jemals niedergedrückt fühle, will ich dich besuchen, und wir verbringen ein belebendes Stündchen in deinem entzückenden Schlafzimmer … Haha, wüsstest wohl gern, wer mir davon geplaudert hat! Nein, ich sag's nicht. Dich braucht man ja nur anzublicken: Du hast alles, was Halbtote wieder hochbringt!« Er ist aufgestanden. »Bevor ich nach London reise, hole ich mir das Amulett; nicht vergessen – meine süße Hexe!«

Er küsst sie auf den Mund, hält sie eng an seinen fetten Bauch gedrückt. Einen Moment später ist er schon draußen, ohne die Honorarfrage auch nur gestreift zu haben.

Sie wischt sich die besudelten Lippen. Und dieses Gorillas hat Madame Scarron sich jahrelang zu erwehren gehabt! Sie ärgert sich über sich selbst, dass sie sich vor seinesgleichen nicht besseren Respekt verschafft hat. Aber schließlich: Respekt wovor? Vor ihrem Gewerbe – oder vor ihrer Tugend?

Sie lässt sich von Margot beim Umkleiden helfen und bespricht mit ihr das Abendessen. Gäste werden erwartet. Dreimal die Woche empfängt sie abends Leute von Rang oder Einfluss, es gehört zu ihrem Beruf.

Sie badet ihr Gesicht in kaltem Wasser, zieht ihr lichtgraues Hauskleid an, beschließt, den Rest des Nachmittags an ihrem Schreibtisch zu verbringen.

Sie sitzt und rechnet. So lächerlich das ist, ihre Roben und Juwelen müssen regelmäßig erneuert werden. Dann sind die Hypothekenzinsen zu zahlen. Woher all das Geld nehmen? Seit sie als Hellseherin und Okkultistin bekannt geworden ist, werden ihre Gesichtscremes, Haarwässer, Salben, Schönheitspuder nur noch wenig gekauft – ein recht spürbarer Ausfall! Wo kann sie von den Ausgaben einen Abstrich machen? Bestimmt nicht bei Madeleine! Seitdem das Kind in dem bretonischen Kloster erzogen wird, erhöhen sich die Kosten fast von Monat zu Monat, und die Nonnen bestehen auf pünktlicher Zahlung. Sie wagt sich kaum einzugestehen, dass ihr Herz immer heftiger danach verlangt, das Kind bei sich zu haben. Später, später, wenn sie genug beiseitegelegt hat, wenn sie dieses Gewerbe wird aufgeben können! Ach, könnte sie diesen Termin doch beschleunigen!

Sie öffnet ein Schubfach, nimmt Madeleines Brief heraus, vorgestern hat sie ihn erhalten. Wieder und wieder liest sie ihn. Madeleine ist jetzt dreizehn. Ist es zu ihrem Glück oder Unglück, dass sie den unruhigen Geist, den ewig schürfenden Intellekt der Mutter geerbt hat? Da schreibt diese Dreizehnjährige:

... Immer wieder frage ich mich und frage Schwester Agnes: Wie hat der Opfertod unseres Herrn sich ausgewirkt, wenn doch immer noch so viele Sünder zur Hölle fahren? Schwester Agnes gibt mir keine vernünftige Antwort, und die andern sagen, solche Fragen stellt ein Kind nicht, und überhaupt, ich soll demütiger sein, so wie die andern Mädchen hier, die alle dumme Gänse sind. Ich weiß nicht, warum eine Frage dumm sein soll, wenn ein Kind sie stellt, aber gescheit, wenn ein Erwachsener es tut. So habe ich selbst versucht, es mir zusammenzureimen, und schreibe mir bitte, ob es nicht vielleicht so ist, wie ich denke: Sein Opfer hat einen unendlichen Born der Gnade eröffnet. Aber von selbst kommt einem die Gnade nicht zur Tür hereingeflossen oder regnet durchs Fenster – es muss schon jeder selbst hingehen und seinen Krug füllen ...

Madeleine – wie lange noch, und sie wird andere Fragen stellen: weniger fromme, weniger spekulative Fragen ... Und wenn sie sich selbst die Antwort zu geben hat, könnten Dinge geschehen wie in Catherines eignem absurden Leben. Dieses Leben – ist es wirklich, ist es ein Traumleben? Ach, es enthält die Verpflichtung, eine Familie zu ernähren. Die Mittel dazu sind aus ihrem Gehirn zu gewinnen, einem Frauengehirn von durchschnittlicher Anlage, vielleicht mit etwas mehr Aufrichtigkeit gegen sich selbst, weniger gehemmt durch Vorurteil und Feigheit als die Gehirne ihrer Kunden und Gönner! Nun, wie dem auch sei, sie muss weitermachen. Sie neigt sich über ihr Rechnungsbuch, liest, kritzelt, addiert und subtrahiert.

Ein Schatten fällt über den Tisch. Sie blickt nicht auf, sagt unwirsch: »Wie oft hab' ich dir schon gesagt, du sollst dich anmelden lassen oder wenigstens, wie sich's gehört, anklopfen – anstatt hereingeschlichen zu kommen wie ein hungriger Kater!«

Lesages Stimme klingt heiser: »Lass das! Ich muss mit dir sprechen.«

Sie rechnet weiter. »Tut mir leid, aber heute kann ich dir kein Geld geben, bin selbst in Verlegenheit.«

Er unterbricht sie: »Hör dir gefälligst an, was ich dir zu sagen habe: ›Andromaque‹ ist abgesetzt, keine Vorstellung mehr heute Abend.«

Es macht ihr nur geringen Eindruck. »Racine tut mir leid, aber das Stück war kein Meisterwerk. Auch war Marguerite spottschlecht in der Rolle. Er hat ja sein Möglichstes getan, ihr zu einem Erfolg zu verhelfen – hat mit ihr jede Bewegung, jede Betonung studiert! Aber aus einer Lustspieldarstellerin lässt sich keine Tragödin machen. Sie hätte in Molières Truppe bleiben sollen. Wir warnten sie oft genug, sie wollte nicht hören!« Da sieht sie, dass er noch blasser und verfallener aussieht als sonst, seine Hände zucken, die Stimme ist unstet.

»Das Stück ist nicht abgesetzt, weil Marguerite schlecht spielt, sondern weil sie krank ist, ernstlich krank.«

Catherine steht auf und neigt sich über den Tisch. »Entschuldige. Hoffentlich wird sie bald genesen. Ich habe sie immer sehr gern gehabt. Nur wusste ich nicht, dass sie deinem Herzen so nahesteht, Adam!«

Er wirft sich in den Sessel, wischt sich die Stirn. »Dass Leute leben, erkranken und sterben, ist der natürliche Verlauf, und es regt mich weiter nicht auf. Marguerite steht mir nicht näher als der Rest aller Wesen, eines ausgenommen … Ich – kann mich des Gedankens nicht erwehren: An dieser Krankheit bist du schuld!«

Sie starrt in seine abgründigen dunklen Augen. »Vielleicht sagst du mir auch, warum ich, gerade ich, ihr was Böses antun sollte?«

»Vielleicht gibt's für dich einen Grund. Einen beruflichen Grund. Schließlich riskiert man allerhand, nicht wahr, wenn man sich einen einflussreichen Klienten besonders verpflichten will. Monsieur Racine hat dich konsultiert. Einem Gerücht zufolge ist er seiner schönen Freundin etwas überdrüssig geworden – besonders seit sie ihm sein Stück ruiniert hat.« Er versucht zu lächeln: »So sind sie nun einmal, diese Dramendichter.«

»Unverantwortlicher dummer Tratsch«, fährt sie ihn an. »Racine ist rasend verliebt, immer noch, und leidet unter ihrer gewissen Kühle. Er sieht nicht, dass sie nicht mehr zu geben hat, als sie ihm gibt. Vergebens versuchte ich ihm begreiflich zu machen, dass jede Frau, noch die zärtlichste, einem gelegentlichen Nachlassen ihrer Leidenschaft ausgesetzt ist – und da muss man sie für eine Weile in Ruhe lassen.« Sie schluckt ein paarmal, dann sagt sie ihm die Wahrheit: »Er hat mich bestürmt, irgendetwas zu tun, um ihr Verlangen nach ihm wieder zu steigern.«

Er blickt sie durchdringend an. »Und was hast du getan?«

»Das Übliche«, sagt sie zögernd, »eine Zeremonie vor dem Feuer. Ein wächsernes Herz, in einem Eisenbehälter, abends über glühender Kohle zu wärmen …«

Er steht auf, geht um den Tisch herum, nimmt sie bei den Schultern. »Du verschweigst mir was! Catherine, ich könnte dich erwürgen, wenn du mir jetzt nicht die ganze Wahrheit sagst! Du hast ihm irgendein Gebräu gegeben, einen dieser ekelhaften Liebestränke – ja oder nein?«

So hat sie ihn nie gekannt. Adam Lesage, imstande, Hand an sie zu legen! Aber zum Staunen lässt er ihr keine Zeit, schüttelt das Geständnis aus ihr heraus. »Ja. Aber die sind doch vollkommen unschädlich – gefärbtes Wasser, das keinerlei Wirkung tut, außer in der Seele des Dummkopfs, der es einnimmt!«

»Lüg mich nicht an! Diese Sorte Liebestränkchen verkaufst du schon längst nicht mehr. Dazu bist du viel zu ehrgeizig geworden –

willst deinen vornehmen Klienten beweisen, dass der ›Geist‹ auf dein Geheiß greifbare Resultate hervorbringt! Du verwendest Kanthariden, Atropin, Belladonna – Zeug, das nicht auf die Seele wirkt, sondern auf den Organismus!«

Sie stößt ihn mit aller Kraft zurück, steht aufrecht, selbstbewusst. »Ja, das tue ich. Ich habe auf eigne Faust Chemie studiert, dazu Botanik und Pharmakologie. Kein Arzt, kein Apotheker ist mir da über. Und nicht von dir habe ich es gelernt. Es gibt Säfte, die in der rechten Dosierung das Verlangen steigern, in anderer Dosierung es einschläfern, Marguerite selbst wusste, warum Racine mich aufsuchte. Ja, ich habe eine Medizin gegeben, die ihre Verliebtheit wiedererwecken soll – und ich gab eine genaue Gebrauchsvorschrift mit.«

Er sagt mit brechender Stimme: »Das hast du gemacht – hast ihm erklärt, wie er es zu dosieren hat! Wenn er sich nun eines anderen besonnen, den Entschluss gefasst hat, sich ihrer zu entledigen – durch Überdosierung!«

Sie fühlt Wut in sich aufsteigen. »Das wäre dir zuzutrauen – nicht einem Ehrenmann wie Jean Baptiste Racine!«

Plötzlich kommt ihm ein schlimmer Gedanke. »Wart mal – ich kenne doch deinen Vorrat an Kräutern und Chemikalien, keins davon kräftig genug, einen Menschen zu töten. Verflucht, Catherine, immer noch hast du mir nicht die ganze dreckige Wahrheit gestanden! Es ist dir zu umständlich geworden, dir die Ingredienzien selbst zu beschaffen – du hast fertige Elixiere und Pulver gekauft von irgendwelchen Hexen …«

»Ich will auf der Stelle tot umfallen, wenn ich jemals auch nur ein Körnchen Salz von diesen Schlangen gekauft habe«, sagt sie verachtungsvoll.

Wieder tritt er dicht an sie heran, seine Stimme wird drohender als zuvor: »Wer hat dich beliefert?«

»Louis de Vanens«, sagt sie – und will ihm ausweichen. Zu spät, seine Hand trifft wuchtig ihr Gesicht. Sie fällt in die Knie, Schweigen … Ihre Nase blutet, die Lippe ist verletzt. Sie blickt auf und sagt mühsam: »Das vergesse ich dir nie – niemals!«

Seine Wut ist vorüber. Er hilft ihr auf die Füße, reicht ihr ein Taschentuch. »Es – tut mir leid, Catherine. Niemals war ich brutal zu einer Frau.«

Sie kämpft die Tränen nieder. »Du bist ein gemeiner Kerl, Adam – ein Betrüger, der die Leichtgläubigkeit reicher Weiber ausbeutet.«

»Stimmt, ich bin eine Laus am Baum des Lebens. Aber ich bin kein Mörder. Vanens ist einer! Er hat herausgefunden, dass Alchemie das Leben eher verkürzen als verlängern kann. Den Stein der Weisen haben die Alchemisten noch nicht. Aus Metallen können sie kein Gold machen – aber aus Menschenblut. Leben können sie nicht verkaufen – aber den Tod. Darauf ist Louis de Vanens längst gekommen.«

Sie entrüstet sich: »Er ist ein Edelmann. Hat sich hohe Kriegsauszeichnungen erworben. Der Herzog von Orléans ist sein Freund.«

»Ich weiß«, sagt er mit kurzem Auflachen.

»Und Graf Lauzun! Den magst du einen Abenteurer nennen, einen Glücksritter. Vielleicht ist er das. Aber Lauzun ist ein gutherziger Mann. Zu mir ist er gut ohne alle Berechnung. Niemals würde er einen Mörder zum Freund haben. Nein, mir kannst du das nicht einreden, Vanens sei ein Mörder. Warum? Weil er sich mit Alchemie beschäftigt? Weil er wissenschaftliche Interessen hat?«

»Es gibt Wissenschaftler sehr verschiedener Art. Den einen ist es ernst mit dem Vorsatz, den Geheimnissen der Schöpfung auf die Spur zu kommen – anderen geht es darum, sich die Taschen zu füllen. Alle miteinander haben bisher mehr zu unserm Unglück beigetragen als zu unserm Heil … Ach, Catherine, ich bin kein Sittenrichter – ich will ja nichts anderes als uns vor dem Galgen bewahren, dich und mich!«

»Du bist verwirrten Gemüts«, sagt sie herb. Geht an ihren Schrank, um sich zum Ausgehen zu kleiden; denn sie will selbst sehen, wie es um die Freundin steht.

Er hascht sie beim Arm. »Wart! Du musst über Vanens Bescheid wissen. Er ist nicht wie Lauzun ein Glücksritter und Abenteurer. Er ist …«

»Ich weiß«, unterbricht sie ungeduldig, »er hat dich um Geld gebracht, das betrachtet ein Mann wie du als ein unsühnbares Verbrechen!«

»Bitte hör zu, Catherine! Die ganze Geschichte erfuhr ich selbst erst auf der Galeere – von einem armen Hund, den ich ehemals als Vanens' Bedienten gekannt hatte. Vor fünfzehn Jahren gehörte Vanens, damals ein blutjunger Exoffizier, zu einer Bande von Desperados, die sich mieten ließen, um in Marseille einen gewissen Marquis de Chasteuil vom Galgen zu befreien. Der Mann war verurteilt worden wegen bestialischer Ermordung seiner dreizehnjährigen Geliebten. Der Streich glückte, und der Marquis nahm Vanens mit auf sein entlegenes Schloss in den Savoyer Alpen. Dort wurden sie innige Freunde so sehr, dass Vanens allen Weibern für immer abschwur. Sie studierten gemeinsam Alchemie, wurden nach und nach zum Mittelpunkt einer Organisation reicher Leute: Bankiers, Advokaten, Ärzte, Edelleute aus Frankreich, Italien, Österreich – alle wollten sie an der Entwicklung der Alchemie beteiligt sein.«

»Du warst einer davon«, sagt sie, ohne ihn merken zu lassen, wie sie gegen sich selber ergrimmt ist.

»Die Organisation kam in Gefahr, als Vanens eine tolle Stümperei beging. Er hatte eine Legierung hergestellt, die wir alle für synthetisches Silber hielten. Davon goss er einen Barren und schickte ihn durch seinen Diener zum Königlichen Münzamt, um ihn wiegen zu lassen und zu verkaufen. Der Mann wurde sofort festgenommen. Ins Untersuchungsgefängnis wurden ihm Zusicherungen geschmuggelt: Wenn er alles auf die eigene Kappe nähme, niemanden preisgäbe, sich verurteilen ließe – dann würde man ihn bald freibekommen und zum reichen Mann machen.«

»Galeerengeschwätz!«, ruft sie und bemüht sich, geringschätzig zu blicken.

Er fährt fort: »Die Organisation ging schon damals in den Untergrund, als ich mich von ihr trennte; aber ich denke, sie wird noch von sich hören lassen. Vanens war geschickt genug, sich wieder in die Armee einzuschleichen. Sein Diener starb auf der Galeere, kurz nachdem ich eingeliefert war. Ein maurischer Arzt, der bei der Obduktion zugegen war, fand Spuren eines langsam wirkenden Gifts – es mochte ihm ein Jahr oder länger vorher beigebracht worden sein …«

Sie lacht krampfhaft auf: »Vanens ist nicht nur ein Falschmünzer und Mörder – sondern auch noch ein ungeheuerlicher Esel, der fortwährend sein Leben aufs Spiel setzt, indem er unzenweise Gift verkauft! Ei, so schäme dich doch!«

»Was lässt dich annehmen, er beschränke sich darauf, hier und da an gute Freunde eine Unze abzugeben? Meinen Kopf möchte ich darauf verwetten: Für ihn arbeitet ein ganzes Heer von Agenten – und wahrscheinlich experimentieren sie unausgesetzt mit neuen Drogen. Vielleicht wurde, dank deiner Vermittlung, Marguerite du Parc als Versuchsobjekt ausersehen! Ob der große Dichter Racine Instruktionen von Vanens entgegennahm, kann ich nicht behaupten – aber die Möglichkeit ist nicht auszuschließen.«

»Heilige Jungfrau!«, bricht sie aus. »Willst du mich um den Verstand bringen?« Sie ist in der Tiefe erschüttert, getraut sich kaum mehr zu denken. »Gräuelmärchen, Ausgeburten deiner Eifersucht!«

»Ich hab' längst vergessen«, sagt er ruhig, »vergessen müssen, was Eifersucht ist …« Sie hat einen Umhang übergeworfen mit einer großen Haube, die das Gesicht beschattet. Sie eilt aus dem Haus, überquert die Rue Beauregard.

Sie hat Mühe, sich durch die dichte, immerfort stockende Menge hindurchzuwinden, die da unter der zärtlichen Sonne des Juninachmittags die engen Gassen von Villeneuve füllt. Einen Mietwagen nehmen würde nicht helfen – scheint es doch, als habe Paris wieder einmal seine riesige Armee von Straßenhändlern, Bettlern, Müßiggängern und Taugenichtsen auf die Beine gebracht, um ihr den Weg zu verlegen.

Die Kakophonie aus dem Jammern der Bettler, dem Geschrei der Trödler, die ihren Schund anpreisen, den Krähstimmen der Straßensänger – an Catherines Ohr gleiten die Geräusche ab, ihre Sinne und Gedanken haben nur ein Ziel. Endlich, da ist die Rue de Saint-Louis in Sicht. Nicht mehr weit zu gehen, und die Brücke ist da. Verdammt, die Menge steht wie eine Mauer. Jemand zupft sie am Ärmel. Ein kränklich blasser, gedunsener Mann mit einer riesigen Hakennase, in verschlissenem Wams aus ehemals grünem Tuch und grauen Hosen bis übers Knie, darunter schadhafte gelbe Wollstrümpfe. Ein aufgequollener Zeisig!, muss sie denken. Vor der Brust hängt ihm eine offene Schachtel mit billigen Spitzen und farbigen Bändern. Sein Flüstern ist wie das Kratzen eines Messers auf einem Zinkteller: »Madame, ich bin kein gewöhnlicher Hausierer. Ich lebe von meinen Augen und Ohren, die immer offen, und von meinen Lippen, die immer geschlossen sind – sofern mein Auftraggeber mich bezahlt. Falls Sie etwas herauszufinden wünschen, ohne die Polizei zu bemühen: Ich bin Ihr Mann, meine Ansprüche sind bescheiden.« Er grinst, zeigt schwärzliche Zahnstümpfe. »Und noch eins: Bei mir ist es Geschäftsprinzip, niemals meine Kunden zu verpfeifen …« Und im selben Atem stimmt er ein Liedchen an:

»Juliette, wie süß war der Maientag,
Juliette, da dein Herz an meinem lag …«

Sie wird ihn los. Keuchend, unter ihrer Haube von Schweiß überströmt, erreicht sie endlich den Pont Neuf und eilt hinüber.

Nur hundert Schritte jenseits der Brücke, am linken Ufer der Seine, liegt Marguerites kleine Villa in einer halbmondförmigen kurzen Straße, zurückgebaut hinter ein gepflegtes Obstgärtchen. Ein paar verspätete Apfelblüten sind noch an den Zweigen und schon frühe Rosen. Catherine steht still und holt Atem: Ein idyllisches Plätzchen, durch die ganze Weite des Weltenraums entfernt vom Brüllen, Winseln, Dröhnen, Klappern der schlüpfrigen, stinkenden, giftigen Wildnis, die sie soeben durchschritten hat. Sie wirft die Haube zurück – und muss gleich wieder denken: Es ist doch ein und dieselbe Welt.

Auf den Stufen zur Veranda der kleinen Villa liegt schluchzend eine ältliche hagere Frau, Catherine kennt sie: Marguerites Kammerfrau seit vielen Jahren. Sie legt ihr die Hand auf die Schulter. Die

Frau hebt ihr tränenüberströmtes Gesicht: »Es ist umsonst, Madame. Er wird Sie nicht zu ihr lassen. Auch mich hat er ausgesperrt!«

Catherine zuckt: »Wer – hat Sie ausgesperrt?«

Die Frau ballt die Fäuste. »Er hat kein Recht – nicht das mindeste bisschen Recht hat Monsieur Racine, sie vor ihren Freunden gefangen zu halten! Aber wir können nichts tun! Das Schlafzimmer ist oben im zweiten Stock, und sie hören es gar nicht, wenn wir hier an die Tür klopfen oder rufen. Jeden Morgen bringe ich etwas Brot, Milch und Wein, aber ich muss den Korb hier abstellen und mich entfernen, bevor er kommt und ihn nimmt. Drei Tage geht das schon so. In der Nachbarschaft fragt man schon, ob sie nicht vielleicht die Schwarze Pest habe!«

Unwillkürlich bekreuzigt sich Catherine. Sie lässt sich den Hergang erzählen: Etwa eine Woche ist es her, da haben die scharfen stechenden Schmerzen eingesetzt. Letzten Samstag schien es besser zu werden; Marguerite dachte schon, diese Woche könnte sie wieder die Andromaque spielen. Aber Sonntagnacht, kurz vor zwölf, hat sie die Kammerfrau aus dem Schlaf geweckt und gesagt, sie müsse sterben, und Racine solle kommen. Man hat ihn geholt. Sofort hat er sich als Herr des Hauses aufgespielt, die Alte zu ihren Verwandten zum Übernachten geschickt und allen Besuchern den Zutritt verboten, sogar Marguerites Stiefmutter, die gewohnt war, jeden Sonntag zu kommen. Die Krankheit, so hat er erklärt, sei ein schweres Nervenfieber, da könne nichts helfen als vollkommene Ruhe und Schweigen.

Durch Catherines Schmerz um die Freundin schlägt plötzlich das Bewusstsein der ungeheuren Gefahr, die da für sie selbst entstanden ist. Eiskalte Furcht, zum ersten Mal in ihrem Leben, kriecht in ihr empor: Lesage hat recht vermutet! Und ihr klappern die Zähne.

Die Alte schluchzt: »Nervenfieber – als ob er was davon verstände, Madame; ich war vormals Hebamme, kam aber in Schwierigkeiten mit der Polizei und machte mich davon. In der Provinz hatte ich das Glück, von Mademoiselle du Parc zur Bedienung angenommen zu werden. Wir gastierten in ganz Frankreich. Dreimal rettete sie die Molièretruppe vor dem Zusammenbruch. Fürsten und Erzbischöfe verloren den Kopf vor Entzücken. Ach, da ist keine Menschenseele im ganzen Land, die ihr was Böses wünschen möchte! Warum verbietet er mir, sie zu untersuchen? Madame, einen Eid möcht' ich schwören, hier ist ein unerlaubter Eingriff gemacht worden, miserabel ausgeführt, mit einer Entzündung als Folge.«

Instinktiv spürt Catherine: Jemand beobachtet sie und lauscht. Sie blickt sich um: Die Villa liegt isoliert, im Garten ist niemand, die Fensterjalousien sind sämtlich geschlossen. Trotzdem ... Und sie fröstelt mitten im Sonnenschein.

Die Alte erläutert ihre Diagnose: »Wenn sie sich doch mir anvertraut hätte! Ich mit meiner Erfahrung hätte ihr helfen können. Aber das hat er ihr verboten – hat sie gewiss zu dem Gesindel mitgenommen, mit dem er so Umgang hat. ›Um wirkliche Charaktere zu studieren‹, sagt er. Denken Sie nur an all die Schurken und Mörder in seinen Stücken.«

Catherines Selbsterhaltungstrieb zeigt ihr an: Diese Deutung ist für sie am günstigsten. Nur darf ihr eigenes Betragen sie jetzt nicht verraten. Sie nimmt sich zusammen: »Ich sehe, was Sie meinen. Monsieur Racine hält jeden Besucher fern, damit die Wahrheit sich nicht herumspreche ... Unfasslich! Wie konnte sie, eine wissende Frau, sich in solche Gefahr begeben! Wir wollen zur Heiligen Jungfrau beten, dass sie unserer Marguerite helfe! Morgen komme ich wieder.« Sie steckt der Alten eine Münze in die Hand und lässt sie in ihrem Kummer zurück.

Sie weiß nur zu gut: Der Verdacht der Alten ist irrig. Vor zwei Wochen noch hat Marguerite mit ihr die Dinge besprochen, in völliger Offenheit, ohne falsche Scham. Hätte sie sich schwanger gefühlt, würde sie es gesagt haben. Auch stand sie keineswegs so willenlos unter Racines Einfluss, dass sie sich von ihm zu einem Quacksalber oder schlampigen Weibsbild hätte schleppen lassen. Catherine kann nun nicht länger zweifeln: Die Wahrheit liegt irgendwo in der Richtung, die Lesage gewiesen hat. Racine muss die Essenz zu stark dosiert haben ... Ob aus verliebter Ungeduld, aus böser Absicht oder einfach aus männlicher Fahrlässigkeit – wie soll das jemals festzustellen sein? Wer würde es jemals wagen, den großen Dichter Racine, den besonderen Schützling des Königs, eines Giftmords zu verdächtigen?! Sollte Gift gefunden werden, kein Zweifel – er würde Catherine als die allein Schuldige bezeichnen. Wenn aber die von der Kammerfrau ausgesprochene Vermutung verbreitet wird, kann Racine doch glaubhaft machen, er habe von nichts gewusst. So schauerlich es ist, man muss an dieser Geschichte festhalten, sie schützt ja auch Catherine, falls es zum Schlimmsten käme … Arme, liebe Marguerite! Kaum haben ihre Gedanken sich wieder geordnet, da bricht ihr Gefühl durch. Sie ist ihr von Herzen zugetan gewesen, der Gutgelaunten und Gutherzigen, für die das Leben keine Abgründe zu haben schien. Es war keine Verbindung von Tiefe zu Tiefe, wie zwischen ihr und Françoise, es war eine unbeschwerte, rein erquickliche Kameradschaft.

Sie bleibt stehen, mitten auf dem Pont Neuf, um ihre Tränen zu trocknen. Auf seinem gewaltigen Bronzepferd scheint Heinrich der Vierte stirnrunzelnd zu ihr zu blicken. Ein großer König und Mann, muss sie denken, der in donnerndem Zorn auffuhr, wenn Gift auch nur erwähnt wurde – denn es hatte ihn der Frau beraubt, die er vor allen liebte: Gabrielle d'Estrées.

Wieder dieses beunruhigende Gefühl, dass jemand sie beobachtet. Sie wendet sich zur Seite, lehnt sich an die Brüstung, blickt in die trübrote Sonne, die rasch sinkt. In dem schmutzigen Fluss lärmen Kinder, schwimmen und bespritzen einander. Auf dem Unrathaufen am rechten Ufer sieht sie zwei große, fette Ratten.

»Madame, wischen Sie sich Auge und Nase. Sie schauen ja aus wie ein Kind, dem böse Buben seine Puppe wegnahmen!« Er lacht etwas heiser, das gutmütige Lachen eines angejahrten Weltweisen, der dem Wein und den Weibern zugetan ist. Catherine blickt ihn an: Er trägt einen Priesterhut und eine Soutane, die ist schon recht schäbig und sollte gereinigt werden. Sein rötliches Gesicht, das Gesicht eines Sechzigers, ist durchzogen von winzigen violetten Äderchen. Der vertrauenerweckende Eindruck wird ein wenig gestört durch sein starkes Schielen. »Nachdem Ihre Tränen versiegt sind, mein Kind, betrachte ich es als meine Pflicht und mein Vorrecht, Ihnen zur Stärkung einen Becher Wein vorzusetzen«.

»Das ist sehr freundlich – aber zu Hause habe ich Gäste, und ich muss mich noch ums Nachtessen kümmern.«

Seine große haarige Hand tätschelt ihre Wange. »Kind, Kind – mit mir hat es doch keine Gefahr! Nicht nur wegen meines Gewandes – ich bin ein alter Mann. Sie aber brauchen Zuspruch, es ist Ihnen anzusehen, brauchen geistlichen, väterlichen Zuspruch, meine Tochter. Lassen Sie Ihre Gäste ein Weilchen warten – und erweisen Sie einem alten Mann die Ehre, seine Einladung anzunehmen.«

So geht sie denn an seiner Seite, geht bis zum Brückenkopf. Da stehen zwei Flötenspieler, emsig bemüht, mit ihrem Duo die Spaziergänger zu unterhalten, die den Sommerabend genießen. Ein paar Schritte weiter kratzt ein Greis mit traurigem Grinsen auf seiner Violine – offenbar in der Erwartung, dies werde seinen weißen Pudel zur Vorführung von Kunststücken bewegen.

Das Abendlicht wird schwächer. Beim Verlassen der Brücke gewahrt Catherine eine Gruppe unverschämt blickender Burschen in offenen Wämsern. Einige kauen Matrosentabak und spucken kunstgerecht. Andere halten achtbar aussehende Passanten auf und empfehlen ihnen »Tante Margot« oder »Ursulette« oder »Zum reizenden Lieschen«, Lokale von wachsender Beliebtheit und Anrüchigkeit.

Wieder andere Burschen, noch unternehmender, suchen Kunden für konkretere Geschäfte. In einem Torbogen beginnt gerade ein Ausverkauf: Leinen und Tuche und Möbel, alles erste Qualität, hervorragend billig … »Diebsware«, flüstert Catherine.

»Versteht sich«, äußert ihr Begleiter. »Leider eine etwas verrufene Gegend hier um Villeneuve. Ich kenne mich aus, denn ich bin Sakristan von Saint-Marcel, das ist nur fünfhundert Schritte von der Rue Beauregard. Sehen Sie, es ist schon gut für Sie, nicht ungeleitet zu sein. Aber jetzt wollen wir herunter von der Straße, bevor sie von Taschendieben und Strolchen wimmelt.«

Das Weinhaus, in das sie sich führen lässt, sieht von außen ganz ordentlich aus. Sie willigt ein, mit ihm in einer Ecknische Platz zu nehmen, und setzt sich so, dass sie die halb offene Tür und die Straße im Auge behält. Er sitzt ihr gegenüber, mit dem Rücken zur Tür, und bestellt roten Burgunder; den erklärt er für ungleich edler als sämtliche Weine aus der Champagne: »Nur dumme Gänse und Emporkömmlinge bevorzugen Champagner!« Er selbst, so erläutert er ihr, ist ein Sohn des edlen Herzogs von Montmorency, den Richelieu auf verräterische Weise ermorden ließ, und das blaue Blut dieser Familie mischt sich in seinen Adern mit dem seiner Mutter, die das liebreizendste Blumenmädchen im ganzen Bezirk des Palais Royal war. Nachdem er sich so vorgestellt hat, leert er mehrere Becher, kreuzt dann die Arme auf der Tischplatte, legt sein Kinn darauf, und so, in der Haltung eines treuen Hundes, beobachtet er sie, wie sie still die Weinflecke auf der Tischdecke zählt. Endlich sagt er: »Zufälligerweise war ich nämlich im Haus, während Sie sich im Garten mit der Kammerfrau unterhielten. Ich hörte von droben Brocken Ihres Gespräches. Aber glauben Sie deshalb nicht, ich sei irgendwie interessiert an dem, was da zwischen dem Dichter und der Schauspielerin vorfiel. Es ist nicht meine Art, ungebeten meine dicke Nase in anderer Leute Angelegenheiten zu stecken.«

Jetzt weiß sie, warum sie ihn nicht brüsk abgewiesen hat: Diese Begegnung bedeutet einen Wendepunkt! Es hätte keinen Zweck, davonlaufen zu wollen.

»Ich bin ein Freund der schönen Künste, meine Tochter. Ich wittere Künstlertum, wo immer ich es treffe. Sie – sind eine Künstlerin. Still, ich mag es nicht, wenn man mir widerspricht. Sie sind eine Künstlerin. – Auf Ihr Wohl!«

De Vanens! Erschauernd gedenkt sie des Nachmittags in Versailles, da er von sich als einem »Künstler« geredet hatte. Heute macht das Wort ihr das Blut gefrieren. Sie weiß jetzt: Dieser hier hat sie nicht hergebracht, um mit ihr zu schäkern. So erklärt sie brüsk: »Mir ist gleichgültig, was Sie von unserm Gespräch erlauscht haben. Ich gräme mich wegen Marguerite – und bin außer mir wegen des Betragens ihres Freundes. Wenn Sie den wahren Zusammenhang kennen, mir aber ohne Bezahlung nichts mitteilen wollen, dann nennen Sie bitte Ihren Preis, und zwar gleich, denn ich bleibe nicht länger!« Sie atmet tief, fächelt sich mit der Hand.

Da schießt seine behaarte Pratze über den Tisch und greift ihre linke Brust – nur für einen Moment. Denn bevor sie ihm die Weinkaraffe an den Kopf schleudern kann, hat er die Hand zurückgezogen und sagt ruhig, beinahe höflich: »Hab' ich's doch gewusst, meine Tochter! Hab' ich mir doch gesagt: Ihre Brüste sind fest und kühl, der Leib geschmeidig und rank wie der einer Achtzehnjährigen! Ja, noch bist du auf deinem Weg aufwärts, und so wird es eine gesunde Unterhaltung sein, dir Beistand zu leisten, jedenfalls für die nächsten zehn oder zwölf Jährchen. Bleib sitzen und funkle mich nicht so böse an, nur weil ich aufrichtig mit dir rede.« Er grunzt, leckt seine fleischigen Lippen und fährt fort: »Warum nannte ich dich eine Künstlerin? Nun, weil deine Art, Gift zu geben, echtes Künstlertum verrät. Nur Metzger und gierige Wölfe töten auf einen Streich. Künstler genießen das Werk, gehen bedachtsam und zart vor wie beim Liebesgenuss. Auch gewährt ihnen diese subtile Methode den wesentlichen Vorteil, dass nachher kein Arzt oder Chirurg imstande ist, Giftspuren im Körper zu finden. Ich möchte dies den klassischen Stil nennen, wie ihn unsere großen Meister, die Italiener, geübt und gelehrt haben ...«

»Sind Sie einer von Vanens' Agenten?«

Er lacht jovial: »Ein Agent von Vanens – ich? Von diesem Schwindlerchen, diesem Gernegroß, der sich solche Mühe gibt, als ein Edelmann zu leben, und dabei sein höchst mittelmäßiges Wissen über Quecksilber und Arsenik zu Geld macht? Nein, mein Töchterchen, nein ...«

Sie versucht zu lachen: »Sie sind betrunken!« Aber das Lachen klingt hohl. Sie muss husten. Endlich sagt sie: »Marguerite ist verpfuscht worden – durch den Eingriff irgendeines verfluchten Stümpers!«

Er gießt sich Wein ein, verschüttet Tropfen auf seine Soutane. Dann erwidert er mit einer wehmütigen Grimasse: »Ach, der König sollte sie alle zusammenholen, diese Abtreibungsspezialisten, und in der Seine ersäufen lassen. Ist es nicht ein Jammer? All diese lieben kleinen Wesen nicht geboren werden zu lassen! Wo man sie doch so dringend braucht, sogar Säuglinge, sogar Ungetaufte, aber geboren müssen sie sein, müssen schon gelebt und geatmet haben, sonst kann keiner mit ihnen was anfangen, weder der Herrgott noch der ›Geist‹ – keinem von beiden kannst du sie darbringen!«

Catherine wittert die unheimliche, die fürchterliche Bedeutung dieses anscheinend wirren Geredes. Es drängt sie, zu erfahren, was er wirklich gemeint hat – und zugleich hält ein Grauen sie davor zurück. Verstohlen mustert sie sein schwammiges, zuckendes Gesicht und gewahrt darauf ein Lächeln, wie der Dämon des Abgrunds es lächeln wird, wenn er seine Gefangenen zum Jüngsten Gericht geleitet.

»Starr nicht so verängstigt, Töchterchen«, grunzt er. »Mit der Zeit wirst du schon alles zu hören bekommen, alles über die dunklen Mysterien und mein hohes Amt dabei. Aber nicht heute! Einstweilen setze dein Gewerbe fort oder deine ›Kunst‹. Die Sache mit der lieben Marguerite eröffnet für dich ungeheure Möglichkeiten; und ich trau dir zu, dass du sie zu nützen weißt. Wirklich, du hast das brillant gemacht – ohne ein nachweisliches Motiv, und Monsieur Racine kann dir nicht viel bezahlt haben. Selbstlosigkeit, Findigkeit, Mut, der Drang, einen schönen Erfolg zu sehen: wahrlich, mein Kind, du hast alles in dir ...« Er unterbricht sich, stiert auf eine dicke Bremse, die hin und her summt zwischen seiner schwitzenden Nase und dem Becher.

Catherine ist wie gelähmt. Da ist es so weit, das Schreckliche vollzieht sich, das Lesage prophezeit hat.

Er teilt seine Aufmerksamkeit zwischen Catherine und einem Schwarm fetter grünlich schwarzer Fliegen, faltet seine haarigen Hände und spricht in salbungsvollem Ton weiter: »Also empfehle ich dir keineswegs, meine Tochter, dein gegenwärtiges Gewerbe aufzugeben und dich stattdessen den dunklen Mysterien zu weihen. Warte damit, bis deine Kundinnen es verlangen. Das wird wohl nicht mehr lange dauern. Ach, zusetzen werden sie dir, die noblen Damen – so heftig, wie diese majestätischen Brummfliegen hier mir zusetzen!

Schau sie dir an, sie sind wahrhaft unbezwinglich. Magst du sie? Natürlich nicht, niemand mag Fliegen. Glaubt man doch, Fliegen seien nicht die Geschöpfe des Herrgotts, sondern eines anderen. Aber ist das ein Grund, sie zu verachten? Wir, in der zerfallenden Kruste dieses Planeten herumwimmelnde Maden, wessen Geschöpfe sind wir denn, he? Etwa Gottes?« Er lacht aus der Tiefe seines Bauches. »Diese Erde, auf der wir leben und rülpsen und stinken und uns paaren – diese Erde, Tochter, ist der Verwesung bestimmt, mit Mensch und Tier und Pflanze und Genie. Wie lange wird sie noch halten, die Erde? Keine fünfzig Jahre mehr, sag ich dir. Dann kollert sie auf den großen Abfallhaufen – der von der ewigen Dreckabfuhr hat schon den Auftrag. Und warum? Wegen der Verstocktheit und Sündhaftigkeit der Menschen.«

Rohes Lachen und Flüche dringen von draußen herein. Betrunkene Musketiere jagen ein Mädchen, bis ein herkulischer Steinmetz als ihr Beschützer eingreift.

Da kommt Catherine frei von seinem Bann. »Solch unsinniges Gerede! Wagen Sie ja nicht, mich zu verleumden! Ich gräme mich wegen Marguerite, denn sie ist meine Freundin. Mit ihrer Erkrankung habe ich nichts zu tun, nicht das Mindeste! Wenn sie wieder genesen ist, wird sie es bestätigen.«

Ein lautes Rülpsen ist seine Antwort. Wieder füllt er seinen Becher, gießt ihn hinunter, beginnt ein unanständiges Lied:

»Bruder, juckt dich ein Gelüste,
Lass dich nicht mit Hexen ein.
Ihre Lippen, ihre Brüste
Bleiben dir so kalt wie Stein.

Wie verlockend die Konturen,
Hexen sind dir schlechte Huren.
Noch die dümmste Magd am Platz
Ist für dich ein bess're Schatz.«

Dabei ist er langsam aufgestanden. Jetzt, als habe er alles Bewusstsein von Raum und Zeit verloren, versucht er die grimme Parodie einer Sonntagspredigt: »Wahrlich, meine Brüder, ich sage euch: Das Reich Satans ist nahe – ja er hat es schon angetreten: Darum, geliebte Brüder, lasset uns eilen, ihm zu huldigen, ist doch sein Hinterer uns schon dargereicht. Ihr aber, geliebte Jungfrauen und Frauen, öffnet Seele und Leib dem Fürsten der Finsternis. Preisen lasset uns unser gemeinsames Lob und ein Dankeslied anstimmen, da wir uns hinfort um nichts mehr zu bemühen noch zu grämen brauchen. Denn es gibt keine Nachwelt mehr. Es gibt kein Ansehen mehr zu bewahren, keinen Ruhm, keine Denkmäler. Lasset uns auch beten für unsern glorreichen Herrscher, Louis den Sonnenkönig, dass ihm ein langes Leben beschieden sein möge – lang genug, damit er die Trümmer erschaue von allem, was er gebaut und errichtet hat …« Die Stimme geht unter in einem kollernden Schluckauf, während die kleine Gruppe von Zuhörern, von der Straße hereingekommen, mit trunknem Gelächter den Raum füllt.

Inzwischen ist Catherine entkommen, flüchtet aus dieser Gegend. Durch die gewundenen Gassen, jetzt schon ziemlich menschenleer, hastet sie der Rue Beauregard zu, so rasch die Füße sie tragen. Dreizehn, vierzehn Jahre ist es her, so geht es ihr durch den Kopf, da ist sie in ebensolcher Hast durch das abendliche Paris geeilt. Ist in einer ähnlichen Schenke gestrandet, bedrängt von einem Mann. Bis jemand sie retten kam.

Als sie ins Haus tritt, ist es mit ihrer Kraft zu Ende.

Vor dem Hinaufgehen blickt sie sekundenlang durch die ein wenig geöffnete Tür ihres Salons. Drei Kandelaber brennen, die Reflexe ihres Tischsilbers und der Bronzen gewahrt sie auf dem scharlachroten Satin der Wände. Sie hört die Herzogin von Lusignan schwatzen in ihrer unbekümmerten Art: »Während dieser letzten vier Tage haben unsere Kavaliere in Versailles ausschließlich die folgenden vier Themen diskutiert: ihr brennendes Verlangen, die neue Delikatesse, grüne Erbsen, vorgesetzt zu bekommen, ihr Lustgefühl beim Essen, ihr Entzücken bei einer zweiten Portion – und ihre Spannung wegen der Speisekarte für nächste Woche.«

Raschen Blicks erkennt Catherine ihre Gäste: außer der Herzogin zwei jugendliche Ehrendamen Ihrer Majestät; Monsieur de Lafontaine, den beliebten Vers- und Fabeldichter; einen angesehenen Damenschneider ... Da ist noch jemand, den sie nicht kennt: hochgewachsen, in dunkelviolettem Wams, mit dem ruhigen Gesicht eines klassischen Philosophen.

Sie huscht die Stiege hinauf in den ersten Stock. In ihrem Schlafzimmer zündet sie den Leuchter an, wirft den Umhang ab, öffnet ihr Kleid, betrachtet sich in dem großen venezianischen Spiegel gegenüber ihrem Bett.

Ich bin dieselbe Frau, die ich heute Morgen war. Dies ist mein Haus. Drunten sitzt meine Gesellschaft, isst meine Speisen, trinkt meinen Wein, genießt meine Gastlichkeit, um sich ein wenig zu erholen von der Geistlosigkeit des Hoflebens oder der tödlichen Monotonie ihres Gewerbes. Es kann nicht wahr sein und ist nicht wahr, dass ich eine Verbrecherin geworden bin, eine Ausgestoßene, die ein Schandkerl auf der Gasse aufgreifen, in einer dreckigen Spelunke mit Wein traktieren und mit Schauergeschichten verängstigen kann! So etwas geschieht einem im Traum, nicht in Wirklichkeit.

Sie öffnet ihren Schrank, um ein Abendkleid herauszusuchen. Die Tür ist nur angelehnt. Lesage kommt herein, sagt gedämpft: »Sie sind schon fertig mit dem Nachtessen. Ich habe deine Abwesenheit entschuldigt; sagte, du habest einen Krankenbesuch zu machen. Was ja auch nur die Wahrheit ist, nicht wahr? Aber jetzt musst du herunterkommen.« Seine Hände sind behutsam und geschickt. Während er ihr in das Abendkleid hilft, berichtet er in scheinbar gleichmütigem Ton, er habe versucht, sie auf dem Weg zu Marguerites Villa einzuholen, sie aber im Gedränge nicht gefunden. Er muss etwa zwanzig Minuten später als sie angekommen sein, hat sich den Eintritt ins Haus erzwungen und Racine in einem Zustand dumpfer Verzweiflung angetroffen. Nur so viel hat er aus ihm herausbringen können: Marguerite war vor einer Viertelstunde verschieden, nach Empfang der Letzten Ölung durch einen Geistlichen, den Racine nur oberflächlich als Abbé Guibourg kennt. »Es hätte keinen Sinn gehabt, Racine über den wahren Charakter dieses Abbé Guibourg aufzuklären. Dieser schielende Trunkenbold ist der ekelhafteste und grausamste Aasgeier, der je die Luft unterm Galgen verpestet haben wird. Hätte ich ihn jemals bei Marguerite angetroffen, würde ich es ihm ins Gesicht gesagt haben, auch in Racines Gegenwart. Heute, als ich kam, war das Untier schon fort – hatte nicht einmal gewartet, bis sie starb.«

Catherine erkennt: über sie ist entschieden – keine Möglichkeit mehr, einen andern Kurs einzuschlagen oder auch nur über Bord zu springen. Der Abbé Guibourg wird nie, niemals mehr aus ihrem Leben verschwinden.

Lesage, während er ihren Nacken überpudert und ihr Haar ordnet, scheint zu fühlen, was in ihr vorgeht. Mit einem fast ehrfürchtigen Kuss berührt er ihre Schulter und sagt: »Heute Nachmittag war ich brutal, Catherine. Aber ich liebe dich, und du darfst dich auf mich verlassen. Wenn es dir irgendwas bedeutet: Ich bin bereit, mit dir zur Hölle zu gehen, was immer das heißen mag. Ich habe keinen andern Gedanken, als dich vor dem Ärgsten zu bewahren. Ist es uns aber bestimmt, Missetaten zu begehen, dann lass uns nicht winseln und uns winden oder unsere Kräfte vergeuden, indem wir stöhnend unsere Unschuld beteuern!« In ihrer fließenden Robe aus amethystfarbenem Samt, besetzt mit kleinen Perlen; mit ihrem Haar, schimmernd wie ein Oktobermond; mit ihrem durchsichtigen Teint: Ein anderes Wesen scheint sie, süß und verführerisch im leichten, natürlichen Duft ihres gesunden Leibes. »Das Beste wird sein, Catherine, du nimmst dir ein oder zwei Monate Ferien, gehst irgendwohin aufs Land in die Stille, nur mit ein paar Büchern, unter fremde, einfache Leute – und besinnst dich auf dich selbst ...«

Er hat recht, findet sie, während sie mit ihm hinuntergeht.

Aus dem Salon tönt eine von Lullys Kompositionen, gefühlvoll auf dem Spinett gespielt. Catherine wird mit unzeremoniöser Herzlichkeit umarmt. In diesem Haus gibt es keine gesellschaftlichen Abstufungen. Sie begrüßt Monsieur Vigoureux, ihren Schneider. Warum bringt er eigentlich niemals seine Frau mit? Er hat als Antwort nur ein melancholisches Lächeln. Der Herr am Spinett, jener in Dunkelviolett, wird ihr von der Herzogin vorgestellt als Maître André Guillaume, mit der geflüsterten Erläuterung, er sei einer der beachtlichsten Männer von Paris, gleich subtil und stark an Seele und Gliedern. Auf Catherines Bitte spielt der wohlgesittete Fremde weiter – und sie fühlt sich durch die Musik beruhigt und sogar erhoben. Wie sie verstummt, wird der Dichter Lafontaine von den Gästen genötigt, nochmals die Verse herzusagen, die er zu Ehren Catherines geschmiedet hat. Lafontaine, für gewöhnlich ein freundlicher und zurückhaltender Beobachter, rezitiert:

»Unwirsch auf dem Dreifuß kauernd,
Schwitzend zu Apollos Ruhm,
Thront die Pythia. Ehrfurchtschauernd
Naht der Mensch dem Heiligtum.

Dunkel ist, was sie ihm kündet,
Die erhabne Seherin.
Bis er ihren Sinn ergründet,
Geht sein Leben wohl dahin.

Nützlicher spricht das Orakel,
Das bei uns sich niederließ.
Heiter, lieblich ohne Makel
Ist die Pythia von Paris.

Ward die Börse dir entwendet
Oder schwand dein Lebensmut –
Macht der Rat, den sie dir spendet,
Den Verlust dir wieder gut.

Wenn die eifersücht'ge Grille
Deines Ehgemahls dich quält,
Wenn der Schwiegermutter Wille
Gar das Leben dir vergällt,

Wenn ein Vorgesetzter heftig,
Wenn ein Vater wild ergrimmt,
Wenn die Liebe gar zu kräftig
Von dir fordert, von dir nimmt –

Immer weiß sie dir zu finden,
Was besänftigt, was belebt:
Wenn von deinen zukunftsblinden
Augen sie den Schleier hebt.«

Wieder hat Catherines Blick auf dem Fremden geruht. Nachdem sie dem Dichter gedankt hat, fragt sie halblaut Lesage, der neuen Wein hereinbringt »Wer ist Maître Guillaume?« – »Ein Freund des Okkultismus – der Scharfrichter von Paris.«

Achtes Kapitel

Gottes Zorn und Bossuet

Racines Trauer war eindrucksvoll, seine Persönlichkeit unantastbar. So kam es wegen Marguerites Tod zu keinerlei polizeilichen Nachforschungen. Da auch der fürchterliche Abbé Guibourg sich nicht wieder gezeigt hatte, glaubte Catherine allmählich aufatmen und jenen Abend aus ihrem Bewusstsein hinwegwischen zu dürfen. Fortan übte sie ihr Gewerbe noch vorsichtiger und behutsamer aus als vorher und stellte, ohne es jedoch zu einem Bruch gelangen zu lassen, ihren Umgang mit Louis de Vanens fast völlig ein.

Indessen konnte sie sich weder in diesem noch im darauffolgenden Jahr dazu entschließen, sich einen Erholungsaufenthalt auf dem Lande zu gönnen. Einmal schien es, als würden einige Klienten es ihr nicht verzeihen, wollte sie sich ihnen auf mehrere Wochen entziehen. Dann aber ließ die aufsehenerregende Affäre der Marquise de Brinvilliers es für Catherine nicht ratsam erscheinen, sich von Paris fortzubegeben. Gegen diese Dame war ein Haftbefehl ergangen, da sie hinreichend verdächtigt wurde, sowohl ihren Vater wie ihre beiden Brüder mittels langsam wirkenden Giftes getötet zu haben, und sie hatte durch schleunige Flucht nach England zu verstehen gegeben, dass ihr Gewissen nicht rein war. Obgleich Catherine nicht im Geringsten in diese Sache verwickelt war – die Marquise de Brinvilliers war ihr niemals begegnet –, so hielten Lesage und sie selber es doch für geboten, gerade in dieser Zeit nichts an ihrer gewohnten Lebenshaltung zu verändern.

Jetzt endlich, in diesem Frühjahr, schienen es die allgemeinen Umstände zu gestatten, dass Catherine sich für einige Wochen aufs Land beurlaubte. Ihr Kutscher Martin – sie hatte sich Wagen und Pferde zugelegt – war ein ausgedienter Schauspieler des Théâtre du Marais; seine jüngere Schwester war verheiratet an einen Gutsbesitzer in der

Nähe des Kurorts Bourbon l'Archambault. Die Unterkunft in diesem idyllisch gelegenen Hause würde es Catherine ermöglichen, die Heilquellen des Kurorts zu benutzen, ohne doch selber an dem geräuschvollen Badeleben teilnehmen oder sich gar mit neuen Klienten beschäftigen zu müssen; denn der einzige Zweck ihrer Ferien sollte möglichste Ruhe und Selbstbesinnung sein.

Madame de Montespan, mit der sie diesen Plan besprach, redete ihr freundschaftlich zu. Ja, sie beneidete Catherine geradezu um diese Möglichkeit auszuspannen. Ihre eigene Position verbot ihr die Entfernung vom Hofe auch nur für kurze Frist. Trotz ihrer echten, schon tief in ihrem Wesen verwurzelten Leidenschaft für den König hatte sie es verstanden, sich Louis' Gunst nach jeder Richtung hin zunutze zu machen. So hatte sie es durchgesetzt, dass er ihren Vater, den alternden Herzog von Mortemart, zum Gouverneur von Paris machte – ein Posten, der unter den gegenwärtigen Verhältnissen mit nur geringen Obliegenheiten, aber einem recht hohen Gehalt verbunden war. Ihre Schwester war vom König zur Äbtissin von Fontevrault, einem der reichsten und vornehmsten Klöster Frankreichs, ernannt worden. Und sie war im Begriff, die Ernennung ihres Bruders, des Herzogs von Vivonne, zum Marschall von Frankreich durchzusetzen. Daneben erreichte sie die Gewährung auskömmlicher Renten an Verwandte und solche Personen, die ihr würdig erschienen oder die sie sich verpflichten wollte. Madame Scarron befand sich längst im Genuss der laufenden Unterstützung, um die sie seinerzeit eingekommen war. Nunmehr hielt Françoise den Zeitpunkt für gekommen, ihr das in Aussicht genommene Gouvernantenamt zu übertragen. Sie hatte dem König ein zweites Söhnchen geboren, und es behagte ihr nicht länger, die Kinder in Verborgenheit von alten Kammerfrauen aufziehen zu lassen. Den Groll der Königin fürchtete sie jetzt noch weniger denn ehedem. Sie schmeichelte sich in dem Gefühl, von jedermann geliebt zu sein – ganz wie sie es jahrelang in Anrufungen und Zeremonien vom Fürsten dieser Welt erfleht hatte. Sie erzählte Catherine – nach wie vor das einzige Wesen, zu dem sie sich rückhaltlos äußerte – von dem Nachmittagsbesuch ihres Geliebten, währenddessen sie die Angelegenheit der Madame Scarron zur Sprache gebracht hatte; erzählte nur eben so viel, wie Geschmack und Takt es ihr gestatteten. Die trauliche Stunde war folgendermaßen verlaufen:

Sie war in ihrem rosenfarbenen, golddurchwirkten Hausgewand nach einem stark parfümierten Bade; die Vorliebe für schwere Parfüms hatte sich bei ihr erst entwickelt, seitdem Louis' fortschreitender Zahnverfall sich in seinem Atem bemerkbar machte. In ihrer für ihn vorbehaltenen Art eines ganz jungen Mädchens – sie war nunmehr vierunddreißig – hatte sie ihn stürmisch umfangen, lachend und sprudelnd, bis er auf dem schwarz-golden behangenen Diwan niedersank, außer Atem: »Gnade, Madame – ach, wenn Sie nicht gerade Eis sind, dann sind Sie flammendes Feuer!«

Sie schmollte: »Sie sollen Gelegenheit haben, Sire, sich von mir zu erholen. Meine Schwester, die Äbtissin, ist unpässlich. Ich muss nach Fontevrault, sie pflegen.«

Das gefiel ihm nicht. »Wissen Sie nicht, dass ich eifersüchtig bin, Madame? Wiewohl das für mich eine bisher ungekannte Empfindung ist. Ihre Schwester möge sich eine opportunere Zeit aussuchen! Ist sie aber wirklich krank, dann sollte sie eine bessere Pflegerin haben, als Sie es sein könnten – mit Ihrer Ungeduld, Ihrer Sprunghaftigkeit! Außerdem ist Ihr medizinisches Wissen gleich null – ei, Sie sind ja nicht einmal imstande zu sagen, was Ihnen selber fehlt, wenn Sie stöhnen und die Hände ringen!«

Sie goss Schokolade in die winzigen Porzellantässchen. »Sire, leider fühle ich mich wirklich nicht auf der Höhe. Der Marquis de Montespan hat mir aus seinem Horst in den Bergen einen Befehl gesandt: Ich soll meine Leute seine Livree ausziehen lassen und sein Wappen sowie seinen Namen aufgeben.«

Er wusste einen Ausweg. »Benutzen Sie das Familienwappen der Mortemarts und lassen Sie Ihre Bedienten helles Orange mit Goldbesatz tragen.«

Sie schüttelte heftig den Kopf: »Ich dürfte meines Vaters Wappen nur in Miniaturform benutzen, und das sähe lächerlich aus. Übrigens kann ich helles Orange nicht ausstehen. Ich liebe nur eine

Farbe: Tiefblau mit Silber …« Sekundenlang verhielt sie den Atem, nachdem sie die Farben der Bourbonen erwähnt hatte. Da er ihre Kühnheit nicht zu bemerken schien, fuhr sie seufzend fort: »Sire, Sie haben mir große Güter und Titel angeboten … Aber keinen davon will ich annehmen, nicht mal den einer Herzogin – ich will gefürstet sein!«

Er küsste ihre duftende Hand. »Sie haben mein Herz angenommen, Madame – und Sie wissen, dass es für keinen nobleren Vorsatz schlägt als den: Sie glücklich zu machen.«

Sie lag ausgestreckt mit dem Kopf auf seinen Knien. »Ich weiß, Sie sind die verkörperte Großmut. Nur widerstrebt es Ihrer Natur, sich zu einem Entschluss drängen zu lassen. Trotzdem – da ist eine Sache, die Ihre Entschließung verlangt. Unsre Kinder können nicht ohne ordentliche Erziehung aufwachsen bis zu dem Tage, da Sie sich dazu verstehen werden, sie zu legitimieren.«

Er küsste sie heiß und lange. »Ich bete Sie an, Madame, und bete die Prinzchen an, die Sie mir schenkten.«

Sie strahlte vor Seligkeit – und nannte Madame Scarron als eine hervorragend geeignete Person, die Erziehung der Kinder zu beaufsichtigen.

»Sie soll Anmut besitzen, Selbstbeherrschung und Geschmack«, musste er zugeben. »Aber mein Hof, so fürchte ich, verbindet mit dem Namen Scarron die Vorstellung unehrerbietigen und boshaften Witzes.«

Sie sah zu ihm empor. »Paul Scarron war der anregendste Mann, den ich kannte – bevor ich Sie getroffen habe, Sire!«

Er wurde leicht rot. »Demnach scheine ich seine Eigenschaften vergessen zu haben. Nun gut, dann soll jedermann sie vergessen! Aber dem Namen fehlt es an klanglicher Schönheit und Gewicht. Wie Racine liebe ich volltönende Namen. Wir werden für die Dame ein Marquisat nebst einem würdigen Namen zu finden haben, falls sie die Stellung annimmt.«

»Und wie sie zugreifen wird!«, lachte sie glücklich. Die Arme um seinen Hals geschlungen, sagte sie verträumt: »Ach, Sire, wie viel ruhiger und inniger werden wir es haben, wenn erst einmal das Trianon-Schlößchen bewohnbar sein wird. Wirklich, manchmal wird mir gar zu unbehaglich hier in dem Riesenpalast. Oder steht dafür kein Geld zur Verfügung, weil wieder mal jeder Sou für Kriegführung benötigt wird?« Sie sah, dass ihm diese Bemerkung nicht gefiel, und fuhr mit einem Seufzer fort: »Halten Sie mich bitte nicht für frivoler als ich bin! Und glauben Sie mir: Ihr Widerstreben, mir in Ihre Kabinettsgeheimnisse Einblick zu gewähren, verwundet meine Selbstachtung recht schmerzlich ...«

Er wusste nichts Besseres zu tun, als sanft ihre Hände zu streicheln und an seine Lippen zu ziehen.

Da gab sie nach. »Wenn ich's recht bedenke, ist es wohl doch gescheiter für mich, aus der Politik ganz draußen zu bleiben.« Im Stillen sagte sie sich: Vielleicht kommen einmal weniger glorreiche Tage, vielleicht kommen Zeiten des Misserfolgs – dann soll keiner sagen können, ich und mein Einfluss waren schuld.

Der König lachte niemals. Und wenn er lächelte, war es gewöhnlich aus Verlegenheit. Jetzt aber sah er besonders ernst aus. »Meine Ratgeber sind uneins. Louvois wünscht die Armee, die er schaffen half, möglichst viel in Aktion zu sehen. Colbert ist für Frieden, da er für seine aufblühende Industrie fürchtet, für die aufblühende Handelsflotte ...«

Sie lächelte: »Unter Colberts Händen scheint alles zu blühen!«

Er blieb ernst. »Dann ist da noch der Adel, der alte und der neue; sie verlangen nach Krieg – als der einen und einzigen Möglichkeit, ihre Energien sich auswirken zu lassen.«

Sie gähnte leicht, spielte mit seinem dichten Haar. »Sie können Monsieur Colbert wahrscheinlich ködern – mit der Aussicht auf die Eroberung von Amsterdam, diesem mächtigen Hafenplatz. Aber sichern Sie sich gegen England! Vielleicht sollten Sie Henriette nach London schicken, um König Karl zur Neutralität zu verpflichten.«

Er war überrascht; konnte sie wissen, dass eben dies der Rat seiner Mutter gewesen war? Nicht doch – diese hatte nie mehr davon gesprochen, es gewiss niemandem gegenüber erwähnt. Merkwürdig, sie erinnerte ihn so oft an seine Mutter. Er unterbrach solche Gedanken und sagte mit einem schwachen Versuch, es scherzhaft klingen zu lassen: »Da sind Sie also für militärische Eroberungen und Expansion. Oder – geht es Ihnen lediglich darum, sich meinen Louvois zum Freund zu machen, nachdem es Ihnen gelungen ist, meinen ernsten Colbert zu bezaubern?«

Sie seufzte, während ihre Augen strahlten: »Leider vergeudet Monsieur Colbert noch viel von seiner kostbaren Zeit damit, meine Bitten um Geld zu ignorieren. Ach, Sire, ich habe keinen andern Wunsch, als den Männern angenehm zu sein, denen Ihr Vertrauen gehört!«

Da riss er sie in die Arme.

Als der König gegangen war, kostete sie den Rest seiner Tasse. Sie war zufrieden: Auch ein empfindlicherer Gaumen als seiner hätte das wundertätige Pulver nicht herausschmecken können – diese Mixtur aus Kanthariden, zerriebenen Krötenknöchelchen und getrockneten Tropfen ihres eigenen Blutes. Ein Pulver, hergestellt mithilfe von Magie im Bunde mit Chemie – der König ahnte nicht, dass er es seit Jahren schluckte.

Ein paar Wochen später erfuhr Catherine, dass Louis' Paladin, der Graf de Lauzun, plötzlich verhaftet worden war, aus dem Privatkabinett Seiner Majestät heraus, und ohne jegliches Verfahren auf der entlegenen Festung Pignerol saß. Niemand, nicht einmal Françoise, war in der Lage, die eigentliche Verfehlung des Grafen zu nennen. Die beiden, die es wussten, der König und d'Artagnan, beobachteten jedem gegenüber Stillschweigen.

Catherine beklagte das Missgeschick eines Mannes, der ihr so viele Gefälligkeiten erwiesen hatte, und dachte wie die meisten, dass Lauzuns Verbindung mit der Prinzessin de Montpensier – man munkelte von einer heimlichen Heirat – den König veranlasst habe, ihn einzusperren.

Da erhielt sie eines Tages im März unerwarteterweise einen Brief von Lauzun. Der Überbringer war ein Wachsoldat, auf kurzen Urlaub aus Pignerol nach Paris gekommen; er deutete an, der Gefangene sei ein sehr freigebiger Herr. In dem recht ausführlichen Brief bezeichnete der Schreiber Catherine als die einzige Person, der er ohne Scheu sein Herz ausschütten könne – während jeder bei Hofe, Mann oder Weib, sich wahrscheinlich durch Empfang eines Schreibens von dem Geächteten für hoffnungslos kompromittiert halten würde.

… Der Hof ist die Stätte, an der unsere besten Freunde zu schnöden Verrätern an uns werden, sobald sie ein Stirnrunzeln der Mächtigen gewahren. Ich hatte Madame de Montespan für meine getreue Freundin gehalten und mir von ihr versprechen lassen, sie würde den König dazu überreden, mir den immer noch vakanten Posten eines Großmeisters der Artillerie zu geben. Aber Monat um Monat, Jahr um Jahr gingen dahin, ohne dass ich das Patent erhielt. Da beschloss ich, mich selber zu vergewissern, wie die Angelegenheit stand. Zu der von mir wiederholt nachgesuchten Privataudienz schien Seine Majestät keine Zeit zu haben. So benutzte ich im vorigen Januar meine Anwesenheit beim Königlichen Lever.

Die erste und zweite Gruppe privilegierter Morgenbesucher befanden sich bereits im Schlafzimmer. Das Nachtgeschirr war vom Leibphysikus inspiziert worden; der König hatte seine Hände über das Becken mit geweihtem Wasser gehalten, das Bett verlassen und sein Gebet gesprochen. Er saß bereits, mit Schlafrock und Pantoffeln angetan, in seinem Sessel, als ich mit der dritten Gruppe aus dem Vorzimmer eingelassen wurde; mit mir zugleich kamen der Großalmosenier, der Oberküchenmeister, die Kommandeure der Schweizergarde und der Königlichen Musketiere, der Oberhofzeremonienmeister, der Barbier und die Staatssekretäre – schon anwesend waren die Prinzen von königlichem Geblüt, der Oberhofkämmerer, die Intendanten der königlichen Vergnügungen sowie die Marschälle von Frankreich. Die Luft im Schlafzimmer war sauer und widerlich: Der König sah grau im Gesicht aus, vielleicht hatte er wieder Zahnschmerzen, da er sich ja nie entschließen kann, einen verfaulten Zahn ausreißen zu lassen.

Ich sah zwei Edelpagen seine Pantoffeln abnehmen. Dann zogen der

Erste Edelmann des königlichen Schlafzimmers und der Oberhofgarderobemeister ihm das Nachthemd aus, jeder hielt einen Ärmel. Als der Erste Kammerherr das irische Hemd, in weißen Taft gehüllt, heranbrachte, wollte ich Seine Majestät ansprechen, sah aber sofort ein: Dieser Höhepunkt des Rituals durfte nicht gestört werden. Das hohe Vorrecht, dem König das Hemd zu präsentieren, steht den Prinzen des Königlichen Hauses zu; an diesem Morgen war der Herzog von Orléans der Auserwählte. Zwei Kümmerlinge hielten den Schlafrock ausgebreitet wie einen Wandschirm, dahinter streiften der Erste Edelmann und der Oberhofgarderobemeister, jeder einen der Ärmel fassend, das vom Herzog von Orléans gereichte Hemd Seiner Majestät über den Buckel. Dann hielten ihm zwei Kammerherren einen ovalen Spiegel vors Gesicht, während andere mit dem Rest der Kleidung hereinstolzierten. Da er den Mund noch nicht aufzutun geruht hatte, herrschte ehrfürchtiges Schweigen. Ich konnte mich nicht länger halten: »Sire«, rief ich aus, »ich weiß, ich sollte besser schweigen, aber Ihr strahlendes Aussehen heute Morgen lässt die Sonne selber trüb erscheinen!« Er schien leicht bestürzt, aber neigte sein Haupt nicht ohne Huld. Das machte mich verwegen: »Sire – würde es Ihrer Erhabenheit nicht wohl anstehen, einen geringen Strahl in mein armes verdunkeltes Herz fallen zu lassen? Ich erinnere Sie untertänigst an die Beförderung, die Sie mir vor so langer Zeit versprachen.«

Die Wirkung war, als hätte jemand während der Messe einen Pistolenschuss abgefeuert. Alles stand gelähmt vor Entsetzen. Er selber, während er sich die Unterhosen anziehen ließ, schien sich zu fragen, ob ich irrsinnig oder nur betrunken sei. Er entschied sich dafür, nichts gehört zu haben, und wandte seine Aufmerksamkeit den Krawatten zu, die der mit diesem Amt betraute Edelmann in einem flachen Silberkorb ausgelegt hielt.

Ich war draußen, in einem Zustand maßloser Wut. War es möglich, dass Madame de Montespan mich genasführt hatte? Ich sagte mir: Bevor ich an Rache auch nur denken kann, muss ich mir Gewissheit verschaffen, woran ich mit beiden bin, mit ihr und mit ihrem Galan!

Also verschaffte ich mir die Gewissheit. Verschaffte sie mir auf eine

Art, würdiger des Harlekins in der italienischen Posse als eines französischen Offiziers. Ich hatte keine Wahl.

Du weißt wahrscheinlich nicht, dass eines von Madame de Montespans Kammermädchen, die schwarzlockige Angélique, mein Schätzchen gewesen ist und mir ihre jetzige Stellung verdankt. Ich beschwor sie, mich aus tiefster Verzweiflung zu retten und es einzurichten, dass ich in Madames Zimmer versteckt sein konnte, wenn der König zur Nachmittagsschokolade zu ihr kam. Eine gefüllte Börse und der Schwur ewiger Verschwiegenheit unterstützten mein Flehen.

Ja, ich spielte den Lauscher, versteckt unter dem großen Diwan mit der schwarz-goldenen Altardecke. Und ich schäme mich dessen nicht.

Ich hörte, wie sie ihn neckte und amüsierte. Sie schwatzten von allem und jedem, nur nicht von meiner Beförderung. Er sagte was über den bevorstehenden Krieg und dass er sich nicht unbegrenzt auf überalterte Marschälle wie Turenne und den Prinzen Condé verlassen könne. Er machte ihr die Eröffnung, dass er nunmehr auf Louvois' Befürwortung ihr Brüderchen zum Marschall ernannt habe. Sie quiekte vor Freude und stattete ihm sogleich ihren Dank auf die denkbar rückhaltloseste Weise ab. Ich bekam Angst, der Diwan würde über mir zusammenbrechen.

Hinterher sprachen sie wieder von Louvois und wie unentbehrlich er dem König geworden sei. Und endlich fragte sie so beiläufig: »Hat Louvois jemals Lauzuns Gesuch befürwortet?« – »Nein«, hörte ich den König sagen, »und er wird seine Gründe haben, warum er es nicht getan hat. Wollten Sie für Lauzun ein gutes Wort einlegen?« Und jetzt geschah, was ich trotz allem nicht erwartet hatte. Sie sagte: »Niemals, Sire, werde ich mir einfallen lassen, gegen die Männer Ihres Vertrauens Stellung zu nehmen. Louvois ist gegen Lauzuns Ernennung, also müsste er sich gekränkt fühlen, wenn sie trotzdem erfolgte. Nein, Sire, verärgern Sie nicht Ihren Kriegsminister wegen eines albernen Schwätzers und Windbeutels wie Lauzun!« Während ich an der Wut zu ersticken fürchtete, hörte ich den König sie küssen.

Catherine fühlte eine zornige Aufwallung: Wie konnte Françoise in ihrer delikaten Situation, wie konnte sie so unvernünftig sein, sich einen gefährlichen Feind zu schaffen! Als würde dieser König sie ewig und gegen alle schützen! Sie nahm den Brief wieder auf und las weiter:

Endlich aus dem mörderischen Versteck entkommen, war ich unfähig, an anderes zu denken als an Rache!

Ich eilte durch den Park, bog in die Straße zum Dorf Versailles, läutete am Pfarrhaus. Als der Abbé Lecuyer, dieser wahrhaft verehrungswürdige Priester, mich einließ, war meine Miene die eines Mannes, der um das Heil seines ganzen Volkes besorgt ist. Er hörte mich schweigend an. Natürlich wusste der Pfarrer, dass der König Millionen an seine Mätresse verschleuderte, während die Armen Hungers starben. Trotzdem verspürte der Abbé keine Neigung, auf mein Drängen hin zu tun, was er bereits dem Erzbischof von Paris verweigert hatte: von der Kanzel herab die Ehebrecherin zu brandmarken. Vergebens wies ich ihn darauf hin, dass schon in anderen Gemeinden Geistliche wiederholt über David und Bathseba gepredigt haben und sogar von den Dümmsten verstanden worden sind. Auch sagte ich ihm, die so schwer gekränkte Königin habe ein Anrecht darauf, die Buhlerin öffentlich verdammt zu sehen, und keinem obliege das mehr als dem Pfarrer von Versailles. Aber der Abbé fühlte sich wohl zu alt, oder ich hatte sein geistliches Verantwortungsgefühl überschätzt. Er sagte: »Ihren Kummer, mein Sohn, verstehe ich – aber hüten wir uns, im Zorne zu handeln. Lieber wollen wir um Vergebung unsrer eignen Sünden beten. Ein Sonderjubiläum ist für Frankreich angesetzt worden, neun Tage der Heiligung. Da müssen wir unser Herz von allen bösen Süchten und Gedanken reinigen.«

Als ich zum Palast zurückkam, war ich vollends rasend vor Wut. Den Wachen sagte ich, Seine Majestät habe mich zu sich ins Privatkabinett befohlen. Ich fand ihn allein, mit seinem Tagebuch beschäftigt. Wer ihm die Sätze erhabener Weisheit redigiert, mag der Teufel wissen! Er schien zu denken, ich käme in tiefster Zerknirschung, um mich wegen meines morgendlichen Verstoßes gegen die Etikette zu entschuldigen. Das dachte er! Nun, ich legte los … Er stand auf. Ich redete weiter wie ein Wasserfall: »Es gibt keine Dankbarkeit mehr in der Brust der Großen, keine

Loyalität mehr zwischen Männern, zerstoben sind Redlichkeit und Ritterlichkeit – alles um den Launen und Lüsten einer gleisnerischen, lügnerischen Hure zu frönen!« Er war kreideweiß, befahl mir zu schweigen. Aber ich war noch nicht fertig: »Sire, mich brennt die Scham, jemals für Sie meinen Degen gezogen zu haben! Es wäre besser gewesen, besser für Frankreich und die Welt, wenn Ihre Base, als Sie noch ein Knabe waren, die Kanonen zum Feuern gebracht hätte, die damals auf den Louvre gerichtet waren!« Er sagte nur: »Die Audienz ist beendet.« Da riss ich den Degen heraus und schrie: »Niemals wieder kann ich ihn für eine noble Sache ziehen – nachdem ich ihn für einen Weiberknecht geschwungen!«, brach den Stahl in Stücke, warf sie ihm vor die Füße.

Da tat er etwas, was ich ihm nicht zugetraut hätte. Er nahm sein Rohrstöckchen, das mit dem ziselierten Goldknopf, ging ans Fenster und warf es in den Hof hinunter, während er sagte: »Niemals würde ich es mir verzeihen, einen französischen Edelmann eigenhändig gezüchtigt zu haben.« Mein Gebrüll musste draußen gehört worden sein. D'Artagnan stand im Zimmer. Er erhielt Befehl, mich hierher zu eskortieren.

Das ist meine Geschichte. Mein liebes Weib – mein Weib vor Gott, wenn auch noch nicht vor den Menschen – wird Himmel und Hölle in Bewegung setzen, damit ich wieder auf freien Fuß gelange. Es wird ihr nichts nützen, solange die Marquise de Montespan schön ist. Ich aber kann mir täglich das Haar raufen, dass ich sie jemals beschützte gegen ihren wackern Gemahl, den unverdient gekränkten Marquis. Jemand, der kürzlich in der Pyrenäengegend war, erzählte, der Marquis de Montespan habe in der Dorfkirche von Bellegarde eine Trauerfeier für seine Gemahlin abhalten lassen, da sie für ihn aus dem Reiche der Lebenden geschieden sei. Tags darauf habe er seine hörigen Bauern in Freiheit gesetzt, um mit ihnen seine Neuerungen fortzuführen. So verursacht diese eine Frau Wahnsinnstaten und Sittenverderbnis ohne Maß! Willst Du etwas zum Heile Frankreichs und zur Ehre der Wahrheit tun, dann sieh zu, diesen Brief oder Teile von ihm in die Hände des Bischofs Bossuet zu spielen. Er als Einziger dürfte Manns genug sein, gegen das apokalyptische Weib auf dem Tiere zu Felde zu ziehen …

Catherine beratschlagte mit Lesage, ob es angezeigt sei, Madame de Montespan von diesem Brief zu verständigen. Er riet ab: »Wozu? Dieser Gascogner sitzt wahrscheinlich für den Rest seines Lebens hinter Festungsmauern. Seine Liebste, oder Gattin, hat keinerlei Einfluss auf den König.«

»Er hat nicht mehr Vernunft bewiesen als ein kollernder Truthahn«, sagte Catherine. »Trotzdem hätte sie ihn sich nicht zum Feinde machen dürfen. Versprechungen muss man halten, wem immer man sie gemacht hat!«

Er lächelte: »Plagen dich Skrupel, weil das Jubiläum kommt?« Während er weitersprach, wurde sein Gesicht still, etwas wie geheime Sehnsucht schien in seinen Augen. »Jetzt wird für neun Tage alle irdische und himmlische Satzung suspendiert, Sünden und Verstöße werden vergeben oder doch wenigstens ihre Bestrafung ausgesetzt. Nun, ich bin alles andere als ein guter Christ – und doch ist mir, als ließe sich's leichter leben, wenn man es wäre ...«

Catherine saß nachdenklich. »Alle Gläubigen werden aufgefordert, sich an den mystischen Born der Gnade zu begeben – aber die Kirche bestimmt, wer zuzulassen ist ... Ich sorge mich um Françoise!«

Er erhob sich. »Der Abbé Lecuyer weiß so gut wie ganz Frankreich, dass der König bis zur Sinnlosigkeit in sie verliebt ist – und hütet sich wohlweislich, gegen sie den Mund aufzutun! Sorg dich lieber um dich selber, Catherine. Du solltest nicht länger säumen, deinen Urlaub anzutreten.« Und ohne eine Spur seines gewohnten Sarkasmus setzte er hinzu: »Wenn du redlich beichten und dir Absolution erteilen lassen willst, findest du in der Gegend von Bourbon l'Archambault Kirchen und Priester genug – wohl auch solche, die ihres Amtes walten, ohne nach Versailles zu schauen ...«

Catherines Instinkt erwies sich als richtig. Der Abbé Lecuyer hatte sich zwar geweigert, zur Befriedigung des Rachebedürfnisses anderer seine Hand zu bieten, aber in wochenlanger Zwiesprache mit seinem Gewissen fand er den Weg, den er zu beschreiten hatte. Um der Gnaden des Jubiläums teilhaftig zu werden, mussten Sünder nicht nur beichten, sondern bereuen und mit ihren Sünden brechen. Seit Jahren ging die Marquise de Montespan zur Beichte in die Pfarrkirche von Versailles. Als sie dieses Mal kam, wurde ihr die Absolution verweigert. Im Bewusstsein ihrer Macht über das Herz des Königs hielt sie es für richtig, unverzüglich und ohne Einholung eines Urlaubs Versailles zu verlassen und sich nach Paris zu begeben, in das Haus in der Rue de Vaugirard. Ihre Zofe, Marie Desoeillets, nahm sie mit sich. Für den König ließ sie ein versiegeltes kurzes Schreiben zurück, in dem sie ihm mitteilte, was ihr im Beichtstuhl widerfahren war.

Louis ermisst sofort die Tragweite des Geschehenen: Wenn seiner Geliebten Absolution verweigert worden ist, wird es der nächste Schritt sein, ihm selber die Zulassung zu den Sakramenten zu verwehren. So unmittelbar und intim auch seine Beziehung zum Herrgott ist – die Kirche ist und bleibt nun einmal seine Organisation und sein Werkzeug! Und in einer völlig unpolitischen Angelegenheit mit der Kirche in Streit geraten – einer Angelegenheit, die so ganz kirchlichem Ermessen unterliegt: Nein, das wäre ja gleichbedeutend mit einer Kampfansage gegen Gott selber, gegen seinen Gott! Andererseits ist er sich keineswegs im Zweifel darüber, welcher Preis von ihm gefordert werden wird, wenn er Versöhnung mit der Kirche wünscht …

Er verbringt zwei volle Tage mit sich allein, findet keinen Ausweg. Dann berät er sich mit seinem Beichtvater, der ihn bemitleidet, aber die Lösung entweder nicht sieht oder nicht anzuraten wagt. Er lässt den alten Turenne und Colbert kommen, die Getreuesten seiner Getreuen. Auch sie wissen keinen Rat. Er verpflichtet sie zu allerstrengstem Stillschweigen; niemand darf auch nur ahnen, was geschehen ist. Madame de Montespan, so hat es zu heißen, hat aus Gesundheitsrücksichten für ein paar Wochen Urlaub vom Hofdienst erhalten.

Und dann, auf Turennes Rat, sendet er zu Jacques Bénigne Bossuet, jetzt Bischof von Condom und ein Großer in den Augen der Gläubigen.

Bossuet lässt nicht auf sich warten.

Sie sitzen im Privatkabinett des Königs, an einem regnerischen Frühlingsnachmittag. Nachdem er Louis' Bericht vernommen hat, spricht Bossuet in klaren und kräftigen Sätzen: »Wenn Euer Majestät meine Ansicht hören wollen, hier ist sie. Die Bedingung, unter der Madame de Montespan wieder zu den Sakramenten zugelassen werden kann, ist ihre völlige und endgültige Trennung von Ihnen.«

Louis antwortet nicht.

Nach einem langen Schweigen fährt der Bischof fort: »Euer Majestät sind von Ihrer hochseligen Mutter in Ehrfurcht vor den Geboten und Bräuchen der Kirche erzogen worden. Niemals haben Sie es versäumt, die Messe zu hören. Aber wenn Sie bisher, ebenso wie Madame de Montespan, das Abendmahl nehmen durften, so verdanken Sie das der übergroßen Nachsicht Ihres Beichtigers.«

Jetzt erst wird dem König bewusst, dass er unwürdig ist, an den Altar zu treten – und es gibt ihm einen Stich ins Herz.

Bossuet spricht jetzt mit mehr Wärme als zuvor: »Sire – welche Fülle aufrichtiger Bekehrungen würde Ihr Beispiel im Gefolge haben! Wie viele Sünder, bisher entmutigt und der Verzweiflung nahe, würden sich jetzt sagen: Sehet ihn, der so lange in ähnlicher Dunkelheit gewandelt ist wie wir selber – sehet ihn die Sünde von sich abtun und sich dem Willen des Höchsten unterwerfen! Ach, Sire – die Wahrheit und nichts als die Wahrheit ist das Heil der Könige. Und Sie, Majestät, suchen die Wahrheit. Jene, die vor Ihnen die Wahrheit verheimlichen, verdienen Ihre Verachtung. Wer Ihnen die Wahrheit zeigt, der verdient Ihre Liebe, Sire. Und da es Ihnen nicht einfallen kann, sich der Wahrheit widersetzen zu wollen, so lassen Sie sich von ihr besiegen: Diese Niederlage ist glorreicher als alle gewonnenen Schlachten!«

Louis hat Tränen in den Augen. »Ja«, sagt er mit ersterbender Stimme, »ja, ich erkenne meine Sünde. Ich werde Madame de Montespan nicht mehr sehen – außer in Gegenwart der Königin.«

»Lassen Sie sich vor Augen halten, Sire: Es gibt keine wahrhafte Entsündigung, ohne dass wir uns eifrig bemühen, zugleich mit der Sünde auch ihre Ursache aus unserem Herzen auszujäten. Freilich gelingt das nicht von einem Tag auf den andern. Sie würden die Eroberung einer rebellierenden Stadt so lange nicht für vollendet halten, wie die Urheber des Aufstands dort weiter wohnen und wirken. In ähnlicher Weise wird Ihr Herz niemals seinen Frieden mit Gott halten können, solange darin diese Leidenschaft wohnt, die Sie Ihm abgewendet hat.« Aus Bossuets Augen schlägt die Flamme seines lebendigen Glaubens. »Aber es ist dieses Herz, Sire, Ihr leidenschaftliches, sündiges Herz, das Gott von Ihnen verlangt! Nach Ihrem Herzen streckt Gott seine Hände aus. Können Sie es ihm verweigern? Ich sehe, Sie weinen, Sire. Ach, es gibt keinen erhabneren Anlass für Tränen, als wenn Gott für sich ein Herz fordert, das wir einem menschlichen Wesen gegeben hatten!«

Louis muss des Tages gedenken, an dem er Gottes Hand zu schütteln bereit war. Gott und Louis, wie segensreich hatte diese Allianz sich ausgewirkt! Wenn der Bischof jetzt die Wahrheit spricht, dann wäre es unwürdig, unwürdig Louis' des Großen, jenen heiligen Bund zu brechen. Aber – spricht Bossuet die Wahrheit? Ist er vielleicht nicht nur der Sachwalter aller jener, die seiner Geliebten ihr Glück neiden? Schließlich – wer ist dieser Mann Bossuet, dass er Gottes Absichten besser wissen sollte als sein König? Er ermannt sich: »Nun, Herr Bischof – was, schlagen Sie vor, soll geschehen?«

»Ich fordere nicht, Sire, Sie sollten ein so gewaltiges Feuer auf der Stelle zum Verlöschen bringen, denn das wäre ein übermenschliches Unterfangen. Aber geben Sie sich Mühe, es allmählich zu ersticken – vor allen Dingen, führen Sie ihm keine neue Nahrung zu. Ich darf wohl annehmen, dass eine Reihe wichtiger Staatsgeschäfte Ihre Aufmerksamkeit erfordert. Wohlan denn, Sire, stürzen Sie sich Hals über Kopf in diese Unternehmungen. Das wird Ihre Genesung wesentlich beschleunigen.«

Louis verschränkt die Arme und blickt forschend auf den Bischof. »Raten Sie mir, wieder Krieg zu führen?«

Bossuet ist zu klug, um hier mit Ja oder Nein zu antworten. »Die ganze Welt bewundert den Glanz und die Kraft der französischen Armee sowie das Genie ihres Führers. Sire, ich bin kein Kriegsmann, der Krieg, den ich mir vorstelle, ist wichtiger als alle Waffentaten – und der Sieg weit schwieriger zu erkämpfen. Aber es ist Gott, der Ihnen diese Aufgabe stellt.«

Der König richtet sich auf. »Ferne sei es von mir, Herr Bischof, dem Willen Gottes zuwiderzuhandeln! Ja, ich werde Krieg führen, Krieg gegen die Holländer, diese Calvinisten und Lutheraner, Schergen Satans, die uns der ewigen Verdammnis überliefern wollen. Ich will sie röchelnd zu meinen Füßen sehen – zum Ruhme Frankreichs, und das ist: zum Ruhme Gottes!« Dann aber, um vieles nüchterner, setzt er hinzu: »Die intimen Beziehungen zwischen Madame de Montespan und mir haben hiermit aufgehört. Ich wünsche, dass sie so lange in Paris bleibe, bis ich abgereist bin, um das Kommando meiner Armee in Flandern zu übernehmen. Danach mag sie nach Versailles zurückkehren und ihre Pflichten als Ehrendame Ihrer Majestät weiterversehen.«

Bossuet blickt seinen König blitzend an. »Sie darf nicht zurückkommen, Sire! Nicht nur wäre das gegen alle kirchlichen Regeln – es würde einen kaum vermeidbaren Rückfall heraufbeschwören, es kann nicht gestattet werden.«

Louis geht schweigend mit sich zu Rate. Wenn Bossuet wirklich von Gott erfüllt ist, so soll er seine Sendung auch selber ausführen – nämlich bei Françoise. Ob ihm das gelingt, bleibt abzuwarten. Sollte es ihm nicht gelingen, so wird Louis hinfort keinen Anlass mehr haben, zu denken, es stehe jemand zwischen seinem Gott und ihm selber! »Ich ersuche und ermächtige Sie, mein Herr Bischof, sich zu Madame de Montespan nach Paris zu begeben, sie von meinem Wunsch in Kenntnis zu setzen und sie mit Ihrem geistlichen Beistand zu stärken.«

Bei Gott! Diesen Auftrag hat Bossuet weder begehrt noch erwartet, aber er überwindet sein Widerstreben. »Ich werde sie aufsuchen, Sire. Und mögen der Kummer und das Leid, das Sie beide jetzt auf sich nehmen müssen, um sich selber zu bezwingen, nicht vergebens sein.«

»Danke«, sagt der König jetzt schon etwas ungeduldig. »Und bitte, schicken Sie Turenne zu mir, ich muss sofort mit ihm sprechen.«

Françoise hatte sich reiflich überlegt, wie sie sich ihrerseits verhalten sollte. Dass es zu dieser Machtprobe mit der Kirche gekommen war, hatte sie mit Unmut erfüllt, aber keineswegs mit Panik. War sie sich doch des steten Beistandes sicher, der so verlässlich und prompt vom ersten Tage an immer dann eingesetzt hatte, wenn sie seiner bedurfte. Vielleicht aber, das hielt sie für möglich, hatte sie sich in letzter Zeit Versäumnisse zuschulden kommen lassen und nicht immer dem »Geist« alle die Huldigungen dargebracht, auf die er Anspruch hatte – empfindlich wie er nun einmal war, gleich allen Emporkömmlingen. Wie sie ihren Mangel an Aufmerksamkeiten wiedergutmachen sollte, darüber wünschte sie sich mit Lesage zu beraten, der nach wie vor ihren Umgang mit jener Macht kundig leitete und sich, wie sie überzeugt war, bestens bewährt hatte. Jedoch erschien es ihr tunlich, zu der erforderlich gewordenen Konferenz auch Catherine einzuladen, die ja schließlich nun schon mehrfach ihre Sachkunde und Verlässlichkeit dargetan hatte.

Sie war im Begriff, beide durch ein Billett in die Rue de Vaugirard zu zitieren, als sie sich eines Besseren besann: Man sollte wohl doch die bisher geübte Heimlichkeit jetzt erst recht wahren. So sandte sie Marie Desoeillets mit einer mündlichen Nachricht in das kleine Haus in der Rue de la Tannerie, das eigens gemietet war für ihre heimlichen Zusammenkünfte mit Lesage und dessen Gehilfen. Sie ließ ihn auffordern, sie dort zu einer bestimmten Stunde zu erwarten und Catherine mitzubringen.

Dann wandte sie sich der Erledigung einer nüchterneren, aber gleichfalls dringenden Angelegenheit zu. Sie empfing in ihrem Boudoir Madame Scarron.

Die Witwe sah noch anmutiger aus und um keinen Tag älter als vor zehn Jahren. Immer noch trug sie Schwarz, das ihr so vorteilhaft stand, mit cremefarbener Spitze am Hals und an den Handgelenken. Sie ließ sich das Angebot mit höflicher Aufmerksamkeit vortragen und erwiderte mit sanfter Würde: »Das ruhige und beschauliche Leben, das zu führen die Großmut Seiner Majestät mir ermöglicht, ist alles, was ich mir wünsche. Aber da es sein Wille ist, mir die Erziehung der Kinder zu übertragen, so will ich meine Freiheit aufgeben, so teuer sie mir auch geworden ist.«

Françoise zeigte sich über diese Bereitwilligkeit hocherfreut und deutete an, dass hiermit vielleicht der erste Schritt in einer außerordentlichen Karriere getan sei.

Aber die Witwe schüttelte den hübschen Kopf: »Für das Hofleben eigne ich mich nicht.«

Die Marquise empfand das wie einen versteckten Tadel. Aufmerksam musterte sie das fältchenlose, gleichsam von innen leuchtende Gesicht. Was steckte hinter dieser alabasternen Stirn? Entschlossenheit, zeitlebens diese sanftmütige, bescheidene und keusche Nymphe zu bleiben, der Leidenschaft fremd war? Françoise gedachte ihrer anfänglichen Diagnose – angeborene Gefühlskälte –, fand sie bestätigt und sagte mit ihrem gewinnendsten Lächeln: »Trotz Ihres Protestes, Liebste, bin ich überzeugt, Ihnen zum Beginn einer höchst erfolgreichen Laufbahn verholfen zu haben.«

Madame Scarrons Gesicht verriet keinerlei Erregung. Und nun plauderten sie weiter: über die Zustände in Paris, über das bevorstehende Jubiläum. Mit leichtem und liebenswürdigem Sarkasmus sagte Madame Scarron: »Wie man hört, haben jetzt einige der vorurteilslosesten Damen sich weidlich hervorgetan in Bußübungen. Die Prinzessin von Baden soll sogar das Kartenspiel aufgegeben haben. Die Gräfin von Soissons und fünf ebensolche Vorbilder weiblicher Tugend haben Notre-Dame mit neuen Altarlampen ausgestattet ... Ist es wahr?«

Françoise musste lächeln. Dann plötzlich sagte sie in vertraulichstem Ton: »Was mich betrifft, Liebste – ich gehe nie wieder zur Beichte.«

»Mein Gott!«, rief die andere aus. »Und wenn Sie ohne Absolution sterben müssten?«

Die Marquise erlaubte sich ein mokantes Lächeln: »Um keinen Preis, Liebste, möchte ich Ihre Gefühle verletzen, aber oft denke ich an Ihren Großvater, den berühmten Theodore d'Aubigné; er ging niemals zur Beichte, da er ja ein Protestant war, und meine Verehrung für diesen außerordentlichen Mann verbietet mir die Vorstellung, er befinde sich im Reiche der Verdammten.«

Madame Scarrons Antwort war höchst behutsam: »Die letzten Geheimnisse werden uns in der Zeitlichkeit nicht enthüllt. Aber ich würde nicht täglich zu Gott um Barmherzigkeit für die Seele meines Großvaters beten, wenn ich glauben dürfte, er sei im Paradies!«

Françoise spürte einen unwiderstehlichen Lachreiz. »Madame! Sie sind durchtrieben genug, jeden Beichtvater konfus zu machen – und in Ihrem Christentum sind Sie kaum katholischer als Paul Scarron! Das soll beileibe kein Vorwurf sein, eher das Gegenteil! Denn ich bin nicht aufgelegt zu frommen Gesprächen. Ich finde, man übertreibt's hier mit der Frömmigkeit. Um es noch klarer zu sagen: Bigotterie ist im Grunde nichts weiter als eine subtilere Form des krassesten Egoismus!«

Madame Scarron zog es vor, sich zu diesem Bonmot Françoises nicht zu äußern. Als sie sich verabschiedeten, trug die Marquise ihr auf, sich ungesäumt in Versailles beim König zu melden und Instruktionen für ihr neues Amt zu erbitten. Bevor Madame Scarron ihr Befremden über diese Weisung ausdrücken konnte, fügte Françoise hinzu: »Ich befinde mich bereits im Urlaub. Meine Gesundheit lässt zu wünschen übrig. Wahrscheinlich werde ich einige Wochen bei meiner Familie zubringen …« Und bei sich dachte sie: Schließlich sind es meine Kinder, und ich habe dir diesen Posten verschafft. Mit einem Wort des Dankes hättest du dir nichts vergeben, Gouvernante!

Als Madame Scarron gegangen war, musste sich Françoise mit einer Unbequemlichkeit beschäftigen, die ihr Gatte ihr verursacht hatte. Der Marquis hatte die Dienerschaft des Hauses – fast alle im Dienst der Montespans ergraute Leute – auffordern lassen, zu ihm auf seinen Besitz in den Pyrenäen zu übersiedeln, wo er ihnen gesündere und bessere Lebensbedingungen gewähren könne. Um Lakaienseelen, wie sie es nannte, mit dem Marquis zu kämpfen, dazu konnte sie sich nicht verstehen. Im Gegenteil, sie forderte die Leute auf, lieber heute als morgen das Haus zu verlassen, und beauftragte ihre Marie Desoeillets, ungesäumt, etwa durch ein Vermittlungsbüro, einen Kutscher, Stallknechte und einige Bediente anzustellen, die willens wären, mit ihr auf eine Reise zu gehen.

Und dann kam die Stunde heran, zu der sie Lesage und Catherine in die Rue de la Tannerie bestellt hatte. Sie war im Begriff, sich zum Ausgehen fertig zu machen, als Marie einen unerwarteten Besuch anmeldete: »Ein ganz hübscher Mann in den besten Jahren, Madame. Er trägt einen grauen Mantel und sagt, er komme vom König.«

Françoise fühlte ihr Herz schneller schlagen. Ein Bote, schon jetzt, um sie zurückzuholen!

»Bring ihn ins Wohnzimmer.«

Sie war etwas betroffen, als sie sah, dass es der Bischof Bossuet war.

Er grüßte sie mit gemessener Höflichkeit, kam dann sogleich auf sein Thema: »Sie werden wissen, Madame, mit welchen Heil spendenden Handlungen die Kirche gegenwärtig beschäftigt ist. Wiewohl durch Unsern Herrn Jesus Christus die Christenheit für immerdar geschützt ist, ordnet doch die Kirche von Zeit zu Zeit besondere Zeremonien an, öffnet besonders ergiebige Quellen der Gnade. In diesem Sinne feiern wir jetzt die großen neun Tage des Jubiläums. Kann es Ihr Wille sein, Madame, von der Heiligung der Seelen sich selber und den Mann, den Sie zu lieben erklären, ausgeschlossen zu sehen?«

Sie fühlte sich dieser Art von Beredsamkeit durchaus gewachsen. »Man wägt Kupfer und Gold auf verschiedenen Waagen, und die Sünden von Schmiedegesellen sind andere als die der Könige.«

Er behielt seinen höflichen Ton bei: »Ich kann Ihnen insofern zustimmen, Madame, als die Entsühnung des Allerchristlichsten Königs diejenige seiner Untertanen fördert. Seine Majestät ist sich der königlichen Priesterwürde bewusst, mit der Gott ihn bekleidet hat, und will die Pflichten erfüllen, die sein hohes Amt ihm auferlegt.« Und dann, ohne Übergang, ließ er sich von innerem Schwung fortreißen: »Die Leidenschaften des Menschenherzens, Madame, sind Krankheiten, von denen wir ebenso genesen können wie von körperlichen Leiden. Die dazu berufenen Seelenärzte sind sich einig über den derzeitigen Zustand des Königs: Er befindet sich wunderbarerweise auf dem Weg zur Genesung. Diese wichtige und erbauliche Nachricht bringe ich Ihnen auf seinen ausdrücklichen Wunsch.«

Sie war vorsichtig genug, ihm nicht ins Wort zu fallen, und stellte sich, als begreife sie nicht im Geringsten, worauf er hinauswolle.

Er merkte, dass er noch keinen Erfolg hatte, und sprach weiter: »Rekonvaleszenten bedürfen besonders verständnisvoller Behandlung. Ganz Frankreich und Seine Majestät selber ersuchen Sie, Madame, durch mich den Genesungsprozess zu respektieren und zu fördern. Ich habe Sie zu bitten, sich sofort nach Fontevrault zu begeben.«

»Fontevrault ist mehrere Tagereisen von hier«, sagte sie ruhig, »und ich kann die Kinder nicht mitnehmen, da die Nonnen nicht darauf eingerichtet sind.«

Er sagte möglichst schonend: »Seine Majestät wird sich der Kinder annehmen. Ihnen, Madame, obliegt die Rettung der Mutter dieser Kinder.«

Auf eine solche Bemerkung hatte sie gewartet, für den Augenblick gab ihr das die Oberhand. »Um mein Seelenheil brauchen weder Sie, mein Herr Bischof, noch irgendjemand anders besorgt zu sein! Ich war ausersehen, das Selbstvertrauen und den schöpferischen Geist eines großen Monarchen zu beleben – eines Herrschers der Menschen von solcher Vollkommenheit, dass seinetwegen die Königin von Saba vom äußersten Ende der Welt nach Versailles gereist wäre. Ihm habe ich zwei Söhne geboren. Aus der Türkei, aus der Wildnis Afrikas, von überall kommen Boten und huldigen mir als der zweiten Gemahlin des Königs. In biblischen Zeiten, aber auch im heutigen Konstantinopel oder Ispahan oder Alexandria würde niemand mir nahen ohne tiefsten Respekt und Verehrung!«

Er sah ihr schönes Gesicht vor Stolz erglühen und sagte, als wolle er eine Entschuldigung vorbringen: »Gewiss, Madame – aber Frankreich ist ein katholisches Land, und die Ehe ist eines der Sakramente.«

Sie warf den Kopf zurück. »Besonderheiten, die durch geografische Unterschiede bewirkt sind, können mich in meinem Gefühl nicht beirren. Allerdings ist mir nicht unbekannt, dass engstirnige Weiber und scheinheilige Eiferer darauf aus sind, den König von mir zu trennen. Nicht dass ich Sie, Herr Bischof, der Scheinheiligkeit bezichtige! Ihnen geht es wohl eher darum, der Welt zu beweisen, dass Sie sich auf die Seite dessen geschlagen haben, was einige Ihrer Amtsbrüder als sittsames Verhalten und löbliches Beispiel preisen! Ach, hätten doch diese frommen Männer meine Beichtiger beizeiten dazu bestimmt, mir auf meinem Wege halt! zuzurufen – anstatt mich ungewarnt vorwärtsschreiten zu lassen!« Sie ging sekundenlang hin und her. Trotz ihrer Suada fühlte sie Unsicherheit. Der Zauber scheint nicht mehr seine Wirkung zu tun, ihn muss ein stärkerer Zauber außer Kraft gesetzt haben – wie würde dieser Mann es sonst wagen …! Sie warf sich in den Sessel, ohne ihm einen Sitz anzubieten. Ein Bote, sagte sie sich. Mag er nur stehen!

Bossuet spürte, hier stand ihm eine stärkere Macht gegenüber als nur die Weigerung eines Weibes, ihren Geliebten aufzugeben. Alle Könige hatten Mätressen, das wusste er gut genug, und dieser hier konnte man weder Treulosigkeit noch politische Intrigen nachsagen. Er versuchte sich selber Rechenschaft zu geben, warum er denn so inbrünstig wünschte, sie möge auf immer aus Louis' Leben verschwinden. Dabei musste er sich eingestehen, dass weder Mitleid mit der Königin noch Prüderie jenen Wunsch in ihm erzeugt hatten. Er fühlte nur: Sie muss fort, in ihrer bloßen Gegenwart verbirgt sich eine schreckliche Gefahr … Wenn er auch nicht zu sagen wusste, welche.

Da hörte er sie silbern auflachen: »So geben Sie es doch endlich zu, mein Herr Bischof. Ihr persönlicher Ehrgeiz treibt Sie, auf mein Verschwinden zu drängen. Die Leitung der Gedanken und Taten Ihres königlichen Herrn wünschen Sie selber zu übernehmen! Warum schlagen Sie dann nicht den bequemeren Weg ein: dem König und mir Duldsamkeit und Verständnis zu bezeigen – und sich von uns zu einem zweiten Mazarin machen zu lassen?« Kaum hatte sie es gesagt, da wurde sie sich bewusst, einen Fehler gemacht zu haben.

Er zeigte weder Verdruss noch Verlegenheit. »Ich hätte besser nicht den Namen unsres Herrgotts im Munde geführt, wo ich mich nur eines Auftrags meines irdischen Herrn zu entledigen habe. Dieser Auftrag ist klar genug. Seine Majestät ersucht Sie, Madame, sich zu Ihrer Schwester, der Frau Äbtissin von Fontevrault, zu begeben, da er es so am besten für Sie hält. Er selber reist ins Hauptquartier seiner Armee, zu einem Feldzug, der länger und schwieriger werden dürfte als die früheren.«

Da kam ihr Zornausbruch. »Und Sie, mein Herr Bischof, befürworten diesen Feldzug! Sie und die andern heiligen Männer – ihr betrachtet euch als von Gott gesandt zum alleinigen Heil einer einzigen Menschenseele! Um einen Mann von seiner Leidenschaft zu befreien, die ihr für sündig haltet, lasst ihr ihn ganz Frankreich, ganz Europa in Krieg stürzen! Provinzen müssen in Flammen aufgehen, Hunderttausende erschlagen werden – nur damit Louis Quatorze von mir loskomme! Wem, der seine fünf Sinne beisammenhat, hofft ihr einreden zu können, so sei es der Wille Gottes – oder gar des Volkes?«

Sie hatte ihn bis ins Mark getroffen. Sie hat nicht so unrecht, dachte er, dies sind nicht mehr die Zeiten eines Mose oder Gideon, da Rechtschaffenheit und Gottesglaube nicht anders zu befestigen waren als durch Krieg mit den Heiden. Dieser Feldzug aber ist geplant als ein Eroberungskrieg gegen christliche Nachbarstaaten! – Und doch, er konnte es nicht zulassen, von dieser Frau aus dem Felde geschlagen zu werden. So sagte er denn, und er wusste, wie schwach seine Erwiderung war: »Und Sie, Madame, sind Sie gar der Meinung, Sie sprächen im Auftrag Gottes – oder des Volkes?«

Er war überrascht, als sie nur sagte: »Entschuldigen Sie mich bitte, Herr Bischof – ich bin müde …«

Er verneigte sich. »Leben Sie wohl, Madame. Ich überlasse Sie Ihrem Gewissen. Allerdings erscheint mir dieses Gewissen so vollkommen ruhig, dass ich mir zum Vorwurf machen muss, seine Störung verursacht zu haben.« Beim Hinausgehen sagte er sich: Sie hat überhaupt kein Gewissen, fürchtet sich nicht einmal vor der Ewigen Verdammnis. Ein redlicher, tapferer, erleuchteter Gottesmann war er, der vom Untergründigen in einem Weibe nichts wusste … Er hoffte zu Gott, dass er niemals wieder mit dieser Frau ein Gespräch führen müsse!

In dem Wohnzimmerchen des einstöckigen Hauses in der Rue de la Tannerie – es liegt gegenüber einem unbebauten Grundstück, in einer kleinbürgerlichen Nachbarschaft – bespricht Madame de Montespan die Lage mit ihren Freunden Lesage und Catherine: »Der Zauber tut seine Wirkung nicht mehr!«

Catherine spricht es ruhig aus: »Sie meinen, Madame, sein Organismus hat sich dran gewöhnt; es bedarf einer neuen Mixtur oder Dosierung, um sein Verlangen kräftiger anzuregen …«

Lesage ist tief betroffen. Niemals hat man ihm mitgeteilt, dass Catherine die Marquise mit Drogen versorgt! Kaum vermag er seinen Zorn zu verbergen und sagt harsch: »Vorsicht, meine Gute! Marguerite du Parc ist noch keineswegs vergessen. Und an *einem* Todesopfer deiner Ungeschicklichkeit sollten wir genug haben!«

»Sie sind kein Chemiker«, weist die Marquise ihn zurecht, »und ich habe Sie niemals in dieser Richtung bemüht. Übrigens betrachte ich die Lage durchaus nicht als so verzweifelt, dass ich von unserer lieben Catherine ein Verbrechen verlangen würde!«

Lesage lenkt ein. »Ihr Reich, Madame, ist keineswegs verloren. Nur glaube ich nicht, Sie werden es mittels Liebestränkchen und Pülverchen zurückerlangen. Wahrscheinlich bedarf es eines energischeren Appells an unsern unsichtbaren Verbündeten …«

Françoise nickt, versunken in unruhige Gedanken. »Ich bedarf der vollen Macht des ›Geistes‹, noch haben wir die niemals beschworen! Es muss Riten und Opfer geben, die wir noch niemals darbrachten …«

Lesage zögert mit der Antwort: »Vielleicht, Madame, sehen es die Geister nicht gern, wenn jemand sich allzu heftig verliebt.«

»Auch die Kirche sieht das nicht gern«, bemerkt sie trocken und wiederholt ihre Frage: »Alle Wesen, irdische und überirdische, heilige und unheilige, scheinen misstrauisch und eifersüchtig zu werden, wenn man nicht sämtliche Riten der Hingabe vollzieht. Was für Zeremonien habe ich noch nicht erfüllt? Bitte!«

Bevor Lesage antworten kann, sagt Catherine resolut: »Nehmen Sie es doch nicht gar so gewichtig, Madame! Mein Rat ist der vernünftigste: Gehorchen Sie dem Ersuchen Seiner Majestät, verreisen Sie auf ein paar Wochen. Trennung mag tödlich sein für kleine Verliebtheit – aber die große Leidenschaft steigert sie ins Ungemessne, so wie der Wind schwache Kerzen ausbläst, aber ein kräftiges Feuer zum mächtigen Brande anfacht!«

Die Marquise lächelt ihr zu: »Wahrscheinlich, Catherine. Schließlich bin ich, die ich immer gewesen bin: Françoise Athénaïs de Rochechouart-Mortemart – und der ›Geist‹ hat mir seine Welt zu Füßen gelegt, vom Sternenlicht bis zur Finsternis des Abgrunds … Wo wirst du sein, falls ich dir eine Nachricht zukommen lassen will?«

Catherine gibt ihr die Adresse der Ferme.

Lesage und Catherine warten zur Vorsicht im Zimmer, bis Madame de Montespan, maskiert und im schmucklosen grauen Mantel, die Rue de la Tannerie verlassen haben wird. An der Ecke wird sie einen Mietwagen nehmen und sich zur Kathedrale fahren lassen. Dort wird sie aussteigen, hineingehen und eine Weile vor einem Seitenaltar knien. Dann, unmaskiert, wird sie hinausgehen und sich in ihrer eignen Kalesche, die seit Stunden vor Notre-Dame wartet, in die Rue de Vaugirard zurückbegeben. Diese Vorsichtsmaßregeln werden seit Jahren angewandt, wenn sie mit dem Magier Lesage Zusammenkünfte hat.

Lesage sitzt mit Catherine in ihrem Wagen. Es ist keine hochherrschaftliche Kutsche wie die der Marquise, aber immerhin ein hübscher Zweispänner, ansehnlich genug, den Wohlstand der Besitzerin zu bekunden. Sie fahren zurück nach Villeneuve. Ein feiner Regen geht nieder. Paris sieht grau und schmutzig aus.

»Es ist doch verwunderlich«, grübelt Lesage. »Madame ist eine Verehrerin Molières und La Rochefoucaulds, hat Descartes und Pascal gelesen – und glaubt unerschütterlich an ihre Allianz mit dem Teufel. Vielleicht haben solche stolzen Aristokraten das von ihrem Urvater Kain her im Blut – oder noch weiter zurück, von Kains Mutter, Eva …«

Catherine ist mit ihren eignen Gedanken beschäftigt.

»Sagt sie sich denn niemals«, fährt er fort, »dass zwischen Dämonen, falls es solche gibt, und uns keine bessere Verständigung möglich sein kann als, sagen wir, zwischen Menschen und Hunden? Niemals kann ein Hund erfahren, was ein Mensch denkt und vorhat … Manchmal wünsche ich, sie wäre niemals in unser Leben getreten.«

»Wenn du vor ihr Angst hast, brauchst du sie ja nicht mehr zu treffen«, versetzt Catherine herb. »Sie mag völlig amoralisch sein, aber sie weint und winselt nicht, in ihr ist diese ungebrochene Macht, und sie ist großzügig wie die Natur selbst. Darum liebe ich sie – ja ich liebe sie!«

»Und weil du sie liebst«, sagt er grollend, »hältst du dich für berechtigt, Begierden und Gemüt eines Mannes durch heimliche Tränkchen und Pulver zu beeinflussen, seinen Willen zu verfälschen.«

Mit leichter Verachtung blickt sie ihn an. »Das wagst du zu beanstanden – du mit deinem okkulten Treiben, deinen Geisterbeschwörungen!«

»Es ist doch ein Unterschied«, verteidigt er sich. »Mein Hokuspokus erregt keines Mannes Lüsternheit, erzeugt weder Fieber noch Kälte, krümmt niemandem ein Härchen! Aber was du tust, wirkt heimlich und mitleidlos auf den Willen eines Mannes …«

»Und welch eines Mannes!«, spottet sie. »Eines Königs, eines Halbgotts – der in seinen Taten so gewissenhaft darauf bedacht ist, den Willen anderer Menschen zu berücksichtigen!«

»Nimm dich in Acht, Catherine! Eine Fingerbewegung von ihm kann dich zerdrücken – während du ihm im Ernst nichts antun kannst!«

»Ich bin nicht so sicher …«, sagt sie versunken.

Der Wagen muss halten. Eine Menschenmasse, unbeweglich trotz des Regens, steht an der Straßenkreuzung. Lesage sieht die Blicke auf einen ältlichen, sauber gekleideten Mann gerichtet. Er ist der Besitzer eines Mietshauses, wie er hört, der sich erst kürzlich hier angekauft hat und heute so eigensinnig oder tollkühn ist, dass er sich weigert, den Leuten der Fäkalienabfuhr ein Trinkgeld oder einen Liter Branntwein zu bewilligen. »Nach dem neuen Erlass der Gesundheitspolizei, unterzeichnet von Monsieur de la Reynie selber«, so erklärt der Hauswirt mit rotem Kopf, »wird die Tonne, in die alle Hausbewohner während der Woche ihren Dreck vorschriftsmäßig ausgeleert haben, von den Leuten der Abfuhr abgeholt, in die Seine ausgeschüttet und wieder zurückgebracht. Bezahlung dieser Leute ist Pflicht des Unternehmers – ich bin nur verpflichtet, meine Steuern zu zahlen!«

Jetzt fahren die Abfuhrleute, in ihren schmutzigen blauen Blusen, die Tonne auf ihrem Karren bis an das hübsche Vorgärtchen des Hauses, und vor der Eingangstür kippen sie den Inhalt auf den Rasen. Dieser praktischen Demonstration klatscht die Menge Beifall, ohne gegen den Gestank zu protestieren, der sich flugs ausbreitet.

Lesage muss lachen: »Früher warfen die Pariser ihren Dreck in die Gosse oder auf den Abfallhaufen – heute, unter rationaler Polizeiverwaltung, kriegen sie die ganze Tonne in den Vorgarten ausgeleert. Armer La Reynie!«

Ein fetter Mann tritt an den Wagen. »Bei dieser Gelegenheit, Monsieur et Madame, lassen Sie mich Ihnen den transportablen Stuhl empfehlen, den meine Firma, Arnault et Frères, herstellt und zu mäßigem Preis verkauft. Dieses Möbel erfreut sich steigender Beliebtheit, zumal seine Benutzung Minuten oder gar Stunden erbaulicher innerer Sammlung gewährt. Sollten Sie nach Versailles kommen, so werden Sie Seine Majestät Louis den Großen auf unserem Stuhl thronen sehen in Gegenwart der versammelten Hofgesellschaft.«

»Das dürfte übertrieben sein«, sagt Catherine. »Wenn er auch für Recht und Unrecht kein Gefühl hat, er hat eins für Schicklichkeit.« – Als der Wagen weiterfahren kann, spricht sie wieder: »Madame hat sich bei dir nach wirksameren Riten erkundigt, und du wolltest nicht recht mit der Sprache heraus. Mir geht durch den Kopf: Was mag der Abbé Guibourg im Sinne gehabt haben, als er mir Zusammenarbeit vorschlug …?«

Der Regen ist heftiger geworden. Lesage schließt das Fenster. Dann wendet er sich zu ihr, grau im Gesicht. »Jetzt höre mich gut an, Catherine. Ich weiß, du liebst mich nicht. Zu meinem eignen Erstaunen fand ich heraus, ich kann trotzdem weiterleben. Es stört mir nicht mal mehr den Schlaf, mir vorzustellen, dass du mit jemand anders bist. Nur eins zählt – nämlich, dass ich dich liebe. Aber ehe ich dich in den Klauen dieses Untiers Guibourg sehe – oder des raffinierten Mörders Vanens …«

»Gib Ruhe«, sagt sie und schüttelt seine Hände von ihren Schultern. »Sollte ich Guiborgs oder Vanens' Hilfe benötigen, werde ich dich nicht um Erlaubnis fragen …«

»Eher kommt es zu einem Mord«, sagt er ruhig.

Sie lacht leicht auf: »Du mordest keinen, mein guter Adam – du nicht!« Und wieder versinkt sie in ihre Gedanken. Gottes Zorn ist über dem Land – und heilige Männer wie Bossuet hoffen, ihn zu versöhnen, indem sie Françoise in die Wildnis schicken …

Françoises sechs Schimmel galoppierten durch den Sonnenschein vor der goldgestrichenen Karosse. Kutscher, Vorreiter und Lakaien trugen die Farben der Montespans: Scharlach und Gold. Es waren verwegene, handfeste Gesellen, die Marie für ihre Herrin zusammengesucht hatte, mehr auf Wuchs und Gewandtheit schauend als auf Führungszeugnisse. Marie selbst war in Paris zurückgeblieben; das Haus sollte nicht verkommen, und Madame würde im Kloster von Fontevrault genug weibliche Bedienung finden.

Françoise genoss die rasche Fahrt. Ihr Selbstgefühl, etwas erschüttert durch Bossuets planvollen Angriff, erholte sich bereits. Aber noch bedurfte sie einer herzstärkenden Erquickung, sie erhoffte sie von einem Wiederdurchleben ihres ersten Triumphes.

Auf ihrem Weg nach Fontevrault ließ sie bei einem andern Kloster haltmachen: Chaillot. Vor dem Klostertor stieg sie aus, ging allein zur Schwester Pförtnerin, fragte nach Schwester Louise de la Miséricorde. Sie wurde ins Refektorium geführt. Purpurn fiel das späte Licht durch die gotischen Fenster.

Als sie die Frau wiedersah, die einst mit solcher Grazie zwischen den Hoffräuleins umhergehinkt war, stieß sie einen kleinen Schrei aus. Einen Augenblick schien Schwester Louise betroffen, sank vor einem Kruzifix nieder und sagte ein kurzes Gebet. Dann stand sie auf und grüßte schweigend die Besucherin.

»Frau Herzogin«, sagte die Marquise, »es tut meinem Herzen weh, immer wieder hören zu müssen, dass ich es gewesen sei, die Ihre Verabschiedung vom Hofe ins Werk gesetzt habe. Die Menschen, die Sie immer noch nicht vergessen haben, sehen nicht, dass Ihr Missgeschick im Herzen des Königs entschieden wurde.«

»Es müssen sehr gütige Menschen sein, die jetzt noch meiner gedenken«, erwiderte Schwester Louise ruhig. »Aber Sie sind im Irrtum, wenn Sie meine Abkehr von der Welt als ein Missgeschick betrachten. Ja, die Anfangswochen, das gebe ich zu, waren schmerzlich, da mir damals erst klar wurde, was ich aufgegeben hatte. Aber wie unser Auge sich allmählich an das schwache Licht in einer Kapelle gewöhnt, so haben sich nach und nach mein Geist und meine Glieder den Bedingungen dieser neuen Existenz angepasst. Niemals hätte ich geglaubt, dass an dieser Stätte des Schweigens und der Einsamkeit die Seele so reiche Befriedigung gewinnen könnte.«

»Wünschen Sie, dass ich dies in Versailles berichte?«, fragte Françoise.

»Berichten Sie, was immer Sie zu berichten wünschen, Madame«, antwortete Louise sanft. »Würde das Leben ewig fortwähren, dann allerdings könnten die Beschränkungen, die ich mir auferlegt habe, langsam eine Bürde werden. Aber nicht mehr lange, und all dies wird ja vorüber sein. Alle menschlichen Unternehmungen kommen zum Ende … Sehen Sie: Kaum sieben Jahre sind es, da ich Sie zuletzt sah, strahlend und angebetet – und heute sagt mir der Ausdruck Ihres Gesichts: Auch Sie mussten den bittern Kelch der Entsagung leeren!«

Die sanfte Wehmut, mit der dies gesagt wurde, trieb Françoise die Galle ins Blut. Was ließ sie sich einfallen, diese Heilige! War der Siegerin von Avesnes die vorübergehende Niederlage von Paris anzusehen?

Louise fuhr fort, mit einer kaum merklichen Verhärtung des Tons:

»Warum, Athénaïs, soll ich es Ihnen verhehlen? Wohl an die tausend Dolche stießen Sie mir ins Herz, damals, als Sie mein Vertrauen missbrauchten, um einen jungen Mann an sich zu locken. Aber was ich damals litt, muss meine Leidensfähigkeit zur Gänze erschöpft haben …« Die Nonne stand jetzt aufrecht im warmen Licht, sah nicht länger zart und gebrechlich aus. Eher gesund und – wahrhaftig! – guter Dinge. Auch entging es Françoises scharfen Augen nicht, dass ihr unter dem groben Gewand ein Busen gewachsen war, ihr, deren unentwickelte Büste in Versailles zu manchem Scherz Anlass gegeben hatte! »Ich beklage ihn von ganzer Seele, liebe Athénaïs. Weiß ich doch leider, wie wenig er über sich selbst Herr ist. Wahrlich, es ist ein Jammer, dass ihm alles so leicht gemacht wird – durch seine persönliche Anmut, seinen Reichtum und die besondere Gabe, Herzen zu blenden, die er sich zu eigen machen will. Aber ach – ihm gebricht es an jener kostbareren Fähigkeit: Herzen glücklicher schlagen zu lassen; niemals gelingt ihm das, selbst nicht bei denen, die er zu lieben glaubt. Und darum, Athénaïs, empfinden Sie Mitleid für ihn! Was hält Sie noch zurück, nach sieben Jahren? Warten Sie auf die traurige Nötigung, verabscheuen zu müssen, was Sie so öffentlich geliebt haben? Oder ist es schon so weit?«

Die Marquise würgte es im Halse. »Sie sehen Gespenster, meine Liebe! Er liebt mich. Liebt mich mit der alten Glut … Und ich bitte lediglich um die Erlaubnis, von ihm für Sie eine schöne Abtei zu fordern, eine wie die von Fontevrault, wo meine liebe Schwester sich zugleich der Segnungen einer heiligen Stätte und der Annehmlichkeiten der Welt erfreut.«

Louise schüttelte gelassen den Kopf. »Warum sollte mich danach verlangen, über andere gesetzt zu sein? Mich, die ich mich selbst zu regieren nicht imstande gewesen bin – damals, als mir die eigne Unschuld so teuer war und ich wusste: Mit ihr würde alles verloren sein …«

Zwei Nonnen kamen, sie zur Abendandacht zu holen. Françoise küsste sie, dann ging sie rasch zu ihrem Wagen zurück.

»Weiter, nach Fontevrault!«

Neuntes Kapitel

Hexensabbat

… Catherine wird emporgehoben, immer höher, sie schwebt hoch in der Luft, sie fliegt. Der Nachtwind bauscht ihr Nachtgewand, bläst kalt gegen ihre Schenkel, es ist ihr peinlich. Durch die dünne schwarze Luft sieht sie drunten die Dächer von Paris, sieht sie immer tiefer zurücksinken. Sie will wissen, worauf sie reitet, ihre Hände tasten; ein Tier, haarig, aber geflügelt.

Die Nacht hat noch mehr Reiter emporgebracht. Stimmen, zugleich vertraut und fremd, singen in leisem und wüstem Chor zum Rhythmus von Kastagnetten, es hört sich an wie hundertfaches Zähneklappern.

Schon fühlt sie sich nicht mehr schwindlig, friert auch nicht mehr, ist nur noch neugierig. An ihre Seite gelangt ein Flügelross, aber es hat einen Wildschweinkopf. In der Reiterin erkennt sie, trotz der Samtmaske, Diana, die geschürzte Nachtjägerin. Die Göttin schüttelt ihr goldnes Gelock, ganz leicht nur ist es gepudert, und spricht in melodischem Alt: »Immer noch bin ich, die ich gewesen bin, und ich führe euch, euch alle, führe euch an die Stätte der Feier.«

Der Eberkopf grunzt. Bald fliegen sie erdwärts. Schon sieht sie die Waldlichtung, erhellt von qualmenden Fackeln. Wieder spricht Diana: »Du halte dich an meiner Seite, dann kann keiner von uns was geschehen.« Aber da eilt das Flügelross mit dem Eberkopf schon voraus. Catherine erkennt ihr eigenes Reittier: einen mächtigen schwarzen Kater mit einem Schwanenkopf und breiten Schwanenflügeln.

Auf der Waldwiese ist ein Gedränge vieler Männer und Weiber. In der Mitte steht, aus einem großen Felsblock gehauen, ein ragender Thron. Da thront er, nackt und schwarz, mit einem Bocksgehörn, seine Hände sind Adlerklauen – thront und waltet über die lange Tafel, an der sie sich gütlich tun. Von goldnen Tellern schlingen sie ihr Mahl; lebendige Kröten verspeisen sie und enthauptete Schlangen, Maulwürfe und Engerlinge als Beilage und die noch blutenden Glieder ungetaufter Säuglinge.

»Du musst ihm huldigen«, flüstert Diana, »wenn er auch ein Popanz ist – sieh nur seine zerfallenen Zähne –, aber die Etikette darf man nicht verletzen!«

Da – zur Seite des Throns, unter dem grünlichen Mondlicht, findet eine luftige Zeremonie statt: Die da splitternackt einen Reigen führt, ist die Herzogin von Lusignan – längst wurde gemunkelt, dass sie solche Riten heimlich im Walde von Fontainebleau zelebriere! Um sie herum weben in grünlicher Nacktheit die fette Filastre und – mit ihren violett umschatteten Augen – die hagere Olympe de Soissons und die greisenhafte Prinzessin von Baden, mit einem Päckchen Spielkarten klappernd wie die andern mit Kastagnetten – es ist ein lustvoller Anblick …

Catherine wird vor den Thron gebracht; da steht sie, im Wind flattert ihr Nachthemd, es ist ihr sehr peinlich. Die Menge macht Platz, weicht im Halbkreis zurück, begierig, die Einweihung dieser Novize zu bezeugen.

Von seinem Thronsitz steht er auf, in den Klauen eine Schüssel, von der er geschwind noch sechs harte Eier verschlingt. Dann kommt er bocksfüßig die Stufen herabgetänzelt – auf sie zu, die gegen den Rand der Tafel zurückweicht. Sie ist erstaunt, weil er gar kein Gesicht hat, nur eine schwarze Stahlplatte mit Schlitzen für Mund und Augen, aus denen eine schwefelgelbe Flamme zuckt. Er greift nach ihr, und ehe sie aufschreien kann, hat er das Satansmal auf ihre Hüfte gepresst – nun wird es für immer dort sein, das Zeichen der Vogelklaue, auf ihrer Hüfte.

Schwarz, nackt und mächtig bedrängt er sie – und sie will entwischen. Da wird sie von hinten gepackt und über den Tisch gezogen, liegt dort keuchend, liegt zwischen den zuckenden Schlangenleibern und den Kröten.

Er beginnt einen feierlichen Tanz, die Bockshufe schlagen Funken aus den Kieseln zwischen den Gräsern, und immer das hundertfache Zähneklappern der Kastagnetten. Dann aber bricht es ab vor einem gewaltigen Triumphgemecker des ungeheuren Bocks. Er verneigt sich gravitätisch nach allen Seiten – und bedrängt sie abermals.

Sie will herunter vom Tisch, weg aus dieser unangenehmen Gesellschaft, sie kreischt und wimmert: »Ich will nicht – will nicht …«

Ein paar Stimmen aus der Menge sind ihr bekannt: Madame Filastre, Vanens, Lauzun, Lesage – aber alle schauen zu, niemand kommt ihr zu Hilfe. Ah – diese fettige Stimme kennt sie auch: »Er hat sein Reich angetreten, schon ist uns sein Hinterer dargereicht – der Kuss ist eiskalt, doch die Umarmung wie flammender Stahl …«

Da auf einmal sagt jemand: »Weg da, tretet hinter mich, alle!« Zwischen ihr und ihm, dem nackten Bösen, steht ein Priester. Die Stimme hat erst geklungen wie die Pater Bossuets. Aber es ist nicht Bossuet. Denn jetzt klingt die Stimme spöttisch und sanft: »Sie haben diese Rolle lang genug gespielt, junger Mann – jetzt überlassen Sie gefälligst den Thron der Dame!«

Das ist Scarron, jubelt es in ihr, sein geliebtes stülpnasiges Gesicht, das Löwengesicht, das Menschengesicht zwischen gespenstischen Unholden. Aber nicht auf Catherine blickt er, sein Wink gilt der blond gelockten Diana. Die greift den wild meckernden Satan im Genick und schüttelt, schüttelt ihn, während Scarron immer lauter lacht, immer dröhnender. Und siehe da, die Stahlplatte fällt vom Gesicht, und der Teufel verwandelt sich unter Dianas schüttelndem Griff, verwandelt sich in einen wohlgesitteten jungen Mann in braunem Samt, der ihr ehrerbietig die Hand küsst. »Natürlich war alles nur ein Scherz, Madame.«

Jetzt aber stürzt die Menge vorwärts, um ihr zu huldigen, Diana auf ihrem Thron. Und die gedämpften Stimmen singen Kinderlieder, weiße Tauben flattern gurrend aus der Nacht, und Scarron – Scarron dirigiert das Ganze mit einem dicken Taktstock, der eigentlich eine lorbeergeschmückte Schweinshaxe ist. Der Text der Hymne aber ist scholastisches Latein: *»Mihi est propositam in taberna mori …«*

Noch singend, erhebt sich alles in die Lüfte, angeführt von Diana auf ihrem mächtigen Wildschweinskopf. Nur Catherine bleibt auf der Erde, allein – und ist sich nicht schlüssig, ganz und gar nicht schlüssig, ob sie flehen soll, dass man sie mitnehme …

Catherine fuhr aus ihrem Traum, als ihre rundliche Wirtin lächelnd ans Bett trat. Die Sonne stand schon hoch, durch das offene Fenster drang der Duft von Wiesen im Mai. Ein Billett brachte ihr die Farmersfrau, es war von Françoises Hand und enthielt die lakonische Botschaft:

Bin vorgestern in Bourbon l'Archambault eingetroffen, langweile mich unaussprechlich und freue mich darauf, Dich heute um elf Uhr in der Kapelle Sainte-Geneviève im Tal zu treffen, das ist auf halbem Weg zwischen diesem Ort und Deinem Refugium.

Catherines Herz schlug wie das eines jungen Mädchens, das nach langer Pause wieder zu einem Stelldichein geht. Sie sprang aus dem Bett, drehte die rundliche Wirtin im Kreis, kleidete sich an und frühstückte rasch.

Sie ging, wie sie es seit drei Wochen täglich tat, durch den mailichen Birkenwald längs der sanften Hügelgruppe, sah in der Schlucht das funkelnde Flüsschen Bourge. Sie überquerte das Plateau mit den Ruinen der römischen Thermalbäder. Im Norden, auf dem steilsten der Hügel, oberhalb von Weingärten und zerklüftetem Gestein, erhob sich ein mittelalterliches Schloss. Der Südwall lag in Trümmern, und durch das schadhafte Gemäuer des Turms konnte Catherine Raubvögel aus und ein fliegen sehen.

Sie erinnerte sich: Diese Feste hatte dem Connetable de Bourbon gehört, dem berühmten Verräter aus dem vorigen Jahrhundert, der wegen einer persönlichen Kränkung seinen Lehensherrn, König Franz den Ersten, verlassen und dem Deutschen Kaiser dazu verholten hatte, jenen im Felde zu schlagen und zum Gefangenen zu machen. Jahre später, als der Friede zwischen den Monarchen geschlossen war, nahm der König Rache und ließ die mächtigen Wälle der

Burg schleifen – aber der Connetable war außerhalb der Reichweite des königlichen Arms und starb den Soldatentod bei der Erstürmung Roms, betrauert von der Kaiserlichen Armee.

Der Pfad ging hügelan. Da war der Kapellenberg: Wie ein gutmütiger Riese, dachte sie, der in seinen Armen zwei schlummernde Mägdlein hält – die Kapelle des heiligen Georg und die der heiligen Genoveva. Sie trat ein. In der Kapelle, im Dämmerlicht kniend vor dem Altar der lilienbekränzten Jungfrau mit dem Kind, war nur eine einzige Beterin: Françoise, licht und fast ländlich gekleidet, einen großen blumengeschmückten Strohhut neben sich. Catherine stand reglos.

Françoise betete zur Mutter Gottes ein gar seltsames Gebet; ihre Augen auf dem marmornen Gesicht, das unter der Ewigen Lampe zu glühen schien: »Sag' mir doch, Du Gnadenreiche, was hat Dich so gut und heilig gemacht, dass Du, wie uns gelehrt worden ist, die Sünde der ersten Jungfrau, die Sünde Evas, vor Gott auslöschen konntest? Heilige Jungfrau, Mutter Gottes – Du, die weiß, was Eva wusste und was jede gesunde Frau weiß, wenngleich die Männer es nur ahnen – Du, Maria, trage unsere Klage vor Gottvater! Frag ihn, ob es Sein Wille sein könne, dass dem Geist diese Macht über uns erstand! Er war doch nur Gottes Knecht – und sollte nichts anderes sein. Bitte für uns, bitte den Herrgott und Schöpfer, dass Er den Geist wieder auf seinen Platz zurückweise!« Täuschten sie ihre Augen, oder sah sie wirklich ein mitleidiges Lächeln auf dem Gesicht der Jungfrau? Sie erhob sich und wandte sich vom Altar.

Da sah sie Catherine und drückte sie ans Herz. Zusammen gingen sie durch die Dämmerung der Kapelle, zwischen dunklen Holzbildwerken und steinernen Statuen: Heiligen, Aposteln und Königen, mit Gesichtern, verschlossen und fremd. Hand in Hand schritten sie hinaus in die schimmernde Landschaft, zwei junge Frauen, zum ersten Mal seit langer Zeit gelöst von den Pflichten der Etikette, der Gesellschaft, der Tätigkeit.

Lächelnd erzählte Françoise: »Bei meiner Schwester war ich fehl am Ort. Ich berichtete ihr nicht, was mir in Versailles und in Paris geschehen war, und sie glaubte wirklich, meine Gesundheit sei erschüttert. So wurde ich mit Suppen und Gebeten gefüttert, bis ich fürchtete, jede Form zu verlieren, des Leibes wie des Geistes. Endlich machte ich mich auf, unter dem Vorgeben, ich bedürfe zu meiner Genesung der Heilquellen von Bourbon. Während der Fahrt wurde mein Nahen durch meinen vorausgaloppierenden Stallmeister angekündigt. Die Beamten des ganzen Distrikts trafen Anordnungen für jedes Städtchen, für jedes Dorf, mich nur ja mit Ehrenbezeigungen zu empfangen wie eine Königin. Als ich in Bourbon eintraf, hatte der Maire eine Bewillkommnungsfeier vorbereitet; aber ich fand es geschmackvoller, zu danken und mich mit einem Hinweis auf meinen leidenden Zustand zu entschuldigen. Um mir die guten Leute nicht zu verstimmen, schenkte ich ein paar Tausend Livres für wohltätige Zwecke und spendete eine Summe für das Kapuzinerkloster.«

»Sind Sie sicher, Madame, dass Sie ganz gesund sind?«, fragte Catherine, etwas besorgt gemacht durch Françoises überlebhafte Art.

»Kerngesund, Liebste. Zum Überfluss ließ ich mich von dem alten Badearzt gründlich untersuchen. Er bewunderte meinen Körper und nannte ihn vollkommen! Ich musste ihm sagen: Seit vorigem Jahr misst meine Taille einen ganzen Zoll mehr, und meine Brüste sind schwerer geworden. Da verschrieb er mir eine Diät und dreimal täglich einen vollen Pokal des Quellwassers. Und er setzte hinzu: ›Sie sind die gesündeste Frau, die mir jemals vor Augen kam, und so werden Sie noch auf lange Zeit bleiben; denn Jugendlichkeit ist ja keineswegs das Privileg einer bestimmten Altersgruppe, sie ist die kostbarste Gabe der Natur an ihre Lieblingskinder für immerdar.‹«

Catherine konnte sich nicht enthalten zu fragen: »Und Sie halten sich an die Diät? Soviel ich weiß, essen und trinken Sie doch für Ihr Leben gern und fasten ausschließlich aus religiösen Gründen.«

»Von nun an faste ich im Dienste meiner Schönheit«, lächelte Françoise. Sie erzählte, sie sei zur Zufriedenheit untergebracht in dem großen Hotel gegenüber dem Badeetablissement; zu ihrer persönlichen Bedienung begnüge sie sich mit einem sanftmütigen Mädchen, Tochter eines Handschuhmachers in Bourbon, das der wendige neue Stallmeister für sie angestellt habe.

In einem kleinen Wirtshaus an der Landstraße, unter einem blühenden Kastanienbaum, nahmen sie ein ländliches Mahl. Catherine hörte von Françoise über die Frühlingssaison von Bourbon. Es waren mehr Gesunde da als Leidende; es sich wohl sein zu lassen, schien ein allgemeines Gebot gerade in diesen Wochen, da Frankreich im Krieg war und man angesichts der Meldungen damit rechnen musste, dass dieser Krieg weiter und weiter um sich greifen werde, bis ganz Europa hineingezogen war.

»Nach dem Nachtmahl«, plauderte Françoise, »war ich für ein bis zwei Stunden im Spielsaal. Du weißt, ich bin alles andere als eine leidenschaftliche Spielerin, und es ist mir ziemlich gleichgültig, ob ich verliere oder gewinne. Aber ich habe es verlernt, mit mir allein zu sein. Von meinen neuen Courmachern nenne ich dir den jungen Vicomte de Vasse, ungeheuer reich und ungeheuer dumm. Etwas widerlich ist mir ein Marquis de Beaucamp, mit Händen so haarig wie die eines Affen; seinen Titel verdankt er dem Kardinal Mazarin, er soll ihm während des Bürgerkriegs viel Geld besorgt haben; gegenwärtig verdient er Unsummen durch Sklavenhandel zwischen Afrika und den Kolonien, soll gelegentlich auch Colberts Galeeren beliefern.«

»Sicher erwartet er, von Ihnen in Versailles vorgestellt zu werden!«, spottete Catherine.

»Jedenfalls blickt er mich mit Hundeaugen voll feuchter Verehrung an und nennt mich die Sultanin von Frankreich, was er wohl für eine äußerst geistreiche Bezeichnung hält. Mir sind diese Leute so unterhaltsam wie Pudel oder Affen – und so gleichgültig. Der Annehmbarste ist noch der alte Herzog von Longueville; ihm gehört das hübsche Schloss drüben auf dem Hügel, und er hat mich natürlich eingeladen, es während der Dauer meines Aufenthalts hier als mein Eigentum zu betrachten. Er ist ein großer Liebhaber der Künste und hat auf seine Kosten eine ganze Schauspielertruppe zur Unterhaltung der Kurgäste für die Saison nach Bourbon kommen lassen. Heute geben sie ein neues Stück, und du musst unbedingt mit mir hingehen.«

Catherine erklärte das für nicht ratsam; sie hatte sich bisher nicht im Kurort sehen lassen und war dagegen, dass sich die Marquise mit ihr zeige. Man konnte nicht sicher sein, dass Catherine nicht erkannt würde! Und dann endlich stellte sie die allein bedeutsame Frage: »Haben Sie irgendeine Botschaft vom König?«

Françoise musste verneinen, fügte aber rasch hinzu, dies sei unter den Umständen kaum möglich, und ihr starkes Vertrauen in die Zukunft sei nicht im Mindesten erschüttert! Nein, sie konnte sich doch nicht dazu verstehen, Catherine zu beichten, wie empfindlich – nach dem von Bossuet versetzten Schlag – der sanfte Hohn der Nonne von Chaillot sie getroffen hatte.

Catherine aber fühlte, dass Françoise nur mit Anstrengung ihr früheres sieghaftes Selbst zu behaupten vermochte. Aber es wäre jetzt nur eine unfreundliche Härte gewesen, sie wissen zu lassen, dass ihre zur Schau getragene Heiterkeit Catherine nicht täuschte. So ließ sie den sonnigen Nachmittag, ganz wie die Marquise es wünschte, unter Lachen und leichtem Geplauder dahingehen.

Als sie, es dämmerte bereits, die ersten Häuser von Bourbon erreichten, erkundigte sich Catherine beiläufig, was für weibliches Geflügel den Platz bevölkere. »Provinzielle Gänse und Schnepfen«, lachte Françoise, »die vor mir in Ehrfurcht sterben – niemand von meinen Bekannten aus Versailles und Paris. Am komischsten ist die kleine Komtesse de Lude, siebzehnjährig, naiv und mager wie ein Hühnchen, aber schon verheiratet mit einem Reiteroffizier; der ficht in den holländischen Sümpfen für die Glorie Frankreichs und seine militärische Karriere.«

Sie verabschiedeten sich zärtlich und vereinbarten ein Stelldichein für den morgigen Tag am selben Ort zur Mittagsstunde.

Catherine ging gedankenvoll durch den sinkenden Abend. Kein Zweifel, Françoise vertraute trotz allem noch auf den »Geist«, so fest wie Pater Bossuet auf den Himmel! Trotzdem gereute es Catherine nicht, dass sie selbst sich im Laufe der Zeit mehr und mehr von der Betrachtung des Unsichtbaren entfernt hatte, die Dinge des Himmels sowohl die des Abgrunds nicht angelegentlicher bedenkend, als es einer erwerbstätigen Bürgerin anstand. Sie ging an diesem Abend zeitig zu Bett und verbrachte eine traumlose Nacht.

Die neue Komödie, die Madame de Montespan diesen Abend in dem improvisierten Theaterchen, dem Bankettsaal des Stadthauses von Bourbon l'Archambault, zu sehen bekam, hieß »Die Zauberin«. Hauptfigur war ein ältliches Frauenzimmer, das gar erschrecklich mit dem Besitz übernatürlicher Kräfte prahlte und damit bei einfachen Leuten Anklang fand. Das Publikum belachte das groteske Gehabe der Alten und, noch kräftiger, die Albernheit ihrer Kunden, offenbar eines Zirkels von Schwachsinnigen. Françoise fühlte sich leicht verärgert, als im Lauf der Handlung auf der Bühne auch fünf »Dämonen« erschienen. Diese hüpften im Halbdunkel umher: Wesen in schwarzen Trikots mit rot und gelb bemalten Karnevalsmasken, mit Hörnern und Kuhschwänzen an den mageren Gesäßen – machten ihre Bocksprünge und krächzten Couplets voll kindischer Obszönität. Schließlich, durch eine nicht recht verständliche Wendung in der Handlung des Stücks, wurden sie von ein paar beherzten und tugendhaften Dorfbewohnern gefangen und weidlich verprügelt. Das Publikum brach in stürmisches Gelächter aus, als einer der Misshandelten winselte:

»O plagt mich nicht, o schlagt mich nicht,
Ich bin ein *guter* Teufelswicht!«

Diese Trottel hier im Saal sind mir die Rechten, sich solche schalen Späße vorsetzen zu lassen über den Fürsten der Finsternis!, dachte Françoise und erkundigte sich bei dem neben ihr sitzenden alten Herzog von Longueville: »Von wem ist dieses Stücklein?«

»Von Corneille, Madame«, belehrte er sie, »nicht vom großen Corneille, für den Sie so viel getan haben, sondern von seinem jüngeren Bruder Thomas; der schrieb diese Komödie im Auftrag einer Gruppe fortschrittlich gesinnter Leute.«

Françoise spitzte die Ohren. »Was Sie nicht sagen!«

Der alte Herzog nickte: »Man wollte ein Stück, in dem dieser uralte Satanismus ad absurdum geführt wird. Die Aufführung hier ist ein Ausprobieren der Komödie, bevor sie in Paris gespielt wird.«

»Wirklich interessant«, sagte die Marquise, »nicht das Stück, das idiotisch ist – aber die Tatsache, dass sich eine Gruppe zusammengefunden hat, um gegen Aberglauben zu kämpfen! Darf man wissen, wer dazugehört?«

Der alte Herr war entzückt über die unerwartete Teilnahme seiner schönen Begleiterin. »Spiritus rector in der kleinen Organisation ist Monsieur Nicolas de la Reynie, der Pariser Polizeipräfekt, ein aufgeklärter Kopf, Mann von Grundsätzen und bedeutender Logiker.«

»Ist er verheiratet?«, fragte die Marquise.

»Soviel ich weiß, ist er überzeugter Junggeselle«, erwiderte der Herzog, leicht verdutzt.

»Darum auch!«, sagte Madame de Montespan. »Bitte notieren Sie mich als eine Spenderin für diese Bewegung – Leugnung der finsteren Mächte sollte wirklich ermutigt werden ...« Damit verabschiedete sie sich.

Vom Balkon ihres Schlafzimmers konnte sie den großen Hauptplatz überblicken, auf dem sich nebeneinander die verschiedenen Etablissements für die Benutzung des Thermalwassers befanden. In der Mitte, umgeben von einem Promenadenrund, sprudelte ein Springbrunnen, an dem die Kurgäste ihre Becher füllten. Rechts davon war das Volksbad, ein großes quadratisches Bassin, vor den Blicken Neugieriger ungenügend geschützt durch eine mannshohe Steinmauer, in deren Innenseite Nischen zur Kleiderablage eingelassen waren. Auf der linken Seite des Promenadenrunds war die Badegelegenheit für die Begüterten, mit Reihen von Zellen, keine viel größer als eine Badewanne, durch die das heilkräftige Wasser floss. Schon von Weitem war diese Anstalt sichtbar durch die gewaltigen Säulenarkaden auf allen vier Seiten; allerdings waren die Zellen ebenso wenig überdacht wie das Becken des Volksbades. Und so hatte Françoise sich des Morgens auf ihrem Balkon damit unterhalten, anzuschauen, was sich eher ausnahm wie ein heidnisches Fest als eine Einrichtung für Genesung Suchende: Männlein und Weiblein badeten gemeinsam; die Badewärter waren wohlgebaute junge Männer und hübsche Mädchen. Es war eine Art Karneval, in dem sich alle Klassen der Gesellschaft unbekümmert um Etikette mischten, kräftig angeregt von der Frühlingssonne und dem prickelnden warmen Wasser.

Jetzt, unter dem Mondlicht, lag der Platz scheinbar verödet. Aber in die Zellen der Badeanstalt schlichen sich Pärchen und trieben es im Schutz der dünnen Wände wie die Katzen draußen unter den Hecken.

Françoise wandte sich in das Innere ihres Zimmers, als sie Hufgeklapper und Räderrollen einer nächtlichen Ankunft hörte. Sie war keineswegs neugierig auf neue Gäste und begann sich auszukleiden, ohne ihr Mädchen zu wecken. Im Bett tat sie sich gütlich an glacierten Früchten und an Cremeschnitten; es war der erste grobe Verstoß gegen ihre Diät. Aber sie fühlte sich zu belustigt, um heute gar so genau zu sein; der Gedanke, dass der Präfekt der Pariser Polizei gleichsam seine Hand schützend ausstreckte über Schwarze Magie und Hexen, indem er den Glauben daran für töricht und gegenstandslos erklärte – nun, war dies nicht Grund genug für Madame de Montespan, guter Dinge zu sein? Schon seit Langem hatte sie etwas für ihn übrig, für diesen ernsten und rechtschaffenen La Reynie, seit dem Tage, da er sich so emsig, wenn auch vergeblich, bemüht hatte, den empörten Marquis zur Vernunft zu bringen. Ja, sie würde wohl gut daran tun, dachte sie, sich La Reynies zu erinnern, wenn sie erst wieder zu Gunst und Einfluss zurückgekehrt war und wichtige Posten vergeben werden sollten. Dass ihre inneren Kräfte doch wieder im Steigen waren, das entnahm sie aus der Rückkehr frischer Farbe in ihr Gesicht und dem energischeren Rhythmus ihres Pulses. Lebenslust und Appetit, feinerer wie auch gröberer Art, machten sie bereits überdrüssig der asketischen Lebensweise, der sie sich während der letzten Wochen mit einem gewissen Genuss ergeben hatte.

Die Vereinbarungen des späten Gastes mit der Leitung des Hotels waren getroffen, die Pferde waren im Stall, das Gepäck war hinaufgebracht. Mehrere Bediente, dunkel gekleidet, gingen jetzt daran, bestimmte diskrete Weisungen auszuführen. Einige begaben sich in Wirtshäuser, die noch offen hielten, andere schlenderten über den Platz und verschafften sich Eintritt in die Badeanstalt. Binnen Kurzem erfuhr das Treiben in den Zellen eine Ablenkung. Aufregende Neuigkeit schwirrte von Zelle zu Zelle, störte die Seligkeit der Pärchen. Als die Kunde die Leute der Marquise de Montespan erreichte, wandten diese sich sogleich von ihren Schätzchen ab, stießen die sich beklagenden scherzhaft in das Wasser und zogen sich zurück zu geheimer Beratung über die Lage, unter dem Vorsitz Gastons, des wendigen Stallmeisters.

Françoises gute Laune verbesserte sich noch wesentlich am nächsten Morgen, als ihr Mädchen zugleich mit dem Frühstück einen Brief ans Bett brachte, der mit einem Sonderkurier aus Paris via Fontevrault nach Bourbon gekommen war. Die Adresse verriet die ihr wohlbekannte Hand des Ministers Colbert, dessen Willen der König schon in vielen Fällen als seinen eigenen Willen zu respektieren befohlen hatte.

Während sie den Brief studierte, meldete ihr das Mädchen, die Gräfin de Soissons sei während der Nacht eingetroffen und im Hotel abgestiegen. »Siehe da!«, sagte Françoise.

»Die Frau Gräfin«, plapperte das Kammermädchen, »soll sich im Hotel sehr besorgt erkundigt haben, wie Madame sich befinden.«

»Sehr gütig von ihr«, gähnte Françoise und hieß das Mädchen, sich mit der Toilette ihrer Herrin zu beeilen. Also ist die gute Olympe aufgetaucht!, dachte sie. Nur wunderte sie sich, dass die Königin ihr gerade jetzt einen Urlaub bewilligt hatte, war doch die Gräfin erst kürzlich zur Oberhofmeisterin des Haushalts Ihrer Majestät ernannt worden – ein hochdotiertes, aber freilich ermüdendes Amt! Es war schon nach elf, und sie musste sich sputen, wollte sie Catherine nicht gar zu lange warten lassen.

In der Tür des Hotels traf sie mit Olympe zusammen. Die Begrüßung war beiderseits überschwänglich. Aber die Gräfin schien ihr verändert. Zwar waren die dunklen Schatten unter den Augen noch breiter geworden, aber die Gestalt schien gestrafft, und im kehligen Unterton der Stimme vibrierte etwas wie von geheimem Triumph. Françoise fühlte sich ein wenig unbehaglich. Nach Austausch vieler Banalitäten über Wetter und Gesundheit stockte das Gespräch. Um loszukommen, schlug Françoise vor, man solle sich abends im Spielsaal treffen. Aber Olympe lehnte dankend ab: Einziger Zweck ihres Hierseins sei rascheste Kräftigung ihrer Gesundheit. »Kein Abenteuer, keine Liebschaft, nicht einmal eine Miniaturintrige?«, neckte die Marquise. Die Gräfin schüttelte tragisch ihr schwarz umlocktes Haupt, küsste sie auf die Wange und verschwand im Hotel.

Auch sie ahnt nicht im Geringsten, was mir im Beichtstuhl geschehen ist, dachte Françoise mit großer Erleichterung, sonst würde sie es sich bei aller Freundschaft nicht versagt haben, mir ihre Teilnahme auszusprechen … Da hörte sie ihren Namen rufen. Olympe stand vor ihr. »Ich hab's mir überlegt, Liebste, etwas Zerstreuung wird mir doch guttun. Ist es Ihnen recht, so treffen wir uns heute um neun im Spielsaal.«

Es war diesiges Wetter, Françoise hatte sich dunkel gekleidet, trug keine Juwelen außer dem berühmten Halsband aus Saphiren und Brillanten, das sie unter dem Kragen des Kleides verbarg. Als sie mit ziemlicher Verspätung ihre Catherine getroffen hatte, gab sie ihr sogleich Colberts Brief zu lesen. Der Brief lautete:

Verehrteste Frau Marquise, liebe Freundin!

Es geschieht keineswegs ohne Vorwissen Seiner Majestät, wenn ich Sie bitte, guter Dinge zu sein. Erfahren Sie denn, dass er am 27. April in der Pfarrkirche zu Versailles das Abendmahl empfangen hat: Nunmehr steht es Ihnen frei, seinem Beispiel zu folgen, wo immer es für Sie am bequemsten ist. Bischof Bossuet gab seiner Meinung dahin Ausdruck, dass die einzige Methode, Liebe zu besiegen, darin bestehe, vor ihr davonzu-

laufen. Ich halte es durchaus nicht für ausgemacht, dass der verehrungswürdige Mann sich auf diesem Gebiet zur Genüge auskennt. Wie Sie sich gewiss erinnern werden, war es schon während früherer Feldzüge die Gewohnheit des Königs, mit mir schriftliche Verbindung aufrechtzuerhalten. In diesem Jahr, wie ich Ihnen vertraulich mitteile, beschränkt sich unsere Korrespondenz nicht nur auf Staatsgeschäfte. So hat er mir auf die Seele gebunden, Ihre besonderen Wünsche für die Vollendung Ihres neuen Palais, des Trianonschlösschens am See von Versailles, genau in Erfahrung zu bringen. Seinen Auftrag, für Ihre Terrasse einige Dutzend Orangenbäume zu beschaffen, widerrief er, da diese goldnen Früchte ihn zu sehr an den Prinzen von Orange erinnern, gegenwärtig das Haupt der holländischen Patrioten, die, wie es scheint, unserer Armee ernsthaft zu schaffen machen. Sie sehen, Madame, wie die Sorge um Sie ihn auch auf dem Schlachtfelde bedrängt!

Catherine blickte auf und lächelte: »Colbert, der große Schweiger – als Postillon d'amour für Seine Majestät! Nun freilich, er ist wohl der Letzte, den die Gegenpartei beargwöhnen würde.« – »Lies weiter«, drängte die Marquise. Catherine gehorchte.

Gleichzeitig aber schrieb der König an Bossuet, versicherte erneut die Ernsthaftigkeit seines Willens zur Tugend und fragte, ob Sie, Madame, unter diesen Umständen nicht bald an den Hof zurückkehren dürften. Im Augenblick scheint der Bischof noch zu zögern. Ich, als Ihr ergebener Freund und einer der wenigen, die von der Affäre überhaupt wissen, empfehle Ihnen, möglichst noch einen Monat oder gar zwei unterwegs zu bleiben. Hier sind ja fast alle überzeugt, Sie lebten Ihrer Erholung in Fontevrault; und vielleicht wäre es weise, Sie gingen noch weiter, etwa zur Brunnenkur nach Bourbon. Ich wage zu hoffen, Madame, dass die schließliche Lösung so befriedigend sein wird wie in manchen Komödien unseres Molière, dessen kürzlich erfolgtes Hinscheiden meiner Meinung nach für Frankreich den Verlust von Größerem bedeutet, als uns die Eroberung von ganz Holland einzubringen vermöchte. Ich bin, Madame, in unwandelbarer Verehrung Ihr

Jean Baptiste Colbert.

»Nun ist auch Molière weg«, sagte Catherine – und der Himmel über Frankreich schien ihr noch stumpfer.

Aber Françoise trieb sie rasch aus ihrer Trauer. »Er liebt mich, trotz aller Bemühungen der heiligen Männer!«

»Ja – und das macht Sie gewiss glücklich, Madame. Sie brauchen ja seine Liebe für die Erfüllung Ihrer Pläne …«

»Ich brauche seine Liebe wie das tägliche Brot«, rief die Marquise in einer Aufwallung. »Was seid ihr nur alle für Weiber: die Scarron, die hinschmelzende Louise und du selbst – Weiber, die zur Liebe vorher eine Entschuldigung und nachher Buße für erforderlich halten, aber am liebsten von der Liebe ganz verschont bleiben möchten wie von den Masern!«

Catherine wurde rot. »Es ist nicht so sehr meine Absicht, Madame, wie die Absicht der Natur, die mir die Fähigkeit zur großen Leidenschaft versagt hat …«

»Schwatz nicht so unsinnig«, schalt Françoise. »Du bist, genau wie die andern, geizig mit dir und feig! Die Wahrheit: Warst du niemals verliebt?«

Catherine vermied den strahlenden, durchbohrenden Blick und gab eine nur zur Hälfte aufrichtige Antwort: »Der Einzige, für den ich mich mit Freuden hätte umbringen lassen, bedurfte meiner nicht, denn er war ein Weiser und ein Krüppel und verheiratet …« Und dann setzte sie tapfer hinzu: »Und jetzt hab' ich schon eine große Tochter …«

»Als ob das ein Ersatz wäre«, lachte Françoise. »Hab' ich nicht selber Kinder? Glaub mir, schlecht bekäme es den Kleinen, wollten Frauen wie du oder ich auf die unschuldigen Häupter niederregnen lassen, was sich an unverbrauchter Leidenschaft in uns angesammelt hat! Nein, meine Freundin, unsere Kinder sind besser aufgehoben bei guten Erzieherinnen, wie es die bretonischen Nonnen und Madame Scarron ohne Zweifel sind!«

Trotz des nebligen Wetters verbrachten sie einen heiteren Tag. Wieder trennten sie sich erst des Abends und verabredeten sich abermals für den nächsten Mittag. Mit ihrem Programm der inneren Sammlung und Selbstbesinnung, das sah Catherine mit gemischten Empfindungen, war es wohl vorbei. Wie sehr es damit vorbei war, sollte sie noch im Verlauf dieser Nacht erfahren.

Es war schon dunkel, als Madame de Montespan sich dem Hotel näherte. Sie sah, dass sie sich schon gehörig verspätet hatte und Olympe mit Recht ungehalten sein würde, wenn sie jetzt mit Umkleiden noch mehr Zeit vertäte. Schließlich war sie dunkel angezogen. Sie machte, ohne das Hotel zu betreten, kehrt und ging zum Spielsaal hinüber. Im Vestibül überpuderte sie leicht ihr Gesicht, erneuerte das Rouge auf den Lippen, lockerte ihr Haar. Dann trat sie ein.

Olympe ist nicht anwesend. Ist sie da gewesen und wieder weggegangen? Der Portier weiß es nicht.

Die Atmosphäre scheint, im Vergleich zu den früheren Abenden, seltsam verändert. An den Spieltischen erhebt sich niemand, um ihr eine Reverenz zu machen. Der vierschrötige Marquis de Beaucamp grüßt überhaupt nicht, stiert in seine Karten, als habe er ihr Eintreten nicht bemerkt. Aber sie weiß, weiß gut genug: Jeder hier im Saal spürt, dass sie da ist, sogar ohne sie gesehen oder gehört zu haben.

Wie gestern und vorgestern nimmt sie Platz an einem Tisch im Hintergrund und beginnt, sich am Spiel zu beteiligen. Ihr gegenüber sitzt der kleine Vicomte de Vasse; auf dem dummen Gesicht erscheint ein Ausdruck von betrübter Teilnahme – aber er vermeidet es, sie anzublicken.

Was haben die Leute nur? Sie zuckt resigniert die Achseln, macht ihren Einsatz. Verliert.

Man spielt Hoca. Der Spieltisch ist in Felder geteilt, mit Nummern von eins bis dreißig. Jeder Spieler setzt auf ein Feld. Wird die Nummer dieses Feldes gezogen, so beträgt der Gewinn das Achtundzwanzigfache des Einsatzes. Die Einsätze der andern sind dann verloren. Ein primitives Glücksspiel, das den Leiter zum Betrügen förmlich einlädt. Es kommt aus Rom, aber der Papst hat es längst verboten.

Als Françoise alles Geld, das sie in ihrer Börse bei sich trug, verloren hat, sendet sie einen Saalbeamten zur Direktion mit dem Ersuchen, ihr ein paar Tausend Livres vorzustrecken. Der Mann bleibt für ihr Empfinden ungewöhnlich lange aus.

Jetzt rückt die kleine Gräfin de Lude mit rundem, kindisch erregtem Gesicht ihren Sessel neben die Marquise und fragt in einem Ton, der ihr unverschämt vertraulich klingt: »Ich muss Sie was Diskretes fragen, Madame.«

Françoise spürt die Augen von Männern auf sich gerichtet, spürt die Spannung an den Tischen; das Spiel scheint im Moment unterbrochen, als stehe ein aufregendes Erlebnis bevor.

Die junge Person redet weiter, immer nervös dazwischenkichernd: »Es ist nämlich so, Madame, dass mein teurer Gatte um dreißig Jahre älter ist als ich. Unser Eheleben ist kaum der Rede wert. Es ist ja auch nicht für die Dauer gedacht …«

Sie muss verrückt geworden sein, denkt Françoise – aber dann riecht sie, die Kleine ist angetrunken. »Würden Sie es nicht für vernünftig halten, gleich zu Bett zu gehen?«, fragt sie, mit Zurückhaltung im Ton, aber fest.

Die kleine Komtesse scheint ihr das zu verübeln. »Ich kann schon auf mich selbst achtgeben, Madame! Und wenn ich um einen Rat verlegen wäre, würde ich Sie, Madame, zuallerletzt bemühen!«

Was meint dieses alberne Ding, was will sie?, fragt sich Françoise, während sie das zu stark gepuderte Puppengesicht mustert, die magern Schultern, die flache Büste. Dabei ist ihr, als tasteten unsichtbare Hände an ihrem Körper.

Die Kleine hält nicht mehr lange hinterm Berge. »Nächsten Winter werde ich bei Hof vorgestellt. Da muss ich rasch noch ein paar Dinge lernen, die in keinem Buch stehen – also hab' ich geheiratet. Denn es stimmt doch wohl, nicht wahr, dass Seine Majestät, seitdem er Madame de la Vallière verabschiedet hat, nichts mehr wissen will von empfindsamen Jungfräuleins? Ach bitte, Madame, weihen Sie mich doch ein! Gewiss ist Ihnen Louis' Geschmack noch erinnerlich …«

Françoise hört Weiber auflachen, anzüglich und herausfordernd.

Sie setzt ihr eisigstes Gesicht auf. »Anstatt sich nach dem Geschmack Seiner Majestät zu erkundigen, sollten Sie sich lieber bemühen, den seiner Stallknechte in Erfahrung zu bringen – bei denen finden Sie vielleicht Verständnis für Ihre Manieren!«

Die Kleine bricht in Tränen aus, schluchzt krampfhaft. Da nimmt, mit einer sichtbaren geistigen Anstrengung, der bisher schweigsame Vicomte de Vasse das Wort: »Da Sie von Stallknechten sprachen, Madame, darf ich wohl erwähnen, dass Ihr Stallmeister und Ihre Lakaien Ihnen auch nicht gerade sehr ergeben sind …«

Was, zum Henker, steckt hinter all diesen Anspielungen? Sie erhebt sich, fixiert die Gruppe, die sich vor ihr gebildet hat, und spricht mit Schärfe: »Ich bestehe auf einer sofortigen Erklärung, warum man sich hier so unkavaliermäßig aufführt!«

»Wagen Sie es nicht!«, kreischt die junge Gräfin. »Wagen Sie es ja nicht, meine Freunde zu beleidigen! So eine wie Sie: von Seiner Majestät hinausgeworfen, aus dem Hofdienst davongejagt, im Beichtstuhl ohne Absolution gelassen …«

Der vierschrötige Marquis de Beaucamp tritt dazwischen und klopft die magere Schulter: »Nun aber genug, junge Dame! Die Frau Marquise verdient unser Mitgefühl, nicht unsere sittliche Entrüstung. Wir alle sind keine Heiligen …«

Hexen und Teufel!, denkt Françoise. Kommt denn niemand, ihnen zu sagen, wer ich bin?

Jemand kommt, Olympe, Gräfin de Soissons, steht plötzlich vor ihr, die kohlschwarzen Augen unnatürlich groß. »Es tut mir unsagbar leid, dass wir uns vorher verfehlt haben. Ich wollte Sie warnen, nicht mehr hierher zu kommen. Dies ist nicht Paris. Und überhaupt denkt man heute nicht mehr so milde über gewisse Dinge wie in unseren Jugendtagen …«

»Sie also!«, zischt Françoise. »Sie begingen die Infamie, es in Bourbon herumtratschen zu lassen! Es war wohl die Bedingung, unter der die Königin sich dazu verstand, Sie anzustellen – Sie, die in Versailles einem jeden gehört hat, vom König bis zum Kämmerling …«

»Ich verzeihe Ihnen Ihre Erbitterung, liebste Françoise, nur sehen

Sie bitte ein: Irgendwann einmal musste die Wahrheit doch bekannt werden …« Und damit entschwebt die nachtlockige Olympe, gefolgt von den meisten der Gäste.

Gleich werden sie aufwärtsschweben, auf Katzen und Besenstielen zum Hexenplatz!, denkt die Marquise.

Jemand hustet leicht: Der Saalbeamte, den sie um Geld geschickt hat, ist wiedergekommen. »Die Direktion bedauert unendlich, aber Madame schuldet hier bereits einen hohen Betrag.«

Françoise, ihrer selbst kaum noch mächtig, greift nach ihrem Halsband, stammelt: »Nun gut, wenn man hier glaubt, ich sei seit gestern verarmt …«

Der Mann verbeugt sich tief, verbirgt aber kaum sein Grinsen. »Das glaubt niemand von Madame. Gewiss hat Madame noch Vermögen in Paris. Aber Paris ist weit, und Madames Edelsteine müssten erst vom Sachverständigen auf ihre Echtheit geprüft werden.«

»Packen Sie sich, Mensch«, schnauzt der Marquis de Beaucamp, »und richten Sie der Direktion aus, dass ich für Madames Rechnung aufkomme!« Er schließt hinter dem Mann umständlich die Tür. Sie sind jetzt allein. Er bemüht sich, teilnahmsvoll zu blicken. »Bedauerlicherweise, Madame, zeigten sich Ihre Diener gar zu bestürzt und kopflos, als sie von Ihrem – hm – Missgeschick erfuhren. Daraus erklärt es sich, dass die Schurken, die diesen Spielsaal leiten, Ihnen keinen Kredit geben wollen.«

»Meine Diener …« Sie versteht nicht.

»Bestürzt und kopflos – so sehr, dass sie heute Nachmittag sämtlich das Weite suchten, mit Sack und Pack, Madame …«

Sie vermag es nicht zu fassen. »Warum, Monsieur, scherzen Sie mit mir so grimmig?«

Er steht dicht vor ihr. Die Schweinsäuglein funkeln. »Ihr Gatte, Madame, hat Sie begraben. Ihr Liebhaber hat Sie verlassen. Die Kirche schließt Ihnen ihre Pforten. Trotzdem, Madame, sollten Sie nicht verzweifeln.«

Sie reißt sich gewaltsam zusammen. »Danke, Monsieur. Das Wort verzweifeln steht nicht in meinem Wörterbuch. Jede Lebensreise verläuft bergab und bergauf. Mir fehlt im Moment nichts als Geld, um bis Paris zu gelangen. Einmal dort, werde ich in kürzester Frist meine Angelegenheit geregelt haben. Wollen Sie mir das Geld leihen?«

Er zwinkert gut gelaunt. »Welche Sicherheit bieten Sie, Madame?«

Sie nimmt die Frage ernst, schließlich ist er ein gewöhnlicher Makler. »Mein Vater, Monsieur, ist noch Gouverneur von Paris.«

Er scheint immer mehr Vergnügen zu empfinden. »Leider ist es dem alten Herrn nicht gut bekommen, das gesunde ländliche Leben auf seinen Gütern mit dem versuchungsreichen Paris zu vertauschen – er soll bereits den zweiten Schlaganfall gehabt haben. In den Augen eines ernsthaften Geschäftsmanns, Madame, ist Ihr Herr Vater kaum ein geeigneter Bürge.«

»Mein Bruder ist Marschall von Frankreich«, führt sie an, selber neugierig, wie lange ihre Geduld noch vorhalten wird.

Er bricht in Gelächter aus: »Ihr Herr Bruder, Herzog von Vivonne und Marschall von Frankreich, ist ein wahrhaft großzügiger Mann, Madame. Ei, wie rasch ist doch das Geld, das Sie ihm so freigebig zuwandten, durch seine Finger geronnen – wohin? In die Taschen von Weinhändlern, Tänzerinnen, Dichterlingen. Ich besitze eine hübsche Sammlung seiner unbezahlten Wechsel … Jetzt ist er in Kreta und kämpft gegen die Türken, an der Spitze einer ganzen Brigade solcher junger Helden. Siegen sie, dann bleibt er gewiss in Kreta, als Vizekönig oder so was – und werden sie geschlagen, so wird er entweder dabei umkommen oder schmachbedeckt heimkehren. Wie sollte der Mann mir eine Sicherheit sein?« Und beinahe wehmütig fügt er hinzu: »Das kapriziöse Weibchen, das er sich geheiratet hat, Ihre hübsche Schwägerin, Madame, hat kaum Illusionen wegen der Zukunft ihres Gatten und richtet sich entsprechend ein; man munkelt sogar, sie kriegt ein Kind – elf Monate nach der Abreise des Gemahls! Eine Pechsträhne in Ihrer werten Familie, Madame!«

Einen Moment denkt sie daran, Colberts Brief aus ihrer Börse zu nehmen und diesem Schamlosen unter die Augen zu halten. Aber nein, dazu kann sie sich nicht verstehen. Sie geht zur Tür. »Eines Tages, Monsieur, werden Sie es wohl bedauern, mich Ihres Kredits für unwürdig gehalten zu haben.«

Er vertritt ihr den Weg. »Aber das tu ich keineswegs. Warum halten Sie mich für so kurzsichtig, Madame? Ich sehe doch, Sie sind eine bezaubernde Frau. Warum in Ihre Zukunft nicht investieren? Es gibt andere Plätze als Versailles, bessere Länder als Frankreich. Ich schlage vor, wir gehen nach Marokko. Sollten Sie, nach einem Jahr oder so, meiner überdrüssig geworden sein, so wiegt Ihnen der Sultan immer noch Ihr Gewicht in Gold auf!«

Sie staunt ob ihrer eigenen Gelassenheit. »Besten Dank, Monsieur, für Ihr Vertrauen … Bekomme ich das Geld?«

»Meine Brieftasche liegt unter meinem Kopfkissen, Madame – also gehen wir sie holen …« Und er packt sie. Einen Arm schraubstockhart um ihre Schultern. Seine nassen Lippen verfehlen ihren Mund, besudeln ihre Kehle. Die linke Tatze greift ihre Hüfte.

Sie tritt mit dem Absatz gegen das Schienbein, reißt ihm die Perücke vom Kopf, schlägt sie ihm ins Gesicht. Wie er zurücktaumelt, nimmt sie einen Porzellanteller vom Tisch, zerhaut ihn auf seiner Glatze, dann hämmern ihre Fäuste seine Nase, die Schläfen, das Kinn. Sie lässt ihn winselnd am Boden, rennt hinaus, überquert den Platz, steht vor dem Hotel, hoch atmend. Keine Marketenderin könnte mich übertrumpft haben!

In der Eingangstür steht der Hotelier, scheint auf sie gewartet zu haben. Ist es wahr?, fragt ihr Blick.

Er nickt. Sein Gesicht ist bedrückt, als sei alles seine Schuld. »Heute Nachmittag sandte Ihr Stallmeister das Kammermädchen zu ihren Eltern zurück. Er sagte, Madame hätten die Einladung des Herrn Herzogs von Longueville angenommen und kämen nicht mehr hierher zurück. Dann nahmen Ihre Leute den Wagen, die Pferde, das ganze Gepäck. Erst vor zwei Stunden, als ich Madame über den Platz zum Spielsaal gehen sah, da merkte ich, es war etwas nicht in Ordnung. Ich bat Madames Freundin, die Frau Gräfin de Soissons, Ihnen die Nachricht zu bringen; ich hoffe, sie tat es so schonend wie möglich …«

»Überaus schonend«, sagt Françoise. Sie stolpert hinauf in ihr Schlafzimmer: völlig ausgeplündert. Geldkassette, Schmuck, Kleider, sogar die Wäsche – nichts mehr da! Und am Morgen wird der ganze Ort sie meiden wie eine Pestverdächtige, dafür werden Olympe und ihre Kreaturen gesorgt haben! Zurück nach Paris, zurück nach Versailles, ehe dort ruchbar werden kann, wie man ihr in Bourbon mitgespielt hat. Beim König und seinen Ministern wieder in Gunst sein, bevor diese gelbe italienische Hexe ihr dort den Fluch der Lächerlichkeit anheftet. Aber wie zurückgelangen? Sie denkt an den Herzog von Longueville, kennt ihn aber zu flüchtig, um erwarten zu können, der alte Mann werde sich ihr zur Verfügung stellen, gegen die Oberhofmeisterin der Königin, gegen Bossuet. Colberts Zuversicht? Ach, die steht ja einstweilen nur auf dem Papier.

Eine Welle von Dankbarkeit durchströmt sie, als sie der einen Person gedenkt, die, wie immer, jetzt und hier für sie da ist. Einige Minuten wartet sie noch, bis es im Hotel still wird. Dann schleicht sie wie eine Zechprellerin durch die Hinterpforte aus dem Haus. Hastet, durch winkelige Gassen, aus Bourbon hinaus auf die Landstraße.

Sie wandert. Wandert zwischen dem Grillengezirp in den Wiesen, dem Froschgequak in den Teichen auf der andern Seite. Jetzt regnet es, das ist unangenehm und auch wieder gut, denn niemand begegnet ihr. Sie schlägt wie ein Bauernweib den Rock über den Kopf. Geht vorbei am Kapellenberg, den Hügelweg entlang der Bourge. Ein Absatz bricht ihr ab im aufgeweichten Lehm. Sie zieht die Schuhe aus, geht in den Strümpfen, die sofort zerrissen sind.

Nebelfetzen wehen von der Schlucht herauf. Krächzen von Nachtvögeln, Schreie von kleinem Getier. Ihre Augen sehen im Dunkeln den Weg. Sie liebt die Natur nicht und fürchtet sich nicht vor ihr; bis zu ihrem neunzehnten Jahr hat sie mit der Natur gelebt, sie weder als gütig noch als grausam empfunden, so wenig wie sich selber. Aber es ist doch eine niederträchtige Zumutung der unsichtbaren Macht über ihr, dass sie jetzt mit blutenden Füßen in Nacht und Nebel dahinstolpern muss.

Durch Kiesel, gegen ihr Fenster geworfen, wird Catherine um Mitternacht geweckt. Sie springt aus dem Bett. Holt die Zähneklappernde herein. Streift ihr das nasse Zeug vom Leibe, wäscht ihr die zerschundenen Füße, lässt sie in dem noch warmen Bett zu Atem kommen, kocht ihr drunten in der Küche einen Kräutertee. Dann erst lässt sie sich erzählen.

Was zu tun ist, darüber bedarf es keiner langen Beratung. Am Morgen sagt Catherine der Wirtin, ihre Schwägerin, die in Bourbon zur Kur gewesen, sei nachts gekommen, sie abzuholen, denn zu Hause gebe es Schwierigkeiten. Catherines Schwägerin – zu dieser Rolle wird Françoise sich auch unterwegs bequemen müssen, in Catherines Zweispänner, den der alte Martin kutschiert, auch er ohne eine Ahnung, wer sie wirklich ist, diese Fremde, die jetzt Catherines graublaues Wollkleid und ihre Mantille trägt.

Am dritten Tag ihrer Reise, nach zwei Nächten in dörflichen Wirtshäusern, gelangen sie in die Tiefebene: Weideland, von Sümpfen durchzogen. Die Straße ist jämmerlich, verschwindet oft unter Gras und Buschwerk. Martin klettert vom Bock und führt vorsichtig die beiden Braunen am Zaum. Die Frauen – längst schmerzen ihnen die Glieder von der langen Fahrt auf den schlecht gepolsterten Sitzen – steigen aus, gehen neben den quietschenden Rädern, fragen einander, ob das bejahrte Fuhrwerk wohl bis Paris durchhalten oder vorher zusammenbrechen werde. Unter dem Kragen des Kleids trägt Françoise noch ihr Halsband, jetzt ihr einziges Schmuckstück. Ihre Ringe hat sie, Catherine hat darauf bestanden, in einem verschlossenen Kuvert durch die Wirtin an das Hotel gesandt, zur Bezahlung ihrer Rechnung.

Die Sonne steht schon tief, als sie aus der Niederung in welliges Gelände kommen. Hecken und Wäldchen säumen die Straße, dahinter liegt Ackerland, das Getreide noch dürftig. Schatten fallen über den Weg. Aus den Büschen kommen gebückte Gestalten, scheu und wild, graues Fleisch ist sichtbar durch die löchrigen Lumpen. Die struppigen Bärte der Männer sind verfilzt mit dem zottigen Kopfhaar, Arme und Schenkel sind knotig und entfleischt. Die Weiber, mit blutlosen Gesichtern, haben geschwollene Bäuche und wanken auf verkrümmten Beinen. Sie starren, den Mund offen, lautlos.

»Abscheuliche Wesen!«, sagt Françoise angewidert.

»Feldarbeiter«, sagt der alte Kutscher. »Sie brauchen vor ihnen keine Furcht zu haben. Diese Leute morden nicht und stehlen nicht. Sie ersparen andern die Mühe, Holz fällen und Kohle brennen zu müssen, zu pflügen, zu säen, zu ernten.«

»Guter Mann«, sagt Françoise, »ich kenne Ungeduld, Ärger, Wut – Furcht wäre für mich eine neue Erfahrung!«

»Redet lieber nicht so viel«, sagt Catherine, »es geht wieder hügelan. Spart euern Atem.«

Trotz des späten Nachmittags flimmert die Luft noch vor Hitze. Jemand kommt ihnen entgegen und bleibt stehen. Der Mann überragt Françoise um Haupteslänge. Er trägt eine Soutane, sauber und vielfach geflickt; aber Kopf und Haltung, obwohl vom Alter geprägt, scheinen eher die eines Kriegers der Antike zu sein. Leuchtend unter der mächtigen Stirn leben die tiefblauen Augen.

»Gelobt sei Jesus Christus!«

»In Ewigkeit, amen«, antworten die drei Reisenden darauf.

Die Pferde stehen. Der Priester wirft seinen silbernen Schopf zurück und deutet auf das Handpferd. »Morgen wird die Stute lahm sein, wenn sie nicht bald Stallruhe hat und den linken Vorderfuß gekühlt und bandagiert bekommt.« Er bückt sich, spricht zu dem Pferd, nimmt den linken Vorderhuf und untersucht ihn. Dann wendet er sich zu Françoise, die er wohl für das Haupt der kleinen Gesellschaft hält: »Es sind noch zwanzig Meilen bis zur nächsten Stelle, an der Sie Pferde wechseln könnten. Bleibt die Nacht in unserm Dorf. Saint-Didier ist meine Pfarrgemeinde.«

»Sagen Sie ihm nicht, dass ich Schauspieler war«, flüstert Martin hinter vorgehaltener Hand Catherine zu. »Priester verabscheuen Komödianten, sie protestieren gegen Molières Begräbnis in geweihter Erde.«

Inzwischen erklärt Françoise dem Pfarrer: »Meine Schwägerin hier hat einen Weinhändler in Paris zum Mann. Ich habe sie auf einer Einkaufsreise begleitet, aber die Zeiten sind schlecht fürs Geschäft.«

Er zeigt sich weder interessiert noch neugierig. »Nur noch über diese Anhöhe hinüber«, sagt er, »dann kommt schon Saint-Didier.«

Wie sie den Weg fortsetzen, zeigt es sich, dass der Pfarrer hinkt. Als junger Mann, so erzählt er, war er Kavallerieoffizier unter dem Prinzen Condé; ein Granatsplitter zerriss ihm die linke Hüfte; er wurde Benediktiner, empfing die Weihen und ist jetzt Pfarrer einer der ärmsten Gemeinden Frankreichs, und das ist jetzt seine Welt.

»Pater Gauvain! Pater Gauvain!« Ängstliche, piepsende Laute – zwei kleine Mädchen, krummbeinig, halb nackt, die Bäuche geschwollen, kommen aus dem Gatter eines Gehöfts auf die Straße gerannt. »Die Dragoner sind auf Monsieur Morands Hof, nehmen alles weg, sogar die Schlösser aus den Türen.«

»Ich komme«, sagt der Pfarrer, und zu Martin: »Bitte warten Sie mit den Pferden, ich bin bald zurück.« Er gewahrt den bestürzten Blick, mit dem Catherine die kleinen Mädchen betrachtet. »Kinder von Kleinhäuslern. Im Alter von dreizehn werden sie heiraten, denn die Regierung zahlt eine Prämie für Familiengründung. Falls sie ihren dreißigsten Geburtstag erleben, werden sie aussehen wie siebzig.« Er öffnet das Holzgatter. »Ihr in Paris kümmert euch nicht um die Zustände im Land. Ich möchte Ihnen einen kleinen Einblick geben. Bitte, kommen Sie.«

Françoise versucht, es leicht zu nehmen. »In Paris weiß jedes Kind: Die Ernten sind gut, unsere Industrie blüht, der Handel schafft allgemeinen Wohlstand …«

»An Pariser Witzen ist mir der Geschmack vergangen«, erwidert der Pfarrer, während sie das Gehöft betreten.

Das Wohnhaus ist sauber und windschief. Im rechten Winkel dazu das Wirtschaftsgebäude, eigentlich nur eine massive Scheune, mit weit offenen Türen; drinnen ist Fackelschein, Soldaten kramen zwischen unbrauchbarem Gerümpel. Auf dem Hof steht eine Gruppe der Dörfler, mit struppigem Haar, aschfahlen Gesichtern. Keiner spricht. Reglos stehen sie in ihren farblosen Lumpen.

Wie die Vogelscheuchen!, denkt Françoise.

Ein Sergeant mit krebsrotem Gesicht schwingt einen mit Stempel und Siegel versehenen Vollstreckungsbefehl, während seine Soldaten aus dem Haus wurmstichige Kästen, Truhen und Tische heraustragen und ein Schlosser das Messingschloss aus der Vordertür herauslöst.

Eine grauhaarige Frau spricht zu dem Pfarrer, kein Muskel zuckt in ihrem knochigen Gesicht: »Alles werden sie verkaufen, auch das Bett – für so viel Sous, wie es Livres wert ist –, und die Vollstreckung kostet mehr, als was wir schulden.«

Pater Gauvain wendet sich an den Besitzer, einen hageren Graubart: »Warum wird vollstreckt? Habt ihr Steuerschulden?«

Der Sergeant hat ein bedrucktes Blatt aus der Tasche gezogen, jetzt überschlägt sich seine Kommandostimme: »Achtung! Alle mal herhören! Ich verlese euch Rindsköpfen die Verordnung:

Jeder über sieben Jahre alt ist streng verpflichtet, jährlich sieben Pfund Salz beim staatlich lizenzierten Salzamt zu kaufen.

Es ist bei Strafe verboten, selber Salz zu gewinnen, sei es aus Salzvorkommen unter der Erde, sei es aus dem Wasser des Meeres.

Es ist bei Strafe verboten, in Marschgewässern oder an anderen salzhaltigen Stellen Vieh zu tränken.

Es ist bei Strafe verboten, auch nur ein Gramm des erwähnten Pflichtquantums von sieben Pfund Salz pro Kopf für andere Zwecke zu benützen als zum Kochen. Zusätzliches Salz kann beim Salzamt gegen Bezahlung erstanden werden.«

Catherine blickt auf die Dragoner, auf die schweigende Menge der Dörfler. Ist hier denn Krieg? Krieg gegen das französische Volk?

»Und was hat dieser Mann hier verbrochen?«, fragt der Pfarrer.

»Eine Salzbrühe hat er gemacht, um Schweinefleisch zu pökeln«, sagt der Sergeant. »Dafür sind ihm dreihundert Livres aufgebrummt worden. Er hat die Buße nicht bezahlt, also schickt man uns, sein bewegliches Eigentum zu pfänden und zu verkaufen. Und bitte, sich nicht einzumischen, Hochwürden, denn wir tun unsere Pflicht nicht nur für den Monsieur Roget, sondern für den Staat!«

Jeanne d'Arc!, zuckt es durch Catherines Gedanken. So muss zu Jeannes Zeit das Volk geplagt und ausgebeutet worden sein – von den englischen Eroberern!

Der Besitzer sagt, scheinbar gleichmütig: »Wenn einem was gehört, sei es auch noch so bescheiden, so ist er heutzutage schlimmer dran als ein Bettler und Vagabund.«

Catherine sieht Françoise, wie in einer unbewussten Regung, nach dem Halsband unter ihrem Kleid tasten. Der Verkauf des kleinsten Steinchens würde genügen, um alles zu decken, was diese Leute hier schulden. Da fällt Françoises Hand wieder zurück. Ach, sie scheut sich, Aufsehen zu erregen!, denkt Catherine.

Immer noch stehen die Versammelten schweigend. Die Stille ist unerträglich. Wenn sie doch lieber fluchen wollten, die Fäuste schütteln! Denn Catherine spürt, dies ist kein Schweigen unterwürfiger Furcht, es ist eine entsetzliche Drohung!

Sie hört den Pfarrer sagen: »Morgen werde ich nochmals zu Monsieur Roget fahren und mit ihm sprechen.«

»Wer ist dieser Monsieur Roget?«

Er erklärt es ihr: »Präsident der Gesellschaft, der die Regierung alle Steuern und öffentlichen Schulden in diesem Distrikt verpachtet hat.«

»Stimmt«, setzt der Sergeant hinzu, »und der Mann muss sehen, dass seine Gruppe dabei ein Geschäft macht. Den Steuerzahler haben sie nun mal aufgekauft, also gehört er ihnen – und der Staat hat zu helfen, dass alles eingetrieben wird, was fällig ist.«

»Sparen Sie sich die Reise zu Monsieur Roget«, sagt der Besitzer. »Sie meinen es gut, Hochwürden, aber wir wissen doch alle, es führt zu nichts.«

Ein Weißbärtiger ist von einem zum andern gegangen, nur ein einziges Wort ist geflüstert worden. Jetzt verlassen die meisten den Hof. Im Gehen sagt der Alte: »Etwas wird in dieser Sache geschehen – und es wird zu etwas führen!«

»Ich möchte von morgen an nicht in Monsieur Rogets Haut stecken!«, ruft eine dünne hohe Stimme. Sie sind fort.

»Vergesst nicht, meine Kinder, unser Heil liegt in Christus allein!«

Catherine empfindet die Herzensangst, mit der Pater Gauvain es sagt, während er die Hände des Besitzers und seiner Frau drückt.

»Gehen wir«, spricht der Pfarrer, »es hilft keinem, wenn wir den Dragonern weiter zuschauen.«

Die drei kehren zum Wagen zurück. An den Schlag gelehnt, steht der alte Martin, der Kopf ist ihm auf die Brust gesunken. Die Stute wiehert.

Wie sie ins Dorf kommen, geht schon die Sonne unter. Ein paar Holzhäuser mit abbröckelndem Anstrich. Der Rest Lehmhütten.

Françoise liest belustigt ein buntfarbiges Regierungsplakat, angeschlagen an einer Hausmauer:

Franzosen, zeugt immer mehr Franzosen!

Eine Familie von zehn Köpfen ist das französische Ideal.

Wer ledig bleibt, begeht Verrat an Frankreich!

Aus den Hütten kommt, obwohl es schon dämmert, das Surren von Webstühlen. »Saint-Didier ist ein Weberdorf«, erklärt der Pfarrer. »Die Regierung liefert die Webstühle und lässt sich den Kaufpreis in gewebtem Tuch und Leinen bezahlen. Liefert der Weber das ihm pro Woche vorgeschriebene Quantum ab, dann gehört ihm nach sechs Monaten der Webstuhl, falls er nicht vorher zusammengebrochen ist.«

»Der Weber oder der Webstuhl?«, fragt Françoise. Nein, sie ist nicht gesonnen, sich von den Sorgen dieser hässlichen Menschen bedrücken zu lassen, sie sind ihr so gleichgültig wie Ameisen.

Catherine spürt das und sagt in einem Aufwallen heißer Scham zu dem Pfarrer: »Wahrscheinlich weiß die Regierung gar nicht, wie es hier steht!«

Er erwidert ruhig: »In manchen Gegenden lebt das Landvolk buchstäblich von Gras, stirbt zu Tausenden an der Ruhr oder an Entkräftung. Warum? Weil die Bauern gerade nur noch so viel Land bestellen, wie zur Erhaltung ihrer Familie notwendig ist. Jetzt werden Sie mich fragen: Warum wird nicht mehr angebaut? Nun, weil die Getreideaufkäufer bankrott sind. Und warum sind sie bankrott? Weil die Leute hier sich überhaupt nichts mehr kaufen können, nicht mal einen Scheffel Korn. Denn – ganz abgesehen von Pacht, Zehnten und Hypothekenzinsen, müssen sie mehr als den halben Ertrag ihrer gesamten Arbeit für den Staat hergeben. Fragen Sie wieder: warum? Ei nun, weil der Zeitvertreib des Königs, der friedliche wie der kriegerische, finanziert werden muss … So beruhen die Glorie Frankreichs und die Größe des Allerchristlichsten Königs auf dem Umstand, dass er Herrscher ist über Millionen Verhungernder, die weiterarbeiten müssen, bis sie vor Erschöpfung tot umfallen, nachdem ihnen das Letzte weggenommen ist.«

Ihr ist, als werde sie von einer unsichtbaren Riesenhand rechts und links gewaltig geohrfeigt. Schwer atmend, blickt sie auf Françoise. Das schöne, völlig ungeschminkte Gesicht zeigt im Dämmerlicht den Ausdruck herrischen Unmuts.

Das Häuschen des Pfarrers ist nicht ansehnlicher als die andern, nur scheint es vor nicht gar so langer Zeit neu gestrichen worden zu sein und hat ein Vorgärtchen. Pater Gauvain hilft Martin den Sack mit Häcksel und Hafer vom Kutschbock heben, die Pferde abschirren, tränken und in den Stall bringen, der seit Langem leer gestanden haben muss.

Dann bittet er seine Gäste zum Abendessen ins Gärtchen, zu Ziegenmilch, weißem Käse, grobem Schwarzbrot und dem milden Landwein der Gegend. Motten flattern um die schwelende Talgkerze.

»Diese Dorfbewohner sind gewiss nicht immer leicht zu lenken?«, fragt, nach einem etwas beklommenen Schweigen, der alte Martin.

Pater Gauvain lächelt vor sich hin: »Nein, das sind sie nicht. Sie müssen auch nicht meinen, man hätte mich hier ohne Weiteres angenommen! Viele Landleute sind immer noch des Glaubens, ein Priester, hat er einmal die Weihen erhalten, besitze Macht über die Elemente. Im Notfalle, so hoffen sie, könne er zeitweilig das Walten der Naturgesetze abstellen.«

»Was heißt das?«, erkundigt sich Françoise mit erwachendem Interesse.

»Der Priester soll dem Regen, dem Wind und dem Hagel dadurch gebieten können, dass er bestimmte Formeln hersagt – Formeln, die nur ihm bekannt sind und für deren Gebrauch er hernach um Absolution bitten muss. Auch das Feuer, so meint man, unterstehe seinem Befehl – die Flammen eines Brandes erlöschen schon beim Klang seiner Stimme, sobald er gewisse Sprüche sagt. Das Feuer beschwören, nennen sie es.«

»Ein bizarrer Aberglaube!«, sagt Catherine – und denkt: Einen weiten Weg hab' ich zurückgelegt seit jener Brandnacht im Hause Scarron!

Françoise aber zwinkert dem Priester gleichsam vertraulich zu: »Hat man Sie auf die Probe gestellt, Hochwürden?«

»Als ich mich hier vorstellen kam, waren Anzeichen eines nahenden Unwetters da. Das Dorf bestand darauf, ich sollte die zusammengeballten Wolken vertreiben durch eine Art Exorzismus.«

»Und gelang Ihnen das?«, fragte Françoise.

Er gibt eine indirekte Antwort: »Wie Sie sehen, bin ich noch hier.« – Der alte Martin, übermüdet, bedankt sich für die Mahlzeit und geht zu seinen Pferden schlafen.

Pater Gauvain blickt ins Wesenlose. Er führt ein Selbstgespräch!, denkt Catherine.

»Trotzdem – trotzdem gibt es Gelegenheiten, da bittet man nicht mich, sondern wendet sich an jemand anders ... In Momenten, da die Menschen sich verlassen fühlen von ihren irdischen und geistlichen Gebietern – dann suchen sie einen Bund mit der Finsternis. An ihn wenden sie sich, an Luzifer, den Rebellen gegen Gottvater und den Heiland ...« Er verstummt. Aber Françoise bedrängt ihn mit verhaltenem Atem, mehr hierüber zu sagen. Er wendet seinen Blick auf die beiden Frauen, prüft ihre Gesichter lange. Und dann sagt er, in trocknem Ton, dünkt es Catherine: »Diese schreckliche Verwirrung der Gemüter mag darauf zurückzuführen sein, dass der Landmann im Fürsten der Finsternis nicht so sehr den Satan der Kirche empfindet wie einen der heidnischen Naturgötter – Dionysos, Pan oder wie immer sie in den verschiedenen Gegenden Europas benannt waren. Vor vielen Jahrhunderten hat die Kirche alle diese Götter und Göttinnen mit ihrem Gefolge von Faunen, Nymphen und Elfen für eine Schar von Teufeln und bösen Geistern erklärt, und seitdem wimmeln Heide und Hain und Moor von Dämonen. Im Stande der äußersten Verzweiflung aber regt sich in den Menschen eine dunkle Sehnsucht, geboren aus einer dämmerhaften Erinnerung, dass die bösen Geister von heute die hilfreichen Geister ihrer heidnischen Vorfahren waren.«

»Ein Gräuel für die Kirche«, bemerkt Françoise salbungsvoll.

»Ein Gräuel für jeden Christenmenschen. Aber es ist eine Tatsache: Zu Satan beteten die Bauern ehemals, als sie gegen die adligen Grundherren in Waffen aufstanden, und verelendet und verlassen, wie sie sich heute sehen, besteht Gefahr, dass sie sich wieder an ihn wenden. Wenn Sie bisher nicht gewusst haben sollten, was es mit dem ›Satanismus‹ auf sich hat – vielleicht sehen Sie jetzt: Er ist noch etwas anderes als nur blasphemische Verruchtheit Entarteter aus den oberen Schichten!« Damit erhebt er sich und wünscht ihnen eine gute und friedliche Nacht.

Von den beiden Stuben des Häuschens überlässt er ihnen seinen Schlafraum, er selber wird die Nacht in seinem Studierzimmer verbringen. Françoise wirft sich rücklings auf das harte Bett.

»Mir ist zumute«, sagt Catherine, »als hätte ich plötzlich entdeckt, ich habe eine Menge Brüder und Schwestern, alle von Gott und den Menschen verlassen – um eines Einzigen willen!«

»Mir macht meine eigene Familie genug zu schaffen«, erwidert Françoise trocken.

»Hat er Ihnen denn gar keinen Eindruck gemacht, Madame?«

»Ich habe dir schon wiederholt gesagt, du möchtest mich Françoise nennen, mein Inkognito steht auf dem Spiel. Dieser Dorfpfarrer interessiert mich. Ich fühle, ich bin auf der Spur zu Geheimnissen, zu denen mir weder Lesage noch du den Weg weisen konnten. Ich muss noch mit ihm sprechen. Schlafen kann man doch nicht in dieser erhitzten Nacht. Komm, lass uns an seine Tür klopfen.«

Er sitzt an seinem selbst gezimmerten Tisch, vor sich eine große Bibel, scheint die Besucherinnen erwartet zu haben. Wortlos schließt er das Buch, erhebt sich und schlägt vor, einen Spaziergang zu machen, solange der Mond am Himmel ist. »Ich möchte euch gern etwas zeigen, zur Illustration meiner Worte vorhin. Etwas, was ihr noch niemals gesehen, wovon ihr noch niemals gehört habt.« Sie folgen ihm in die Nacht. Er führt sie durch das schlafende Dorf, dann einen schmalen, kaum sichtbaren Pfad durchs Unterholz. Wolken von Mücken belästigen sie. Françoises Füße sind noch wund, aber nichts kann ihr etwas anhaben; es drängt sie vorwärts, einer bisher verschlossenen letzten Tür zu, die sich ihr jetzt öffnen wird. »Ich nehme an, ihr hörtet schon von Schwarzer Magie«, sagt er, »ohne doch recht zu wissen, was das ist.«

Sie habe nicht die geringste Ahnung, versichert Françoise.

»Es ist nicht meine Absicht, euch unsinnige Geschichten vorzusetzen über Zauberformeln und lästerliche Zeremonien. Aber heute Nacht wird, ganz nahe von hier, ein Ritual abgehalten – von Leuten, die ihre völlige Vereinigung mit Satan selber begehren, nicht nur mit einem seiner Handlanger.«

»Wie – wie bewerkstelligen sie das?«, fragt Françoise, während ihr das Herz wild zu klopfen beginnt.

»Durch eine haarsträubende, schändliche Travestierung der heiligen Messe.« Da er offenbar bei diesen Pariserinnen nur oberflächliches religiöses Wissen voraussetzt, belehrt er sie über das Wesen der Messe: »Der Heiland bestimmte, dass sein Blutopfer täglich erneuert werden sollte in der Feier der Messe durch die schlichten Substanzen von Brot und Wein. Das ist Ursprung und Wesen des Mysteriums der Messe. Sie ist eingesetzt zum Ruhm der Herrlichkeit Gottes, zu Anbetung, Danksagung und Gebet; zugleich bewirkt sie die Heiligung der Seele, ihre völlige Hingabe an Gott bis zur Vereinigung mit Ihm ...«

Françoise wird ungeduldig: »Sie dürfen unterstellen, dass wir Christinnen sind, Herr Pfarrer!«

Glühwürmchen schwingen zwischen den Zweigen. Modernde Baumstümpfe flimmern.

Er fährt fort: »Die schreckliche Verwirrung des Gemüts, von der ich gesprochen habe, bringt manche Leute dazu, sich von Gott völlig abzuwenden und sich mit Leib und Seele Satan zu ergeben, der sich seinerseits verpflichten soll, Wünsche seiner Anbeter zu erfüllen, bis sie für alle Ewigkeit in sein höllisches Reich eingehen.«

Sie stehen am Rand einer kleinen Waldlichtung, umrahmt von Fichtengehölz. Auf der Lichtung, wie eine Zusammenbrechende an die Fichtenstämme gelehnt, ein Kirchlein, verlassen und verfallen.

Der Priester öffnet die knarrende Pforte. Durch das zerbrochene Schiff schwirren Fledermäuse. »Aber noch ist nicht Mitternacht«, krächzt eine Stimme. Im Mondstrahl, der durch kahle Dachsparren einfällt, sehen sie einen uralten Zigeuner schlaftrunken vom Altar heruntertaumeln. »Lasst mich doch weiterschlafen«, jammert er, »noch ist nicht Zeit für die Messe von Saint-Sécaire!«

Die Messe von Saint-Sécaire? Niemals hat Catherine davon gehört. Plötzlich kreischt sie auf, über die vermoderte Altardecke kommt eine riesige gelbe Kröte gekrochen.

Pater Gauvain nimmt die Frauen beim Arm, führt sie aus der Kirche. »Von dieser blasphemischen Messe wissen nur wenige Geistliche – und von denen würde nicht der zehnte sie zelebrieren.«

»Warum muss es ein Priester sein und warum in einer Kirche?«, fragt Françoise, bebend vor Spannung.

Seine Stimme klingt gramvoll: »Noch inmitten ihrer gotteslästerlichen Gräuel bleiben diese Unseligen überzeugt: Nur ein Priester – sei er auch seines Amtes enthoben, sei er gar exkommuniziert – ist kraft der einmal empfangenen Weihen imstande, die Beziehung zu übernatürlichen Mächten herzustellen – an einem geweihten Ort, unter schändendem Missbrauch einer geweihten Hostie. Ich weiß nicht und will auch nicht wissen, wer der verbrecherische Priester ist, wo er lebt, den in Nächten wie dieser meine Dörfler, von aller frommen Scheu verlassen, herüberholen. Überall im Land gibt es solche Schurken.«

Der Abbé Guibourg!, erinnert sich Catherine und glaubt endlich zu wissen, was sein unheimliches Gewerbe ist.

Ein Priester und eine Kirche müssen es sein!, denkt die Marquise.

Und sie wagt die Frage: »Und welcher Art ist sie, diese verruchte Zeremonie?«

»Lassen wir das«, sagt er kurz. Er fügt noch hinzu: »Der Mann, gegen den jene Messe heute um Mitternacht gelesen wird – Jacques Roget, der die Dragoner geschickt hat, wird es am eigenen Leib erfahren. Er wird ein siecher Mann werden, seine Lebenskraft wird langsam verdorren, kein Arzt wird ihm helfen können. Und keiner außer Roget selbst weiß es: Es ist die Messe von Saint-Sécaire, an der er dahinstirbt.«

Catherine fasst sich ein Herz. »Ist das die Wirkung der Messe auch dann, wenn der Betroffene gar nicht erfährt, dass sie abgehalten wurde?«

Er ist etwas überrascht. »Wie könnte ich Ihnen das beantworten, meine Tochter? Erfahren wir doch nur aus dem Munde der Opfer, was gegen sie verübt wurde; die Schuldigen hüten sich wohlweislich, ihr Verbrechen zu verraten.«

Schwaches Fackellicht aus der Richtung des Dorfes zeigt das Nahen von Menschen. Um ihnen nicht in die Arme zu laufen, führt der Pfarrer die Frauen auf einem Umweg durch das Fichtenwäldchen zurück.

Schwer geht sein Atem, er stöhnt.

»Schmerzt Ihre Kriegsverwundung?«, fragt Catherine leise.

Er blickt sie lange an. Seine tiefen Augen sind rein wie die Sterne. »Eine schlimmere Wunde brennt und blutet in mir beim Anblick so vieler, die in solchem Elend leiden und sterben. Menschen sind nicht bestimmt, nur der Mörtel zu sein und die Ziegel, daraus die Mächtigen ihre Paläste errichten. Der Mensch, jeder Mensch, ist als Gottes Ebenbild geschaffen … Ich weiß, in Paris wird das Volk nicht beachtet, weil die Regierung die Waffen hat. Aber man wäre weiser, das Volk sehr wichtig zu nehmen – wenn man nämlich verhindern will, dass es sich plötzlich seiner Wichtigkeit bewusst wird.«

Françoise spürt, wie ihr Mund trocken wird. »Glauben Sie, es bestehe Gefahr, dass sie sich erheben in einem allgemeinen Aufstand, diese ausgemergelten Kreaturen?«

Er antwortet neben ihr: »Die Stärke des Volks, meine Tochter, liegt in seiner Einbildungskraft. Ist ein bestimmter Grad der Verelendung überschritten, dann vermag das Volk, was außer ihm keine irdische Macht vermag: Es ist imstande, all die Dinge wirklich zu vollbringen, zu denen es selber sich fähig glaubt. Denn es steckt eine ungeheure Kraft hinter all seinem Elend. Das erwies sich in England, in Deutschland, auch schon bei uns. Gewiss, bei uns wie jenseits des Rheins sind die Erhebungen des Volks ertränkt worden in Blutströmen. Aber die Sache des Volkes ist nicht untergegangen. Sie lebt weiter, denn sie ist zugleich die Sache des lebendigen Gottes. Sie wird immer wieder auferstehen, aus jeder Niederlage, aus tausend Niederlagen: Denn sie braucht ja nur *einen* Sieg! Es ist mein inbrünstiges Gebet, dass am Tage dieses Sieges Gott noch mit dem Volk sein möge!«

Sie sind aus dem Gehölz getreten auf eine Anhöhe. Die Sterne ruhen am Firmament. Mondlicht webt um seine wuchtige Stirn, die breiten Schultern, den starken Nacken, der aufragt aus dem armseligen geflickten Priesterkleid.

Ein alter Dorfgeistlicher, der an Blutandrang zum Kopf leidet, denkt Françoise trotzig und müht sich, den Bann zu zerstören, der von ihm ausgeht. Es gelingt ihr nicht, und ihr Herz beginnt zu zittern.

Catherine fragt tonlos: »Und was – wird das Ende sein?«

»Das Ende ist mir nicht offenbart worden. Wie ein Ungewitter wird es daherfahren, wie ein Erdbeben, und kein Planen der Listenreichen, kein Bollwerk der Macht wird dagegen nutzen. Aber zugleich mit diesem Ende wird das Reich Gottes auf Erden anheben, das Walten der Gerechtigkeit und der gottgegebenen Vernunft und der Brüderlichkeit zwischen Menschen und zwischen Nationen. Denn so und nicht anders war es von Anbeginn und ist es noch heute der erkennbare Wille des Schöpfers. Dann aber, erst dann wird der Mensch hineinwachsen in das wirkliche Maß, das Gott ihm bestimmt hat … Betet, betet, dass es nicht mehr lange währe, bis der Sturm losbricht mit Blitzen und Donner und Flut! Denn genug Blut ward schon vergossen, zu viele Tränen schon wurden geweint.«

Françoise, von jähem Entsetzen geschüttelt, flüchtet von ihm. Erst aus der Entfernung wagt sie sich umzuschauen, sieht ihn dort auf der Anhöhe; sein silbernes Haar flattert im nächtlichen Wind; er steht aufrecht, von Gottes Geist erfüllt wie ein Prophet der Vorzeit.

Nie wieder hat sie mit ihm gesprochen. Hat ihn nie wiedergesehen, den lahmen, ältlichen Dorfpfarrer, der zum ersten Mal Furcht in ihr starkes Herz gesprengt hat. Am Morgen, als es zum Abschied kommt, versteckt sie sich im Wagen. Catherine muss ihm sagen, ihre Schwägerin fühle sich nicht wohl.

Trapp, trapp; trapp, trapp ... Die zwei Braunen klappern die Landstraße entlang. Sanft geschwungene Hügel, waldbestanden, säumen die Landschaft: Felder und Wiesen, verstreut liegende Dörfer.

Das Erlebnis von Saint-Didier hält beide in seinem Griff, Françoise wie Catherine; in jeder von ihnen ist ein neues Gefühl geboren, es wird sich nicht wieder verscheuchen lassen.

Sie ist ein Blutstropfen in einem ungeheuren Körper, fühlt Catherine. Und Jahrhundert um Jahrhundert wird dieser Körper gepeinigt, geschändet, verstümmelt. Und die Glieder dieses Körpers wüten gegeneinander. Auch in der Vorzeit, im Altertum, haben Stämme, haben Völker gegeneinander gekämpft, um Weideland oder Häfen oder feste Städte. Aber wann gab es diesen wahnwitzigen, diesen völlige Vernichtung heischenden Hass, wie er nun seit Jahrhunderten getobt hat: im Krieg gegen die Ketzer in Südfrankreich, in den Bauernkriegen, in der Bartholomäusnacht, im Dreißigjährigen Krieg drüben in Deutschland? Nicht mehr nur Feinde des Landes, Feinde der regierenden Häuser, der kirchlichen Einrichtungen oder just ihres Wohlstandes, nein, Dämonen sehen sie in einander, höllische Geister, aufgeboten von Satan, um die Besiegten zu ewiger Folterung ins Reich der Höllenqualen zu schleppen: Dämonen, Hexen, satanische Schergen. Seit Jahrhunderten riesengroß an Mauern und Wände gemalt, überschattet das Bild des Teufels das des Erlösers, über Satan zu spotten, seine Macht anzuzweifeln, schon war es als ärgere Ketzerei bestraft worden als Zweifel an der Dreieinigkeit!

»Ich gehöre nicht zum Volk«, flüstert Françoise vor sich hin. »Ich gehöre auch nicht zu dem schnöden Gesindel am Hof. Oberhalb von ihnen allen ist mein Platz – oder ich werde zertreten unter ihren Füßen.«

Der Abgrund liegt in undurchdringlicher Finsternis, denkt Catherine, und der Himmel ist grau verhangen, kein Licht fällt in unsere Welt. Gott hat sich abgewandt, es kann gar nicht anders sein. Seine Gnade waltet nicht mehr, seine Gerechtigkeit ist eingestellt. Ehemals, als die Engländer unser Land drangsalierten, da erfüllte Er mit seinem Geist, dem Geist des liebenden Mitleids, das Herz eines lothringischen Mädchens, und siehe, es gelang ihr, die englischen Heere zu schlagen. Aber käme jetzt eine neue Jeanne d'Arc, dann müsste es ihre Aufgabe sein, eine noch härtere und unbarmherzigere Tyrannei zu brechen, eine Tyrannei, deren Haupt die französische Krone trägt, umschmeichelt und gepriesen von den Großen des Staats und der Kirche! Und es ist, allem Anschein nach, nicht Gottes Wille, dass es niedergerissen werden solle, dieses massive Gebäude, diese Zwingburg, dieser Kerker einer Menschheit. Gott lässt es nicht abtragen – und findet es auch nicht gut. Gott hat uns den Rücken gewandt …

Trapp, trapp; trapp, trapp … Der von der Landstraße aufgewirbelte Staub zwingt dazu, die Fenster zu schließen.

»Ich bin einsam«, flüstert Françoise, »einsam wie Luzifer, als er durch die Himmel herniederstürzte. Um mich herum geifern und züngeln Neid, Hass, Gier …«

Catherines Gedanken gehen weiter. Wenn Gott, wie Pater Gauvain es voraussieht, eines Tages das große Erdbeben schicken wird, das Höllenangst und Dämonenwahn aus den Seelen herausschüttelt – dann werde ich nicht mehr auf dieser Erde sein. Also bleibt es mir ganz allein überlassen, wie ich mich zurechtfinde in dieser Wildnis.

»Nur eine Macht gibt es, die mich auf meinen Platz zu stellen und dort zu beschirmen vermag«, sagt Françoise. »Es ist der Geist. Ich habe über ihn spöttische Worte gesagt. Habe ihn beleidigt, als ich mich rasend verliebte. Denn ich bin nicht geschaffen, in der Liebe aufzugehen – und der König ist nicht geschaffen, so sehr geliebt zu werden.«

Mein Herz ist aufgestört und wird nie mehr zur Ruhe kommen!, fühlt Catherine.

»Was muss ich tun, um mir den Geist zu versöhnen?«, fragt Françoise. »Denn jetzt sehe ich klar: Nur gespielt hab' ich bisher mit ihm, nur mit seinen Handlangern hab' ich es getrieben. Ihm selbst mich restlos zu ergeben – noch habe ich es nicht einmal versucht!«

Françoise!, denkt Catherine. In der Zeit vor Avesnes und noch später habe ich für sie eine recht mädchenhafte, eine unsinnige Verliebtheit empfunden. Aber jetzt ist mein Gefühl nicht mehr blind, meine Liebe ist sehend geworden. Wenn Françoise so unerschütterlich an ihre Beziehung zum Teufel glaubt, was heißt das denn schon, bei Lichte betrachtet? Es heißt doch nicht mehr und nicht weniger, als dass sie die Kräfte, die sie selber so unwiderstehlich machen, als Ausstrahlung einer größeren, überpersönlichen, universellen Kraft empfindet, einer Kraft, die allerdings nicht heilig genannt werden kann und die meine Freundin deshalb mit dem Namen bezeichnet, den von alters her die Kirche dafür gebraucht hat.

»Catherine, was muss ich tun, damit ich dem Geist ganz gehöre, mich mit ihm so ganz vereinige wie der Fromme mit Gott?«

Stärker als die Furcht vor ewiger Verdammnis, stärker sogar als die Sehnsucht nach dem Heil fühlt Catherine den Strom liebenden Mitleids in sich aufbrechen. Und sie denkt: Wenn es für Françoise, in ihrer gegenwärtigen Verängstigung, Ermutigung und Wiedererstarken bedeutet, sich in engste Beziehung gebracht zu sehen zu jener geheimnisvollen Macht – nun, dann ist es wohl nicht meine Sache, die dafür von andern ausgedachten absurden Riten zu beanstanden.

Françoises Hand umklammert Catherines Arm. »Nur an einer Stelle ist für mich Sicherheit: an der höchsten Stelle – am Thron!«

Am Thron!, denkt Catherine. Vielleicht, wenn sie ihren alten Platz und Einfluss wiedererlangt, vielleicht ist sie dazu bestimmt, dem König zu zeigen, auf welch schwankendem Grund, auf welchem Morast von Elend und Verzweiflung sein Reich errichtet ist – vielleicht ist sie erwählt, die Leiden des Volkes zu lindern. Und Catherine versucht, den König in einem andern Licht zu sehen, ihm gerecht zu werden, dem Mann, gegen den seit jeher ihr Innerstes sich empört hat. Er hat doch ein Herz, und es ist nicht versteinert, wir wissen es. Woran es ihm gebricht, woran es ja heute fast allen gebricht in dieser gottverlassenen Zeit, das ist die Fähigkeit, sich die Leiden anderer vorzustellen, ach, sie fühlen ja nur durch ihre leiblichen Sinne. Vielleicht aber, was dem König sein Herz nicht sagt, vielleicht vermag vernünftige Überlegung es ihm zu erschließen. Ja, ich will alles tun, auch das Ruchlose, um Françoise wieder an seine Seite zu bringen, ich will es erreichen, dass sie auf mich hört …

»Höre, Catherine«, sagt Françoise, »du weißt, ich halte meine Versprechungen. Ich versprach Lesage, dich aus unserm okkulten Bund draußen zu lassen. Ich versprach dir, seine Begnadigung durchzusetzen. Heute verspreche ich dir: Niemand, Mann oder Weib, soll mir so nahe sein, nicht einmal meine eigenen Kinder – niemand so nahe und vertraut wie du, Catherine, wenn du mir jetzt helfen wirst!«

Catherines Blick taucht in die schimmernden meergrünen Augen, sieht die flackernde Angst in ihrer Tiefe. »Ich will dir alles geben, alles, was mich meine Studien gelehrt haben …«

»Deine Studien!«, unterbricht Françoise. »Als ließe sich auf die Wissenschaft bauen! Ich baue einzig auf den Geist. Er fordert völlige Hingabe von Seele und Leib. Dazu bedarf es eines Priesters, einer Kirche, einer geweihten Hostie – einer geheimnisvollen Zeremonie: welcher?«

Catherine weiß es nicht. Und aus den Andeutungen des Pfarrers kann sie sich nur eine vage Vorstellung machen. Schließlich sagt sie: »Ich kenne jemanden, der weiß um die dunklen Mysterien. Ein verrufener, abscheulicher …«

»Wer ist es?«, drängt Françoise.

»Ich will ihm sagen, dass du ihn zu sprechen wünschst«, erwidert Catherine. »Er ist oder war Sakristan von Saint-Marcel. Man nennt ihn den Abbé Guibourg.«

Zehntes Kapitel

Schwarze Messe

Madame de Montespan traf den Abbé Guibourg. Maskiert, in einem Seitenschiff von Notre-Dame, traf sie ihn. Er erhob es zur Bedingung, dass niemand, auch nicht Catherine, erfahren sollte, was er für die Marquise tun würde, um ihr Verlangen nach völliger Vereinigung mit dem Geist zu erfüllen. Er gab zu, dass er es schon für andere getan hatte – nicht für viele; denn erst seit Kurzem wurden in Paris Schwarze Messen veranstaltet.

Sie fügte sich allen seinen Bedingungen. Wenn sie mit Catherine zusammen war, schwieg sie darüber. Sie ließ es sich angelegen sein, Catherines Freundschaft auf ihre Art zu vergelten: durch Zärtlichkeit, Bemühungen um Catherines Äußeres, endlose Gespräche über alles, was der Freundin am Herzen liegen konnte. »Kann ich dich nicht glücklicher machen?«, fragte sie oft. Catherine hörte es mit Rührung. Vielleicht, so hoffte sie insgeheim, vielleicht wird sie doch noch geheilt von ihrem Wahn, wird eine glückliche und Glück spendende Frau. Und sehr behutsam fing sie an, zu Françoise von der Not des Volkes zu sprechen und von der großen Gefahr, die aus der Verlängerung der erbärmlichen Zustände für den Staat erwachsen musste. Auch für ihn, Louis Quatorze, denn er war ja der Staat! Und es schien, als begänne die Marquise ihr zuzuhören.

Catherines Gewerbe befand sich immer noch im Aufschwung. Immer noch empfahl einer sie dem andern. Der Marschall d'Albret, zwar wegen völligen Versagens in seiner Mission aus England zurückberufen, hatte gleichwohl dem König Karl im Kartenspiel ein Vermögen abgenommen. So pries er denn Catherine überschwänglich. Pries sie vor allem einem anderen Marschall, dem Herzog von Luxembourg, der niedergedrückt war, weil er für Frankreich eine Schlacht verloren hatte. Aber noch andere neue Klienten aus der

Elite der Nation fanden sich ein. Françoises Schwägerin, die hübsche Antoinette de Vivonne, deren Gemahl seit über einem Jahr in Kreta kämpfte, kam auf Anraten der Herzogin von Lusignan zu Catherine, um ihrer Schwangerschaft ledig zu werden. Catherine half ihr mit einem Präparat, das sie selber sorgfältig zusammengestellt hatte. Sie hielt es für kein Verbrechen. Warum sollten Kinder zur Welt kommen, die niemand wünschte? Noch mehreren Frauen und Mädchen in ähnlicher Lage half sie –, nein, dies war keine Welt, in die gegen den Willen der Mütter Kinder geboren werden sollten! Im Übrigen war sie sorgsamer denn je bedacht, sich keines Kunstfehlers, keiner Fahrlässigkeit schuldig zu machen. Louis de Vanens – sie hörte es zu ihrer großen Erleichterung – hatte Versailles verlassen, angeblich wegen seiner schlechten Gesundheit und auch zwecks Erledigung einer Streitigkeit über eine gewisse Erbschaft, die ihm in Italien zugefallen sein sollte. Catherine atmete auf und verzieh ihm gern, dass er sich von ihr nicht verabschiedet hatte.

Der Sommer ging schon zu Ende, der Sommer des Jahres 1675, als Catherines Ansehen bei Françoise auf den Gipfelpunkt stieg; ein kurzer Brief Colberts ersuchte die Marquise, sich sogleich nach Versailles zu begeben und ihre früheren Gemächer wieder zu beziehen, da Seine Majestät, von der Front zurückkehrend, sie als Ehrendame der Königin wiederzusehen wünsche, und zwar in aller Öffentlichkeit, in Gegenwart des Hofes. »*Du* hast mir dazu verholfen, Liebste«, jubelte Françoise, »du und die Mysterien, in die du mich einweihen ließest – ich glaube an dich von ganzer Seele!«

Eine Art trauriger Rührung bemächtigte sich Catherines. Warum nur ist sie so verblendet, die kluge und geistreiche Françoise, dass sie dieses Ergebnis nicht dem natürlichen Verlangen ihres Liebhabers zuschreiben will?

Auch ein anderer verstand nur allzu wohl, dass weder der Teufel noch die Marquise verantwortlich waren, sondern einzig und allein die Sinne des Königs. Bischof Bossuet warf sich in seinen Wagen und hastete seinem Monarchen entgegen. Vor einem Posthaus, zwölf Meilen vor Paris, fing er ihn ab; es war die letzte Station, auf der die

Pferde gewechselt wurden. Aber Louis gewährte ihm keine Gelegenheit, seinen Standpunkt vorzutragen.

»Sagen Sie mir jetzt nichts, mein Herr Bischof, ich habe meine Anordnungen getroffen, sie müssen befolgt werden.«

Bossuet sah aschfahl aus.

D'Artagnan gab ihm eine ungefähre Erklärung: »Sein Beichtvater und der Erzbischof von Paris haben den Fall gemeinsam erörtert und das folgende Gutachten abgegeben: Madame de Montespan darf nach Versailles zurückkehren, da ja Seine Majestät ehrenwörtlich versichert hat, nichts mehr zu begehen, als was rechtens ist.«

Bossuet wusste, er war geschlagen. Er konnte sich reinen Gewissens sagen, dass er seinen Einfluss auf den König niemals in einem andern Sinn genützt hatte als zur Ehre Gottes und Frankreichs.

Fünf Stunden später vollzog sich in Versailles das offizielle Wiedersehen des Königs mit Madame de Montespan. Er betrat ihren Salon in Begleitung eines vollen Dutzends der ältesten und ehrwürdigsten Hofdamen. Beide standen einander gegenüber in völlig ruhiger Haltung, wechselten Komplimente über ihr Aussehen, sprachen über das Wetter. Dann zog er sie Schritt für Schritt, während die Matronen noch in der Nähe der Eingangstür standen, in einen Erker, flüsterte mit ihr mehrere Minuten, und man sah bei beiden Tränen. Endlich machte er eine zeremonielle Verneigung gegen die Damen, trat mit der Marquise in das anstoßende Zimmer und verriegelte von innen die Tür.

*

»Wir müssen uns die gute Stimmung Seiner Majestät zunutze machen, solange sie anhält«, sagt La Reynie zu Colbert.

Der Minister – immer noch, oder jetzt erst recht, kleidet er sich mit der betonten Schlichtheit eines gesetzten Bürgers: schwarzes Tuchwams mit breitem Spitzenkragen – lehnt am großen Fenster seines Arbeitszimmers. Die Geräusche der großen Stadt dringen bis hier herauf, das Summen des Verkehrs, die Stimmen der Ausrufer, die vielen Stimmen des Lebens, des kräftig pulsierenden Lebens der Nation. Es ist schon Ende Oktober, aber das Wetter ist noch sommerlich.

Es ist einer der Tage, da es sich Jean Baptiste Colbert zu gestatten pflegt, sein Herz auszuschütten gegenüber dem einen Mann, in dessen Redlichkeit und Feinfühligkeit er unbegrenztes Vertrauen setzen darf: Nicolas de la Reynie, den er zum Polizeichef von Paris hat ernennen lassen. Mit einem leichten Bedauern, dass er heute wohl kaum auf seine eigenen Sorgen zu sprechen kommen kann, wendet sich Colbert zu dem großen weißen Schreibtisch und öffnet das Aktenstück. »Ich fürchte, mein lieber Nicolas, wir können nicht einmal ersprießlich darüber diskutieren, über diese Neuerung, die Sie da empfehlen – nicht bevor in Frankreich allgemeine Rechtseinheit durchgeführt ist. Wiewohl ich für dieses Ziel mit allem Eifer arbeite, ist es noch nicht erreicht. Im Augenblick wäre es unklug, die örtlichen Selbstverwaltungskörper, Gerichtshöfe und Grundherren gegen uns aufzubringen, indem wir geltendes Gewohnheitsrecht und örtliche Gesetze durch eine Königliche Verordnung annullieren.«

»Ihr Unternehmen einer Vereinheitlichung und Zentralisierung der französischen Justiz ist groß und Respekt gebietend, Herr Minister«, versetzt der jüngere Mann mit Gelassenheit. »Was ich ausgearbeitet habe, ist lediglich ein bescheidener Beitrag zur Entlastung des Budgets.« Das ist, wie er weiß, am ehesten die Tonart, auf die Colbert hört. So fährt er fort: »Ich rate zur Beseitigung eines Herdes, auf dem Gesetzwidrigkeit, Angeberei und behördliche Ermittlungen fortlaufend erzeugt werden. Annahme meines Vorschlags befreit den Staat von der Unterhaltung eines umfangreichen und kostspieligen Apparats, der überdies veraltet ist. Wird aber mein Vorschlag verworfen, dann müsste ich sehr ergebenst um wesentliche Verstärkung der Polizei einkommen. Die Männer sind mit zu vielen neuen Pflichten überbürdet, sie können nicht zugleich noch sämtliche Obliegenheiten aus der alten Zeit wahrnehmen.«

Colbert spielt mit einem kunstvoll geschnitzten Lineal. »Ich will

Ihnen nur verraten: Trotz meiner Bedenken habe ich Ihre Denkschrift an Seine Majestät weitergeleitet. Wir sind für heute Nachmittag zur Audienz befohlen. Ob er sie zu lesen geruht hat, weiß ich nicht. Er hat es zwar gern, dass Autoren ihm ihre Schriften zueignen, aber Lektüre hält er für pure Zeitvergeudung.«

La Reynie verbirgt, wie angenehm überrascht er ist, und sagt gemessen: »Mein Memorandum gehört keineswegs zur Literatur, es ist ein bescheidener Tatsachenbericht.«

Der Minister lehnt sich in seinem Sessel zurück; für einen Moment spielt unter den buschigen Brauen ein Lichtlein der Belustigung. »Hand aufs Herz, mein Sohn: Was drängt Sie so sehr, Hexen retten zu wollen? Fühlen Sie sich von ihnen verfolgt und wollen sie günstig stimmen?«

La Reynie hustet mehrmals, bevor er antwortet: »Nicht ganz so, aber ähnlich. Ja, ich fühle mich nachgerade unbehaglich in weiblicher Gesellschaft. Als Franzose und als denkender Mensch finde ich, wir schulden diesem Geschlecht weitgehende Rehabilitierung. Das Mindeste, was wir tun können, ist Widerruf der uralten Bezichtigung, es stehe im Bunde mit dem Teufel.«

»Wie steht es um Ihre offenbar günstige Meinung von der weiblichen Natur angesichts solcher Damen wie Catherine de Medici? Wie rehabilitieren Sie diese kaltblütige Giftmörderin und Urheberin der Bartholomäusnacht? Ach, die Gespenster der damals erschlagenen dreißigtausend Protestanten spuken noch fort in Paris!«

»Für die Eigentümlichkeiten des weiblichen Geschlechts kann ein Scheusal ebenso wenig repräsentativ sein wie ein Nero oder Gilles de Rais für die des männlichen. Andererseits sollten wir uns vergegenwärtigen: An die tausend Jahre und länger wird den Weibern vorgehalten, sie seien Törinnen, Verbrecherinnen, Satans Werkzeuge. Wenn man menschlichen Wesen lange und eindringlich genug sagt, sie seien dies oder jenes, dann soll man sich nicht wundern, wenn sie es mit der Zeit auch wirklich werden. So mag eine erkleckliche Zahl von Frauen dahin gekommen sein, eben die Niedertracht zu betätigen, deren man sie schon immer bezichtigte. Und als Polizeichef muss ich leider beobachten, dass die Kurve der weiblichen Kriminalität in scharfem Ansteigen ist.«

»Hirngespinste eines Junggesellen«, raunzt Colbert. »Mann, heiraten Sie doch endlich!«

»Ich kenne genug Ehepaare. Mein Gesamteindruck ist: Noch in der sanftesten, der gutwilligsten Frau glimmt ein Funke der Rebellion. Noch der rücksichtsvollste Ehegatte hat zu gewärtigen, dass eines schönen Abends sein teures Weib vom Herd den Schürhaken greift und ihm den Schädel einschlägt. Nun, Herr Minister, jener Funke, kundig angefacht in vielen zugleich und genährt durch andere Elemente des Aufruhrs, das könnte aufflammen in einem Brande, wie ihn die Welt noch nicht erlebt hat – jene andern Elemente bedürfen ja keiner Erläuterung meinerseits …«

»Sie reden von lauter Albdrücken, mein Freund!«

»Ich rede vom französischen Volk, Herr Minister. Oft komme ich mir vor wie in einem Theaterstück, in dem die Hauptfigur immer noch nicht auf der Bühne erschienen, von den agierenden Personen nicht erwähnt, auf dem Theaterzettel nicht vermerkt worden ist. Darum, wie geräuschvoll die Akteure sich auch gebärden, wie geschickt auch der Theatermeister seine Effekte einstreut, die Handlung des Stücks wird immer sinnloser und leerer!«

»Und Ihr vermisster Hauptakteur, mein Freund, wäre das Volk?«

La Reynie schweigt.

Colberts Lachen ist kurz und unwirsch: »Und Sie hielt ich für einen Gelehrten, einen Kunstsammler, einen aufgeklärten Kopf, vielleicht etwas zu aufgeklärt für den Geschmack des guten Bossuet und seiner Freunde! Jetzt sehe ich, Sie sind ja ein Spaßvogel. Nicolas de la Reynie, Polizeipräfekt von Paris – ein Humorist sind Sie!«

»Es bedarf wohl mehr als eines durchschnittlichen Sinns für Humor, Herr Minister, sich belustigt zu fühlen beim Gedanken an die Millionen Frauen, die in Europa während der letzten zwei Jahrhunderte wegen Umgangs mit bösen Geistern gefoltert und lebendig verbrannt worden sind. Es bedarf eines außerordentlichen Humors, es ergötzlich zu finden, dass selbst der erlauchte Humanismus unfähig war, dem Massenmord der Weiber Einhalt zu tun. Und es müsste vollends ein übermenschlicher Genius sein, der eine Komödie darüber schreiben könnte, dass Katholiken und Protestanten während ihres Kampfes um die Herrschaft auf Erden sich verständigt haben über die Belange der Hölle.«

Colbert starrt auf sein geschnitztes Lineal, als wäre es ein magisches Instrument. Endlich sagt er: »Ich bin ein ergebener Diener der Nation. Wir können von Glück sagen, dass es bei uns keine Revolten mehr gibt, keine flagrante Ketzerei, kein Gezänk von politischen Parteien. Aber die menschliche Natur lässt sich nicht ändern. Die Leute brauchen gelegentlich eine Zerstreuung, sonst wird ihnen ihr tägliches Leben gar zu eintönig. Man hat sich an das öffentliche Schauspiel der Hexenprozesse gewöhnt. Nicht dass ich persönlich diesen Geschmack gutheiße, aber was lässt sich dagegen tun?«

La Reynie bezwingt seinen aufsteigenden Zorn, dann erklärt er dem ergebenen Diener der Nation: »Was anfänglich eine Einrichtung gewesen sein mag, öffentliche Unzufriedenheit abzulenken von den Missgriffen der Regierenden, das hat sich nachgerade ausgewachsen zu einer schrecklichen und allgemeinen Gefährdung der Gesellschaft. Seitdem Denunziation von Hexen und Magiern materielle und moralische Belohnung findet, wird jedermann verdächtig gefunden. Wer sich eines Nebenbuhlers entledigen, sich an einer Person rächen, ein Geschäft an sich bringen will, braucht nur eine Anzeige wegen Hexerei zu erstatten. Und aus diesem Unwesen beziehen Tausende von Beamten, geistlichen und weltlichen, ihre Gehälter. Angeber und Lockspitzel werden reich. Erpressung und Bestechung sind im Schwange. Redliche Männer, die den grausigen Unfug beim rechten Namen genannt haben, mussten dafür mit ihrem Leben bezahlen. Kaum dass noch jemand wagt, dagegen aufzustehen. Und die Seuche greift immer noch weiter um sich. Dem moralischen Verfall folgt der Verfall der Urteilskraft. Niemand glaubt sich mehr imstande, die Identität seines Nachbarn, seiner Familienangehörigen mit Sicherheit zu bejahen; hat man ihnen doch seit Generationen eingeschärft, nur ja stets auf der Hut zu sein; in der Gestalt eines jeden Wesens, auch ihrer Mutter und ihrer Gattin, könnte ein Dämon stecken, der sich getarnt hat! So ist für die Menschen dieses Zeitalters die Luft bevölkert mit bösen Geistern. Hinter jedem Busch, jedem Pfeiler, jedem Möbelstück lauert ein Scherge der Hölle. Nonnen und Priester sind wegen Hexerei hingerichtet worden – also muss man folgern, dass nicht einmal die Sakramente vor Satans Macht Schutz gewähren. Was wird das Ergebnis sein, Herr Minister? Es ist unschwer vorauszusagen. An die Stelle des Heilands tritt Satan – vielleicht nicht unter diesem Namen, vielleicht nicht in der traditionellen Gestalt, wahrscheinlich abstrakter und darum noch fürchterlicher gedacht. Die Dämonen werden zeitgemäß umbenannt. Das Volk aber, während es, von außen gesehen, weiter seinem gewohnten Tagwerk nachgeht, entartet zu einer Menge von Verrückten und Verbrechern. Ihre schönen Straßen und Brücken und öffentlichen Gebäude werden sinnlos herumstehen, da sie für eine gesunde Menschheit geschaffen wurden, sie werden sein wie die Überreste antiker Tempel in der Wüste, die kein Wesen mehr besucht außer Hyäne und Schakal!«

Colbert verbirgt kaum seine Erschütterung. »Auf so unheimliche Prophezeiungen verfällt nur ein müßiger Geist – oder ein überarbeiteter. Nehmen Sie ein paar Wochen Urlaub!«

»Bitte, unterschätzen Sie die Gefahr nicht, Herr Minister! Geben Sie lieber zu, die Menschheitsgeschichte weist keinen ärgeren Schandfleck auf als diese methodische Hexenverfolgung. Was verfolgt man denn wirklich? Verbrecherische Handlungen? Kaum, da noch niemand, der seine fünf Sinne beisammenhatte, eines Dämons ansichtig geworden ist und der Hokuspokus als solcher nirgends nachweisbaren Schaden anrichtete. Was zur Anzeige gebracht und fürchterlich bestraft wird, sind innere Vorgänge, sind nichts als Gedanken und Träume, angebliche Zustimmung zu teuflischen Plänen. Und da sich innere Vorgänge niemals schlüssig nachweisen lassen, so wird die Justiz zur Farce!«

»Bleiben wir auf dem Boden der Tatsachen«, erwidert Colbert, »und halten wir uns an die zahllosen Geständnisse der Hexen selbst!«

La Reynie sieht grau aus. »Ich bin Tausende solcher Protokolle durchgegangen. Viele dieser Geständnisse erfolgten unter Tortur. Nun, Herr Minister – auf solche Weise verhört, würden Sie und ich selbst zugeben, einen Blutpakt mit dem Satan unterzeichnet oder auf dem Hexensabbat mit Lilith geschlafen zu haben.«

»Genug«, ächzt Colbert. »Wir hatten auch Aussagen, die wurden freiwillig gemacht.«

»Aussagen von geistesarmen Geschöpfen, die völlig zu Narren des Unsichtbaren geworden waren, mit dem sie herumzuexperimentieren gewagt hatten. Denn so ist die menschliche Natur: Während wir andern etwas vormachen, beginnen wir zu glauben, wir seien eben das, was zu sein wir vorgeben.«

La Reynie hat sich erhoben. Er hüstelt, bemüht sich, in seinem trockensten Ton zu sprechen: »Ich warne vor der größten Gefahr, die je unsere Zivilisation bedroht hat.«

Colbert winkt ab. »Die Kirche hält die Zügel fest in der Hand. Auch leben wir in einem wohlgeordneten Staat. Mit der Gesundung der wirtschaftlichen Verhältnisse werden die Leute aufhören, Umschau zu halten nach Personen oder Gruppen, die sie für missliche Zustände oder persönliches Unglück verantwortlich machen könnten. Ich sage Ihnen, wirtschaftlicher Aufschwung wird Ihr Problem zum Verschwinden bringen!«

»Diesen Optimismus kann ich nicht teilen. Wirtschaftlicher Aufschwung, was immer damit gemeint ist, kann niemals endgültig sein. Noch kann der Wohlstand allgemein sein. Noch kann er dort, wo er wirklich erreicht ist, die Angst vor Wiederverschlechterung bannen. Wäre es anders, so würden die Wohlhabenden rechtschaffene Menschen sein. Wir wissen, sie sind es nicht.«

Colberts Finger, ohne dass er es will, zerbrechen sein geschnitztes Lineal. »Was also schlagen Sie vor? Gründung einer neuen Religion, die den Teufel gänzlich abschafft – oder was?«

»Ich bin Polizeibeamter«, sagt La Reynie etwas steif. »Und in dieser Eigenschaft, das heißt im Interesse der öffentlichen Sicherheit und Ordnung, empfehle ich den Erlass eines Königlichen Dekrets, das sämtliche Strafverfahren wegen Schwarzer Magie niederschlägt und Freilassung aller wegen Hexerei verhafteten Personen befiehlt.« Und plötzlich bricht er los: »Als Franzose wünsche ich mein Land als Erstes den Schritt tun zu sehen, der die Menschheit erlöst von ihrem schändlichsten Aberglauben. Und als Privatperson wünsche ich meine menschliche Ehre zu bewahren – in den Augen Gottes, wenn Sie es hören wollen!«

Nur noch ein Bedenken hat Colbert vorzubringen: »Fromme Männer werden uns entgegenhalten, Unglaube an die Mysterien der Unterwelt könnte Unglauben an die himmlischen Mysterien im Gefolge haben ... Sicher glaubt Bischof Bossuet an den Teufel – was meinen Sie, glaubt er wohl auch an Hexen?«

La Reynie hat ein spöttisches Lächeln: »Die Ansichten des Herrn Bischofs, das dürften Sie besser wissen als ich, werden in Versailles nicht als ausschlaggebend erachtet, übrigens brauchen wir keine Bundesgenossen und wollen uns durch Angst vor Gegnerschaft nicht beirren lassen. *Ein* Mann kann mit einem Federstrich diesen ganzen Gräuel beseitigen. Der König ist absolut. Millionen kann er in den Tod schicken, er kann Millionen dem Leben und der Vernunft zurückgeben.«

Colbert blickt durchs Fenster. »Ein prächtiger Tag!« Er wendet sich, packt seine Akten zusammen. »Kommen Sie, es ist Zeit für Versailles. Wir werden sehen, wieweit er sich von Ihnen beeindrucken lässt.«

Die beiden Beamten rollen im offenen Wagen durch Paris. Wie das in den Straßen wimmelt, über die Brücken eilt, sich in den Läden drängt! Ja, dies ist Paris, Colberts geliebtes Paris!

»Schade, dass Seine Majestät Paris immer noch hasst«, seufzt der Minister. »Die königliche Nase beleidigen die üblen Gerüche in den Garküchen und den Gossen. Der Anblick dieser munteren Menge widert ihn an, nur weil er seine Kindheitserinnerungen an den Pariser Aufstand nicht loswird!«

Oktobersonne vergoldet Kuppeln und Dächer der blitzblanken neuen Gebäude. Ja, denkt La Reynie, es ist viel gebaut worden in der Ära Colbert: die neuen Kolonnaden des Louvre; drüben die Königliche Bibliothek, aufragend aus den alten Gärten des Palais Mazarins; das Königliche Hospital der Invaliden und, höher und imposanter als alle, die neue Sternwarte; weiter weg schimmern die neuen Glasfabriken … Und im Lande draußen das Netz von Landstraßen, die Wasserleitungen, Kanäle mit Schleusen und Staudämmen, Arsenale, Manufakturen und Fabriken, hier und da soll es sogar schon rationelle Landwirtschaft geben. Eigentlich doch ein rechter Herkules, dieser Colbert!

»Manchmal ist es mir selbst ein Rätsel, wie ich für all das die Mittel aufbringen konnte«, philosophiert der Minister. »Oft genug musste ich mir die hässlichen Praktiken meiner Vorgänger zu eigen machen: Verkauf von Staatsgütern, Vergebung öffentlicher Ämter an den Meistbietenden, Rückkauf von Staatsrenten zu lächerlich niedrigem Preis, Zwangsanleihen, Konfiskationen, Steuern und immer mehr Steuern …«

La Reynie denkt an ein gewisses Aktenstück, wohlverwahrt in seinem Geheimschrank, darin finden sich auch Zahlen über das rapide Wachstum des Vermögens dieses Gewissenhaften während seiner Amtszeit. Trotz dieses Schönheitsfehlers schätzt er den Mann. »Soviel ich weiß, Herr Minister, zerreißen die Pariser sich nicht den Mund Ihretwegen. Was den Leuten wirklich gegen den Strich geht, ist das unaufhörliche Dreinreden in ihre persönlichen Angelegenheiten – die Recherchen, was jeder treibt und denkt. Ich und mein Apparat, wir sind die wahrhaft Unpopulären, nicht Sie, der Sie Ihr Werk vor aller Augen verrichten.«

»Wer kennt mich denn wirklich?«, seufzt Colbert. »Ich träume, träume von einem kommenden Frankreich, das ein geschlossener Industriestaat ist mit einem wirtschaftlich gesinnten König als Direktor. Dieser Staat würde alles herstellen, was im Inneren benötigt wird, und seinen Produktionsüberschuss eintauschen gegen das Gold der andern Länder.«

Und was sollen wir damit anfangen, mit all dem Gold?, denkt La Reynie, aber er unterbricht den Träumer nicht.

»Um meine Vision zu verwirklichen, brauche ich Frieden, Zeit und Geld. Gegenwärtig übersteigen die Staatsausgaben unsere Einnahmen um nahezu fünfzig Millionen. Trotzdem verlangt er von mir wieder Unsummen für neue Extravaganzen. Bei wichtigen Entscheidungen werde ich überhaupt nicht um meine Meinung befragt. Ich habe ihm das Geld zu beschaffen – und darf schweigend zusehen, wie Frankreich und die Franzosen hingeopfert werden zum Ruhm eines Einzelnen!«

La Reynie lächelt mokant: »Hingeopfert? Aber Herr Minister! Beklagt sich wohl irgendein vernünftiger Franzose, dass er sonntags kein Huhn mehr im Topfe hat, solange er doch weiß, dass sogar der deutsche Kaiser die Überlegenheit Ludwigs des Vierzehnten anerkennt?«

Der Wagen rollt auf der breiten, gepflegten Straße nach Versailles.

»Wahrscheinlich hab' ich meine etwas nüchterne Auffassung von Glorie sowie meinen Sparsamkeitssinn von meinen schottischen Vorfahren geerbt«, sagt der Minister. – Aha, jetzt besteigt er sein Steckenpferd!, denkt La Reynie. – »Auf dem alten Friedhof in Reims trägt ein verwitterter Grabstein die Inschrift, in gotischen Lettern: ›Hier ruht der edle Ritter Robert Colbert, genannt der Schotte, verschieden im Jahre des Herrn 1300‹. – Ja, macht euch nur alle lustig über meinen Spleen, ich sei der späte Spross eines uralten schottischen Königshauses.«

La Reynie blickt geradeaus und vermeidet es, darauf einzugehen. »Ich stelle mir eben vor, wie sehr es dem König behagen muss, diese prächtige schnurgerade Fahrstraße entlangzurollen, in rot-goldener Karosse, vor der die großen Schimmel so majestätisch dahintraben – durch diese Szenerie!«

»Ja«, muss Colbert beipflichten, »alles ist hergerichtet für das Wohlgefallen des königlichen Auges: diese sorgsam zurechtgestutzten Bäume und Hecken, die symmetrisch geformten Beete der Herbstblumen, sogar Brünnlein und Bächlein fließen in korrekten Kurven.«

Ein läppischer Geschmack, denkt La Reynie, sich zu ergötzen an der Vergewaltigung der Natur, die nichts so sehr scheut wie Symmetrie.

Versailles kommt in Sicht. Umständlich räuspert sich Colbert. »Um zurückzukommen auf den Gegenstand der bevorstehenden Audienz: Sie verbleiben bei Ihrer These, dass böse Geister, wenn man ihnen keine Beachtung mehr schenkt, gänzlich verschwinden?«

La Reynie kann sich nicht länger enthalten, geradeheraus die Frage zu stellen: »Glauben Sie denn im Ernst an böse Geister?«

»Natürlich nicht«, sagt Colbert, »aber ich fürchte mich vor ihnen!«

Im Vorzimmer zum Privatkabinett Seiner Majestät in Versailles zieht es. Zum ersten Mal spürt Colbert, er ist gegen Zug empfindlich. Vierzehn, sechzehn Arbeitsstunden täglich, das hat auch seine eiserne Gesundheit erschüttern müssen. Was hilft ihm die Erkenntnis? Von den vielen ihm übertragenen Verantwortlichkeiten kann er keine einem andern aufladen, der König würde es nicht gestatten.

Die Tür des Kabinetts geht auf. Colbert und La Reynie erheben sich von ihren Sitzen, als Henriette hereinkommt, die Gattin des Herzogs von Orléans. Die allgemeine Sympathie, deren sie sich erfreut, ist noch gestiegen, seitdem man weiß, wie unverdient sie unter der Intimität ihres Gemahls mit jenem unverschämten Chevalier de Lorraine zu leiden hat. Und es muss vollends ein Martyrium geworden sein, nachdem der König sich gezwungen sah, den Chevalier wegen Majestätsbeleidigung in die Bastille sperren zu lassen. Vergeblich hat sich der Herzog bemüht, seinen Günstling freizubekommen. Seinen Zorn darüber ließ er an Henriette aus.

Aber siehe, heute ist ihr zartes Gesicht von freudiger Erregung belebt, ihre Stimme hat einen neuen Klang des Selbstvertrauens. »Beglückwünschen Sie mich, Messieurs! Seine Majestät lässt mich nach England reisen, ich darf meinen lieben Bruder und die Familie besuchen.«

Colbert küsst die zarte, durchsichtige Hand. »Möge Gott Sie beschützen, Madame, auf allen Ihren Wegen!«

Sie eilt hinaus.

»Dahinter steckt mehr als ein Familienbesuch«, erklärt Colbert.

»Falls sie es fertigbringt, die Beziehungen zwischen König Karl und unserem Herrn zu festigen, werde ich nachts ruhiger schlafen können. Die Gefahr eines Militärbündnisses zwischen England und Holland beunruhigt mich schlimmer, als die Erscheinung des leibhaftigen Teufels es vermöchte.«

Da sagt La Reynie: »Ich wollte, ich könnte mich für Madame freuen, sie muss ein jämmerliches Leben geführt haben in ihrem eigenen Haus als unerwünschter Gast! Wann wir sie wohl wiedersehen?«

»Sobald sie ihre geheime Mission vollbracht hat, wird sie zurückkommen. Ihr Gefühl für Seine Majestät ist immer noch stärker als ihre Abneigung gegen den Mann, der ja nur dem Namen nach ihr Gatte ist.«

Ein Berg massiven Fleisches füllt den Türrahmen. Der Marquis de Louvois, strahlend im Gefühl seiner Überlegenheit, begrüßt die beiden. »Messieurs, ein Erfolg dieser diplomatischen Sondermission gibt Frankreich freie Hand auf dem gesamten Kontinent!«

Von dieser Aussicht ist Colbert keineswegs entzückt. Er und Louvois verfolgen entgegengesetzte Ziele, aber respektieren einander doch als fähige Männer. Zwischen ihnen ist Gegnerschaft ohne Feindseligkeit. Eines Tages, das fühlen beide, werden sie zum alten Eisen geworfen, wird ihr Werk nachträglich von Stümpern verpfuscht werden.

»Seine Majestät ist bereit für Sie, Messieurs.« Damit entfernt sich Louvois, der Gegenstand dieser Audienz berührt ihn nicht.

Die Luft im Kabinett ist verbraucht, obwohl der Zug vollends unerträglich ist. Alles ist zu hastig gebaut worden, alles zu sehr berechnet nur auf den äußeren Eindruck anstatt auf Wohnlichkeit. Aber der Monarch scheint gefeit gegen Erkältung wie gegen sämtliche Unannehmlichkeiten, denen gewöhnliche Menschen ausgesetzt sind. La Reynies Denkschrift liegt auf seinem Tisch, er scheint wirklich darin geblättert zu haben. Jetzt erteilt er Colbert das Wort zum Vortrag.

La Reynie ist überrascht ob der ungewöhnlichen Wärme, mit der sich jetzt der Minister der Sache annimmt. Wahrhaftig, Colbert schließt seinen Bericht mit der Empfehlung: Seine Majestät möge geruhen, durch einen Erlass alle Hexenverfolgung zum Aufhören zu bringen.

Der König hat aufmerksam zugehört. Es ist seine Gepflogenheit, aus dem Vortrag Gebildeter zu lernen, die Lücken seines eigenen Wissens hier und da aufzufüllen, immer vorausgesetzt, der Vortragende zeigt sich respektvoll und dienstbeflissen. »Ich danke Ihnen, Monsieur, Ihr Standpunkt hat etwas für sich. Aber fürchten Sie nicht, dass so ein Erlass Satan gleichsam freie Hand gäbe? Wäre es nicht gleichbedeutend mit einem Beschwichtigungsversuch – wo wir doch den alten Feind Gottes und der Menschen machtvoll bekämpfen sollten?«

Colbert weiß mit dem König umzugehen. »Sire, wir empfehlen eine ähnliche Strategie, wie Sie sie selber kürzlich so erfolgreich anwandten, als Sie Ihre Truppen durch Luxemburg marschieren und den Rhein überschreiten ließen, während Ihr wirkliches Ziel die Eroberung der Niederlande war. Der Feind ließ sich täuschen und schwächte seine nördlichen Kräfte, um weiter südlich zu kämpfen; inzwischen erreichte das Gros Ihrer Armee in Eilmärschen Holland.«

Der König hat Einwände. »Trotzdem, Messieurs, trotzdem ist Holland noch nicht endgültig niedergerungen. Diese Barbaren öffneten ihre Deiche, ließen die Nordsee über ihr Land, retteten so ihr Amsterdam. Welch ein Wahnwitz, lieber Massenselbstmord zu begehen, als sich meiner Herrschaft zu beugen! Niemals werde ich ihrem Führer Verzeihung gewähren, diesem ruchlosen Prinzen von Orange.«

Der wird Sie kaum jemals um Verzeihung bitten!, denkt La Reynie.

Louis spricht weiter: »Oder glauben Sie gar, Messieurs, der Fürst der Finsternis sei ein weniger heimtückischer, weniger hartnäckiger Gegner?«

»Das – möchten wir allerdings annehmen, Sire«, sagt La Reynie mit einer plötzlichen Eingebung. »Zumal Sie ja keinerlei Absicht bezeigt haben, in sein Reich einzumarschieren. Es wäre ja auch unsinnig, wollte das Frankreich Louis des Großen sich wegen dieses Potentaten Scherereien machen! Haben doch die Erfolge Eurer Majestät auf allen Gebieten schlüssig dargetan, dass durch Ihre Person die Vorsehung selbst handelt, ohne jeglichen Mittler.«

Colbert schnappt nach Atem, selbst ihm wird das doch zu kühn!

»Sprechen Sie weiter, Monsieur«, befiehlt der Monarch.

»Euer Majestät hatten die Weisheit, die Generalstände nicht mehr einzuberufen. Die Einflussnahme des Vatikans auf die Belange der gallikanischen Kirche haben Sie auf ein Minimum beschränkt. Sire, Frankreich ist stolz und glücklich, einen Herrscher zu haben, dessen ständiges und unmittelbares Einvernehmen mit Gott einem jeden in die Augen springt. Nun, Sire, zwischen Gott und Ihnen ist kein Raum für einen Dritten. Wo Louis Quatorze regiert, hat Satan keine Rechte. Ja, Sire, Gott hat ihn als den Fürsten dieser Welt abgesetzt, da Er Sie zu seinem Treuhänder auf Erden bestellte!«

Sekundenlang zweifelt Louis, ob dieser La Reynie das völlig ernst meine. Aber sogleich erinnert er sich, wie viel er selbst doch schon zum Ruhme des Höchsten vollbracht hat! Er erhebt sich mit schlichter Würde aus seinem Sessel. »Wohlan denn, Messieurs, bringen Sie allen Gerichtshöfen und Verwaltungsbehörden zur Kenntnis: Verfolgung von Hexen verträgt sich hinfort nicht mehr mit der Würde Frankreichs und findet daher nicht mehr statt.«

An der nun folgenden Rücksprache des Königs mit Colbert nimmt La Reynie nicht teil, da sie ihn nicht betrifft. Er verlässt das Kabinett in dem Hochgefühl, ein wichtiger Schritt sei getan auf dem Weg zur Befreiung des menschlichen Geistes von den Fesseln des Aberglaubens und Vorurteils.

Wie sich die Tür hinter La Reynie schließt, beginnt der König in dem zugigen Kabinett hin und her zu schreiten. »Ich hoffe, wir haben da keinen Fehler gemacht! Nun, hier ist eine weitere Gelegenheit, zu zeigen, wie sehr ich, entgegen volkstümlichem Vorurteil, das weibliche Geschlecht in Ehren halte. Im Ausland sagen mir Übelwollende nach, ich sei kein vorbildlicher Ehemann. Aber niemand soll jemals behaupten können, ich sei kein liebevoller Vater! So habe ich mich denn entschlossen, die Kinder, die mir von Madame de Montespan geschenkt wurden, zu legitimieren. Ein Hindernis hierfür bestand bisher in der hartnäckigen Weigerung ihres Gemahls, die Ehe für nichtig erklären zu lassen. Indessen fand ich einen Weg, um diese Schwierigkeit herumzukommen. In dem Staatsdokument, das die Legitimierung ausspricht, wird der Name der Mutter überhaupt nicht genannt werden. Schließlich sind sie Bourbonen, und als bourbonische Prinzen wünsche ich sie erzogen und von der Welt geehrt zu sehen.«

Colbert verneigt sich, leise fröstelnd. Das Verfahren ist zwar neuartig, aber doch unschädlich.

Aber noch lässt der König ihn nicht gehen. »Dem neuen Status der Kinder entspricht es, dass sie nicht länger in Heimlichkeit erzogen werden, sondern Gemächer und Dienerschaft hier am Hofe erhalten. Und jetzt sagen Sie mir bitte Ihre Meinung über die Dame, die ihre Erziehung beaufsichtigt.«

Colbert muss niesen, entschuldigt sich und bemerkt, er habe Madame Scarron zwar nur flüchtig getroffen, schätze aber ihre Manieren, ihre Ausgeglichenheit und hohe Intelligenz.

Das ist auch Louis' Eindruck. »Aber erwähnen Sie sie nicht mehr als Madame Scarron. Eine solche Person gibt es nicht mehr. Dank Madame de Montespans Bemühungen wurde ein geeignetes Landgut gesichert, mit dem ein Marquisat verbunden ist. Der gegenwärtige Besitzer will verkaufen. Sie werden so gut sein, ihm den Betrag von 25 000 Livres überweisen zu lassen und dafür zu sorgen, dass alle Urkunden und Titel in gültiger Form auf die neue Marquise de Maintenon übertragen werden.«

Das Wetter war umgeschlagen. Der Nachmittag war nasskalt. Die Reisekutsche mit dem Wappen der Sévignés kehrte von dem gewohnten Sommeraufenthalt in der Bretagne nach Paris zurück. An der Ecke der Rue Ambrose wurde gehalten.

»Hier muss es sein«, sagte der dicke Kutscher zu dem jungen Mädchen neben ihm auf dem Bock.

»Vielen Dank auch, Monsieur«, sagte sie artig, während ihr die Zähne klapperten. Sie kletterte herunter, er reichte ihr das Bündel, das ihre Habseligkeiten enthielt. Sie blickte durch das geschlossene

Fenster ins Innere der Kutsche, knickste tief und sagte: »Mögen der Himmel und alle Heiligen Sie segnen, Madame, dass Sie mich den ganzen Weg mitfahren ließen!«

Madame de Sévigné konnte die Worte nicht hören, sah nur den Knicks, war tief gerührt ob ihrer eignen Güte, erwiesen einem Mädchen aus den unteren Ständen auf Bitten der frommen Schwestern. Sie nickte huldvoll. Die Pferde zogen an. Die Kutsche entschwand im Nebel.

Das Mädchen rieb sich die klammen Hände, zog den Wollschal fester um sich, nahm ihr Bündel, ging die Straße hinunter. Sie blieb vor dem Haus stehen, dessen Nummer ihr seit so vielen Jahren bekannt war. Sie sah ein Gerüst und sah Bauarbeiter damit beschäftigt, das Haus niederzureißen.

Sie war sechzehn, sah aber jünger aus. Die feine, kühn geschwungene Nase und die kräftigen schwarzen Brauen kontrastierten mit dem lichtbraunen Haar und dem weichen Oval des noch kindlichen Gesichts. Sie trug das dunkelgraue Wollkleid, das ihr die bretonischen Nonnen gegeben hatten. Der große Schal war noch von der guten Pauline gestrickt worden, im Jahre bevor sie starb.

Einer von den Arbeitern blickte gutmütig auf sie hinunter. »Na, Herzchen! Noch nie Leute bei der Arbeit gesehen?«

»Entschuldigen Sie, Monsieur«, antwortete sie bescheiden, »aber was Sie da abreißen, das ist mein Elternhaus.« Nach einem kurzen Zögern setzte sie hinzu: »Ich bin nämlich Madeleine Monvoisin, und ich komme zu meinen Eltern zurück.«

Der Mann kam vom Gerüst geklettert, schnäuzte mit den Fingern die tropfende Nase, betrachtete das Mädchen eingehend. Dann sagte er teilnahmsvoll: »Deine Eltern, Kindchen, die wohnen nicht mehr hier. Die haben das Haus auf Abbruch verkauft. Aber wenn du zu deinem Alten willst: vierte Straßenecke von hier, dann links in die Gasse, da siehst du ein Schild ›Zum Grünen Schwan‹. Und spute dich, sonst triffst du ihn schon in seiner Abendstimmung, und dann ist er nicht mehr imstande, sein eigen Fleisch und Blut zu erkennen, nicht um drei Dukaten und auch nicht um der Liebe willen!«

»Vielen Dank auch, Monsieur«, sagte sie, knickste so höflich, wie man es ihr im Kloster beigebracht hatte. Sie nahm ihr Bündel auf, schluckte brav die Tränen, begab sich auf die Suche nach ihren Eltern.

Der »Grüne Schwan«, in dem Antoine Monvoisin nun seit Jahren lebte, war keine Unterkunft für Diebe und Dirnen. Der Schankraum war hauptsächlich ein Treffpunkt für Spieler. Leute, gerade noch diesseits der Grenze bürgerlicher Reputierlichkeit, würfelten oder spielten Karten um bescheidene Einsätze, andere vergnügten sich damit, zuzuschauen. Das Spiel war begleitet von unaufhörlichem Geschwätz. Der Ruf Abwesender wurde im Munde herumgedreht und, bis zur Unkenntlichkeit zerkaut, wieder ausgespien. Gerüchte, meistens bösartige, wurden erzeugt oder nur weitergegeben – als eine Art Ersatz für die von der Regierung verbotenen Zeitungen.

Monvoisin war ein stiller Trinker. Zwischen seinen nüchternen und betrunkenen Stadien war kaum ein Unterschied. Seine Lebensenergie – niemals war sie sehr kräftig gewesen – schien sich verflüchtigt zu haben. Erholung war wohl kaum mehr möglich, jedenfalls machte er keinen Versuch. Stellte an niemanden Fragen, verlangte keine Auskünfte, beobachtete sich selber, wie er gemächlich abwärtsglitt, hinunter zu etwas noch Unvorgestelltem, wo vielleicht noch eine Überraschung seiner harren mochte. Geld hatte er ehemals von Adam Lesage empfangen. Jetzt erhielt er es von Catherine. Wie sie es erwarb, danach fragte er nicht. Im »Grünen Schwan« war er leidlich beliebt. Er machte keine Schulden, belästigte niemanden mit seinen Privatangelegenheiten, war aber immer bereit, sich von andern ihre Sorgen erzählen zu lassen. Sie hielten das für Güte, da es ihnen entging, dass er, während sie redeten, einfach seine Ohren schloss und seine Gedanken wandern ließ, planlos, ziellos.

Er hatte sein Dämmerquantum billigen Rotweins schon genossen, als die breithüftige Kellnerin Madeleine an seinen Tisch brachte.

Sie stand reglos, Tränen in den Augen. Als sie sprach, zitterte ihre Stimme: »Sind Sie – sind Sie vielleicht Monsieur Monvoisin? Ich – ich bin nämlich Madeleine.«

Er stierte sie verständnislos an. Es dauerte einige Zeit, bis ihm etwas dämmerte. »Du bist Madeleine? Bist – meine Tochter? Aber das ist doch kaum möglich – sie war doch nur so groß …« Seine Hand war eine Elle über dem Fußboden.

Die Kellnerin kam zu Hilfe. »Vierzehn oder fünfzehn Jahre, Monsieur, die sind um, bevor einer piep sagt. Das ist schon Ihre Tochter! Denn wenn sie nicht Ihre Tochter wäre, was hätte sie davon, Sie anzuschwindeln?«

Madeleine wurde dunkelrot, ihre Zähne gruben sich in die Lippe. Die Gäste fanden es aufregend. Wer hätte jemals gedacht, Antoine Monvoisin habe eine Tochter! Zum ersten Mal seit vielen Jahren fühlte er sich als Mittelpunkt allgemeiner Aufmerksamkeit.

Er erhob sich von der Bank. Es fiel ihm nicht leicht, aber er stand gerade. Streckte die Arme aus. »An mein Herz. Gib deinem Vater einen Kuss – mein Kind!«

Sie gehorchte. Sein Atem machte ihr übel. Im Kloster hatte sie oft genug gesehen, wie Väter ihre Töchter besuchten oder sie nach Hause holten. Manchmal hatte sie auch, im Dorf oder an der Landstraße, Betrunkene gesehen. »Die holt sich bald mal Satan, wenn sie sich nicht schleunigst bessern«, hatten die Nonnen gesagt.

»Wo ist die Mutter?«, fragte Madeleine.

Schweigen. Natürlich wussten sie alle, Antoine Monvoisin hatte eine Frau. Einige hatten sie gesehen, wenn sie gelegentlich gekommen war, um seine Rechnung zu bezahlen und ihm etwas Taschengeld dazulassen. Man glaubte allgemein, sie sei eine ausgehaltene Frau, die mit ihrem Liebhaber irgendwo im Luxus lebe. Antoine hatte diese Annahme nicht berichtigt.

Ein säbelbeiniger Fettwanst näherte sich dem Tisch. »Höre, Monvoisin, falls du keine Lust hast, deine Frau zu inkommodieren, lass die Kleine mir und meiner Schwester Marthe.«

»Ich möchte zu meiner Mutter«, sagte Madeleine mit Nachdruck.

Der Fette dämpfte seinen Baß: »Ich muss nämlich sowieso jemand annehmen für den Laden. Außerdem hab ich's satt, Witwer zu sein. Ich glaube, sie gefällt mir nicht übel, diese deine Tochter.«

Mehrere lachten dreckig. Ein Kreis hatte sich gebildet.

»Zu meiner Mutter will ich!«, schrie Madeleine.

Antoine wurde nüchtern. Er langte nach seinem schmierigen Hut. »Komm, mein Kind. Ich bring' dich zu deiner Mutter.«

Sie standen vor der Haustür in der Rue Beauregard und zogen die Glocke. Niemand öffnete. Es war windig. Ein Regenschauer ging nieder.

Von der Straße kam Lesage. Er sah graublass aus und fröstelte. Antoine, im Gefühl seiner Vaterwürde, stellte vor: »Mein Kind, dies ist Monsieur Lesage, unser Hausfreund.«

Sie knickste. Lesage murmelte irgendwas. Beim ersten Blick hatte er gesehen, wessen Kind sie in Wirklichkeit war: Nase, Stirn, Kinn glichen denen des Marquis de Montespan. Er zog einen Schlüssel aus der Tasche, ließ beide ins Haus. Die Wirtschafterin stand verlegen, als sie hereinkamen. »Madame darf nicht gestört werden, sie hat Besuch.« Er schob Margot beiseite; forderte Monvoisin und Madeleine auf, sich am Kaminfeuer in der Halle zu wärmen, während er hinaufgehen werde, um Catherine Bescheid zu sagen.

Madeleine war verstimmt. Warum sollte dieser Herr hier mehr zu sagen haben und mit ihrer Mutter auf vertrauterem Fuß stehen als der Vater? Aber sie fand selbst eine Antwort: Weil der Vater ein Trinker ist.

Im oberen Stockwerk, von dem kleinen Vorzimmer aus, hörte Lesage Catherines Stimme und eine ihm unbekannte blecherne Männerstimme im Laboratorium. Er warf sich in einen Sessel und wartete. Wartete in der Dämmerung. Es ist also geschehen, das Kind ist nach Hause gekommen. Aber sogleich vertrieb den Gedanken an Madeleine ein anderer Gedanke: Die verdammte Angelegenheit, in der er Catherine eine Bestellung zu übermitteln hatte! Er fluchte im Stillen. Hatte er sie nicht eindringlich davor gewarnt, sich mit diesem Schwein Guibourg einzulassen? Trotzdem hatte sie zwischen diesem Kerl und der Marquise die Verbindung hergestellt, vermutlich ohne zu ermitteln, worin seine besondere Tätigkeit bestand. Lesage hatte sich darauf eingerichtet, Catherine in unbeirrbarer Ergebenheit zur Seite zu bleiben. Es war ein äußerst gefährlicher Weg, den sie ging, darüber gab er sich keiner Täuschung hin. Aber wenigstens lag der Weg erkennbar vor ihnen, und er konnte achtgeben. Jetzt verdunkelte sich alles wieder – Straße, Richtung und Ziel.

Das Kind hätte nicht heimkommen sollen!, dachte er. Vielleicht wäre es für alle Beteiligten, auch für Madeleine, am besten gewesen, sie wäre, wie so viele Kinder, früh gestorben. Nun, sie war lebendig. Außerordentlich lebendig. Dazu von einer seltsamen Anmut. Wenn man sie wenigstens wieder wegschicken könnte, so rasch, wie sie aufgetaucht war! Aber wohin? Eine Sekunde dachte er an den Marquis de Montespan. Nein, das ging nicht; Catherine würde sich weigern, an den Mann heranzutreten, der ihrer geliebten Françoise so Bitteres angetan hatte.

Françoise, Guibourg, Catherine, er selbst, das Kind – ein verhexter Kreis von Spukgedanken in seinem Hirn. Am liebsten hätte er laut aufgeschrien. Die Kette ohne Ende: Ich bin an Catherine gefesselt, sie an Françoise, Françoise an einen albernen Menschen, der seine Partnerschaft mit dem Herrgott proklamiert – und dies alles steht im Zeichen Satans!

Catherine, einen Leuchter in der Hand, stand plötzlich vor ihm. Sie trug ihre dunkle, mit den Goldadlern besetzte Robe. »Dacht' ich's mir doch, Sie sind hier«, sagte sie mit angenommener Förmlichkeit. »Ich habe auf Sie gewartet. Kommen Sie bitte herein.«

Er folgte ihr. Drinnen saß ein groß gewachsener, etwa fünfzigjähriger Mann im offnen grauen Feldmantel, sein langes pferdeähnliches Gesicht hatte den Ausdruck gieriger Spannung. Er erhob sich, und Lesage sah, dass unter dem massiven Rumpf die Beine zu kurz geraten waren. Catherine stellte Adam unter dem Namen vor, den sie bei solchen Gelegenheiten gebrauchten: »Monsieur Dubuisson, ein berühmter Magier, der die Geheimlehren Asiens und Afrikas kennt. Ich habe ihn hergebeten, weil er erfahrener ist als ich und Ihnen mit besserem Erfolg zur Hand gehen kann.«

Die beiden Männer betrachteten einander mit geschäftlichem Interesse. Zwar hatte sie Adam keineswegs hergebeten, und er hatte auch keine Ahnung, wer da vor ihm stand, aber er spielte seine Rolle. Nach einer Weile sagte er: »Es ist nicht meine Gewohnheit, bei einer ersten Begegnung zu erklären, ob ich mich des Falles annehmen will. Wenn Sie meine Entscheidung vernehmen wollen, begeben Sie sich Freitag in einer Woche nachmittags um drei in das Gasthaus ›Zum Grünen Schwan‹ und fragen Sie dort nach Monsieur Dubuisson. Ich werde ein Zimmer für unsere Besprechung reserviert haben.«

Der Mann im Mantel hatte noch nichts gesagt. Er sagte auch jetzt nichts. Aber sein Pferdegesicht drückte Zustimmung aus. Er verneigte sich zeremoniell, dann ging er hinaus. Lesage leuchtete ihm die Treppe hinunter.

Als er wieder hinaufeilte, war sie in ihrem Schlafzimmer beim Umkleiden. »Du kamst ausnahmsweise im rechten Moment«, sagte sie hinter der halb offenen Tür, »sonst hätte ich diesen Narren hinausgeworfen. Er ist übler als die meisten.«

»Wer ist es?«

»Der Herzog von Luxembourg. Zwar hat er mir seinen Namen nicht gesagt, aber d'Albret hatte mich auf seinen Besuch vorbereitet, und die unsinnigen Wünsche, die er hat, lassen keinen Zweifel, wer er ist.«

Er trat in die Tür, beobachtete, wie sie sich bewegte, wie sie sprach. Nicht mehr das innige, unbewusst anmutige Wesen von ehemals – sie ist herb und selbstsicher geworden wie eine von Racines Heldinnen … »Eine Goldgrube für uns!«, sagte er. »Der Herzog hat eine Schlacht verloren und ist beim König in Ungnade. Außerdem soll er in Madame d'Albret verliebt sein und ist einer der reichsten Männer im Land. Was bringt dich so sehr gegen ihn auf? Es heißt, er habe einen gutartigen Charakter.«

»Dumme Menschen sind niemals gut«, sagte Catherine, während sie die Schuhe wechselte. »Ist aber einem Dummen die Gewalt über viele gegeben, dann ist er fürchterlicher als ein Schurke. Weil ja Schurken auf ihren Vorteil bedacht sind, und da lassen sich ihre Handlungen ungefähr im Voraus berechnen. Dumme aber sind auf gar nichts bedacht; und gegen das Unglück, das sie anrichten, kann niemand Vorkehrungen treffen.«

»Die verlorene Schlacht ist kein solches Unglück«, entgegnete Lesage schon ungeduldig. »Auch wenn er sie gewonnen hätte, wäre darum noch nicht Frieden. Wahrscheinlich würde unsere große Armee bereits im Herzen Deutschlands wüten!« Er wollte ihr sagen: Dir steht für heute Abend eine recht widerwärtige Überraschung bevor, und außerdem ist dein Kind eingetroffen.

Aber da trat sie aus dem Schlafzimmer heraus und erwiderte: »Jeder redet von unserer großen Armee wie von unserer großen Sternwarte oder unseren großen Dichtern – weil keiner sich vorzustellen wünscht, worin unsere Armee groß ist, nämlich darin, dass sie mehr mordet als andere!«

»Du und ich werden den Krieg nicht abschaffen«, fiel er ihr ins Wort, »und die Geistlichkeit segnet die Waffen der Soldaten des Allerchristlichsten Königs.«

»Nicht alle Geistlichen tun das«, versetzte sie. »Erst vorige Woche hörte ich einen Jesuiten predigen, den Pater Bourdaloue: ›Was Straßenräuber auf eigene Faust treiben, das begehen Könige an der Spitze ihrer Armee.‹«

»Schon gut«, sagte er, »wir müssen uns hüten, uns auf solche Kritik einzulassen, unsere Geschäfte sind von zu delikater Natur.«

»Ihr Männer hier seht vom Krieg kaum mehr als seine Wirkung auf den Geschäftsgang und redet von ihm, als fände er auf einem anderen Planeten statt!«

»Mit solchen Redensarten erschütterst du nur die Luft! Ich meinte, du interessiertest dich vorwiegend für deine persönliche Beziehung zum ›Geist‹?«

Er weiß nicht mehr viel von mir, sagte sie sich; sie hatte sich ja auch seit Langem nicht mehr mit ihm ausgesprochen. So erwiderte sie mit einiger Zurückhaltung: »Das mit der Hölle ist doch sehr ungewiss, und man soll sich da keinen festen Vorstellungen ergeben, das hat schon der heilige Augustinus gesagt. Aber das bisschen Erdenleben, das wird so vielen zur Qual gemacht durch Hunger und Krieg und Fronarbeit und diese unaufhörliche Angst vor dem nächsten Tag. Obwohl das alles gar nicht so zu sein brauchte! Die Leute, die es anrichten und immer wieder anrichten, sind keineswegs von einer höheren Macht beschirmt. Wenn man sie nicht unschädlich macht, dann aus dem Grund, dass wir unentschlossen sind und jeder sich denkt, vielleicht kann ich selber doch glimpflich davonkommen, vielleicht sogar mit Profit.«

Er stand wie vor den Kopf geschlagen. »Was hast du vor, Catherine? Willst du den Herzog von Luxembourg umbringen oder sonst jemanden?«

»Niemanden will ich umbringen, Adam. Aber ich habe einen Plan, wie jemand den Mächtigsten von ihnen allen zur Einsicht bringen soll ...«

»Vielleicht gar Madame de Montespan?« Er lachte bitter auf. »Bitte, Catherine, kümmere dich lieber um deine eigenen Angelegenheiten und vergiss, wie es der Welt ergeht!«

»Wie kann ich das«, sagte Catherine, »ich bin ja nicht schwachsinnig.«

Da riss ihm die Geduld. »Sag das nicht mit solcher Bestimmtheit! Nicht, bevor du mit eigenen Augen siehst, was du in deiner Verranntheit schon wieder angerichtet hast!«

Sie runzelte die Stirn. »Was heißt das?«

Da versetzte er es ihr: »Madame ist in Paris. Sie wünscht uns beide heute Abend zu sehen. Genauer gesagt: Der Abbé Guibourg wünscht, dass wir der Veranstaltung beiwohnen, die heute Nacht für Madame stattfindet. Wie sie mir sagte, bestand er bisher auf völliger Geheimhaltung ihrerseits. Inzwischen scheint er Angst bekommen zu haben, einer von uns könnte ihn eines Tages aus irgendwelchen Gründen zur Anzeige bringen. Darum sollen wir an seiner Schwarzen Messe wenigstens einmal teilgenommen haben.«

Sie fand das nicht weiter bestürzend. »Françoise hätte mir das direkt mitteilen können, aber meinetwegen! Also gehen wir ...«

Er starrte sie an. »Hast du wirklich keine Ahnung, was du zu sehen bekommen wirst?«

Sie lachte, aber ihr war etwas beklommen: »Nicht so schulmeisterlich, Adam! Ich bin gewohnt an allerhand Hokuspokus.«

Er hörte einen leichten Schritt die Treppe herauf. Mein Gott, er hatte ja ganz vergessen! »Bevor wir gehen, Catherine, hast du noch jemand andern zu begrüßen, und zwar sofort.«

Er riss die Tür auf, im Vorzimmer brannte eine Kerze. Madeleine stand auf der Schwelle, schmal und schüchtern, wagte kaum zu atmen.

Niemand sprach. Adam zählte, wie oft der Fensterrahmen rhythmisch im Wind knarrte. Dann wandte er sich zu dem vielarmigen Leuchter, der auf einem Marmorsockel in der Ecke stand, zündete sämtliche Kerzen an.

Die Stimme kam dünn, bebend, bittend: »Sind Sie – bist du – meine Mutter?«

Catherine fühlte ihre Knie versagen. Dieses junge Geschöpf da war wirklich. Kein Mythos. Nicht einfach eine Adresse, irgendwo in der Bretagne, für monatliche Geldsendungen. Sie war wirklich … Einen Schritt auf das Mädchen zu – zwei Schritte …

Neben Madeleine stand Antoine, gereckt und trotzig, als sei er zu ihrem Schutz bereit. Er sprach. Sprach den ersten zusammenhängenden Satz, den Catherine seit Jahren aus seinem Mund gehört hatte: »Sie dachte, sie hätte genug gelernt. Und als diese Madame de Sévigné, oder wie sie heißt, das Kloster besichtigen kam, da hatten die Nonnen einen guten Einfall: Sie baten die Dame, unsere Tochter nach Paris mitzunehmen.«

Ihre Tochter. Nicht Antoines Tochter. Ihre Tochter, niemandes sonst. Kein Vater, nicht auf Erden und nicht in der Hölle, niemand hatte Anspruch auf dieses Kind!

Madeleine war näher gekommen, stand dicht bei der Mutter. Sie hatte Angst; zum ersten Mal in ihrem jungen Leben spürte sie Angst, ohne zu wissen, warum …

Zum ersten Mal in meinem Leben einer Ohnmacht nahe, fühlte Catherine und sagte sich: Nein, das darf ich nicht, darf es nicht … Und plötzlich streckten sich ihre Arme aus. Sie riss das Mädchen an ihr Herz. Bedeckte ihr Gesicht mit Küssen. Und dann, mit der Unwiderstehlichkeit einer lange gestauten unterirdischen Quelle, brach in ihrem Innern ein Tränenstrom auf, füllte ihre Kehle; ein reißender Strom, ihren Körper wild schüttelnd, erst unhörbar, dann vernehmlich, laut, lauter.

Das Mädchen in den Armen der Mutter schluchzte leidenschaftlich, ihre Kindestränen flossen zusammen mit Catherines.

Antoine Monvoisin war wieder zusammengesackt, lehnte an der Wand. Fühlte sich ergriffen von Mitgefühl mit Catherines Gefühl, aber am tiefsten ergriffen von Mitgefühl mit sich selber. So begann auch er herzbrechend zu schluchzen.

Lesage sah zu. Sah sie alle drei aufgelöst in Tränen. Die Familie, nun wieder vereinigt. Er verspürte einen Reiz zum Lachen – zu grimmigem, mächtigem, dem Schicksal ins Gesicht berstendem Gelächter. Heute Nacht würde Catherine an der widerwärtigsten, obszönsten, schauerlichsten Zeremonie teilnehmen. Und hier stand er, Adam Lesage, der sämtliche Geheimnisse dieser Familie kannte, intelligenter und gebildeter war als ihre Mitglieder – und außerstande war, sich loszureißen.

Sie setzten sich um den runden Ebenholztisch. Lesage nahm von der Anrichte die Weinkaraffe und eine Silberschüssel mit Früchten und Biskuits. Er sah zu, wie Madeleine und Antoine tranken und schmausten.

Dies also hätte ich mit Leichtigkeit werden können!, dachte Catherine. Eine einfache, glückliche Ehefrau und Mutter, dazu einen wohlmeinenden, anspruchslosen Freund. Aber ich habe keinen Gatten, denn dieser hier ist geistig und seelisch ein Misswuchs. Ich habe keinen wahren Freund, denn Adam ist mein Komplize in lichtscheuen Unternehmungen, ob er sie nun billigt oder beanstandet. Auch habe ich kein Heim, denn dies hier ist ein Treffpunkt für Narrheit und Verbrechen … Aber ein Kind habe ich. Ja, ich habe eine Tochter, keine ehrbare Frau könnte eine hübschere haben. Meine Tochter, mein Kind, mein Fleisch und Blut. Ich muss sie beschützen. Vor Antoine, der ein Trinker ist. Und vor Adam, der an nichts in der Welt ernsthaft glaubt.

Und – ja – auch vor mir selbst muss ich sie schützen. – Bei dem letzten Gedanken stockte sie, wiederholte ihn sich aber und dachte ihn tapfer zu Ende: Ich muss Madeleine vor mir selber schützen, vor dem in mir, was des Teufels ist. Was immer des Bösen Art ist, leibhaftig oder geistig, er soll Madeleine nicht bekommen. Sie ist nicht sein. Er hat mit ihr nichts zu schaffen, nicht mit ihr! Er soll sich nicht einfallen lassen, ihr nahe zu kommen! Mein Kind ist sie, ich bin die Mutter! – Ein letzter Schleier zerriss vor ihrem innern Auge. Durch den Riss konnte sie sich selber sehen. Konnte sich sehen als junges Mädchen am Seine-Ufer, wie jemand sie liebkoste in der Nacht vor ihrer Hochzeit. Ein junger Mann in Schwarz, ohne Verruchtheit, ohne besondere, bezwingende Persönlichkeit. Ein junger Mann, der sogar etwas erstaunt war, dass sie es ihm so leicht machte. Seitdem sie wusste, wer er war, würde sie sich geschämt haben, ihn erfahren zu lassen, was aus ihr geworden war. Ein rechtlicher, warmherziger Mann, ganz ohne Zweifel. Und sie selber hatte von Haus aus gute Anlagen. So besaß Madeleine alle Voraussetzungen, glücklich zu werden …

»Mutter«, fragte das Mädchen, »werde ich heute Nacht hier schlafen?«

Catherine gab keine Antwort. Noch war alles in ihr in Aufruhr. Ihre neuen Gedanken waren noch zart und verwundbar wie Gefühle, während ihre Gefühle bereits die festere Form von Gedanken annahmen. Von dem Wahn ihrer Jugend, sie sei einen persönlichen Pakt mit dem Bösen eingegangen, hatte sie sich schon vor Jahren frei gemacht. Aber da war noch jene andere, standhaftere Vorstellung: Abhängigkeit gewöhnlicher Menschen, insbesondere Frauen, von der Willkür finsterer Mächte. Jeder Versuch der Vernunft, diese Vorstellung zu entkräften, stieß auf einen entgegengesetzten Versuch, sie aus der Erfahrung zu festigen. Es schien, als sei die Vernunft nicht imstande, die Sache im einen oder anderen Sinn klarzustellen. Jetzt aber, jetzt fühlte Catherine sich stark genug, mitten hindurchzubrechen durch dieses Wirrsal. Hindurchzubrechen um ihres Kindes willen. Sie waren zu schlagen, die finsteren Mächte! Ja, ihr Leben hatte einen neuen Antrieb empfangen, ihre Tochter sollte in ihrem eignen Leben all das bekommen und genießen, was die Mutter für sich selbst verwirkt hatte.

Sie hörte Adam sagen: »Du kannst nicht gut hierbleiben, Madeleine, da deine Mutter hier keinen Raum übrig hat. Außerdem hat sie alle Hände voll mit den verschiedensten Geschäften mit den verschiedensten Leuten, hier geht es recht unruhig zu.«

»Aber ich habe große Lust, Leute kennenzulernen, gerade die verschiedensten Leute«, entgegnete das Mädchen. »Bis jetzt kenne ich ja nur die frommen Schwestern und dumme Bauern und die albernen Dinger im Kloster, die sind allesamt sehr langweilig. Darum habe ich ja der Frau Oberin keine Ruhe gelassen, bis sie mich nach Hause geschickt hat.«

Catherine merkte, dies war für sie der Augenblick, ihre Autorität aufzurichten. »Höre, mein Kind. Dein Vater wird dich für heute Nacht in seinem Logierhaus unterbringen. Morgen gehen wir mit dir zu den Ursulinerinnen in Saint-Germain und werden mit ihnen ein Abkommen treffen, dass du dort leben wirst, bis deine Erziehung abgeschlossen ist. Ich werde dich auch regelmäßig besuchen.«

Die Festigkeit ihres Tons schloss jeden Widerspruch aus.

Und jetzt erhob sich Lesage und sagte ruhig: »Ich glaube, wir müssen aufbrechen, wir haben einen weiten Weg vor uns.«

Sie fahren in raschem Trab durch das jetzt menschenleere Paris, Regen klatscht an die Scheiben der Wagenfenster. Lesage hat dem alten Martin eine unverfängliche Adresse angegeben: eine Villa weit draußen in einer südlichen Vorstadt.

Catherine sagt, wie im Selbstgespräch: »Unsinnig, dass ich heute, am Abend, da mein Kind wiedergekommen ist, mit dir in Nacht und Nebel hinausfahre, um Madames Wunsch zu erfüllen!«

Er betrachtet sie von der Seite. »Warum entschuldigst du dich? Du liebst sie doch mehr als irgendjemanden auf der Erde oder im Himmelreich!«

Sie fühlt, wie sie rot. wird. »Ich hab' ein Gefühl, dass sie in einer Gefahr ist! Und natürlich liebe ich sie. Wer liebt sie nicht?«

»*Ich* liebe sie nicht«, sagt Adam Lesage, »trotz des Geldes, das sie mich verdienen lässt – ich liebe sie nicht. Und noch andere lieben sie nicht. Lieben sie ganz und gar nicht …« Er gibt sich einen Ruck. »Vorgestern gab die Filastre mir ein interessantes Dokument, ich soll es für sie aufheben. Es ist unterzeichnet von drei adligen Damen. Eine ist Madames Schwägerin, die junge Herzogin von Vivonne, die dank deiner freundlichen Hilfe sich unbemakelt wieder in der vornehmen Welt bewegen darf. Und gleich wirst du wünschen, du hättest sie lieber vor die Hunde gehen lassen!«

»Was für ein Dokument?«, fragt Catherine unruhig.

»Ein verklausulierter Pakt mit Satan, dem zufolge er sich verpflichtet, Madame de Montespan baldigst zu sich zu nehmen. Unterzeichnet von ihrer Schwägerin, natürlich von Olympe de Soissons und von Antoinette d'Albret.«

»Ich verstehe nicht«, stammelt sie, »die d'Albret ist doch liiert mit dem Herzog von Luxembourg, und der hat doch keine Absichten auf Françoise! Was will denn die Person?«

»Für diese Bestien bedarf es keiner greifbaren Motive«, versetzt er grimmig. »Sie alle reden sich ein, zwischen ihnen und dem Schlafzimmer des Königs stehe einzig und allein Françoise.«

»Sie werden sie noch umbringen!«, ruft sie unwillkürlich.

Über diesen Punkt kann er sie beruhigen: »Honorine Filastres magischer Hokuspokus ist im Ergebnis so harmlos wie mein eigener!« Er setzt etwas anzüglich hinzu: »Auf chemische Experimente lässt sie sich nicht ein, sie hat weder deine fachliche Ausbildung noch steht sie auf Vanens' Kundenliste … Im Übrigen ist sie zuverlässig, sonst würde sie mir nicht von der Sache erzählt und sogar das ominöse Schriftstück ausgehändigt haben!«

Sie denkt nach. »Trotzdem sollte man Françoise davon Mitteilung machen. Sie muss wissen, wie sie mit ihren noblen Freundinnen dran ist. Außerdem beweist es ihr, dass sie alle ihre Stellung wieder als fest und unerschütterlich betrachten.«

Er ist dagegen, der Marquise von dieser Weiberverschwörung zu berichten. »Sie ist abergläubisch wie eine Zigeunerin. Erfährt sie, dass gegen sie Zauberformeln gebraucht wurden, dann wird sie sich einreden, sie hätten auf sie eine Wirkung. Nur so kommt ja ein Resultat zustande, das kannst du mir altem Magier glauben!« Plötzlich seufzt er tief, aus der Tiefe seines Herzens: »Was gäb' ich nicht drum, auch du hättest dich an den allgemeinen magischen Katalog gehalten, an Mixturen aus Dreck und Abfällen, an abgeschnittene Fingernägel und Haarsträhnen, am Kreuzweg oder unter Türschwellen vergraben im Namen von soundso ...!« Er neigt sich vor. »Catherine! Was stellst du dir vor unter der Schwarzen Messe?«

Sie zuckt die Achseln. »Eine symbolische Vereinigung mit dem Geist, nicht bloß mit seinen Handlangern ...«

Der Wagen hält. »Warten Sie hier«, sagt Lesage zu Martin, »wir werden in diesem Haus von Freunden erwartet; in längstens einer Stunde sind wir zurück.«

»Setz dich in den Wagen hinein, Martin«, fügt sie hinzu. »Der Regen geht ja bis auf die Haut.«

Das Haus, auf das sie vor Martins Augen zugehen, liegt in einem großen Garten. Sie treten durch die Gartenpforte, gehen um das Gebäude herum, verlassen den Garten bei der Hintertür. Ein Hund bellt.

Der Regen peitscht ihre Gesichter, über unbebautes Gelände stolpern sie. Es muss in der Nähe des Flusses sein, ein gleichmäßiges Rauschen ist hörbar. Die Finsternis ist fast undurchdringlich, nicht ganz; in einiger Entfernung flackert ein schwaches Licht, es zeigt Adam die Richtung. Als ob sie einen Berg erklimmen, so schwer atmen sie, dabei ist es ebenes Gelände.

Ein Mann taucht vor ihnen aus der Dunkelheit auf, in der einen Hand ein Windlicht, in der andern ein Gewehr. Ein ungeschlachter, hässlicher Kerl. »Parole?«, fragt er wie ein Soldat auf Wache.

»Parole Sonnenblume«, antwortet Adam. »Passiert«, sagt der Wächter. »Hat's schon angefangen?« – »Weiß nicht«, brummt der Mann. »Will's auch gar nicht wissen. Ich bin hier, um Neugierigen eins auf die Schnauze zu geben und Alarm zu pfeifen, sollt' ich die Polizeistreife sichten.«

Lesage nimmt Catherine beim Arm, führt sie sechs steinerne Stufen abwärts. »Vorsicht, alles schadhaft und schlüpfrig.«

Wohl seit hundert Jahren ist diese Kapelle nicht mehr im Gebrauch. Das Gebälk ist modrig, das Fundament teilweise eingesunken. Man wird sie abreißen, sobald das Grundstück bebaut werden wird.

»Wir bleiben hier stehen«, flüstert er, »und was immer du siehst und hörst: Keinen Laut! Nachher nehmen wir Madame im Wagen mit bis Notre-Dame, unterwegs kannst du deine Fragen stellen.«

Wo ist Françoise? Vergeblich blickt sie sich in dem Halbdunkel um. Ihre Augen beizt trüber dichter Qualm, der da vorn aus irdenen Gefäßen aufsteigt. Dazu benimmt ihr ein widerlicher Gestank den Atem. An Stelle von Weihrauch scheinen hier die ekelhaftesten Substanzen verbrannt zu werden.

Den Altar kann sie jetzt nicht sehen, denn davor steht, in vollem Ornat, der Abbé Guibourg. Was murmelt er da? Beinahe hört es sich an wie ein Teil der Liturgie – aber horch: Er sagt ja die Sätze rückwärts in ganz verkrüppeltem Latein – und immer, wenn im Text der Hohen Messe die Worte »Gott« und »gut« kommen würden, sagt dieser hier »Satan« und »böse«, über ihm hängt ein Kruzifix, es hängt mit dem Haupt nach unten. Das Murmeln der lateinischen Sätze, eintönig und holprig, geht weiter. Geht endlos weiter!, denkt Catherine … Wo ist Françoise?

Vollends unverständliche Brocken werden in Guibourgs Gemurmel hin und wieder eingeworfen von einer weiblichen Person in einem Gewand aus verblichenem Scharlach. Guibourgs Akoluth!, sagt sich Catherine. Das verwüstete Gesicht trägt Narben der Lustseuche.

Ein paar Schritte von ihm entfernt steht eine andere Frau, erbärmlich aussehend, in geflicktem Umschlagtuch. In den Armen hat sie ein Kind, einen Säugling, wiegt es hin und her, bemüht, es ruhig zu halten. Catherines Atem stockt, aber dann sagt sie sich: Wahrscheinlich hat diese Bettlerin niemanden zu Hause, der auf das Kleine achtgibt.

Jetzt scheint sich die »Liturgie« dem Augenblick des Offertoriums zu nähern, denn die Person in Scharlach reicht ihm die »Hostie«, es ist ein dreieckiges Stück schwärzlichen Teigs.

Guibourg kommt die drei Stufen vom Altar herunter, dann wendet er sich weg. Jetzt sieht Catherine den Altar. Auf dem Altar, rücklings hingestreckt, liegt jemand. Im schwachen Licht der flackernden dünnen Kerzen gewahrt Catherine: Es ist eine Frau. Eine gänzlich unbekleidete Frau. Augen und Nase sind bedeckt von einer schwarzen Maske. Die Arme hält sie zur Seite gebreitet. Die Brüste heben und senken sich vom raschen, aber regelmäßigen Atem.

Françoise!, will sie schreien. Aber mit aller Kraft erstickt sie den Schrei in der Kehle.

Guibourg hält die »Hostie« empor. Dann beugt er sich vornüber und berührt mit dem schwärzlichen Zeug Françoises Leib. Gleichzeitig nimmt mit raschem Griff die Scharlachne das Kind aus den Armen der andern Frau. Sie reicht es Guibourg. Während er es mit der linken Hand emporhebt, nimmt seine Gehilfin aus einer schwarzen Kiste neben dem Altar einen großen silbernen Kelch.

Guibourg, das Kind noch in seiner linken Hand, hält in der Rechten ein schmales blinkendes Messer, spricht eine unverständliche lateinische Formel, während das Blut in den Kelch rinnt. Dann setzt er mit feierlicher Bewegung den Kelch auf den Leib der Frau auf dem Altar.

»Jetzt nicht ohnmächtig werden!«, raunt Lesage und greift Catherine stützend unter die Arme.

»Ich will – ich muss …«, stammelt sie.

Er schleppt sie aus der Kapelle.

Dritter Teil

Elftes Kapitel

Panik

Die Februarsonne schien weich wie im Frühling, als Catherine das neu erbaute Allgemeine Krankenhaus betrat; wuchtig wie ein graues Kastell, oder wie ein Gefängnis, war es hingestellt ans Seine-Ufer. Sie kam, um nach der Enkelin ihres alten Kutschers zu sehen. Dem hübschen siebzehnjährigen Mädchen hatte sie freundliches Interesse zugewandt, während ihre eigene Tochter noch in der Bretagne war. Im letzten Herbst hatte das Mädchen dem Werben eines um dreißig Jahre älteren Stadtrats nachgegeben. Vor zwei Wochen, so hatte Martin bekümmert erzählt, war sie plötzlich erkrankt und auf Drängen des Liebhabers ins Krankenhaus gebracht worden.

Der Mann am Eingang fand in seinem Buch nicht sogleich den Namen. Als er ihn endlich hatte, verzog er den Mund zu einem Grinsen. »Sainte-Marguerite-Saal«, warf er hin, als besudle die Bezeichnung seine Lippen.

Catherine stieg in das zweite Stockwerk. Durch die niemals geputzten Scheiben fiel nur spärliches Licht. Spitalgerüche, teils muffig, teils beißend, benahmen ihr den Atem. Hinter der geschlossenen Tür des Krankensaals wurde das angstvolle Wimmern weiblicher Stimmen hörbar, dann klatschende Schläge, gellendes Aufschreien und wieder das Klatschen. Vorbei kam ein Wärter, er sah eher aus wie ein Fleischergeselle. »Was geht da drinnen vor?«, fragte sie ihn. Der gut gekleideten Dame gab er bereitwillig Auskunft: »Sainte-Marguerite-Saal ist die Station für Weiber, die an der Lustseuche erkrankt sind. Nach unserer Hausordnung werden sie täglich gegeißelt, bevor sie zur ärztlichen Behandlung kommen. Wenn sie die Kur hinter sich haben, geht die Geißelung noch einen ganzen Monat weiter. Erklärt sich eine damit vorher nicht einverstanden, wird sie gar nicht erst aufgenommen.« Er spuckte aus, dann fuhr er fort: »Diese Weibsbilder sind vor allem Sünderinnen. Was würde es nützen, ihnen den Leib zu retten, wenn die Seele verfaulte?«

Catherine hatte im Korridor zu warten, bis drinnen die Prozedur vorüber war. Wieder überfiel sie der Schwarm peinigender Gedanken, der sie kaum eine Stunde mehr in Ruhe ließ seit dem Abend, da Madeleine zurückgekehrt war. Gefahr! Gefahr war auf allen Seiten, für sie und damit auch für ihre Tochter. Die immerwährende Sorge um Françoise hatte sie mit einem heftigen Entschluss zurückgedrängt. Zwischen ihr und der Freundin stand, eine markerschütternde Vision, der Anblick des gemordeten Kindes, dessen Blut auf den geschändeten Altar tropfte, während der feiste Vampir Guibourg seine obszöne Liturgie lallte ... Seit dem Abend der Schwarzen Messe hatte sie, zur großen Befriedigung Lesages, die Marquise nicht wiedergesehen; die paar Male, die Marie Desoeillets bei ihr erschienen war, um sie zum gewohnten Stelldichein in die Rue de la Tannerie zu holen, hatte sie Unpässlichkeit vorgeschützt.

Wahrhaftig, so sagte sie sich, es gab noch andere Wesen, die Anspruch auf sie hatten. Da war vor allem die eigne Tochter – rein, unwissend, unruhigen Geistes. Und jetzt war da dieses verführte junge Geschöpf. Zorn quoll in ihr hoch bei dem Gedanken, dass ein ältlicher Wüstling das Mädchen angesteckt hatte; gäbe es doch ein Gesetz, ihn büßen zu lassen!

»Jetzt können Sie hineingehen, Madame«, sagte jemand. Der Anblick war schlimmer, als sie ihn sich vorgestellt hatte. Weiber jeglichen Alters, fast alle halb verhungert aussehend und in zerfetzten grauen Kitteln, wankten in dem ungelüfteten Saal ziellos umher; einige hockten auf dem verdreckten Fußboden, andere lehnten an der Wand, jammerten eintönig vor sich hin. Die Betten hatten Überzüge aus einem rauen Gewebe von schmutzig gelber Farbe. »Gelb ist die Farbe des Bösen, Madame«, krächzte eine knochige Person, als sie Catherines bestürzten Blick gewahrte. »Darum sind unsere Lagerstätten gelb!« In jedes der wackeligen Betten hatten sich mehrere Patientinnen zu teilen; wer ein Bett für sich allein haben wollte, musste dafür eine erhebliche Summe entrichten.

Als sich Catherine mit besänftigenden Gebärden durch die Menge der Kranken hindurchwand, zischelte eine ältliche Frau; »Vorsicht! Dass keine sich von der was zustecken lässt! Kein Zuckerzeug, kein Biskuit! Denkt an die noble Marquise de Brinvilliers; ganze Spitäler hat die ausgeräumt mit ihren vergifteten Liebesgaben – nur so zu ihrer Unterhaltung.« Catherine nahm sich zusammen und nannte den Namen des Mädchens, das sie besuchen kam. Eine Pockennarbige hörte sie und gähnte laut, bevor sie sagte: »Immer kommt ihr feinen Damen zu spät! Ich schlief mit Ihrer Freundin im Bett. Leider ist sie vor einer Stunde gestorben.«

Catherine stand vor dem Bett. Starrte auf den entseelten Körper. Das Fleisch zusammengeschrumpft, gleichsam mumifiziert, die Haut braunviolett verfärbt – für Catherine war kein Zweifel möglich. Sie hörte ihre eigne Stimme wie die einer Fremden, als sie die Feststellung traf: »Dieses Mädchen ist mit Arsenik vergiftet worden!«

Als sie das Krankenhaus verließ, sah sie wie durch einen rotgrauen Nebel. Ohnmächtige Wut und Scham trübten ihr Denken, eine irrationale Scham über ihr Los, in dieser Zeit gefangen zu sitzen wie in einem stinkenden Kerker – und doch darauf bedacht zu sein, sich zu ernähren, sich ansehnlich zu kleiden, das sinnlose Leben weiterzufristen.

Mit harten Stößen fuhr ihr der Wind ins Gesicht. Februarwind, der ihr grob in Erinnerung brachte, dass es bei Weitem noch nicht Frühling war, trotz der prahlenden Sonne da droben.

Sie näherte sich schon dem Gassenlabyrinth von Villeneuve, als sich über dem auf- und abebbenden Lärm der Stadt spitzige Schreie erhoben. Schreie aus weiblichen Kehlen. Schreie der Todesangst. Sie bog um die Ecke und sah zwei ältliche Frauen, beide in unsauberen Schlafröcken und mit herabhängenden grauen Haarsträhnen, vorwärts gestoßen von einer Gruppe ärmlich gekleideter Männer und Weiber unter Flüchen und drohenden Gebärden. Ein hochschwangeres Weib, das Gesicht von Wut gerötet, schrie: »Vorwärts, vorwärts! In die Seine mit den Hexen!« – »Unsinn!«, wetterte ein Mann mit einem Stelzfuß. »Hexen gehen im Wasser nicht unter. Steinigen müssen wir sie!« Ein paar Kinder, den Finger im Mund, beobachteten mit glänzenden Augen die Szene. Eine Alte mit schlohweißem Haar reckte ihre entfleischten Arme. »Verbrennen müsst ihr sie, brennen, brennen! Ein Feuerchen, so gehört sich's!« Und ein misstönender Chor antwortete: »Ein Feuerchen! Ein Feuerchen!«

Die beiden, auf die sich die Menge gestürzt hatte, jammerten, flehten, beteuerten ihre Unschuld. »Marie, Colette, Hortense«, schrie die eine in Verzweiflung, »hab ich euch nicht eure Kleinen zur Welt bringen helfen? Sind unter meinen Händen Mutter und Kind nicht immer am Leben geblieben?« – »Ihr habt euch verhetzen lassen«, fiel die andere ein. »Dreißig Jahre hat man zu uns Vertrauen gehabt, niemals eine Beschwerde!« Ein Wutgeheul war die Antwort. Der Stelzfuß, der innerhalb der Gruppe einige Autorität zu besitzen schien, gebot Schweigen, dann fuhr er die beiden Weiber an: »Anständige Hebammen wollt ihr sein? Dann sagt uns: Wo ist die kleine Moret? Was wurde aus dem Neugeborenen von Marthe Dujardin? Und der Bankert, den die Schusterswitwe gekriegt hat? Wo sind sie? Wo sind sie?« Und über die wieder ausbrechenden Verwünschungen der anderen hinweg erdröhnte seine Stimme: »Ihr verfluchten Hexen! Ihr Bluthökerinnen! Gestohlen habt ihr die Kleinen. Gestohlen und verkauft. Verkauft an die Verfluchten, die Kinderblut für ihre teuflischen Zwecke brauchen!« – »Reißt ihnen die Därme heraus!«, gellte es aus der Menge. »Zertrampelt sie gleich hier!« Catherine sah geöffnete Messer, erhobene Stöcke und Ziegelsteine. Sie selbst stand angewurzelt, unfähig, einzugreifen. Durch ihr Bewusstsein kroch, krötenhaft langsam und plump der Gedanke: Wenn diese hier wüssten – dich selbst würden sie packen und in Stücke reißen! Plötzlich schrill ein Warnungspfiff: Polizei!

Ein strammer Polizeioffizier kam langsam heran, während er seiner Abteilung winkte, sich für den Augenblick in der Entfernung zu halten. Eine Frau rief ihm entgegen: »Immer kommt ihr zu spät, jetzt brauchen wir euch nicht mehr!« Und der Stelzfuß: »Tag für Tag verschwinden uns Kinder von der Gasse und schon aus den Häusern! Wir sehen sie nie wieder. Aber nichts geschieht von eurer Seite. Jetzt haben wir die Sache selber in die Hand genommen!« – »Versucht ja nicht, euch jetzt noch einzumischen!«, rief die Alte. Die beiden Hebammen jammerten um Hilfe.

»Ruhig, meine Freunde, vor allem bleibt ruhig«, begann der Offizier mit erhobener Hand.

»Wir haben keine Freunde als nur uns selbst! Und wir wollen unsere Kinder!«

»Macht keinen Aufruhr!«, mahnte der Offizier. »Seine Majestät hat ein Untersuchungsverfahren angeordnet.«

»Ein Verfahren!«, lachte mit bitterem Hohn eine Frau. »Ein Verfahren gegen wen, Monsieur? Gegen die säuischen Hebammen – oder gegen uns, die wir sie anklagen?« Die Menge applaudierte unter grimmigem Gelächter.

Der Polizeioffizier legte in seine Stimme alles, was er an Autorität aufzubieten hatte, es war nicht viel: »Ich warne vor Gewaltakten! Dies ist Paris, hier herrschen Ordnung und Zivilisation. Ihr könnt mein Wort zum Pfande nehmen: Eher würde der Herr Polizeipräfekt von seinem Posten zurücktreten als gestatten, dass ihr der Justiz vorgreift! Zum letzten Mal: Gebt diese beiden Weiber heraus, wir werden sie in Gewahrsam nehmen. Tumult ist verboten!«

Die Menge stand murrend; machte keine Anstalten, die beiden Weiber freizugeben. Ein Wink des Polizeioffiziers. Seine Leute kamen in zwei Kolonnen beiderseits der Straße heran. Ein paar Schimpfworte und Verwünschungen, dann wandten sich die Demonstranten, flüchteten in die Häuser oder fingen an zu laufen.

Catherine setzte ihren Weg fort.

Als sie ihr Haus betrat, meldete ihr Margot, eine unbekannte Dame, maskiert, sei bereits vor einer Stunde in einem Mietwagen gekommen und warte im Laboratorium.

Catherine seufzte bei dem Gedanken, dass sie nun abermals ihr Gewerbe auszuüben habe, dieses Gewerbe, das ihr in immer steigendem Maße zuwider wurde, mit seinen kleinen Betrügereien und Tricks und unwürdigem Hokuspokus! Wie hatte doch Lesage kürzlich gesagt? Geschickt und geschmeidig wie ein Fischlein, das zwischen den Klippen der Tiefe sein Futter sucht, hindurchschlüpfend zwischen

Strudeln und gefräßigen Ungetümen mit ihren unersättlichen Begierden ... Wenn sie doch endlich und für immer hinauskönnte aus diesem Element!

Die Sonne sandte keine Strahlen mehr, sie schwebte als ein von Dünsten umhüllter mattroter Ball über den Dächern, als Catherine ihr Arbeitszimmer betrat. Mit dem Rücken zum Fenster saß die Besucherin, sie hatte die Maske abgenommen.

Catherine stand sprachlos. Ihr erster Gedanke war: Hat Françoise den Verstand verloren, so ganz alle Vorsicht beiseitezulassen und sich bei Tageslicht in meine, der Wahrsagerin und Okkultistin, Wohnung zu wagen? Dann erst wallte ihr Zorn auf: Nein, nichts mehr will ich mit ihr gemein haben, mit der Verbrecherin, der Kindermörderin, deren Agentinnen vom Volk gerechterweise mit Steinigung bedroht werden! Aber sie sagte nur: »Sie wären besser nicht hierhergekommen, Madame.« Was will sie von mir?, fragte sie sich. Und war entschlossen, sich für keinerlei Verrichtung, auch nicht für die harmloseste, von Françoise gewinnen zu lassen.

Die Marquise schien zu spüren, was in Catherine vorging. »Wenn ich hier bin, so muss ich einen wichtigen Grund gehabt haben. Es handelt sich ausschließlich um dich, Catherine. Um deine Sicherheit!«

»Heißt das: Die Polizei ist dem Abbé Guibourg auf der Spur?«, konnte Catherine sich nicht enthalten zu fragen.

»Mit dem Abbé Guibourg hat es nichts zu tun, auch nicht mit mir. Jemand ist vergiftet worden. Morgen früh wird ganz Paris deswegen in Aufruhr sein, ganz Frankreich, ganz Europa. Die Polizei wird die ganze Stadt nach Giftvorräten durchsuchen. Wer kein Apotheker oder Arzt ist, wird verhaftet werden, findet man bei ihm verdächtige Drogen. Wenn du auch nur eine Phiole, ein Pulverschächtelchen im Haus hast, dessen Inhalt nicht völlig harmlos ist – auf der Stelle wegschütten oder verbrennen! Das war es, was ich dir sagen wollte ... Adieu, Catherine.« Sie stand auf, als wolle sie gehen.

»Wer ist vergiftet worden?«, fragte Catherine atemlos. »Doch nicht etwa er – der König?«

Françoise verneinte es. »Henriette Stuart, Herzogin von Orléans. Falls du morgen hören solltest, sie sei an einem Geschwür gestorben oder an einem unerlaubten Eingriff, glaub es nicht; man hat sie vergiftet!« Catherine fasste es nicht. Die Marquise erzählte, was sie selbst erlebt hatte: »Gestern Abend hörte ich, sie sei plötzlich erkrankt. Ich fuhr sofort ins Schloss von Saint-Cloud. Man wollte mich nicht zu ihr lassen. Aber ich drängte mich an ihnen vorbei, an den Hausbeamten, den Ärzten, dem Herzog selbst. Ich kniete an ihrem Bett und küsste die wachsbleiche Stirn. Ihr Beichtvater war im Zimmer und wollte verhindern, dass ich mit ihr sprach, aber sie schickte ihn hinaus. Ihre Stimme war dünn und schwach wie die eines kranken Kindes: ›Jemand muss in meinen Silberpokal Gift getan haben – denn das Eiswasser, das ich trank, war rein, es wurde mir eingeschenkt aus dem großen Krug, aus dem sie alle ihre Becher füllen nach dem Mittagessen.‹«

Catherine wusste, Henriette war beliebt bei Hoch und Niedrig. Zwar hatte niemand erfahren, worin ihr geheimer Auftrag in England bestanden hatte, aber ein unwidersprochenes Gerücht besagte, sie sei erfolgreich gewesen. Wer konnte ihr nach dem Leben getrachtet haben?

Françoise trocknete sich die Stirn. »Der König hatte sie in sein Herz geschlossen. Gelegentlich hat er mir gesagt: Wäre sie nicht die Frau seines Bruders, es wäre eine leidenschaftliche Affäre geworden. Oft zeigte er sich aufgebracht wegen der Vernarrtheit des Herzogs in jenen üblen Burschen, den athletischen Chevalier de Lorraine. An den verschwendete der Herzog mehr, als seine Apanage erlaubte. Als der König dagegen Einspruch erhob, tat der Chevalier beleidigende Äußerungen, wurde verhaftet und dann aus Frankreich verwiesen. Henriette war daran schuldlos, das weiß ich. Als sie aus England zurückkam, fand sie ihren Gemahl in einem Zustand schrecklicher Verbitterung. Er murrte und fluchte vor sich hin, weigerte sich, mit ihr zu sprechen. Zu allem Überfluss zeigte er eifersüchtige Wut, weil seiner Frau politische Geheimnisse anvertraut waren, die man vor ihm selbst verschlossen hielt.«

Catherine hörte nur mit halbem Ohr zu. Mord! Giftmord! Im Hause Bourbon! Ja, jetzt würde es gründliche Nachforschungen geben, Vernehmungen, Haussuchungen. Und sie würden draufkommen, wer Gift herstellte, wer es in Handel brachte, wer mit Giftmischern Umgang hatte …

»Schließlich erklärte Henriette dem Herzog, sie würde nach England zurückkehren und dort bleiben, falls er nicht auf der Stelle sein Benehmen ändere. Da brach er in Tränen aus, bot ihr endgültige Versöhnung nebst aller Freiheit, zu tun und zu lassen, was sie wünschte – wenn sie doch nur beim König einen Pardon für den Chevalier erwirken wollte, sodass er wieder bei ihnen leben könnte! Da sie stumm blieb, ging er zu Drohungen über. Sie gab ihm zur Antwort; ›Mit einem aufgehobenen Knüppel bringt man mich zu gar nichts!‹ Als sie es mir erzählte, riet ich ihr, sich keiner Gefahr auszusetzen und sofort aus dem Hause zu gehen. Aber er schien damals zur Vernunft zu kommen und hörte auf, sie zu quälen. Das war vor vier Wochen. Und jetzt …«

Catherine war es, als sähe sie sich und Françoise in einem ungeheuren Netz, aus dem es kein Entrinnen gab. »Wo ist der Chevalier de Lorraine jetzt?«, fragte sie.

»In Rom. Wir haben einen Bericht; er erregt dort großes Aufsehen durch seine Gepflogenheit, mit irgendeiner römischen Principessa vor aller Augen nackt im Tiber zu baden. Wahrscheinlich will er den Beweis erbringen, er sei zwar extravagant, aber normal!«

Catherine fühlte ihr Herz bis in den Hals schlagen. »Du hast recht, Françoise«, sagte sie und gebrauchte die vertrauliche Anrede, wie sie es seit der Rückreise von Bourbon gewohnt war. »Du hast recht, es ist Gefahr. Gefahr nicht nur für mich – auch für dich!«

Françoise ging darüber hinweg. »Du hättest heute Morgen den König sehen sollen! Er raste nach Saint-Cloud, drang mit gezogenem Degen auf seinen Bruder ein. ›Wenn dieses Verbrechen dein Werk ist, fällt dein Kopf auf dem Schafott – und ich werde zugegen sein!‹ Der Herzog schwur beim Heiligen Geist, er sei vollkommen unschuldig am Tod seiner geliebten Frau.«

Catherine wanderte im Zimmer umher, ihr Gesicht schien eingesunken. »Du bist in einer großen Gefahr. Du solltest den Hof verlassen!«

Madame de Montespan lächelte. Wahrhaftig, sie konnte lächeln. Ein Lächeln ohne jegliche Spur von Hochmut oder Sarkasmus. Wie ein Kind lächelte sie: »Weißt du, Catherine, im Anfang war ich recht eifersüchtig auf Henriette. Erst nach und nach lernte ich sie zu bewundern, sie lieb zu gewinnen wegen ihrer Sanftmut und Ausgeglichenheit – Eigenschaften, die mir nicht gegeben sind. Schließlich war ich dankbar, zu wissen, dass der König, sooft ich ihn geärgert hatte, sich von ihr trösten ließ, von dieser allertaktvollsten Frau, die ihn immer wieder zu mir zurücksandte.« Und jetzt kam ein tiefgefühltes Bedauern: »Ach, jetzt ist sie nicht mehr. Und ich muss neue Vorkehrungen treffen, um mich zu sichern vor dem etwaigen Einfluss fremder Weiber auf ihn.«

Catherine flammte auf: »Bist du noch bei Verstand? Eben noch sprachst du selber von der großen Gefahr! Niemand kann sagen, wo die Nachforschungen haltmachen werden!«

Die schöne Hand strich über Catherines Haar. »Liebste, fürchte dich nicht. Tu, was ich dir geraten habe; vernichte deine Vorräte, dann kann dir nichts geschehen. Sogar wenn man herausfände, dass die Speisen des Königs mit unsern Pulvern und Essenzen gewürzt wurden, er hat dadurch ja keinen Schaden erlitten, im Gegenteil, seine Manneskraft hat sich gesteigert. Sollte es jemals herauskommen, so kannst du dich darauf verlassen: Niemals werde ich dich preisgeben!«

Catherine machte eine abwehrende Bewegung. »Nicht diese Überbesorgtheit um meine Person, das war niemals deine Art!«

»Du bist ungerecht, meine Liebe!«, schalt die Marquise. »Versprach ich dir nicht, du solltest meinem Herzen näher sein als irgendein anderes Wesen, wenn du mir zu einer bestimmten Sache verhilfst? Nun, du hast mir geholfen, und ich stehe zu meinem Versprechen!«

Da brach es aus Catherine hervor: »Niemals, um keinen Preis würde ich dir diesen Mörder Guibourg geschickt haben, hätte ich gewusst, was die Schwarze Messe bedeutet!«

Ein nachdenklicher Ausdruck war auf Françoises Gesicht. »Ist es also doch diese Sache, die dich mir entfremdet hat! Ach, das ist mir eine schöne Liebe, die sich verändert, weil das geliebte Wesen anders handelt, als man es wünscht! Und ich Närrin glaubte deinen Versicherungen, dass du mich liebst! Geh nur, Catherine, um nichts bist du besser als ein Mann!«

»Lass das bitte!«, rief Catherine. »Es geht jetzt um andere Dinge!«

»Und worum geht es deiner Meinung nach?«, fragte die Marquise.

Catherine zwang sich, ruhiger zu sprechen: »Werde dir doch endlich bewusst: Du bist keine Löwin, die nach Belieben die Wüste durchstreift. Du lebst, ein menschliches Wesen, unter Menschen, hast für dein Verhalten bestimmte Gebote zu wahren, moralische und gesetzliche – wenn du nicht bereit bist, dich eines Tages in die Acht erklärt und gejagt zu sehen wie ein wildes Tier!«

Die Gesichtszüge der Marquise schienen in Hochmut zu vereisen. »Kannst du sie niemals ablegen, deine kleinbürgerlichen Begriffe? Nennst dich seit Jahren die ›Braut des Geistes‹ – und vergehst vor Entrüstung, weil auf seinem Altar ein armseliger Säugling geblutet hat!« Ihr Ton wurde scharf: »Und die Kinder, die du im Mutterschoß tötest? Lass uns nicht die alte Streitfrage aufrühren, zu welchem Zeitpunkt ein Ungeborenes zum selbstständigen Wesen wird und aufhört, nur ein Teil des Fleisches der Mutter zu sein! Ich weiß ja, du beruhigst dich selber mit der Plattitüde, dass du sie vor einem jämmerlichen Schicksal bewahrst! Ach, wenn ich eine Heuchlerin wäre, da könnte ich geradeso gut behaupten, den Kindern, die bei der Schwarzen Messe geopfert werden – alle ordnungsmäßig getauft –, werde ein Leben des Elends erspart. Aber das fällt mir nicht ein. Es kümmert mich nicht. Kümmert mich so wenig wie das Los der Lämmer und Hühnchen, die wir täglich verzehren!«

Schweigen. Beide hörten einander atmen. Von ferne drangen Geräusche der Stadt heran. Eine langsam anschwellende bedrohliche Symphonie.

Als Françoise wieder sprach, hatten Stimme und Gesicht das gewohnte bezaubernde Ebenmaß. »Wenn du mich auf meinem Weg nicht mehr begleiten willst, Liebe, habe ich deinen Entschluss zu respektieren. Darum will ich nicht aufhören, dir Liebe und Freundschaft zu bewahren. Schließlich ist es der ›Geist‹, dem du dich verschrieben hattest, nicht mir!«

Catherine nahm mehrmals einen inneren Anlauf, bevor sie in Worte zu bringen vermochte, was sich seit längerer Zeit in ihr vollzogen hatte: »Einmal dachte ich, du wärest stärker als der ›Geist‹ selbst; denn ihn kann man durch Gebete bannen oder exorzieren, aber kein Bischof war imstande, Françoise de Mortemart zu bannen! Ja, mir schienst du ausgenommen von allen Gesetzen, unbesiegbar strahlend wie die Sonne, ebenso unbeeindruckt durch kirchliche wie menschliche Vorhaltungen. Ich selber war frei, meinen Weg zu wählen, solange Paul Scarron am Leben war. Als er starb, hattest du bereits Besitz von mir ergriffen, ob du es nun wusstest oder nicht!«

»Ich wusste es«, sagte Françoise schlicht, »und ich wollte, dass du meine Freundin wurdest und mich liebtest. Denn ich muss jemand haben, der mir gut ist, ohne etwas von mir zu wollen … Sag mir doch bitte: Warum hat diese Schwarze Messe dich so verschreckt? Sie hat doch dazu verholfen, meinen Platz zu befestigen, und ich will meine Stellung in deinem Sinn nützen, will den König dazu bringen, das Wohl seiner Untertanen ins Auge zu fassen, ich will …«

»Höre mich erst zu Ende!«, unterbrach Catherine. »Lass uns annehmen, es gäbe sie wirklich, die dunklen Mächte! Übernatürliche Kräfte, an die aber heranzukommen ist, da sie darauf aus sind, im Bunde mit Sterblichen die ewigen Gesetze Gottes zu umgehen. Nehmen wir an, wie wir es früher angenommen haben: Diese Mächte gibt es, und es gibt ihren Oberherrn – Satan!«

Fast bestürzt blickte Françoise sie an. »Kannst du zweifeln, Catherine?«

»Ich – bin mir selber nicht ganz klar, noch nicht. Aber das ist jetzt gar nicht der Punkt. Gib mir lieber zu: Auch im dunklen Reich – dort, wo das Geträumte leibliche Formen annimmt und das Leibliche zum Traum wird, auch in jenem Reich müsste eine verständliche Ordnung herrschen, nicht wahr? Und nun sag mir, was könnte Satan anfangen mit dem Blut getaufter Kinder, deren Seelen doch fraglos in den Himmel fahren? Und weiter: Wie sollte ein so mächtiger Herr und Fürst sich geehrt fühlen durch den Gestank von Exkrementen und durch Akte von Säufern, Prostituierten, Schwachsinnigen?«

»Du stellst Fragen wie ein Mann«, murmelte Françoise. »Die Zeremonie hat in meinem Fall gewirkt, das zeigen die Tatsachen …«

»Mit Tatsachen lässt sich jonglieren wie mit Glaskugeln«, versetzte Catherine unbeirrbar. »Gebrauche bitte deine Vernunft! Entweder ist Satan, wie die Heilige Schrift ihn darstellt, der große Versucher, Staatsanwalt und Nachrichter, den Gott selbst ernannt hat, dann wäre es absurd, ihn sich geneigt machen zu wollen durch ekelhafte Obszönitäten und Kindermord. Oder er ist Gottes Feind, der Ur-Rebell, Luzifer, durch die Himmel gestürzt wie ein fallender Stern, dann wäre es vollends vernunftwidrig, anzunehmen, er verlange von seinen Anhängern ein Treuebekenntnis in der travestierten Form des Sakraments, dargebracht durch einen Priester, der die kirchlichen Weihen empfing.«

Françoise hatte aufmerksam zugehört. Jetzt sagte sie: »Es gibt Dinge, die kann man nicht mit der Vernunft allein angehen.«

»Mag sein, dass es solche Dinge gibt«, rief Catherine, »aber soll ich meiner Vernunft misstrauen, dann muss man mir schon mit Vernunftgründen kommen! Die Schwarze Messe, die der Schurke Guibourg zelebriert, hat nichts zu tun mit dem Ritual verzweifelter Bauern, wie Pater Gauvain es uns in Saint-Didier geschildert hat. Dies hier ist ein grausiger Unfug, ausgedacht und veranstaltet, um reichen Leuten wie dir Geld abzulocken, eine schaurige Ausgeburt von Geschäftssinn und Raubtiergelüst, das nach so vielen Jahrtausenden immer noch in unsern Seelen lauert. Von einer inneren Beziehung zum Übernatürlichen kann bei jenem Gesindel nicht die Rede sein!«

Françoise blickte sie an, mit einem Ausdruck von Verwunderung und Angst. »Willst du mir gar zu verstehen geben, du glaubst nicht mehr an ihn – an den ›Geist‹?«

»Ich weiß es nicht«, sagte Catherine hart. »Es mag ihn geben, oder es mag ihn nicht geben. Wie es mir vorkommen will, sind wir Menschen unerschöpflich an Bosheit und Grausamkeit; es bedarf keiner Dämonen, uns teuflische Pläne und Kräfte einzugeben!« Und dann ergriff sie Françoises Hände. »Warum kommst du niemals zur Ruhe? Du hast doch alles, was du dir jemals wünschen konntest. In den Gedanken des Königs lebt keine Frau außer dir. Deine Kinder sind Prinzen. Deine Angehörigen sind in großen Stellungen. Was Reichtum und Einfluss einer Frau zuwenden können, das gehört dir, darunter drei Schlösser und eine Abtei. Gib dich doch zufrieden. Sei weise – und vorsichtig!«

»Weise und vorsichtig, ihr guten Kinder!«, sagte die Marquise mit leichtem Spott. »Beinahe sprichst du schon wie die Gouvernante meiner Kleinen, die neu gebackene Marquise de Maintenon. Catherine, der Geist hat seine eigenen Gesetze, sie gestatten kein Stillestehen, ich muss weiter, weiter!«

»Diese Gesetze gelten nichts vor unserm freien Willen. Höre auf mich, Françoise, zum ersten Mal bestehe ich darauf, dass du auf mich hörst: Gib Ruhe und sei zufrieden mit dem, was du hast!«

Françoise war tief in Gedanken. Dann schüttelte sie das goldne Gelock. »Ich kann nicht. Noch bin ich nicht am Ziel. Noch bin ich nicht Königin!«

Catherine stand ernüchtert. »Wen Gott verderben will, den schlägt er mit Blindheit.«

»Pah«, sagte die Marquise, zog ihre Handschuhe an und blickte der Freundin bedeutungsvoll in die Augen, »ich werde dich nie mehr bedrängen, für mich zu tun, was dir widerstrebt. Du bist, ich sehe es, vom Geist abgefallen – ich glaube an ihn fester denn je! Es bedarf keiner weiteren Schwarzen Messen mehr. Seit dem Hinscheiden der armen Henriette hat der König niemanden, dem er sich rückhaltlos anvertrauen kann, so, wie ein Mann sich nur einem Weib anvertraut. Die Straße ist offen für mich – und wenn ich am Ziel bin, werde ich dir ein Frankreich erstehen lassen, in dem es nur glückliche Menschen geben wird, ob sie es nun verdient haben oder nicht. Bleib mir gut, Catherine. Für die liebe arme Henriette wollen wir neun Messen lesen lassen, wiewohl ich nicht zweifle: Die Gute hält ihren

Einzug ins Paradies unter wehenden Bannern und festlichem Gesang der himmlischen Heerscharen!«

Es dämmerte schon, als der Wagen der Marquise de Montespan vor dem großen Palast in Versailles hielt. Sie stieg nicht aus, sondern sandte einen Lakaien zu d'Artagnan mit der Anfrage, ob er glaube, dass Seine Majestät im Augenblick ihrer bedürfe. D'Artagnans Antwort war: Der König habe sich seit seiner Rückkehr von Saint-Cloud im Privatkabinett eingeschlossen und wünsche, bis auf Weiteres niemanden zu sehen. Sie wusste, die Zeit war auf ihrer Seite. So fuhr sie die große Hauptallee entlang, dann über die neue Brücke, bis zu ihrer neuen Residenz, dem Trianonschlösschen, einem Wunderwerk aus Marmor und Porzellan.

Um die gleiche Stunde steht Louis am Fenster seines Privatkabinetts, das Gesicht noch von Tränen feucht, Tränen der Wut, der Reue, der Angst. Reue, weil die Tragödie vermieden worden wäre, hätte er, seiner ursprünglichen Regung folgend, Henriette zu seiner Geliebten gemacht anstelle der La Vallière. Würde ihr Gatte dagegen ernstlich protestiert haben? Wohl kaum. Und selbst wenn er es getan hätte – warum hätte das den König zurückhalten sollen? Dieser Gatte! Dieser Bruder! Dieser Prinz! Die Schande des Hauses Bourbon. Die Schande Frankreichs. Und zu alledem hat er kürzlich noch die Stirn gehabt, in Holland eine Schlacht zu gewinnen, entgegen den strategischen Anordnungen des Königs und Oberfeldherrn! Einen Sieg nach dem eigenen Kopf! Selbstverständlich hat ihn ein königlicher Befehl sofort aus der Armee hinausbefördert – Grund genug für den Elenden, aus Rache den Schlag zu führen, der den König ins Mark treffen musste: Henriette umzubringen, das süße Geschöpf, eins von den wenigen, allzu wenigen Wesen, denen Louis der Große unbegrenzt vertrauen durfte. Henriette, Liebste … Seine Tränen fließen erneut. Henriette – vergiftet!

Da – die unsichtbare Eisenfaust krallt nach seinem Herzen. Die Faust, die ihn schon einmal gepackt hielt, damals, in Mazarins Sterbestunde: Gift, Sire! Hüten Sie sich vor Gift …! In der Hellsichtigkeit seiner letzten Momente hat der Alte ihn gewarnt! Herrgott im Himmel, wenn man Gift in Saint-Cloud verwendet, dann ist es ja nur mehr ein Schritt, und man wagt es auch in Versailles! Er reißt die Tür auf, ruft ins Vorzimmer hinaus: »Ich lasse den Herrn Kriegsminister jetzt bitten.«

Philipp, Herzog von Orléans – ein gleisnerischer Schurke! Kein Pardon für ihn!, schwört der König. In Frankreich wie im Ausland soll man der vollen Majestät des Gesetzes innewerden, des Gesetzes Gottes, welches Louis' Gesetz ist!

Draußen geht ein Vorfrühlingsgewitter nieder. Er späht hinaus in den Sturm, der die gestutzten Bäume des Parks zerrauft und peitscht. Blitz, Donner. Ja, so gehört es sich in dieser Stunde! Als sei er es, der den Elementen gebietet, er, Louis, Jupiter tonans. Jupiter, nicht nur der Herr der Schlachten und Held unzähliger galanter Abenteuer, sondern auch der Schirmherr der Gerechtigkeit. Höchste Zeit, dass der Welt diese besondere Eigenschaft ihres Gebieters wieder vor Augen geführt wird!

Bisher hat man ihn zu leicht genommen. Wähnte, er sei vor allem dazu da, der Welt Unterhaltung zu bieten. Nun, das soll anders werden. Er beschließt, sich strenger zu kleiden; weg mit der spanischen Kostümierung, dem ritterlichen Aufputz. Keine Federhüte mehr über dieser Stirn, die fortan gedankenvoll, ernst, asketisch wirken wird, die Stirn eines Denkers und Richters. Fort auch mit den hohen Stiefeln, bestickt mit goldenem und silbernem Zierrat, über den venezianische Spitzen herunterhängen. Spartanische Einfachheit! Wenn er es doch fertigbrächte, von frischer Milch zu leben, rein, wie die Kuh sie gibt, und von Früchten, die er eigenhändig vom Baum pflücken kann … Gift!

Hinter dem Kammerdiener, der den großen Leuchter hereinbringt, erscheint der Marquis de Louvois. Das breite Gesicht schimmert, ungewohnterweise, wie polierte Bronze, undurchdringlich und hart, an diesem historischen Spätnachmittag, den Louis der Große dafür bestimmt hat, der Welt sein eigentliches Gesicht zu zeigen, düster und unerschütterlich, jedoch erhaben.

Louvois wartete gar nicht ab, bis sein Gebieter an ihn das Wort richtet. Nicht im unterwürfigen Ton, den die Hofetikette vorschreibt, spricht er, sondern wie ein Militär: »Sire, sämtliche Gerüchte über die Ursachen des Ablebens der Frau Herzogin von Orléans müssen sofort zum Schweigen gebracht werden, insbesondere das Gerede über Beteiligung des Herrn Herzogs an einem Komplott!«

Was heißt das? Hat denn der Mann keine Kenntnis von dem Auftritt zwischen den beiden Brüdern am Morgen in Saint-Cloud? Der König erwidert mit der statuenhaften Würde eines alten Römers: »Ferne sei es von Uns, der Justiz in den Arm zu fallen – richte sich auch der Schlag, zu welchem sie ausholt, gegen ein Mitglied Unseres Hauses!«

Louvois weiß, es ist zwecklos, mit dem Monarchen vernünftig zu reden, wenn er sich in seine antike Stimmung verstiegen hat. Daher wendet er sich an Louis' Sentimentalität. »Seit einem Jahrzehnt war ich ein leidenschaftlicher, wenngleich schweigender Bewunderer der unvergleichlichen Anmut der hohen Verblichenen. Darum zerreißt es mir das Herz, mir vorstellen zu müssen, dass die großartige Leistung, die Madame für Frankreich vollbracht hat, jetzt ungeschehen gemacht werden soll.«

»Und was meinen Sie damit?«, fragt der König, doch etwas beunruhigt.

»Sire, wenn es heißen darf, die Schwester des englischen Königs sei auf Betreiben oder mit Vorwissen eines Bourbonen umgebracht worden, dann war jedes Bemühen umsonst, uns die Engländer zu Freunden zu machen. Nun, Sire, Sie geruhen, das Ideal der Gerechtigkeit sehr hoch zu stellen, höher als die Ehre des Hauses Bourbon, höher als das Wohl Frankreichs, höher als die Pietät gegen die Entschlafene; da bleibt für mich nichts, als mich vor dem weisen Ratschluss Eurer Majestät in Ehrfurcht zu neigen.«

»Einen Augenblick«, sagt der Monarch in wachsendem Unmut, »was meinen Sie mit Madames großartiger Leistung für Frankreich? Weder Ihnen noch sonst jemandem habe ich eröffnet, was meine Schwägerin für mich vollbracht hatte.«

Louvois' Ton verrät keinerlei Neugier. »Es ist lediglich meine Vermutung, dass es sich um eine bindende Abmachung mit England handelt, die es aus einer feindlichen Koalition gegen uns fernhalten soll.«

Eine feierliche Pause. Dann erklärt der König: »Sie hat weit Größeres erreicht.« Er entnimmt seiner Westentasche einen kleinen Goldschlüssel, geht zur Wand, bewegt das in einem unsichtbaren Scharnier befestigte überlebensgroße Gemälde Alexanders des Großen zur Seite und öffnet den dahinter in die Wand eingelassenen Geheimschrank. Er nimmt eine geschmiedete Kassette heraus, schließt sie auf und reicht seinem Minister eine schmale Pergamentrolle. »Betrachten Sie mein Vertrauen als Ausdruck meiner Zufriedenheit mit Ihnen. Übrigens sind Sie mein Kriegsminister. Erfahren Sie denn, was bisher nur Gott weiß, außer mir selbst, meinem Vetter König Karl und der edlen Fürstin, die von uns gegangen ist. Studieren Sie diesen Vertrag, der die Unterschriften der Monarchen Frankreichs und Englands aufweist.«

Louvois verneigt sich ehrfurchtsvoll, rollt das Pergament auf und liest ... Er traut seinen Augen nicht. Wahrhaftig, er ist ein hartgesottener Realist, ohne Illusionen über die Ethik von Machthabern. In einem Zeitalter allgemeiner Korruption hat auch er zugegriffen, wann immer sich die Gelegenheit bot. Trotzdem – das darf er ohne Ruhmredigkeit sagen – beträgt seine Beute nur einen winzigen Bruchteil von dem, was sein Organisationstalent aus andern Ländern für Frankreich herausgewirtschaftet oder herausgepresst hat. Und so stellt sich, in einer allgemeinen Bilanz, sein Wirken doch als ein Aktivposten für die Nation dar. Aber der da drüben in London: Schürzenjäger, Trinker, Tennisspieler – Karl Stuart, der unentwegt Fröhliche –, worin besteht sein Wert für irgendwen? Ein wandelndes Argument ist er gegen den monarchischen Gedanken! Dieser Geheimvertrag aber bedeutet den denkbar schamlosesten und zugleich dümmsten Verrat am eignen Lande; denn in ihm verpflichtet sich der englische König gegen Erhalt einer persönlichen Jahresrente vonseiten Louis' mit seinen sämtlichen Untertanen demnächst in den Schoß der katholischen Kirche zurückzukehren, den Parlamentarismus in England auszurotten, die englische Außenpolitik von den Wünschen Frankreichs dirigieren zu lassen und als Louis' Verbündeter in den Krieg gegen die holländische Republik einzutreten; sollte eine dieser Unternehmungen im englischen Volk Widerspruch oder gar Unruhen hervorrufen, so werden französische Truppen nebst Waffen und Geldern über den Kanal gesandt werden, um die Opposition zu ersticken.

Louis missversteht den Ausdruck steigender Erregung auf dem breiten Gesicht des Lesenden. »Nun, mein Herr Minister, war ich nicht berechtigt, Madames Überredungsgabe für außergewöhnlich zu halten?«

Wenn eine Frau verliebt ist, geht sie für den Mann durchs Feuer!, denkt Louvois. Und diesem hier zuliebe würde Henriette Stuart Satan selber dazu beschwatzt haben, die Hölle dem System Louis' einzuordnen! Er wischt sich die Stirn und sagt heiser: »Ich verstehe jetzt, wir brauchen kaum zu befürchten, dass König Karl gegen uns Partei ergreift – selbst dann nicht, wenn er der Ansicht werden sollte, seine Schwester sei mit Wissen oder Willen Ihres Bruders ums Leben gebracht worden! Aber, Sire, König Karl ist nicht England – England, das ist das englische Volk!«

Louis runzelt die Stirn. »Ich wünsche den Engländern meinen Beistand zu gewähren, damit sie wieder eine achtbare christliche Nation werden. Meine Bemühungen in dieser Richtung werden fortgesetzt, ohne jedoch der französischen Justiz den Weg zu verlegen.« Er nimmt das Dokument aus Louvois' Händen und verwahrt es wieder hinter dem leuchtenden Ölgemälde, das Alexander den Großen darstellt.

Louvois hantiert mit der Lichtschere an einer ungebärdig flackernden Kerze. »Zur Erhabenheit Ihrer Pläne, Sire, beglückwünsche ich Sie wie immer in Ehrfurcht. Immerhin sollte man sorglich verhüten, dass der Inhalt dieses Vertrages jemals den Leuten in England bekannt wird. Weil sie nämlich in diesem Fall ihren fröhlichen König den gleichen Weg schicken würden wie seinerzeit seinen melancholischen Vater.« Er sieht Louis erbleichen und fügt hinzu, im Ton ehrlichster Überzeugung: »Sire, dieser Vertrag ist ein Pulverfass unter den Grundfesten der monarchischen Ordnung. Und unsere Hoffnung, dass die Leute nichts davon erfahren werden, ist fadendünn – solange wir fürchten müssen, dass wilde Gerüchte über eine Ermordung der Prinzessin Henriette Stuart die Engländer veranlassen, die Begleitumstände zu prüfen. Und wenn sie hören, sie habe bei ihrem Besuch in Dover den Abschluss eines Geheimvertrages gefördert, dann werden sie nicht ruhen, bis sie die Bestimmungen dieses Vertrages in Erfahrung gebracht haben. Und dann wird König Karl sich vor die Wahl gestellt sehen, entweder den Vertrag zu widerrufen – oder Euer Majestät die Treue und sich selber sein Jahreseinkommen zu bewahren, indem er neuen Bürgerkrieg entfesselt … Ich warne nochmals davor, alarmierenden Gerüchten Nahrung zu geben!«

»Die Zukunft liegt in Gottes Hand«, versetzt der König. »Politische Erwägungen dürfen uns nicht beeinflussen, wenn es der Gerechtigkeit die Ehre zu geben gilt.«

Louvois weiß, in diesem Augenblick ist alles in Gefahr, was er aufzubauen geholfen hat, seine eigne Position eingeschlossen. So macht er einen erneuten Versuch. »Sire, es muss einmal gesagt werden: Ihre Minister, darunter meine Wenigkeit, sind beim Volk nicht beliebt. Dagegen erfreut sich der Herzog von Orléans ziemlicher Popularität.«

Dem König ist es keineswegs unlieb, zu hören, dass seine Minister dem Volk verhasst sind, also ausschließlich von seinem persönlichen Wohlwollen getragen werden; um sie völlig in der Hand zu haben, schließt er ja gnädigst das Auge vor ihren Unterschleifen und Erpressungen. Aber höchst unerwünscht ist es ihm, dass der Pöbel an seinem Bruder Gefallen findet, an diesem Verschwender ohne sittliche Reife, diesem übereitlen Laffen! So entscheidet er denn: »Auch wenn es die Gefühle der wankelmütigen Menge verletzen sollte, nehme die Gerechtigkeit ihren Lauf!«

Eigensinnig wie ein Maulesel!, denkt Louvois und flucht innerlich. Dann unternimmt er einen letzten, äußerst waghalsigen Versuch. »Euer Majestät wissen, es widerstrebt mir, der Überbringer beunruhigender Nachrichten zu sein. Unangenehme Dinge geräuschlos zu erledigen, dafür sind Ihre Minister schließlich da. Jedoch gibt es besondere Angelegenheiten, in denen nur Ihre Weisheit, Sire, imstande ist, den richtigen Weg zu weisen.«

Wozu diese umständliche Einleitung? Das ist niemals Louvois' Art gewesen. Dem König wird schon sehr unbehaglich.

Der Minister spricht es aus: »Letzthin wurden Briefe abgefangen und dechiffriert, bevor wir sie an die Adressaten weitergehen ließen, Briefe der Gesandten Spaniens, Venedigs, Schwedens an ihre Regierungen. Diese Briefschreiber, völlig unabhängig voneinander, vertreten die Meinung, um Frankreich stehe es durchaus nicht zum Besten – und sollte sich jemals das Kriegsglück gegen uns wenden, dann sei mit öffentlichem Aufruhr und Schlimmerem zu rechnen.«

Schlimmerem? Was meint der Mann? Etwa gar Attentate auf mich? Dem König bricht der kalte Schweiß aus.

Da spielt der Minister seinen Trumpf. »Der venezianische Gesandte schrieb: Nachdem es heißt, man habe die Deutsche Kaiserin zu vergiften versucht, die Königin von Polen erhole sich nur langsam von einem derartigen Attentat, und der Landesherr von Savoyen sei kürzlich verschieden, ohne jemals vorher krank gewesen zu sein – scheint die Welle jetzt auch Frankreich erreicht zu haben. Ein Staatssekretär des Königs, Monsieur de Lionne, ist vergiftet worden. Drei hohe Beamte, Vater und Brüder der Marquise de Brinvilliers, sind an Gift gestorben. Auch wird gemunkelt, eine unter Spionageverdacht verhaftete Frauensperson habe ausgesagt, man habe sie in ein Giftkomplott gegen Louis Quatorze hineinzuziehen versucht. Ich hoffe, Eure Majestät nicht ernstlich beunruhigt zu haben.«

Gift! Wild hämmert die Eisenfaust auf Louis ein. Gift! Warum ist in allen jenen Fällen kein Täter gefasst worden? Kaum eine ordnungsgemäße Untersuchung hat stattgefunden ... Mit letzter Anstrengung entreißt er sich noch einmal dem Griff der Panik. »Das französische Volk, mein Herr Minister, ist die erste christliche Nation auf Erden. Es ist von höherer Art als Savoyarden, Polen, Deutsche, Engländer – halbbarbarische Stämme, deren Geister zu dumpf sind für den hehren Gedanken, dass der Monarch Gottes Gesalbter ist und sein Leben heilig.«

Louvois schnappt mehrmals nach Luft. Endlich sagt er: »Ja, uns geziemt Zuversicht. Was in Warschau, Wien, Turin geschehen ist, das wäre hier undenkbar. Louis Quatorze ist in gleicher Weise gefeit gegen militärische Niederlagen wie gegen Gift.«

Louis möchte aufschreien: Niemand, Sie Narr, niemand ist gefeit gegen Gift! Er wendet sich zum Fenster, starrt in die Sturmnacht, versucht regelmäßig zu atmen. Dabei plädiert er im Stillen vor dem Geist Henriettes: Ist es dein Wille, mein Lieb, dass Philipp straflos ausgehen soll, damit das Haus Bourbon nicht in sich gespalten erscheine? Plötzlich zuckt es durch seine Gedanken: Was, wenn Karl Stuart die Hand im Spiele gehabt hat, um die einzige Mitwisserin seines Verrats zu beseitigen? Ein fürchterlicher Gedanke – aber soll man das Verbrechen nicht eher einem Stuart zutrauen als einem Bourbonen?

Der Minister wartet, schwitzend vor Spannung.

Vom Fenster weg wendet sich der König und verkündet im Ton trauernder, aber unbeugsamer Entschlossenheit: »Es wird in Gegenwart des englischen Gesandten sowie von einhundert auszuwählenden Personen eine Autopsie stattfinden. Gründliche Untersuchung wird dartun, dass die Verewigte an einer Zersetzung lebenswichtiger Organe gelitten hat, nämlich der Leber, des Magens, des Herzens und so weiter. Nur durch ein Wunder Gottes ist es zu erklären, dass sie so lange am Leben zu bleiben vermocht hat.«

Erlöst atmet Louvois auf. »Von welchem Arzt soll die Autopsie vorgenommen werden?«

Der König denkt nicht lange nach. »Doktor Valot gilt als ein ungemein erfahrener und zuverlässiger Mann.«

Louvois weiß, was nur dem König und einigen Vertrauten bekannt ist, dass dieser Doktor Valot vor Jahren durch eine Überdosis Opium fahrlässigerweise den Tod von Henriettes Mutter verschuldet hat – und bereitwillig jeden Dienst verrichten wird, den man im Interesse des Königs von ihm fordert.

Die Hände auf dem Rücken, schreitet der König auf und ab. »Gleichzeitig ordne ich an, dass mit aller Schärfe gegen Personen vorgegangen werde, die sich unerlaubterweise mit Gift beschäftigen. Es missfällt mir, dass die Marquise de Brinvilliers immer noch nicht ihrer Bestrafung zugeführt ist. Auch der mysteriöse Tod meines Staatssekretärs, Monsieurs de Lionne, ist immer noch nicht aufgeklärt. Sagen Sie Monsieur de la Reynie, ich erwarte von ihm durchgreifende Maßnahmen in diesen und ähnlichen Fällen.« Er setzt sich in den Armstuhl neben dem Schreibtisch, stützt das Kinn in die Hand, blickt düster, doch nicht ohne Anmut. »Mein Herr Minister, ich und mein Haus erlitten einen schweren Schlag von der Hand des Herrn, da Er Unsere geliebte Schwester, die Herzogin von Orléans, unheilbarer Krankheit erliegen ließ. Wir haben uns dem göttlichen Ratschluss zu beugen und müssen Trost suchen im Gedenken der unvergesslichen Fürstin, die schon zu Lebzeiten eine Heilige war. In diesem Sinne wünsche ich, dass Bischof Bossuet die Grabrede hält. Gegen Schluss möge er der reinen Gattenliebe Erwähnung tun, mit der mein Bruder seiner Gemahlin angehangen hat, sowie der Untröstlichkeit seines Gemüts seit ihrem Hinscheiden.« – Louvois darf sich jetzt entfernen. Von der Schwelle aus gewahrt er, wie der König aus dem Innern des Schreibtischs einen dicken Lederband hervorholt und aufschlägt. Dieser Band, Louvois weiß es, enthält Entwürfe von Zeichnern für Kostüme und Dekorationen. Louis, ohne aufzublicken, sagt seinem Minister noch dies: »Bringen Sie es bitte zur allgemeinen Kenntnis, dass Hoftrauer angeordnet ist. Sämtliche Fahrzeuge und Pferde sind schwarz zu behängen. Alle Bedienten, einschließlich der Stallknechte und des Küchenpersonals, gehen in Schwarz. Für die Mitglieder der königlichen Haushaltung sind mir unverzüglich besondere Skizzen und Stoffproben vorzulegen.«

Gottlob, denkt Louvois, jetzt hat er was zu tun! Er schließt die Tür und geht durch die erleuchtete Galerie. Er befreit seine Kehle, indem er martialisch auf den purpurnen Läufer spuckt. Für den Augenblick, sagt er sich, besteht wohl kaum Gefahr, dass sich England einer militärischen Koalition gegen Frankreich anschließt. Karl hat seine Ehre verschachert für eine französische Leibrente; jene kann er nicht zurückerwerben, so lässt sich darauf bauen, dass er diese nicht verwirken wollen wird. Wie man allerdings neugierige Engländer beschwichtigen soll, die binnen Kurzem hier auftauchen dürften, das bleibt vorderhand problematisch.

Sechs Wochen später wurde dieses Problem akut. Es war schon April, ein vorwitzig warmer April, als George Villiers, Herzog von Buckingham, in Frankreich landete. Er kam als König Karls persönlicher Gesandter, mit dem halboffiziellen Auftrag, die tatsächlichen Umstände zu ermitteln, unter denen die Prinzessin Henriette Stuart gestorben war. Die öffentliche Meinung, dieser nicht ausschaltbare Faktor in der Regierung Englands, musste befriedigt werden, man musste die Wahrheit erfahren, soweit das irgend möglich war.

Die Persönlichkeit gerade dieses Sendlings machte die Angelegenheit für Louis noch peinlicher. Er mochte den Herzog von Buckingham nicht. Immer noch spukte die volkstümliche Romanze von einem Liebesverhältnis seiner Mutter, der temperamentvollen Anne von Österreich, mit dem Vater dieses Gesandten, dem vor Jahren verstorbenen »Beau Buckingham«, der berühmt war ob seiner Freigebigkeit und seiner Galanterie. Immer noch flüsterten böse Zungen, sie seien Halbbrüder, der junge Herzog und Louis. Und gerade dieser Mann tauchte jetzt auf, um seine aristokratische Nase in die unheimliche Affäre zu stecken, die doch, gleichsam kraft Königlichen Dekrets, als abgeschlossen zu betrachten war!

Für den ersten Abend Buckinghams in Versailles erbot sich Graf d'Artagnan, geeignete Unterhaltung zu besorgen. War doch d'Artagnans ehemalige Rolle als getreuer Diener und ritterlicher Kämpe der Königin Anne unvergessen. Was lag näher, als dass er, der den Vater des Herzogs so gut gekannt hatte, jetzt dem Sohne einen herzlichen Empfang bereitete! Und dann würde der Herrgott schon weiterhelfen ...

Gleichwohl verbrachte Louis eine fast schlaflose Nacht. Mit bloßen Liebenswürdigkeiten würde sich dieser englische Staatsmann nicht abspeisen lassen. Es ging darum, ihn mit dem Bewusstsein zu erfüllen, hier in Versailles regierten Herzenswärme und anmutige Ausgeglichenheit, wie sie nur in der Sonne eines guten Gewissens gedeihen, und jede Verdächtigung eines Bourbonen als eines Missetäters und Barbaren sei unsinnig. Aber vergebens zermarterte Louis sein Hirn; ihm fiel nichts ein, womit man den Herzog im Sturme nehmen könnte. Von seinen bewährten Ratgebern ließ sich in dieser Sache nichts erwarten, sie waren zu nüchtern, zu unromantisch! Auch hatte die Idee von ihm selber zu kommen, spontan und natürlich. Ja, wenn Molière noch lebte – oder Henriette! Er stand frühzeitig auf, entzog sich ausnahmsweise der Etikette des Levers, kleidete sich eigenhändig an und verließ sein Schlafgemach. Er schlenderte sorgenvoll durch die Galerie. Da gewahrte er einen Mann im Arbeiterkittel, der stand auf einer Leiter und versuchte mit seinen affenartig langen Armen den großen kristallenen Leuchter vom Plafond herabzunehmen. Die Leiter schwankte hin und her, und es sah aus, als werde im nächsten Moment der Mann herunterstürzen und dabei sich die Knochen sowie den kostbaren Kristallleuchter zerbrechen.

»Vorsichtig, guter Mann«, warnte der König, »wenigstens einer sollte da sein, um Ihnen bei dieser Arbeit zur Hand zu gehen.«

»Stimmt«, sagte der Mann, ohne herunterzublicken, »aber alle im Palast scheinen was anderes zu tun zu haben, wahrscheinlich wegen dieses Gentlemans aus London. Da muss ich ganz allein dieses schwere Ding hier abnehmen zum Putzen! Kein Mensch denkt daran, mir ein bisschen zu helfen.«

»Nun, Freund«, sagte Louis, »noch gibt es einen, der denkt an solche Dinge. Ja, einer macht sich Sorgen, ob die Menschen seines Volkes wohlbehalten sind und durch ihre Arbeit nicht zu Schaden kommen. Setzen Sie nur getrost Ihr Werk fort – *ich* werde Ihnen die Leiter halten.«

»Das ist sehr anständig von Ihnen«, äußerte der Mann, ohne hinzusehen, wer sein Helfer war.

Der König hielt mit kräftigem Griff die Leiter im Gleichgewicht. Er war umsichtig, er war rücksichtsvoll, er gewährte der körperlichen

Arbeit seiner Untertanen tätige Unterstützung, so war er! Ja, wenn andere Monarchen solchen menschenfreundlichen Gefühlen beizeiten nachgegeben hätten, niemals wäre es zu Aufstand und Revolution gekommen. Aber leider kannten sie solche Empfindungen gar nicht, die Politik verhinderte es wohl. Ach, hole doch der Henker die Politik, wenn sie einem verwehrt, den arbeitenden Massen ihr Los zu erleichtern!

Der Mann, in den Händen den glitzernden Kristallleuchter, kletterte vorsichtig Sprosse um Sprosse herunter. »Vielen Dank auch«, sagte er – und erkannte den König. »Herr – Herr – Majestät selber«, stammelte er, sich vor Ehrfurcht windend.

Louis sah das graue Gesicht mit niederer Stirn, flacher Nase, großem dünnen Mund. Affenhaft, dachte er, aber königstreu. Er putzte sich die Finger. »Nur getrost, guter Mann. Ihren Bekannten dürfen Sie berichten: Wenn alle euch im Stich lassen, euer König ist immer bereit, euch zu helfen, noch inmitten seiner Regierungssorgen.«

Der Mann wusste augenscheinlich nichts Besseres zu tun, als verschämt zu grinsen und sich den Kopf zu kratzen. Er blickte seinem Monarchen nach, wie der gemessenen Schrittes durch die Galerie davonging. Dann packte er den Kristallleuchter und verschwand über die Handwerkertreppe aus dem Palast.

Louis wechselte mit d'Artagnan ein paar Worte, die den Abend betrafen; er musste mit steigender Unruhe feststellen, dass auch dem Grafen nichts eingefallen war, was den so notwendigen Erfolg würde herbeiführen können. So beschloss er denn, seine eignen Gedanken während eines Jagdritts anzuspornen, und befahl die Meute nebst allerkleinster Suite.

Der Tag war von frühlingshafter Lieblichkeit. Louis wäre sogar bereit gewesen, der Natur nachzusehen, dass sie Wiesen und Dickicht, Teiche und Hügel so unsymmetrisch anordnete – wäre ihm nur der rettende Einfall gekommen! Aber weder der rhythmische Galopp der Pferde noch das harmonische Hundegebell förderte seine Denktätigkeit. Im Gegenteil, heute schien ihn alles zu behindern. Und er geriet in echten Zorn, als der Hirsch, ein ungewöhnlich schönes und kräftiges Exemplar, die Spielregeln so weit außer Acht ließ, dass er, endlich gestellt, zwei von den Lieblingshunden Seiner Majestät die Flanken aufschlitzte, bevor ihn die anderen zerrissen. Halali!

Louis wünschte, seine Mutter wäre noch am Leben. Sie hätte am ehesten gewusst, wie einem Buckingham beizukommen war. Und von der Mutter wanderte, gleichsam von selber, sein Denken zu Françoise, der unvergleichlichen Mortemart, seiner Juno und Venus zugleich. Er beschloss, sich bei ihr Rat zu holen, nicht bei Louvois, nicht bei Colbert, diesem Nüchternen.

Er befahl, seine Fregatte in Bereitschaft zu setzen für den drei viertel Meilen langen Wasserweg von dem Palast zum Trianonschlösschen. Vier Kammerdiener, unter Aufsicht des Oberhofgarderobemeisters, halfen ihm in die goldbestickte, sonst aber schlichte tiefblaue Uniform des Großadmirals der französischen Flotte. Während des Umkleidens erlabte er sich an dem Gedanken, dass Trianon, dieses jüngste Wunderwerk architektonischen Esprits, mit seiner Miniaturorangerie, seinen Terrassen und Springbrunnen und Statuenparaden, täglich seiner blaublutigen Freundin vor Augen führte, was ein Bourbone zu vollbringen vermochte.

Er bestieg die Fregatte. Das Schiff war gänzlich vergoldet, geschmückt mit den Emblemen des Königlichen Hauses und bewimpelt mit den Farben Frankreichs. Vier Galeeren, kriegsmäßig bestückt mit Kanonen hinter Brustwehren, geleiteten die Fregatte Seiner Majestät durch den Kanal zur Residenz seiner Geliebten – drei viertel Meilen Wasserweg.

Françoise war während dieser sechs Wochen die innere Zerfahrenheit nicht losgeworden, die sich nach jenem Gespräch mit Catherine ihrer bemächtigt hatte. Diesen Nachmittag suchte sie Ablenkung von unerquicklichen Gedanken in der Gesellschaft der Marquise de Maintenon.

Die Gouvernante der königlichen Kinder kleidete sich immer noch schwarz, mit Genueser Spitzenbesatz an Kragen und Ärmeln, im Übrigen schmucklos; allerdings saß das Kleid tadellos, besonders um die anmutige Büste. Sie ergötzte Françoise mit einer wirklich einzigartigen Geschichte: In der vergangenen Woche war es ihr gelungen, die Base des Königs, Louise de Montpensier, davon abzubringen, ihr Testament zugunsten des unseligen Lauzun zu machen. Ja, die vereinsamte Prinzessin hatte sich das Versprechen abnehmen lassen, statt Lauzuns das jüngste Söhnchen der Marquise de Montespan als Alleinerben ihres ungeheuren Vermögens einzusetzen. Damit sorgte sie für die Zukunft eines liebenswerten Kindes und versöhnte sich zugleich dem König, der ihr bereits in Aussicht gestellt hatte, Lauzun demnächst zu begnadigen und zu ihr zurückkehren zu lassen. Wie freilich der Gascogner den Akt auffassen würde, der seine Festungshaft abkürzte, darüber konnte man sich den verschiedensten Vermutungen ergeben.

Françoise umarmte Madame de Maintenon unter Versicherung heißen Dankes. Dabei dachte sie: Hat sie sich mit dieser brillanten Intrige bei mir in Gunst setzen wollen – oder beim Vater des Kindes? Aber warum sich deswegen den Kopf zerbrechen? Sie betrachtete ihr Gegenüber mit nachdenklicher Bewunderung. »Ich gäb' was drum, Liebste, zu wissen, wie Sie es fertigbringen, immer noch auszuschauen wie Ende zwanzig, während es zwischen uns doch kein Geheimnis ist, dass Sie drei oder vier Jahre älter sind als ich. Ihr Teint ist opalfarben mit einem leicht rosigen Schimmer. Die Modulation Ihrer Stimme macht einem das Herz schwingen. Und in Ihren Augen funkelt es manchmal so lebhaft, dass unsere bewährtesten Kokotten sich beschämt fühlen müssen. Wahrscheinlich besitzen Sie ein Elixier für ewige Jugend und Schönheit, Ihnen allein hinterlassen von der Königin Kleopatra!«

Obschon Madame de Maintenon es nicht liebte, von sich selbst zu reden, erwiderte sie mit ihrem sanftesten Lächeln: »Es war nicht Kleopatra, sondern eine weise Negerin auf der Insel Martinique, wo ich meine Kindheit verbrachte. Hundertundacht Jahre war sie alt, und sie schenkte mir eine Phiole mit einer magischen Essenz, die ich immer noch benutze, da sie die vortreffliche Eigenschaft hat, sich aus sich selbst zu erneuern.« Dann setzte sie in etwas trockenerem

Ton hinzu: »Madame, ich bin einundvierzig. Sehe ich noch leidlich jugendlich aus, dann verdanke ich das wohl meiner Konstitution sowie, vielleicht, meiner Gewohnheit, mich nur mit reinen und gottgefälligen Dingen abzugeben.«

Da wurde der König gemeldet. Die Damen erhoben sich. Als er den Salon betrat, zeigte ein kurzer Blick in den Spiegel ihm sein männliches Gesicht: ernst, jedoch nicht unfreundlich, ganz wie er es wollte, dazu vorteilhaft beleuchtet von der späten Sonne.

»Mesdames«, sagte er ritterlich, »ich wäre untröstlich, wenn mein Kommen Sie in einer Unterhaltung störte, die, nach dem Glanz in Ihren Augen zu schließen, ausnehmend erquicklich gewesen sein muss.«

»Ach ja«, gestand Françoise freimütig, »es ist recht erholsam, wenn zwei erwachsene Frauen einmal miteinander vernünftig reden – nach dem peinlichen Anblick der Anstrengungen angejahrter Schönheit, immer noch im Garten Floras umherzuflattern wie junge Schmetterlinge.«

»Nun, es gibt Schmetterlinge jeder Färbung und jedes Alters«, bemerkte Seine Majestät.

Zutreffend, aber sinnlos!, dachte Françoise.

Ein weiser Monarch!, dachte Madame de Maintenon. Der niemals sagt, was er sich denkt – und so die Momente verbirgt, in denen die Gedanken ihm vollends ausgehen.

Ermutigt durch ein Zublinzeln Françoises, sagte sie bescheiden: »Es gibt aufdringliche Schmetterlinge, die aber schon der erste Hauch Zephirs des Glanzes beraubt. Dann wieder gibt es solche, die sind weniger frivol, üben Zurückhaltung und erhalten sich so ihren Glanz. Aber letzten Endes bleiben sie alle nur Insekten – und worauf könnte ein Insekt sich etwas zugute tun außer auf seine Fähigkeit, das Gold der Sonne zu reflektieren, wenn diese seine Winzigkeit bescheint.«

Schade, dass meine Mutter dies nicht erlebt hat!, dachte der König. Diese beiden hier, jede die Tochter einer altadeligen Familie, wetteifern im Bemühen, mich aufzuheitern. Die eine ist eine köstliche Blondine, die andere eine pikante Brünette. Die eine wird bewundert und begehrt von jedem Mannsbild zwischen Konstantinopel und Lissabon, die andere geschätzt von den Frommen. Diese widmet sich hingebungsvoll der Erziehung der Prinzen, die mir jene gebar. Es ist, wie es sein soll. Gott ist mit mir. »Sagen Sie, Madame«, bemerkte er unerwartet, »in unser aller Mitte leben Sie so völlig in sich selbst zurückgezogen, dass wir nicht einmal Ihren Vornamen wissen.«

In den großen rehbraunen Augen der Madame de Maintenon malte sich flüchtiges Erstaunen. »Es ist so unendlich lange her, dass jemand mich bei meinem Vornamen genannt hat – ich hatte schon ganz vergessen, dass ich einen habe! Ich heiße Françoise.«

Der König war überrascht, suchte nach einer Antwort, die zugleich für beide Damen galant und witzig sein sollte, fand keine, schwieg – mochten sie doch glauben, seine Gedanken seien zu sublim, um gleich geäußert zu werden ...

Da heißt sie also wie ich!, dachte Madame de Montespan. Warum nicht? Jede zehnte Französin heißt Françoise. Ich besitze kein Monopol auf den Namen – ebenso wenig wie er was dagegen hat, dass Millionen Knaben auf den Namen Louis getauft werden, im Gegenteil!

Françoise Marquise de Maintenon empfand, es wäre jetzt nur taktvoll, das erhabene Paar allein zu lassen. Sie machte den Hofknicks und bat, zum Palast zurückkehren zu dürfen, um beim Abendessen der kleinen Prinzen zugegen zu sein. Als sie das Trianonschlösschen verließ, seufzte sie tief: Wenn er damals, vor sechzehn Jahren, mich so huldvoll angeblickt hätte – mir wäre vor Entzücken das Herz stehen geblieben. Aber sechzehn Jahre sind eine lange Zeit. Inzwischen ist mein Herz verdorrt. Sie wissen es nicht, halten mich gar für ehrgeizig und durchtrieben. Aber ich weiß: Triumph käme für mich zu spät ...

Paul Scarrons unbemakelte Witwe, sann Louis vor sich hin, welch ein Triumph wäre es für mich, ihre schlummernden Sinne aufzuwecken, diesen dianenhaften Leib in Wonne erzittern zu fühlen ...

Wäre ich niederträchtig, dachte Françoise, würde ich es wohl so einrichten, dass du sie kriegst, mein Guter; eine frigide Frau in die Arme nimmst – und dir hinterher vorkommst wie ein Krüppel!

Der König ermannte sich; unwürdig war es, sich die Umarmung der Gouvernante vorzustellen in Gegenwart der herrlichen Gebieterin seines Herzens, um deren Liebe die Welt ihn beneidete! Und außerdem: Nicht als Liebhaber war er hergekommen, ihn bedrängten gar ernste Sorgen!

»Nicht ohne besonderen Anlass, Madame, sehen Sie mich in Admiralsuniform. Ich habe Ihnen mitzuteilen, dass Ihr Wunsch nach Besitz eines eigenen Kriegsschiffs, eines Kaperschiffs, nunmehr gewährt ist. Es wird unter Ihrer Flagge segeln, bemannt mit Leuten aus Ihrer engeren Heimat, und auf allen sieben Meeren spanische und holländische Kauffahrteischiffe aufbringen.« – Es mochte über ein Jahr her sein, dass sie den Wunsch geäußert hatte, der ihr bald genug unsinnig erschienen war. So musste Louis jetzt wohl besonderen Grund haben, sich erneut ihrer Dankbarkeit zu versichern. Und richtig, sogleich fuhr er fort: »Indessen gibt es einen anderen Ozean, noch stürmischer und tückischer als das Weltmeer: den der internationalen Politik.« Und er schilderte ihr in Kürze die Schwierigkeit, die ihm der Besuch des Herzogs von Buckingham verursachte: »Es gilt, ihn zu unserm Freund zu machen, ohne uns etwas zu vergeben.«

Sie hatte sich niemals in die Politik gedrängt, von selbst wandte der König sich jetzt an sie. Ihr geschwinder Geist ersah im Nu die Gefahr, von der Frankreich bedroht war, zugleich aber auch die einzigartige Gelegenheit für sie selbst. Jetzt hatte sie zu zeigen, wes Geistes Kind sie war! Ja, hier war ein wichtiger Schritt aufwärts zu tun – und sie wusste, sie würde nicht straucheln …

Die Eingebung, deren sie bedurfte, ließ nicht lang auf sich warten. Rasch formte sich ihr Plan … »Buckingham ist heute Abend d'Artagnans Gast. Damen müssen dabei sein. Wer ist augenblicklich d'Artagnans Freundin? Die kleine Prinzessin Soubise, nicht wahr? Gut. Wir brauchen noch zwei dazu. Diese Engländer fühlen sich unbehaglich in Gegenwart reifer Frauen, weil sie das zur Konversation verpflichtet, und da fehlt es ihnen an Salz. Also brauchen wir noch zwei junge Mädchen von möglichst kindhafter Anmut ...« Sie setzte sich an ihren Schreibtisch, begann ein Billett zu kritzeln. »Die kleine Montausier ist geeignet. Zwar ist ihre Mutter recht krank, wird aber ihrem Töchterlein die Gelegenheit nicht missgönnen. Wer ist Nummer drei? Ich hab's: das Engelsgeschöpfchen, das erst vorigen Monat aus der Provinz angelangt ist – lichtbraune Locken, ein Kirschenmündchen, große graue Augen, anmutig wie ein Reh und gescheit wie ein Kätzchen – Marie Angélique de Fontanges.«

Noch spürte er im Zwielicht die Angstgespenster flattern. »Was haben Sie vor, Madame?«

Sie gab keine Antwort, steckte das Billett in einen Umschlag, klingelte einem Bedienten. »Befehl Seiner Majestät an den Grafen d'Artagnan, äußerst dringlich!« Der Mann eilte davon. Sie wandte sich zu Louis: »Ich habe ihn herbeordert samt den drei Huldinnen. Auch Ihren Flötisten wird er mitbringen, den schönen Monsieur Philibert. Ich hoffe, Sire, Sie geruhen hierzubleiben, es handelt sich um eine kleine Generalprobe.«

Er konnte es sich noch nicht zusammenreimen, stellte aber keine Frage. Er vertraute ihr. Vielleicht weiß sie wirklich den Zauber, der mir die schwarzen Gedanken verscheucht.

Dann sagte er: »Ich weiß nicht, ob man diesen Philibert heranziehen soll. Es heißt neuerdings, seine jetzige Frau habe ihren ersten Gatten vergiftet, einen gewissen Brunet, weil der es sich in den Kopf gesetzt hatte, seine Tochter mit Philibert zu vermählen.«

Sie lachte leicht auf: »Man stößt sich wohl nur daran, dass er der Tochter die Mutter vorgezogen hat, vermutlich als die bessere Partie! Wie es scheint, erwarten die Pariser jetzt, ewig zu leben, und wenn einer stirbt, muss er vergiftet worden sein! Sire, diese angebliche Giftmordepidemie existiert nirgends als in müßigen Köpfen, die es nach aufregenden Gerüchten gelüstet, besonders seit die Kriegsereignisse draußen ins Stocken geraten sind.«

Ihm war, als hörte er seine Mutter sprechen, resolut und beruhigend wie damals in den Stürmen der Fronde. Ein Gefühl der Dankbarkeit erfüllte ihn.

Françoise war tollkühn. »Dieses Gerede über die Giftmischerei halte ich für ebenso unsinnig wie das Gewisper über satanische Umtriebe der sogenannten Magier und Hexen von Paris. Warum, Sire, ernennen Sie nicht einen Sondergerichtshof, der diesem Spuk zu Leibe geht und seine Gegenstandslosigkeit zeigt! La Reynie wäre ein guter Kommissar und Untersuchungsrichter, meinen Sie nicht auch?«

Dies tu ich vornehmlich für meine Freunde Catherine und Lesage!, dachte sie. La Reynie, der den Teufel samt der Schwarzen Magie als Hirngespinst erklärt hat, wird meine Freunde vor jeder Behelligung schützen.

»Er ist ein fähiger Beamter«, sagte Louis nachdenklich. »Er hat mir viel Ärger und Geld am Kartentisch erspart. Alle spielten sie gegen mich mit betrügerischen Karten von verschiedener Schwere oder aus verschiedenen Papiersorten. Bis La Reynie die Werkstätten der Fabrikanten durchsuchen ließ und jeden verhaftete, der Spielkarten verschiedener Art im selben Päckchen hatte. Ein außerordentlicher Mann. Wir wollen Ihren Vorschlag im Auge behalten.«

Aber schon gehorchten ihm seine Gedanken nicht mehr, machten sich los, flatterten wild umher. Ach, wüsste sie ihn doch zu beschirmen – gegen diese gespenstischen Bilder ohne Gesicht.

Ihre Wangen glühten. Sie fühlte sich auf der Schwelle ihres endgültigen Triumphes. Er hatte sich ihr ergeben. Sie breitete die Arme aus. Er zog sie an seine Brust, tauchte den Blick in ihre meergrünen Augen. »Wir werden es ihnen zeigen, allen!«, rief sie.

Wie meine Mutter, empfand er.

Und so geschah es, dass sein gewohntes männliches Verlangen nach dem geschmeidigen Leib, ihm unbewusst, eine wesentliche Verwandlung erfuhr. Er fühlte sein Blut nicht brennen, sondern ruhiger fließen. Er suchte nicht ihren Mund, er nahm die Hände von ihren Hüften. Fromm und dankbar küsste er ihre Wange. Küsste sie, wie der Sohn seine Mutter geküsst hatte.

Es dunkelte schon, als sie von der Auffahrt das Getrappel der Pferde d'Artagnans hörten.

Der schmucke Pavillon liegt nur hundert Schritt von der großen Allee, unweit der Orangerie. Die Wände sind bespannt mit den Farben Frankreichs und Englands, geschmückt mit den Emblemen der Bourbonen und der Stuarts sowie dem herzoglichen Wappen der Buckinghams. Auf einer Estrade spielt ein kleines Orchester, geleitet von dem adonishaften Monsieur Philibert. Die Musik hilft den Gästen hinweg über die Dürftigkeit ihrer Konversation.

D'Artagnan, neben sich seine mädchenhafte Geliebte, erschöpft sich im Erzählen seiner Anekdoten, alle mit unverfänglichen Themen wie Liebe, Krieg, Musik, unter sorgfältiger Vermeidung von Politik und Religion. Der Ehrengast, Georges Villiers, Herzog von Buckingham, wahrt eine Zurückhaltung, die sogar bei einem Engländer übertrieben wirkt. Kaum dass er hier und da eine nichtssagende Höflichkeitsfloskel fallen lässt, die gleichwohl von den jungen Damen mit Entzücken aufgenommen wird, mit etwas gekünsteltem Entzücken. Links von ihm die kleine Montausier, hübsch und zappelig, zeigt wohl etwas zu viel Eifer in ihrer Rolle. Aber zu seiner Rechten die Jüngste von den dreien, Marie Angélique de Fontanges, wahrt den süß erstaunten Ausdruck eines reizenden Kindes; ihre echte Naivität ist diskret gewürzt mit den Weisungen, die ihr Madame de Montespan erteilt hat. Buckingham verzieht keine Miene.

»*Mort de ma vie*«, flucht d'Artagnan still vor sich hin, »er übertreibt seine Kaltschnäuzigkeit, wir haben ja schließlich verstanden, dass er sich weder von unserm Menü beeindrucken lassen will noch von dem Trio holdseliger Nymphlein.« D'Artagnan ist Soldat. Er hat seinem jeweiligen Herrn und seinen Damen mit ritterlicher Treue gedient. Das Frankreich Richelieus, das Frankreich Mazarins, das Frankreich Louis' – nun, danach wird immer wieder ein anderes Frankreich sein, aber sich dieses vorzustellen, ist nicht d'Artagnans Sache. Man lebt nur einmal. Trotzdem spürt auch er den Albdruck dieser Stunde, das Schicksal Europas hängt in der Schwebe. Misslingt der Versuch, zwischen den Regierungen hüben und drüben eine dauernde Freundschaft zu befestigen, dann wird England kaum umhinkönnen, sich einer gegen Frankreich gerichteten Koalition anzuschließen. Verliert aber Frankreich die Hegemonie, dann werden unheimliche Kräfte zum Ausbruch kommen. Kräfte, die schon überall unter der Oberfläche der Gesellschaft spürbar sind, wenn auch ihre Gesichter noch nicht auftauchen. Ja, diese weiche Frühlingsnacht mag in ihrem Schoß den Anfang des Endes einer langen Epoche tragen, falls es nicht gelingt, heute Nacht gelingt, die Verlängerung dieser Epoche für mindestens eine Generation zu sichern … Indessen fühlt d'Artagnan sich eher missmutig als verstört.

Buckingham ist sich der heiklen Situation wohl bewusst. Die Mädchen sind es nicht, fühlen sich aber unbehaglich. Ihnen ist zumute, als präsidiere bei diesem intimen Bankett ein trauerndes Gespenst: der Geist Henriettes.

Jetzt beginnt das kleine Orchester eine alte Sarabande zu spielen, Takte gemessener Fröhlichkeit. Ein Lakai hat die Tür des Pavillons weit geöffnet, die balsamische Luft des nächtlichen Parks weht herein. Gleichsam auf den Strahlen des örtlichen Vollmonds schwebt ein schimmerndes Paar in den Raum. Hand in Hand eine Dame und ihr Ritter, beide maskiert. Sie schweben herein in anmutiger, doch genau bemessener Bewegung. Grüßend verneigen sie sich vor der kleinen Gesellschaft. Dann vollführen sie kunstgerecht die Figuren der Sarabande.

Die maskierte Dame ist in goldenem Gewand, darüber ein goldgewirkter Überwurf und auf diesem, eingestickt, Blumen und Früchte von schwerem Gold. Von den zahllosen Locken ihres goldenen Haars schmiegen sich zwei von den Schläfen die Wangen entlang. Das schwarze Samtband um die Stirn hält drei große Perlen, eingefasst von Brillanten. Größere Brillanten funkeln auf den schmalen Goldschuhen, während sie tanzt – und tanzt – in kühler Grazie.

Ihr Tänzer ist ganz in Silberbrokat gekleidet, Wams und Schuhe sind mit Perlen besät. Von der rechten Schulter zur linken Hüfte eine feuerfarbene Schärpe, zwischen deren Fransen ein juwelenbesetzter Degen blinkt.

Das Paar tanzt, tanzt, als sei es allein auf der Welt. Oberon und Titania – zu keinem anderen Behuf geschaffen, als in der Mondnacht zu tanzen. Ohne Hast, ohne Leidenschaft, in gesammelter Anmut, in edlem Gleichmaß.

Jetzt erheben sich, eine nach der andern, die drei jungen Mädchen von der Tafel. Als ziehe unwiderstehliche Magie sie an, nähern sie sich dem tanzenden Paar. Ihre Körper nehmen den Rhythmus des Tanzes auf. Sie strecken die Arme aus, sie neigen und wiegen sich, sie folgen dem Tänzer, umkreisen ihn, zeigen Bewunderung für seinen Degen, die zierliche Waffe in der juwelenbesetzten Scheide. Die Bewunderung wird Begehren, als die Sarabande ins Allegro übergeht. Drei Paare von Mädchenhänden haschen nach dem Degen, ihren Träger wollen sie gefangen nehmen und entwaffnen. Aber siehe, solcher Zudringlichkeit wehrt die goldene Dame, ihren Ritter verteidigt sie, schirmt ihn vor den begehrlichen Nymphlein.

Jetzt wenden sich die drei, Beistand suchend, mächtige Hilfe heischend – wenden sich an den Herzog von Buckingham. Buckingham sitzt reglos beklommen, perplex. Was will diese Tanzpantomime – was …?

Zurück wenden sich die Mädchen, haschen wieder nach dem Tänzer. Aus der Sarabande springt jäh eine heftige, ganz und gar unzeremoniöse, atemberaubende südliche Tanzweise. Der bedrohte Ritter tanzt wie in Verzweiflung, hält den Degen horizontal über seinem Kopf. Ja, er tanzt, dreht sich, als treibe ihn die Panik. Er tanzt, er flüchtet, er findet den Ausgang verstellt. Da steht hinter ihm die goldene Dame. Mit unerwarteter Bewegung fasst sie seine erhobenen Arme. So nimmt sie ihn sanft gefangen, den Verfolgten, und geleitet ihn, in zierlichen Tanzschritten, vor den Herzog von Buckingham. Reglos steht der Gefangene. Dann neigt er sich und reicht dem Herzog seinen Degen, ein tapferer Held, jetzt Gefangener der Schönheit, gehorsam ihrer Weisung, sein gutes Schwert dem zu geben, den sie als würdig bezeichnet hat.

Niemals, niemals hätte Buckingham es für möglich gehalten, dass er so tief beeindruckt, so ganz überwältigt werden könnte! Das Knie beugt er und empfängt den kostbaren Degen. Mindestens zwanzigtausend Goldstücke ist er wert!, sagt ihm sein Kennerblick.

Der König und Madame de Montespan haben ihre Masken abgenommen. Abermals beugt Buckingham das Knie, jetzt vor der Marquise. Umständlich küsst er ihr die Hand.

Sie fühlt, ihr Plan ist gelungen, der Erfolg ist vollkommen, das Gespenst ist gebannt.

»Heilige Jungfrau, wie schön, wie wunderschön!«, ruft eine Mädchenstimme. Marie Angéliques feuchte Augen gehen über vor dem Gesicht ihres Königs.

Louis hält es für angezeigt, im Augenblick Françoise und Buckingham einander zu überlassen, und wendet sich huldvoll zu dem jungen Mädchen: »Woher kamen Sie, Mademoiselle?«

Sie ist zu tief erregt, um antworten zu können. Statt ihrer antwortet die stupsnasige kleine Montausier in ihrem Eifer, Louis' Auge zu erhaschen: »Marie Angélique kommt aus der Provinz, Sire!«

»Wie Gold und Silber und Seide.« Der König nickt. »Alles Kostbare kommt uns aus der Provinz.«

D'Artagnans junge Geliebte, die Prinzessin de Soubise, tritt hinzu, ihr Sopranstimmchen klingt wie eine gedämpfte kleine Trompete. »Niemals, Sire, ließen wir uns träumen, wir würden mitten in der Nacht die Sonne aufgehen sehen!«

Der Duft jungen Fleisches!, denkt Louis. Ohne Raffinement, keusch sich darbietend – vielleicht wäre es doch ein Missgriff, sich zu grämlichem Ernst und zu spartanischer Nüchternheit zu bekennen. Wenn auch Molière dahin ist, noch leben in Frankreich Frohsinn, Lebenslust, Komödie.

Sie stehen in der offenen Tür. »Mein Gott!«, ruft Marie Angélique und sinkt in die Knie. Draußen die Welt wird zu Scharlach, Orange, Purpur, Violett. Hunderte von Feuergarben zerfetzen die Finsternis. Raketen knattern und zischen. Das großartigste Feuerwerk, das Versailles und die Welt jemals sahen.

Marie Angélique rennt ins Freie, den Anblick recht zu genießen. Ihr folgt der König. Zwischen den hohen Taxushecken bleibt sie stehen. Ein Zweiglein hat sich in ihrem Haarband verfangen und es ihr abgestreift. Er nimmt dem Zweig die Beute ab, reicht dem jungen

Mädchen das Band mit der großen purpurnen Rosette. Sie nimmt es, ihre weit geöffneten grauen Augen schauen in tiefem Erstaunen den König an. Dann, mit einer kindhaft raschen Bewegung, setzt sie sich die Rosette mitten auf ihre Locken, befestigt sie dort mit einer langen goldenen Nadel, die der König aus seinem Jabot gezogen hat …

Am Arm Buckinghams naht Madame de Montespan. Hinter sich hört sie die kleine Montausier d'Artagnan zuflüstern: »Der große Alexander ist nicht sehr wählerisch – einem so dummen Ding den Hof zu machen! Auch soll sie in ihrem Provinznest mehr als ein Abenteuer gehabt haben.« – »Still, kleine Schlange!«, wendet Françoise sich um.

Sie stehen neben dem König und Marie Angélique. Die improvisierte Frisur steht ihr reizend zu Gesicht. Der König gratuliert, die andern applaudieren, d'Artagnan prophezeit: »Schon morgen wird diese Haartracht die Mode der Saison sein!«

In Louis' Augen, der vor dem jungen Mädchen steht, gewahrt die Marquise das flackernde Licht, das ihr so wohlbekannt ist. In einer Sekunde fühlt sie, wie alles entgleitet, was sie eben noch für immer gewonnen wähnte. Ihr ist, als müsse sie den Degen von Buckinghams Hüfte reißen, blind um sich schlagen, stechen, töten … Stattdessen sagt sie mit vibrierender Stimme: »Sie sind wirklich entzückend, kleine Marie Angélique!«

Am nächsten Tag wird die neue Frisur von der Königin übernommen, von sämtlichen Damen des Hofs, auch von Françoise, Marquise de Maintenon.

Zwölftes Kapitel

Ein Mann gegen Wahnsinn

Die Pariser Polizeipräfektur hatte unter Nicolas de la Reynie den Umfang und die Bedeutung eines Ministeriums erlangt. Sein Heer von geschulten Polizisten und Geheimagenten hatte Paris endlich wieder zu einer zivilisierten Stadt gemacht. Straßenüberfälle, Einbruchsdiebstähle, gewaltsame Entführungen kamen nur noch vereinzelt vor. Um Arbeitslosigkeit als einen Herd von Verbrechen möglichst einzuschränken, entwickelte er im Zusammenwirken mit Colbert und den Vertretern der neuen Industriegruppen eine umfassende Politik, deren Ziel es war, mittels eines Netzes amtlicher Stellennachweise die vorhandene Arbeitskraft der Bevölkerung, soweit sie nicht von der Armee aufgesogen wurde, den wichtigeren Betrieben zuzuführen. Diese Politik erwies sich bereits als erfolgreich.

Er war mit sich selbst niemals zufrieden. Es gab, das wusste er, Verbrechen und Verderbnis unterhalb der Oberfläche der gesellschaftlichen Ordnung. Der mysteriöse Tod der Herzogin von Orléans schien ihn vor eine wichtige neue Aufgabe zu stellen. Er überlegte, in welcher Weise er den Polizeiapparat handhaben müsste, um hier zu einem Ergebnis zu kommen. Da verbot ihm Louvois im Namen des Königs, die dem Tod der Herzogin vorausgegangenen Umstände einer Untersuchung zu unterziehen. La Reynie war tief erbittert. Aber er sah ein: Er hatte sich zu fügen oder von seinem Posten zurückzutreten. Wählte er das Letztere, dann wusste er niemanden, der geeignet gewesen wäre, sein Werk zu übernehmen.

Immerhin gab es zwei andere Fälle von Vergiftung, in denen der König selbst schleunige Aufklärung der Tatumstände sowie drastische Bestrafung der Schuldigen wünschte.

Madame de Lionne, die Frau eines Staatssekretärs, war in flagranti mit dem Liebhaber ihrer Tochter erwischt worden. Monsieur de Lionne beantragte Aufhebung der ehelichen Gemeinschaft. Drei Wochen später war er tot. Ein Schlaganfall, konstatierte der Arzt. Kein Schlaganfall, erklärte der Kammerdiener. Kurz darauf entstand begründeter Verdacht, die Witwe habe seit Längerem aus dem Aktenschrank ihres Gatten Staatsgeheimnisse an eine ausländische Macht verkauft. Sie wurde verhaftet – unter der Beschuldigung des Giftmords.

Dann war da der Fall der Marquise de Brinvilliers. Der kurze Aktenauszug, den La Reynie sich selbst gemacht hatte, lautete: »Antoinette, Marquise de Brinvilliers. Zürnte ihrem Vater ob dessen Weigerung, sie ihrem ersten Geliebten zur Frau zu geben, einem verabschiedeten Offizier von üblem Leumund. Von diesem geschult im Gebrauch giftiger Drogen. Experimentierte an Patienten öffentlicher Hospitäler, denen sie, scheinbar als Menschenfreundin, Besuche machte und Biskuits, Konfekt, Wein schenkte. Beobachtete die Wirkung der verschiedenen Gifte, mit denen diese Geschenke vorher behandelt worden waren. Sah Ärzte und Chirurgen außerstande, in den Leichen Giftspuren zu entdecken. Begann ihrem Vater Gift zu geben. Tat acht Monate lang Gift in seine Speisen, zugleich töchterliche Besorgnis wegen seines fortschreitenden Verfalls bekundend. Gab die Pflege des Kranken erst ab, als die üble Laune und der Geruch des bei lebendigem Leib Verwesenden ihr unerträglich wurden. Vergiftete, nach dem Tode des Vaters, in der gleichen Weise ihre beiden Brüder. Wurde denunziert durch einen Bedienten, der zu Lebzeiten ihres ersten Liebhabers dem Paar Botendienste geleistet hatte. Flüchtete nach England, von dort in die Spanischen Niederlande. Nach dem Fall der Stadt Lüttich verhaftet durch Charles Desgrets, Spezialkommissar der Pariser Polizei. Zur Zeit in Untersuchungshaft, Verhandlung bereits anberaumt.«

Ein Einzelfall? La Reynie sah sich das Verzeichnis der Personen durch, die von der Brinvilliers ähnlicher Verbrechen bezichtigt worden waren: ein Präsident der Handelskammer, der angeblich seine Frau vergiftet hatte; ein Professor der Rechtswissenschaften an der Sorbonne; drei höhere Gerichtsbeamte, auch diese des Gattenmordes beschuldigt; ferner ein Dechant von Notre-Dame, der den verewigten Erzbischof, der unter unaufgeklärten Umständen verstorben war, vergiftet haben sollte.

La Reynie wusste, es war praktisch unmöglich, die von der Marquise Bezichtigten zu überführen, da ihre angeblichen Verbrechen um Jahre zurücklagen. Auch war man höheren Ortes grundsätzlich geneigt, die von der Brinvilliers gemachten Denunziationen völlig zu ignorieren – als durchsichtige Versuche, ihre eigenen Verbrechen weniger scheußlich erscheinen zu lassen. Man wünschte die Frau abgeurteilt und hingerichtet zu sehen und damit die Affäre abzuschließen als einen einzig dastehenden Fall weiblicher Verruchtheit.

War es wirklich ein Einzelfall? Oder war es einer aus einer ganzen Reihe ähnlich gelagerter Fälle? Fälle, die zum Teil gar nicht als solche erkannt, zum anderen Teil nicht genügend erforscht worden waren. La Reynie war sich im Zweifel. Dass Gift den Tod mehrerer Personen verursacht hatte, von denen man glaubte, sie seien an einer inneren Krankheit oder an Schwäche gestorben, das ließ sich annehmen, aber wo waren schlüssige Beweise?

Seine Zweifel wurden beseitigt durch ein Ereignis, das in der Geschichte einzig dastand. An einem Juninachmittag erhielt er, durch Louvois' Vermittlung, ein streng vertrauliches Schreiben von der Hand des Beichtvaters Seiner Majestät. Die Geistlichen von Notre-Dame, so hieß es in diesem Schreiben, hätten sich nach langer und gewissenhafter Prüfung der Verträglichkeit ihres Schrittes mit der Wahrung des Beichtgeheimnisses zu der folgenden Mitteilung entschlossen. Von den Personen, die in die Kathedrale zur Beichte kämen, hätte eine seit längerer Zeit ständig wachsende Anzahl bekannt, jemandem Gift beigebracht zu haben.

Er las es. Las es wieder. Die Augen schmerzten ihn heftig.

Als er seine Erschütterung überwunden hatte, sagte er sich: Hier war eine Feindgruppe, weit gefährlicher als alle bewaffneten Banden. Ein Feind, der niemals sein Gesicht zeigte, im Dunkeln operierte, keine Spuren hinterließ, wann und wo er sein Werk verrichtet hatte. Ein Feind, vor dessen Fallen und Hinterhalten sich der Jäger ebenso wenig schützen konnte wie das Opfer.

Zunächst stellte er alles Material zusammen, das ihm aus Polizeiberichten und Gerichtsprotokollen verfügbar war, ordnete es, verfertigte sich Auszüge in Stichworten. Noch ließ sich aus alledem kein zureichendes Bild gewinnen, wie und in welchem Umfang Gifte hergestellt, in den Handel gebracht, verwendet wurden. Auf eine Hilfe der Regierung war nicht zu rechnen, da man höheren Orts sich offenbar davor scheute, einer so bestürzenden Zeiterscheinung ins Gesicht zu sehen. Obwohl ihm zumute war, als sei eine seiner Hände gefesselt, ging er mit aller Zähigkeit daran, herauszufinden, ob zwischen den Giftmördern und ihren Lieferanten irgendwie organisierte Beziehungen bestanden.

Er nahm eins seiner Notizblätter zur Hand: Drei Brüder – ein Feldscher, ein verabschiedeter Offizier und ein ehemaliger Kaplan – waren mit ihren Konkubinen in einem anrüchigen Hotel wegen Handels mit verdächtigen Tinkturen verhaftet worden. »Das sind Liebestränke«, hatten sie erklärt und sich mit einer Art Stolz darauf berufen, sie seien Magier und Zauberinnen – ein Gewerbe, das ja nicht mehr gesetzwidrig war, seitdem La Reynie selbst das betreffende Edikt des Königs veranlasst hatte!

Er lächelte flüchtig, es war doch gut, dass »Magie« nicht länger die Sphäre vernebeln konnte, in der Giftmörder am Werk waren! Die sechs Arrestanten konnte man als völlig ungefährlich entlassen; schon der ekelerregende Geruch des Gebräus, das man in ihrem Besitz gefunden hatte, würde den Opfern sogleich den Magen umgedreht haben.

Eine scharfe Trennung war zu machen zwischen Scharlatanen und Spezialisten. Drogen, die in den Organen der Getöteten keine Spuren zurückließen, konnten nicht von Quacksalbern hergestellt sein, nicht von sogenannten Magiern oder Hexen. Hier handelte es sich nicht um Hokuspokus, hier wirkten sachverständige Chemiker und Toxikologen.

Er entschloss sich zu einer ähnlichen Taktik, wie er sie in der Angelegenheit der zu betrügerischen Zwecken hergestellten Spielkarten angewandt hatte: nicht mit der Jagd auf Individuen zu beginnen, die den verbrecherischen letzten Akt ausführten, sondern zunächst die Quellen aufzuspüren, aus denen die inkriminierten Materialien stammten. Die Fabrikanten galt es zuerst zu ermitteln, damals wie jetzt.

Gab es eine Organisation der Giftlieferanten? Man sollte es annehmen; und ihr Zentrum befand sich vielleicht gar nicht in Frankreich. Der Tod des Herzogs von Savoyen – in seiner Leiche hatte der Leibarzt tatsächlich Gift gefunden – war wohl kaum durch Franzosen herbeigeführt worden. Ähnliche Fälle waren aus andern Ländern berichtet worden. Wer war das Hirn der Organisation?

Hatte der Chevalier de Lorraine bei der Ermordung von Henriette Stuart eine Rolle gespielt? La Reynie hielt ihn für verdächtig. Könnte auch er in dem Komplott gegen den Herzog von Savoyen mitgewirkt haben? Vielleicht. Aber der Mann war in Rom, außerdem war er ein plumper und großmäuliger Flegel. Einfallsreichere, wendigere Geister müssten hinter ihm gestanden haben. Wer? Wer war der Spiritus rector der Organisation – falls es diese gab?

La Reynie hatte von der grundlegenden Tatsache auszugehen: Menschliches Leben war billig. Wie konnte es anders sein. Seit Jahrhunderten wurden Menschenleben vernichtet, zu Tausenden, zu Hunderttausenden; auf Befehl der Obrigkeit, der weltlichen wie der geistlichen; den Leuten wurde gesagt, es geschehe um erhabner Ziele willen, und man machte sich keine Gedanken, ob sie das auch glaubten. Jedenfalls war es den Helden der unaufhörlichen Kriege diesseits und jenseits des Rheins gleichsam vorbestimmt, nach ihrem Ausscheiden aus der Armee bei der ersten Versuchung zu Banditen und Mördern zu werden.

Solche Versuchungen kamen auf Schritt und Tritt. Da standen Eltern, Schwiegereltern, entfernte Verwandte zwischen dem entlassenen Soldaten und einem Vermögen, mochte es auch bescheiden sein. Um den Erbfall zu beschleunigen, gab es das sogenannte »Erbschaftspülverchen«, eine Mischung aus Arsenik und Akonit; beinahe war es schon ein volkstümliches Mittel zu nennen!

Es gab andere Versuchungen. Junge Frauen, deren Männer im

Felde standen, wurden des enthaltsamen Lebens überdrüssig, nahmen sich Liebhaber. Wurden sie wegen Ehebruchs denunziert, so verhaftete man sie, schor ihnen die Köpfe, ließ sie in der Bastille als Scheuerfrauen und Flickerinnen arbeiten, bis der Ehemann selbst ihre Enthaftung beantragte. Ersparte es da dem Gemahl nicht unliebsame Konflikte, wenn er sich seiner Frau ein für alle Mal entledigte – sei es wegen ihrer Untreue, sei es, weil er ihrer inzwischen auch überdrüssig geworden war?

Die Frauen setzten sich zur Wehr. Handelten oft, bevor ihre Gatten dazu kamen, überall im Lande wiederholte sich Klytämnestras Verbrechen, ohne Axt oder Dolch.

Eine charakteristische Äußerung fiel ihm ein, die ein berüchtigter Wegelagerer vor Gericht abgegeben hatte: Wie viele ich umgebracht habe? Das weiß ich nicht mehr. Es war allemal mein Grundsatz, zu schießen, sobald die Beute den Schuss Pulver wert war. Was kann daran verwerflich sein? Wählte ich als meine Opfer doch nur rechtschaffene Leute, denen ich früher ins Paradies verhalf, als es sonst ihr Los gewesen wäre ... Dieses Bekenntnis, so fand La Reynie, gewährte einen deutlichen Einblick in die Verwirrung sittlicher Begriffe unter den Menschen der ersten christlichen Nation im Zeitalter ihres größten Monarchen, Ludwigs des Vierzehnten. Wer aber war er, Nicolas de la Reynie, der gegen den Zeitgeist ankämpfen wollte? Lohnte es sich? Mussten seine Bemühungen nicht kläglich scheitern an der Gleichgültigkeit der Regierung und ihrer Schmarotzer?

Wenn er trotzdem an seinem Vorhaben festhielt, so musste er sich bekennen: Sein Verhalten war nicht mehr von Zweckmäßigkeitsgründen diktiert, nicht mehr von Vernunft im landläufigen Sinne – er entdeckte, nicht ohne Überraschung, dass er ein Gewissen hatte.

Noch während des Sommers erhielt er folgendes Schreiben des Kriegsministers:

Ein Infanteriehauptmann namens La Grange, den ich disziplinarisch zu maßregeln hatte, gab mir im Verlauf des Verhörs den folgenden Bericht: Vorige Woche sei er in der Wohnung einer Tänzerin von höchst lockeren Sitten mit einem kränklich aussehenden Mann, etwa vierzig Jahre alt, zusammengetroffen, der behauptete, er könne Gold und Silber herstellen; auch habe er einen Freund, der binnen Kurzem die einflussreichste Persönlichkeit in ganz Europa sein werde. Ferner zeigte er dem Hauptmann einen Kreditbrief über zweihunderttausend Livres, lautend auf eine Bankfirma in Venedig, ausgestellt von einem Pariser Bankier namens Cadelan. Er wollte sich von La Grange Geld borgen. – Nun interessieren mich weder der Stein der Weisen noch die Manipulationen von Bankiers und Huren. Aber im Interesse der Landesverteidigung haben wir alle Personen zu beargwöhnen, die über Geldmittel verfügen oder zu verfügen behaupten, die zu ihrem gesellschaftlichen Rang in einem auffälligen Missverhältnis stehen. Denn es sind ja kaum mehr Zweifel erlaubt, dass sowohl der Prinz von Orange als auch das Haus Habsburg hier eine umfangreiche Spionageorganisation unterhalten.

Die erwähnte Frauensperson hörte auf den Namen Finette. Vielleicht können die vorstehenden Informationen, so spärlich sie auch sind, zur Ergreifung des verdächtigen Individuums führen. Eine schnörkelhafte Unterschrift: *Louvois.*

La Reynie ahnte nicht, welche Spur sich hier bot, als er dem tüchtigen Desgrets den Auftrag gab, den mutmaßlichen Spion dingfest zu machen.

Den Mann, nach dem gefahndet wurde, plagten andere Beschwerden als die der Spionage. Er begab sich, es war ein heißer Sonntagvormittag, nach Villeneuve, in die Rue Beauregard, und stand eine Weile vor Catherines Haus. Er konnte sie auf dem Balkon des ersten Stocks sitzen sehen, im Gespräch mit einem jungen Mädchen. Fetzen der Unterhaltung vermochte er zu erlauschen.

»Du solltest nicht gar zu viel über die jenseitigen Dinge nachdenken«, sagte Catherine zu ihrer Tochter. »Auch scheint mir, du beschäftigst dich zu viel mit deiner eignen Person. Es ist an der Zeit, dir darüber klar zu werden: Du musst andern etwas sein können – oder du verdirbst dein Leben!«

Der Lauscher unter dem Balkon zog eine Grimasse.

Auch Madeleine schien kaum überzeugt. »Wir waren ja heute Morgen in der Kirche«, sagte sie. »Und die ganze Woche über höre ich von den Ursulinerinnen Ermahnungen zum Gutsein! Von dir, Mutter, möchte ich lieber wissen, wie du dir die Zukunft vorstellst, nicht die Zukunft der Menschheit oder Frankreichs, sondern meine, deiner Tochter Zukunft!«

Catherine sah gedankenvoll aus. »Wäre ich frei, meine Wahl zu treffen – am liebsten würde ich für uns eine Gärtnerei kaufen. Oder ein kleines Landgut, um Hühner zu züchten, vielleicht auch Kaninchen, Schweine, Ziegen. Mit Tieren und Pflanzen sind wir am sichersten.«

Sie hatten eine von Margot zubereitete leichte Mahlzeit vor sich. Catherine merkte mit Scham, wie die Augen ihrer Tochter ihr Gesicht durchforschten.

Die junge Stimme war hart. »Ich will fort von den Ursulinerinnen. Sie können mich nichts mehr lehren, also beschäftigen sie mich im Garten, eine unbezahlte Arbeiterin. Ach, ich hatte mir alles anders vorgestellt, als ich aus der Bretagne kam. Eines Tages werde ich ausreißen.«

Catherine hatte es vorausgesehen, aber keinen Ausweg gefunden.

Madeleine sprach weiter: »Die Leute erzählen, bei dir gehe es interessant zu. Warum du mich draußen hältst, kann ich mir ja denken. Weil du nicht willst, dass deine Verehrer deine erwachsene Tochter zu Gesicht bekommen!«

»Unsinn«, antwortete Catherine, »ich habe keine Liebesgedanken, das kann ich beschwören! Überhaupt, Kind, ich habe keinerlei Ehrgeiz für mich selbst.«

Da lügt sie nicht, empfand Madeleine. Sie sprach: »Andere Leute, wenn sie Kinder haben, geben ihnen den ersten Platz in ihren Gedanken. Ich weiß, mit dir ist es anders. Du denkst nicht viel an mich. An dich selbst denkst du auch nicht. Sag mir doch, wer ist für dich Nummer eins? Vater kann es nicht sein … Also wer?«

War sie reif genug, um ihr die Wahrheit anzuvertrauen? Konnte sie ihrer Tochter ihr aus so verschiedenartigen Elementen gemischtes

Gefühl für Françoise bekennen? Catherine überlegte kurz – nein, sie konnte es nicht. So sagte sie: »Eltern sind nicht nur Eltern. Wenn man Kinder hat, behält man deshalb doch seine eignen Konflikte und Sorgen. Manchmal kann ein Kind dabei helfen, manchmal nicht. Du, Madeleine, kannst mir nicht helfen. Du nicht – und niemand.«

Das Mädchen zeigte sich wenig beeindruckt. »Wie könnte ich dir helfen, wenn du doch so geheimnisvoll tust!« Da die Mutter nicht antwortete, stand sie auf und rief Margot: Sie möchte dem Kutscher sagen, er solle sie zum Kloster zurückfahren. Dann kam sie wieder zu ihrer Mutter. »Ich habe keine Lust, den ganzen Sonntag hierzubleiben und dir nur im Wege zu sein. Aber merk dir bitte, ich mach' keine Hausarbeit mehr, auch keine Gartenarbeit. Aus dem Kloster laufe ich weg, und zwar sehr bald. Ich kann dich nicht zwingen, mich bei dir wohnen zu lassen. Also muss ich schon selbst sehen, wo ich bleibe und was aus mir wird. Ich bin oft sehr traurig, Mutter. Adieu.«

Catherine haschte nach der verkrampften kleinen Hand. »Alles soll anders werden, sehr bald. Gib mir nur noch etwas Zeit. Ich stecke bis an den Hals in Verpflichtungen, aus denen ich nicht über Nacht herauskann. Aber lang soll's nicht dauern, das verspreche ich dir, Kind.«

Sie begleitete Madeleine die Treppe hinunter, küsste sie, half ihr in den Wagen. Ich werde das Haus verkaufen!, gingen ihre Gedanken. Werde Françoise zur Vernunft bringen, sie überreden, Paris ganz zu verlassen – und dann werden wir friedlich auf dem Lande leben, vielleicht zu dritt …

Der Mann hatte aus einiger Entfernung Mutter und Tochter beobachtet. Als der Wagen davonrollte, näherte er sich. »Ein genaues Abbild deiner selbst – so wie du warst, als ich dich bei Scarron zuerst sah …«

Sie zuckte zusammen. »Ich dachte, du bist in Italien?«

»Ich bin seit Wochen zurück«, erwiderte er. »Kann ich eintreten?«

Sie nahm ihn ins Haus, gab ihm ein Glas Milch und Biskuits. Er war nicht mehr der elegante Chevalier de Vanens mit dem Lächeln eines Engelsknäbleins; seine Augen waren tief eingesunken, das Gesicht aschgrau, der Anzug verwahrlost, die Stimme brüchig und schwach. »Du bist krank?«, fragte sie.

Er machte einen kläglichen Versuch zu lächeln. »Man hat mich vergiften wollen. Wer? Ich hab' nicht die leiseste Ahnung. Gestern speiste ich in einem kleinen Restaurant; die anderen Gäste waren Geschäftsleute oder Handwerksmeister, ich kannte niemanden. Während der Nacht musste ich mich unaufhörlich erbrechen – dachte, ich sei am Verrecken!«

Sie überlegte kurz, sagte dann: »Es muss ja nicht in dem Speisehaus geschehen sein. Du könntest schon seit Tagen das Gift in dir haben, seit Wochen, vielleicht sogar seit Monaten ...«

Er starrte sie an. »Bist du jetzt so – so sachverständig?«

Ihr Ton war trocken: »Ich gab mir Mühe, Lücken auszufüllen, die dein Unterricht gelassen hatte ... Weshalb bist du gekommen?«

Er atmete rasselnd, bevor er es ihr erklärte: »Meine früheren – Geschäftsfreunde sind nicht mehr in Paris. Monsieur Glaser, unser Apotheker, ist verschwunden, auch Doktor Rabel. Meinen eignen Vorrat an Drogen habe ich verkauft, bevor ich auf Reisen ging. Es ist niemand da, dem ich genügend vertraue, um mir ein Gegengift geben zu lassen. Niemand – außer dir!«

Sie fragte scheinbar gedankenlos: »Steht das plötzliche Verschwinden deiner Freunde im Zusammenhang – mit der Vergiftung der Herzogin von Orléans?«

Es würgte ihn im Halse. »Wie kommst du darauf?«

Sie zuckte die Achseln. »Mir ging's nur grad durch den Kopf, ihr könntet damit etwas zu tun haben – gar so lange ist es ja noch nicht her ... Geld hast du wohl nicht?«

»Heißt das, du willst mir nicht helfen, falls ich nicht sofort zahle?«

Sie blieb kühl. »Ich fragte nur, ob du Geld hast. Du brauchst nicht zu antworten. Hättest du welches, dann wärest du nicht in Paris – nicht, wie die Dinge liegen ...«

Er erhob sich von seinem Stuhl. »Zu meinem Pech ist mein ganzes

Geld in Italien. Eine beträchtliche Summe. Genug, mich für ein Leben lang zum freien Mann zu machen.« Aus seiner Brieftasche nahm er ein Schriftstück. Sie sah, es war ein Kreditbrief, ausgestellt an ein Bankhaus in Venedig. Er fuhr fort: »In Paris will mir niemand dies bevorschussen, die Leute sitzen auf ihren Taschen. Vielleicht könntest du mir den Gefallen tun, Madame de Montespan für mich anzugehen …«

Ihre Stimme wurde scharf: »Ich kenne die Dame nicht! Kenne sie genauso wenig, wie ich dich kannte, als Racine einen Liebestrank für Marguerite du Parc bestellte!«

Er verstand die Drohung – und seufzte: »Du verschwendest deine Grobheit. Mit Erpressung habe ich mich niemals abgegeben, du solltest es wissen! Es ist ein Kreuz: Die Schönheitswässerchen, die mir bisher die Miete einbrachten, will keine mehr. Nein, ich hab' nichts, um dich zu bezahlen. Nichts – außer einem kleinen Präsent, das ich dir aus Italien mitgebracht habe …« Er zog ein winziges Flakon aus der Tasche und lächelte leicht: »Italienisches Parfüm, weißt du …«

Sie hielt das Fläschchen an die Nase, ohne den Stöpsel zu entfernen. »Ich weiß, ein paar Tropfen davon auf einen Blumenstrauß oder einen Handschuh – und wer dran riecht, fällt tot um …« Sie öffnete das Fenster, schleuderte das Fläschchen hinaus, sah es an der Gartenmauer zersplittern. »Ich an deiner Stelle würde solch Zeug nicht in der Tasche haben. Auch nicht im Schrank. Hier bei mir wirst du nichts Derartiges finden.«

Er schnitt eine Grimasse. »Seit wann nicht mehr?«

»Seit – einiger Zeit«, war ihre ruhige Antwort, während sie ihren Medizinschrank öffnete. Sie nahm ein Schächtelchen heraus. »Hier. Gib drei bis vier Körnchen davon in Wasser, trink es auf einen Zug hinunter. Danach musst du zwei Wochen lang von Milch leben.«

Er nahm das Pulver, fragte zögernd: »Es – wird mich doch nicht umbringen?«

In ihrer Stimme war Hohn: »Wenn du dich fürchtest, nimm es nicht – und stirb an dem, was deine italienischen Freunde dir eingaben!«

Er begann zu zittern: »Wa-was fällt dir nur ein?!«

Sie sagte gelassen: »Sie haben dich doch benutzt, nicht wahr? Hinterher sandten sie dich nach Paris mit einem neuen Auftrag. Waren aber vorsichtig genug, sich dein Schweigen vorher zu sichern durch Maßnahmen, die sich erst jetzt auswirken …«

Er keuchte: »Mein Gott – wie kannst du das alles wissen?«

»Ich bin hellsichtig – hattest du es vergessen?«

Er wankte hinaus. Sie schloss ihre Tür hinter ihm mit dem Wunsch, dies möge das letzte Mal gewesen sein, dass sie ihn sah. Es war das letzte Mal.

Auf dem Rückweg zu seinem schäbigen kleinen Hotel in der Rue Mazarin brach ihm der Angstschweiß aus. Diese Frau hatte eine unheimliche Gabe entwickelt, sich Dinge zusammenzureimen! Oder konnte sie erfahren haben, dass er im vorigen Herbst durch einen Brief des Marquis de Chasteuil nach Turin beordert worden war? Einen Brief, der den Befehl eines Dritten übermittelte, eine besondere Tinktur mitzubringen, die er nach besonderen Weisungen in seinem Privatlaboratorium in Neuilly-sur-Seine zu destillieren hatte. Wer der eigentliche Auftraggeber war, wurde ihm nicht eröffnet, auch nicht in Turin, nachdem der Marquis die Droge empfangen und, wie er sagte, weitergegeben hatte; es hatte ihn nicht weiter befremdet, da es den Gepflogenheiten in der Organisation so entsprach. Monate später, als der Herzog von Savoyen im Sterben lag, wurde Vanens nach Paris zurückgeschickt mit einem kostbaren Gegenstand in seiner Reisetasche, einem Trinkgefäß aus getriebenem Silber, zum Verwechseln ähnlich dem Pokal, aus dem die Herzogin von Orléans zu trinken pflegte – nur war der innere Boden der Kopie in Turin mit einem farblosen Pulver behandelt worden. Vanens' Auftrag bestand darin, im herzoglichen Schloss in Saint-Cloud, vermöge seiner alten Beziehungen zum Personal, zu einer bestimmten Stunde den Originalbecher mit dem mitgebrachten zu vertauschen, diesen nachher wieder an sich zu nehmen und sofort einzuschmelzen. Dies getan, hatte er bei dem Bankier Cadelan vorzusprechen, der ihm einen Kreditbrief an ein venezianisches Bankhaus auszustellen hatte. Weitere Weisungen sollte er in Paris abwarten. Er hatte sämtliche Aufträge erfüllt – und wartete seit Monaten auf weitere Weisungen …

Als er sein Hotel betrat, nahm ihn Desgrets in Empfang und zeigte ihm den Haftbefehl. Vanens hatte so viel Geistesgegenwart, den verräterischen Kreditbrief zu zerknüllen und unbemerkt in die Gosse zu werfen, in der er weggespült wurde. Sie bestiegen das Fuhrwerk, das ihn in die Bastille brachte.

»Ich glaube nicht, dass wir einen Spionagering gesprengt haben«, berichtete der tüchtige Desgrets seinem Chef. »Aber vielleicht haben wir einen Falschmünzer und Giftmischer gefasst. Bei der Durchsuchung seines Hotelzimmers fanden wir mehrere Schmelztiegel und Retorten sowie Fläschchen mit farbigen Tinkturen und einen Barren Silber. Die Tinkturen scheinen harmlose Schönheitswässerchen zu sein, aber durch ihren Verkauf erzielt man nicht Hunderttausende von Livres. Den Kreditbrief fanden wir nicht, und er leugnet, ihn jemals besessen zu haben. Das Mädchen Finette, von mir etwas hart angefasst, gab zu, das Dokument in seiner Hand gesehen zu haben. Sie sagte, sie kenne Vanens seit vielen Jahren und habe, ebenso wie viele ihrer Kolleginnen, von ihm kosmetische und aphrodisische Mittel bezogen – in einem Umfang, der es unwahrscheinlich mache, dass er selber sie hergestellt hätte. Finette ist der Ansicht, er handele mit diesem Zeug als Agent einer Produzentengruppe.«

La Reynie ließ ermitteln, an welchen Orten sich Vanens seit seiner Abreise von Paris im vorigen Herbst aufgehalten hatte. Nach Eingang der Berichte entsandte er Spezialkuriere mit bestimmten Aufträgen an die Gesandtschaften in Turin und Venedig. Als er die Antwort aus Turin in den Händen hatte, begab er sich in die Bastille.

Vanens saß schon mehrere Wochen in Haft, als der Präfekt kam, um ihn zu vernehmen. Der Vernehmungsraum war luftig, sauber und getüncht. Das einzige Mobiliar waren zwei bequeme Armstühle und ein solider Tisch. Durchs Fenster konnte man das Getriebe in den Gassen überblicken.

»Monsieur«, sagte La Reynie in seinem allerhöflichsten Ton. »Sie wurden unter dem Verdacht der Spionage verhaftet. Sie würden Ihre Lage wesentlich verbessern, vielleicht sogar pardoniert werden, wenn Sie sich endlich entschließen könnten, Ihren Auftraggeber zu nennen.«

Vanens empfand große Erleichterung und setzte, zum ersten Mal wieder nach langer Zeit, sein überlegenes Lächeln auf. »Monsieur, ich habe Seiner Majestät auf dem Schlachtfeld gedient, bin befördert und dekoriert worden. Nur meine erschütterte Gesundheit zwang mich, den Dienst zu quittieren. Finden Sie es geschmackvoll, mich einer solchen Schändlichkeit zu bezichtigen wie der Spionage zugunsten einer fremden Macht?«

La Reynies Miene drückte den Wunsch aus, das offenbare Missverständnis endgültig zu beseitigen. »Sie kennen einen Hauptmann La Grange?«

»Wir waren Fähnriche im selben Regiment. Vor etwa zwei Monaten traf ich ihn zufällig wieder, in …«, es schien ihm peinlich, zugeben zu sollen, dass auch er den Versuchungen des Fleisches erlegen war, »in der Wohnung eines losen Mädchens, ich bin kein Heiliger. Wir spielten Karten, La Grange erlaubte sich Unregelmäßigkeiten, die ich ihm gebührend verwies. Er wurde wütend, warf die Karten hin, ging weg, ohne seine Spielschulden an mich zu bezahlen. Hinterher hat er mich wohl aus Ärger denunziert, mich, einen alten Kriegskameraden!«

La Reynie rieb sich das Kinn. »Er behauptete, es habe seinen Verdacht erregt, dass Sie ihm einen Kreditbrief über eine sehr hohe Summe zeigten, auf den Sie sich Geld zu borgen wünschten.«

»Wenn Besitz eines Kreditbriefs den Inhaber spionageverdächtig macht, Herr Präfekt, dann sollten Sie lieber alle Banken schließen.« Mit einem Lächeln voll gewinnenden Freimuts fügte er hinzu: »Ich hatte einen solchen Brief, er ermächtigte mich zur Entgegennahme von zwanzigtausend Livres.«

»La Grange erwähnte eine weit höhere Summe«, bemerkte La Reynie, »aber da mag er sich verlesen haben. Aussteller war, wie er uns sagte, Monsieur Pierre Cadelan. Nun, es würde den gegen Sie bestehenden Verdacht wohl zur Gänze beseitigen, wenn Sie so gut sein wollten, mir die Natur Ihrer Geschäftsverbindung mit Cadelan auseinanderzusetzen und mir den Kreditbrief zu zeigen – über zwanzigtausend Livres, nicht wahr?«

»Letzteres kann ich leider nicht, da ich ihn zerriss«, sagte Vanens gut gelaunt. »Warum? Nun, weil er auf den Inhaber lautete. Und weil einer von Ihren Leuten auf den Einfall hätte kommen können, sich mit diesem Schriftstück aus dem Staube zu machen und es in Venedig zu präsentieren.«

»Sie sind sehr vorsichtig, Monsieur«, sagte La Reynie schon merklich kühler. »Also muss ich Sie bitten, mich durch nähere Angaben über Ihre geschäftlichen Transaktionen durch die Firma Cadelan zu unterrichten.«

»Das tu ich gern, Herr Präfekt. Cadelan wurde mein Bankier, als ich nach dem Tode meiner Mutter ihr Vermögen erbte.«

La Reynie blätterte in seinem Aktenheft. »Das heißt, vor siebzehn Jahren. Damals begann wohl auch Ihre Geschäftsverbindung mit einem Edelmann namens – ah, hier haben wir ihn: Marquis de Chasteuil …«

Vanens fühlte, wie ihm das Blut stockte.

»Ich darf wohl annehmen«, fuhr La Reynie fort, »dass Ihre Auslandsreisen Sie mit diesem alten Freund oft zusammenführten …«

»Ich reise nicht viel«, sagte Vanens. »Während des Heiligen Jahres ging ich natürlich nach Rom. Und im vorigen Winter …« Er stockte.

»Im vorigen Winter waren Sie in Turin, der Hauptstadt von Savoyen. Was für Geschäfte führten Sie dorthin?«

Vanens' Stimme wurde heiser: »Keine eigentlichen Geschäfte; mich verlangte für ein paar Wochen nach der Gesellschaft des Marquis de Chasteuil und anderer alter Kameraden, die zurzeit im Leibregiment des Herzogs von Savoyen dienen.« Er lächelte etwas sarkastisch: »Manche Landesväter scheinen nicht mehr das rechte Vertrauen zu ihren Untertanen zu haben. So lässt unser Allergnädigster König sich durch Schweizergarden beschützen – und der Herzog von Savoyen durch Franzosen.«

»Sehr gut beschützt war wohl der Herzog kaum«, erwiderte La Reynie, und jetzt wurde sein Ton eiskalt: »Und es wäre nicht uninteressant zu erfahren, ob die übrigen französischen Herren, die jetzt in Turin Dienst tun, eine ebenso abscheuliche Vergangenheit haben wie der Marquis de Chasteuil, ein ehemaliger Seeräuber, Agent des Sultans, hinausgeworfener Priester – und zum Galgen verurteilt wegen Vergewaltigung und Ermordung halbwüchsiger Mädchen.«

Vanens erhob sich entrüstet. »Monsieur! Sie verunglimpfen einen Freund von mir, Major in einem Eliteregiment und Erzieher Seiner Hoheit des jungen Prinzen.«

»Ich weiß«, versetzte La Reynie. »Aber weder ich noch sonst jemand weiß bis zur Stunde, warum dieser Verbrecher in eine solche Stellung gelangt ist. Ich wünschte, ich könnte die Herzoginwitwe ins Verhör nehmen. Nun, Monsieur Vanens, stimmt meine Annahme, dass Ihre Gemeinschaft mit diesem Marquis de Chasteuil – abgesehen von gefühlsmäßigen Momenten – auf Ihrer beider Interesse an der Alchemie beruhte? Und falls diese Annahme stimmt: Wo befanden sich eure Laboratorien?«

Für einen Moment gewann Vanens die Oberhand. »Hier in der Bastille, Monsieur. Zusammen mit anderen Wissenschaftlern arbeitete ich hier auf Einladung der französischen Regierung, die zum Glück weniger von Vorurteilen beengt ist als gewisse nachgeordnete Dienststellen!«

La Reynie blickte schuldbewusst, als müsse er sich selber zu solchen Vorurteilen bekennen. »Ich wäre Ihnen verbunden, Monsieur, wenn Sie mich ein bisschen darüber aufklären wollten, um was es den Alchemisten eigentlich geht, abgesehen vom Stein der Weisen …«

»Leider kann ich Ihnen da nicht dienen, Monsieur. Alchemie ist eine Wissenschaft für Eingeweihte. Für gemeinverständliche Erörterung eignet sich der Gegenstand nicht.«

La Reynie seufzte. »Dann muss ich mich wohl oder übel an das

Gutachten unserer Medizinischen Fakultät halten, dahin lautend, dass ihr Alchemisten mehr von Giften versteht als unsere Ärzte und Apotheker.«

»Wenn Ihre Medizinische Fakultät geruhen wollte, Alchemie ernst zu nehmen, wäre vielleicht die Torheit und Ignoranz ihrer Mitglieder weniger erschreckend, übrigens musste ich bereits vor etlichen Jahren meine wissenschaftliche Arbeit einstellen, da mein Gesundheitszustand Aufenthalt in frischer Luft erforderlich machte.«

»Ihre Gesundheit lässt wohl immer noch zu wünschen übrig«, bemerkte La Reynie im Ton der Teilnahme. »Die ersten Wochen hier bestanden Sie auf einer Milchdiät, dies und Ihr Aussehen ließen darauf schließen, Sie hätten unvorsichtigerweise Gift geschluckt …«

Vanens sank in seinem Sessel zusammen. Mein Gott!, dachte er. Will denn dieser Teufel niemals aufhören, mich zu foltern!

Es ist ein Schuss ins Dunkle gewesen und hat getroffen!, dachte La Reynie. Ganz ohne Übergang fragte er: »Wer ist Christoph Glaser?«

»Ein Schweizer Apotheker und Hoflieferant, soll in Italien studiert haben«, antwortete Vanens.

»Was hat er dort studiert? Vielleicht die Methode, Arsenik und Quecksilberlösungen so herzustellen, dass sie im Körper keine Spuren hinterlassen?«

»Darüber weiß ich nichts«, sagte Vanens.

»Hat er Ihnen Rezepte verkauft?«

»Niemals!«

»Hat er solche Rezepte anderen Personen übergeben?«

»Ihre Fragen, Herr Präfekt, sind nicht mehr logisch! Entweder Sie halten mich für einen Gifthändler, dann ist es doch unwahrscheinlich, dass Glaser mir seine Kundenliste mitgeteilt hätte! Oder Sie halten mich selber für Glasers Kunden – dann nehmen Sie gefälligst Ihre vorher geäußerte Ansicht zurück, ich sei ein erfahrener Alchemist!«

Wieder blätterte La Reynie in seinen Akten. »Beschäftigen wir uns jetzt nicht weiter mit Herrn Glaser, er verließ Frankreich bald nach dem Tode der Herzogin von Orléans … Wer ist der ›Bruder Engel‹?«

»Das müssen Sie mir sagen, Monsieur«, hauchte Vanens.

»Er ist oder war Apotheker des Kapuzinerstifts in der Rue Saint-Honore. Angeblich ein Wohltäter der Armen, denen er jede Krankheit kurierte und Pulver gegen das Fieber schenkte.«

»Was ist dagegen einzuwenden?«, fragte Vanens.

»Nichts, Monsieur – außer, dass der fromme Bruder in ein Komplott gegen eine hochstehende Person verwickelt gewesen sein soll, bevor er nach Italien flüchtete.« Wieder war es ein Schuss ins Dunkel, diesmal ein vergeblicher.

Vanens neigte sich über den Tisch und versuchte einen jovialen Ton anzuschlagen: »Nehmen Sie diese Sorte Quacksalber nicht gar zu ernst, Monsieur! Man braucht keine mysteriösen Beziehungen, um sich Gifte zu verschaffen, jeder Krämer verkauft Ihnen Rattengift über den Ladentisch.«

»Ich weiß«, erwiderte La Reynie. »Eben deshalb interessiere ich mich für subtilere Gifte!«

»Wer täte das nicht?«, versetzte Vanens und nahm einen verwegenen Anlauf: »Jedermann interessiert sich dafür, seitdem Gift sowohl in Staatsangelegenheiten wie bei Familienstreitigkeiten in Gebrauch gekommen ist ...« Der harte Glanz in La Reynies grauen Augen veranlasste ihn, seinen Ton herabzustimmen. Er merkte, er musste endlich etwas Gegenständliches sagen, um seinen Inquisitor zu befriedigen. »Natürlich kann ich mich nicht für alle meine Kollegen verbürgen, Monsieur. Vielleicht haben einige sogar hier, unter den Augen der Regierung, heimlich Gifte destilliert und unter harmlosen Aufschriften im Lande vertreiben lassen. Damit will ich niemandem etwas Bestimmtes nachgesagt haben. Doch wenn Sie die Liste durchgehen, stoßen Sie vielleicht selber auf verdächtige Personen ...«

La Reynie erhob sich, als sei die Vernehmung bereits beendet. »Ich danke Ihnen für diesen wertvollen Wink. Wegen der chemischen Materialien, der Tinkturen und des Silberbarrens, die wir in Ihrer Wohnung beschlagnahmten, werden Sie einem unserer Sachverständigen aufklärende Angaben zu machen haben. Mich beschäftigt im Augenblick nur der Spionagepunkt. War es wirklich der Marquis de

Chasteuil, der Sie nach Turin eingeladen hatte, um sich Ihrer Gesellschaft zu erfreuen?«

Vanens entschloss sich, eine Antwort zu geben, die der Wahrheit ein bisschen näher kam. »Es war – nicht ganz so, Monsieur. Der Marquis schrieb von einem geschäftlichen Vorschlag, den eine dritte Person mir zu machen wünsche. Er nannte keinen Namen und bezeichnete seinen Auftraggeber nur kurz als den ›Chevalier‹ …«

»War es der Chevalier de Lorraine?«, entfuhr es La Reynie.

Vanens verneinte. »Es mag Ihnen unglaubhaft klingen, Monsieur, aber ich weiß es wirklich nicht, wer eigentlich der ›Chevalier‹ ist. Mein Kontakt mit diesem Mann erfolgte ausschließlich durch den Marquis de Chasteuil. Und als ich nach Turin kam, war der Chevalier gar nicht dort, obwohl er das fest zugesagt hatte. Er kam auch später nicht. Wenn Sie mir nicht glauben, so lassen Sie durch die Gesandtschaft in Turin den Marquis de Chasteuil vernehmen; er wird meine Aussage bestätigen.«

La Reynie sah sehr ernst aus. »Abermals ein vernünftiger Vorschlag, Monsieur. Leider kann ich ihn nicht befolgen. Der Marquis de Chasteuil ist vor drei Wochen plötzlich verschieden. Es heißt, er sei vergiftet worden – und zwar von Leuten, die bei der Ermordung des Herzogs von Savoyen seine Komplizen oder Anstifter waren; vermutlich wollten sie den Mörderlohn nicht mit ihm teilen.«

Vanens griff sich ans Herz, das sekundenlang aussetzte.

Jemand klopfte an die Tür. »Herein«, sagte La Reynie. Ein Bote von der Präfektur überbrachte den soeben eingegangenen Bericht aus Venedig. La Reynie überflog das Schriftstück. Dann sagte er zu Vanens: »Leider muss ich Ihnen noch eine andere betrübliche Mitteilung machen. Ihr Monsieur Cadelan hat keinerlei Guthaben bei der Firma Castelli und Pocobelli in Venedig, auf die Ihr Kreditbrief lautete; Sie würden also dort nichts ausgezahlt bekommen haben. Dies alles ergibt kein befriedigendes Bild, Monsieur, weder über die Quellen Ihres Einkommens noch über Ihre Geschäftsverbindungen hier und im Ausland. Folglich können wir die Untersuchung wegen Spionage noch nicht fallen lassen.« Er setzte hinzu: »Ich denke, Sie fühlen sich hier bei uns doch sicherer als in dem großen Paris, wo Sie dauernd Gefahr liefen, von Mordbuben im Solde Ihrer früheren Geschäftsfreunde erledigt zu werden.«

Der Raum drehte sich um Vanens. Er schwitzte, zitterte, keuchte. »Ich protestiere, Monsieur! Wir sind keine Giftmischer! Wir sind Wissenschaftler! Männer von großem Ansehen erkannten frühzeitig mein Genie, arbeiteten mit mir …«

»Können Sie mir diese angesehenen Männer namhaft machen?«

Noch einmal gelang es Vanens, sich in die Gewalt zu bekommen. »Die Verwandlung niederer Metalle in Silber und Gold würde Frankreich zum reichsten Land der Erde machen, wenigstens so lange, bis die andern ihrerseits das Geheimnis ergründen! In der Zwischenzeit ist es doch selbstverständlich, dass wir aus den Abfällen unserer Versuche Tinkturen und Pulver herstellen und in den Handel bringen … Was sollte dagegensprechen? Eine Industrie wie jede andere – Monsieur Colbert bezeichnet doch bei jeder Gelegenheit das Aufblühen der französischen Industrie als einen Segen für die Nation, ohne sie auf bestimmte Artikel zu beschränken!«

La Reynie fragte im sanftesten Ton: »Darf ich Ihre Ausführungen dahin verstehen, dass Sie es zulässig finden, Gifte herzustellen und im freien Handel an das Publikum zu verkaufen?«

Vanens hatte Schaum vor dem Mund. »Gifte! Wenn Sie wollen, ist alles Gift! Jede zerfallende tierische Substanz entwickelt Giftstoffe! Oder da verkauft man ein alterprobtes Wasser gegen Haarausfall, aber wenn man ein Kind die Flasche austrinken ließe, würde es wohl tot umfallen. Und wollen Sie Opium verbieten? Und was unternehmen Sie gegen Leute, die durch überreichliches Essen und durch Spirituosen Gift in ihrer Leber erzeugen?«

La Reynie unterbrach ihn: »Ich sprach von solchen Produkten, die ausschließlich zum Zweck des Tötens hergestellt werden.«

»Ah, Sie denken an Schießpulver, Bomben, Granaten! Da bin ich ganz Ihrer Meinung, Herr Präfekt, Regierung und Polizei sollten den Fabrikanten gewisse Beschränkungen auferlegen, damit sie nicht zu unserm Schaden ans Ausland verkaufen. Aber ich kann Ihnen versichern, weder ich noch meine Freunde haben jemals im Waffengeschäft spekuliert!« Und jetzt übernahm er sich. »Wir waren überhaupt keine Spekulanten! Nüchterne, reelle Geschäftsleute hatten die Aufsicht. Wünschen Sie eine Bestätigung? Ich nenne Ihnen, als nur einen meiner ehemaligen Teilhaber, Monsieur Adam Cœuret, besser bekannt unter dem Namen Lesage. Er kann Ihnen eine Menge Einzelheiten geben über Organisation und Geschäftsgebarung unserer ursprünglichen Firma.« Er hielt das für seinen rettenden Einfall; Lesage würde, um sich selbst und Catherine zu schützen, seine sämtlichen Beziehungen, einschließlich der zur Marquise de Montespan, aufbieten, um Vanens herauszuhelfen! Andernfalls, das würde Lesage ohne Weiteres verstehen, drohte ihm und Catherine Vernichtung durch Vanens.

La Reynie notierte sich Lesages Namen. Dann blickte er mit dem Ausdruck ernstlicher Besorgnis in Vanens' Augen. »Sie bedürfen immer noch ärztlicher Behandlung. Soll ich Ihren gewohnten Arzt holen lassen?«

Vanens fühlte sich abwärtsgewirbelt wie in einer Spirale; das Ende der Spirale mündete in die Schwärze eines bodenlosen Schachts. Noch einen Gedanken vermochte er zu fassen, einen letzten Einfall, um Schutz für sich zu finden. »Ich trau keinem einzigen Arzt. Die ganze Zunft würde jubeln, wenn ich verreckte! Ich war bei einer Heilkundigen. Sie gab mir ein Pulver, das mir die Schmerzen wegnahm. Eine bewährte, angesehene Frau: Catherine Monvoisin ...« Die Spirale war zu Ende. Er versank in den schwarzen Schacht. Versank wie ein Stein.

La Reynie ließ den Ohnmächtigen in seine Zelle zurückschaffen.

Am selben Nachmittag beantragte er bei der Staatsanwaltschaft die Verhaftung des Bankiers Pierre Cadelan sowie die Beschlagnahme seiner Bücher und Korrespondenz. Grund: Ausstellung eines Kreditbriefs unter falschen Vorspiegelungen. Dann ließ er Monsieur Adam Lesage ersuchen, sich zwecks Erteilung einer vertraulichen Auskunft auf der Polizeipräfektur einzufinden.

Das Gespräch glich weniger einer polizeilichen Vernehmung als einer Plauderei zwischen zwei Gebildeten, die trotz der Verschiedenheit ihrer äußeren Lebensumstände über vieles gleiche Ansichten hatten.

»Ein gewisser Louis de Vanens«, sagte La Reynie, »nannte Sie mir als einen früheren Teilhaber in einer, wie er angibt, achtbaren Firma.«

Lesage verstand sofort, was Vanens damit im Sinne gehabt hatte. Er sah, er musste dieser Art von Erpressung nachgeben. Sein Lächeln drückte zugleich Überraschung und Nachsicht aus. »Zwar ist es eine Unverfrorenheit von Vanens, aber es stimmt; wir waren damals noch sehr jung und ergaben uns dem verzeihlichen Irrtum, dass Alchemie, Chemie, Physik der Menschheit zu ihrer Vervollkommnung verhelfen müssten. Für diesen Denkfehler zahlte ich mit meinem Vermögen. Den andern, soviel ich weiß, erging es damals nicht besser, auch nicht dem Monsieur de Vanens.« Er seufzte leicht und faltete die Hände auf dem Tisch. »Aber was nützt all der wissenschaftliche Fortschritt, solange wir mit unserer Ethik und Moral im Rückstand sind?«

La Reynie fand diesen Standpunkt interessant, sah sich aber genötigt, einen trivialeren Gegenstand zu erwähnen: »Wir besitzen Akten über Sie, Monsieur Lesage. Vor elf Jahren wurden Sie wegen Vergehens gegen die Religion auf die Galeeren geschickt.«

»Ich verdiente Bestrafung«, sagte Lesage. »Nach meinem Bankrott wurde ich ein Opfer des Okkultismus. Ich versuchte, mich mit dem Unsichtbaren in eine direkte Beziehung zu setzen. Erst später begriff ich, wie weise doch die Kirche daran tut, dieses gesamte Gebiet ausschließlich für sich in Anspruch zu nehmen. Dogma und Disziplin bewahren die Seele davor, sich in unheimlichen und gefährlichen Abenteuern zu verlieren. Solche Erkenntnisse bemächtigten sich meiner, als ich auf der Galeere ruderte.«

Diese Mischung von Aufrichtigkeit und Verschlagenheit ist reizend, fand der Präfekt. Jetzt stellte er eine präzise Frage: »Wer verwandte sich für Ihre Begnadigung?«

»Das konnte ich nie herausbekommen, Monsieur. Wie ich vermute, war meines Vaters Firma irgendjemandem in der Regierung in guter Erinnerung; wir erfüllten die Kontrakte mit Behörden immer prompt und großzügig.«

»Was für Kontrakte?«, fragte La Reynie, während seine Gedanken schon in eine andere Richtung gingen.

»Holz, Monsieur«, sagte Lesage. »Bauholz.«

La Reynies Stimme klang beunruhigend sanft, als er wie von ungefähr fragte: »Kennen Sie zufällig eine Frau namens Catherine Monvoisin?«

Lesage war auf diese Frage vorbereitet. »Ob ich Sie kenne? Ebenso gut, Monsieur, könnten Sie einen Krüppel fragen, ob er Lahmheit kenne! Sie ist mein Ungemach seit mindestens fünfzehn Jahren.«

»Verletze ich Ihre Empfindungen, wenn ich Sie bitte, mir dies ein wenig zu erläutern?«

Lesage seufzte. »Ich lernte sie kennen, als sie Gesellschafterin der jetzigen Marquise de Maintenon war.« Er gewahrte mit Befriedigung den Eindruck dieser Bemerkung und fuhr in vertraulichem Ton fort: »Ja, ich verliebte mich in sie. Leider spielte sie, spielt heute noch mit meinen Empfindungen. Ach, Monsieur, es steckt mehr Tücke in der Tugend als in der Leichtfertigkeit; die frivolen Weiber bringen uns nur um unser Vermögen, die andern um unsern Verstand – ob Sie es nun glauben mögen oder nicht!«

La Reynie entschied sich dafür, es nicht zu glauben, und fragte weiter: »Sind Sie heute noch mit ihr – befreundet?«

Lesages wehmütiger Ausdruck besagte: Ich komme von ihr nicht los.

»Und welchen Grund hat sie, diese Freundschaft fortzusetzen?«

Lesage hätte etwas darum gegeben, diese Frage im Ernst beantworten zu können. Er erwiderte: »Uns verbindet gemeinsame Erinnerung an unsere unvergessenen Freunde und Wohltäter, Monsieur und Madame Scarron – sodann unser beider Interesse an Astrologie. Ihnen ist doch wohl bekannt, dass Madame Monvoisin den Ruf eines Orakels genießt? Ihnen ihre Klienten zu nennen, bin ich weder berechtigt noch in der Lage. Aber ich weiß von Dutzenden, Hunderten vornehmer Herren und Damen, die sich von ihr das Horoskop stellen lassen.«

La Reynie wollte einen Einwand machen, versagte es sich aber für den Augenblick … »Also sind Sie beide enge Freunde?«

Lesage schien recht verlegen. »Das wäre zu viel gesagt. Offen gegen offen, Herr Präfekt: Wir haben uns zerstritten. Sie behauptet, ich schulde ihr von früher her zweihundertdreiundfünfzig Livres. Ich möchte schwören, ihr den Betrag längst zurückgezahlt zu haben. Sie lässt mir durch ihren Advokaten mit Pfändung drohen, obwohl sie sonst großzügig ist wie eine Prinzessin. Was soll ich tun? Dürfen wir den Frauen jede Laune hingehen lassen? Was meinen Sie, Monsieur?«

La Reynie bemerkte, er sei Junggeselle und keine Autorität für solche Fragen. Dann blickte er Lesage gerade ins Gesicht. »Würden Sie bereit sein, mich in einer schwierigen Untersuchungssache zu unterstützen?«

Er bietet mir an, Kronzeuge zu sein, dachte Lesage, und das könnte mich retten! Er gab die vorsichtigste Antwort: »Es wird mir immer eine Ehre sein, Herr Präfekt, Ihnen nach bestem Vermögen zu dienen. Aber zum Polizisten hab' ich nicht das Zeug. Dienstliche Verschwiegenheit fiele mir schwer; wie Sie wohl bemerkt haben, bin ich von Natur gesprächig. Jedenfalls weiß ich den großen Vorzug zu schätzen, mit Ihnen plaudern zu dürfen, Herr Präfekt.«

»Das Vergnügen war meinerseits«, schloss La Reynie. Als er Lesage zur Tür gehen sah, rief er ihn zurück, als sei ihm gerade noch etwas Nebensächliches eingefallen. »Monsieur Lesage, zwar wissen wir beide nicht, wer damals Ihre Begnadigung erwirkt hat. Aber ich kann Ihnen mitteilen, wer Sie seinerzeit denunziert hatte: Es war Monsieur de Vanens.«

Lesage biss die Zähne zusammen; es fiel ihm schwer, Gelassenheit zu bewahren. »Wahrscheinlich vermutete er nicht, ich würde es jemals erfahren, sonst hätte er mich wohl kaum als Leumundszeugen genannt. Nun, Herr Präfekt, das ist für mich kein Anlass, Ihnen den Mann schwarz in schwarz zu malen. Ich nehme an, er war damals eifersüchtig – wegen Catherine, ja …« Er verbeugte sich weltmännisch. »Adieu, Herr Präfekt!«

»Auf Wiedersehen, Monsieur Lesage.«

Als er ging, wusste er, von nun an wurde er beobachtet – auch Catherine.

Das Verhör des Bankiers Pierre Cadelan vollzog sich wesentlich dramatischer. Der beleibte, asthmatische kleine Mann schwur Stein und Bein, er kenne überhaupt keinen Louis de Vanens; behauptete gleich darauf, schon vor Jahren jede Geschäftsverbindung mit Vanens abgebrochen zu haben; gab sein Ehrenwort, er habe den Kreditbrief an Vanens auf Weisung eines Dritten ausgestellt, der sich verpflichtet habe, bei der Firma in Venedig rechtzeitig den Geldbetrag einzuzahlen. Diesen Dritten könne er nicht nennen, nicht einmal auf der Folter, da die Sicherheit Frankreichs auf dem Spiel stehe; übrigens kenne er nur einen Decknamen des Dritten: »der Chevalier«. Die höchst unübersichtliche, zum Teil verschleierte Buchführung des Bankiers zeigte immerhin seine Verbindung mit Häusern in Italien, Deutschland und Polen. La Reynie ließ Cadelan auf der Bastille festsetzen.

Bisher hatte er mit den üblichen Verbrechern zu tun gehabt; in der Mehrzahl waren es Einbrecher, Taschendiebe, Strolche, Dirnen, Schwindler, meistens Opfer der allgemeinen Verhältnisse, die in ihm eher Mitleid erregten. Jetzt fand er seinen Glauben, dass Elend und Unwissenheit die Hauptwurzeln des Verbrechens seien, schwer erschüttert. Die Liste der Namen, die von der Brinvilliers mitgeteilt worden waren, nahm sich keineswegs mehr so fantastisch aus. Ihr eigener Fall konnte nicht mehr als Einzelfall gelten.

Zwar hatte er niemals eine sehr hohe Auffassung von den Moralbegriffen der Oberschicht gehabt – genauer gesagt: Er war skeptisch gegenüber der Aufrichtigkeit derer, die sich öffentlich zu jenen Begriffen bekannten. Aber er hatte doch angenommen, dass gesunder Selbsterhaltungstrieb solche Leute innerhalb der Schranken der Gesetzlichkeit hielte! Wenn diese Annahme falsch war, so gab es dafür nur eine Erklärung: Diese Herren und Damen betrachteten sich als über den Gesetzen stehend. Sie fühlten sich befugt, nach ihrem Belieben zu handeln wie die olympischen Götter. Das Beispiel, das ihnen täglich von Spitzen der Gesellschaft gegeben wurde, musste sie zur Nachahmung geradezu herausfordern.

Reynie verbrachte schlaflose Nächte. Es gab also eine weitverzweigte Giftindustrie mit scheinbar unerschöpflichen Geldmitteln, einer Armee von Agenten, geleitet von einer Zentralstelle, deren Sitz unauffindbar schien – es sei denn, dass zu diesem Behuf alle europäischen Regierungen Hand in Hand arbeiteten … Er fühlte Wut, wie ein rechtschaffener Kreisphysikus sie fühlen mag, der sich einer unheimlichen Epidemie auf der Fährte weiß – und haltmachen muss wegen des passiven Widerstands der benachbarten Kollegen, die törichterweise ihre Bezirke für seuchenfrei erklären. Und inzwischen verging unwiederbringliche Zeit; immer neue todbringende Mittel wurden erfunden, da die Nachfrage wuchs.

Wer war der Kopf, der eigentliche Leiter der Organisation? La Reynie zermarterte sich das Hirn. Nacheinander erregten seinen Verdacht die Herzogin von Savoyen, der Herzog von Orléans, ein sehr hoher Kirchenfürst – aber dann wieder erschienen ihm die Interessen jeder dieser Personen doch nicht universal genug!

Eines Nachts fuhr er hoch. Im Schlaf war er auf die Lösung gekommen. Unsinnig, nach einem individuellen »Meister« zu forschen! Diese Organisation erhielt sich und funktionierte gleichsam aus sich selbst, bot sich doch leichter Gewinn für jedermann, der bereit war, Geld hineinzustecken! Umsatz in Menschenleben. Industrialisierung des Mordens. Der Wahnsinn schwang weder Brandfackeln noch Schwerter; er hatte sich die Methoden achtbarer Geschäftsleute zu eigen gemacht; er hantierte mit Hauptbuch, Kreditbriefen und Gesellschaftsanteilen.

La Reynie sagte sich: Ich bin nicht berufen, den Verfall der Moral auf dem Erdball aufzuhalten, ich bin Polizeichef von Paris. Meine Machtmittel genügen nicht, die unterirdischen Kanäle, durch die der Pariser Morast ständig gespeist wird, bis zu ihrem Ausgangspunkt zu verfolgen. Aber es kann mir gelingen, den Morast zuzuschütten! Folglich musste der nächste Schritt sein, die örtliche Gruppe auszuheben, die in Paris Gift vertrieb. Zwischen dieser Gruppe und den Produzenten war Vanens keinesfalls mehr als ein Agent.

Er errichtete ein Sonderkommissariat mit Desgrets als Leiter. In Sitzungen mit den Beamten der neuen Abteilung bestimmte er die Richtlinien; zur Ermittlung der örtlichen Giftlieferanten waren sämtliche Organe der Polizei heranzuziehen, auch die Stellennachweise; Haus- und Küchenpersonal, Kellner, Verkäuferinnen sollten ausgeforscht werden, aber auch Barbiere, Lebensmittelhändler, Quacksalber, Winkeladvokaten, Gastwirte, Artisten, Prostituierte – jedes Gewerbe, mit dem die Polizei in einer ihrer zahlreichen Abteilungen Berührung hatte –, unter Zusicherung strengster Diskretion und reichlicher Belohnung.

Tage, Wochen vergingen. In dem ungeheuren Netz, das über Paris ausgebreitet wurde, fing sich keine Beute – außer wertlosem Kleinzeug. La Reynie jedoch ließ sich nicht entmutigen. Seine Leute arbeiteten unverdrossen weiter. Endlich zeigte sich der erste Erfolg.

Dieser Erfolg kam etwas früher zu Catherines Kenntnis als zu der des Polizeipräfekten.

Eines Vormittags Ende August empfing sie unerwartet den Besuch ihres Schneiders, des weitgeschätzten Luden Vigoureux. Er sah verstört aus und berichtete: »Gestern Abend gab meine Frau eine ihrer Gesellschaften. Sie wissen, sie ist schrecklich eifersüchtig auf Sie und will Ihnen alles nachmachen, von der Hellseherei bis zum Umgang mit feinen Leuten. Nun, unsere Gäste waren doch meistens kleiner Mittelstand, etwa zwanzig Frauen, acht oder zehn Männer. Es gab genug zu essen, die Weine waren gut; ein Vermögen kosten mich diese völlig überflüssigen Gastereien. Wie es so geht, wenn die Leute sich antrinken: Es lockert ihnen die Zunge, und mancher sagt Dinge, die er in nüchternem Zustand für sich behalten würde. Da war ein ordinär aussehendes Frauenzimmer, Mitte vierzig, eine gewisse Marie Bosse. Früher half sie mir manchmal in der Werkstatt; meine Frau verwendet sie jetzt zu Besorgungen, schickt sie auch wohl zu Pfandleihern und Bankiers, wenn unsere Kundinnen Geld benötigen, obwohl ich eigentlich mit Kredit recht großzügig bin …«

»Da ist wohl diese Bosse eine recht anstellige Person?«, fragte Catherine.

Der Schneider antwortete: »Sie ist unausstehlich dumm. Aber so nebenher hat sie meiner Frau abgeguckt, den Leuten aus der Hand zu lesen und die Karten zu schlagen; meine Frau unterhält ja mit solchen Kunststückchen die Damen während des Anprobierens, damit sie mir nicht ungeduldig werden.«

»Sie verübt gelegentlich noch andere Kunststücke«, bemerkte Catherine mit ernstem Gesicht. »Es geht mich nichts an, nur wundere ich mich, dass Sie nichts davon wissen. Aber Sie wollten von gestern Abend erzählen …«

Er sah aus wie ein erschrockener Hase. »Wie gesagt, die Bosse trank unmäßig, einen Musketier müsste es benebelt haben. Unter den Gästen war ein junger Advokat, auf den warf sie ein Auge, obwohl ihre Gunstbezeigung ihm gar nicht erwünscht war. Da rief sie, sodass alle es hören konnten: ›Bin ich dir vielleicht nicht fein genug? Besuche mich nächste Woche in meiner neuen Wohnung, Rue du Grand Hullin, da kannst du Marquisen treffen, Herzoginnen, Prinzen …‹ Und als die Gäste lachten, setzte sie sich in Positur, unter mehrmaligem Aufstoßen: ›Ihr alle kommt noch zu mir betteln! Nur noch drei Erbschaftspülverchen oder Salben – und ich kann mich vom Geschäft zurückziehen!‹ Alles wand sich vor Lachen, aber auf dem Gesicht meiner Frau sah ich für einen Moment einen Ausdruck, der mir das Blut gefrieren ließ, es war Schrecken darin und Wut …« Er tupfte sich die Stirn mit einem grünen Seidentuch, »Was meinen Sie? Soll ich der Polizei Mitteilung machen?«

Catherine verbarg kaum ihre Bestürzung. Nach kurzem Nachdenken fragte sie den Modekünstler: »Ist Ihnen bekannt, ob diese oder jene Ihrer Kundinnen in letzter Zeit einen Trauerfall gehabt hat – Ehemann oder Vater?«

Vigoureux verstand nicht sogleich, worauf sie hinauswollte. Er sagte zögernd: »Ich hörte von dem Hinscheiden des Gatten der

Madame de Poulaillon – und des Präsidenten Léféron …« Er verstummte. Sah kreidebleich aus, als er hinzufügte: »Auch Madame Philibert war meine Kundin, als sie noch Madame Brunet hieß. Ich erinnere mich sogar, gehört zu haben, wie meine Frau und die Bosse einmal in Verbindung mit Madame Brunet Ihren Namen nannten.«

Sie blieb beherrscht. »Das ist durchaus möglich. Die Brunet war einmal bei mir, und ich warf sie hinaus. An Ihrer Stelle würde ich – mit oder ohne Ihre Frau – noch heute von Paris abreisen.«

Am selben Tag verreiste Monsieur Vigoureux nach Basel, um, wie er sagte, eine Kollektion Schweizer Tuche einzukaufen. Seine Frau nahm er nicht mit.

Den Vorfall, der sich auf der Abendgesellschaft im Hause Vigoureux zugetragen hatte, berichtete der – vorübergehend als Polizeispion beschäftigte – junge Winkeladvokat dem Leiter des Sonderkommissariats. Desgrets sandte die Frau eines Polizisten zu Marie Bosse in die Rue du Grand Hullin, damit sie sich über ihren Ehemann beklage, dessen sie sich angeblich zu entledigen wünschte. Zweimal ließ die Bosse die Besucherin wiederkommen. Beim dritten Mal verkaufte sie ihr eine Salbe, mit der sie das Innere der Stiefel ihres Gatten einreiben sollte, nachdem sie vorher dafür gesorgt hätte, dass aus der Sohle ein Nagel hervorstände.

Die Salbe wurde im Laboratorium der Präfektur untersucht; sie enthielt Arsenik und ungelöschten Kalk. Die Bosse wurde verhaftet. Sie erklärte unter Gejammer, die Salbe von ihrer Brotgeberin, Madame Vigoureux, bekommen zu haben; es sei ein völlig unschädliches Mittel, die einzige Wirkung bestehe in der Besänftigung des Gemüts.

La Reynie ließ auch Madame Vigoureux festnehmen. Bei der Konfrontierung beschimpften die beiden Weiber einander maßlos. Schließlich erklärte die Vigoureux, die Salbe sei im vorigen Jahr von Madame Brunet bei ihr zurückgelassen worden, diese habe behauptet, sie von der wohlbekannten Catherine Monvoisin erhalten zu haben. Dies brachte La Reynie auf einen guten Einfall. Er tat, als hielte er die Sache nun für völlig geklärt: »Das genügt, Madame. Schließlich weiß ich ja, Sie sind eine Frau von Geist und Geschmack. Ich weiß es aus dem Mund eines Mannes von Welt, der Ihnen den Vorzug gibt vor seiner früheren Herzensfreundin, jener Madame Catherine. Soll ich Ihnen seinen Namen verraten? Es ist der Chevalier Louis de Vanens.«

Beide Weiber gingen sogleich in die gestellte Falle. »Herzensfreundin!«, hohnlachte die Bosse. »Was Sie sich für Märchen erzählen lassen, Monsieur! Vanens interessiert sich für keinen Unterrock, nicht mal für einen aus lauter Brüsseler Spitzen!«

»Halt dein ungewaschenes Maul!«, keifte die Schneidersfrau. »Vanens ist ein Kavalier, ein Kerlchen aus Samt und Seide, der weiß, was er anfasst! ›Sie sind was viel Besseres als die andern Wahrsagerinnen‹, hat er mir gesagt, ›Sie sind hellsichtig‹!«

»Irgend so was sagt er zu jeder«, eiferte die Bosse. »Du hellsichtig? Die blindeste Kuh auf der ganzen Weide!«

Er ließ beide ins Gefängnis von Vincennes bringen.

Vanens auf vertrautem Fuß mit der Vigoureux und der Bosse – Vanens im Verkehr mit den Wahrsagerinnen, den Hellseherinnen, den Hexen von Paris! Der Ring war geschlossen. Die Gruppe Vanens und Konsorten leitete die Produkte der anonymen Industrie in die Hände dieser Weiber zum Kleinvertrieb!

In den folgenden Tagen sichtete er das aufgetürmte Material; stellte zusammen, was jetzt schlüssig erschien; verfasste eine knappe Denkschrift, die er gleichzeitig an Colbert und Louvois sandte mit dem ergebenen Ersuchen, die darin enthaltenen Vorschläge Seiner Majestät befürwortend zu unterbreiten.

La Reynie wurde nach Versailles beordert. Zugleich mit ihm kamen Monsieur Robert, der Generalstaatsanwalt, sowie Monsieur Boucherat, geachteter Jurist und Vorsitzender einer Kammer des Appellationsgerichts. Nach dem Mittagessen kam der König zu ihnen ins Konferenzzimmer. Er sah frisch und recht jugendlich aus, trug lichte Farben und Bänder wie in den Tagen der La Vallière. Colbert und Louvois waren mit ihm. La Reynie erhielt Gelegenheit, zu seinem Memorandum zu sprechen. Er sprach kurz, eindrucksvoll und schloss mit den folgenden Sätzen: »Gift ist nachgerade ein bequemes Mittel zur Erledigung von Familienstreitigkeiten geworden. Arsenik, König der Gifte genannt, wird in allen Schichten der Gesellschaft verwendet; an zweiter Stelle stehen Opium, Quecksilber, Antimon, Schierlingspräparate. Die Giftmischerin Locusta, von der wir in den Annalen des Tacitus lesen, ist aus dem alten Buch hervorgestiegen. Das Nessushemd, durch das Herakles vergiftet wurde, taucht allerorten wieder auf; mit einer Lösung aus Waschseife und Arsenik wird Unterwäsche behandelt, der Träger erliegt einer qualvollen Entzündung der Eingeweide. In unserm Paris vergiftet fast täglich irgendeine Phädra einen Hippolyt. Wir sehen in den Tragödien unseres großen Racine eifersüchtige oder ehrgeizige Personen Giftmorde begehen, und wenn wir uns der großartigen Verse erinnern, mit denen dieser Dichter das Grässliche ins Erhabene rückt, erschüttert uns seine prophetische Fantasie.«

Eher möchte ich annehmen, Racine wünscht seine eigenen Gewissensbisse zu betäuben, dachte Louvois, jetzt, da er sich als Familienvater gefällt, mit fünf Kinderlein um seinen Schreibtisch.

La Reynie sprach weiter: »Bei der Prüfung der Unterlagen und der daraus zu ziehenden Folgerungen blieb ich ständig bemüht, mich zu vergewissern, dass es sich um Tatsachen handelt. Jedoch habe ich erkennen müssen, dass ich ihren Ursprung nicht zu ergründen vermag. Dann habe ich versucht, mir selber zu beweisen, ich hätte mich doch geirrt; aber auch dieser Versuch war vergeblich. So habe ich zu Gott gebetet, mir Kraft zu verleihen, damit ich in Treue zu meinem König und meinem Amt die Befehle ausführen kann, die Euer Majestät mir erteilen wird. Möge Gott Sie erleuchten, Sire, uns auf den Weg zu führen, aus dem wir den Abgrund dieser Verbrechen aufdecken und zugleich die Mittel finden, ihn zu schließen, bevor sich das Unheil über das ganze Land ausbreitet.« Er wusste, dies war der rechte Ton, Louis' Ohr zu gewinnen.

Diese Besprechung, so fand der König, nahm schon zu viel Zeit in Anspruch an diesem schönen Nachmittag, den er mit Marie Angélique de Fontanges, nun schon in den Rang einer Herzogin erhoben, beim Pferderennen zu verbringen gedachte. Andrerseits war diese Sache doch wohl ernst genug; man durfte sie nicht *en bagatelle* behandeln. So nickte er denn mit gemessenem Ernst und sprach: »Messieurs, es ist Unser Wille, dass keinerlei Mühe gescheut werde, die Schuldigen der Bestrafung zuzuführen. Zwecks Vermeidung der gewissen Schwerfälligkeit eines ordentlichen Gerichtsverfahrens und gleichzeitig im Interesse der Geheimhaltung der Erhebungen haben wir beschlossen, die Angelegenheit einem Sondergericht zu überweisen, bestehend aus der Elite unserer Staatsräte. Den Vorsitz übertragen wir Ihnen, Monsieur Boucherat, der Sie uns als ein Mann von hohem Rechtsbewusstsein und ebenso feinem Takt bekannt sind. Sie, Monsieur de la Reynie, sind zum Untersuchungsrichter ernannt. Das Sondergericht tagt in der Halle des neuen Arsenals; der Raum wird mit schwarzem Tuch ausgeschlagen und ist durch Fackeln und armdicke Kerzen zu erleuchten – er soll in der Welt berühmt werden als die Chambre ardente.« Er erhob sich, reckte seine Glieder. »Messieurs, üben Sie Gerechtigkeit auf genaue und unmissverständliche Art – das mache ich Ihnen zur Pflicht im Hinblick auf das Wohl der Nation! Keine Rücksicht auf Rang, Vermögen und Geschlecht! Richter und Untersuchungsbehörde können meines persönlichen Schutzes versichert sein.« Beschwingt schritt er hinaus.

Louvois winkte La Reynie beiseite und bat ihn, ihm in sein Amtszimmer zu folgen. »Die Ernennungen für die Chambre ardente«, sagte Louvois, »werden von Colbert gegengezeichnet, da es sich ja um eine Angelegenheit des Justizministeriums handelt. Aber ich, in meiner Eigenschaft als Kriegsminister, habe Befehl, darüber zu wachen, dass die Interessen der Landesverteidigung nicht geschädigt werden.«

La Reynie fühlte sich unbehaglich in dem luxuriös ausgestatteten Arbeitsraum Louvois'. »Wie habe ich das zu verstehen?«

»Sehr einfach«, antwortete Louvois, der an einem leichten Schluckauf zu leiden schien. »Keinesfalls darf im Ausland der Eindruck entstehen, unsere Gesellschaft sei verrottet. Denn das käme einer Einladung gleich, sich gegen uns zu verbünden!«

»Und bis zu welchem Grad beschränkt diese Erwägung die Tätigkeit des Untersuchungsrichters?«

Louvois lächelte ein verlegenes Lächeln. »Keinerlei Beschränkungen, mein Freund. Der König hat sich für den folgenden Verfahrensmodus entschieden: Haben Ihre Leute oder die des Generalstaatsanwalts ein verdächtiges Individuum ausfindig gemacht, dann könnt Ihr es verhören, Zeugen vernehmen und Beweisstücke sichern. Scheint Ihnen der Fall reif zur Erhebung der Anklage, dann senden Sie Bericht an Seine Majestät. Daraufhin befindet der König, wahrscheinlich nach Rücksprache mit mir, ob die Sache weiterverfolgt werden solle oder nicht. Schließt er sich Ihrer Ansicht an, so ergeht Haftbefehl, der Generalstaatsanwalt fertigt die Anklage gemäß Ihren Erhebungen, und die Chambre ardente fällt das Urteil – einfache Majorität, keine Appellation.«

»Mit andern Worten: Sie, Herr Minister, werden über meine Berichte entscheiden, bevor diese überhaupt dem Sondergericht vorgelegt werden, dem ich, der Untersuchungsrichter, als Mitglied angehöre! Was sichert uns vor Indiskretion? Wie können wir gewiss sein, dass nicht ein Verdächtiger von unseren Ermittlungen erfährt, bevor Anklage gegen ihn erhoben wird?«

Louvois stemmte die Arme in die Hüften. »*Mort de ma vie*, Monsieur, verdächtigen Sie mich oder gar Seine Majestät irgendwelcher Absicht, der Gerechtigkeit in den Arm zu fallen? Hat der König nicht eben noch ausdrücklich betont: keine Rücksicht auf Rang, Vermögen, Geschlecht?« Doch dann nahm er seinen kollegial vertraulichen Ton wieder auf: »Mein persönlicher Rat ist: Keine Beunruhigung des Publikums, soweit sich das irgendwie vermeiden lässt! Nicht zu tief in die Sache hineinsteigen, wo es nicht unbedingt erforderlich ist! Ich hoffe, wir werden gedeihlich zusammenarbeiten.«

Beim Verlassen des Zimmers trafen sie im Korridor Marie Angélique, jüngste Herzogin bei Hofe, im knappen Reitkostüm, in der kleinen Hand eine Gerte, mit lichtbraunen Locken unter der keck emporgebogenen breiten Krempe des mit Straußenfedern geschmückten Huts. Sie fragte in leicht pikiertem Ton: »Bitte, Messieurs, wissen Sie vielleicht, wo Louis steckt?«

La Reynie glaubte, er habe nicht recht gehört.

Da zwitscherte das kindhafte Stimmchen: »Im Kabinett ist er nicht, in seinem Privatflügel ist er nicht, wie lange denkt er, soll ich auf ihn warten?«

»Seine Majestät kleidet sich wohl um, Frau Herzogin«, äußerte Louvois. »Er wird Sie wohl nicht mehr lange warten lassen.«

»Das möcht' ich ihm auch nicht geraten haben!«, lachte Angélique und verschwand.

La Reynie stand verdutzt. »Das sind ja – englische Zustände!«

Louvois klopfte ihm auf die Schulter. »Lassen Sie, lassen Sie, die hat das Vorrecht, die Etikette zu ignorieren. Mich ärgert dabei nur, dass Madame de Montespan gekränkt wird, sie hat es um keinen verdient! Andrerseits erhält ihn die Kleine in guter Stimmung – und der Himmel verhüte, dass er sich seiner düsteren Laune wieder ergibt, es wäre die Hölle für uns!«

Eine Strafjustiz, gegängelt vom Belieben des Staatsoberhaupts, Rechtsprechung unter Zensur des Kriegsministers – dazu mochte sich einer hergeben, dem das moralische Rückgrat bereits gebrochen war! – Drei Tage lang ging La Reynie ernstlich mit sich zu Rate, ob er sich nicht ins Privatleben zurückziehen solle. Was aber dann? Ohne ihn würde die Chambre ardente kaum mehr sein als eine theatralische Veranstaltung; ein paar elende Kreaturen, wie die Bosse, würden gehängt werden und in der »guten Gesellschaft« würde man das bisherige Treiben fortsetzen, gar noch ermutigt durch das Augenzwinkern der als Justiz verkleideten Willkür. Wie weit war der Verfall schon gediehen? Hatte unter dem Regime des Sonnenkönigs die Nation ihre Selbstachtung bereits eingebüßt? Gab es für ihn als Einzelnen eine Hoffnung, der Gesetzlichkeit wieder zu Ansehen zu verhelfen? *Suprema lex regis voluntas* – an diesem Satz waren schon große Reiche zugrunde gegangen. – Noch hatte er sich zu keinem Entschluss durchgerungen, als er darauf verfiel, sich doch einmal diese Catherine Monvoisin kommen zu lassen. Es hieß, sie genieße das Vertrauen weiter Kreise. Vielleicht war es möglich, durch ihre Vernehmung etwas tieferen Einblick zu gewinnen …

Sie kam, mit dezenter Eleganz gekleidet, dunkelbraun über resedagrün. Er fand, sie mache eher den Eindruck einer Institutsvorsteherin.

»Ich höre, Sie beschäftigen sich mit Astrologie«, eröffnete er das Gespräch. »Wissen Sie nicht, dass es verboten ist?«

»Wenn es so ein Gesetz gegeben hat«, erwiderte sie gelassen, »so muss es doch seit etwa vierzig Jahren außer Kraft sein, ließ doch unserm allergnädigsten König gleich nach der Geburt seine hochselige Frau Mutter das Horoskop stellen im Beisein von Ministern und Kirchenfürsten.«

Er musste lächeln: »Bitte sagen Sie mir doch ganz offen: Stellen Sie Horoskope nur, weil die Leute Sie darum angehen, oder glauben Sie im Ernst an die Einwirkung der Gestirne auf unser Leben?«

»Jeder Gärtner, Monsieur, jeder Landwirt beweist Ihnen den Einfluss der Konstellation auf das Wachstum von Pflanzen, das Gedeihen von Tieren. Warum sollten wir Menschen ausgenommen sein?«

Er gab nicht nach. »Nehmen wir an, dem wäre wirklich so – sind darüber allgemeingültige Gesetze gefunden worden? Nicht in Jahrtausenden! Also verweisen wir die astrologische Betätigung wohl besser in den Bereich der Magie.«

»Was ist Magie anderes – als eine Wissenschaft, deren Gesetze noch nicht ergründet sind?«

Sie gefiel ihm. »Seien Sie auf der Hut, Madame. Sie könnten sich wegen Ihrer Ansichten vor dem Professorenkollegium der Theologischen Fakultät zu verantworten haben.«

Ihre Wangen röteten sich. »Ach, könnten Sie das doch zuwege bringen, Herr Präfekt! Was gäb' ich nicht drum, mich mit den Herren auseinandersetzen zu dürfen, recht öffentlich. Ich hätte mir so manches vom Herzen zu reden!«

Ihm war, als müsse er sie schon früher gesehen haben, mit ihrem jugendlich belebten Gesicht, den leuchtenden grauen Augen. Aber der Moment ging vorüber, seinem Gedächtnis war die italienische Fruchthändlerin aus dem Park von Versailles längst entschwunden. Aber sie erinnerte sich seiner, konnte sich Teile des Gesprächs zurückrufen, das er damals mit dem Marquis de Montespan geführt hatte.

»Was prophezeien Sie so Ihren Klienten?«, fragte er ohne inquisitorische Schärfe.

»Was sie ermutigt oder was sie zurückschreckt«, antwortete sie, ohne zu zögern. »Je nachdem mir ihre Wünsche nützlich oder schädlich erscheinen.«

»Und wenn Sie merken, jemand hat ein Verbrechen vor?«

»Dann versuche ich, es ihm auszureden, Monsieur.«

»Und wenn Ihnen das nicht gelingt?«

»Dann empfehle ich ihm oder ihr, sich doch zum Teufel zu scheren!«

»Ist das die volkstümliche Redewendung, oder meinen Sie es wörtlich?«

Er ist klug, dachte sie, aber nicht klug genug, mich auf solche Weise zu fangen. »Ich meine es im Sinne von ›geh und häng dich‹! Zum Teufel unterhalte ich kein anderes Verhältnis als das, das uns die Kirche zur Pflicht macht.«

Beruhigung ging von ihr aus. Er betrachtete sie sinnend, wünschte mehr zu erfahren. Worin bestand ihr Erfolg? »Wenn Menschen etwas an sich nicht Unerlaubtes begehren, das sie aber aus eigner Kraft nicht zu erlangen vermögen – was können Sie ihnen anraten außer Gebeten und frommen Übungen?«

Wieder lächelte sie: »Nicht alle Nothelfer, zu denen gebetet wird, sind von der Kirche heiliggesprochen, nicht alle frommen Übungen von ihr erdacht worden. Um Ihnen ein Beispiel zu geben: Auf dem Montmartre befindet sich ein Kirchlein, es gehört zu einem Nonnenkloster. Ein Altarbild zeigt den Heiland inmitten seiner Jünger. Auf den unteren Rand der Leinwand hatte der Maler einen Satz geschrieben, von dem nur noch das erste Wort leserlich ist: ›Rabboni‹. Das ist, wie ich mir habe sagen lassen, leicht verbogenes Hebräisch und bedeutet ›Unser Meister‹, die Worte, mit denen die Jünger ihn anredeten. Die Nonnen haben das nicht gewusst, und die Betenden erst recht nicht. Nun wird aber dem Bild eine wundertätige Kraft zugeschrieben; viele Frauen versichern, diese Kraft habe ihnen die Herzen ihrer Gatten wieder zugewendet. ›Rabboni‹ halten sie für den Namen eines der auf dem Altarbild dargestellten Männer, sehen in ihm ihren besonderen Schutzpatron, und die Zeremonie, in der sie seinen Beistand anflehen, heißt ›die Andacht zum heiligen Rabboni‹.« Sie gewahrte sein belustigtes Zwinkern und fuhr beherzt fort: »Soll ich nun den Nonnen und den Beterinnen sagen, niemals gab es einen solchen Heiligen, es handelt sich um ein sprachliches Missverständnis? Nun, dann würde ich vielen armen Geschöpfen ihr bisschen Trost und Zuversicht rauben und obendrein gar eine Anzeige wegen Religionsfeindlichkeit zu gewärtigen haben. Schweige ich aber wider mein besseres Wissen oder empfehle gar Ratsuchenden, zu Saint-Rabboni zu beten und ihm Gaben darzubringen, weil sich doch erwiesen hat, dass Bedrückte aus solchen Gebeten Kraft schöpfen, dann bezichtigt man mich der Scharlatanerie oder vielleicht sogar verbotener Magie, weil ich zu einem Wesen beten lasse, das nicht zu den von der Kirche anerkannten Heiligen gehört. Was ist Ihr Rat, Monsieur?«

Er überlegte ernsthaft. »Wahrscheinlich kommt es darauf an, ob Sie sich Ihre Ratschläge bezahlen lassen …«

»Aber gehen Sie, Monsieur, wie könnte es darauf ankommen? Von meinem reinen Gewissen und der Luft kann ich ebenso wenig leben wie die geistlichen Herren und die Nonnen.« Sie setzte hinzu: »Ebenso wenig wie Sie, Monsieur.«

Er musste ihr recht geben. »Das sind heikle Dinge, zuletzt muss sich wohl jeder auf die innere Stimme verlassen. Wie es scheint, ist doch die Menschheit ein großes Kind mit nur mäßigen Anlagen, aber unmäßigen Gelüsten. Vielleicht sollte man davon abgehen, die Leute zu Wesen höherer Art machen zu wollen. Vielleicht lässt sich nicht mehr für sie tun, als ihnen auf die Finger zu schauen und sie, durch Spott und Strafandrohung, von allzu schlimmen Übergriffen abzuhalten.«

»Das könnte Molière gesagt haben!«, rief sie. »Warum schreiben Sie keine Komödien?«

»Weil es mir leider an Humor gebricht, Madame.«

Ihr klarer, stetiger Blick schien bis auf den Grund seiner Seele zu dringen. Er spürte sich verstanden, wie er es kaum gewohnt war. Plötzlich sagte sie: »Sie befinden sich im Widerstreit mit sich selber, Monsieur. Sie sehen sich vor einer großen Aufgabe, und man will Sie davon zurückhalten. Lassen Sie sich nicht entmutigen. Wenn Sie die innere Stimme zum Schweigen brächten, hätten Sie keinen ruhigen Tag mehr. Weil Sie nicht so beschaffen sind, dass Sie mit Ihrem Gewissen in Unfrieden leben könnten.«

Er schien vergessen zu haben, wer sie war und warum er sie hatte kommen lassen. Er fühlte nur, wie sein Gemüt sich entlastete. Nein, er würde nicht zurücktreten. Kam es im Ernst auf einen Kampf mit Louvois an, so war ja keineswegs ausgemacht, dass er unterliegen würde. Sein Gesicht straffte sich, da sein Entschluss jetzt gefasst war. Er hatte zu bleiben, wer er war: der Polizeipräfekt von Paris. Und in dieser Eigenschaft hatte er die Unterredung weiterzuführen, schließlich hatte er diese Frau nicht zu seiner Erbauung vorgeladen!

»Kennen Sie Madame Vigoureux?«

»Nicht persönlich, ihr Mann macht Kleider für mich.«

»Kennen Sie eine Madame Brunet?«

»Die jetzige Madame Philibert? Ja. Sie war einmal bei mir.«

»Was wollte sie von Ihnen?«

»Darüber, Monsieur, kann ich Ihnen keine Auskunft geben.«

»Nun, Madame – falls wir diese Auskunft für wichtig halten, könnten wir Sie zwingen …«

»Darauf muss ich es ankommen lassen, Monsieur, es ist das Risiko meines Berufes.«

»Hm … Gaben Sie der Brunet etwas?«

»Ja: einen Rat. Da sie ihn nicht annehmen wollte, wies ich ihr die Tür. Mehr, Monsieur, werden Sie aus mir nicht herausbringen.«

Er machte einen Überrumplungsversuch: »Was verstehen Sie von Chemie?«

»Genug, Monsieur, um giftige Substanzen vermeiden zu können.« Sie faltete ihre Hände und neigte sich über den Tisch. »Monsieur, falls Sie mich der Giftmischerei verdächtigen, kann ich Ihnen einen wandelnden Entlastungsbeweis vorführen. Ich habe einen Mann, mit dem ich seit vielen Jahren nicht mehr leben kann, den ich aber wirtschaftlich erhalte. Er ist ein Trunkenbold; an ihm hat Ihre Arbeitsbeschaffungspolitik völlig versagt! Wenn ich mit Giften umginge, Monsieur – wäre Antoine Monvoisin nicht längst unterm grünen Rasen?«

Diese Frau ist keine Verbrecherin, sagte er sich, wiewohl ihr Gewerbe einigermaßen unübersichtlich scheint. Vielleicht waren diejenigen, die sie abwies, interessanter als die Leute, die sie zu Klienten nahm. Man wird sie überwachen lassen …

»Bleiben Sie vorsichtig, Madame«, warnte er sie. »Es weht ein scharfer Wind in diesen Tagen …«

Als sie draußen war, wankten ihr die Knie. Nein, sie war Verhören nicht gewachsen. Wenn man doch fortkönnte – weit weg, übers Meer …

Auf dem Heimweg erinnerte sie sich, dass Monsieur André Guillaume, der Nachrichter von Paris, bettlägerig war und um ihren Besuch hatte bitten lassen; es hieß, die kürzlich vorgenommene Exekution der Marquise de Brinvilliers habe ihn einen Nervenzusammenbruch gekostet … Nein, sie konnte jetzt zu keinem Patienten. Ihre Kraft war erschöpft.

»Wir sollten Antoine Geld geben, damit er aus Paris verschwindet, möglichst ins Ausland«, bemerkte Catherine zu Lesage. »Er weiß um meine Verbindung mit Françoise. Noch im Jenseits fände ich keine Ruhe, wenn ich denken müsste, Antoines Geschwätz habe sie in Schwierigkeiten gebracht.«

Er schien etwas auf dem Herzen zu haben, sagte aber zunächst nur: »Antoine ist nicht der Einzige. Es gab Dienstboten in der Rue de Vaugirard, als du Madames Vorleserin warst!«

»Von denen ist keiner mehr in Paris«, erwiderte sie. »Der Marquis ließ sie alle zu sich in die Pyrenäen kommen. Sonst weiß niemand um ihre Beziehung zu mir – nur du und Marie Desoeillets.«

Er brummte etwas Unverständliches, schließlich sagte er: »Du vergisst Schurken wie Guibourg und Vanens!«

»Vor denen habe ich keine Angst! Wenn sie uns verraten, bringen sie damit sich selbst an den Galgen.«

Er antwortete vorsichtig: »Was Vanens betrifft, soll er bisher geschwiegen haben. Vielleicht aber wartet er darauf, dass man ihm anbietet, Kronzeuge zu werden. Wenn das geschieht, sind wir verloren.«

Wir sind in jedem Fall verloren!, dachte Catherine. Ich habe begonnen, mich darauf einzurichten. Aber sie sagte scheinbar leichthin: »Das sollte dein Gemüt nicht beschweren, Adam – ich finde, dies alles macht unser Leben nur noch spannender.«

Er ging auf ihren Ton nicht ein. »Vanens rechnet bestimmt damit, dass wir zu seinen Gunsten einflussreiche Leute mobilisieren – in erster Linie Madame. Was meinst du? Würde sie es tun, wenn du sie darum angingest?«

»Ich weiß es nicht«, entgegnete Catherine, »mir widerstrebt es, mit ihr davon zu sprechen – obgleich …« Sie verstummte.

Er nahm sie sanft beim Arm. »Ich habe einen besseren Vorschlag für dich. Ich kenne den Sekretär des Herzogs von Buckingham. Am Hof von Saint-James interessiert man sich jetzt immer mehr für okkulte Dinge. Ich sprach mit dem Mann, unverbindlich natürlich. Wahrscheinlich würde Buckingham bereit sein, das ›Orakel von Paris‹ nach drüben zu importieren. Madeleine könntest du wohl mitnehmen. Vielleicht ernennen sie dich in England noch zur Hofastrologin.«

Sie wurden durch Margots Eintreten unterbrochen. »Mademoiselle Marie Desoeillets ist gekommen.«

»Hol sie der Teufel!«, knirschte Lesage.

Marie war nur für einen Augenblick gekommen. »Madame will Sie unbedingt sprechen«, sagte sie zu Catherine. »Es muss etwas überaus Wichtiges sein. Ich habe Madame noch nie so erlebt. Ihr Gesicht ist weiß wie Kalk, sie spricht zu niemandem ... Also Rue de la Tannerie, gegen neun Uhr heute Abend. Adieu, ich will aus dieser Gegend heraus, bevor es dunkelt.« Sie ging.

»Bitte, geh nicht in die Rue de la Tannerie«, bat Lesage mit versagender Stimme. Sie standen einander gegenüber im sinkenden Licht des frühherbstlichen Nachmittags. Er nahm, seit Langem hatte er es nicht mehr getan, behutsam ihr Gesicht zwischen seine Hände, berührte ihr Haar. »Da sind graue Strähnen.«

Wir waren für all dies nicht bestimmt!, empfand sie. Wir sind hineingeschleudert worden, ohne recht zu wissen, wie. Und sie verspürte, nicht zum ersten Mal, Dankbarkeit für seine unwandelbare Freundschaft. Ihre Stimme war weich und fraulich: »Vielleicht, Adam – vielleicht hätte ich dir vor meiner Hochzeit begegnen sollen, vielleicht noch gerade am Abend vorher.«

»Auch das wäre zu spät gewesen«, murmelte er. »Da war ich ja schon bankrott. Vielleicht zwei Jahre vorher, aber da warst du erst fünfzehn. Heute könnten wir um uns eine große Familie haben – und vor uns ein geruhsames Alter.«

Sie nickte still. Nach Sekunden des Schweigens sagte sie: »Heute habe ich nur diese eine Tochter – und auch sie läuft Gefahr, dass sie auf denselben Weg gerät wie ich.«

Wieder Schweigen. Ihre Körper lehnten aneinander. Ihre Sinne waren still. Die Herzen schlugen im gleichen, verlangsamten Takt.

Er spürte, er wusste es seit Jahren, sie war sein Leben. Dass ihm gewährt worden war, an ihrer Seite zu bleiben, war genug, dankbar zu sein. Sie zu leiten war ihm nicht bestimmt. Er küsste sie brüderlich sanft auf die Wange; dann ließ er sie aus seinen Armen. »Ich wusste, du würdest gehen, wann immer sie dich ruft. Zieh dich an, ich will dich bis ans Haus bringen, du brauchst nicht allein zu gehen.«

Während sie sich umkleidete, setzte er sich an ihren Schreibtisch. Es gab nur noch dieses eine für sie zu tun. In dem dämmerigen Licht schrieb er einen kurzen Brief:

An Louis Henri de Pardillac, Marquis de Montespan,
Schloss Saint-Elix, Belleville, Pyrenäen.

Wir sind einander nur ein einziges Mal begegnet; aber vielleicht erinnern Sie sich meiner als des Freundes und Treuhänders von Monsieur Paul Scarron. In seinem Namen, Herr Marquis, bitte ich Sie, schleunigst zwei Personen zu Hilfe zu kommen, die sich in großer Gefahr befinden: Catherine Monvoisin und ihrer Tochter, Madeleine, die unzweifelhaft Ihr Kind ist. Ich darf hinzufügen, ein Kind, dessen Aussehen und Begabung Sie stolz machen werden. Die gegenwärtige Gefahr, davon bin ich überzeugt, würde nicht bestehen, wäre nicht Madame de Montespan in unser Leben getreten. Ich wende mich an Sie als französischen Edelmann und tätigen Christen: Lassen Sie zwei Wesen nicht im Stich, deren Leben von Ihrem Eingreifen abhängt! Wenn Sie es möglich machen können, bald in Paris zu sein, finden Sie mich im Hotel Vier Jahreszeiten.

Während der Nacht wurde es kalt. Der Nordwind jagte Regenschauer über die Stadt. Das Kaminfeuer in der Wohnstube des kleinen Hauses in der Rue de la Tannerie wärmte den Raum nur ungenügend und entwickelte Qualm, da von oben her Nässe in den Schornstein drückte.

Françoise stand gegen die Wand gelehnt. Ihre Augen waren unnatürlich starr, die Lippen blutlos, die Locken längs ihrer Wangen hingen wie tote Schlangen. Wie das Haupt der Medusa, empfand Catherine, hingekauert auf dem altmodischen Diwan. – Françoise sprach. Sie sprach und sprach, ohne dass es ihr Erleichterung brachte. War es möglich, ihr heute Nacht von Vanens zu reden? Sie verwarf den Gedanken.

Wohl zum zehnten Male zitierte die Marquise das boshafte Bonmot der Madame de Sévigné: »In Madame de Montespans Gehege duftet es nach Jungfernfleisch!«

»Männer um die vierzig führen sich meistens so auf«, sagte Catherine. »Sie fürchten, es könnte ihnen was Besonderes entgehen, ehe sie altern.«

Françoise verbat sich den Zuspruch. »Noch vor einem Jahr schien er entschlossen, Gewohnheiten anzunehmen, wie sie seinem Alter anstehen, auch in seiner Kleidung und seinem Zeitvertreib. Jetzt plötzlich kleidet er sich wieder, als wäre er noch zwanzig. Kein Gewebe ist ihm kostbar genug; Federn und bunte Bänder, Brillanten und Smaragde! In Versailles gibt es wieder allegorische Komödien, Ballette, Konzerte auf dem Wasser. Ein neues Karussell! Pferderennen, die den gesamten Hof in Aufregung halten. Luxus, Extravaganzen, Festlichkeiten, wie er sie in seiner Jugend veranstaltete. Alles ist wieder da, alles – außer der Jugend!« Das heftig flackernde Feuer warf verzerrte Schatten auf die fahle Tapete. Der Wind schlug wider die Fensterläden. »Er hat sie zur Herzogin gemacht mit zweihunderttausend Dukaten Jahresrente! Und das dumme Ding stolziert umher, als sei sie eine olympische Göttin, durch die besondere Gunst Jupiters zu uns Sterblichen beurlaubt!«

»Es wird nicht lange dauern«, äußerte Catherine. »Die Männer gewöhnen sich rasch an ein hübsches Lärvchen, aber niemals an Albernheit – schon gar nicht, wenn sie mit Affektiertheit verbunden ist. Hab' nur ein bisschen Geduld!«

»Bitte verschone mich mit deinen Weisheiten! Die Königin kichert vor Schadenfreude. Bossuet zeigt ein befriedigtes Gesicht, als bedeute diese unwürdige Liebschaft seinen nachträglichen Triumph über mich! Hinter allen Türen und Vorhängen, aus den Büschen, den Quellen höre ich es zischeln: Du bist in Ungnade gefallen, der König schert sich nicht mehr um dich, bald wird der ganze Hof dir den Rücken kehren. Für mich hat er nur ein paar Minuten übrig, wenn er von der Messe kommt und mir von der Oper und von der Hirschjagd erzählt – mit ihr verbringt er ganze Tage, von den Nächten zu schweigen. Ich – will nicht weiterleben!«

Catherine war aufgestanden. »Ist denn niemand da, der diesem Gänschen klarmacht, was ihr über kurz oder lang bevorsteht – und dass die Neige des Bechers ihr sehr bitter schmecken wird?«

»Madame de Maintenon hat sie sich vorgenommen. Sie erhielt zur Antwort: ›Meine Leidenschaft kann ich nicht von mir abtun wie ein Kleid, das nicht gefällt.‹«

Catherine schüttelte den Kopf. »Darauf solltest du nichts geben. Verlass dich in gar nichts auf Madame de Maintenon; sie kann es nicht genug gut mit dir meinen! Kannst du es nicht über dich bringen, mit ihm selbst zu sprechen?«

»Ich hab's versucht. Er nannte mich unduldsam, anmaßend, herrschsüchtig. Ich konnte mich in dieser Weise nicht von ihm heruntermachen lassen und gab eine böse Antwort: Mag sein, Sire, ich habe alle diese schlechten Eigenschaften – aber wenigstens bade ich regelmäßig, und mein Atem ist rein!«

»Wie konntest du nur?!«, sagte Catherine.

»Vorigen Monat ließ mich die Herzogin von Montausier an ihr Sterbebett rufen. Damals in Avesnes hatte sie unsern Plan begünstigt – jetzt flehte sie mich an: ›Verlassen Sie ihn! Verlassen Sie diesen Sklaven seiner Gelüste, diesen Plünderer fremden Guts. Die Pracht, die Sie hier umgibt und trunken macht, wird Ihnen unsinnig erscheinen, wenn Ihre letzte Stunde kommt!‹«

Catherines Instinkt sagte ihr: Dieses Mal war es wirklich zu Ende, der König war dem Bann Françoises entronnen. Man durfte sie darüber nicht hinwegtäuschen wollen. »Versuchen wir, diesen Verlauf als den natürlichen zu betrachten. Elf Jahre sind eine lange Zeit. Beständigkeit des Empfindens ist nur wenigen gegeben. Er hat, wie so viele, eine verkümmerte Seele.«

»Er ist grundschlecht, sag' ich dir! Es war ein Wahn, wir würden ihn dahin bringen, Gutes zu tun. Wir waren kindisch, auch nur einen Tag lang das zu glauben.«

Catherine sah das Schicksal der Freundin in ihre Hand gegeben. Ohne sie würde Françoise in Kürze elend zugrunde gehen. »Verlass den Hof. Tritt ab von dieser prunkvollen Bühne, bevor die Zuschauer deiner müde werden. Lass sie lieber sagen: Sie war noch herrlich in ihrer Rolle – schade, dass sie schon abgegangen ist.«

»Mich mit ›gutem Anstand‹ verabschieden, wie …?«

»Ja, einen Abschied nehmen in allen Ehren und erhobenen Hauptes.«

»Für mich gäbe es nur das Kloster! Eine Geliebte des Königs hat kein Recht, sich ein anderes Leben zu wählen; denk an die arme Louise de la Vallière!«

Jetzt sah Catherine die Wahrheit: Sie liebt ihn – kennt seinen Unwert und liebt ihn – liebt ihn auf eine wahnwitzige Art, will eher die Welt versinken sehen als ihm entsagen! Sie entschloss sich, ihr nach dem Munde zu reden wie einer Gemütskranken: »Wenn es denn nicht anders geht, also gut, nehmen wir noch einmal unsere Zuflucht zur Magie. Ich habe kürzlich ein ägyptisches Geheimbuch entdeckt. Nach seinen Vorschriften will ich dir ein magisches Pulver zubereiten. Marie wird es so einrichten können, dass seine Kleider, sein Bett damit bestreut werden – und ich schwöre dir, in längstens zwei Monaten vergeht er vor neuer Sehnsucht nach dir!«

Ein Zornausbruch war die Antwort: »Hast du die Stirn, mir noch von Magie zu reden? Oder siehst du noch immer nicht, dass Satan ein Lügner ist? Wie alle Emporkömmlinge ein dreister Betrüger, der sich bezahlen lässt und sich hinterher seinen Verpflichtungen entzieht. Umsonst war die Widerlichkeit der Schwarzen Messe!«

Ihre Fantasie ist die einer Halbwüchsigen geblieben – sagte sich Catherine –, mit all ihrer Weltklugheit, ihren geistreichen Einfällen ist sie viel unreifer als etwa Madeleine. Mitleid quoll in ihrem Herzen auf, kaum konnte sie es ertragen.

Aber schon klang Françoises Stimme wieder beherrscht: »Ich brauche ganz etwas anderes als ›Liebeszauber‹, Catherine. Ich brauche ein Mittel, das rasch und endgültig wirkt ...«

Fort!, dachte Catherine. Fort! Was will ich noch hier? Ihr helfen kann ich nicht. Sie kann mich nur ins Verderben bringen, ohne dass es irgendetwas rettet. Sie stand wie angewurzelt.

»Ich will für beide den Tod – für sie und für ihn.«

Nein!, sagte sich Catherine. Nein und nein! Darauf hat niemand ein Recht. Das junge Mädchen ist keine Verbrecherin, nur weil sich an ihr seine Begehrlichkeit entzündet hat – und er selber, nun, er hat für ärgere Missetaten zu büßen als für Untreue an seiner Geliebten.

Da zog Françoise sie an ihre Brust. Die Stimme war wieder der verführerische melodische Alt von früher. »Er hat es tausendmal verdient, nicht wahr? Und jetzt plant er neue Kriege, neue Erpressungen. Lass uns ein Ende mit ihm machen, Catherine! Es wird wahrscheinlich zugleich unser Ende sein. Warum nicht? Was hätte das Leben sonst noch zu bieten? Komm!«

Catherine fühlte die schmerzliche, die heilige Liebe im Herzen für dieses hilflose, von Verzweiflung umnachtete Geschöpf, das ihr einstmals als die Verkörperung siegender Schönheit und Kraft erschienen war.

»Und wir werden untergehen, du und ich, in einem letzten und erhabnen Triumph! Du beschaffst das Gift, nicht wahr?«

Gift? Sie hatte es geahnt, und doch traf sie jetzt das Wort wie ein Messer. Jetzt nur Zeit gewinnen – nur Zeit! Ich muss so tun, als wollte ich es für sie ausführen!, dachte Catherine. Der einzige Weg, die Verwirklichung ihrer wahnwitzigen Absicht zu verhindern.

»Wirst du mich im Stich lassen, Catherine, oder – liebst du mich noch?«

»Ja«, sagte Catherine, »ja, ich liebe dich – und es gibt nichts in der Welt, was ich nicht für dich tun wollte!« Sie streichelte sanft Françoises trockene, brennende Schläfe.

Catherine hatte nicht annehmen können, dass Madame de Montespan, um ihrerseits völlig sicherzugehen, am folgenden Tag Marie Desoeillets mit genauen und ausführlichen Instruktionen zu Madame Filastre schickte. Die beiden hatten eine lange Unterredung. Darauf unternahm die Filastre eine Reise in ihre Heimat in der Gegend von Rouen. Dort suchte sie einen alten Schäfer auf, der im Rufe stand, sich auf ungewöhnliche Art in Kräutern und Mineralien auszukennen.

Dreizehntes Kapitel

Chambre ardente

Aus einem Brief des Herzogs von Buckingham aus Paris an den Lord Chancellor:

… Betrug, Erpressung, Gotteslästerung aller Art in sämtlichen Schichten der Gesellschaft. Ist einem darum zu tun, in die Zukunft zu blicken, sich gegen das Schicksal zu sichern, am Kartentisch zu gewinnen, die Liebe einer ihn bisher nicht beachtenden Person zu erringen oder sich einen Lästigen vom Halse zu schaffen – jeder bedient sich der abscheulichsten Praktiken mithilfe sogenannter Wahrsagerinnen, Hexen, verkommener Priester und ihrer Konkubinen. Satanische Altäre gibt es in den meisten Bordellen. Nach vergrabnen Schätzen, angeblich die Hinterlassenschaft von Emigranten während der Bürgerkriege, wird jetzt der Boden durchwühlt unter blasphemischen Riten, vorgenommen von Magiern und Dirnen. Gleichzeitig aber ist die Bevölkerung zu Tode verängstigt durch die vielen Giftmorde. Schon wird die unverdächtigste Erkrankung auf Gift zurückgeführt. Jeder zittert um das Wohlbefinden seiner Schwiegermutter. Fühlt sie die leichteste Indisposition, sieht sich der Schwiegersohn bereits mit Verhaftung bedroht …

Aus einem Geheimbericht des venezianischen Gesandten an den Dogen: … *Terror in Paris. La Reynies Erhebungen verursachen größere Bestürzung als die Verbrechen, die er aufdeckt. Gleichwohl ist kaum zu bezweifeln, dass die Chambre ardente Weisung hat, möglichst wenige Mitglieder der höheren Klassen vor dem Volk bloßzustellen. Die Hinrichtung der Marquise de Brinvilliers scheint eine Ausnahme bleiben zu sollen; bezeichnenderweise wurde der von ihr im Gefängnis unternommene Selbstmordversuch als das schlimmste ihrer Verbrechen gebrandmarkt! Ich gebe nachstehend einige Illustrationen zur Charakterisierung der hiesigen Justiz.*

Die Frauen Bosse, Vigoureux und ein halbes Dutzend ähnliche Weibsbilder wurden wegen Giftmords, Gotteslästerung, Kindesmords verurteilt und prompt hingerichtet. Ebenso verfuhr man mit Madame Ferry, die sich ihres Gatten, eines Handlungsreisenden mit recht üblen Gewohnheiten, entledigt hatte. Aber schon der Fall Brunet-Philibert zeigt, dass die Richter mit verschiedenem Maß zu messen verstehen. Monsieur Philibert ist vom König als ein guter Flötenspieler geschätzt. Zwar wurde die Frau, die ihm zuliebe ihren wohlhabenden ersten Gatten vergiftet hatte, gehängt. Aber der Flötist und ehemalige Galan der Tochter seiner Frau – die Bosse hatte sämtliche Einzelheiten preisgegeben – verbüßt nur eine kurze Gefängnisstrafe; jetzt schon zanken sich die Damen der Gesellschaft um die Reihenfolge, in der sie sich der Gunst dieses tüchtigen jungen Mannes erfreuen werden.

Damen der Aristokratie können einer behutsamen Behandlung gewiss sein. Das erfuhr zum Beispiel Madame de Dreux, eine besonders schöne und zarte Blondine. Zwar war sie der versuchten Ermordung ihres Gatten sowie der Ehefrau ihres Liebhabers überführt. Aber das Gericht begnügte sich damit, sie väterlich zu vermahnen. Kaum war sie auf freiem Fuß, da bestellte sie bei einer Hexe Arsenik, um ein Mädchen umzubringen, mit dem der unbeständige Liebhaber sich inzwischen eingelassen hatte. Nur die Verhaftung der Hexe aufgrund anderer Bezichtigungen verhinderte Madame, ihre Absicht auszuführen. Das Gericht hat sie weder eingesperrt noch aus Paris verwiesen, sondern nur verlangt, der Herr Gemahl solle sich für ihr zukünftiges Wohlverhalten verbürgen. Das hat er bereitwillig getan – und die süffisant lächelnde Dame, eskortiert von Verwandten und Verehrern, nach Hause geführt.

Ein anderer Fall: Madame Léféron, Witwe eines angesehenen höheren Beamten, war überführt, ihm gewisse Pulver eingegeben und nach seinem Tode jubiliert zu haben: Pulver hin, Pulver her – jedenfalls ist er endlich krepiert! Sogleich heiratete sie ein übles Subjekt, ihren langjährigen Liebhaber, entdeckte aber bald, dass es ihm mehr um ihr Geld zu tun war als um ihre Person. Sie besorgte sich neues Gift. Er wurde gewarnt und machte sich aus dem Staube. Nun fasste Madame einen heftigen Groll gegen die ganze Menschheit. Zunächst wandte sie sich ge-

gen ihre eignen Kinder; versuchte ihren Sohn, einen Abbé, zu vergiften, angeblich weil seine außerordentliche Dummheit eine Blamage für die Familie sei; sodann ihre Tochter, weil diese zu viel kokettiere und ihre Mutterpflichten vernachlässige; schließlich die Enkelkinder, weil diese moralisch verkommen und entartet seien. Strafe für diese adelige Gattin, Mutter und Großmutter: fünfzehntausend Livres und Verbannung aus der Hauptstadt.

Ein dritter Fall: Madame de Poulaillon, aus einer der besten Familien Frankreichs. Seit ihrer Jugend der Alchemie und dem Okkultismus ergeben. Plünderte Taschen und Schubladen ihres reichen Ehemannes, warf das Geld weg an ihren unersättlichen Geliebten, einen ehemaligen Offizier. Der Ehemann verschloss seinen Schreibtisch und versteckte seine Börse. Da machte sie sich daran, das Mobiliar des Hauses zu verkaufen, das Tafelsilber, das Ehebett, sogar die Kleider ihres Mannes. Dann verlangte sie von der Giftmischerin Vigoureux die berüchtigte Mixtur aus Schmierseife und Arsenik, um Monsieurs Leibwäsche darin zu waschen. Gleichzeitig engagierte sie, durch Vermittlung der Bosse, einige Strolche, die dem zählebigen Ehemann auflauern und ihn totschlagen sollten. Die Burschen ließen sich einen erklecklichen Vorschuss zahlen, gingen dann zu dem Opfer, enthüllten ihm das Komplott und erhielten weiteres Geld. Nun erst verlor der gute Mann, wie er selbst aussagte, die Geduld und brachte sein Weibchen zur Anzeige. Der Staatsanwalt beantragte die Todesstrafe. Die Chambre ardente hielt es für angemessen, die Dame nur aus Paris zu verbannen, und zwar auf drei Jahre.

Bei allen solchen Fällen ist der Beifall der Aristokratie enthusiastisch. Das Volk murrt und nennt die Justiz eine Fastnachtsposse. Aber die Entrüstung schlägt nach innen, da es ja in Frankreich keine freie Meinungsäußerung mehr gibt, weder Presse noch Parlament noch das Recht zu öffentlicher Versammlung.

Unter diesen Umständen ist damit zu rechnen, dass Unzufriedenheit und Grimm nach und nach die Staatstreue der Bevölkerung zersetzen werden. Diese Zersetzung dürfte das politische Gleichgewicht beeinträchtigen – ein gefährlicher Vorgang innerhalb einer staatlichen Struktur, die einer auf die Spitze gestellten Pyramide vergleichbar ist. Und so wird wohl, in einer nicht allzu fernen Zukunft, trotz der heute noch beachtlichen Triumphe Louis' des Großen auf den Kriegsschauplätzen, Frankreich aufhören, eine ständige Bedrohung für seine Nachbarn zu sein.

Der Schuss kam aus dem Dunkel eines Torbogens. Die Kugel streifte La Reynies Schulter, ging dann durch die Rückwand der Kalesche. Desgrets, der mit ihm fuhr, wollte hinausspringen und den Attentäter verfolgen. Der Präfekt hielt ihn zurück. »Zwecklos. Zu viele Leute auf der Straße. Ich bin wohl nicht ernstlich verletzt. Fahren wir um die Ecke zu Colbert ins Ministerium, da kann ich verbunden werden – nachher kommen wir noch rechtzeitig zur Sitzung der Chambre ardente.«

Attentat auf La Reynie! Der Polizeichef ermordet! Ein Komplott, die Chambre ardente in die Luft zu sprengen! Staatsstreich geplant von Desperados, die der Aufdeckung ihrer Verbrechen zuvorkommen wollen! Das Gerücht eilte durch die Stadt, entstellt, zu fantastischen Dimensionen angeschwollen.

La Reynies Schulter wurde untersucht, gesäubert, verbunden. Dann zog Colbert, der ihn hergebeten hatte, den Präfekten in sein Arbeitszimmer. »Lassen Sie sich das eine Warnung sein, Nicolas«, sagte der Minister in väterlichem Ton. »Sie sind jetzt der am meisten gehasste Mann im Lande. Mag das Motiv Ihrer Tätigkeit noch so nobel sein, sie hat einen unerträglichen Zustand geschaffen. Hier und im Ausland schwelgen die Leute in Gräuelgeschichten. Das Grausige scheint die Menschen anzuziehen wie ein allmächtiger Magnet.«

La Reynie saß und schwieg, sollte doch der Minister ihm offen sagen, was er von ihm wollte.

Colbert fuhr fort: »Vorigen Freitag hörte ich Bossuet von der Kanzel donnern: ›Unselige Erde, von der wir den düstern Nebel aufsteigen sehen, erzeugt von unreiner Leidenschaft! Vor unsern Augen verbirgt dieser ekle Dunst Himmel und Licht – bis Gottes Blitz durch die Finsternis niederzucken und die Menschheit in ihrer Verderbtheit erschlagen wird.‹ Und so in dieser Art … Mein Freund, so kann es nicht weitergehen, oder wir sehen das Ende unserer Gesellschaft.«

La Reynies Stimme klang gepresst: »Was gilt mir die Wut dieser Gesellschaft – die ich nur undeutlich vernehme wie das Grollen einer fernen See? Was mich Woche um Woche, beinahe Tag um Tag erschüttert, ist der Einblick in diesen sich ständig ausbreitenden Urwald von Verbrechen. Manchmal will mir die Kraft ausgehen, und ich fürchte, ich komme in dem Gestrüpp nicht weiter. Aber das Dickicht wird immer bedrohlicher, und ich weiß, ich kann nicht stehen bleiben. Ich muss hindurch!«

Colbert blieb nüchtern. »Adel und Beamtenschaft sind außer sich. Die besten Namen Frankreichs werden verunglimpft. Die Chambre ardente und Sie sind gleichermaßen verhasst in den Kreisen der Aristokratie und des Bürgertums. Aber immer noch vermehrt Ihr die Zahl der Verdächtigen! Ihre Verwandten und Freunde bangen um die Standesehre, um ihre altehrwürdigen Privilegien. Man fragt sich, was soll aus diesem Frankreich denn werden, wenn Rang und Name und Vermögen keinen Schutz mehr bilden vor der Willkür irgendeines Polizeibeamten! Auch verschlimmert es die Sache, dass von den Richtern der Chambre ardente nicht ein einziger zum alten Adel gehört.«

La Reynie bekam sich wieder in die Gewalt. »Wenn es den Herrschaften zur Beruhigung gereicht, kann man sie dahin aufklären, dass man in den unteren Schichten eifrig bemüht zu sein scheint, hinter dem von der Oberklasse gegebenen Beispiel nicht zurückzubleiben. In der Bastille und im Kerker zu Vincennes sitzen jetzt einhundertsiebenundvierzig Untersuchungshäftlinge, alle des Giftmordes bezichtigt oder des Handels mit Giften, viele mit der zusätzlichen Beschuldigung des Kindesmords, des Religionsfrevels, des Betruges. Darunter sind keine Adligen, aber Frauen von Bäckern, Krämern, Fleischhauern, Kerzenmachern, Handlungsreisenden. Die Ansteckung hat keine Klasse verschont. Man möchte an eine universale Verschwörung der Weiber glauben, zu der eine Organisation unternehmender Männer die Kampfmittel hergibt mit geschäftlichem Nutzen.«

»Waren Sie nicht bis vor Kurzem der Verkünder weiblicher Vortrefflichkeit?«, spottete Colbert.

»Ich wies auf die Gefährlichkeit der Weiber hin«, entgegnete La Reynie, »und ich warnte davor, sie in ihrem Teufelsglauben zu bestärken!« Er fuhr ruhiger fort: »Heute warne ich davor, die volle Schärfe des Gesetzes nur gegen Personen aus den unteren Ständen anzuwenden, den Adel und die Begüterten aber mit Samthandschuhen anfassen zu lassen.«

Colbert verschränkte die Arme. »Was verlangen Sie? Noch mehr Hinrichtungen? Mann, ich hätte Sie nicht für so blutdürstig gehalten!«

»Blutdurst ist meiner Seele fremd, Herr Minister. Ich bin so geschaffen, dass mir seit jeher die Verteidigung menschlichen Lebens als höchste Aufgabe erschienen ist. Aber heute und hier kann man Leben nicht schützen ohne Ausrottung der Bande von Mördern, die es bedrohen. Dass ihre Zahl noch größer ist, als wir vermutet hatten, muss unsere Anstrengungen verstärken, aber nicht behindern.« Und jetzt sprach er aus, was er so lange zurückgehalten hatte: »Unglaubliche Dinge geschehen. Auf allerhöchsten Befehl muss ich in jedem einzelnen Fall dem Marquis de Louvois meine Akten einreichen, bevor sie an die Chambre ardente gehen. Personen, die ich als schwer belastet bezeichnete, ohne sie jedoch verhaften oder auch nur verhören zu dürfen, verschwanden aus Paris – kurz nachdem Louvois meine Berichte erhielt. Sie müssen gewarnt worden sein, vielleicht ohne, vielleicht mit Wissen und Willen Seiner Majestät. Einigen scheint man sogar eine Abschrift meiner Akten gegeben zu haben.«

Wie verfallen und mürrisch doch Colbert aussah, als er sagte: »Nehmen wir an, Ihre Vermutung stimmte, was weiter? Gibt es eine Instanz über dem Haupt des französischen Volks, das Gott selbst mit seiner Weisheit erfüllt hat? Nicht nur für Louvois sind Ansehen und Ehre der Monarchie ein Glaubensartikel! Und vergessen Sie nicht:

Unsere Gesellschaft ruht auf dem Fundament der Familie. Gute Leitung, Gemeinschaftsgeist, Wahrung der Tradition innerhalb jeder Familie Frankreichs sind die Lebenselemente unseres Staates, dieser Familie aller Einzelfamilien. Folgerichtig herrscht unser Monarch als ein Vater, gegen dessen Entschließungen ein Appell nicht einmal vorstellbar wäre! Ihn den Vater der Nation zu nennen ist kein schmückendes Beiwort, es ist eine Definition.«

»Vielleicht«, sagte La Reynie verhalten, »vielleicht ist es gerade der Druck dieses schon längst überalterten Prinzips, das unter der Oberfläche Explosivkräfte erzeugt.« Als er Colberts Betroffenheit gewahrte, fuhr er in schlichterem Ton fort: »Früher war ich der Auffassung, die Hauptursache der Kriminalität liege in der ungleichmäßigen Güterverteilung. Dann wurde mir klar, es muss noch andere Wurzeln geben; vielleicht in der Beschaffenheit der menschlichen Natur – vielleicht auch in der ungeheuerlichen Bereicherungsgier und der völligen Gleichgültigkeit gegen die Leiden anderer, wie wir sie insbesondere bei Vertretern dieses neuen Standes beobachten – der Industriellen und der Finanziers. Ich ließ einige Individuen verhaften, da ich glaubte, durch ihre Entfernung aus einem komplizierten Mechanismus diesen für einige Zeit zum Stillstand zu bringen. Nun am selben Tag, an dem die Bosse und die Vigoureux auf dem Scheiterhaufen endeten, kam aus Italien die Nachricht: Carlo Gonzaga, Herzog von Mantua, und seine Braut, ein venezianisches Edelfräulein, wurden vergiftet; vermutlich auf Betreiben seiner eigenen Mutter zugunsten ihres Söhnchens aus einem außerehelichen Liebesbunde. Demnach muss ich die Bedeutung meiner Häftlinge überschätzt haben. Aber wir sollten uns im Klaren darüber sein, dass unsere Aufgabe mehr als nur die Beseitigung einer Handvoll von Pariser Ungeziefer einschließt!«

»Schluss!«, zischte Colbert, heftiger, als es seine Gewohnheit war. »Was soll das alles? Wer hat Sie auf Ihren Posten gestellt? Vielleicht der Herrgott, damit Sie in seinem Auftrag die Schöpfung korrigieren, die Menschheit verbessern, bevor sein Zorn endgültig niederfährt? Dass die Welt wieder mal dicht vor ihrem Ende steht, das versichern uns ja so manche, die sich zu Propheten ernannt haben!« Er lachte heiser, bis ein nervöser Husten ihn schüttelte. Dann sagte er: »Nicht dass die Aussicht auf demnächstigen Weltuntergang mich sonderlich beunruhigte! Trotz der optimistischen Diagnose meiner Herren Ärzte weiß ich, meine Tage sind gezählt … Nicolas, mein Freund, seien Sie kein Esel! Überwerfen Sie sich nicht mit Louvois. Wenn er es für angezeigt hält, diesen oder jenen Sünder entwischen zu lassen, dann können Sie überzeugt sein, ihn leiten staatsmännische Erwägungen. Ach – manchmal muss ich denken, Louvois nimmt eher zu wenig als zu viel Rücksicht!« Er sank erschöpft in seinen Schreibsessel. »Ich bin selten genug auf Louvois' Seite zu finden. Seine Genehmigung zum Verfahren gegen die Gräfin Soissons hat mich überrascht, ja bestürzt.«

Endlich, sagte sich La Reynie, endlich kommt er auf sein Anliegen.

Colbert fuhr fort: »Frankreich schuldet dem Kardinal Mazarin dankbares Gedenken – und dem Jugendtraum seines Königs Ehrerbietung. Beides sollte genügen, um Mazarins Nichte, Louis' Jugendgeliebte, zu schützen.«

Warum so delikat?, dachte La Reynie. Sie dürfen mir schon zutrauen, mein Herr Minister, dass ich unterrichtet bin – nämlich über die Zusammenarbeit der Dame mit Ihnen, als Sie noch Mazarins Sekretär waren; eure gemeinsamen Geldgeschäfte waren so einträglich wie anrüchig, aber welcher Cato wollte das heute rügen – angesichts der Hochflut von Kapitalverbrechen?

Colbert sagte mit gespielter Verlegenheit: »Ich will Ihnen anvertrauen, dass ich ihr den Hof machte, noch ehe sie die Geliebte des Königs war.«

»Sie war seither die Geliebte vieler Männer«, erwiderte La Reynie trocken. »Aber ihre Liebschaften gehen mich nichts an. Sie ist unter Anklage als Giftmischerin und Satanistin – und es wäre unklug von Ihnen, ihre Partei zu nehmen.« Colberts Blick war kummervoll. La Reynie empfand Mitleid für den rasch gealterten Mann. »Ich bedaure aufrichtig, die Anklage nicht fallen lassen zu können. Schließlich haben Sie Anspruch auf meine Erkenntlichkeit. Sie waren es, der dem König meine Ernennung für dieses Amt vorschlug.«

»Ein Irrtum, Nicolas. Gewiss, er hat mich um meine Meinung gefragt. Aber vorgeschlagen hat Sie Madame de Montespan. Sie runzeln die Stirn, als wäre es Ihnen unangenehm …«

Es war La Reynie überaus unangenehm. Er sagte mit einigem Widerstreben: »Ich werde nicht klug aus Madame de Montespan. Bis vor Kurzem hielt ich sie für eine gescheite, realistisch denkende Frau. Sie war sogar Patronesse meines kleinen ›Vereins zur Bekämpfung von Aberglauben und Vorurteil‹. Neuerdings, weiß ich, hat sie Umgang mit Okkultisten, hält ihn aber auf besondere Weise geheim, als wäre es gefahrvoll für sie, wenn es herauskäme.« Er berichtete, was sich vor Kurzem ereignet hatte: »Unter den Wahrsagerinnen, Hellseherinnen, okkultistischen Heilkundigen, die wir beobachten lassen, ist eine gewisse Catherine Monvoisin. Nicht dass gegen sie Verdachtsmomente beständen – im Gegenteil, sie ist eine bemerkenswert gradsinnige und feinfühlige Frau. Aber wir wollen wissen, mit wem sie umgeht. Meinen Leuten fiel verschiedentlich eine gut gekleidete Person auf, anscheinend eine Dame der Gesellschaft, die ins Haus der Monvoisin kam und sehr bald wieder ging, also offenbar eine Botin. Wessen Botin? Eines Spätnachmittags, als sie das Haus wieder verließ, wurde sie in der Straße von zwei betrunkenen Strolchen belästigt. Aus einem vorüberfahrenden Wagen sprang ein Kavalier, verjagte die Strolche und bot der Geretteten an, sie in seinem Wagen nach Hause zu fahren. Sie nahm dankbar an, zumal es schon dunkel wurde. Im Wagen wurde der Kavalier zudringlich. Sie sperrte sich nicht, weigerte sich aber standhaft, ihm zu sagen, wo sie wohne. Unserm Mann – er war, wie die vermeintlichen Strolche, von Desgrets für diese Aufgabe instruiert – blieb nichts weiter übrig, als endlos mit ihr in Paris umherzukutschieren. Es war regnerisch, sie mochte nicht aussteigen. Endlich, gegen Mitternacht, mürbe von Küssen und von Müdigkeit, bat sie zu halten. Wo? An der Ecke der Rue de Vaugirard. Man sah sie, als sie sich unbeobachtet glaubte, ins Palais Montespan schlüpfen, sie, die heimliche Botin zwischen der Monvoisin und der Marquise de Montespan.«

Colbert fand in diesem Bericht nichts Befremdliches. »Also lässt die Marquise sich wahrsagen. Wie es scheint, hat sie Veranlassung, der Zukunft mit einigem Bangen entgegenzusehen.«

»Unbegreiflich – diese ›große Leidenschaft‹ des Königs für Mademoiselle de Fontanges!«, sagte La Reynie und erhob sich, um zu gehen.

Colbert lächelte geheimnisvoll: »Wenn ihr euch nur nicht irrt! Ich bin keineswegs bereit, seine vorübergehende Vernarrtheit in ein hübsches Mädchen als ›große Leidenschaft‹ zu verstehen!«

»Er hat sie zur Herzogin gemacht«, warf La Reynie hin, »und damit zur Empfängerin einer hohen Jahresrente.«

»Ein Anzeichen, dass der Zauber zu Ende geht«, entgegnete Colbert. »Hat er jemals daran gedacht, Madame de Montespan einen Titel zu verleihen?«

Wiewohl La Reynie den Tratsch über Louis' Amouren unter seiner Würde fand, spürte er doch instinktiv, dass dies einen wesentlichen Punkt berühren mochte. »Geben Sie mir zu verstehen, dass Madame de Montespan demnächst wieder die Favoritin sein wird?«

»Wer weiß, mein Freund, wer weiß? Fest steht, dass die kleine Fontanges nicht mehr gesund ist. Ihre Lungen sollen angegriffen sein, vielleicht war auch der König ein zu robuster Liebhaber. Wir wissen, er verabscheut Krankheit weit heftiger als Sünde.« Und dann sagte Colbert, was er wirklich meinte: »Vermutlich bereitet es Seiner Majestät unbändigen Spaß, uns alle, die Marquise eingeschlossen, hinters Licht zu führen! Diese Geschichte mit dem jungen Ding soll uns von der Richtung ablenken, in der sich seine wirklichen Absichten bewegen …« Er nahm eine Miene an, als vertraue er jetzt dem Präfekten ein Staatsgeheimnis an. »Was, meinen Sie, ist wohl der Gegenstand seiner ausführlichen Unterredungen mit Madame de Maintenon? Er sieht sie jetzt täglich.«

»Wie? Eine Liebschaft mit der Erzieherin seiner Kinder?« La Reynie verstand es nicht.

Colbert verstand das durchaus. »Ist ein Mann um die vierzig, dann regen sich neben den Begierden des Fleisches noch andere – ich würde sie nicht einmal noblere Begierden nennen! Bossuet glaubt, der König sieht in Madame de Maintenon eine Egeria, die vor allem den vertraulichen Auftrag hat, ihm seine Memoiren zu redigieren oder gar neu zu schreiben. Es heißt, sie sei eine ausnehmend gebildete Dame. Aber Bildung ist ja dem Liebesspiel keineswegs abträglich, im Gegenteil.« Und jetzt brach er in Gelächter aus. »Welche Komödie! Die kleine Fontanges weint sich die Augen aus und jammert, sie werde nicht mehr geliebt. Madame de Montespan blickt düster wie Phädra im letzten Akt. Aber Madame de Maintenon wandelt umher als ein Sinnbild der Unnahbarkeit und Vergeistigung! Wenn das keine Komödie ist!«

La Reynie wurde abermals gewahr, dass es ihm an Sinn für Humor gebrach. Eine Komödie – zwar mit einem echten Komödienhelden im Mittelpunkt, dachte er, aber umgeben von einem See von Tränen und Blut! Mag es ergötzlich finden, wer will. Mir eignet weder die Entrücktheit eines olympischen Gottes noch die Fühllosigkeit eines Degenerierten! Er verabschiedete sich kurz von Colbert und bat ihn, wenn auch ohne große Hoffnung, seinen Einfluss beim König zugunsten einer selbstständigeren Justiz aufzubieten.

Colbert sah ihn hinausgehen. Ein ironisches Lächeln umspielte die harten Mundfalten. Wusste er doch nur allzu gut, dass der König bereits geruht hatte, noch ein weiteres Opfer den Klauen der Justiz zu entreißen. Was er nicht wusste, waren die Umstände, unter denen dieser Fall vor Gericht gelangt war.

Die Gräfin de Soissons war Madame de Montespans Freundin gewesen, solange sie den Sturz der eifersüchtig gehassten Louise de la Vallière herbeisehnte. Sobald Madame de Montespan den Platz der La Vallière eingenommen hatte, übertrug die Gräfin jenen Hass auf die neue Favoritin. Während und nach ihrer kurzen Ehe mit dem kränklichen Grafen de Soissons suchte und fand die ruhelose Frau einigen Trost in den Armen des unterhaltsamen Gascogners, des Grafen de Lauzun. Lauzun, kein Muster von Diskretion, ergötzte mit vielem, was ihm die Gräfin anvertraut hatte, seine Geliebte und Braut, Louise de Montpensier, Base des Königs. Jahre später, der demnächstigen

Haftentlassung Lauzuns entgegensehend, befürchtete Mademoiselle de Montpensier, er würde nach seiner Rückkehr an den Hof abermals den Reizen der noch keineswegs verblühten Italienerin erliegen. Daher ließ sie an La Reynie eine indirekte Anzeige gelangen, die Gräfin habe sich gegen den König und andere Personen eine Reihe bedenklicher Handlungen zuschulden kommen lassen, bei denen auch Schwarze Magie eine Rolle gespielt habe. Bei seinen Ermittlungen stieß La Reynie auf den Namen Lesage, ohne jedoch über ihn mehr in Erfahrung bringen zu können, als dass er seinen üblichen Hokuspokus getrieben habe. Indessen ergaben Erhebungen in anderer Richtung ernsteres Material gegen die Gräfin. Pflichtgemäß sandte er die Akten an Louvois. Dieser entschied – wie sich später herausstellte, vorschnell –, dass Mademoiselle de Montpensier, nachdem sie das Söhnchen des Königs zu ihrem Testamentserben ernannt hatte, eine Art moralischen Anspruch darauf besitze, die gefährliche Rivalin unschädlich gemacht zu sehen. So genehmigte er das Verfahren gegen Olympe, geborene Mancini, verwitwete Gräfin de Soissons.

Die Chambre ardente. Der Raum mit schwarzem Tuch ausgeschlagen, die Fenster schwarz verhangen. Armdicke Kerzen brennen in schweren Leuchtern. Die Richter auf einem hohen Podium, vor sich auf der schwarzen Samtdecke des Tisches einen Totenschädel, ein silbernes Kruzifix, eine mächtige Pergamentbibel.

La Reynie hasst das mittelalterliche Gepräge dieser Schaustellung. Schwach klingt die Stimme der Vernunft in dem theatralischen Milieu. Er trägt den Arm in einer Schlinge, die Wunde schmerzt. Der Vorsitzende des Gerichts, Monsieur Boucherat, verliest die Anklage.

»Bekennen Sie sich schuldig, Madame?«

Olympe steht aufrecht vor ihren Richtern. In dem übermäßig gepuderten Gesicht brennen die unnatürlich großen kohlschwarzen Augen. »Man erspare sich dieses läppische Gefrage! Der Marquise de Louvois sieht in diesem Verfahren gegen mich eine billige Gelegenheit, seinen alten Rivalen Monsieur Colbert zu kränken, der seit über zwanzig Jahren mein Freund ist!«

Monsieur Robert, der Staatsanwalt, lässt sich durch diesen Irrtum der Angeklagten weder herausfordern noch vom Gegenstand der Anklage ablenken. »Madame, wir haben mehrere Zeugen dafür, dass Sie, bevor die Herzogin de la Vallière Versailles verließ, mit berüchtigten Personen Anstalten trafen, sie und den König zu vergiften.«

Sie fährt ihn an, als sei er ein lästiger Querulant: »Ich wünsche nicht zu erfahren, wer Ihre Zeugen sind! Ihre Methoden sind zur Genüge bekannt. Sie verstehen, sich jederzeit Elende zu erkaufen, die das aussagen, was ihren Auftraggebern genehm ist.«

Lesage wird aus dem Zeugenraum hereingeführt. Er weiß, die Situation ist äußerst gefährlich. In ihrem hemmungslosen Hass gegen Madame de Montespan mag die Gräfin entschlossen sein, auch ihn und Catherine ins Verderben zu reißen. Nun, er hat sich seine Taktik zurechtgelegt. Lesage wird vernommen. »Ja, ich kenne die Angeklagte. Als ich aus Amerika zurückkam, ließ sie sich von mir aus den Linien der Hand wahrsagen. Auch habe ich ihr ein Horoskop gestellt. Das war, bevor ich wegen meiner Beschäftigung mit solchen Dingen zu einer Galeerenstrafe verurteilt wurde.«

Seine Angaben klingen freimütig und wahrheitsgetreu. Da ruft die Gräfin ungeduldig: »Nicht so zimperlich, Mann! Du standest doch mit mir auf recht gutem Fuße, bevor *sie* dich mir abspenstig machte …«

La Reynie horcht auf. *Wer* machte ihr Lesage abspenstig?

Lesage denkt sich: Duzt sie mich wie einen Stallknecht, so will ich sie duzen wie einen früheren Bettschatz! Er blickt sie mit gespielter Verlegenheit an und sagt scheinbar zaghaft: »Du warst so schrecklich eifersüchtig, Olympe …«

»Dieser Mensch muss den Verstand verloren haben!«, faucht sie.

Sein Blick wird fest, bohrt sich in ihre Augen, als er mit suggestiver Eindringlichkeit weiterspricht: »Hab ich doch selber ein Schriftstück in den Händen gehabt, unterzeichnet von dir und zwei anderen Damen, alle drei einander verpflichtet, gegen die Frau vorzugehen, die euch im Wege war …«

Er weiß von dem satanischen Pakt der drei Edeldamen gegen die

Montespan! Wenn er das preisgibt, ist Olympe verloren. Nein, das ist Françoise nicht wert, hat ihre Stunde doch ohnehin geschlagen. Sie lässt sich nicht anmerken, welchen Hieb er ihr da versetzt hat. Niemand im Saal merkt es.

Der Staatsanwalt fragt Lesage: »Wer ist die Person, auf die die Angeklagte eifersüchtig war? Wem wollte sie, Ihrer Meinung nach, etwas antun?«

La Reynie ist aufgestanden, sein Gesicht bebt vor Spannung.

Lesage lügt tapfer drauflos: »Ich war damals, wie ganz Paris, verliebt in – Mademoiselle Marguerite du Parc. Welche Frau war nicht eifersüchtig auf die Arme? Die Verabredung, die ich erwähnte, war in Wahrheit nicht mehr als ein Spiel mit bösen Gedanken. Jedenfalls erfreute sich Mademoiselle du Parc bester Stimmung und Gesundheit bis zu ihrem Ende – sieben oder acht Jahre später.«

Olympe hat verstanden. Sie lispelt: »Damals waren wir alle noch so jung, so kindisch …«

»Sie waren vierunddreißig, Madame«, sagte der Staatsanwalt trocken.

Da greift La Reynie ein: »Ich bezweifle, dass uns die wirkliche Person genannt wurde, die ihr damals, nach den Worten der Frau Angeklagten, den Zeugen abspenstig gemacht hat. Zeuge, bezog sich jene Äußerung nicht auf eine weit höher gestellte Person als die Schauspielerin Mademoiselle du Parc – nämlich auf Madame des Montespan?« Zum ersten Mal hörte man den Namen in diesem Raum!

Lesage überwindet seinen Schauder. Er murmelt, mit beinahe ehrfürchtigem Augenaufschlag; »Niemals, Messieurs, würde ich, ein Holzhändlersohn, meine Augen so hoch erhoben haben – zu einer Dame von altem Adel!«

Der Staatsanwalt begeht eine Gedankenlosigkeit: »Und die Frau Angeklagte, gehört sie nicht auch …« Er vollendet den Satz nicht. Olympe Mancini ist von Geburt nicht einmal Französin, geschweige denn adlig! Um seinen Schnitzer vergessen zu machen, fragt er rasch weiter: »Was weiß der Zeuge über die Todesursache des Gemahls der Frau Angeklagten, des Grafen de Soissons?«

Lesage weiß nichts darüber.

Olympe, wieder völlig gefasst, blickt noch hochfahrender als zuvor. »Die Ärzte bescheinigten, er starb an einem alten Herzübel.«

»Dieses Gutachten vertrüge sich durchaus mit dem folgenden Bericht, der uns zugegangen ist«, sagt der Staatsanwalt und liest aus den Akten vor: »Eines Nachmittags, als sich der Graf auf dem Wege der Genesung zu befinden schien, bestimmte seine Gemahlin ihn dazu, einen gewissen Magier oder Wahrsager vorzulassen, der sich erboten hatte, mithilfe eines Kindes zu prophezeien. Der Wahrsager ließ sich ein Gefäß mit klarem Wasser füllen und murmelte darüber einen Zauberspruch. Das Wasser trübte sich. Er sagte: ›Ich befehle dem Geist, auf dem Grunde des Wassers einen Tiger erscheinen zu lassen, wenn dem Herrn Grafen Gesundung beschieden ist – und ein weißes Pferd, wenn er bald sterben muss.‹ Nun wurde das Kind, ein fünfjähriges weiß gekleidetes Mädchen, hereingerufen. Es neigte sich über das Gefäß, blickte in das Wasser und rief: ›Seht doch – das hübsche weiße Pferdchen!‹«

Einer der Beisitzer unterbricht: »Ist der Herr Untersuchungsrichter der Meinung, diese Prophezeiung könnte den Grafen getötet haben?«

»Ich zweifle nicht daran«, antwortet La Reynie. »Keine Beschwörung böser Geister kann in unserem Organismus mehr Verheerung anrichten als die Furcht, die unserer Einbildung eingeimpft wird! Wie uns ehemalige Hausangestellte des Grafen bekunden, welkte er seit jenem Nachmittag dahin wie eine Pflanze in ausgedörrtem Erdreich.«

Die Gräfin tut gelangweilt. »Ich bestreite keineswegs, dass wir solche einfältigen Spiele trieben! Aber wenn die Herren diese Art harmloser Unterhaltung als Schwarze Magie bezeichnen, dann sollte zunächst einmal unser Sprachgebrauch berichtigt werden.«

La Reynie tritt dicht vor sie hin. »Hier handelt es sich nicht um Magie, was immer man darunter versteht! Mit der Verfolgung von Magiern und Hexen geben wir uns nicht ab, da das angebliche Einverständnis solcher Personen mit unsichtbaren Mächten immer nur eine innere Tatsache und also unbeweisbar ist. Aber niemand begehrt die Hilfe von Dämonen aus bloßer Neugierde oder aus Wissensdurst, dergleichen geschieht nur in Legenden oder Dichtung. In Wirklichkeit erhoffen sich die Klienten jener sogenannten Satansdiener sehr greifbare Ergebnisse; sie sind zum Verbrechen entschlossen, ohne sich der Untauglichkeit der von ihnen gewählten Mittel bewusst zu sein!« Er erhebt die Stimme: »Es ist Ihre Bereitschaft zum Verbrechen, Madame, die wir aus Ihrem Umgang mit Magiern und Hexen ersehen. Oder wollen Sie in Abrede stellen, dass Sie nach Geheimmitteln verlangten, um für sich selbst Liebe, für Ihre Nebenbuhlerinnen aber den Tod herbeizuführen? Bevor Sie zu wirklichem Gift übergingen – füllten Sie nicht Dutzende von Phiolen mit Ihrem eigenen Blut zu irgendwelchen magischen Zwecken? Bestanden Sie nicht immer wieder auf Ihrem Wunsch, den Teufel zu sehen und mit ihm Geschäfte abzuschließen?«

Aus ihren schwarzen Augen schießt die Flamme elementaren Hasses. »Ich sehe den Teufel in diesem Augenblick, er ist mordshässlich, trägt eine Richterrobe, hat den Arm in einer Schlinge!« Und mit einer raschen Wendung ruft sie zum Richtertisch empor: »Warum, Messieurs, machen Sie nicht ein Ende, ein Ende mit diesen unsinnigen Gerüchten, Paris wimmle von Giftmischern? Gäbe es eine solche Organisation, dann wäre es doch wohl ihr erster Streich gewesen, diesen Mann hier zu beseitigen! Dass er immer noch am Leben ist, beweist doch zur Genüge: In Paris ist kein Gift erhältlich!«

»Ich empfehle, die Vernehmung dieses Zeugen zu Ende zu bringen«, sagt La Reynie gelassen, »noch andere warten darauf, ihre Aussage zu machen.«

Während Lesage entlassen wird, betritt ein Offizier der Schweizergarden den Gerichtssaal. Er salutiert vor dem Vorsitzenden und überreicht ein versiegeltes Schreiben. »Von Seiner Majestät …«

Boucherat liest. Als er aufblickt, klingt seine Stimme, als würge ihn etwas im Hals. »Das Verfahren wird eingestellt. Die Sitzung ist geschlossen.«

Lesage, draußen im Dezembernebel, ist schweißgebadet. Um Haaresbreite vorbei am Galgen! Diese Person ist drauf und dran gewesen, Madame de Montespans satanistische Betätigung, unter Nennung von Lesage und Catherine als Gehilfen, dem Gericht zu schildern. Möglicherweise weiß sie sogar von der Schwarzen Messe! Ein Glück, dass er sie in Schach zu halten gewusst hat. Jener Satanspakt der drei Huldinnen zur Tötung der Marquise und Erlangung der Gunst des Königs hat sich als ein wahrhaft rettendes Dokument erwiesen!

Gut, dass er seinerzeit das wichtige Schriftstück der Filastre abgekauft hat. Jetzt liegt es, mit anderen Dokumenten in einer Leinenhülle versiegelt, wohlverwahrt im Schrank eines ehrbaren Notars, der Weisung hat, das Paket an niemanden herauszugeben als an Lesage oder seinen Bevollmächtigten. Natürlich hat der Notar nicht die geringste Ahnung, was für Sprengstoff er in Verwahrung genommen hat. Sprengstoff … Im Weitergehen erinnert sich Lesage: In jenem Paket befindet sich noch ein anderes, kaum weniger nützliches Schriftstück – jener an Dummheit und Verworfenheit gleich unüberbietbare Brief des Herzogs von Luxembourg an den Teufel, auf Lesages Geheiß geschrieben. Man könnte dieses Dokument benützen, um ein Gefängnistor aufzusprengen. Er denkt weiter: Man müsste sich Einlass in die Bastille verschaffen, noch bevor Vanens abermals zum Denunzianten werden kann. Hofft die Bestie noch auf Protektion seitens der Klienten Catherines und Lesages? Oder weiß er schon, dass Einfluss und Ansehen dieser Damen im Schwinden sind? Im letzteren Fall wird er sich selber retten wollen, indem er plaudert … Ich habe ohnehin mit ihm eine alte Rechnung glattzumachen!, entscheidet Lesage. Es ist Mannesarbeit – zur Abwechslung.

Als er sein Hotel betritt, wird ihm gemeldet, ein Fremder, offenbar ein Bauer oder Viehhändler aus dem Süden, habe nach ihm gefragt. Lesage kennt keine Bauern oder Viehhändler.

Eine Viertelstunde später klopft der Besucher an die Zimmertür; ein stämmiger, halb ländlich gekleideter Mann mit weißem Rundbart. Wie Lesage ihn einlässt, mustert ihn der Mann aus scharfen

Augen, lächelt dann über das ganze Gesicht. »Ich sehe, es hat seine Richtigkeit. Der Brief hätte ja auch ein Köder sein können, meinen Herrn in die Arme der Polizei zu führen.« Der Alte ist ein Verwalter, eigentlich mehr ein Freund, des Marquis de Montespan. Lesage möchte ein Dankgebet sprechen …

Als der Marquis selbst erscheint, erkennt ihn Lesage kaum wieder mit dem spanischen Spitzbart, dem tief gebräunten Gesicht, dem athletischen Körper. Sie betrachten einander stumm. »Ich hatte nicht daran gedacht, Herr Marquis – Ihnen ist ja bei Todesstrafe verboten, das Weichbild von Paris zu betreten – unverantwortlich von mir, Ihnen zu schreiben!« – »Ich musste ohnehin nach Paris kommen – wegen einer Erbschaftsregelung«, erwidert der Marquis. Lesage spürt sofort: Das ist nicht wahr, das sagt er nur, um mein Gewissen zu entlasten. Zum ersten Mal seit sehr langer Zeit fühlt sich Lesage als der moralisch Schwächere.

Es fällt den beiden Männern schwer … Lesage möchte, ohne Ausschmückung und kurz, Catherines Geschichte erzählen – aber doch auf eine Weise, die zu Herzen geht. Er weiß nicht, wie es anfangen.

Montespan merkt, wie die Dinge liegen – und dass dies nicht der Augenblick ist, über seine Gefühle mit sich selbst ins Reine zu kommen. Er spürt, er muss handeln, und zwar auf summarische Art. »Wo ist das Kind? Wie kann ich es zu sehen bekommen, bevor wir Catherine aufsuchen?«

»Das Kind«, sagt Lesage mit dem Anflug eines Lächelns, »das Kind ist über achtzehn und arbeitet bei den Ursulinerinnen. Ich empfehle, schicken Sie ihr mit einem Wagen Ihren weißbärtigen Freund, er soll Madeleine noch vor Abend ins Haus ihrer Mutter bringen – jetzt ist für jeden von uns jede Stunde kostbar …«

Um die gleiche Stunde, es hat eben Mittag geschlagen, steht Catherine in ihrem grauen Umhang mit der Kapuze fröstelnd vor Madame Filastres Haus in Saint-Germain. Seit Jahren hat Lesage sie davor gewarnt, dieser Frau jemals wieder zu begegnen. Ihr selbst ist die Erinnerung höchst unliebsam gewesen – die Erinnerung an ihren ersten

Besuch in diesem Haus an jenem verhängnisvollen Abend vor ihrer Hochzeit. Als eine recht unerwünschte Überraschung kam es ihr gestern, das Briefchen der Filastre mit der dringenden Aufforderung, sich heute bei ihr einzufinden. Was mag die Frau von ihr wollen? Vielleicht wäre es am gescheitesten, gar nicht einzutreten, noch jetzt umzukehren ... Sie blickt unentschlossen auf den Türklopfer, Messing, blitzblank geputzt.

Da öffnet sich die Haustür von innen. Madame Filastre steht auf der Schwelle. Sie muss über siebzig sein, ist unmäßig fett geworden, mit schwappenden Rundungen oberhalb und unterhalb der goldenen Kordel, die das verschlissene Gewand aus violettem Satin zusammenhält; der zinnoberrote Turban lässt schlohweiße Haarsträhnen frei. Die Augen sind schwarz und durchdringend wie vor zwanzig Jahren ... »Wusste, du würdest wiederkommen, Töchterchen«, murmelt sie. »Warnte dich damals, dich mit dem Geist einzulassen – hast trotzdem mit ihm gespielt – da gab's kein Zurück mehr, wie gescheit und wissend du seither auch geworden zu sein glaubst ...«

»Lassen Sie mich eintreten«, sagt Catherine ungeduldig, »bevor irgendein Spürhund auftaucht.«

Die Alte lugt in die Gegend. »Niemand zu sehen, Töchterchen. In dem nasskalten Nebel kriegt auch die Polizei den Schnupfen.«

Drinnen, im Verkaufsgewölbe, scheint nichts verändert. Es könnten die gleichen alten Gemälde sein; auch die Tonfiguren, tanzende Satyrn und Nymphen, nur leicht beschädigt. Doch – etwas ist anders. Hinter dem Verkaufstisch steht jemand auf, ein kränklich blasser, gedunsener Mann, mit riesiger Hakennase und etwas entzündeten Augen. Er dämpft die Stimme, aber sie ist wie das Kratzen eines Messers auf einem Zinnteller: »Ihr Besuch, Mademoiselle, ehrt und erfreut uns.«

Wo hat sie dieses hässliche Gesicht schon gesehen?

»Mein Mann«, präsentiert ihn die Filastre. »Früher handelte er mit orientalischen Teppichen, persischen Schals, Handschuhen. Du verstehst, Töchterchen, eine Frau kann nicht gar zu lange ohne Lebensgefährten sein – das Herz verlangt seine Rechte!« Sie kichert obszön.

Er grinst, zeigt schwärzliche Zahnstümpfe. »Meine liebe Frau ist oft unzart, aber in der Ehe gewöhnt man sich an alles.«

»Halt's Maul!«, sagt die Filastre. »Er heißt Bertrand.«

Catherine betrachtet ihn und denkt: Er möchte sie lieber heute als morgen erdrosseln, ist aber ein Feigling – und ein Verbrecher!

»Komm«, sagt die Alte, »nebenan sind noch zwei, die drauf brennen, dich kennenzulernen ...«

Sie gehen ins Hinterzimmer. Catherines Herz setzt aus, als sie sieht, wer da auf sie wartet: Marie Desoeillets – in Schwarz, damenhaft, mit dem distanzierten Kopfnicken einer Herzogin!

»Madame Dufour, unsere Auftraggeberin«, stellt die Filastre sie vor. »Hier, Madame, ist meine Freundin, die Sie hierhaben wollten.« Ein unauffälliges Zwinkern Maries gibt Catherine zu verstehen, dass keiner hier weiß, dass sie alte Bekannte sind.

Der jüngere Mann, mit ölig glattem Schwarzhaar und einem Gesicht wie aus Porzellan, nennt sich Matteo Romani. Sein Blick überprüft Catherine vom Scheitel bis zur Sohle, als dringe er durch die Kleider.

»Er war – Küchenchef in den Hauptstädten Europas«, erläutert die Filastre. »Wir haben ihn eigens aus Mailand herkommen lassen.«

»Basta!«, sagt der Spezialist. »Da wir jetzt alle miteinander bekannt sind, reden wir nur gleich vom Geschäft.«

Die Filastre nimmt aus dem Schrank eine Karaffe mit schwärzlichem Wein und fünf Becher.

Catherine steht wie vor den Kopf geschlagen.

»Haben Sie das Geld bei sich?«, fragt Bertrand unvermittelt Marie.

»Die Signora hat fünfzigtausend in bar mitgebracht«, sagt Romani.

Dazu erklärt Marie: »Den Rest bezahle ich später, wenn beide Teile des Auftrags mit Erfolg ausgeführt sind.«

Sie trinken Wein. Catherine hat verstanden: Den beiden Männern gegenüber gilt Marie als die alleinige Auftraggeberin, sie erteilt die Weisungen, gibt keinerlei Auskunft über Motive, leistet die

Zahlungen … Madame Dufour! In ihr steigt heißer Zorn auf. Françoise hat mir nicht vertraut, erniedrigt mich durch Zuteilung eines Parts in diesem Quintett! Ich weiß, ich sollte davonlaufen – aber ich muss bleiben, ich muss wissen, was dieses Gesindel vorhat!

»Fünfundzwanzigtausend für jeden von uns vieren«, sagt die Filastre. »Eine gerechte Verteilung – obgleich wir Weiber, wie gewöhnlich, die schwerste Arbeit zu leisten haben.«

»Dürft' ich wohl erfahren, was man von mir will?«, fragt Catherine beinahe schüchtern.

»Subito, Signora«, erwidert Romani. »Erst möcht' ich erfahren: Wer ersetzt mir die Reisekosten?«

»Wer ersetzt mir meine Ausgaben?«, krächzt Bertrand. »Hab' einen Haufen teures Zeug anschaffen müssen: Schals, Unterröcke, Hemdchen – nur damit das Fräulein in Versailles uns ein Paar Handschuhe abkauft!«

»Handschuhe hab' ich aus Italien mitgebracht, auch türkische Handschuhe, alle feinstes Leder, elegant verarbeitet – dazu das kostbare Parfüm, um sie verführerisch duften zu machen«, sagt Romani.

»Das Parfüm muss langsam wirken«, bemerkt Marie trocken. »Damit sie nicht gleich morgen tot umfällt, wenn ihr sie dazu bringt, von eurer Kollektion zu kaufen. Eine Woche später, das wäre mir recht, dann werden die Leute sagen: *Sein* Tod hat der armen Marie Angélique das Herzchen gebrochen.«

Catherine verbirgt ihr Entsetzen … Niemals hätte sie es Marie zugetraut – ein Vermögen muss Françoise ihr zugesagt haben!

Marie fährt eisig fort: »Über Ersatz eurer Auslagen werde ich mit mir reden lassen – später. Und ich gebe euch keinen Sou, bevor ich nicht mit eignen Augen eure Vorbereitungen für die Hauptaktion sehe!«

Bertrand, mit sehr verdrossenem Gesicht, steht auf, schiebt einen Teil des schwarzen Wandbehangs zur Seite. Dahinter öffnet er einen großen, in die Wand eingelassenen Schrank, dessen Fächer vollgestopft sind mit Dutzenden alter Scharteken, Ballen mottenzerfressenen Tuchs, mit beschädigten Töpfen und Pfannen. Leise fluchend, nimmt er das Gerümpel samt den Querbrettern heraus wirft alles auf den Fußboden. Dann tritt er in den Schrank hinein, bewegt ächzend die auf Rädchen ruhende eichene Rückwand zur Seite; in die meterdicke Hausmauer ist ein Miniaturlaboratorium eingelassen mit kleinem Schmelzofen und Reihen von Tiegeln, Retorten und Gläsern. »Jedes Mal, wenn sie arbeitet«, seufzt Bertrand, »muss ich mich damit plagen ...« Er wendet sich, singt wehmütig ein Liedchen vor sich hin:

»Juliette, wie süß war der Maientag,
Juliette, da dein Herz an meinem lag ...«

Der Hausierer! Jetzt erkennt ihn Catherine. Der Straßenhändler, der sich an sie heranzumachen versuchte, damals an dem schrecklichen Nachmittag, als sie zu Marguerite du Parc geeilt ist – an dem Tag, da sie sich wider ihren Willen mit Verbrechen befleckt sah, mit Verbrechen ... Dieses Mal aber, sie schwört es sich, wird es zu keinem Verbrechen kommen!

Die Filastre und Romani haben Lederhandschuhe angezogen und sind im Begriff, die Gesichter mit Glasmasken zu schützen, als Marie die Frage stellt: »Ist dieser alte Schäfer da in Rouen – Galet oder wie er heißt – wirklich vertrauenswürdig?«

Dumme Frage zu diesem Zeitpunkt!, denkt Catherine.

Die Filastre antwortet barsch: »Sie fragen das zum hundertsten Mal, Madame! Galet ist ein Genie – so hat die Natur ihn gemacht. Während euer Vanens und die anderen Wichtigtuer nur Stümper sind!«

Romani sekundiert ihr: »*Per Bacco, Signora* – Sie zweifeln, ob Galets Rezepte gut sind! Also gehen Sie – ich pfeife auf das Geschäft!«

Marie lenkt ein: »Ich vertraue euch ja!«

»Gut«, sagt die Filastre, »aber dann ersparen Sie sich und uns das Gefrage, sonst müssen wir noch denken, Sie wissen nicht recht, was Sie wollen!«

Romani hat im Schmelzofen Feuer gemacht. Die Filastre tritt jetzt zu ihm. Sie kochen eine Flüssigkeit in einer Retorte, erhitzen ein farbloses Pulver über der Flamme.

»Keiner hier ist ein Anfänger«, sagt Bertrand mit verschleimter Stimme, »ich bin kein gewöhnlicher Handelsmann …«

Ich bin kein gewöhnlicher Hausierer … Ihr ist, als höre sie ihn wie damals auf der Straße. – Ich lebe von meinen Augen und Ohren – ich bin *Ihr* Mann, meine Ansprüche sind bescheiden … In der Erinnerung sieht sie die offne Schachtel mit Bändern und billigem Spitzenzeug auf seinen Bauch herabbaumeln. Sie denkt blitzhaft: Ist dieser Bertrand ein Polizeispitzel, der hier so lange den Komplizen spielt, bis er den Moment gekommen glaubt, sie alle auszuliefern – umso besser, dann gelangt der Mordplan niemals bis zum eigentlichen Versuch, und Françoise ist außer Gefahr! Wie aber, wenn er doch ein richtiger Komplize ist? In diesem Fall wird sie ihre ganze Geisteskraft benötigen, um ihn und die andern einschließlich Marie zu übertölpeln …

Bertrand winkt Marie und Catherine zu sich an den Tisch. »Dies hier ist eine Bittschrift an Seine Majestät, von mir selber geschrieben. Ein Freund von mir, Kammerdiener bei einem Herrn am Hofe, hat Inhalt und Form geprüft und in Ordnung gefunden.«

Catherine und Marie lesen die Bittschrift. Darin bittet jemand, der mit dem Namen Marthe Duclos unterzeichnet hat, um die Freisetzung eines jungen Mannes namens Claude Martin, der unrechtmäßig auf dem Landgut eines adligen Herrn in der Pikardie wegen einer Mietsschuld gefangen gehalten wird.

Wieder ist Bertrands heiserer Ton wie ein Messer, das auf einem Zinnteller kratzt. »Am Montag fahren Sie nach Versailles; es ist einer der Tage, an denen der König Bittsteller empfängt. Er sitzt in der großen Bankethalle im Erdgeschoss des Palastes, umgeben von Schweizergarden und Beamten, die den Verkehr ordnen. Frauenzimmer, besonders so hübsche wie Sie, werden außerhalb der Reihe vorgelassen. Ein Bekannter von mir wird es so einrichten, dass Sie nicht lange warten müssen. Sie überreichen dem König die Bittschrift in einem luftdicht versiegelten Umschlag. Er wird den Umschlag aufreißen, das zusammengefaltete Blatt Papier herausnehmen. Während er es studiert, verschwinden Sie. Zwei Stunden später wird der Erste Kammerherr eine betrübte Welt in Kenntnis setzen vom plötzlichen Ableben des Allerchristlichsten Königs … Der Luft ausgesetzt, verflüchtigt sich die Chemikalie im Nu, das Papier der Bittschrift wird vollkommen unverdächtig.«

Die Filastre, vor dem Gesicht noch die Glasmaske, kommt und nimmt ihm die Petition aus der Hand. Dann beginnt sie im Labor das Blatt mit der farblosen Mixtur zu behandeln.

Maries Augen haften lange auf Catherines Gesicht. »Wenn Sie Bedenken haben, meine Liebe, so können Sie jetzt noch Nein sagen.«

»Was fällt Ihnen ein, Madame«, versetzt Catherine mit gespielter Derbheit, »kann ich es mir leisten, fünfundzwanzigtausend zum Schornstein hinausfliegen zu lassen?«

Bertrand pflanzt sich breitbeinig vor Catherine auf, mustert sie mit dem durchdringendsten Blick, den seine entzündeten Augen aufbringen. »Als anständige Menschen sind wir verpflichtet, Sie darauf hinzuweisen, dass auf Königsmord, auch auf den bloßen Versuch, die schlimmsten Strafen stehen, die Frankreich kennt!«

Madame Filastre kommt wieder an den Tisch, jetzt ohne Maske, in der Hand einen länglichen Umschlag aus besonders starkem Papier, und wirft Bertrand einen vernichtenden Blick zu. »Warum hat deine liebe Mutter mich nicht um Rat gefragt, als du noch nicht größer warst als mein Daumen? In einem Kristallfläschchen, konserviert in Sonnenblumenöl, wärest du heute noch ein nützlicher Talisman.«

Catherine steht auf. »Also Montagvormittag … Wie ist es, werdet ihr alle mich begleiten?«

»Einer ist genug«, sagt Romani. »Bertrand wird Sie rechtzeitig von zu Hause abholen und Ihnen die Bittschrift mitbringen.«

»Sie nehmen die Bittschrift gleich jetzt mit sich, Mademoiselle«, befiehlt Marie. »Die beiden Männer könnten ja, wenn sie nicht geschickt sind, schon morgen in Versailles in Schwierigkeiten geraten …«

Eine Flut italienischer Flüche. Abergläubische Gesten, um das Schicksal zu bannen. Dann beruhigt man sich wieder.

»Nicht den Umschlag aufmachen«, warnt die Filastre. »Könntest tot umfallen, Töchterchen – und wir hätten uns ganz umsonst die viele Mühe gemacht.«

Während Marie jetzt wortlos das Geld verteilt – auch Catherine bekommt ihren Anteil –, äußert Bertrand: »Meine Frau hat Sie neulich auf der Straße gesehen, Sie waren mit Ihrer Tochter …«

»Ein feines Mädchen«, nickt die Filastre. »Wuchs, Teint, Gang – zum Entzücken!«

»Im Falle, dass unsere Rechnung nicht aufgeht«, sagt Bertrand, »ich meine nur, ich habe verschiedene Leute schon aufmerksam gemacht – es würde ihnen ein Vergnügen sein, sich Ihrer Tochter anzunehmen …«

Sie spürt die kaum versteckte Drohung, sieht die harten Gesichter … »Vielen Dank auch, Monsieur!«, entgegnet Catherine, hüllt sich in ihren Umhang und schlüpft aus dem Haus.

Es regnet. Die Straße ist leer. Niemand folgt ihr. – Setzen wir den Fall, alles gehe aus, wie das Gesindel es sich vorstellt: Die Fontanges und der König kommen um. Was dann? Hat damit die Welt aufgehört? Philipp, Herzog von Orléans, wird Regent. Er, gegen den schon Henriettes Tod böse Gerüchte aufgebracht hat, wird sein Möglichstes tun müssen, um sich nicht nachsagen zu lassen, er sei schuldig am Tod seines Bruders. In wenigen Tagen wird La Reynie heraushaben, wer am Komplott beteiligt war – und wer es angezettelt und finanziert hat. Nicht eine einzige Woche lang würde Françoise das Gefühl der gelungenen Rache genießen können! Das Attentat, die beiden Attentate, hat sie mit großem Scharfsinn organisiert – doch völlig außer Betracht gelassen, was hinterher unvermeidlich geschehen muss. Aber wer handelt so: scheinbar vernünftig und geschickt bis zu einem gewissen Punkt – ohne jegliche Berechnung dessen, was unmittelbar folgt? So handeln – Irrsinnige!

Während sie durch den Regen eilt, stählt sich Catherines Mut. Der Gegner ist erkannt, gegen den sie zu kämpfen hat. Ihr gesunder Verstand – gegen den Irrsinn der Freundin. Betrachtungen über die Verwerflichkeit von Françoises Vorhaben wären jetzt fehl am Ort. Eine Irrsinnige ist nicht zu kritisieren, sie muss geschützt werden!

Wer »Madame Dufour« ist, das wissen weder Bertrand noch Romani. Sollten sie in Versailles abgefasst werden, so erwüchse daraus der Marquise kaum Gefahr. Die Filastre? Die wird schweigen, wie sie ihr Leben lang geschwiegen hat. Die Liste ihrer Missetaten ist denn doch zu lang, als dass sie vom Verrat noch Rettung erhoffen könnte. Marie? Sicher steht für sie ein Vermögen auf dem Spiel; überdies wird sie, wenn sie einigermaßen bei Verstand ist, wohl nächste Woche schon außer Landes sein … Ein kurzes Bedauern regt sich in Catherine, dass sie nichts zu tun vermag, um Marie Angélique zu warnen. Möge der jungen Person ihr guter Geist verwehren, den beiden Verbrechern etwas abzukaufen …

Der König! Wenn sie jetzt sofort zu La Reynie hinaufginge, ihm das Komplott enthüllte, wie lange würde die Polizei brauchen, um Maries Identität zu ermitteln – und damit zugleich die wahre Anstifterin? Nein, das ist nicht der Weg, Françoise zu retten!

Sie wird die übernommene Rolle weiterspielen – ohne Benutzung der fürchterlichen Waffe, die sie da im versiegelten Umschlag bei sich trägt. Nein, sie wird dem König kein Gift reichen, sondern irgendeine harmlose, bedeutungslose Bittschrift. Hinterher muss es ihr gelingen, Françoise zu heilen. Werden die Verbrecher sich damit abfinden? Kaum. Sie werden sich an ihr rächen, auf die tückischste Art.

Ein Schreck durchzuckt sie. Madeleine! Ihr Kind in den Händen dieser Bestien – das mag die Vergeltung sein, die jene sich vorbehalten, falls Catherine nicht erfüllt, was sie zugesagt hat. Also muss Madeleine aus Paris verschwinden, sofort …

Sie rechnet sich aus: Noch zwei Nächte und ein ganzer Sonntag vor dem Montagmorgen, da Bertrand sie abholen kommt … Bertrand – ist er nun ein Spitzel oder ein wirklicher Komplize? Einerlei, er wird sich um seinen Lohn betrogen sehen! Er muss, in jeder Beziehung, Catherine unterschätzt haben.

In blitzender Klarheit stürmen alle diese Gedanken über sie dahin. Wie ein winziges, vom Sturm verblasenes Wölkchen erscheint und vergeht die Erkenntnis: Sie selbst, Catherine Monvoisin, ist mit ihrem Leben zu Ende, wie immer ihre Berechnungen sich auswirken.

In ihrem Haus in der Rue Beauregard angekommen, ruft sie den alten Martin und Margot in ihr Arbeitszimmer. Sie stehe im Begriff zu verreisen, erklärt sie beiden, und zwar auf unbestimmte Zeit. Sie zahlt ihnen für ein ganzes Jahr den Lohn aus, macht ihnen Kutsche und Pferde zum gemeinsamen Geschenk. Sie trägt ihnen auf, sofort, noch in dieser Stunde, Paris zu verlassen – die Wirtschaft von Martins Schwester in der Nähe von Bourbon l'Archambault mag fürs Erste ein geeigneter Aufenthaltsort sein. Keine Fragen, bitte! Plötzlich setzt sie hinzu: »Vielleicht geht es doch so mit meinen Plänen aus, dass ich demnächst zu meiner Erholung dorthin komme!«

Margot und Martin küssen ihr die Hände, gehorchen. Als sie den Wagen davonrollen hört, ist sie erleichtert; diese treuen Seelen sind jetzt außer Gefahr, ihnen wird man keine Aussagen abpressen.

Sie macht ein Holzfeuer im Kamin. Dann sucht und findet sie im Schreibtisch einen Umschlag, der dem Umschlag der Bittschrift gleicht. Sorgfältig kopiert sie die Aufschrift, alle Floskeln und Schnörkel. »An Seine Allergnädigste Majestät, Louis den Großen, unsern Allerchristlichsten König …« Als sie fertig ist, schiebt sie zwei sauber gefaltete Bogen weißes Papier in den Umschlag und versiegelt ihn. Sie überzeugt sich: Zum Verwechseln gleicht er dem Umschlag, den Marie ihr eingehändigt hat. Jetzt stößt sie das Fenster auf, wirft das Original ins Feuer, tritt rasch möglichst weit zur Seite. Die Flamme zuckt, züngelt auf, wird gelb, dann grün, dann blau. Catherine verhält den Atem. Regen schlägt durchs Fenster. Die Flamme sinkt wieder zusammen. Ist ein Geruch spürbar? Nein. Ein Windstoß, Asche wirbelt aufwärts durch den Kamin. Vorbei! Sie kann das Fenster schließen.

An die verschlossene Tür wird geklopft. »Mutter, ich bin hier.«

Sie verbirgt die Kopie der Bittschrift im Schreibtisch, öffnet. »Wie wusstest du, dass ich mit dir sprechen muss, Kind?«

Madeleine ist verwundert. Nichts anderes hat sie geglaubt, als dass der freundliche Mann mit dem weißen Rundbart, der sie abholen kam, von Catherine beauftragt war. Jetzt sitzt er drunten in dem kräftigen Reisewagen, darin sind Madeleines sämtliche Habseligkeiten verstaut. Die Ursulinerinnen haben recht verdutzt dreingeschaut!

Es dauert nicht lange, bis sich für beide das Rätsel löst.

Lesage kommt als Erster ins Zimmer. Er kriegt den Mund nicht auf!, denkt Catherine. Seit wann kennt Adam Verlegenheit? Endlich murmelt er: »Miserables Wetter. Wird lange anhalten. Sehr ungesundes Klima in Paris. Aber in den Pyrenäen, sagt man mir, wehe ein frischer, belebender Wind ... Kurz und gut, hier ist ein Herr, der will euch behilflich sein, aus purer Herzensgüte ...«

Catherine reißt die Tür auf. Da steht er wartend im halbdunklen Korridor. Schwarz gekleidet, schmucklos, das Gesicht ernst und still.

»Sie sind es! – Bitte kommen Sie herein!«

Er tritt ins Zimmer. Catherine sieht, wie sein Blick sogleich zwischen ihr und Madeleine hin und her geht – sie denkt sich, sie ist die Verkörperung des Bildes, das er sich vielleicht alle diese Jahre von mir aufbewahrt hat! Aber nein, ich träume ja, dies ist nicht wirklich.

Jetzt verneigt er sich gegen Catherine und spricht mit mühsam beherrschter Stimme: »Schon längst hätte ich diesen Besuch machen müssen, aber es geschahen so viele Dinge – in Ihrem Leben und in meinem ...«

Catherine sagt, immer noch wie im Traum: »Ich hätte nicht gedacht, dass Sie mich noch erkennen würden, nach so langer Zeit. Aber auch Sie haben sich sehr verändert ...«

Madeleine kraust die Stirn. Wer ist dieser Mann, was will er? Warum sagt keiner geradeheraus, was diese seltsame Zusammenkunft bezweckt?

Lesage nimmt das Wort: »Der Herr Marquis hat mich gefragt, ob ihr beide sein Angebot in Betracht ziehen möchtet, auf seinen Besitz in den Pyrenäen zu kommen. Er braucht jemanden, der dem Haushalt vorsteht. Auch gibt es in der Gemeinde erzieherische Arbeit zu tun.«

Der Marquis, etwas beklommen, fügt hinzu: »Ich würde mich glücklich schätzen ... Sollten Sie aber, aus irgendeinem Grunde, England vorziehen, so wäre mir auch das willkommen, da meine Geldinteressen drüben einiger Aufsicht bedürfen ... Sie brauchen nur Ja zu sagen, dann können Sie heute noch reisen, mein Wagen und mein Mann sind zu Ihrer Verfügung, und ich habe genügend bares Geld bei mir.«

Catherine blickt auf Lesage. Ohne zu wissen, was sich heute im Hause der Filastre zugetragen hat, drängt er auf meine Abreise – einen unheimlich sicheren Instinkt hat er entwickelt, einen wahren Fraueninstinkt in allem, was mich betrifft. Aber ich käme nicht mehr aus dem Lande heraus, sicher beobachtet mich die Polizei schon seit Wochen. Auch kann ich nicht einfach Reißaus nehmen – und Françoise ihrem Schicksal überlassen! Sie fühlt: Auch ohne Worte von ihr spürt Lesage die Welle von Dankbarkeit in ihrem Herzen. Sie wendet sich zu dem andern Mann, indem sie ihn voll anblickt. »Wahrlich, ich hätte es mir nicht träumen lassen – und ich danke Ihnen, danke recht von Herzen. Aber ich muss hierbleiben in Paris. Meine Gründe dafür sind wohlerwogen; nur geht es nicht an, sie mit Ihnen jetzt durchzusprechen … Für Madeleine bestehen diese Gründe nicht – ich will, dass sie die Einladung annimmt.«

Unerwartet spricht Madeleine mit aufbegehrendem Trotz: »Warum besteht man darauf, mich wie ein Kind zu behandeln? Ich bin eine Frau von achtzehn! Und ich weiß, um was es hier geht. Weiß, dass meine Mutter gefährdet ist, weil sie Okkultistin ist, eine Hellseherin, eine Hexe, wenn man will … Ich habe nichts dagegen, nicht das Geringste! Die Menschen sind dumm und gemein, jeder hat das Recht, sich das auf seine Weise zunutze zu machen.« Eine kräftige Ohrfeige von Catherines Hand. Madeleine taumelt gegen die Wand, keucht, stammelt: »Ich hasse dich!«

Da wird die Tür aufgerissen. Herein stolpert Antoine Monvoisin, krebsrot im Gesicht, die Hände fahren umher. »Nehmt eine Pistole! Nehmt ein Schießgewehr! Jagt mir doch eine Kugel in den Kopf!«

Verdammt!, erinnert sich Lesage. Ich ließ ihm auf Catherines Wunsch bestellen, er möchte herkommen, wir wollten ihm Geld zur Abreise geben. Muss der Lümmel gerade jetzt auftauchen?

Antoine jammert Lesage und Catherine an, als seien die andern gar nicht da: »Immer schon hab' ich gewusst, ihr wollt mich loswerden! Warum macht ihr's so langsam, so teuflisch?« Die Stimme bricht ihm unter Schluchzen. Sie sehen, er ist schwer betrunken. »Im Garten habt ihr ein Hammelherz vergraben, darüber eine satanische Formel gesagt! Wie das Hammelherz, so verwest mein eignes Herz in mir. Es ist zu fühlen, ist zu riechen. Diese Qual! Seid doch menschlich, grabt das Herz wieder aus der Erde – bitte, tut es doch!« Er fällt auf die Knie, ringt flehend die Hände.

Wie schmutzig sind diese Hände, denkt Madeleine, seit Tagen hat er sich wieder nicht gewaschen!

Lesage hilft ihm auf. »Also komm, wir gehen in den Garten und erledigen diese Sache!«

Catherine hat aus dem Schreibtisch ein Päckchen Geldscheine genommen und Lesage zugesteckt, während der Betrunkene den Marquis anstiert. »Monsieur, wer Sie auch sein mögen – lassen Sie sich von mir sagen: Wahrscheinlich kann sie nichts dafür, aber sie ist schrecklich, ich wusste es schon, als ich fünfzehn war ...« Lesage nimmt ihn beim Arm, sie gehen die Treppe hinunter.

Catherine schließt die Tür. Madeleine schluchzt fassungslos, nur ein einziges Wort presst sich dazwischen: »Vater ...!«

Catherines Blick fragt den Marquis eine eindringliche stumme Frage, die er versteht. Ja, sprechen seine Augen, es ist an der Zeit.

»Beruhige dich, Madeleine«, sagt Catherine, »du bist erwachsen, da hast du ein Recht, es zu wissen: Monsieur Monvoisin ist nicht dein Vater. Er ist niemand, um den du dir Gedanken zu machen brauchst – niemand!«

Madeleines Tränen versiegen. In ihrer Stimme ist ein schwacher Klang von Hoffnung. »Nicht mein Vater ...?«

Und jetzt fasst Catherine den härtesten Entschluss ihres Lebens. Sie tut es in der klaren Erkenntnis: Hier ist der einzige sichere Weg, ihr Kind von einer tragischen Erbschaft zu befreien; das Gelingen würde nicht zu teuer bezahlt sein mit dem Verzicht auf das letzte Vorrecht der Mutterschaft – das Recht als Mutter fortzuleben in der Erinnerung der Tochter! »Er ist nicht dein Vater«, sagt sie, »und höre auch dies, Madeleine: Ich bin nicht deine Mutter.«

Der Marquis versteht, in Bewunderung und Erschütterung.

Das Mädchen wird totenblass. »Nicht – nicht meine Mutter? Aber …«

Jetzt ist Catherines Stimme vollends fest, beinahe kühl: »Deine Mutter hieß Gabrielle Fleury, sie war eine Waise. Wir waren Jugendfreundinnen. Sie starb bei deiner Geburt. Sie – war mit deinem Vater nicht verheiratet.«

»Ich – glaub' dir nicht! Warum solltet ihr euch für meine Eltern ausgegeben haben?«

»Weil man uns dafür bezahlt hat«, sagt Catherine und zwingt ihre Stimme zu einer Härte, von der sie selbst nicht gewusst hat, sie könnte sie aufbringen. »Auch haben wir uns mit dir ja nicht allzu viel Mühe gegeben, wie?«

»Wer hat euch bezahlt?«, fragt das Mädchen.

Der Marquis merkt, jetzt ist es an ihm, zu handeln. Zu handeln wie ein Mann! Er tritt vor: »Ich bin dein Vater, Madeleine.«

Catherine holt tief Atem: »Das ist die Wahrheit, ich schwör's beim Heiligen Geist!«

Er nimmt Madeleine in die Arme, da ihr eine Ohnmacht droht. Über ihren Scheitel hinweg sucht sein Blick Catherines Augen, während aus seinem Herzen Worte sich losringen, scheinbar an das Mädchen gerichtet: »Kannst du mir jemals vergeben – Liebste?«

Lesage ist zurückgekommen. »Wir werden Monsieur Monvoisin wohl nicht wiedersehen. Das Geld wird für ihn ausreichen, sich sechs Monate lang zu betrinken. Ein Weinbauer hat ihn auf seinem Fuhrwerk, er fährt in die Champagne,«

Er sieht Madeleine in den Armen ihres Vaters. Catherine klärt ihn auf: »Wir haben ihr gestanden, dass Antoine nicht ihr Vater ist – ich nicht ihre Mutter bin …«

Madeleine flüstert, einen Schauer in der Stimme, das Gesicht zu dem Marquis erhoben: »Wer Sie auch sein mögen, bringen Sie mich von hier weg! Bringen Sie mich weg – ich hasse diese Leute …«

Er legt seinen Arm schützend um sie. Wie er sie hinausgeleitet, wendet er sich nochmals zu Catherine, unfähig, mehr zu sagen als nur: »Wir sehen uns wieder. Ich – bleibe noch in Paris.«

Catherine hört sie die Treppe hinuntergehen, hört die Haustür ins Schloss fallen …

»Er hätte gern noch mehr gesagt«, äußert Lesage, »zum Beispiel, dass er dich niemals vergessen hat – dein Bild in seinen Träumen immer lebendiger geworden ist, besonders seit er im Geiste Françoise begrub, und noch eine Menge empfindsamen Unsinn, wie ein Mann ihn sich in der Bergeinsamkeit zusammenfantasiert. Madeleine sendet er heute noch mit seinem getreuen Sancho Pansa voraus, dem wackeren Alten mit dem weißen Rundbart.«

»Ich flehe dich an, sei still!«

Er ist nicht verletzt. Sie hat recht!, denkt er. Alles, was zu sagen war, ist gesagt worden. Er glaubt nicht an ein Weiterleben im Jenseits – *ein* Leben, meint er, ist gerade genug. Schon vor Tagen wollte er Catherine vorschlagen, gemeinsam, auf schmerzlose Weise, ein Ende zu machen. Aber dann hat er es ihr doch nicht gesagt; sie würde es verweigert haben als Christin, die zu sein sie niemals aufgehört hat. Er streckt ihr die Hand hin: »Leb wohl, Catherine.«

Sie versteht ihn von Herz zu Herz – und gibt vor, ihn nicht zu verstehen. »Was meinst du damit – ›leb wohl‹?«

Er gibt keine Antwort mehr. Seine Augen trinken ihr Bild, füllen sein Herz mit allem, was Catherine ist und sein wird bis zu seinem letzten Atemzug, mit der opalnen Tönung ihrer Haut, den unergründlichen grauen Augen, dem dunkel schimmernden Haar, schon ergrauend an den Schläfen. Er wendet sich kurz, eilt die Treppe hinunter, verschwindet in der schon abendlichen Straße.

Das Leben ist vorüber!, denkt sie. Es hätte anders sein können. Nun – jetzt bin ich frei, frei wie ein einsamer Stern zwischen den Nebeln des Äthers …

Das Leben ist noch nicht vorüber, sagt sich Adam, als er im Ausschreiten Villeneuve hinter sich lässt. Ich hab' noch was zu erledigen. Kann es ihr vielleicht auch nicht mehr nützen, wenigstens soll es mir die Befriedigung geben, eine reißende Bestie zur Strecke gebracht zu haben!

Es ist kälter geworden. Der Regen hat aufgehört. Es schneit jetzt.

Der Schnee fällt immer dichter. In der Luft wird ein Hauch spürbar wie reinerer Atem …

Lesage ist gegangen!, denkt Catherine. Madeleine und ihr Vater sind fort, fort für immer. Françoise darf nicht mit mir gesehen werden. Wen gibt es, bei dem ich heute Abend Gesellschaft finde? Denn ich kann nicht allein sein in dem leeren Haus. Heute Nacht – Sonntag – Sonntagnacht; noch eine Ewigkeit, bis die Stunde schlägt! Sie blickt aus dem Dunkel des Zimmers hinaus, auf die sanfte Schneedecke, die weich herabsinkenden Flocken.

Weiß sie niemanden? Niemanden, der ihrer bedarf? Doch, seit Tagen hat jemand um ihren Besuch gebeten. Warum nicht? Maître André Guillaume ist die rechte Gesellschaft für mich – an meinem letzten »freien Samstagabend …«

Das Bett, geräumig wie ein Zelt, steht in der Mitte des Raums; auf allen vier Seiten hängen schwere Samtvorhänge, purpurrot mit Silberstickerei. Dicke Kerzen aus rotem Wachs brennen. Ein Kaminfeuer wärmt.

Auf dem Bett liegt Maître André Guillaume, der Nachrichter von Paris. Seine Stirn ist schweißbedeckt, das Gesicht von Zuckungen verzerrt, die hageren Hände krampfen sich ineinander. Catherine löst Körnchen eines schwärzlichen Pulvers in einem Glas mit Wasser. »Sie haben kein organisches Leiden, übernommen haben Sie sich, und dagegen rebellieren Ihre Nerven. Hier, trinken Sie.«

Er trinkt gehorsam. Bisher hat er sie nur in Gesellschaft getroffen. In ihrer Beziehung hat das persönliche Element gefehlt. Gleichwohl hat er sich zu ihr stärker hingezogen gefühlt als jemals zu einem weiblichen Wesen, ausgenommen seine junge Braut, die er vor zwanzig Jahren durch den Kunstfehler eines Arztes verlor.

»Sprechen Sie von Ihrem Leben!«, fordert sie ihn auf. »Von dem vergangenen wie dem gegenwärtigen – rückhaltlos. Ohne die Worte zu wägen – grad wie es Ihnen durch den Sinn fährt.«

Nach einem langen Schweigen beginnt er zu reden: »Bis zum letzten Tag hatte sie ihre Unschuld beschworen. Ihr Geständnis war das

Werk ihres Beichtvaters, des ehrwürdigen Abbé Pirot. Er überzeugte sie. Jedes Verbrechen, noch das abscheulichste, kann durch Gottes Gnade vergeben werden. Für mich wurde es eine harte Prüfung – ich hoffe, ich habe sie bestanden ...«

Catherine verhält den Atem, sie weiß: Er spricht von der Marquise de Brinvilliers.

Die Worte sind ihm erst mühsam gekommen. Bald fließen sie frei. »Ich stand mit dem Rücken zu ihnen, er saß neben ihr auf dem Holzbänkchen des Karrens. Ich hörte ihn zu ihr sprechen, den ganzen Weg vom Gefängnistor bis zum Grèveplatz. Sie fragte: ›Wie aber werde ich wissen, ob ich in der Hölle bin oder im Fegefeuer?‹ Der Abbé antwortete: ›Gott wird Sie das wissen lassen.‹ Sie trug das weiße Hemd aus grobem Leinen; ihre Füße waren nackt; in der rechten Hand hielt sie das Kruzifix, in der linken die Sünderkerze, mit der sie vor dem Tor von Notre-Dame niederknien und Buße tun musste.« Er stockt. Erst nach einer Weile spricht er weiter: »In den Straßen drängten sich die Leute. Neugierige lehnten aus allen Fenstern wie beim Einzug des Königs. Verwünschungen und Flüche hörte ich, aber auch fromme Gebete für die Rettung ihrer Seele. Der Karren kam nur langsam vorwärts. Ich wurde schon unruhig; auf den Fensterscheiben, den Dachfirsten, den Pflastersteinen sah ich den Widerschein der späten Sonne – und droben, zwischen den Türmen von Notre-Dame wurden die goldenen Wölkchen immer bleicher. Kaum mehr als eine halbe Stunde, und es würde dämmern – und in der Dämmerung kann ich es nicht tun!«

Sie wischt ihm sanft den Schweiß von der Stirn. »Sprechen Sie weiter.«

»Als wir endlich auf dem Grèveplatz hielten, beugte ich mich zu ihr: ›Madame, darf ich Sie bitten, Ihre würdige Haltung auch weiter zu bewahren – auf nichts und niemanden zu hören als auf Pater Pirols Zuspruch.‹ Sie nickte ruhig. Ich half ihr vom Karren herab. Sie bat den Priester, im Augenblick des Endes das De profundis zu beten. Er erstieg mit ihr das Schafott. Ich hörte, wie sie zu ihm sagte: ›Lieber wäre es mir, ich würde verbrannt, damit mein Sühneopfer größer wäre – nur weiß ich nicht, ob mir der Mut nicht versagen würde.‹«

Catherine bringt kaum ein Flüstern hervor: »Weiter, bitte.«

»Auf dem Schafott hatte ich ihr das Haar zu kürzen, im Nacken und an den Schläfen. Manchen Zuschauern schien es zu lange zu dauern, sie murrten. Sie wussten ja nicht, dass ich während des Haarabschneidens die Sehnen und Muskeln ihres Halses abtastete ... Ich glaube, die Hände ihrer Zofe können nicht geschickter und leichter gewesen sein als meine. Ich konnte mich keiner Hast schuldig machen – und doch erzitterte ich beim Anblick des Abendnebels, der schon aus der Seine heraufzukriechen begann. Ich machte ihr den Kragen des Hemdes auf, entblößte die Schultern, band ihre schmalen Hände, die sie mir entgegenstreckte, als wollte ich ihr Schmuck anlegen. Abbé Pirot stimmte ein Salve an, und die vordersten Zuschauer fielen ein – ich bemerkte unter ihnen Madame de Soissons, die Marschallin d'Albret, Madame de Sévigné ...«

»Sie wollten sich's nicht nehmen lassen!«, ruft Catherine, leicht zuckend.

»Endlich – endlich war der Abbé bereit, ihr Absolution zu erteilen. Sie kniete – und sagte: ›Sie versprachen, mir noch auf dem Schafott eine weitere Buße aufzuerlegen wegen der Verstocktheit, die ich während des letzten Verhörs meinen Richtern gezeigt habe!‹ Da gab er ihr auf, ein Ave zu sagen und ein *Sancta est Maria mater gratiae*. Hiernach erteilte er ihr Absolution. Er sprach die heiligen Worte in ziemlicher Eile, da er merkte, wie es spät geworden war. Ich sah in dem schwindenden Licht ihr Gesicht sich verändern, beinahe heiter und hoffnungsvoll werden ...«

Catherine erträgt es kaum noch ... »Kommen Sie zum Schluss, bitte!«

»Die Dämmerung war da. Mir brach der Angstschweiß aus allen Poren, die Hände zitterten mir. Zum Glück sah sie nicht, wie ich das Schwert aus seiner Hülle nahm – schien sich gar nicht mehr bewusst, dass ich da war. Ich wartete, bis sie zu Ende gebetet hatte, und machte dem Abbé ein Zeichen, zur Seite zu treten, aber immer weiter zu ihr zu sprechen. Und dann schlug ich zu. Die Klinge schnitt gerade durch den Hals – so leicht, dass der Kopf für einen Moment auf dem Rumpf ruhen blieb. Mir setzte das Herz aus – würde ich noch einen zweiten Streich zu führen haben? Da – hörte ich einen dumpfen Laut, der Kopf war gefallen …« Er sinkt erschöpft in die Kissen. »Ich hätte nicht mehr die Kraft gehabt, einer Fliege zu wehren. Neben dem Schafott war ein Scheiterhaufen errichtet, darauf wurde ihr Körper verbrannt. Die Asche zerflog in der Luft von Paris, die vorher kaum reiner gewesen war. Einigen Leuten gelang es, verkohlte Stückchen aus den Flammen zu holen; sie bargen sie wie Reliquien, wähnten sie doch, um den Kopf der Marquise im letzten Augenblick einen Heiligenschein gesehen zu haben!«

Catherine bricht den Bann; ihre Stimme ist sehr behutsam: »Das Zwielicht erzeugt Sinnestäuschungen. Glauben auch Sie, jenen Heiligenschein gesehen zu haben?«

Er denkt nach, schweigt.

»Hat diese Frau jemals einem Wesen Gutes getan?«

»Ich hörte nichts dergleichen. Ich habe, wie immer, Messen für sie lesen lassen. Nach dem Ausspruch eines Richters war ihr schlimmstes Verbrechen der Selbstmordversuch nach ihrer Verhaftung.«

»Wollte Gott, sie hätte ihr schlimmstes Verbrechen als ihr erstes verübt und mit Erfolg; viele unschuldige Menschen wären noch am Leben. Aber ich spüre, mein Freund, da ist noch etwas, was Ihr Gemüt beschwert …«

Wieder wird sein Gesicht fahl und zuckt. Er stammelt: »Mich martert die Ungewissheit, ob Gott mein Amt gutheißt oder verdammt!«

Sie findet die erlösende Antwort: »Es ist nicht Gottes Sache. Solange es unter den Menschen Verbrechen und Todesurteile gibt, wird jemand dieses Amtes zu walten haben. Kein besserer Mann könnte dafür gefunden werden als einer, dem es Gram und Marter bedeutet.« Die roten Kerzen sind am Niederbrennen. Sie legt ihm die Hand auf die Stirn wie einem fiebernden Kind. »Und jetzt löschen wir alle Gedanken aus.« Er liegt still, die Hände gefaltet, die dunklen Augen blicken ruhiger. Sie greift nach der geflochtenen Schnur, um die Bettvorhänge fallen zu lassen und ihn für die Dauer der Nacht von der Welt abzuschließen. »Schlafen Sie in Frieden!«, sagt sie – und fragt sich, wie sie selber wohl die noch verbleibenden Stunden in der Finsternis zubringen wird.

Sein Gesicht kehrt sich zu ihr. »Bitte nicht fortgehen!«, flüstert er. Plötzlich bricht aus seinen Augen jähe Angst. Urangst. Angst vor dem Alleinsein. Und aus dem Grauen flackert Verlangen auf – nach ihrer Wärme, ihrer Umarmung. Es kündet sich in seinen Augen. Seine Hände regen sich nicht. Sein Mund ist stumm.

Sie löst ihren Gürtel. Geht, im verflackernden Schein der Kerzen, aus ihrem Kleid, ihrer Wäsche nackt und rein hervor. Aus seinen Augen grüßt sie ein innerer Glanz, wie sie ihn noch nie im Gesicht eines Mannes gewahrt hat. Ja. Sie legt sich zu ihm. Mit einem Zug an der Kordel schließt sie die Vorhänge rings um das Bett.

Dunkelheit. Dunkelheit … Und Wärme … Und Abgeschlossenheit von der Welt. Reglos liegt sie neben ihm. Wie im Mutterschoß!, muss sie denken. Kein Laut. Nur ihren Herzschlag hören sie, das Pulsieren des Blutes; ruhig – ruhig und gleichmäßig. Wie das gemeinsame Pulsieren in Zwillingen Monate vor der Geburt …

Dunkel, Einssein, Erlösung. Gütige Nacht!

Und dann, aus dem Ewigen aufsteigend, in beiden: der Lebenstrieb. Unmerklich ergreift er Besitz, jetzt ein sanfter Herrscher, und waltet über ihre Regungen. Die Lippen, die Glieder blühen zueinander. Ihre Körper verschmilzt es, in der einen großen Erfüllung des Lebens – dem Mysterium, in dem die Qual der Vereinzelung überwunden wird.

Sie spüren Seligkeit, lachen aus der Urtiefe ihres Geschöpflichen, liebkosen einander, halten einander umschlungen. Vergangen sind ihnen die Worte – vergangen das Denken.

Bevor der Schlummer sie überkommt, vermag Catherine – in dem purpurnen Nebel, der Gemüt und Sinne umwogt –, vermag sie gerade noch dies zu empfinden: Jetzt erst, zum ersten Male, hat sich ihr der Ursinn, der göttliche Sinn des Geschlechts enthüllt. Ein Gnadengeschenk ist ihr die Nacht.

Die Nacht ist traurig und tränenreich in Versailles. Gegen Abend ist Marie Angélique, Herzogin de Fontanges, verschieden, an einer Lungenentzündung, verschlimmert durch eine Fehlgeburt. Angesichts des Unvermögens der Ärzte, den rapiden Kräfteverfall aufzuhalten, hat sie den König an ihr Bett holen lassen, ihn innig umarmt, in ihren letzten Momenten zwischen ihm und Gott nicht mehr unterscheidend, zumal sie ja niemals gewusst hat, wem von beiden sie in heißerer Liebe anhing. Der König hat bitterlich geweint.

Der König hat bitterlich geweint, denkt Madame de Montespan, und ihr Hass findet neue Nahrung. Er weinte um Louise de la Vallière, weinte um Henriette, weinte auch um mich – Königstränen, die das erste sonnige Lächeln eines neuen Gesichtchens zum Trocknen bringt! Er wird um niemand mehr weinen! – Sie weiß: Verschwendet waren die umständlichen Vorbereitungen zur Vergiftung Marie Angéliques. Hat die Natur selbst Françoise an der jungen Nebenbuhlerin gerächt – oder war es der »Geist«, der sich noch in letzter Stunde seiner Verpflichtungen wieder besonnen hat? Vielleicht ist es am besten, sagt sie sich, ich habe mit dieser Sache überhaupt nichts zu tun. Ein unerzogenes, triviales junges Ding – sie war es wohl doch nicht wert, dass ihretwegen eine Mortemart Ränke schmiedete! Der König – das ist etwas anderes, er ist meiner Rache würdig, wenn nicht als Person, so doch um seines Ranges willen!

Die Nacht ist geräuschvoll, stumpf und garstig in den Gemächern des Trianonpalais. Madame de Montespan hält, wie jetzt so oft, Gäste am Spieltisch versammelt.

»Sie ist nicht nur über die Maßen verschwenderisch, sie ist nachgerade eine der hemmungslosesten Spielerinnen geworden«, erklärt der Dichter Jean de Lafontaine dem venezianischen Gesandten, den er hier einführt.

»Man kommt und geht jetzt ohne Zeremonie.« Die Flügeltüren zum Spielsalon sind weit offen. Von der Schwelle her erspäht der Venezianer das Gesicht, es gemahnt ihn an eine tragische Maske, modelliert von einem Meister der Antike. »Warum spielt sie Bassette mit solcher Besessenheit? Sucht sie gewaltsame Ablenkung von ihrer Eifersucht, von den hundert Qualen täglicher Demütigung?«

»*Quanto va?*«, schrillt vom Spieltisch her Françoises Ruf.

»*Quanto va!*«, wiederholt der Dichter. »Es ist schon eine Art Spitzname für sie; *Quanto va* hat wieder eine Million erspielt, *Quanto va* hat den König wieder brüskiert.«

Quanto va – wie hoch der Einsatz? Die Spieler schwatzen, niemals eine Pause. Der Herzog von Orléans streift scheinbar ziellos umher, sitzt bald bei dieser Gruppe, bald bei jener.

»Er nimmt, ebenso heimlich wie boshaft, seine Rache an solchen, die vormals die infamen Gerüchte über sein eheliches Leben verbreiten halfen«, flüstert der Dichter dem Gesandten zu. »Sehen Sie, wie er die Spieler beobachtet, bevor er an ihrem Spiel teilnimmt. Nichts entgeht ihm, nichts lenkt ihn ab, nie verwirft er eine Karte, seine Aufmerksamkeit übertrumpft jeden Zufall. Er verlockt die andern zum Schwatzen, und sobald er aus ihrer Unvorsichtigkeit errät, was jeder in der Hand hat, setzt er sich an ihren Tisch, spielt, gewinnt immer.«

»Wie viele Piques in Ihrer Hand?«

»Ich habe vier.«

»Ich fünf.«

Der Venezianer schnuppert. »Brennt hier etwas?«

»Nur jene fürchterlichen spanischen Zigarren. Unsere Schönen, denen vor nichts mehr graust, kaufen sie von Urlaubern aus unserer Armee in den Niederlanden.«

Durch die Brandung des allgemeinen Geschwätzes heult eine Männerstimme auf: »*Sacré nom d'un chien!* Madame, ich lasse mich auf keine weiteren Dummheiten ein! Sie haben Ihre Million zurückgewonnen – ich gebe die Bank ab.«

»Er heißt Bonyn«, erläutert Lafontaine, »hat wegen Unterschlagung von Staatsgeldern im Gefängnis gesessen, ist hier ein gern gesehener Gast, der sich's leisten kann, Millionen zu verspielen.«

Françoises Stimme: »Sie behalten die Bank, Monsieur! Ich gehe nicht eher schlafen, bis ich nicht alles zurückgewonnen habe, was ich Ihnen vom letzten Donnerstag schulde!«

Jemand schreit, die Stimme überschlägt sich: »Keine Müdigkeit vorschützen! Tausend Louisdors – kein geringerer Einsatz ist zugelassen!«

Der Venezianer gibt seinem Staunen Ausdruck: »Man möchte glauben, alle diese Herrschaften hätten die Staatskasse hinter sich!«

Der martialische Marschall d'Albret, jetzt beleibt und vom Asthma geplagt, beteiligt sich am Gespräch: »Wenn es einem nur nicht so schwerfiele, sich an den allgemeinen Verfall der Etikette zu gewöhnen. Im königlichen Palast beobachtete ich gestern am Spieltisch Frauenzimmer ohne jeglichen Rang, möglicherweise ehemalige Kammermädchen, als Partnerinnen von Prinzessinnen! Wohin gerät Frankreich, wenn es gar keine Rolle mehr spielt, wer eine volle Börse hat?«

Lafontaine sagt mit verhülltem Sarkasmus: »Seine Majestät bewies, wie immer, staatsmännische Weisheit, die Leute aller Schichten zum Kartenspiel anzuhalten, verhindert es doch einen jeden am Denken – also auch an subversiven Gedanken!«

Der Marquis kratzt sich den Kopf. »Sie sollten sich anhören, Monsieur, was die Jesuiten dazu meinen. Dieser Pater Bourdaloue nimmt kein Blatt vor den Mund. Das Spiel, so sagt er, bewirke den Zerfall kultivierter Geselligkeit, das Aufhören des Familienlebens, Versäumnis von Pflichten, Schwindel und Schurkerei …«

»Nicht so unbeteiligt herumstehen, Messieurs!« Eine brüchige Stimme trifft die drei Männer zugleich mit dem Atem einer Frau, die schwer getrunken hat. Es ist die Herzogin von Lusignan, ehemals in der Leute Mund wegen ihrer galanten Feste unterm Vollmond in den Wäldern um Paris. »Wir haben es nicht gern, wenn man uns beobachtet wie seltsame Tiere. Wir sind keine Tiere. Wir sind schon viel weniger. Warum? Ich sag's Euch: Weil Tiere sich paaren, dabei kämpfen, und beides gewährt ihnen Wonne. Wir aber, Messieurs, wir sind Gespenster! Wir wissen nicht mehr, was es heißt, verliebt zu sein, zu tanzen, geistreich zu konversieren! Kommen welche von uns zusammen, gleich setzt man sich nieder am Spieltisch! Das Spiel ist unsere einzige Leidenschaft, unser einziges Gewerbe – das Gewerbe von Gespenstern!«

»Sie übertreiben, Madame«, stottert der dicke Marschall. »Die Spielwut folgt aus der allgemeinen Gewinnsucht, die sich unser aller bemächtigt hat.«

Sie schlägt ihn mit dem Fächer. »Wie naiv ein Marschall von Frankreich doch sein kann! Gewinnsucht? Ach nein, mein Freund. Was uns die Karten in die Hand drückt, ist das Gefühl unserer Leere, unserer geheimen Verzweiflung, unseres fortschreitenden Schwachsinns!«

Sie entfernt sich auf unsicheren Füßen, der Marschall schließt sich ihr an, während er noch rasch den andern zuflüstert: »Die Arme – sie hat heute Nacht Unsummen verloren, darum unkt sie!«

Lafontaine fühlt Verlegenheit vor dem Venezianer. Endlich sagt er: »Die Leute sind allesamt so völlig humorlos geworden, dass man schon wieder über sie lachen kann.«

Von drüben trompetet Françoises Stimme: »*Quanto va?* Siebenhunderttausend? Mehr schulde ich Ihnen nicht? Gut, ich verdopple den Einsatz: anderthalb Millionen – hier auf diese drei Karten!«

Eine Männerstimme flucht, krachend schlägt eine Faust auf den Tisch, hartes Gelächter.

»Sie weiß nicht mehr, was sie treibt«, äußert Lafontaine ohne sonderliche Anteilnahme. »Oft gewinnt sie Summen in Höhe einer Million Livres – und schilt, wenn die Partner aufbrechen und sich nicht wieder sehen lassen.«

»Es heißt, sie verschwendet, was sie gewinnt, auf die großzügigste Weise«, sagt der höfliche Venezianer. »Durch ihre schönen Hände rinnt Geld wie Wasser.«

»Ihre Großzügigkeit wird ihr leicht gemacht, Monsieur; alles, was sie verliert, lässt sie sich vom König oder von Colbert sogleich ersetzen.«

Madame de Montespan spielt jetzt gegen den Herzog von Orléans. Durch die Fenstervorhänge stiehlt sich das fahle Licht des Wintermorgens. Die Gäste werden nüchtern. Die Besessenheit geht aus den Gesichtern. Viele schleichen sich fort, ohne sich von der Herrin des Hauses zu verabschieden. Sie gewahrt es kaum. Sie verliert fast alles, was sie vorher dem unglücklichen Bankier abgewonnen hat.

Es ist kurz vor acht Uhr morgens, als sich der Herzog von Orléans erhebt. »Hiergeblieben!«, tobt Françoise. »Erst nehmen Sie mir ab, was ich in Wochen zusammengebracht habe – und jetzt wollen Sie sich davonmachen!«

Er lächelt kühl: »Zu meinem Leidwesen, gnädigste Sultanin, muss ich mich den Anordnungen des einzigen Wesens fügen, das noch über Ihnen steht; ich habe beim Lever meines allergnädigsten Bruders zugegen zu sein.« Er verneigt sich mit spöttischer Grandezza. Und geht.

Alle sind gegangen.

Sie ist allein, lehnt am Fenster, starrt in den feuchtkalten Morgen. Ein öder grauer Tag bricht an.

Jemand ist hereingekommen. Ein wuchtiger Schritt. Ein Berg kernigen Fleisches. Dieser, das ist zu spüren, hat die Nacht nicht am Kartentisch verbracht, sondern im Ehebett, nach einem gesunden Abend mit seiner Familie. Was will der hier, so früh am Morgen?

»Nur gut, Madame, dass ich Sie nicht aus dem Schlaf wecken muss«, spricht der Marquis de Louvois. »Bitte mir zu glauben: Ihre Person gilt mir mehr als ein Dutzend politischer Vorteile, wahrscheinlich bin ich der älteste und beharrlichste Ihrer Verehrer ...«

»Dabei muss ich jetzt aussehen wie die Hexe von Endor! Umso rührender finde ich Ihr Bekenntnis! Kommen Sie so früh hierher, um mir Artigkeiten zu sagen?«

Er blickt sehr ernst. »Madame, La Reynie hat mich ersucht, Ihre Kammerfrau, Marie Desoeillets, verhaften und polizeilich verhören zu lassen.«

»Guter Gott! Hat Marie gestohlen – oder eine Unterschrift gefälscht?«

Madame spielt ihre Rolle über Erwarten geläufig!, denkt er. »Dies ist eine ernste Angelegenheit, Madame. Marie ist belastet durch ihren Umgang mit einer Frau namens Catherine Monvoisin. Sagt Ihnen dieser Name etwas?«

Sie tut, als denke sie angestrengt nach ... »Ich weiß nicht – mir ist, als hätte ich von ihr schon gehört ...«

Er unterbricht sie mit schroffer Gradheit: »Sie müssen sich irren, Madame. Niemals haben Sie den Namen gehört! Auch Ihre Marie darf die Person nie gekannt haben! Niemals, hören Sie, niemals gab es in Ihrem Leben eine Catherine Monvoisin!«

Sie fühlt, wie sie, trotz ihrer mühsam bewahrten Haltung, an allen Gliedern zu zittern beginnt. »Wollen Sie mir freundlichst mitteilen, Lieber, was sich heute Nacht ereignet hat?«

»Heute Nacht? Nichts Besonderes, soweit ich weiß. Aber heute Morgen, nach der Frühmesse in Notre-Dame de Villeneuve, wurde Catherine Monvoisin beim Verlassen der Kirche verhaftet, wegen Teilnahme an einem Komplott gegen das Leben des Königs … Sie müssen sofort verreisen, Madame!«

Vierzehntes Kapitel

Exorzismus

Acht gigantische Arme mit geballten Fäusten in gewaltiger Drohung gegen Aufruhr, Verbrechen, Tollheit: die Türme der Bastille. Das graue Gemäuer, das sie untereinander verbindet, scheint bestehen zu sollen bis zum Jüngsten Tag.

Winterlicher Nebel liegt über Paris. Gegen acht Uhr morgens hält die geschlossene Equipage des Kriegsministers gegenüber der Zugbrücke. Der Adjutant betritt das Häuschen der Wache. »Der Herr Gouverneur der Bastille möchte herauskommen.«

Als sich der alte Offizier meldet, erteilt ihm Louvois durchs Wagenfenster seine Befehle. »Mein Besuch, Herr Major, ist streng geheim zu halten, insbesondere auch gegenüber der Polizei. Es geht um die Sicherheit des Landes. Treffen Sie Vorkehrungen, dass mich niemand eintreten noch weggehen sieht. Ich werde zwei Ihrer Häftlinge vernehmen. In Ihrem Arbeitszimmer. Ich will keinen Schreiber, auch keinen Wachtposten vor der Tür.« Er reicht ihm einen Zettel. »Dies sind die Namen. Ich habe nur wenig Zeit.«

Der Gouverneur eilt über die Zugbrücke zurück. Etwas später folgt der Minister, den Mantelkragen hochgeschlagen, den breitkrempigen Hut tief in die Stirn gedrückt.

Das Dienstzimmer des Gouverneurs liegt im zweiten Stock des Turmes, der seltsamerweise den Namen »Turm der Freiheit« trägt; wie es heißt, wegen der besonderen Vorrechte der in ihm untergebrachten Häftlinge: Duellanten, adelige Schuldenmacher und andere Personen der oberen Klassen, die wegen nichtkrimineller Handlungen eingesperrt sind. Diese Gefangenen dürfen sich tagsüber in allen Teilen der Bastille frei bewegen, im Hof Ball spielen, Besuch von draußen empfangen, sich alles beschaffen, was die Haft erleichtert.

Der erste der beiden Häftlinge, die Louvois zu sehen verlangt hat, wird hereingeführt: François Henri de Montmorency, Herzog von Luxembourg, Marschall von Frankreich. Der baumlange Mann mit dem Pferdegesicht hat seinem königlichen Oberherrn die unbeweglich ernste Miene sowie das würdevolle Schweigen abgeguckt. Beides hat ihm seit Jahren dazu verholfen, die Welt darüber zu täuschen, dass er über die Maßen geistesarm und stumpfsinnig ist.

Louvois versucht dem Herzog auseinanderzusetzen, er könne ein Verfahren vor der Chambre ardente ablehnen, da ihm das Recht zustehe, von Angehörigen des Hochadels abgeurteilt zu werden.

Der Herzog gibt keine Antwort, sondern schweigt würdevoll.

»Wissen Sie denn überhaupt, weshalb man Sie eingesperrt hat?«

»Wohl weil ich eine Schlacht verloren habe«, sagt der Marschall.

Louvois öffnet das mitgebrachte Aktenstück. »Dann gestatten Sie mir, Ihnen aus dem Bericht vorzulesen, den der Kriminalbeamte Froment am Abend vor Ihrer Verhaftung erstattet hat: *Im Schankzimmer des Grünen Schwans beobachtete ich ein Individuum namens Adam Lesage, welches sich vor den Gästen mit der folgenden Erzählung brüstete …*«

»Monsieur Lesage ist durchaus kein Individuum«, protestiert das Pferdegesicht, »er ist ein erfahrener Zauberer und Geisterbeschwörer.«

Louvois brummt etwas Unverständliches, dann liest er weiter vor: *»Lesage sagte: ›Ich erklärte dem Herrn Herzog, er habe nichts weiter zu tun, als seine sämtlichen Anliegen an den Teufel auf einen Bogen Papier niederzuschreiben. Wir saßen im zweiten Stock des Grünen Schwans in einem reservierten Zimmer; es war Herbst, ein Holzfeuer brannte. Während der Herzog am Schreiben war, ging ich hinunter und traf meine paar Vorbereitungen. Als ich zurückkam, hatte er bereits beide Seiten eines großen Blattes mit seiner Handschrift bedeckt. Nein, ich darf es nicht lesen, sagte ich, falten Sie es jetzt hübsch zusammen, stecken Sie es in diesen Briefumschlag, schließen Sie ihn. Und jetzt machen Sie ein Bällchen daraus und kneten es in Wachs – gelbes Wachs muss es sein, ich habe vorsorglich welches mitgebracht. So – und jetzt geben Sie mir* *das Bällchen … – Ein Wachsbällchen derselben Größe lässt sich leicht im Ärmel versteckt halten. In das meinige hatte ich Papier geknetet, das mit einer Salpeterlösung getränkt war. Während ich seine Kugel mit dem Brief heimlich in meiner Tasche verschwinden ließ, warf ich die andere ins Feuer und deklamierte dazu eine babylonische Formel …‹«*

»Davon kann gar keine Rede sein«, unterbricht der Herzog, »es war eine ägyptische!«

»Ich wüsste den Unterschied kaum«, raunzt Louvois. »Hören Sie zu Ende, was Lesage erzählte: *›Wie die Wachskugel im Feuer schmolz, brannte das salpetergetränkte Papier mit einer lauten Explosion. Bumm, sagte ich, jetzt hat Satan Ihren Brief erhalten – und sollte er sich entschließen, Ihre Wünsche zu erfüllen, dann wird er mir binnen drei Tagen Ihren Brief zurückgeben. So lange, Herr Herzog, müssen Sie sich gedulden … Zu Hause löste ich den Brief aus dem Wachsbällchen heraus und studierte, was der edle Herzog da geschrieben hatte.‹«*

Der Herzog ist nicht imstande, dies alles aufzunehmen. »Wie kann denn der Zauberer es gelesen haben, während doch Satan den Brief in den Händen hatte?«

Louvois sieht grimmig aus. »Vielleicht, wenn Sie hören, was Lesage als Ihre Wünsche bezeichnet hat – vielleicht können Sie mir dann sagen: Er hat gelogen! – *Erster Wunsch: Satan möge schleunigst die Frau Herzogin zu sich nehmen. Zweiter Wunsch: Baldiges Ableben des Herrn Marschalls d'Albret, damit Sie seine pikante Gattin heiraten können. Dritter Wunsch: Ein Schlagfluß für Turenne, damit Sie das Oberkommando der französischen Armeen übertragen bekommen. Vierter Wunsch …«* Hier zögert Louvois etwas und blickt mit dem Ausdruck ernstlichen Vorwurfs auf sein Gegenüber. *»Vierter Wunsch: Vermählung Ihres Sohnes mit der Tochter des Kriegsministers Louvois, damit dieser den militärischen Ehrgeiz des Bittstellers unterstützen muss …«*

»Mein Sohn, ein tüchtiger Offizier und gescheiter Kopf, steht seinem Vater in nichts nach«, rechtfertigt sich das Pferdegesicht.

Louvois blickt nochmals in die Akten. »Sechstens und siebentens sind nur noch Bagatellen … Bitten um den Tod einer früheren Geliebten, damit Sie ihr keine Rente mehr zu zahlen brauchen, und des

Gouverneurs von Lothringen, damit Sie sein Nachfolger werden.« Er klappt das Aktenstück zu. »Und jetzt, Herr Herzog, erwarte ich von Ihnen die bündige Erklärung: Lesage ist ein unverschämter Lügner, er hat sich das alles ausgedacht; der angebliche Originalbrief, den er Ihnen zurückgebracht haben will, nachdem er die genaue Abschrift einem Notar zur Aufbewahrung gab – dieser Brief war eine freche Fälschung!«

»Fälschung? Zum Glück ist das völlig ausgeschlossen!«, ruft der Herzog. »Als Lesage mir den Brief wiederbrachte, nachdem Satan ihn bewilligt hatte, ließ ich zwei Schreibsachverständige prüfen, ob das auch wirklich meine Handschrift war. Es war meine Handschrift! Und vielleicht können Sie mir erklären, was mir an der Sache unbegreiflich bleibt: Warum ließ Satan mir den Brief wieder zugehen, wenn doch alle noch am Leben sind, die ich weghaben wollte?«

Louvois versagt sich weitere Bemerkungen. »Hiernach bleibt mir nichts übrig, als Sie der Gnade Seiner Majestät zu empfehlen. Inzwischen lassen Sie sich mit niemandem auf ein Gespräch ein und halten Sie sich in Ihrem Zimmer auf.« Als der Herzog wieder draußen ist, entscheidet Louvois: »Wenn seine Inhaftierung bekannt wird, können wir mit einiger Berechtigung behaupten, er sei, wenigstens vorübergehend, verrückt geworden und in der Bastille gut untergebracht.«

Aber nicht nur wegen dieses Schwachsinnigen ist Louvois hergekommen. Es gilt, einem schlimmeren Skandal zuvorzukommen – einem, dessen Ausbruch an Gewicht und Umfang alle bisherigen übertreffen und die Grundlagen des Regimes erschüttern müsste!

Vor drei Tagen hat er mit La Reynie eine äußerst peinliche Unterredung gehabt – kurz nach der Verhaftung von Catherine Monvoisin, Honorine Filastre, Matteo Romani, Bertrand und Guibourg. Haussuchung bei der Filastre und in der Rue Beauregard hatte dort ein komplettes Laboratorium nebst Materialien zur Herstellung fürchterlicher Gifte zutage gefördert, hier einen Briefumschlag, adressiert an Seine Majestät den König. Eine stundenlange Zusammenkunft der Monvoisin und des Romani mit der Filastre und Bertrand war beobachtet worden. Ein weiterer Polizeibericht hatte besagt, dass Marie Desoeillets, die Kammerfrau der Madame de Montespan, mit den vorgenannten Personen in Verkehr stand. Auch war sie mit dem Abbé Guibourg ehemals gesehen worden, wiewohl dessen Verhaftung durch andere, nicht weniger ungeheuerlich klingende Bezichtigungen veranlasst worden war. In der Unterredung mit Louvois hat der Polizeipräfekt darauf bestanden, dass auch Marie Desoeillets verhaftet werde, nämlich als Mitverschworene der Giftmischer, und zwar ohne jegliche Rücksicht darauf, ob weitere Personen durch eine Überführung Maries in die Angelegenheit verwickelt werden könnten. Louvois hat sich hartnäckig widersetzt: »Dazu biete ich meine Hand nicht. Ihre Verbrecherbande könnte sich gar nichts Besseres wünschen, als sich die Marquise de Montespan beigesellt zu sehen – weil das ja Seine Majestät eventuell dazu veranlassen könnte, die ganze gräuliche Affäre totschweigen zu lassen! Allenfalls wäre ich selber bereit, diese Marie Desoeillets in meinem Arbeitskabinett zu vernehmen.« Nach seiner Vernehmung Maries, hinter verschlossenen Türen, hat Louvois den Polizeichef beschieden: »Kein Anlass zu irgendwelchen Schritten. Von dem Gesindel, das Sie da festsetzen ließen, kennt Mademoiselle Desoeillets niemanden, nicht einmal die Namen.«

La Reynie hat sich damit nicht abfertigen lassen. »Wenn das Ihre Entscheidung ist, Herr Minister, muss ich zum Mindesten verlangen, dass die Desoeillets mit den Gefangenen in der Bastille konfrontiert wird. Diese Leute, davon bin ich überzeugt, werden sie beim ersten Blick erkennen, wiewohl sie sich bei ihnen unter falschem Namen eingeführt haben mag.«

Dieses Ersuchen hat der Minister nicht abschlagen können. Also wird die Desoeillets übermorgen, Freitag, in die Bastille eingelassen und den Verhafteten gegenübergestellt werden. Die Monvoisin, das weiß Louvois, wird nicht dabei sein, da sie nicht hier, sondern im Gefängnis in Vincennes sitzt. Vonseiten dieser Frau, das hat sich bereits gezeigt, steht weder für die Polizei noch für die Regierung irgendeine verwertbare Äußerung zu erhoffen. Sofern sie sich nicht in völlige Verschwiegenheit hüllt, beantwortet sie Fragen nur mit Gemeinplätzen oder unter Bezugnahme auf Verstorbene. Lebende Bekannte scheint sie überhaupt nicht zu haben außer ihrem Ehemann und ihrem Kutscher, die beide unauffindbar sind. Nein, mit der Monvoisin ist vorläufig nicht zu rechnen. Louvois rechnet mit Lesage. Der Mann wird hereingebracht. »Wissen Sie, wer ich bin?«, fragt der Minister.

Adam verneigt sich tief. »Nur Blinde könnten diese Frage verneinen!«

Louvois mustert ihn. Wie ein Galgenvogel sieht dieser Bursche nicht aus! Jovial blickt er ihn an. »Ihre gotteslästerlichen Kunststücke gehen mich nichts an. Ich bin kein Justizbeamter. Ich will lediglich wissen, was Sie veranlasst hat, den Herzog von Luxembourg öffentlich in Verruf zu bringen?«

»Patriotismus, Herr Minister.« Lesage sieht völlig ernst aus. Louvois bekämpft einen Schluckreiz. »Zwar bin ich kein Militär«, erklärt Lesage, »trotzdem glaube ich von ganzem Herzen an die Erhabenheit des Regimes unseres glorreichen Königs. Da verwundet es meine Seele, seine herrliche Armee unfähiger Führung ausgeliefert zu sehen. Andererseits verstand ich zur Genüge: Für die offiziellen Berater Seiner Majestät ist es nicht gut möglich, einen so hochgestellten Herrn wie den Marschall von Luxembourg der Unfähigkeit zu zeihen. So nahm ich es auf mich, ihn der Welt zu zeigen, wie er wirklich ist. Sollte mein Unternehmen zu einer alsbaldigen Beendigung seiner militärischen Laufbahn führen, dann wäre dieser Erfolg mit meinem Leben nicht zu teuer bezahlt.«

Mit diesem Mann lässt sich trotz der Undurchdringlichkeit seiner Absichten was anfangen, sieht Louvois. Er schlägt seinen gemütlichen Ton an: »Jetzt hören Sie mal gut zu, Lesage. In das Räderwerk der Justiz kann und will ich meine Finger nicht stecken. Trotzdem glaube ich, Ihnen Ihr Leben verbürgen zu können, wenn nämlich Ihr Patriotismus ernst gemeint ist. Sind Sie bereit, mir dafür einen Beweis zu liefern?«

In Adams hagerem Gesicht zuckt kein Muskel. »Vermag ein Mensch zu beweisen, wie er denkt oder fühlt? Der Irrtum, dass man das vermöge, hat ehemals zu Verfolgungen wegen Hexerei oder Schwarzer Magie geführt, bis die Weisheit unseres erhabenen Monarchen dem ein Ende gesetzt hat.«

Louvois winkt ab. »Das fällt nicht in mein Ressort. Ich frage Sie: Kennen Sie eine Frau namens Marie Desoeillets?«

Adam beginnt zu verstehen, worauf der Minister hinauswill. »Leider habe ich niemals den Namen gehört.«

Louvois zückt sein Notizbuch, entnimmt daraus die Namen der andern. »Glauben Sie, dass Madame Filastre oder Matteo Romani oder Jacques Bertrand oder der Abbé Guibourg diese Marie Desoeillets kennen, wenn sie ihr gegenübergestellt werden?«

Ist diese Frage eine Falle? Ist sie nur absurd? Schnell begreift Lesage, was Louvois von ihm will: nicht eine Meinungsäußerung, sondern eine Verpflichtung – die Verpflichtung, dafür zu sorgen, dass jene anderen keine Erklärungen abgeben, die dem Minister unerwünscht sind. Aber Lesage will ganz sichergehen. »Herr Minister! Verhaftete sind bereit zu jeder Lüge, jeder Verleumdung, jeder Erzählung von Märchen, wenn sie sich davon eine Verbesserung ihrer Lage versprechen. Die von Ihnen erwähnten Personen mögen erklären, diese Mademoiselle – Verzeihung, mir ist der Name nicht haften geblieben – habe mit ihnen Umgang gehabt, wenn sie annehmen, eine solche Erklärung werde höheren Orts erwartet!«

Louvois sieht, dieser Bursche besteht darauf, dass der Minister sich festlege. Also in Gottes Namen denn: »Sie können den Leuten die Versicherung geben, dass sie sich ganz und gar nicht damit nützen würden, die Desoeillets zu kennen. Im Gegenteil: Sie niemals gesehen zu haben, das könnte sie vor dem Galgen retten.« Und nach einem Augenblick fügt er hinzu: »Betrachten Sie das als ein Versprechen von mir!«

Adam senkt den Kopf zum Zeichen, dass er begreift.

Plötzlich fragt Louvois: »Glauben Sie, dass Catherine Monvoisin mit der Desoeillets in Verbindung gestanden hat?«

Adam wundert sich, dass er doch wieder Herzklopfen bekommt. Er versucht blitzschnell zu denken: Wenn keinerlei Verbindung zwischen Catherine und Marie oder Françoise nachgewiesen werden kann, ist sie wenigstens sicher vor der Entdeckung ihrer schlimmsten Vergehen, dem König Liebestränke und Pulver eingegeben zu haben und den fürchterlichen Guibourg mit der Marquise in Verbindung gebracht zu haben. Andrerseits aber: Sollte Catherine leichtsinnig genug gewesen sein, sich in Schwierigkeiten anderer Art zu verfangen, dann könnte es doch vielleicht für sie nützlich sein, wenn Madame de Montespan, ohne nähere Angaben, als ihre Protektorin namhaft gemacht würde. Wie aber, wenn Catherine – wer kennt sich denn genügend in ihr aus! – entschlossen ist, unter allen Umständen die Marquise zu decken, lieber ihr Leben preiszugeben als die Freundin? Lesage sieht ein: Einen solchen Entschluss zu durchkreuzen, dazu hat er kein Recht, er muss es dem Ermessen Catherines überlassen, sich auf Madame de Montespan zu berufen oder nicht …

»Sie brauchen aber lange, um sich zu erinnern, ob Mademoiselle Desoeillets mit der Monvoisin bekannt ist! Fast scheint mir's, als wirke die Suggestivkraft dieser Person über Meilen hinweg, durch die dicken Mauern von zwei Gefängnissen. Darum hält die Polizei sie wohl von den übrigen Gefangenen getrennt im Kerker von Vincennes.«

Was faselt dieser feiste Mann? Catherine verhaftet? Catherine in Vincennes? Adams Herzschlag setzt aus. Wohl hat er so etwas seit Langem befürchtet, es geahnt, sich eben deshalb in die Bastille hereinmanövriert, um den gefährlichsten Belastungszeugen, Vanens, unschädlich zu machen – aber dass es jetzt wirklich zu Catherines Verhaftung gekommen ist, trifft ihn wie ein Axthieb.

»Man hat sie verhaftet«, teilt Louvois ihm mit, »weil sie im Begriff gewesen sein soll, dem König eine vergiftete Bittschrift zu überreichen. Zwar enthielt der in ihrer Wohnung gefundene, an Seine Majestät adressierte Briefumschlag nur harmloses weißes Papier. Aber ihr Einverständnis mit der übrigen Bande ist erwiesen. Der Ehemann der Filastre, ein früherer Polizeispitzel namens Bertrand, hat bei seiner geheimen Vernehmung bekundet, die Monvoisin sei der eigentliche Kopf der Verschwörung gewesen, habe auch das meiste Geld erhalten.«

Mit übermenschlicher Anstrengung kämpft Lesage sein Gefühl endgültiger Vernichtung nieder. »Herr Minister – hier haben wir das dümmste Märchen, das jemals ein Denunziant zu erfinden wagte! Giftattentat auf Seine Majestät – eher als der Monvoisin würde ich das der Königin selbst zutrauen ...« Jäh hält er inne. Allmächtiger, eben dies wird ja die Wahrheit sein – zwar nicht die Königin, aber eine in den Augen des Volks noch höherstehende, weit einflussreichere Person hat den Plan ausgeheckt ... Das Blut gefriert ihm, vor seiner Denkfähigkeit scheint eine Wand niederzugehen. Nein, wiederholt er sich, nein, es ist alles nur die Ausgeburt überhitzter Polizistenhirne oder gar ein teuflischer Anschlag, Madame de Montespan zu vernichten und Catherine mit ihr – aber es wird zu nichts kommen, zu gar nichts, wenn es nur gelingt, die Verbindung zwischen den beiden Frauen zu widerlegen. »Herr Minister, jetzt glaube ich zu ersehen, was hinter diesem scheinbar unsinnigen Märchen steckt: ein Unternehmen der Todfeinde Frankreichs, das Ansehen des Regimes zu unterminieren. Sie bedienen sich unwürdiger Subjekte! Und jetzt will ich eine Aussage machen, mit der ich bisher zurückgehalten habe aus Scheu, eine Klientin preiszugeben – und aus der noch größeren Scheu, mich selbst wieder auf die Galeere zu bringen. Aber wichtiger ist es mir, Hof und Regierung vor schändlichen Anschlägen geschützt zu sehen!«

Der benutzt bei mir eine ähnliche Methode, denkt Louvois, wie ich beim König, damit ich etwas erreiche!

»Ich diente längere Zeit der Gräfin de Soissons, hatte gewisse Messen für sie zu zelebrieren, Amulette und Liebeszauber herzustellen und ihr Blutpakte mit Satan zu entwerfen, nämlich gegen das Leben der Marquise de Montespan. Ich tat, was mir die Frau Gräfin auftrug; denn aufgrund vieljähriger Erfahrung wusste ich, dass alle solchen Beschwörungen und Pakte keinen Schaden anrichten, außer vielleicht im Gemüt derjenigen, die sie benutzen. Nun, gleichwohl habe ich mich nach den bestehenden Gesetzen strafbar gemacht, aber meine Dienstleistungen verhinderten die Dame daran, sich der Gifte zu bedienen, die – Jacques Bertrand ihr anbot!«

Du berufst dich auf die Richtige!, denkt Louvois. Wahrscheinlich weißt du, dass dieses gefährliche Weibsstück, die Soissons, bereits außer Landes ist, mit einem Haufen Geld, und wir werden sie nie mehr zu Gesicht kriegen. Aber wenn du so weit gehst, dich selbst satanistischen Treibens zu bezichtigen, nur damit wir dir glauben sollen, Bertrand sei ein käuflicher Schurke, dessen Angaben aus den Fingern gesogen sind – nur zu, ich stehe nicht an, deine Darstellung für wahr zu halten … Hiernach braucht Louvois keine Zurückhaltung mehr zu üben. »Mann, wenn Sie glaubhaft machen können, dass dieser Bertrand sich gleichzeitig an die Polizei und an Verbrecherinnen vermietete, dann lässt sich wohl diese ganze Angelegenheit der vergifteten Bittschrift als eine niederträchtige Lüge durchschauen. Sorgen Sie mir nur dafür, dass von den andern Häftlingen keiner dummes Zeug schwatzt oder eine falsche Bewegung macht, wenn die Desoeillets ihnen gegenübergestellt wird. Ich veranlasse, dass Sie bis auf Weiteres hier im ›Turm der Freiheit‹ untergebracht werden, sodass Sie nach Belieben in der Bastille herumgehen und mit den andern Gefangenen sprechen können. Falls erforderlich, senden Sie mir Nachrichten durch den Gouverneur … Heute ist Mittwoch. Sie haben noch zwei volle Tage.« Er stützt die Hände auf den Tisch und erhebt sich. »Zum Glück bin ich weder Richter noch Staatsanwalt. Meine Aufgabe, wie Sie wohl verstanden haben, ist der Schutz des Regimes vor Verunglimpfung und Skandalen, hier und im Ausland. Unleugbar wurde eine größere Anzahl Personen mittels Gift vom Leben zum Tode gebracht. Vielleicht waren die Opfer unschuldig – vielleicht hatten sie ihr Schicksal verdient. Zum Leben können wir sie nicht wiedererwecken. Da sollten Takt und nationale Selbstachtung jedem verbieten, von diesen unerquicklichen Vorkommnissen überhaupt zu sprechen.«

Eine Viertelstunde später verlässt Louvois die Bastille so unauffällig, wie er gekommen ist. Sein Inkognito bleibt gewahrt.

Die Pest möge dich holen, Herr Minister, dachte Lesage grimmig, samt deiner verstunkenen Monarchie und dem Elitegesindel, das sich von ihr aushalten lässt! Zum Aufrührer fehlen mir das Pathos und der Glaube an gesunde Kräfte im Volk – vernünftig zu sein ist nicht genug, und darum werde ich demnächst wohl verrecken wie ein Affe im Schweinekoben. Vorher aber will ich in eurem läppischen Spiel noch eine Runde mithalten – zur Ehrenrettung des Regimes! Nicht nur einen, zwei Vampire erledige ich …

Der Gouverneur ließ Lesage wissen, er habe bis auf Widerruf völlige Bewegungsfreiheit innerhalb der Bastille, möge aber bis zum Einbruch der Dämmerung warten.

Zuerst ging Lesage in die kahle, ungeheizte Zelle des Abbé Guibourg. Seine Verhaftung war aufgrund der Anzeige zweier Dienstmägde erfolgt. Guibourg hatte beide geschwängert und ihnen die Kinder gleich nach der Geburt weggenommen. Seine Behauptung, er habe sie ins Waisenhaus gebracht, konnte er nicht beweisen. Die ergrimmten Mütter beschuldigten ihn, er habe die Säuglinge für Schwarze Messen verwandt und sich hoch dafür bezahlen lassen. Die Polizei sah sich durch diese Anzeige veranlasst, die Quellen aufzuspüren, aus denen Guibourg sein Einkommen bezog. Bertrand versicherte, eines Abends in einer üblen Schenke Guibourg in Gesellschaft einer sommersprossigen Dame gesehen zu haben, die er später als Madame Dufour kennengelernt habe.

Es war für Lesage nicht schwer, Guibourg zu überzeugen, dass es für ihn besser sei, die Bekanntschaft mit Marie Desoeillets zu leugnen.

»Was will man denn von mir!«, jammerte Guibourg. »Mein Lebtag war ich ein freundlicher Mann, vielleicht ein bisschen zu sehr dem Trunk ergeben, aber wirtschaftlich gesinnt und kinderlieb …«

Noch leichter war es mit Madame Filastre. Lesage war erstaunt, zu sehen, wie sehr sie in den paar Tagen seit ihrer Verhaftung gealtert war, gleichsam zusammengeschrumpft. Ihre Wendigkeit, geistige Elastizität und Robustheit waren dahin. Sie hatte nur ein heiseres Kichern: »Mir können sie nichts anhaben, Söhnchen! Wer da glaubt, ich würde mich verhören, foltern, auf den Scheiterhaufen schleppen lassen, der ist sehr im Irrtum! Ich kann aufhören zu leben, sobald es mir passt.« Sie zwinkerte ihm zu: »Hab' ich mich doch seit dreißig Jahren darauf vorbereitet …« Als er in sie drang, versprach sie schließlich, wegen Marie Desoeillets sich so zu verhalten, wie er es wünschte. Hatte sie ihrem Gatten und dem Italiener gesagt, wer Madame Dufour in Wirklichkeit war? Nein, sie hatte beide glauben lassen, es sei eine Dame von beträchtlichem Reichtum, zugezogen aus der Provinz.

Matteo Romani tat empört. Er sei zu keinem andern Zweck nach Paris gekommen als zum Studium der französischen Küche. Madame Dufour sei eine vermögende und angenehme Dame, die an ihm Gefallen gefunden habe und die er vielleicht eines Tages heiraten werde. »Mann, Sie machen sich unglücklich!«, fuhr Lesage ihn an. »Wenn Sie die Sommersprossige kennen, bedeutet das für Sie den Galgen – und vorher Schlimmeres!« Lesages Energie brachte den Italiener zu dem Geständnis, das ihm die Polizei nicht hatte entringen können: dass er als Spezialist ins Land gekommen war, um gewisse Rezepte zu prüfen und auszuführen, die man von einem alten normannischen Schäfer gekauft hatte. Also war es doch Wahrheit! Catherine hatte an einem richtigen Giftkomplott teilgenommen. Romani gestand noch, wie sie zu viert das Geld geteilt hatten … Lesage bekam sich wieder in die Gewalt. Jetzt war nicht der Moment, über Catherines mutmaßliche Motive zu grübeln. Ihm hatte es zu genügen, dass Romani endlich begriff, nur entschiedenes Leugnen der Bekanntschaft mit der »Sommersprossigen« könne ihn retten.

Es blieb noch Bertrand. Aber Bertrand saß in Vanens' Zelle, da dieser gar jämmerlich über seinen sich ständig verschlechternden Gesundheitszustand geklagt und gebeten hatte, ihm einen Gefährten zu geben, aber ja nicht den Bankier Cadelan, denn der sei auf ihn erbost und trachte ihm nach dem Leben!

Lesage schlenderte den ungenügend beleuchteten Korridor des »Turms der Gerechtigkeit« entlang, wechselte hier und da ein derbes Scherzwort mit den Wachsoldaten, die, wie er wusste, Weisung hatten, in ihm einen der privilegierten Insassen des »Turms der Freiheit« zu sehen. Unterdessen gewann sein Plan endgültige Gestalt. Ein raffinierter Plan!, dachte er befriedigt.

Er verlangte, in Cadelans Zelle eingelassen zu werden. Sie war geräumig, aber verwahrlost, voller Schmutz und Staub, kein Feuer im Ofen, keine Lampe, nur eine kläglich flackernde Talgkerze. Adam stellte sich dem Bankier unter falschem Namen vor, als einen Edelmann, in Haft wegen Duellierens, gegenwärtig betraut mit der Fürsorge für Gefangene von Rang und Ansehen. Cadelan, dem völligen Zusammenbruch nahe, schöpfte neue Hoffnung, als Lesage flötete: »Sagen Sie mir, was ich für Sie tun soll, Monsieur.«

Der Bankier gab zu verstehen, ihm liege viel daran, eine heimliche Nachricht an jemanden in Italien gelangen zu lassen. Kosten spielten keine Rolle, übrigens habe man ihm einiges Bargeld gelassen.

Lesage tat, als denke er eifrigst nach. Dann erklärte er: »Monsieur, ich kann von Ihnen kein Geld annehmen, ich nicht! Aber ich will dafür sorgen, dass in wenigen Minuten ein Mann zu Ihnen hereinkommt, scheinbar ein Gefangener, um Ihre verdreckte Zelle zu säubern, Feuer im Ofen zu machen, Ihnen Tinte und Schreibpapier zu bringen. Nur muss ich Sie warnen. Lassen Sie sich mit dem Mann auf keinerlei Gespräch ein! Übergeben Sie ihm Ihren Brief, aber halten Sie den Inhalt so unverfänglich wie möglich – am besten, Sie verständigen den Adressaten nur von Ihrem derzeitigen Aufenthaltsort, den Rest wird er sich selber zusammenreimen. Es versteht sich, dass Sie dem Mann, den ich Ihnen sende, seine Mühe reichlich vergüten, denn umsonst ist nur der Tod!«

Der Bankier stöhnte, fuchtelte, schrie: »Dieser Vanens! Dieses Schwein! Dieser Teufel! Nur er ist schuld an meinem Unglück! Möchte doch endlich jemand ihn erwürgen, vierteilen, köpfen und ersäufen!«

Während dieses Wutausbruchs hatte Lesage heimlich die Tür geöffnet, sodass die Wachen im Korridor zuhören konnten. Er verließ Cadelans Zelle. Ein paar Minuten später sprach er zu dem wachhabenden Unteroffizier: »Der Gefangene Cadelan möchte seine Zelle gesäubert und geheizt bekommen. Ich denke, der Gefangene Bertrand würde sich damit gern etwas verdienen. Vielleicht schicken Sie ihn zu Monsieur Cadelan – falls Sie es für nötig halten, fragen Sie beim Gouverneur um Erlaubnis …«

»Beim Gouverneur – wegen einer solchen Kleinigkeit? Der möchte mich schön anblasen!« Der Unteroffizier schloss die Zelle auf, in der sich Vanens und Bertrand befanden. »Heda, Bertrand, kannst dir ein paar Sous verdienen.«

Während der Unteroffizier Bertrand den Korridor entlang zu Cadelans Zelle führte, gelang es Lesage, zu Vanens hineinzuschlüpfen.

Der Mond schien voll durch das vergitterte Fensterchen. Lesage brauchte keine Kerze anzuzünden. Er stellte fest, dass sich, wider sein Erwarten, weder Hass noch Wut in ihm regte, nur der Vorsatz, mit diesem Individuum fertig zu werden, diesem einzigen Zeugen für Catherines wissenschaftliche Kenntnis von Giften.

Vom Kirchturm der Vorstadt Saint-Antoine schlug es elf. Lesage zog lautlos die Tür hinter sich zu. Vanens hatte auf seiner Pritsche unruhig geschlummert und fröstelte unter der abgenutzten Wolldecke. Jetzt rieb er die Augen, hustete, blickte auf. Er glaubte ein Gespenst zu sehen, stammelte: »Alle guten Geister …«

»Lass das«, zischte Lesage und kam näher.

Vanens sprang von der Pritsche. Sein Erschrecken hatte er rasch überwunden. Auf seinem verfallenen Gesicht flackerte ein boshaftes Lächeln. »Also haben sie dich mal wieder geschnappt! Dich und dein holdes Liebchen. Es freut mich von Herzen!« Er lachte ein leises Triumphgelächter: »Erwarte von mir keine Gnade, Adam Cœuret! Nicht für dich und nicht für sie! Ihr Narren habt schon geglaubt, ich sei verloren. Ich, der Chevalier Louis de Vanens, Hüter von Geheimnissen, die viel kostbarer sind als alle Geheimnisse des Orients! Meine Laufbahn zu Ende? Dummkopf, sie fängt erst an! Ich wünschte, ihr könntet zuschauen – aber leider werdet ihr vorher von den Raben gefressen sein!«

»Du bist ein erledigter Mann«, sagte Lesage trocken, »und du weißt es. Vielleicht aber könnte ich dir das Schlimmste ersparen, wenn du …«

Vanens ließ ihn nicht ausreden. »Alles, was du mir ersparen kannst, ist dein Winseln um Gnade«, fauchte er.

Jetzt war es klar: Vanens war entschlossen, der Polizei alles mitzuteilen, was er wusste – einschließlich aller Einzelheiten über Catherine, ihre Vertrautheit mit Giften, ihre Beziehung zu Madame de Montespan.

Lesage stellte sein Denken ab. Seine Hände griffen Vanens' Kehle. Sie strauchelten, stürzten zu Boden. Vanens wehrte sich, versuchte die Finger in Adams Augäpfel zu stoßen. Aber die Hände um seinen Hals schlossen sich immer fester, gruben sich ein, stählern, ein Schraubstock. Als Lesage sich vergewissert hatte, dass in seinem Opfer kein Leben mehr war, stand er vom Boden auf. Er hob den Leichnam auf die Pritsche, kehrte ihn mit dem Gesicht zur Mauer und bedeckte ihn mit der schäbigen Decke, sodass es aussah, als läge Vanens in festem Schlaf. Dann verließ er die Zelle. Fünf Minuten nach elf unterhielt sich Lesage bereits mit dem Posten im dritten Stockwerk des »Turms der Freiheit«.

Am nächsten Morgen fand der Wärter, der die Morgensuppe brachte, den Erdrosselten. Bertrand, der Zellengefährte, hatte in den Taschen eine Menge Geld sowie ein von Cadelan unterzeichnetes Schreiben. Er vermochte zu seiner Verteidigung nichts vorzubringen als ein entsetztes Gestammel: »Ich bin unschuldig!«

Als La Reynie von Vanens' gewaltsamem Tod erfuhr, geriet er, beherrscht von seinen vorgefassten Ideen, alsbald auf eine falsche Fährte. Er sagte sich: Versuche, den Mann zu beseitigen, waren schon vorher gemacht worden. Die internationale Organisation, der Cadelan als ein Mitglied angehört, scheut offenbar weder Geld noch Gefahren. Dass der Bankier so unvorsichtig war, ein von ihm unterzeichnetes Billett in den Händen des Mörders zu lassen, erklärt sich aus der augenfälligen Geistesverwirrung, die sich seiner in der Haft bemächtigt hat. Überdies ist die Verbindung zwischen Cadelan und Bertrand genügend erwiesen durch den bloßen Umstand, dass ja Bertrand im Sold der Giftmischer gestanden hat. La Reynie zog den weiteren Schluss, dass sämtliche früher gemachten Angaben Bertrands zwecks Belastung der Monvoisin, seiner eigenen Frau, des Romani und der angeblichen Madame Dufour wohl die Aufmerksamkeit ablenken sollten von der mächtigen Organisation, die zweifellos vom Ausland her geleitet wurde.

Ob nun Bertrand wirklich wähnte, dass mächtige Personen schützend die Hand über ihn halten würden, oder ob wahnsinnige Geldgier ihn getrieben hatte, seinen Zellengefährten zu erwürgen – keinesfalls konnte man die Angaben dieses Mannes noch länger verwerten; auch konnte man ihn vor Gericht nicht als Zeugen auftreten lassen! Unter diesen Umständen musste der Polizeipräfekt dem Ersuchen der Anklagebehörde stattgeben und den Mann Bertrand wegen Mordes der ordentlichen Gerichtsbarkeit überliefern.

So weit war Lesages Plan gelungen.

Am folgenden Morgen begab sich La Reynie in die Bastille, um bei der Konfrontierung der Desoeillets mit den Gefangenen zugegen zu sein. Im Hof standen, unter Bewachung, die Filastre, Guibourg, Romani, Lesage. Marie Desoeillets und zwei andere Frauen, von gleichem Alter und ähnlich gekleidet, gingen langsam vorüber. Keine Gesichtsbewegung verriet, ob man einander kannte – der Versuch blieb völlig ergebnislos. Trotzdem konnte La Reynie sich des Gefühls nicht erwehren, hier sei eine geheime Verständigung vorangegangen! Er verließ die Bastille und fuhr nach Vincennes.

Heute zum zehnten Male verhörte er Catherine Monvoisin. Vergleichend mit den andern Häftlingen, fand er ein Wesen aus einer anderen Welt, mit ihrer beherrschten Haltung und der seltsamen Distanziertheit von ihrem eigenen Schicksal. Immer wieder sagte ihm sein Instinkt: Sie allein hat den Schlüssel zu dem Geheimnis – und hütet ihn sorglicher als ihr Leben! – Sein Blick war finster. »Zu den bisherigen Beschuldigungen kommt eine neue: Verbrechen gegen das keimende Leben.«

Catherine antwortete nicht.

»Ist es richtig, dass Sie dazu Stahlinstrumente benutzten?«

»Nein, Monsieur; denn die Mädchen und Frauen, die mich um Hilfe angingen, verlangten ja nicht, getötet zu werden.«

»Glauben Sie denn, im Besitz eines Geheimmittels zu sein, das solchen Personen hilft?«

»Mein Geheimmittel heißt Wasser, Monsieur, klares Wasser. Nur muss man damit richtig umzugehen wissen. In einigen Fällen benutzte ich ein besonders kräftiges Parfüm.«

»Bis zu welchem Monat wendeten Sie Ihre Methoden an?«

»Bis sich das Kind im Mutterschoß zu regen beginnt. Danach kann man nichts anderes tun, als auf die Geburt warten – und dann das Neugeborene taufen lassen.«

»Sie reden, als wüssten Sie nicht, dass Sie sich nach dem Gesetz schwer strafbar gemacht haben!«

Catherine lächelte – wahrhaftig, es schien ein nachdenkliches Lächeln … »Einmal bat ein hoher Würdenträger um meinen Beistand für seine Geliebte. Er versicherte mir, es könne keine Sünde sein, schutzlosen Mädchen und verlassenen Frauen die Ehre zu retten. Bestehen Sie darauf, Monsieur, von mir den Namen dieses Klienten zu hören?«

Nein. La Reynie wünschte keine Skandalaffäre dieser Art heraufzubeschwören. Ihm ging es um weit ernstere Dinge. Er fragte weiter: »Sie ließen Messen lesen, auch sogenannte Novenen beten an neun aufeinanderfolgenden Tagen für Frauen und Mädchen. Geben Sie das zu?«

Ihr Ausdruck blieb weiterhin verbindlich und nachsichtig zugleich. »Hierüber sprachen wir schon vor Monaten auf der Präfektur, nicht wahr? Freilich, Monsieur, ich empfehle Weibern, die über Untreue oder Gleichgültigkeit ihrer Gatten klagen, sich an den heiligen Nikolaus von Tolentin oder den heiligen Antonius von Padua zu wenden, und Mädchen oder Witwen, die sich zu verheiraten wünschen, an den Heiligen Geist. Wenn Sie eines Freitags den Montmartre hinaufgehen, können Sie in der kleinen Kirche der Ursulinerinnen jeweils vierzig bis fünfzig Frauen sehen, die unter ihrer Schürze ein Hemd des Liebsten hervorholen und es mit einem Bild der heiligen Ursula berühren lassen. Manchmal hilft das, manchmal hilft es nicht. Es kommt ganz darauf an, wie die Heiligen gerade gestimmt sind …«

La Reynie drang nicht weiter in sie. In einer Minute würde sie wohl wieder die Andacht zum heiligen Rabboni erwähnen und die entscheidende Rolle, die bei allen solchen Zeremonien der Gemütsverfassung des Bittstellers zufällt. Nein, hier war kein Weg, sie der Teilnahme an der Schwarzen Messe zu überführen. Er wechselte den Gegenstand der Vernehmung. »Sie werden beschuldigt, giftige Pulver und Tinkturen verkauft zu haben – vornehmlich an Frauen, die sich ihres Ehemannes oder ihrer Nebenbuhlerin oder beider zugleich zu entledigen wünschten …«

Sie blieb gelassen und geduldig. »Ich habe gelernt, Medizinen herzustellen, auch Mittel zur Anregung ermatteter Energien. Es mag, sehr gegen meinen Willen, vorgekommen sein, dass meine Gebrauchsanweisungen nicht befolgt wurden. Leider geschah das im Fall meiner Freundin Marguerite du Parc. Ob es ein unglücklicher Zufall war oder böse Absicht der Person, die ihr den Trank eingab – darüber steht mir kein Urteil zu. Wenn Sie die Wahrheit herausfinden wollen, wenden Sie sich besser an Monsieur Racine, den Dichter.«

La Reynie zeigte keinerlei Neigung, Racine zu verhören. Er blätterte angelegentlich in dem schon recht angeschwollenen Aktenstück. Ihn schmerzte der Kopf. Es stach in seinen Augen. Warum sollte er kostbare Zeit vertun mit dem Versuch, Catherine des Begehens von Verbrechen gegen das keimende Leben zu überführen oder religionsfeindlicher Handlungen oder des Verkaufs gefährlicher Drogen an Damen der Gesellschaft? Ging es denn darum, diese intelligente Frau mit dem anderen Abschaum der Menschheit auf die Liste der Bosse und Vigoureux zu bringen? Nein, sagte sich La Reynie, was er aus ihr herauszubringen hatte, war einzig und allein die Art ihrer Teilnahme am Komplott gegen den König. Falls nämlich ein solches Komplott als erwiesen zu betrachten war! Nahm man aber Letzteres an, dann deutete viel darauf hin, dass es vom Ausland her eingeleitet war, wie die Ermordung der Herzogin von Orléans, des Herzogs von Savoyen, des Herzogs von Mantua, alles von der nämlichen Stelle. Er gewahrte, wie alle so sorgsam errafften Fäden ihm wieder aus den Händen glitten, wie er herumtappte in einem Gewirr von Ahnung, Irrtum, Trugschlüssen und widerspruchsvollen Indizien. Er schloss die brennenden Augen und blickte dann wieder auf Catherines stilles Gesicht. »Sie sagten mir, Sie hätten die Absicht gehabt, dem König eine Bittschrift zu überreichen. Wen betraf diese Bittschrift?«

Sie hatte ihre Antwort bereit: »Angehörige meines alten Kutschers, die in tiefen Gram versetzt worden sind durch die Vergiftung ihrer siebzehnjährigen Tochter. Das Mädchen starb im Allgemeinen Krankenhaus.«

Er machte eine Notiz, fragte ohne Übergang weiter: »Sie wurden gesehen, als Sie Madame Filastre besuchten. Was bezweckte dieser Besuch?«

Sie tat verlegen. »Es war nicht mein erster Besuch, Monsieur. Der erfolgte vor vielen Jahren, am Abend vor meiner Hochzeit. Ihre Adresse hatte ich notiert, als sie im Laden meines Vaters Einkäufe machte. Ich ließ mir von ihr wahrsagen.«

Er runzelte die Stirn. »Und das soll ich Ihnen glauben? Sie gingen zur Filastre, um sich die Karten legen oder aus der Hand lesen zu lassen? Eine Frau von Ihrem Bildungsgrad – und abergläubisch?«

Sie vermied seinen Blick. »Abergläubisch oder nicht, Madame Filastre weissagte mir schlimme Dinge – wegen der Saturnlinie in meiner linken Hand.«

Er beendete dieses Verhör mit einer letzten Frage: »Trafen Sie bei Ihrem letzten Besuch im Hause der Filastre Mademoiselle Marie Desoeillets?«

»Diesen Namen, Monsieur, habe ich nie gehört – außer aus Ihrem Mund.«

La Reynie verlangte von Louvois militärische Eskorte für die Überführung Catherines vom Gefängnis zu Vincennes nach Paris. »Ich finde, dieser Vanens starb gewissen Personen sehr gelegen. Ich möchte nicht, dass uns auch die Monvoisin unterwegs aus den Händen gerissen, verschleppt und umgebracht wird – von Leuten, die ihre Angaben zu fürchten haben.«

Louvois schnitt eine Grimasse. »Um das Leben dieser Giftmischerin scheinen Sie in ähnlicher Weise zu bangen wie seinerzeit der Bischof von Rouen um das Leben der Jeanne d'Arc – weil er sie durchaus für den Scheiterhaufen aufzusparen wünschte!«

La Reynie verhehlte kaum seinen Ingrimm. »Wollte Gott, sie brauchte nicht auf dem Scheiterhaufen zu enden – trotz allem, was gegen sie vorgebracht worden ist, von Verbrechern, Spitzeln und enttäuschten Kunden! Ich sage Ihnen, Herr Minister, diese Frau ist weit weniger verdammenswürdig als gewisse Leute, die auf freiem Fuße sind!« Er ging.

Louvois fluchte. »Solchen Wahrheitsfanatikern und Redlichkeitsaposteln sollte jede andere Tätigkeit verboten sein, als Broschüren zu verfassen, die keiner liest, und Sonntagspredigten zu halten, bei denen jeder einschläft! Lässt man sie ins Gebiet der öffentlichen Verwaltung, dann geschieht allemal ein Unglück!« Er ließ sich den Staatsanwalt, Monsieur Robert, kommen, schloss sich mit ihm eine Stunde in sein Arbeitskabinett ein – und fasste hinterher das Ergebnis der Konferenz folgendermaßen zusammen: »Ich hätte nichts dagegen gehabt, diese Catherine Monvoisin gleich zu Anfang von der Bildfläche verschwinden zu sehen, meinetwegen ins Ausland und mit einem Sack voll Geld. Da sie nun mal verhaftet und unter Anklage ist, muss sie möglichst rasch und ohne unnötiges Aufsehen erledigt werden – oder uns steht die denkbar unangenehmste Überraschung bevor. Ich hoffe, Sie verstehen mich besser als der etwas begriffsstutzige Herr Untersuchungsrichter!«

In den nächsten Tagen schien es La Reynie, als würde die Mehrzahl noch unaufgeklärter Verbrechen auf Catherines Schultern gehäuft. Die sie belastenden Aussagen der bereits hingerichteten Giftmischerinnen Bosse und Vigoureux tauchten wieder auf im Munde von Spitzeln und in anonymen Zuschriften. Nun hieß es auch, Catherine habe den Damen de Dreux, Léféron, Poulaillon bei ihren Missetaten Vorschub geleistet, diesen Verbrecherinnen, die so leichten Kaufes davongekommen waren! Sogar für die Ermordung des Monsieurs Brunet sollte Catherine das Gift geliefert haben. Und auch für die Beseitigung des Gatten der längst gehenkten Madame Ferry. La Reynie begriff: Diese Lawine neuer Beschuldigungen kam nicht von ungefähr, jemand hatte sie ins Rollen gebracht. Jedoch war er sich im Zweifel, ob es die Hintermänner der Gruppe Cadelan und

Konsorten waren – oder Kreaturen des Herrn Ministers Louvois. Steckte Louvois dahinter, dann musste ihm etwas bekannt sein, was auch Catherine wusste, aber noch nicht preisgegeben hatte. Da es für ihn kein Mittel gab, den Minister zu stellen, versuchte er es nochmals mit Catherine.

Am Gefängnistor von Vincennes war für Catherine ein Briefchen abgegeben worden. Der Wachsoldat, der es in Empfang genommen hatte, gab es dem Gefängnisdirektor. Der las es und sandte es dann dem Untersuchungsrichter.

La Reynie kam nach Vincennes. In dem kleinen Vernehmungsraum gab er Catherine das Briefchen. Es lautete:

Madeleine ist wohlbehalten am Bestimmungsort angelangt. Der alte Mann, der sie dorthin gebracht hat, meldet, es gehe ihr ganz gut und sie erhole sich zusehends von der heftigen Erschütterung. Ich selbst verbleibe in Deiner Nähe.

»Von wem ist der Brief?«, fragte La Reynie.

»Von Gott«, sagte sie still, »der ihn einem guten Menschen diktiert hat.«

Er wusste darauf nichts zu sagen als: »Madeleine, das ist Ihre Tochter, nicht wahr?«

»Ich habe keine Tochter, Monsieur – die Vorsehung hat es so gefügt.«

Er sah, sie verschloss sich auch hier vor ihm. Diese Frau war unbezwinglich, von keiner Seite war ihr beizukommen. Gab es denn gar keinen Weg, zu erfahren, was hinter dieser wohlgeformten Stirn vorging? Er gab seine Amtsmiene auf, sprach zu ihr eindringlich und schlicht: »Sie haben, mit vielem Scharfsinn und großer Geistesgegenwart, jede Antwort vermieden, die gegen Sie verwandt werden könnte. Trotzdem, es liegt erdrückendes Material gegen Sie vor. Sind Sie sich dessen bewusst?«

»Ich bin mir dessen sehr wohl bewusst, Monsieur.«

»Vielleicht, Catherine, vielleicht irre ich mich – aber mir sagt die innere Stimme, in dieser Sache sind andere schuldiger als Sie. Andere, um derentwillen Sie mit dem Abschaum in Berührung kamen. Andere, die jetzt keinen Finger rühren, um Ihnen aus Ihrer schlimmen Lage herauszuhelfen oder gar um zu Ihren Gunsten bei den Richtern zu intervenieren! Wenn Sie Freunde hatten, um die Sie mehr besorgt sind als um sich selbst – wo sind diese Freunde jetzt? Bitte, hören Sie mich, Catherine: Ich erbiete mich, für Sie mildernde Umstände zu erlangen – wenn Sie jetzt ein freies und umfassendes Geständnis ablegen!«

Sie blickte ihm ruhig in die Augen. »Sie handeln so, Monsieur, weil Sie an die Gerechtigkeit glauben, nicht wahr? Auch ich glaube an etwas, was größer ist als ich selbst. Geben Sie sich bitte keine weitere Mühe mit mir, Monsieur. Ich werde sterben, und ich bin darauf vorbereitet.«

Ende Februar, an einem Montag, fand in der Chambre ardente gegen Catherine Monvoisin die Hauptverhandlung statt. Der Vertreter der Anklage ließ die belastenden Angaben des Jacques Bertrand völlig außer Betracht und beschäftigte sich umso eingehender mit den Verbrechen der Angeklagten gegen das keimende Leben sowie mit den Liebestränken, Todeszaubern, Tinkturen und Pulvern, die sie in mindestens drei nachgewiesenen Fällen zubereitet und verkauft habe. La Reynie fand, Monsieur Robert behandle ausnahmsweise eine bürgerliche Angeklagte beinahe so zuvorkommend wie die adligen Damen in früheren Sitzungen.

Im Verlauf der Verhandlung machte Catherine mehrmals geltend, sie habe ihre Klienten nicht nur niemals angeregt, sondern im Gegenteil grundsätzlich davon abzubringen gestrebt, sich solcher Mittel zu bedienen. Der Staatsanwalt, gleichsam bedauernd, verwarf diese Einwendung als unerheblich. »Vor nicht so langer Zeit waren Sie die Frau eines Bankrotteurs und suchten Arbeit als Haushaltsangestellte. Jetzt gehören Ihnen ein ansehnliches Haus, Wagen und Pferde, kostbare Kleider und Schmuck. Bitte sehr, von einer Frau mit Ihren Fähigkeiten lässt man sich doch nicht just die

Karten aufschlagen oder aus der Hand lesen – und gibt dafür Unsummen Geldes aus!«

Als sich die Richter zur Beratung zurückzogen, ging La Reynie zu Catherine, seine Stimme bebte vor Kummer und Scham: »Wir wissen, wie nach dem Gesetz das Urteil ausfallen muss, und es gibt keine Berufung. Aber bis zur Vollstreckung ist eine Frist von drei Tagen. Ich will den König um einen Gnadenakt angehen. Ich weiß, er wird Milde walten lassen, wenn Sie es doch noch über sich gewinnen, zu enthüllen, was Sie geheim halten.« Seine Hände waren zusammengepresst, flehentlich suchten seine Augen ihr Inneres zu erreichen. »Bitte, sagen Sie doch die Wahrheit! Der König – in seinem eifrigen Bemühen, den Dingen auf den Grund zu kommen – wird der Einen dankbar sein, die ihm dazu verhilft.«

»Das – halte ich nicht für wahrscheinlich, Monsieur.« In ihrem Blick war Teilnahme, weibliches Mitgefühl – angesichts seiner Redlichkeit.

Die Richter traten wieder herein. Boucherat rückte die mächtige Perücke auf seinem Schädel zurecht. Er verlas das Urteil:

»Das Gericht erkennt dich, Catherine Deshayes, Eheweib des Antoine Monvoisin, überführt und schuldig der folgenden Verbrechen: Gottlosigkeit, Sakrileg, Verbrechen gegen das keimende Leben, Giftmord, und zwar in mehreren Fällen, wie sie während der Verhandlung dargelegt worden sind. Das Gericht verurteilt dich, am Portal von Notre-Dame öffentliche Buße zu tun: Dort wirst du auf den Knien, eine zweipfündige Kerze in der Hand, mit lauter und vernehmlicher Stimme bekennen, getrieben durch Schlechtigkeit und Tücke jene Untaten verübt zu haben, für die du in tiefster Reue deines Herzens die Vergebung Gottes, des Königs und der Gerechtigkeit erflehst. Danach wirst du auf den Grèveplatz gebracht werden, woselbst du bei lebendigem Leibe zu verbrennen bist und deine Asche in die vier Windrichtungen zu zerstreuen ist.«

Kerzengerade stand La Reynie vor dem Richtertisch und sagte totenblass, mit hohler, fremder Stimme: »Hoher Gerichtshof! Ich, der Untersuchungsrichter, beantrage einen Zusatz zu diesem Urteil, einen Zusatz, wie er bei der hochnotpeinlichen Bestrafung von Verbrechern oft gemacht wird: dass die Verurteilte vor der Hinrichtung der Folter unterworfen werde, der gewöhnlichen und der außergewöhnlichen, auf dass wir aus ihrem Munde die Namen ihrer Anstifter und Gehilfen erfahren und Kenntnis erhalten von Zusammenhängen, die im Verlauf dieses Verfahrens nur vermutet worden sind.«

Der Staatsanwalt protestierte: »Ich bitte, diesen Antrag abzulehnen! Er verlangt eine unser unwürdige Barbarei!«

Catherine, zutiefst erschauernd, wusste es doch besser.

Am Abend dieses Tages – das am Nachmittag verkündete Urteil der Chambre ardente wird in ganz Paris lebhaft diskutiert – besucht ein Fremder den Nachrichter, Maître André Guillaume. Der Besucher findet ihn in einem schlimmen Zustand: die Augen stier und glanzlos, die Gesichtsmuskeln zucken, die Hände fahren ziellos in der Luft umher. Er fragt nicht, wer der Fremde sei und was er wolle. Er stammelt unzusammenhängend: »Ich kann nicht … Wo ist Gott?«

Der Fremde bemüht sich, seinen Vorsatz zu erklären: »Heute ist ein Todesurteil ergangen. Mir liegt daran, dass Sie der Verurteilten die Qual möglichst abkürzen. Hier ist Gold – ich biete Ihnen, so viel Sie wollen …«

»Wofür?«, fragt Guillaume. Er hat noch nicht begriffen.

Den Fremden würgt es im Halse. »Ich weiß nicht … Vielleicht verfügen Sie über ein schnell wirkendes Gift … Vielleicht – vielleicht tut es ein geschickter Dolchstoß im letzten Augenblick …« Die Stimme versagt ihm.

»Ich kann nicht … Kann nicht … Wie könnte ich Hand an sie legen – die einzige Frau, die gut zu mir war!«

Wie betäubt steht der Fremde, das hatte er nicht erwartet. Er liest die Seelenangst in Guillaumes zuckendem Gesicht. »Meine Hände gehorchen nicht mehr. Es ist Gottes Zorn!«, ächzt Guillaume.

Nein, dieser ist nicht imstande, es auszuführen. Der Fremde kämpft es mit sich durch. Er erkennt: Er hat kein Recht, es von jemand anderem zu verlangen – als von sich selbst … »Maître, Sie sind nicht gesund, niemand kann Sie zwingen, in diesem Zustand

Ihres Amtes zu walten. Aber Sie sind befugt, Ihren Stellvertreter zu ernennen. Ich kaufe Ihnen das Amt ab …«

Auf einmal wird Guillaume ruhig. Sein Gesicht vereist in einem feindseligen Ausdruck. »Ich verstehe. Sie wollen sich's etwas kosten lassen – Ihr teuflisches Gelüst danach, eine Frau töten zu dürfen – diese Frau!«

Der Fremde verzeiht dem Gepeinigten die Missdeutung. Er belehrt ihn: »Noch schwebt über meinem Kopf ein altes Urteil: Todesstrafe, wenn ich mich jemals wieder nach Paris hereinwage. Ich habe es trotzdem gewagt. Warum? Weil ich vor vielen Jahren versäumte, dieser Frau zu einem erfüllten und glückhaften Leben zu verhelfen. Jetzt bin ich gekommen, damit ihr das Letzte leichter werde. Vertrauen Sie mir!«

Er sagt ihm, wer er ist. Guillaume neigt sich ehrerbietig. Dann nimmt er den Marquis brüderlich beim Arm. »Ich – will Ihnen genaueste Unterweisung geben …«

Am Dienstagnachmittag kommen der Gerichtsvorsitzende, der Staatsanwalt und der Untersuchungsrichter ins Gefängnis La Conciergerie, um Catherine einem letzten Verhör zu unterziehen, bevor sie dem Foltermeister übergeben wird. Von zwei bis sieben und am Mittwochvormittag von neun bis zwölf befragt La Reynie sie unaufhörlich: »Wer waren Ihre Mittäter? Wer hat Ihnen das Geld gegeben?« Wie in den vorangegangenen Wochen gelingt es ihr, verfänglichen Fragen auszuweichen, andere mit einem glatten Nein zu parieren. La Reynie beschränkt sich endlich auf die eine, immer wiederholte Frage: »Wem zuliebe wünschten Sie den König zu vergiften?«

Hinter seinem Rücken macht ihr der Staatsanwalt ein Zeichen, als wollte er sagen: Bitte, schenken Sie diesem Mann weiter keine Beachtung, er hat sich da etwas in den Kopf gesetzt – wir beide verstehen einander, nicht wahr? Catherine lässt sich nicht anmerken, ob sie den Staatsanwalt verstehe. Nur einmal, als Boucherat sie fragt, ob sie denn jemals in Versailles gewesen sei, lässt sie sich herbei zu einer geraden Antwort: »Ja, ich war in Versailles. Einmal.«

»Wann?«

»Vor einer Reihe von Jahren.«

»Aus welchem Anlass?«

»Um Trauben und Pfirsiche feilzubieten, Monsieur.« Und als falle es ihr erst jetzt wieder ein: »Auch wollte ich Leuten weissagen.«

La Reynie horcht auf: »Fanden Sie in Versailles Klienten? Können Sie uns ihre Namen geben?«

Sie scheint ihr Gedächtnis anzustrengen ... »Ich las dem Grafen Lauzun aus der Hand – und der Gräfin de Soissons – und der Frau Herzogin von Orléans – auch dem Chevalier de Lorraine.«

»Personen, die seither verstorben sind oder sich außerhalb unserer Jurisdiktion befinden«, sagt Boucherat halblaut zu La Reynie. »Es hat keinen Zweck, dieses Verhör fortzusetzen.«

Am Nachmittag bringt man sie in die Folterkammer. Sie sieht den Gefängnisarzt eintreten, mit ihm einen Chirurgen. Warum? Ich werde an der Folter nicht sterben!, denkt sie. Der Folterstiefel wird ihr gezeigt: ein Holzschuh, dessen Seiten auf durchlöcherten Querschienen verschiebbar sind, in die Löcher steckt man Holzpflöcke, um den Schuh zu verengen. Sie verspürt einen heftigen Schmerz in der Magengrube. Ihr Herz flattert.

Der Foltermeister, ein mürrischer Riese, setzt sie auf den Schemel, fesselt sie und schiebt dann ihren Fuß in den Holzschuh.

La Reynie bedrängt sie noch einmal: »Sagen Sie uns jetzt die ganze Wahrheit. Nennen Sie Ihre Mittäter! Nennen Sie Ihre wirklichen Bekannten in Versailles! Ersparen Sie sich dies hier!«

Sie blickt an ihm vorbei. »Ich war nur ein einziges Mal in Versailles, habe keine Tinkturen oder Pulver dorthin gebracht, habe niemals mit einer Marie Desoeillets zu tun gehabt und kenne sie nicht. Was ich weiß, habe ich Ihnen gesagt. Ich habe nichts hinzuzufügen.«

La Reynie hebt den Arm zum Zeichen.

Der erste Pflock wird in die Schiene geschlagen, der Schuh verengt sich ...

»Ich habe nichts weiter zu sagen.«

Der zweite Pflock. Der erste scharfe Schmerz.

La Reynie beschwört sie: »Nennen Sie uns Ihre Bekannten in Versailles!«

»Ich habe gesagt, was zu sagen war. Ich habe keine solchen Bekannten.«

»Das ist unwahr, wir ersahen es während des Verfahrens. Ich – bitte Sie sehr, Ihr Gewissen zu erleichtern!«

Das hätte er ungesagt lassen sollen! Was geht ihn mein Gewissen an, denkt Catherine – und blickt für einen Moment zornig.

»Zwecklos«, sagt der Staatsanwalt. »Warum die Folter fortsetzen, wo doch nichts zu bekennen übrig ist!«

La Reynie gibt sein Zeichen. Der dritte Pflock wird hineingetrieben.

Catherine stöhnt, ihre Augen fließen über, der Kopf zuckt nach hinten … »Ich habe die Wahrheit gesagt. Ich kenne keine Mademoiselle Desoeillets – kenne niemanden am Hof – außer den Leuten, die ich nannte.«

Der vierte Pflock. Sie schreit.

La Reynie wird kreideweiß. Das Haar klebt ihm auf der feuchten Stirn. Im eignen Fleisch spürt er das Folterinstrument.

Der fünfte. Ein wilder, ohrenzerreißender Schrei. Dann lautlose Stille.

»Es ist wirklich so nutzlos, wie es unmenschlich ist«, äußert der Staatsanwalt.

La Reynie, kaum mehr seiner selbst mächtig, keucht: »Ich schätze Ihr menschliches Fühlen, Herr Staatsanwalt. Noch höher würde ich es schätzen, wollten Sie mir helfen, die Ehre der Gerechtigkeit zu retten – und gleichzeitig, nebenbei, das Leben dieser Verurteilten!«

Ihr Blinden!, zuckt es durch den Aufruhr von Catherines Qual. Sieht von euch keiner, ich halte den König hier in meiner hohlen Hand! Wenn ich will, zerbricht sein Ruhm, zerfällt seine Würde. Ja, euch allen will ich die Augen öffnen … Schon will sie sprechen, da sieht sie das Löwenhaupt, das Menschenhaupt, hört im Geist Scarrons scheltende Stimme: Durch zwanzig Jahre ertrug ich die Folter, Tag und Nacht, um meiner Liebe willen – und du willst dich aufgeben nach einer Viertelstunde? Und da ist, undeutlich im Dunst, Françoises verzerrtes Gesicht mit den irren Augen ... Ich muss schweigen, werde schweigen bis ans Ende!, denkt Catherine.

Sie ist stark, empfindet La Reynie, ein starker Wille, ein überlegener, wenngleich sittlich unverankerter Geist – verständlich, wenn hochgestellte Personen sich von ihr lenken ließen –, obwohl ich es doch eher für umgekehrt halte ...

Sie scheint an einer Art von Berufsehre festzuhalten, gibt keine Klienten preis!, denkt der alte Boucherat. Das allein sollte sie unserer Nachsicht würdiger machen als die noblen Bestien, die sich ihrer bedienten.

Sie hält sich vortrefflich, sagt sich der Staatsanwalt, bedauerlich, dass weder die Justiz noch Louvois eine Möglichkeit haben, sich ihr dafür erkenntlich zu zeigen ... Als La Reynie nochmals das Zeichen gibt, macht der Staatsanwalt eine kurze Bewegung, als wolle er ihm an die Gurgel gehen.

Sie wimmert – dünne kleine Laute wie die letzten eines in der Schlinge verendenden Tiers –, während der sechste Pflock ihr den Fuß zerquetscht.

Der Staatsanwalt fürchtet, jetzt werde es geschehen, jetzt werde sie auf eine Frage La Reynies doch die Antwort geben, zu der es nicht kommen darf. So stellt er selbst eine aus der Luft gegriffene Frage: »Trafen Sie jemals den Teufel in Person?«

Da schreit sie es heraus, mit der letzten Kraft ihrer Lungen: »Den Teufel in Person? Ja, Messieurs, ja, ich habe ihn gesehen! Sah in tafeln. Er schlang mehr in sich hinein, als drei Menschen es vermögen. Hinterher noch sechs harte Eier. Ob ich den Teufel gesehen habe? Freilich, Messieurs, er ist kalt und fühllos, sein Blick ist Eitelkeit und Gier, immer ist er hungrig, hungrig nach Weiberfleisch ...«

Boucherat, verwirrt und ohne allen Vorsatz, fragt: »Wie haben Sie ihm gehuldigt? War es – eine obszöne Zeremonie?«

»Ihm gehuldigt?« Ihre Qual wird übergellt vom Ausbruch ihres Hasses: »Sein Anblick, Messieurs, drehte mir den Magen um! Ihn mir nahekommen zu lassen – schon die Vorstellung macht mir speiübel. Wegen seiner Obszönitäten – da befragen Sie besser solche, die mit ihm hinter geschlossenen Schlafzimmertüren weilten!«

»Aufhören!«, schreit der Staatsanwalt. »Aufhören! Schluss!«

La Reynie wendet sein Gesicht ab, sagt nichts mehr.

Der Foltermeister entfernt den Schuh, löst Catherines Stricke, hebt sie vom Schemel, legt sie auf eine raue Matratze.

Der Staatsanwalt fragt bissig: »Was ist jetzt Ihr weiteres Programm, Monsieur de la Reynie: Wiederaufnahme des Verhörs – oder Fortsetzung der Folter?«

La Reynie gibt keine Antwort.

Der alte Boucherat sucht zu vermitteln, brummt halblaut: »Immer wieder die alte Erfahrung, unter der Folter lamentieren Frauen lauter, gestehen aber weit seltener als Männer.«

Da hebt sie den Kopf von der Matratze und sagt: »Ich will mein Gewissen entlasten, und so erkläre ich denn: Ja, eine ganze Reihe von Leuten aller Art kamen zu mir und verlangten Drogen und andere Mittel, um Menschen umzubringen. Warum? Aus Geldgier oder Ehrgeiz oder aus dem Verlangen nach dem Besitz eines Wesens, Mann oder Weib. Und dies ist die letzte Erklärung, Messieurs, die ich auf dieser Welt abgebe. Und Sie müssen sich damit bescheiden.«

Sie fühlt ihren Fuß nicht mehr. Sie weiß, er ist noch da, aber sie fühlt ihn nicht mehr. Vor ihren Augen wird es rasch dunkel. Sie sieht die Gerichtspersonen nicht mehr, weiß aber, jetzt gehen sie fort. Aus dem Dunkel taucht nochmals Françoises Gesicht auf – jetzt gleicht es dem Gesicht eines Kindes, das dankbar ist, weil man es vor den Folgen eines schlimmen Streiches bewahrt hat. Françoise – wo mag sie sein? In Paris ist sie hoffentlich nicht … Dann wird Catherine bewusstlos. Man trägt sie in ihre Zelle zurück.

Da sie zu erschöpft ist, in die Gefängniskapelle zu gehen, begibt sich der Geistliche zu ihr. Er spricht lange auf sie ein. Als er wieder herauskommt, äußert er zu den Wachen: »Sie sagte zu mir, ›Hochwürden, ich bin vieler Missetaten schuldig. Darum bete ich nicht, dass Gott mich durch ein Wunder aus den Flammen retten möge. Denn für das, was ich begangen habe, ist keine Strafe zu grausam.‹« Er segnet die Männer, dann geht er. – Sie blicken einander skeptisch an. »Ob sie das wirklich gesagt hat?«

Später am Abend gehen sie zu ihr in die Zelle. Sie liegt reglos auf der Matratze, summt ein Liedchen vor sich hin, ein kleines Lied, das sie als Kind gehört hat auf dem andern Seine-Ufer, aus dem Mund eines silberhaarigen alten Mannes, er war nicht ganz nüchtern. Die Wachen nähern sich ihr, geben zu verstehen, es wäre für sie besser, an Gott zu denken, ein Paternoster und ein Ave Maria zu beten oder ein Salve Regina. Sie nickt still und schweigt. Einer bringt ihr eine Schüssel mit Suppe. Sie seufzt: »Ich fürchte, morgen werde ich nicht genügend bei Kräften sein.« Die Wachen bleiben bis zehn Uhr bei ihr, dann gehen sie.

Wieder allein in der Zelle, hört sie eine Maus an einem Stückchen Brotkruste knabbern. Dann keinen Laut mehr. Nichts als Dunkelheit und Stille. Ihr Bewusstsein verliert sich ins Leere. Gegen Mitternacht schläft sie fest ein.

Mehrere Stunden verbleiben ihr erschöpfter Leib und Geist in völliger Gelöstheit. Als die Nacht zu weichen beginnt, stellt sich ein Traum ein, auftauchend aus der Tiefe ihres Seins …

Sie ist ein fünfjähriges Mädchen und beobachtet den weißbärtigen Alten, wie er mit seiner langen Rute die Tauben umherbewegt. Jetzt wendet er sich zu ihr, mit verständnisinnigem Lächeln, ein alter Freund: »Wir haben uns schon immer gekannt, und ich weiß, niemals hast du meiner völlig vergessen, was du auch sonst getrieben haben magst. Siehst du, ich kümmere mich immer noch wie damals um diese närrischen Vögel hier. Zum Lachen bring' ich sie – höre nur, wie sie gurren und kichern. Wollte ich aufhören, ihnen Bewegung zu machen, dann würden sie zu fett, gar gallig oder schwermütig werden, das wäre nicht gut. Glaube ja nicht, sie machen es mir leicht. Sie sind von Natur träge. Alles Fleisch ist träge. Sie sträuben sich dagegen, umherbewegt zu werden, obwohl das doch nur gut für sie ist. Manchmal beschimpfen sie mich sogar, werfen Dreck nach mir, hacken nach meinen Händen mit ihren kleinen Schnäbeln und Klauen.

Mir macht das nichts aus, weißt du. Es ist mir ganz gleichgültig. Warum wohl? Nun, weil ich sie liebe. Jetzt kann ich zu dir ja davon reden, denn du bist ein großes Mädchen geworden und hast das Geheimnis der göttlichen Liebe in deinem eignen Herzen erfahren …« Sie wundert sich, er braucht sich nicht mehr zu bücken, als ihr seine Hand übers Haar streichelt; bis zur Brust reicht sie ihm schon. Wie sie es ihm sagen will, sieht sie, sein Silberbart ist verschwunden, die meerblauen Augen schimmern wie Sterne, und es zuckt um die Fältchen längs der kurzen, breiten Nase … Nein, das kann nicht sein, der Taubenmann ist schon immer da gewesen, aber das andere Gesicht ist ihr erst viel später erschienen – man muss auseinanderhalten, nicht zusammenwerfen … »Göttliche Liebe«, so fährt er fort, »fragt nicht nach Lohn noch Dank und wird niemals dadurch verändert, wie das geliebte Wesen sich verhält. Gewiss, diese Art Liebe kommt nicht leicht zu jemandem. Es ist sehr anstrengend, sie in sich aufzunehmen und so zu handeln, wie sie es verlangt. Viele gehen ihr aus dem Wege oder kehren ihr den Rücken, sind lieber gleichgültig, selbstzufrieden, lauen Herzens. Aber diese alle, so viele es ihrer gibt, sind keine wirklich lebendigen Menschen, sondern nur wandelnde Leichname. Sie sind nicht meines Vaters Kinder, trotz des Weihrauchs, den sie Ihm zu Ehren verbrennen, trotz ihrer Gebete, trotz der Geißelschläge, die manche sich selbst versetzen. Was bringt sie nur auf den Gedanken, dass Er sie lieber ihrem eignen Fleisch Pein zufügen sehe als andern Gutes? Ach, ich fürchte, sie werden nochmals durchs Leben gehen müssen, vielleicht durch viele Leben, bevor sie lernen, was seinen Kindern ziemt …« Jetzt aber – wirklich, jetzt ringt sich ein zärtliches Lachen aus der breiten Brust, und die Hände, die sie liebkosen, sind von durchsichtiger Zartheit. »Sorge dich nicht, dir braucht nicht mehr bange zu sein. Siehst du denn nicht, dass du meine Erwartungen erfüllt hast? Du hast gesündigt? Als wüsste ich das nicht. Du hast verbotene Dinge getan, und darum haben die Menschen dir eine Strafe zudiktiert. Aber du hast auch die Liebe. Die Liebe, die ich habe. Liebe, die nichts verlangt und vor keinem Opfer zurückscheut. Liebe, wie nur die sie haben, die mit mir der Seligkeit teilhaftig sind …«

»Scarron – Lieber!«, jubelt sie auf und umarmt ihn … Der Traum verblüht.

Sie setzt sich auf. Im schwachen Licht der Dämmerung wird sogleich ihr Geist wach und regt sich, während eine Welle von Empfindungen in ihr aufspringt, ein Strom wird, ein Meer von immer lichterer Klarheit. Liebe! Im Anfang war die Liebe, göttliche Liebe! Sie ist niemals ganz von dieser Erde verschwunden. Die Botschaft, die sie dereinst so rasch von dem Dichter empfangen hat, lebt auch in anderen! Da ist Adam: Immer war er so eifrig bemüht, es Scarron gleichzutun. Nach einem ungeschickten Beginnen hat er ihn im Laufe der Zeit doch erreicht – hat nicht länger gefordert, sie solle sich seinen Begierden fügen, hat sein Leben und Trachten seiner Liebe zu ihr unterstellt. Und da ist der Marquis de Montespan. Einst hat sie ihn in ihrem kindischen Unverstand für den Teufel gehalten – Montespan, der noch in letzter Stunde sein Leben gewagt hat, um nach Paris zu kommen zur Rettung seiner Tochter, seiner und ihrer Tochter.

Puls und Atem gehen ihr rascher. Nein, Liebe ist nicht tot! Auch ihr zäher Widersacher, ihr Richter und Folterer, Nicolas de la Reynie, lässt sich nicht vom Hass treiben, nicht vom Ehrgeiz, nicht von Lust an Grausamkeit. Auch ihn – jetzt fühlt sie es mit aller Deutlichkeit –, auch ihn bewegt Liebe, die Liebe zu seinem Land, nicht zu einem körperlosen Begriff namens Frankreich – nein, zu seinem Volk, zu den wirklichen lebendigen Menschen, die erlöst werden müssen von ihrer Drangsal und beschützt vor den täglichen Anschlägen auf ihr Leben. La Reynie, so entscheidet sie, verdient weit eher ihre Bewunderung als ihren Fluch. Im Vorhinein vergibt sie ihm die Qualen, die ihr Leib noch zu bestehen hat.

Sie wird den härtesten aller Tode sterben, und da ist keine Hoffnung auf Gnade oder Linderung. Keine Hoffnung – weil sie es verweigert, zu sagen, wer sie angestiftet hat. Niemand hat größere Liebe, als wer sein Leben hingibt für seine Freunde … Jetzt erst ist sie sich ganz im Klaren, warum sie so und nicht anders gehandelt hat. Wie auch immer ihre Liebe zu Françoise anfänglich beschaffen gewesen ist, allmählich und fast unmerklich kam die große Veränderung. Die

Schönheit und Anmut der Freundin sind nicht mehr von Bedeutung; sie zu bewundern in blinder Verliebtheit, damit ist es längst vorüber gewesen, bevor die Gräuel der Schwarzen Messe sich enthüllten. Jetzt aber, jetzt ist es eine heilige Liebe geworden, erstarkt am großen und tatheischenden Mitleid, das in ihr zum Durchbruch gelangt ist. Sie hat die Folter bestanden. Sie wird die letzte Qual bestehen. Sie gibt ihr Leben für die verirrte Freundin. Ohne zu grübeln, welche Wirkung dies alles in Françoises Gemüt hervorbringen werde.

Durch das vergitterte kleine Fenster grüßen erste Sonnenstrahlen Catherine. Gold erfüllt den Raum. Wo gibt es Grausen – außerhalb der Einbildung geschwächter Hirne? Wo gibt es Dämonen – außerhalb der schlimmen, aber überwindbaren Triebe im Herzen der Menschen? Was ist der »Geist«? Er ist Gottes Verwalter, der Leidenschaften und Begierden anzufachen hat, damit aus dem lodernden Brand das lichte Wesen, Liebe, emporschwebe! Denn es ist ja alles nur ein Einziges, über der Welt und in jedem ihrer Teile und Teilchen waltet nur *eine* Macht, nicht zwei. Es gibt keine Finsternis, nur vermindertes Licht – keine Verdammnis, nur Abwesenheit der Liebe. Aber Licht und Liebe sind ständig im Wachsen, bezwingen die Kälte und die Trägheit des Stoffs, erfüllen das Weltall, verwandeln Erde und Himmel, verwandeln das Gemeine ins Edle, ins Edelste, in flüssiges Gold göttlicher Liebe … Tränen füllen ihre Augen, ein wohltätiger Quell, aufklingend aus ihrem Herzen. Draußen laden Kirchenglocken die Gläubigen zur Frühmesse. Catherine sinkt auf die Knie, breitet die Arme aus, grüßt ihn, grüßt den endlich erkannten, den ewigen Geist – grüßt ihn mit den Worten, die sie als Kind gelernt hat:

VENI CREATOR SPIRITUS!

Sie war ausgezogen, um den Teufel zu suchen. Sie hat Gott gefunden.

An dem Erlebnis des Morgens hielt sie fest, sprach zu keinem mehr. Gehorchte schweigend allen Befehlen.

Der Tag verlief, wie sie es im Voraus gewusst hatte seit dem Bericht Guillaumes über das Ende der Brinvilliers. Sie legte das weiße

Hemd an, wurde in den Karren gehoben, tat öffentlich Buße, mit der brennenden Kerze, kniend vor dem Portal von Notre-Dame. Wurde dann durch die Stadt gefahren, auf das Gerüst hinaufgeführt und an den Pfahl geschnürt. Ihre Augen gewahrten weder die Vertreter der Behörden noch die Menge der Schaulustigen auf dem Grèveplatz. Auch den Henker blickte sie nicht an, der immer neben ihr war, das Gesicht bedeckt von der schwarzen Ledermaske. Einmal berührte sie kurz der Gedanke: Armer Guillaume, wie muss es ihn quälen … Sein Gehilfe zündete unter ihr das Feuer an.

Das Holz und das darüberliegende Stroh waren imprägniert worden, es entwickelten sich dichte Wolken von Rauch, die den Anblick der Frau am Pfahl für Minuten den Zuschauern entzogen. Viele verwünschten den Henker, dessen vermeintliches Ungeschick sie um einen Teil des Schauspiels betrog.

Und dann geschah es. Inmitten des Walls von Rauch und Qualm näherte sich ihr der maskierte Mann, schob die Maske aus dem Gesicht, schluchzte: »Catherine, Catherine, ich liebe dich! Catherine, du wirst die Flammen nicht spüren …«

Er neigte sich über ihr Gesicht, nahm ihren Mund in einem endlosen Kuss. Sie gewahrte nicht das Stilett in seiner Rechten. Sie empfing und erwiderte seinen Kuss, als der Stahl zwischen ihren Schulterblättern hindurch ihr Herz erreichte. Schneidende Kälte nur fühlte sie in sich eindringen, aber die Kälte wurde flammendes Feuer, und alles löste sich in Wärme und Bewegung … löste sich … nichts mehr … nichts.

Die Flammen brachen durch den Qualm, sprangen höher, züngelten nach dem entseelten Körper am Pfahl. Der Marquis de Montespan, von niemandem bemerkt, sprang vom Gerüst zu Boden, verschwand in der Menge, verschwand aus Paris.

Vorigen Donnerstag, um vier Uhr nachmittags, berichtete Madame de Sévigné an Freunde in der Provinz, *unterhielt es uns, mit anzusehen, wie die Hexe Catherine Monvoisin recht manierlich ihre Seele dem Teufel übergab …*

Fünfzehntes Kapitel

Die Nacht Jupiters

Im Park waren schon Knospen. Noch zwei Wochen, und die Narzissen würden heraus sein. Die Märzsonne war verlockend. Einen solchen Nachmittag sollte man nicht im Zimmer verbringen!

Seit der Mahlzeit war er von ihnen festgehalten. So lange hatte kaum jemals ein Kriegsrat gedauert. Louis fand die Luft in seinem Privatkabinett stickig. Sollte man nicht ein Fenster öffnen? Er entschied sich doch dagegen. Von droben könnte jemand zuhören, aus dem oberen Stockwerk. Sogleich fiel ihm ein, es waren Madame de Maintenons Gemächer, gerade oberhalb der seinen. Nein, auch sie braucht noch nicht davon zu erfahren, von dieser monströsen und unverständlichen Affäre, über die man hier beriet. Vielleicht später, wenn alles geordnet war, würde er es ihr sagen – vielleicht.

Er betrachtete den Ausdruck ungewöhnlicher Spannung auf den Gesichtern von Louvois, Colbert, La Reynie. Da umstanden sie ihn, als erhofften sie sich durch seine Weisheit Erlösung von unerträglicher Pein. Gewiss, so sollte es sein!

La Reynie lehnte an der Wand dicht beim Fenster. Die schrägen Strahlen der schon tief stehenden Sonne stachen schmerzhaft in seinen Augen. Seine Stimme war spröde und belegt, als er den Schlussteil seines Berichts verlas:

»*Dieser Tatbestand fand endgültige Bestätigung, als auf mein privates Ersuchen die Stadtpolizei in Caen einen gewissen Galet festnahm und verhörte. Galet ist ein alter Hirt. Von seiner Existenz erfuhr ich, als ich Erhebungen wegen des Ziels und der besonderen Umstände einer Reise anstellte, die Honorine Filastre und ihr Mann, der inzwischen wegen Mordes gehenkte Jacques Bertrand, im letzten Winter unternommen hatten.*«

Louvois war erbost. Also hatte, hinter seinem Rücken, dieser Polizeichef jemanden in der Normandie verhaften und vernehmen lassen – in dieser allerheikelsten Angelegenheit!

La Reynie las weiter: *»Galet rühmte sich seines Wissens um Geheimnisse, mittels deren er Menschen und Tiere heilen oder umbringen könne. Der Filastre will er schon vor etwa zwölf Jahren gewisse Kräuter verkauft haben. Auch letzten Winter hat er sie wieder beliefert. »Wie Galet aussagte, vertraute die Filastre ihm an, damals wie später, sie benötige Drogen für eine vornehme Dame, die in den König verliebt sei.«*

Colbert blickte auf den König, in dessen Gesicht sich kein Muskel regte.

La Reynie hob die Stimme ein wenig: *»Vor zwölf Jahren, so sagte Galet, lieferte er hauptsächlich Kanthariden und, zwecks Vermischung damit, pulverisierte Krötenknochen, über die ein Magier einen Zauber gesprochen habe. Dies sollte als Liebeszauber eingegeben werden. Im vorigen Winter aber habe die Filastre unter Drohungen von ihm Mittel verlangt, die zur Tötung einer gewissen Hofdame sowie des Königs angewandt werden sollten. Er verkaufte ihr etwas, behauptete aber, es sei unschädliches Zeug gewesen, da er ein getreuer Untertan sei. Als ihre Auftraggeberin habe die Filastre, da Galet darauf bestand, die Marquise de Montespan genannt. Der Mann ist dreiundachtzig, körperlich leidend, vermutlich nicht imstande, Befragung unter Folter auszuhalten.«* Er machte eine kurze Pause. *»Zu anderer Zeit würde ich Galets Geständnis kaum anders gewertet haben als den Versuch eines Greises, sich interessant zu machen, bevor Altersschwäche ihn dahinrafft. Aber seine Angaben bekräftigen nur, was mir nach der Hinrichtung der Catherine Monvoisin von Gefangenen in der Bastille eröffnet worden war.«* Ein Unterton mühsam niedergehaltenen Zornes war in seiner Stimme, als er fortfuhr: *»Wer geglaubt hat, diese Angelegenheit würde mit der Beseitigung der Catherine Monvoisin erledigt sein, der hat sich verrechnet. Es wäre wohl auch logischer gewesen, vorauszusehen, dass diejenigen Personen, die so kategorisch jede Beziehung zu Mademoiselle Desoeillets oder ihrer Herrin in Abrede gestellt hatten, nach der Hinrichtung der Monvoisin erkennen würden, wie gering der Einfluss der Marquise de Montespan und ihres Anhangs geworden war – jedenfalls zu gering, um* *irgendjemandes Leben zu schützen! Zuerst ließ ich mir die Filastre vorführen. Aber sie starrte mich nur eine Weile an, dann äußerte sie: ›Mir wäre es gleich, wenn die ganze Menschheit an Gift umkäme – die Welt wäre um nichts übler dran.‹ Dann sank sie auf ihrem Stuhl zusammen, der Kopf fiel auf die Tischplatte. Sie war tot. Vielleicht ein Schlagfluss, vielleicht hatte sie von ihrem eignen Gift geschluckt. Aber dann kam Romani; er sagte, beinahe Wort für Wort, eben das aus, was später Galet bestätigte. Nach ihm kam der Abbé Guibourg und gestand, giftige Tinkturen geweiht und Todesmessen gegen Mademoiselle de Fontanges und den König gelesen zu haben, nämlich über dem nackten Leib der Marquise de Montespan. Als Letzter – aber er dürfte als der Spiritus rector dieses gemeinsamen Geständnisses zu betrachten sein – gab Adam Lesage einen eingehenden Bericht über die teils satanistischen, teils mit Drogen ausgeführten Experimente, mit denen Madame de Montespan seit ihrem Erscheinen bei Hofe ihre Stellung zu erlangen, zu befestigen und sich für ihren Verlust zu rächen suchte.«*

Louvois fühlte sich angewidert von der Vorstellung, wie diese schöne Frau das Mysterium ihres Leibes vor geilen Schurken und Schwachsinnigen geschändet hatte! Er war wütend auf La Reynie: Da hat dieser verfluchte Hund es wirklich fertigbekommen, trotz aller meiner Vorsichtsmaßregeln Belastungsmaterial zusammenzustellen und es Seiner Majestät zu unterbreiten bis in die abscheulichsten Einzelheiten! Freilich, wäre dies hier ein ordentlicher Gerichtshof, dann würde die Hälfte dieses Materials genügen, Madame auf den Scheiterhaufen zu schicken. Aber hier ist kein Gerichtshof. Ich habe militärisch zu denken: Recht ist, was diesem Staate nützt – oder unsere Erfolge im Feld sind für die Katz!

Colbert räusperte sich, fand es aber doch geraten, noch nichts zu sagen.

Der König, der bisher stumm gesessen hatte, sprach jetzt in ruhigem und verbindlichem Ton: »Darf ich Sie bitten, den letzten Abschnitt nochmals zu verlesen, Monsieur de la Reynie?«

Colbert fröstelte; ein grauer Nebel von Hoffnungslosigkeit umfing sein Denken: Was habe ich denn mit dieser Sache zu schaffen?

Zwanzig Jahre lang hab' ich für meinen König und sein Land meine Kräfte erschöpft. Ich gefiel mir in der Einbildung, mein Werk habe Frankreich emporgehoben aus dem Elend und der Rückständigkeit, in der Religionskriege und Bürgerkrieg es gelassen hatten. Darum nahm ich vieles auf mich, wofür ich mich vor Gottes Thron zu verantworten haben werde. Wie gut hat es doch der König, er scheint ausgenommen von dem Missgeschick, ein Gewissen zu haben ... Er blickte auf Louvois und dachte bei sich: Du feister Narr, glaubst du immer noch, einer »großen Sache« zu dienen? Entweder gebricht es dir an Fantasie, oder du bist stecken geblieben in moralischem Analphabetentum – wie die ärmsten der armen Sünder in der Bastille.

Während La Reynie noch beim Lesen war, antwortete Louvois in seinem lautlos geführten Streitgespräch mit Colbert: In deinen Adern fließt Tinte, dein Herz ist Papier wie deine Rechnungsbücher und Akten. Welcher Nutzen kann jemals erwachsen aus der Hinrichtung einer schönen Frau? Hat sie sich wirklich vergangen, dann doch nur aus Leidenschaft, Eifersucht, enttäuschter Liebe. Hat sie jemals dem Staat wirklichen Schaden verursacht? Wartet nur ab, was sich ereignen wird, wenn – was Gott gnädig verhüten möge! – die tugendhafte Gouvernante, Madame de Maintenon, Favoritin wird! Ich fürchte mich eher vor Kälte als vor Hitze, und mich sollte es nicht überraschen, wenn die Maintenon eines Tages den Leuten mehr Abscheu vor der Tugend einflößt als die Montespan Abscheu vor dem Laster!

Es dämmerte. Draußen wuchsen die Nebel. La Reynies schmale Gestalt stand schwarz im Fenster. Mit der zweiten Vorlesung seines Berichts kam er zu Ende.

Der König nickte gemessen. Kein Wort, keine Geste verriet, was in ihm vorging.

Hol's die Pest, fluchte Louvois in sich hinein, diese römerhafte Undurchdringlichkeit, die er sich da anerzogen hat! Jetzt würde sich's gehören, dass er vor Wut aufheult, mit der Faust auf den Tisch haut, Françoise verwünscht, seinen Polizeichef anbrüllt ob seines Mangels an Takt – aber nein, seelenruhig sitzt er, im Einvernehmen mit der Welt und sich selbst!

La Reynie fühlte sich einsam wie auf einem unbewohnten Eiland. Die Episodenrolle, die in dieser Sache dem alten Galet zugefallen war, widerlegte nicht La Reynies These von einer großen und internationalen Verschwörung. Aber nicht zwecks Bekämpfung einer Weltgefahr hatte er auf der gegenwärtigen Audienz bestanden; es ging, heute und hier, um die Zukunft Frankreichs. Angesichts der Lückenlosigkeit seiner Beweisführung, so hatte er erwartet, würde sich der König auf der Stelle für die Maßnahmen entscheiden, die das Lebensinteresse der Nation erforderte: Verhaftung der Marquise und Anberaumung der Hauptverhandlung gegen sie! Damit würde man der Welt zeigen, dass weder Rang noch persönliche Rücksichten der französischen Justiz Fesseln anlegen konnten. Wahrscheinlich, so hatte er weiter gedacht, würde eine solche Demonstration eine durchgreifende Neuordnung von Ämtern und Einrichtungen nach sich ziehen, vielleicht sogar eine Umwandlung der sozialen Struktur. Der König hatte die Macht dazu, er herrschte ohne verfassungsmäßige Schranke, war erhaben über Missdeutung und Verleumdung. Ein Wort aus seinem Mund – und eine Schar redlicher Männer würde sich mit Begeisterung ans Werk machen!

Das Schweigen wurde unerträglich. Der Raum füllte sich mit wogenden schwarzen Schatten. Es war nicht mehr möglich, Louis' Züge zu erkennen.

Der Erste Kammerdiener brachte den großen neunarmigen Leuchter herein, alle Kerzen schon angezündet, setzte ihn auf den Tisch, trat dann zum Fenster, schloss die schweren Brokatvorhänge, verneigte sich umständlich, ging wieder hinaus.

Endlich sprach der König. Sein Ton war leicht mürrisch: »Ich habe ja immer gewusst, der Teufel ist noch nicht abgesetzt. Er ist darauf aus, mich zu verderben. Aber dann hab ich mir eingeredet, zwischen Gott und mir sei kein Platz für den Teufel, und Hexenverfolgung sei eine Schande für eine christliche Nation! Ich hätte nicht auf euch hören sollen. Ich wusste, der Teufel ist noch mächtig.«

La Reynie blickte zu Colbert um Beistand. Aber der wandte die Augen ab, verfolgte den Flug einer Motte um die Flammen der Kerzen. Louvois unterdrückte ein Gähnen; immer diese übernatürlichen Belange! So blieb La Reynie nichts übrig, als seinem Monarchen vorzuhalten: »Sire, darf ich untertänigst daran erinnern, dass wir im Augenblick kein metaphysisches Problem vor uns haben. Es handelt sich um Giftmischerei. Arsenik und Quecksilber können den Tod herbeiführen – ganz unabhängig davon, ob die Mörder sich außerdem noch dem Satanismus ergeben.«

Louis fragte sich im Stillen, ob sein Polizeichef nicht vielleicht etwas zu tüchtig sei. Man sollte sich da in Acht nehmen, sollte keine gar zu fähigen Leute im Dienst verwenden … Allerdings konnte er nicht gut seinen Dienern zur Last legen, was eine Macht außerhalb ihrer Amtsbefugnisse ins Werk gesetzt hatte: Satan.

La Reynie sprach: »Ich hatte, so schmerzlich es mir war, keine andere Wahl, als das Gesamtergebnis meiner Ermittlungen Euer Majestät vorzulegen. Die Chambre ardente ist bis zur Stunde noch ohne Kenntnis von den Verbrechen der Madame de Montespan. Es ist aber nicht länger möglich, ihren Fall getrennt zu halten von dem der übrigen Giftmischer.«

Louis' Gesicht blieb weiter undurchdringlich. Colbert wie La Reynie standen unter dem Eindruck, er kämpfe, heroisch und lautlos, gegen die niederschmetternde Wirkung, die der furchtbare Schlag auf sein Gemüt geübt haben musste. Beide fühlten, jeder auf seine Weise, menschliches Mitleid mit ihm und warteten, dass er sich zur Klarheit durchringe und die einzig sachgemäße Entscheidung fällen möge. Aber Louis befand sich gar nicht im Kampf. Sein schützender Instinkt hatte den grässlichen Gegenstand rasch unter die Schwelle seines Denkvermögens versenkt, noch unterhalb der Sphäre natürlichen Empfindens. So konnte er im Augenblick von der Angelegenheit reden hören, als beträfe sie irgendeinen Fremden.

Louvois sagte brüsk: »Ermittlungen hin, Ermittlungen her – der Untersuchungsrichter sollte den Fall der Marquise de Montespan sofort ad acta legen! Vielleicht empfiehlt es sich außerdem, dass er sie ausdrücklich für unschuldig erklärt. Er kann sich ja darauf stützen, dass die Monvoisin bis zuletzt jede Beziehung zu Madame de Montespan in Abrede gestellt hat!«

La Reynie nahm die Herausforderung an. »Heute belasten die Angaben der Monvoisin Madame de Montespan umso schwerer – nachdem die übrigen Zeugen sie für wissentlich unwahr erklärt haben.«

Louvois gab nicht nach. »Zeugenaussagen von gewerbsmäßigen Verbrechern! Ich halte mich an das, was die Monvoisin gesagt hat. Wie ich höre, war sie denn doch eine Frau von ganz anderem Schlag! Das Gesindel bemüht sich, hochgestellte Personen jetzt noch in seine Schandtaten zu verwickeln – in der Hoffnung, dann werde vielleicht alles vertuscht werden und sie alle könnten mit heiler Haut davonkommen!«

Louvois ist zu fett, hat aber ein angenehmes männliches Gesicht!, dachte der König. Ob Françoise mit Louvois geschlafen hat? Olympe hatte ganz zweifellos in Beziehungen zu Colbert gestanden … Es war wohl nicht wichtig. Diese Männer mochten noch vier oder fünf Jahre brauchbar sein, dann würde man sie zu Herzögen machen und wegschicken. Diener bürgerlicher Abkunft, wie Colbert und La Reynie, erwiesen sich im Allgemeinen als anhänglicher und fleißiger, aber Aristokraten hielten länger vor, da sie sich nicht so sehr verausgabten. Wie lange würde Louvois noch vorhalten?

Jetzt ging La Reynie zum offenen Angriff über: »Wenn einige der Inhaftierten sich jetzt noch zu retten hoffen, so ist das die Folge Ihrer Einmischung, mein Herr Minister! Sie ließen Ratschläge und bis ins Einzelne gehende Instruktionen in die Bastille gelangen, dafür habe ich Beweise. Andere Herrschaften, die ich noch nicht verhaften konnte, erhielten Abschriften des gegen sie vorliegenden Materials. In allen solchen Quertreibereien gegen die Justiz ist Ihre Hand ersichtlich. Und Ihre Machenschaften betreffend Madame de Montespans Kammerfrau – ich stehe nicht an, dies als krasse Rechtsbeugung zu bezeichnen.«

»Messieurs, ich muss doch sehr bitten …«, sagte der König milde. »Falls Sie wegen des Verschwindens der Frau Gräfin de Soissons und einiger anderer Damen und Herren ungehalten sind, Monsieur de la Reynie, dann mögen Sie wissen: Ich selber ließ die Betreffenden warnen und ermöglichte ihnen die Ausreise. Ich wünschte nicht Dutzende von Skandalen.«

La Reynie verneigte sich steif. Als er wieder aufblickte, zeigte sein Gesicht unbeirrbare Entschlossenheit: »Von den flüchtigen Personen gefährdet keine das Leben Euer Majestät. Niemand unter ihnen war so schwer belastet wie Madame de Montespan. Sie aber ist nicht geflüchtet. Einige Wochen war sie verreist – wie wir jetzt hören zu ihrer Frau Schwester im Kloster Fontevrault; aber sogleich nach der Exekution der Monvoisin ist sie wieder zurückgekehrt. Vermutlich hatte man doch auch sie gewarnt! Und wenn sie solche Warnungen in den Wind geschlagen hat, folgere ich daraus, sie hat ihr Vorhaben noch nicht aufgegeben; es gibt ja andere, zweifellos bereitwilligere Giftmischer, als Catherine Monvoisin gewesen ist ... Vielleicht arbeitet Madame, während wir sprechen, an einem neuen Komplott ...«

Louis unterbrach ihn, gleichsam gelangweilt: »Danke, Monsieur, wir kennen jetzt Ihre Auffassung ... Wie denken Sie darüber, Monsieur Colbert?«

Colbert sagte mit aller Vorsicht: »Keinesfalls, Sire, möchte ich empfehlen, von dem obersten Grundsatz abzugehen, dass der Gerechtigkeit Genüge geschehen müsse ohne Rücksicht auf die Folgen. Aber – Gerechtigkeit lässt sich auch auf summarische Weise üben, nicht wahr? Ich meine, die Verhafteten sollten vor die Chambre ardente gestellt werden, die Verhandlung sollte raschestens vonstatten gehen ohne eingehende Befragung, ohne Folterung, ohne weitschweifige Erklärungen seitens der Angeklagten. Da ihre Verbrechen doch so gut wie gerichtsnotorisch sind, könnten Urteil und Vollstreckung in Kürze stattfinden – und unmittelbar darauf könnten alle Akten vernichtet werden.«

La Reynie kochte. »Was für eine Justiz wäre das?! Was für eine Urteilsfindung – ohne Einhaltung der Prozessvorschriften! Jeder Verbrecher, noch der abscheulichste, hat ein unentziehbares Recht darauf, alles zu erfahren, was gegen ihn vorgebracht wurde, und alles vorzubringen, was ihn entlasten könnte. Wer aber unterfängt sich, im Vorhinein zu entscheiden, was belastet und was entlastet? Was in den Augen des einen Richters gegen den Angeklagten sprechen mag, das mag ein anderer Richter zu seinen Gunsten auslegen. Die Fälle aller dieser Leute sind leider so eng miteinander verknüpft, dass keiner von ihnen verhandelt werden kann ohne mehrfache Bezugnahme auf die Akten der andern. Und das gilt ganz besonders für Madame de Montespan!«

»Das leuchtet mir ein«, sagte Louis völlig gelassen. »Aber es ist mein Wunsch, dass kein Protokoll und kein Aktenvermerk, die den Namen der Madame de Montespan enthalten, vor Gericht verlesen oder auch nur einem Mitglied des Gerichts zur Kenntnis gebracht werden.«

La Reynie merkte, jetzt war er im Begriff, sich die königliche Ungnade zuzuziehen. »Euer Majestät ernannten mich zum Untersuchungsrichter. Ich wäre Ihres Vertrauens unwürdig, wollte ich mich zu einem Verfahren hergeben, das aus der Gerechtigkeit eine Farce macht – indem es die gesetzlichen Garantien und die überlieferten Formen abschafft, die bisher die Justiz davor geschützt haben, in Liebedienerei und Willkür zu entarten.«

»Was scheren uns Ihre gesetzlichen Garantien«, schnarrte Louvois, »im Hinblick auf Verbrecher, die schon so vieler Untaten überführt sind, dass keine Strafe für sie hart genug sein kann! Zur Hölle mit ihnen auf dem denkbar kürzesten Weg! Und erlauben Sie der Nation, die Affäre möglichst rasch zu vergessen! Die Nation hat für noblere Aufgaben ihre Lenden zu gürten. Und wir sollten aufhören, uns hier die Köpfe zu zerbrechen wegen eines sogenannten Problems, das durch einen Federstrich von der Hand Seiner Majestät aus der Welt geschafft werden kann.«

Aber Louis schüttelte den Kopf. »Ohne regelrechtes Verfahren kann man niemanden hinrichten lassen. Ebenso wenig kann man die Untersuchung einstellen und diesen Leuten erlauben, ihr Treiben fortzusetzen. Unter gar keinen Umständen aber darf Madame de Montespan in irgendeiner Verbindung mit den Angeklagten genannt werden – jedenfalls nicht, bevor Wir befehlen, ihr den Prozess zu machen.«

Louvois war bestürzt. Das klang ja, als erwäge der König im Ernst ein Strafverfahren gegen die Marquise! Wer in Europa, wer in Frankreich würde dann noch Vertrauen haben zu Louis' gesundem Urteil über Menschen und Dinge?

La Reynie erkannte, dies war sein Augenblick. »Sire, kein Berufsjurist oder Diplomat kann jemals hoffen, das Maß der Weisheit zu erreichen, das Ihnen von Natur gegeben ist. Mit wunderbarer Klarheit sehen Sie die verhängnisvollen Auswirkungen, die von dieser schrecklichen Verschwörung ausgehen könnten, und Sie sehen gleichzeitig hinter ihr das organisierte System von Giftmischerei und Sakrileg. Frankreich von dieser Pest zu säubern, dieser Aufgabe gebührt der Vorrang vor jeder andern. Die Geschichte berichtet uns von ähnlichen unseligen Vorkommnissen in andern Ländern; dort wurden sie zu Vorboten der Katastrophe, weil aus irgendwelchen Rücksichten die Gerechtigkeit in ihrem Lauf angehalten wurde. Frankreich aber hat in dieser Zeit der Prüfung seinen größten König, dessen Weisheit und Kraft es von den Feinden der Menschheit und denen Gottes befreien werden.«

Der König erhob sich und sagte höflich: »Es ist mir eine große Genugtuung, so gute Berater zu haben. Ich fühle mich angeregt, etwas völlig Neues in unserer Gesetzgebung anzuordnen. Ein Gesetz soll ergehen, das mit Giftmischern und Hexen für immer aufräumt. Sämtliche Magier, Zauberinnen, Hellseherinnen, Wahrsager sind aus Frankreich auszuweisen – ohne Prüfung, ob sie schon Schaden angerichtet haben.« Er belebte sich zusehends an seiner Initiative. »Ferner muss das Auge der Polizei auf die Chemie gerichtet bleiben. Es ist wohl nicht zu ändern, dass sowohl unsere Industrie wie die Medizin sich gewisser gifthaltiger Flüssigkeiten und Salze bedienen – aber die Hersteller sind fortan genau zu beaufsichtigen. Jede sonstige Beschäftigung mit derartigen Drogen ist unter schwerste Strafe zu stellen. Vorlage eines Entwurfs entsprechender Gesetzesbestimmungen erwarte ich baldigst von Ihnen, Monsieur Colbert und Monsieur de la Reynie, da ich zu Ihrer Sachkenntnis und Ihrem Verantwortungsgefühl volles Zutrauen habe … Wegen der – der schwebenden Angelegenheit werde ich Sie bis morgen Abend wissen lassen, wozu ich mich entschlossen habe … Ich danke Ihnen, Messieurs. Guten Abend.« Damit schritt er hinaus. Seine Paladine fühlten sich entmutigt, gefoppt, erniedrigt. Ihren gegenseitigen Hass überwog das Gefühl ihrer Ohnmacht.

Louvois hustete leicht, spuckte dann kräftig aus. »Was zum Teufel sollen Türken und Tataren von unserer Staatskunst denken, gar nicht zu reden von unserer gepriesenen Zivilisation! Nun – meine Hände wasche ich in Unschuld. Ihnen aber, meine Herren, gratuliere ich zu Ihrem Erfolg; die lieblichste Frau des Jahrhunderts auf dem Scheiterhaufen verbrennen zu sehen – das ist Ihre Vision von Gerechtigkeit! Gute Nacht und recht angenehme Träume!« Er ging.

»Machen Sie sich nicht zum Narren«, schalt Colbert hinter ihm her. »Seine Majestät hat noch keinerlei Entschluss gefasst!«

»Seine Majestät hat noch keinerlei Entschluss gefasst«, sagte La Reynie. »Und darum steht die Gerechtigkeit still. Und weil sie stillsteht und noch weiter stillstehen wird, verfault das lebendige Blut in den Adern der Nation. Ich aber werde in meinem Leben keine ruhige Stunde mehr haben, nachdem ich mich dazu hergab, Gerichtsbeamter zu sein unter einem Regime, das die Willkür eines Einzelnen über das Gesetz stellt.«

Der König speiste zu Abend wie immer mit gesundem Appetit. Besonders mundete ihm die Hammelkeule, garniert mit gefüllten Äpfeln, Radieschen und grünen Erbsen. Nach der Mahlzeit verbrachte er eine halbe Stunde mit der Königin. Ihm fiel auf, mehr denn je, wie sehr doch Maria Teresa einem bedrückten Huhn glich. Nachdem er ihr gute Nacht gesagt hatte, begab er sich in den zweiten Stock und betrat die Gemächer der jüngeren Kinder. Er sah, wie sie mit ihrer Erzieherin soupierten, der erstaunlichen Madame de Maintenon. Ohne sich durch die Gegenwart des Königs sonderlich stören zu lassen, sprach sie zu ihren Zöglingen vom Herrgott und seinen Heiligen in ihrer gewohnten Weise; mit den Verhältnissen im Himmelreich und den Gepflogenheiten seiner Bewohner schien sie völlig vertraut, als befände sie selbst sich nur auf einem kurzfristigen Urlaub hier auf Erden.

Louis fühlte sich angenehm bewegt und sogar erhoben durch dieses sanfte und fromme Geplausch. Ach, sagte er sich, himmlische Wonne müsste es sein, sich entkleiden und zu Bett bringen und zudecken zu lassen von dieser außerordentlichen Frau. Seltsam genug, niemals runzelte sie die Stirn, sah niemals unwirsch aus, schalt nie, girrte nie. Von ihrem ruhigen Gleichmaß und ihren harmonischen Gesten ging eine Autorität aus, der kein wohlerzogenes Wesen sich zu entziehen vermochte. Ihr Teint war bernsteinfarben; ihre Brüste, nicht größer als reife Orangen, schienen noch durchaus fest.

Er dankte ihr höflich für alles, was sie für seine Kinder tat. Dann ging er hinunter in seine Privatgemächer. Er unterzog sich den üblichen Zeremonien seines Zubettgehens und zeichnete den Marschall d'Albret aus, indem er ihm den Leuchter zu halten gab. Zehn Minuten vor elf ließ er die Kerzen auslöschen. Vor dem Einschlafen hing er dem einen Gedanken nach: Das farbenreiche und erhabene Schauspiel, das er der Welt und ihrem Schöpfer vorführte, durfte nicht die leiseste Unterbrechung erfahren.

Mehrere Stunden verbrachte er in gesundem Schlaf. Gegen drei Uhr morgens begann er zu träumen …

Er sah sich selbst, gleich einem Denkmal, auf der kleinen Marmorbrücke über dem Kanal, der in den großen See von Versailles mündete. Da stand er im Panzer eines römischen Imperators, in der linken Hand das Zepter, in der rechten das entblößte Schwert, einen goldenen Lorbeerkranz um die Schläfen. Er blickte nieder auf die vergoldete Fregatte, die ihn sonst über den See zum Trianonschlösschen zu tragen pflegte. Aber jetzt beschäftigte den Monarchen ein größerer Vorsatz: den Ozean zu erobern, nachdem er sich doch so ziemlich den ganzen Kontinent untertan gemacht hatte. Er wartete auf Meldung, dass die goldne Fregatte bereit sei, in See zu stechen. Plötzlich schien es dem Träumenden, als sehe er etwas, was der majestätische Mann dort auf der Brücke nicht gewahrte: Unter dem Schein einer schwärzlich violetten Sonne stieg das dunkle Wasser des Sees, stieg Zoll um Zoll, höher, immer höher. Und siehe, jede der kleinen Wellen hatte ein menschliches Gesicht. Bleiche, längliche Gesichter, die dünnen Lippen waren fest geschlossen, die weit geöffneten Augen hatten starre Pupillen, weiß schimmernd wie Eis. Aus den Eisaugen strömte unheimliche Kälte in die Welt, sie machte den Träumenden unter seinem Federbett frösteln.

Ein hochgewachsener bärtiger Mann im Kardinalsgewand war neben den Monarchen getreten. Aber es war nicht Mazarin. Es war niemand, dem schon begegnet zu sein Louis sich erinnern konnte. Trotzdem schien er kein völlig Unbekannter. Der Kardinal legte ihm die Hand auf die Schulter und sprach in väterlichem Ton: »Mein Sohn, du machst einen Fehler. Sieh lieber, was diese Wellen treiben – sie fressen Löcher in dein Galaschiff!«

Obgleich diese Art Ansprache auch mit der laxesten Auslegung der Etikette nicht vereinbar war, spürte der König seltsamerweise keine Entrüstung. Er erwiderte schlicht: »Vielen Dank für diesen Hinweis. Aber irgendwie müssen die Leute doch leben!«

Während der Kardinal seine Besorgnis wegen des steigenden Wassers unterstrich und statt der geplanten Expedition eine sofortige Reise nach dem Mond empfahl, wurde die Aufmerksamkeit des Träumenden durch eine andere Erscheinung abgelenkt. Es war ein nackter, grauhäutiger, sehniger affenartiger Kerl, der an einem Pfeiler der Brücke emporkletterte, gerade unterhalb der Stelle, auf der sein König stand. Weder der Monarch noch der Kardinal konnten ihn sehen. Dem Träumenden wurde es klar, dass die unheimlichen Wellen dem Grauen in seinem Unterfangen halfen. Und während er immer höher kletterte, begann der Pfeiler zu schrumpfen, wurde immer dünner und dünner, und dasselbe geschah den übrigen Pfeilern der Brücke. Der König aber sprach zu dem Kardinal: »Einen Flug zum Mond habe ich schon immer beabsichtigt. Leider bin ich im Augenblick nicht passend angezogen. Auch kann ich nicht gut fliegen ohne meine Flügel. Diese aber hat jemand verlegt, schon vor vielen Jahren …«

Der Kardinal schüttelte missbilligend den Kopf.

Jetzt erschien ein junges Weibwesen. Sie saß auf dem Brückengeländer, baumelte mit den wohlgeformten Beinen, streichelte ihre mädchenhaften Brüstchen, wechselte Blicke freundschaftlichen Einvernehmens sowohl mit dem Kardinal wie mit dem affenartigen Grauen, beide offenbar alte Bekannte von ihr. »Woher kommen Sie denn auf einmal, Mademoiselle?«, fragte der König etwas betreten, weil dies denn doch zu weit ging. »Ich war schon immer da«, lächelte sie, »du hast mich nur nicht bemerkt. Aber fürchte dich nicht, die Wellengesichter sind nicht tödlich, lass sie gefälligst dein dummes altes Kriegsschiff verschlingen. Du aber vertrau dich meiner Führung an, spring hinunter von der Brücke, bevor sie unter dir zusammenbricht; wir können im See schwimmen, und du wirst erkennen: Es lässt sich gut auskommen mit dem guten alten Leviathan.« Der König verlangte möglichst präzise Auskunft über den Sinn dieser Worte …

Louis erwachte. Eine Weile lag er reglos auf dem Rücken, versuchte den Traum in seiner Erinnerung wiederherzustellen und zu deuten, gab es aber bald auf.

Wie Feuchtigkeit nach schwerem Regen drang jetzt durch den Baldachin und die Vorhänge des königlichen Bettes das Erlebnis des Nachmittags – er konnte es nicht länger seinem Bewusstsein fernhalten. Er stöhnte. Wie verbraucht und beklemmend die Luft war! Er riss die schweren goldbestickten Vorhänge zur Seite. Durch die milchweiße Seide vor den Fenstern stierte unverschämt ein rötlicher Kürbismond.

Der König blickte sich um. Dicht hinter der Silberbalustrade, die schützend das Podium des Bettes umlief, lag wie immer der Erste Kammerdiener auf einer zusammenlegbaren Pritsche. Der Mann vermochte zu schlafen, während sein Herr wachte! Aber Louis fühlte sich geneigt, ihm zu vergeben; war es doch die erste Nacht in seinem Leben, da sein geheiligter Schlummer unterbrochen wurde. Trotzdem – er ärgerte sich über den Schläfer mit diesem Ausdruck dummer Selbstzufriedenheit, dem höchst unehrerbietig offnen Mund.

Wenn der Mann wenigstens schnarchen wollte – man könnte ihn des Morgens sofort entlassen. Aber nein, er ließ es sich nicht einfallen zu schnarchen, schlief lautlos weiter. Louis entschied, dass es wohl Sache des Königs war, nicht seiner Untertanen, zu nachtschlafender Zeit wach zu sein und sich das Hirn mit den schweren Aufgaben der Staatsführung zu zerplagen. Er gähnte, fröstelte etwas, steckte die Füße in die Samtpantoffeln und hüllte sich in den pelzgefütterten Schlafrock.

Der König wacht. Der König, einsam im Bann der Sorge, während sein Volk sich gesegneten Schlummers erfreut. Er seufzte ernst, strich die feuchten Haare aus der Stirn, öffnete die Tür des Schlafgemachs und begab sich auf eine Wanderung durch die Weite des Palastes.

Als er über die am Boden ausgestreckten Leiber der Schweizer Wachen im Vorzimmer hinwegtrat, vermied er sorglich, jemanden zu wecken. Schlaf, Essen, Begattung, gingen seine Gedanken, Begattung, Essen, Schlaf. Was unterscheidet diese Lümmel von den Tieren? Ihr Kartenspiel? Ihre Trinkgelage? Nun – zum Glück habe ich es unternommen, etwas Glanz und Glorie zu verbreiten über das öde Grau des Menschseins – nicht wahr?

Er betrat die Galerie. Lehnte an einem der riesigen Fenster. Draußen lag die Welt im Mondlicht. Die große Marmortreppe schimmerte, als wäre sie durchsichtig. Die breiten wohlgepflegten Alleen schienen sanft anzusteigen, den Sternen zu. Büsche und Hecken schwebten wie dunkle Wölkchen. Kein Laut – außer dem schweren Schritt der Schildwache drunten, auf und nieder, auf und nieder.

Er zog den Schlafrock fester um sich. Er erinnerte sich: Vor Morgengrauen hatte er zu einem Entschluss zu gelangen. Niemand, bei dem er sich Rat holen könnte? Niemand! Unangenehm, äußerst unangenehm. Es hatte doch wahrlich schon früher schwierige Situationen gegeben; dann hatte er seine Minister kommen lassen, auch die Marschälle und die Bischöfe – und nach Anhören ihrer Empfehlungen hatte er entschieden, häufig aufs Geratewohl, welchem der Ratschläge stattzugeben sei. Dieses Mal aber war er ganz auf seine eigene

Klugheit angewiesen, genauer gesagt, auf seine Intuition. Wusste er doch, es war ihm nicht gegeben, kraft methodischen Denkens zu einem Entschluss zu gelangen. Dafür war sein Intellekt nicht geschult.

Er tat sich leid. Wäre doch seine Mutter noch am Leben – jetzt würde er den Mut aufbringen, ihr ins Gesicht zu sagen, dass sie seine Erziehung in höchst liebloser Weise vernachlässigt hatte! Diesem glatten alten Ränkeschmied Mazarin zu erlauben, ihn aufwachsen zu lassen wie irgendein italienisches Prinzlein: Fechten, Reiten, Jagen, Tanzen – billige Künste, um die blöde Menge zu beeindrucken! Seiner Mutter mit ihren vorzüglichen Geistesgaben wäre es ein Leichtes gewesen, ihn anzuleiten zu umfassendem Studium aller Wissensgebiete. Schließlich konnte sie nicht voraussehen, dass der Mangel an Wissen bei ihm wettgemacht würde durch die Originalität der Anschauung. O ja, er war auf seine Weise ein Philosoph geworden. Eines Tages würden seine Erben, würde die Nachwelt sein Tagebuch zu Gesicht bekommen – und sich in dankbarem Staunen neigen. Schade, dass er die Nachwelt nicht erleben wird! Übrigens ging es niemanden etwas an, dass eine belesene und gebildete Frau ihm bei seinen Tagebucheintragungen zur Hand ging. Eine geborene Erzieherin, ergeben und selbstlos – nicht heftig und nicht herrisch wie seine stolze Mutter!

Traurig genug: Seine Mutter hatte ihn nicht geliebt. Wer überhaupt hatte ihn gelieb? Könige sind da, um geliebt zu werden!

Für einen Augenblick schien es ihm, als gewahre er drunten am Fuß der Marmortreppe eine zarte Gestalt, goldene Locken, veilchenblaue Augen: Louise … Nein, sagte er sich, sie mochte ihn wohl ursprünglich geliebt haben; aber sobald er ihrer Umarmung etwas müde geworden war, hatte sie den Herrgott zum Mittelpunkt ihrer Empfindungen gemacht und war Schwester Louise de la Miséricorde geworden. Ein absurder Gedanke, im Herzen einer Frau den lieben Gott als Rivalen bekämpfen zu wollen! Und da es wirklich Gott war, den sie statt seiner erkor, war es durchaus vereinbar mit königlicher Würde, sich geschlagen zu geben. Fahr wohl, Louise!

Die andern? Wie er die Reihe seiner Liebschaften in der Erinnerung Revue passieren lassen wollte, geschah es, dass ihn der Schmerz grimmig überfiel. Der Schmerz hieb ihn quer über die Brust, traf die Herzgrube, den Magen; scharf, unbarmherzig, roh. Dabei war es schon länger her als zwölf Stunden, dass der eigentliche Schlag gefallen war – der Schlag, den er versucht hatte zu ignorieren und zu überwinden, in soldatischer Härte gegen sich selbst. Oder war es nur Feigheit gewesen? Ganz gleich – jetzt war es aus mit staatsmännischen und philosophischen Betrachtungen: Er war verwundet, grausam verwundet – wie ein vom Jagdspieß getroffener Hirsch.

Er hätte sich niederwerfen mögen, mit den Fäusten den Boden hämmern, schreien, heulen: Warum? Das war alles, was er jetzt zu fragen imstande war. Warum? Sinnlose Folterung diese Frage, die nie den Schmerz lindert, ihn nur verschärft … Warum hatte Françoise ihm das getan? Sie, um derentwillen er seinen Ruf aufs Spiel gesetzt hatte, seinen Ruf als christlicher Herrscher und Familienvater, sein allerkostbarstes Gut – gar nicht zu reden von dem unendlichen Strom von Reichtum und Gunst und Beförderung und Luxus, den er ihr zugeleitet hatte! Françoise, um derentwillen er einen Feldzug abgebrochen und die Stadt Amsterdam unerobert gelassen hatte!

Warum hatte sie ihm nach dem Leben getrachtet? Aus Eifersucht? Nicht doch: Auch vorher schon hatte er sich Seitensprünge erlaubt, seine Konstitution war angewiesen auf Abenteuer mit süßen jungen Wesen, die keine Ansprüche an sein tieferes Empfinden stellten und ebenso sanft entschwanden, wie sie kamen. Denn so war er nun mal geschaffen, konnte und mochte es nicht ändern: Er war Jupiter!

Die Erfahrung hatte zur Genüge erwiesen, solche Tändeleien gefährdeten niemals die einzigartige Position, die Françoise in der Kammer seines Herzens einnahm. Das wusste sie selbst gut genug. Und von Jahr zu Jahr war diese Liebe immer leidenschaftlicher, heißer, lebenswichtiger für ihn geworden. Er war jetzt bald vierzig, so war es natürlich, dass sein Herz aus der einen großen Passion immer neuen Antrieb gewann und neue Kraft – während seine Sinne, vielleicht nur noch auf ein paar Jahre, nach leichterer, milderer Kost verlangten.

Sie hatte ihm nach dem Leben getrachtet! Und nicht nur seinen Leib wollte sie vernichten, sondern auch seinen Ruhm und das gewaltige Werk, das er für Gott und Frankreich geschaffen hatte.

Warum?

Er schleppte sich weiter durch die Galerie, sie schien kein Ende zu nehmen. Wie ein Betrunkener taumelte er. Die Hände tasteten, einen Halt suchend, nach der Wand. Unter seinen Fingern spürte er harte Leinwand. Die Galerie war vollgehängt mit Gemälden: Alexander, Cyrus, Cäsar, Augustus – und jedes sechste und siebente Bild war eine Darstellung seiner eigenen Ruhmestaten. Er trat in eine Nische, eine geschnitzte Holzbank lud ihn zum Ausruhen ein. Da saß er wie ein Page, der heimlich wartet, seine Angebetete möchte durch die Galerie wandeln. Nach und nach ordneten sich seine Gedanken. Wenn ich aufrichtig mit mir bin, sagte er sich, muss ich feststellen, dass sie zu Anfang in mir eher Abneigung erweckte als Begierde. Eher als eine zukünftige Geliebte sah ich in ihr eine harte Gegnerin. Kannte ich doch die Sippschaft, der sie angehört! Hochadel, überzeugt, sie seien die Herren der Erde! Haben mir niemals verziehen, dass ich sie alle zu meinen Bedienten machte! Was Richelieu auf blutige Weise begonnen, habe ich mit Weisheit und List vollendet. Als sie mich durchschauten, war es zu spät. Konnte ich bei einer Tochter dieses Unversöhnlichen auf wahrhafte Liebe rechnen? Nein, so töricht war ich nie!

Er fühlte einen heftigen Druck in der Blase, stand auf und versuchte, sich gegen die Wand zu erleichtern. Vom Ende der Galerie her starrte der große marmorne Apollo auf ihn. Verlegen zog er sich, unverrichteter Sache, wieder in seine Nische zurück.

Er grübelte weiter. Unzähmbare, anmaßende Tochter der Mortemarts! Immerhin hatte er Anzeichen dafür, dass seine pharaonenhafte Freigebigkeit sie nicht völlig ungerührt gelassen hatte. Was hatte sie gewandelt? Was in aller Welt konnte sie in solchen Hass getrieben haben?

Langsam und schwerfällig, aus der tiefsten Tiefe unterhalb seines Bewusstseins, kam jetzt die Wahrheit auf ihn zugekrochen. Eine

Wahrheit – so ungeheuerlich, dass kein Mann sie jemals einließ in seine wachen Gedanken.

Urhass. Urleindschaft. Entstanden vor Jahrtausenden, vor Anbruch der überlieferten Geschichte. Entstanden nach jenem Massenaufstand männlicher Wesen, die, mit Keulen und Sicheln bewehrt, die altehrwürdige Herrschaft der Frau niederbrachen, Weiber zum Eigentum der Männer erklärten, eine neue Weltordnung errichteten: die männliche Welt mit dem Mann als Mittelpunkt, Eigentümer und Gottheit zugleich. Diese Wahrheit suchten sie später auszulöschen aus dem Gedächtnis der Menschheit; verliehen einzelnen Frauen besondere Vorrechte; erfanden den trügerischen Kodex der Ritterlichkeit; priesen weibliche Tugend in Legenden und Liedern. All das brachte die Wahrheit nicht um, drängte sie nur tiefer hinab in die Seelen. Dort grub sie sich ein und ließ, in der Tiefe, solche Wunderlichkeiten entstehen wie die Neigung der Männer zu Milde und Großmut gegenüber Weibern, die Verbrechen begangen hatten. Bis dann doch, immer wieder, die ewige Furcht des niemals zur Ruhe gelangenden Siegers neuen Terror entfesselte, neuen Blutrausch. Und Tausende und aber Tausende von Frauen, schuldige und unschuldige, wurden gequält, gemartert, erwürgt, erstochen, gehenkt, verbrannt.

Ahnung dieser Wahrheit, dunkel und unbestimmt, hatte ihn, Louis den Großen, schon dazu bestimmt, so mancher schuldigen Frau zur Flucht zu verhelfen. In Verkennung seiner eigenen Beweggründe hatte er sein Verhalten gegenüber Delinquentinnen eben jener Großherzigkeit zugeschrieben, die er für einen Hauptbestandteil seines Charakters hielt. Jetzt – verstand er sich besser: Es war Furcht!

Denn dies war die eine Stunde in seinem Leben, da die Wahrheit in den Bereich seines Denkens kam. Er gewahrte sie, erzitterte, rannte vor ihr davon.

Die Galerie war zu Ende. Er stieß eine Tür auf, die Tür zum Salon der Diana. Warf sich auf den grünen Plüsch eines Sofas, fühlte sich für den Augenblick geborgen. Wieder grübelte er: Françoise war, wie jede gesunde Frau, für die Liebe geschaffen. Da sie ihn nicht mehr liebte, musste sie einen andern lieben. Wen? Sie war keine Lasterhafte, die sich mit Männern aus der Hefe vergnügte. Aber auch von den regierenden Häuptern Europas konnte keiner sie ihm entfremdet haben – von diesen Sternen zweiter Ordnung in einem System, dessen strahlende Sonne unbestreitbar er selbst war!

Ein scharfer zischender Laut traf sein Ohr wie ein boshaftes Lachen von drunten zwischen den Hecken her. Lachen? Wohl nur ein schamloser Kater. Wie er Katzen hasste, diese ungebärdigen tückischen Kreaturen! Man konnte sie aber nicht ausrotten, es würde im Palast von Mäusen wimmeln. Abermals versank er in Mitleid vor sich selbst: Armer Jupiter, der zu nächtlicher Stunde über die Vertilgung von Ungeziefer brüten muss!

Wen konnte sie ihm vorgezogen haben? Wer war sein erfolgreicher Nebenbuhler? Nun, einen wusste er, der hatte ihm seit Anbeginn die Souveränität streitig gemacht: er, der mit ausdrücklicher Genehmigung des Höchsten sich Fürst dieser Welt titulieren ließ. Colbert und La Reynie hatten ihm gesagt, es gebe in der Heiligen Schrift keine Grundlage für die Behauptung, Gott habe Satan auf tausend Jahre zum Herrn dieser Welt ernannt. Darauf kam es aber jetzt gar nicht an. Ihn hatte eine andere Erwägung geleitet: Wenn Satan wirklich mit jenem Amt betraut worden wäre, dann würden sich meine eigenen Befugnisse nicht von Gottes Allmacht ableiten, sondern vom Satan! Eine Unmöglichkeit! Denn bekanntlich ist meine Macht absolut, mit niemandem über mir als Gott allein. Diese Tatsache wiegt alle andern auf. Folglich waren meine Diener von richtigem Instinkt gelenkt, als sie mir nahelegten, diesen Punkt ein für alle Mal zu bereinigen. Der Teufel hat über mich keine Gewalt, folglich kann er auch über niemanden innerhalb meines Machtbereichs Gewalt üben. Andererseits hatte der Teufel fraglos eine bestürzende Macht über diese Frau. Sie ergab sich ihm mit Seele und Leib. Und – ihr Götter! – welch ein Leib! Es macht mich krank, mir die Schändlichkeiten vorzustellen, denen sie sich da zu unterwerfen hatte. Wahrlich, sie hat genug gesündigt, um als Hexe und Teufelsbuhle verbrannt zu werden! Trotzdem können wir das nicht zulassen. Erstens würde es unserer hohen Auffassung christlicher Pflichten widersprechen, zweitens uns das Hohngelächter der Welt eintragen!

Hier drängte sich ihm ein neuer Gedanke auf: Der Teufel war doch nicht imstande gewesen, seinen Willen entgegen Seiner Majestät durchzusetzen! Françoise hatte alles erfüllt, was erforderlich war, um sich den Beistand des Bösen zu sichern – trotzdem hatte er sie im Stich gelassen: Marie Angélique war an Lungenbluten gestorben – und er selber, Louis, war am Leben, war unversehrt! Haha! Satan konnte seinen Dienern nicht zum Erfolg ihrer Unternehmungen verhelfen, Satan hatte sich blamiert! Wenn ich einem meiner Untertanen Erfüllung eines Wunsches verspreche, dann halte ich mein Wort. Mir kann niemand Vergesslichkeit oder Unverlässlichkeit vorwerfen – mir nicht! Satan ist anders. Ohne Pflichtgefühl, ohne Ehrbegriffe. Ohne eigentliche Würde. Wahrlich, ich muss mich doch sehr ärgern über Françoises Schwäche für dieses windige Subjekt, diesen Schwindler und Prahlhans, den ich nicht mal als Jägerburschen oder Stallknecht in Dienst nehmen würde. Zur Hölle mit dem Kerl!

Schon wollte er lachen ob seines originellen Entschlusses, den Teufel in die Hölle zu verweisen, als der Druck in seiner Blase zu einem stechenden Schmerz wurde. Und ein Gedanke beschattete sein Gemüt, schwarz und ungestalt wie ein gespenstischer Rabe mit schauerlichen Flügelschlägen. Gift, krächzte es, hüten Sie sich vor Gift, Sire!

Gift! Sie hat mich vergiftet! Seit zehn Jahren schlucke ich ihre Tinkturen und Pulver … Gift! Und ich scharmützle hier mit dem Übersinnlichen!

Alle Kraft wich aus seinen Gelenken. Der Tod – wie konnte der Tod sich unterstehen, nach ihm die Hand auszustrecken! Er war Hirn und Seele Frankreichs, die verkörperte Vorsehung, an die das Volk in kindlichem Vertrauen glaubte. Er war die Macht und die Herrlichkeit der Ersten Christlichen Nation. Tod war für ihn nicht vorstellbar. Was Gott in den Augen seiner Heiligen, das war Louis den Sterblichen, Weibern wie Männern.

Und doch, musste er zugeben, während der Schmerz sich noch steigerte, ich bin den Unregelmäßigkeiten meiner jungen Jahre noch nicht völlig entwachsen. Zwar habe ich Frauen jeglichen Einfluss auf die Staatsgeschäfte verwehrt – aber ich ließ sie meine Gefühle und meine Träume in ihre Obhut nehmen. Und das zu einem Zeitpunkt, da meinem Reich aufs Neue Schwierigkeiten erwachsen – als Folge der unruhigen Verhältnisse in England und des herannahenden Problems der spanischen Erbfolge! Vielleicht ist es an der Zeit für mich, die Gepflogenheiten Jupiters abzulegen. Auf die Dauer kann man wohl kaum beides zugleich sein: Jupiter – und der Erwählte des Dreieinigen Gottes. Es wird auch überaus anstrengend. Also will ich vom Olymp hinuntersteigen, mich der Haltung eines wahrhaft christlichen Monarchen befleißigen, mich Empfindungen ergeben wie der Demut, der Liebe zum Volk, der frommen Mäßigung …

Je länger er eine derartige Wandlung erwog, desto mehr sagte sie ihm zu. Und sein Unterleib schmerzte etwas weniger.

Wen aber konnte er um seelischen Beistand angehen für die ersten Schritte in der neuen Richtung? Bossuet war zu streng, zu eindeutig ein Mann der Kirche. Keiner von den Bischöfen kam infrage, auch nicht sein mildherziger Beichtvater. Die Jesuiten? Letzten Endes würden sie doch immer die Regel und das Interesse ihres Ordens höher stellen als die Belange ihres Herrn und Königs. Gleichwohl musste er auf der Hut sein, keinem von diesen allen ein Ärgernis zu geben – das könnte zu verhängnisvollen Missdeutungen führen und den Protestanten wieder den Nacken steifen.

Und hier war es, das Objekt für seinen bis zur Qual aufgespeicherten Zorn: die Protestanten! Waren sie nicht eine ständige Drohung mit ihrer Behauptung, ihnen seien gewisse Freiheiten garantiert worden? Wie vertrug sich das mit der königlichen Gewalt? Unverschämtheit: ein anderes Glaubensbekenntnis zu haben als das, welches der König für sich selbst gut genug fand! Letzten Endes mussten ihre undurchsichtigen Pläne auf Umsturz hinzielen, Bürgerkrieg, Republikanismus! Diesen Gräueln musste er Einhalt gebieten! Sofort ein Dekret erlassen, das die Sonderstellung dieser Subversiven beseitigte, ihre Vorrechte in den Asylstädten ausstrich, sie hinausjagte aus öffentlichen Ämtern, aus dem Anwaltsstand, aus Kliniken und Laboratorien! Ihre Werkstätten niederreißen, die Läden plündern, sie in Kerkerlöchern zusammendrängen, foltern und hängen – und die Dragoner loslassen gegen ihre hochmütigen Frauen und Töchter! Das Schwert in der Hand, würde er, Louis, seinem Herrgott dienen!

Im Vorgefühl solcher neuen Glorie wurde ihm schon bedeutend leichter. Aber da war noch der eine heikle Punkt: Von heiligen Männern, mögen sie noch so erleuchtet sein, kann ich mich auf meinem neuen Weg nicht leiten lassen. Sie sind hart und kalt. Ich aber bin von Natur empfindsam und gut. Mich muss die Liebe leiten. Françoise hat den Platz in meinem Herzen verwirkt, sie hat mich umbringen wollen! Wer aber wäre sonst da …?

Mit einer Plötzlichkeit, die ihm als das Merkmal höherer Offenbarung galt, wurde ihm bewusst: Nur eine Treppe brauchte er hinaufzugehen in den zweiten Stock: Madame de Maintenons Ruf war makellos, ihre Frömmigkeit und ihr Takt waren in aller Munde. Gelegentlich wetzten sich lose Zungen an ihren lehrerinnenhaften Eigenheiten – aber was hieß das schon! In ihm selber widerstrebte nichts dem Wesen einer ebenso sanften wie energischen Erzieherin – ja, es könnte ihm Genuss bereiten, sich hin und wieder prügeln zu lassen von diesen gepflegten elfenbeinfarbenen Händen – und sich dann auszuweinen an ihrem keuschen und wohlgerundeten Busen. Der delikate Duft dieser ungepuderten Haut wird zum Entzücken verstärkt durch den herberen Geruch ihrer Tugend. Jedenfalls lohnte es einen Versuch.

Auch ihres Vornamens erinnerte er sich: Françoise! Hier würde er sich nicht einmal umzugewöhnen haben! Kein Zweifel, hier waltete die Vorsehung.

Er holte tief Atem, trat in die Erkernische des Salons. Aufgelockert und ermutigt unter dem ruhevoll keuschen Blick der hochgeschürzten Jägerin Diana, entleerte er endlich seine Blase. Dann schlich er auf Zehenspitzen durch die Galerie zurück, gelangte ungesehen in sein Schlafzimmer, kroch auf sein königliches Lager, schlief sofort fest ein.

Beim Aufwachen, um acht Uhr morgens, fand er sich in denkbar bester Stimmung. Während seines Levers, das mit allen Umständlichkeiten der Etikette vor sich ging, erinnerte er sich nicht ohne Betroffenheit: Er hatte es unterlassen, wegen Madame de Montespan und der schwebenden Strafverfahren zu einem Entschluss zu gelangen! Wie ärgerlich! Er fürchtete, unter den obwaltenden Umständen werde ihm keine Wahl bleiben, als sich auf seine Improvisationsgabe zu verlassen, die ihn, wie sich erst letzte Nacht wieder erwiesen hatte, niemals im Stich ließ.

Er ging zur Messe. Als sie zu Ende war, plauderte er einige Minuten mit seinem Bruder, dem Herzog von Orléans. Fast erschien ihm Philipp beneidenswert wegen seiner Unempfindlichkeit gegen weibliche Reize. Da ich anders geartet bin als mein Bruder, bleibt mir nichts übrig, als mich in ernsthaftem Bemühen zur Heiligkeit durchzuringen – so sei es denn!

Mit alledem, musste er sich sagen, war noch kein Ausweg gefunden aus dem üblichen Dilemma, das Madame de Montespan ihm angerichtet hatte! Ohne lange zu zögern, entschied er: Es war ihre selbstverständliche Pflicht, ihn hier zu inspirieren, wie sie es früher so oft vermocht hatte. Wenn in dieser Frau noch ein Funke von Ehrgefühl war, musste sie ihm jetzt den richtigen Fingerzeig geben. Ein König im Vorstadium der Heiligkeit konnte das von ihr fordern – von der Sünderin!

Er gab Weisung, ihn zum Trianon zu fahren; im Wagen, nicht auf der goldnen Fregatte, das gehörte der Vergangenheit an!

Louvois hatte die halbe Nacht bei ihr verbracht und auf sie eingeredet, sie solle fliehen; noch stehe es in seiner Macht, ihr bis an die Grenze freies Geleit zu geben. Sie hörte ihm kaum zu. »Während ich mich verborgen hielt«, murmelte sie, »hat man Catherine gefoltert und verbrannt.« Louvois gab sich redliche Mühe, ihr klarzumachen: Es würde Catherines Los nicht gemildert haben, wenn die Marquise sich vor Gericht als Anstifterin bezichtigt hätte. »Niemals war es Catherines Absicht, die Tat zur Ausführung kommen zu lassen – das hätte ich beschwören können!« Er wusste nicht mehr, was er mit ihr anfangen sollte. »Schließlich hat sie doch Geld dafür genommen!« Sie sah ihn fast mitleidig an. Geld! Wie ärmlich das Denken dieses vierschrötigen Kriegsmanns! Sie dankte ihm für seinen guten Willen und schickte ihn nach Hause.

Catherine hat einer Macht gehorcht, die stärker war als Tod und Teufel! Françoise fühlte, nichts mehr auf Erden war für sie von Wichtigkeit als nur das Eine: Wesen und Walten dieser Macht begreifen zu lernen …

Als der König eintrat, trug sie ihr goldbesticktes, hermelinverbrämtes Hausgewand aus meergrüner Seide. Ihr Haar, nicht ganz so schimmernd wie sonst, war in der Mitte schlicht gescheitelt und nur mit einem schmalen Perlenband geschmückt. Ihr Teint, dem weder Klima noch Leiden etwas anhaben konnte, war makellos. Sie schien mit sich und der Welt in Harmonie, ja etwas wie ruhige Heiterkeit ging von ihr aus, wie von einer zufriedenen und tätigen Schlossherrin. Sie knickste tief, erkundigte sich nach seiner Gesundheit, zeigte etwas wie verschämte Freude über diesen unerwarteten Besuch – als sei er ein gerade aus dem Felde zurückgekehrter Freund und Liebhaber.

Er war selber viel zu sehr Komödiant, um nicht beeindruckt zu sein von der Vortrefflichkeit ihres Spiels. Ein Seitenblick in den großen venezianischen Spiegel über dem Kaminfeuer zeigte ihm sein anerkennendes Lächeln. Aber nein, entschied er, das war eine falsche und leicht unzuträgliche Einstellung von ihm. Jede Unvorsichtigkeit könnte jetzt die neue Entwicklung gefährden, zu der er bereits entschlossen war.

Sie bemerkte, in sanfter Zurückhaltung, dass tags zuvor das Wetter warm und klar gewesen sei, als wäre es Mai, sich seit dem Morgen aber merklich verschlechtert habe; offenbar bestehe der März auf seinem Vorrecht, launisch zu sein.

Sie sprach immer noch vom Wetter. Er betrachtete ihre klassisch gerundeten Schultern, den herrlichen Nacken. Heinrich der Achte von England kam ihm in den Sinn und das Schicksal Anna Boleyns. Aber sogleich lehnte er es ab, sich künftig in einem Atem nennen zu lassen mit dem gewalttätigen, halbbarbarischen Tudor, der keinesfalls in die Gesellschaft gottesfürchtiger Fürsten gehörte, wahrscheinlich nicht einmal in die Gesellschaft anständiger Menschen. Führten nicht Heinrichs ordinäre Begierden und unbeschreibliche Roheiten gegen Frauen geradenwegs zur Gottlosigkeit und Verwilderung aller Moralbegriffe? Kein Wunder, dass hundert Jahre später die Engländer jeden Respekt vor der Königswürde eingebüßt und ihren Träger vor Gericht gestellt und geköpft hatten! Nein – das Verhalten eines englischen Königs konnte niemals einem Bourbonen als Muster dienen … Andererseits war grenzenlose Milde das alleinige Vorrecht des Höchsten!

Sie sprach über den erfreulicherweise zufriedenstellenden Gesundheitszustand der königlichen Familie.

Er sah, wie unter dem mattgoldenen Spitzeneinsatz ihr Busen sich gleichmäßig hob und senkte. Hatte sie nicht an Gewicht zugenommen? Sie sollte mit ihrer Diät vorsichtiger sein. Auch schickte es sich nicht für Frauen, groben Appetiten nachzugeben nach Speisen und berauschenden Getränken und so weiter – Empfindsamkeit, Zartheit, Demut, diese drei geziemten dem Weibe! Hoffentlich lässt sie sich nicht einfallen, durchzuckte es ihn plötzlich, zu rasen und zu toben wie bei früheren Gelegenheiten oder gar sich die Pulsadern zu öffnen oder sich aus dem Fenster zu stürzen – einen entsetzlichen Skandal würde das geben!

Sie sprach von der Frühjahrsmode.

Wenn sie doch nur schon einsehen wollte: Es war ihre heilige Pflicht, ihm jetzt zu helfen, bei der Lösung mitzuarbeiten mit ihrem bewährten Feingefühl und dem Reichtum an Einfällen! Ließ sie ihn im Stich, dann blieb ihm ja nichts anderes übrig, als sie auf eine entlegene Festung zu verschicken wie einen aufsässigen Offizier! Ein miserabler Gedanke – seine Neider und Feinde würden sich ins Fäustchen lachen. Warum strengte sie sich nicht an, ihn zu inspirieren? Er war ja aufnahmebereit!

Sie erkundigte sich, ob die Erziehung der Kinder unter der Leitung der Marquise de Maintenon weiter gute Fortschritte mache.

Er sah, er musste eingreifen. »Hörten Sie schon von der kürzlich erfolgten Hinrichtung einer Hexe namens Catherine Monvoisin – wegen Gottlosigkeit, Sakrilegs, Giftmischerei?«

Sie behielt ihre Fassung. »Der Fall wurde in meiner Gegenwart erwähnt. Ich hörte Zweifel äußern, ob sie nicht verurteilt wurde, damit andere Personen frei ausgehen konnten – allerdings wurde auch gesagt, die Chambre ardente würde sich eine solche Infamie nicht getrauen …«

Sein Gesicht drückte ernsten Vorwurf aus. »Es bestürzt mich, Madame, Sie nicht ein Wort des Mitgefühls aufbringen zu hören – für den qualvollen Tod einer hübschen Frau …«

Sie hätte ihm mit den Nägeln das Gesicht zerfetzen mögen, ihm zuschreien: Du Tier, für *mich* – für mich ist sie gestorben! Sie zwang den Schrei in der Kehle zurück, sie sagte sich: Ein solcher Ausbruch würde ja gerade das zunichtemachen, was Catherine mit ihrem Opfer bezweckt hatte. Sie musste leben, weiterleben – wie und wofür, das wusste sie nicht mehr.

Sie setzte sich auf die Ottomane, beschäftigte sich, um seinen forschenden Blick zu vermeiden, mit dem missmutig blinzelnden Jungen ihrer zierlichen Wachtelhündin Flora. Nach einer Weile blickte sie auf. Ihre Augen schimmerten seltsam, als sie mit gespielter Verwunderung sagte: »Ich sehe, Sire, Sie haben beschlossen, Anteil zu nehmen an den Leiden gewöhnlicher Menschen. Ich muss eines unvergesslichen Mannes gedenken, eines Dorfgeistlichen, der mir vor Jahren sagte, Sie seien König von Millionen Bettlern und Krüppeln. Ich kümmerte mich bisher kaum um diese Dinge. Ich halte es auch nicht für ratsam, Sire, dass Sie es tun sollten. Denken Sie nicht darüber nach, wie die Namenlosen Ihrer Untertanen sterben: die Soldaten auf den Schlachtfeldern, die Bauern, die sich vorwiegend von Gras ernähren, die armen Sünder, die man hängt, vierteilt, verbrennt. Ich warne Sie, Sire, da ich ja weiß, Sie sind von zarter und empfindsamer Gemütsart.«

Das Hündchen begann den König anzukläffen. Er zeigte sich erstaunt über ihr Interesse an Zuständen außerhalb der Sphäre des

Hofs. »Vermutlich ist es Ihnen nicht bewusst, Madame: Der Luxus, in dem Sie leben, die Juwelen in Ihren Truhen, dieses entzückende kleine Palais, die Millionen, die Sie nach Herzenslust vergeuden – alles wurde den Armen abgepresst!«

Sie empfand seinen Ton als unecht, wie den eines Schauspielers, der sich zum ersten Mal an eine neue, ihm nicht liegende Rolle wagt. Sie beschränkte sich auf die kühle Bemerkung: »Ihre Untertanen, Sire, sind Ihr persönliches Eigentum, nicht wahr – mit keinerlei persönlichen Rechten! Falls dieser Grundsatz aufgegeben werden soll, bedarf es eines allgemeinen Erlasses Eurer Majestät.«

Ihr Mona-Lisa-Lächeln fand er zum ersten Mal herausfordernd, unehrerbietig! Er nahm das kläffende Hündchen beim Genick und setzte es vor die Tür – bei dieser Gelegenheit sich vergewissernd, dass im Vorraum kein Lauscher war. Dann ging er gemessenen Schrittes im Zimmer auf und nieder. Draußen regnete es. Endlich nahm er sich zusammen. »Es war niemals, noch ist es heute meine Gepflogenheit, mit Damen des Hofes die unerquicklichen Probleme der Staatsverwaltung und der Politik zu diskutieren. Ebenso wenig ist es meine Absicht, in Ihnen, Madame, menschliches Verständnis für das Los der Armen wachzurufen. Indessen wünsche ich Ihre Aufmerksamkeit zu gewinnen für den Fall dieser besonderen Frau, Catherine Monvoisins. Sie verdient eine Träne des Mitleids aus Ihren schönen Augen. Denn weder die Drohung des schrecklichsten aller Tode noch die Folter noch das Anerbieten einer Begnadigung brachte sie dazu, Sie zu verraten!«

Das war der Schlag, der sie niederwerfen sollte zu seinen Füßen, in Wimmern und Stöhnen. Nur etwas bleicher wurde sie, schloss die Augen für einen Moment. Von Louvois wusste sie es, ihre männlichen Mitwisser hatten sie preisgegeben. Wenn die Justiz ihren Lauf nahm, konnte sie nichts anderes erwarten als den Scheiterhaufen und die unbeschreibliche Folterung, die nur für Königsmörder vorgesehen war. Aber diese Aussicht barg für sie keine besonderen Schrecken. Ein törichter Gedanke, dass sie, eine Mortemart, sich einkerkern, ins Kreuzverhör nehmen, foltern und hinrichten lassen würde! Ein paar Körnchen des Wundersalzes, mit dem die Filastre sich schmerzlos aus dieser Welt hinwegbefördert hatte, befanden sich in einer Naht ihres Mieders … Sie atmete tief.

Er sah ein Lächeln um ihren begehrenswerten Mund, und dieses Lächeln war nicht erzwungen wie das vorherige, es war echt! Es setzte ihn außerstand, in seiner Rolle fortzufahren. Und jetzt brach das Entsetzen aus ihm hervor, übersprang die Schranken, die er so sorgsam errichtet hatte. »Warum misstrauten Sie der Macht Ihrer Schönheit und Ihrer Geistesgaben? Warum gebrauchten Sie Liebestränke und Zauberkünste, da es doch für jedermann ersichtlich war: In Ihnen hatte ich das Weib meines Lebens gefunden! Warum mit Tod und Teufel paktieren, um zu sichern, was dein war auf Befehl des Lebens selber?« Seine Stimme schien in Schluchzen zu ersticken.

Françoise aber sprach in klarem, demütigem Ton: »Seit meiner Jugend wusste ich: Mir war es nicht bestimmt, der ewigen Seligkeit teilhaftig zu werden. Als mir das aufging, war ich sechzehn. Catherine war achtzehn. Wir flehten Gott nicht um Gnade an, da es für uns ausgemacht war: Schon bei der Geburt waren wir aus der Gnade gefallen. So musste ich eine andere Macht angehen als die Gottes, um zu erlangen, was ich wollte. Vielleicht – war ich von Anbeginn im Irrtum.«

»Und das gibt es inmitten der christlichen Zivilisation«, klagte er, »als deren Baumeister man mich preist! Alles, was einem Mann und König zu Gebote steht, um seine Leidenschaft zu ehren – all das gab ich Ihnen! Sie aber ergaben sich mir nur wegen einer Laune Satans und zahlten ihm dafür einen Preis.« Er rang die Hände. »Ja um Himmels willen, was war es denn, was Sie von Satan verlangten … was konnte es denn sein, was *ich* Ihnen nicht zu geben vermochte?«

»Sie!«, war ihre Antwort. »Ich wollte *Sie*, Sire. Und ich wollte Sie so sehr, dass ich den Preis zahlte, den ganzen Preis, ohne den Versuch, ihn herunterzuhandeln … Bitte, ich rühme mich nicht meiner großen Passion wie die Heldinnen Ihres Lieblingsdichters Racine! Ich – spielte mit einem hohen Einsatz, niemand kann einen höheren aufbringen, und ich verlor. Ich weiß, das ist keine Verteidigung, weder vor irdischen Richtern noch vor Gott.«

Während er in tiefster Betroffenheit schwieg, fühlte sie: Dieser Augenblick musste die Entscheidung bringen. Nicht nur über ihr Schicksal, auch über seines. Millionen Menschen in Frankreich und andern Ländern würden zu leben haben oder zu sterben, zu hoffen oder zu verzweifeln – je nachdem Louis Quatorze jetzt ein neuer Mann werden würde – oder nicht. Dies war der Augenblick, da dieses eitle, lüsterne, sich selber vergötternde Männchen seine Verafftheit von sich zu schütteln hatte, sich hindurchringen musste durch Stöße und Schmerzen der Wiedergeburt – um daraus hervorzugehen als ein erneuertes Wesen, als ein Mensch … Sie wartete mit fiebrigen Augen, hoch klopfendem Herzen, versagendem Atem.

»So raten Sie mir doch, Madame: Wie soll ich diese Affäre ordnen, ohne mein Ansehen in der Welt zu beschädigen?«

Der Augenblick war vorüber. Sie wandte das Gesicht, starrte ins Kaminfeuer. Aus den Flammen schien Catherines Gesicht aufzutauchen – ihr war, als höre sie die warme innige Stimme: Genug der Narrheit! Zwölf Jahre deines Lebens vergeudetest du an dieses einfältige Männchen! Deine Liebe war unreif wie dein Hass.

Trotz der flammenden Holzscheite war es kühl. Louis verspürte einen Drang, heftig zu niesen, überwand ihn jedoch als unköniglich. Was ihm jetzt moralische Kraft verlieh, war die Gewissheit seines endgültigen Sieges über die vormals so stolze, überlegene, brillierende Françoise Athénaïs de Mortemart. Da kauerte sie, geschlagen, ihm auf Gnade und Ungnade ausgeliefert; konnte ihm nicht mehr entrinnen, sie nicht. Wenn sie, ohne seine Erlaubnis, sich davonmachen wollte, überall würden La Reynies Spürhunde sie auffinden und stellen. Sie gehörte ihm jetzt so bedingungslos wie eine Sklavin des Orients ihrem Herrn. Er erwog: Wäre es tunlich, seiner Großmut den wahrhaft übermenschlichen Zug zu verleihen und sie seiner männlichen Umarmung teilhaftig werden zu lassen, hier und sogleich? Vermutlich würde sie jetzt, im Stande der Demut, eine noch vollkommenere und zärtlichere Geliebte sein als zuvor. Mit Bedauern sah er, dass solches sich doch nicht empfahl.

Und da kam ihm der erlösende Einfall. Während er sich von

den Reizen der Madame de Montespan in männlicher Festigkeit abwandte, kam ihm der Einfall. Nicht seinen Beratern, nicht einmal ihr, der Einfall kam ihm selber.

Das freute ihn sehr. Er sprach zu ihr, deren Schweigen er als Zerknirschung missdeutete – sprach in wohlwollendem, fast väterlichem Ton: »Sie dürfen sich beruhigen, Madame. Ich will keine Hinrichtungen mehr, will keine neuen Skandale. Die Lösung, die ich jetzt gefunden habe, muss La Reynies Gerechtigkeitssinn befriedigen, ohne diejenigen meiner Minister zu verstimmen, denen es mehr um die nationale Sicherheit geht. Bitte nehmen Sie wieder Platz, Madame, da Sie die Erste sein sollen, die von meiner Entschließung erfährt.«

Sie sah plötzlich grau und müde aus.

Er blickte sie kaum an, sondern entwickelte geläufig seinen Plan: »Ich gedenke nicht etwa, die Chambre ardente zu schließen, da eine solche Maßnahme als Zwangsfolge peinlicher Ereignisse gedeutet werden könnte. Die Chambre wird ihre Tätigkeit fortsetzen – allerdings nur zur Verhandlung ausgesuchter Fälle, die keinerlei Verbindung haben mit der Angelegenheit, die uns hier beschäftigt. Die in letzterer Sache verhafteten Personen aber werden nicht vor Gericht gestellt. Sie werden in Schutzhaft gehalten – und zwar in gewissen Festungsgefängnissen der entlegenen Provinz, deren Gouverneuren sogleich eingehende Geheiminstruktionen zugehen. Man wird diese Leute in Türmen oder Verliesen mit Ketten an die Mauer fesseln. Mit anderen Gefangenen kommen sie nicht in Berührung, bleiben gänzlich abgeschlossen von der Außenwelt. Die Wärter werden angewiesen, diese Häftlinge als gefährliche Staatsverbrecher zu behandeln, als Verschwörer gegen das Leben des Königs und seiner Freunde, einschließlich der Marquise de Montespan, die sie ebenso wohl zu ermorden und zu verleumden trachteten, sollten die Schurken sich jemals unterstehen, diese schändlichen Verleumdungen vor den Wärtern zu wiederholen, dann haben diese ihnen den Mund mit Faustschlägen zu schließen. Sehen Sie, Madame, das ist der Weg, die Angelegenheit zu begraben. Ist es doch eine anerkannt zulässige Maßnahme, Leute in Schutzhaft zu nehmen, während ein Untersuchungsverfahren schwebt – nur dass in dieser Sache die Untersuchung niemals zum Abschluss gelangen wird! La Reynie muss damit einverstanden sein. Sollte er es nicht, kann man ihn nur bedauern. Im Übrigen erklären wir die Angelegenheit zum Staatsgeheimnis. Und um La Reynie und uns selber vor etwaigen Anwandlungen von Zorn oder Reue zu schützen, lassen wir die gesamten Akten, alle Protokolle von Vernehmungen, alle Dokumente und Aufzeichnungen uns persönlich aushändigen. Diese Papiere werden wir in einer eisernen Kassette verwahrt halten – bis wir den Augenblick für gekommen erachten, sie mit eigner Hand zu verbrennen. Und dies beendet die Affäre der Hexen von Paris.«

Er trat ans Fenster, sah den Märzregen in dicken Tropfen die Scheiben herunterlaufen. Mit einem heimlichen Seitenblick suchte er den Eindruck zu erhaschen, den ihr seine Weisheit und Großmut gemacht haben müssten. Sein Herz ist ein stinkender Pfuhl!, dachte sie. In unserer ersten Nacht hätte ich ihn erwürgen sollen!

Er hielt ihren Blick für dankbare Bewunderung, wandte sich wieder zu ihr und sagte verbindlich: »Ihnen, Madame, brauche ich nicht auseinanderzusetzen, warum alles vermieden werden muss, was zu übelwollendem Gerede Anlass geben könnte. Darum werden Sie Ihre Stellung bei Hofe beibehalten, im Ehrendienst Ihrer Majestät der Königin verbleiben und weiter hier im Trianon wohnen mit der bisherigen Dienerschaft – ausgenommen Mademoiselle Desoeillets, die in Haft genommen wurde, damit sie nicht schwatze …« Er stockte, bevor er fortfuhr: »Was unsere persönlichen Beziehungen betrifft, Madame – nun, das ist allerdings ein heikles Thema …«

Ich soll hier weiterleben, erkannte sie, in jahrelanger täglicher Tortur, eine Lebendiggewordene unter Gespenstern und Marionetten – denn zum wirklichen Leben erwacht, das weiß ich jetzt, bin ich erst durch die Botschaft, die sie mir im Tod gegeben hat. Catherine! Catherine … Ich will alles auf mich nehmen, was man mir zudiktiert aus männlicher Rachsucht oder aus platter Dummheit – mir ist es gleich, ich will stillhalten und mit meinen Gedanken ins Reine kommen – Catherine – Catherine!

Der Regen hatte sich in einem heftigen, sturmgepeitschten Guss erschöpft. Die mageren Wolken verzogen sich vor einer frühalten, fahlen Sonne. Der König neigte sich zu der Sitzenden, sein Ton war brüderlich vertraulich: »Es würde Ihnen nicht zusagen, das Leben einer Heiligen zu führen – wie unsere gute Louise, der Gott die Kraft zur Enthaltsamkeit und zum Weltverzicht verlieh. Sie werden noch mehrere Jahre schön sein, Madame. Darum machte ich Ihnen empfehlen, eine Versöhnung mit Ihrem Gemahl anzustreben. Zwar haben mir sein unbotmäßiges Verhalten und seine Hartnäckigkeit viel zu schaffen gemacht, aber ich vergab ihm längst. Wie ich höre, ist er ein Philanthrop geworden – ein Gelehrter, der niemandem zum Leide lebt und die luftige Welt der Gedanken irdischen Belangen vorzieht. Diese Geistesrichtung schätzte ich stets bei anderen. Auch heißt es allgemein, Philosophen seien nicht notwendig schlechte Liebhaber. Dieser, jetzt ein gesunder Vierziger, lebt seit Jahren wie ein Eremit. So dürfen wir wohl annehmen, er hat in sich einen stattlichen Vorrat von Sehnsucht und Verlangen aufgespeichert – genug, eine Frau glücklich zu machen. Madame, es würde zu meiner Gemütsruhe beitragen, wenn Sie sich mit Ihrem Gemahl wieder vereinigten …«

Sie fühlte keinen Hass mehr, kaum mehr Verachtung, nur noch Scham. »Bitte lassen wir den Marquis de Montespan außer Betracht. Wie immer er seine jetzige Welt benennt, sie hat nichts gemeinsam mit der Sphäre, in der wir uns auskennen. Mich löschte er längst aus der Liste der Lebenden. Ich habe kein Verlangen, vor ihm aufzutauchen wie ein unseliges Gespenst – und mich exorzieren zu lassen!«

Er begann mit Anmut seine Handschuhe überzustreifen. »Unter diesen Umständen, Madame, gibt es einen anderen Weg, Ihnen einigermaßen zu ersetzen, was Sie sich leider für immer verscherzt haben. Ich werde Sie ein neues Ursulinerinnenkloster gründen lassen, nämlich in Saint-Germain-en-Laye; dort sollen junge Mädchen in der Furcht des Herrn erzogen und in Arbeiten unterwiesen werden, die ihrem Geschlecht geziemen. In dem Königlichen Patent wird bestimmt werden, dass Ihnen, Madame, alle Rechte, Ehren und Vorteile zustehen, die der Gründerin eines Klosters gebühren. Gelände,

Bauten und bewegliches Kapital gehen auf Ihren Namen; die Zahlungen erfolgen aus meiner Privatschatulle.«

Er war dicht an sie herangekommen, beinahe berührten seine behandschuhten Finger ihren Busen … Wenn er doch endlich ginge, mich allein ließe mit meiner Scham, dachte sie und presste ihr parfümiertes Tüchlein an die Nase. Ich kann seinen übel riechenden Atem nicht mehr aushalten!

Er war der Meinung, sie halte Tränen zurück, Tränen bitterer Reue, der Verzweiflung, der verlangenden Liebe. Dem standzuhalten, fühlte er sich nicht gewappnet. Er trat von der Ottomane weg, ergriff seinen Federhut und sammelte alle Kraft des Geistes zu einem würdigen Abgang: »Von nun an, Madame, werde ich Sie nur noch in Gegenwart dritter Personen treffen. Die Vorsehung hat über uns beide die Hand gehalten, hat Sie vor der Ausführung eines furchtbaren Verbrechens bewahrt und mich davor, diesem zum Opfer zu fallen. Der besonderen Sorgfalt, mit der Gott der Herr über mir wacht, will ich mich noch würdiger erweisen als bisher. Zu ihm, Madame, wollen wir in Vertrauen den Blick erheben und in Demut beten.«

Sie knickste tief. Noch tiefer … Ihr Blick folgte einer winzigen Schabe, die im Zickzack über den Estrich kroch.

Als sie aufblickte, war er gegangen. Sie erhob sich mühsam, trat ans Fenster, stieß es weit auf. Schwer klapperten die Hufe seiner Rosse auf den Fliesen, als die Equipage von dannen rollte. Catherine, hilf mir!, ging es durch ihr Herz, bevor sie in eine schwere Ohnmacht sank.

Der König, zum Palast zurückgekehrt, beschied den Oberhofküchenmeister zu sich ins Privatkabinett. Dann, ohne sich umzukleiden, ging er federnden Schrittes in den zweiten Stock hinauf und speiste in Gesellschaft der Marquise de Maintenon.

Epilog

Aus einem Brief des Marquis de Montespan an
Mrs. Madeleine Vermont, Boston, Massachusetts,
Amerika

... Das Licht wird schwächer. Weiter droben, auf der Schutthalde oberhalb der letzten Tannen, leuchtet abendlich geröteter Schnee. Du erinnerst Dich wohl noch der mächtigen Granitblöcke am Gipfel, zwischen denen wir unsere langen Gespräche führten. Jetzt wage ich mich nicht mehr dort hinauf. Es weht ein eisiger Wind. Und wie sehr auch das Leben in gesunder Luft mich gestählt hat, wir wollen nicht vergessen: Ich bin achtzig. Die Herden sind zu Tal getrieben. Ich hause hier, auf halber Höhe des Berges, mit einem alten Gefährten – und mit luftigen Geistern, die sich weiter talwärts nicht antreffen lassen.

Das menschliche Leben, auch wenn es über seine durchschnittliche Dauer hinaus verlängert wird, bleibt zu kurz, um uns wirklich hinabdringen zu lassen unter die Oberfläche der Dinge.

Es ist eine unerquickliche Geschichte, die ich Dir zu erzählen habe. Meine Befugnis dazu entnehme ich lediglich der Tatsache, dass ich noch am Leben bin. Fast alle, die in meiner Erzählung vorkommen, sind verstorben.

Ich kenne die Menschen dieser Geschichte heute besser als damals, als ich noch unter ihnen lebte. Hier in meiner Abgeschiedenheit spreche ich mit ihnen, höre sie weinen und lachen, spüre ihren Atem, rein oder verdorben, und das Beben ihres rastlosen Fleisches. Ihre Masken sind gefallen, die Vorwände zerstoben, die Motive sind nicht mehr geheimnisvoll. Ihre Geschichte, und das ist der unheimliche Zug daran, trug sich nicht zu im Zwielicht verrufener Gassen, unter den Schatten von Armut, Krankheit, Verzweiflung – es begab sich im Mittagslicht einer strahlenden Sonne. Es war die Sonne, die, nach den Worten der Hofhistoriker und Poeten, während der langen Regierung Ludwigs des Vierzehnten über Frankreich schien.

Es gewährt mir immer wieder Trost, meine Tochter, aus Briefen von Dir zu ersehen, welch reiches und tätiges Leben Du mit den Deinen in der Neuen Welt führst. Vor dreißig Jahren, als ich Dich und Deinen Marin über den Ozean segeln ließ, schmerzte mich der Verlust Eurer Gegenwart. Heute erquickt es mein Herz, solche Nachrichten von Dir zu erhalten wie über die Vergrößerung Eurer Reederei – oder dass Euer Henry, mein ältester Enkel, als Advokat gesucht ist und seine junge Frau ein Kind erwartet. Wäre ich etwas jünger, so würde ich es mir nicht nehmen lassen, zur Taufe drüben zu sein. Unter den obwaltenden Umständen kann ich Dich nur bitten, meine Tochter, mir etwas häufiger zu schreiben.

Ich danke Dir für den wahrhaft erbaulichen Bericht über den Richter Sewall und die zwölf Geschworenen von Salem, die der kurzen Episode von Hexenverfolgungen und Massenwahn in Amerika ein Ende setzten. Ich verneige mich vor diesen Tapfern, die sich selbst öffentlich anklagten, aus Aberglauben und schlimmer Torheit Menschen wegen Umgangs mit dem Teufel verurteilt zu haben. Hoffentlich hat diese beherzte Tat die Atmosphäre von dem verderblichen Wahn für immer gereinigt!

Für Europa besteht zurzeit nur geringe Hoffnung, dass man aufhören wird, seinen Nachbarn als einen verkappten bösen Dämon zu beargwöhnen, der uns den Flammen der ewigen Verdammnis zu übergeben trachtet. Dieser Argwohn, diese Furcht, dieser Hass beherrschen heute das Verhalten der Nationen zueinander. Seit einem Jahrtausend weiß dieser Erdteil nicht mehr, was Friede ist. Wissenschaft und Technik, in ihrem bemerkenswerten Aufschwung, liefern fortwährend Waffen, immer fürchterlichere Zerstörungswaffen, in die Hände von Leuten, deren sittliche Entwicklung im Knabenalter stehen geblieben scheint.

Aber wer bin ich denn, dass ich meine Zeitgenossen verhöhnen oder verdammen dürfte! Ach, ich wollte, ich könnte mich vor Dir und meinen Enkeln einer einzigen Tat rühmen, die mich als einen tätigen Widersacher der schlimmen Mächte zeigte, die mein Heimatland und seine lebendige Seele verwüstet haben! Die Vertreter dieser Mächte ließen es sich angelegen sein, den schrecklichen Abgrund unter unserer Gesellschaftsordnung mit einem weiten, zähen, elastischen Lügengewebe zuzudecken. Aber der Abgrund ist noch da, eine ungeheure Wunde im Leibe der Menschheit, eine giftige eiternde Wunde; kein Versuch wurde gemacht, sie auszubrennen und zur Verheilung zu bringen. Ob jetzt, nach jahrzehntelangen Quacksalberkuren, eine Gesundung noch möglich ist, wage ich nicht zu prophezeien.

La Reynie und einige andere redliche Männer hatten sich dafür eingesetzt, die verlogene Anpreisung unserer Glorie und Unvergleichlichkeit einzustellen zugunsten eines offenen Bekenntnisses zu Demut, Wahrhaftigkeit und tätiger Nächstenliebe. Wäre das geschehen, so würde sich vielleicht der Abgrund von selber geschlossen haben. Aber der Rat jener Weitsichtigen wurde unmutig beiseitegeworfen. Die grausige Affäre blieb vertuscht. Und die Wunde verursacht Blutfäule in unserm Organismus, während das Herz der Nation immer rasender pocht, als könnte es das dickflüssige unreine Blut aus den Adern hinausschleudern!

Ja, heute wissen wir die Wahrheit. Ein paar Menschen wissen sie. Und doch ist es noch nicht die ganze Wahrheit. Es ist nicht gelungen, wird vielleicht niemals gelingen, die eigentlich Schuldigen festzustellen, diejenigen, die es sich zuerst einfallen ließen, aus dem Hass und der Angst der Menschen Geld zu machen. Fast möchte man glauben, Geld selber sei zu einer selbstständigen, überpersönlichen Macht geworden, die in einer von sittlichen Begriffen ungestörten Sphäre wirkt und waltet, zu keinem anderen Behuf, als immer mehr Geld zu erzeugen! Und die Alchemie ist nur eine Helferin der Schwarzen Magie.

Während der letzten Regierungsjahre des Königs erkannten auch jene, die es vorher nicht wahrhaben wollten: Seine Erfolge beruhten ausschließlich auf der Weltsituation und den Fähigkeiten einiger Männer, die ihm dienten. Aber sobald England sich von der lähmenden Regierung der Stuarts befreit hatte, Deutschland wieder einigermaßen auf die Füße gelangt war, Holland sich als unabhängige Republik gefestigt hatte, sahen wir die ungeheuerlichen Niederlagen unserer Armeen. Mit Colbert und Louvois, Turenne und ein paar anderen starb unsere Glorie, brach unser Finanzsystem zusammen, verwandelte sich unser trügerischer Wohlstand in allgemeinen Bankrott. Dass Frankreich sich am Vorabend einer Katastrophe befindet, das sieht jeder, der nicht die Augen schließt – wie es leider so viele taten, die nicht sehen wollten, was in Wahrheit die Affäre der Hexen und Giftmischerinnen von Paris enthüllte.

Meine eigene Rolle in jener Affäre war ruhmlos und unwichtig. Ich war nicht tugendhafter noch weiser als die Hauptakteure, wahrscheinlich nur weniger mutig. Denn Feigheit lässt sich jenen Frauen gewiss nicht nachsagen, die ihr Leben und ihr ewiges Heil daransetzten, um zu erreichen, was ihnen als höchster irdischer Triumph galt: Macht über Leben und Tod des Mächtigsten.

Seit meiner Studentenzeit durchforschte ich mein Herz, ob darin ein Verlangen lebe, mich andern überlegen zu fühlen. Ich fand mich dieses Verlangens erstaunlich bar. Ja, ich fühlte mich angewidert von dem lasterhaften Drang, der unersättlichen Gier nach Macht. Meine Standesgenossen betrachteten mich darum als einen Degenerierten und kehrten mir den Rücken. Sie gefielen sich immer noch in dem Wahn, sie und ihre vornehmen Familien seien die wahren Herren der Nation und berechtigt zu einem Götterleben; darunter verstanden sie schale Vergnügungen im Frieden und ebenso sinnlose Unternehmungen im Kriege. Ihr Herr und Meister, kraft dessen Genehmigung sie sich weiter als die Elite betrachten durften, war gleichzeitig Produkt und vornehmster Repräsentant männlicher Dummheit und grotesken Dünkels, dieses Zwillingspaars, das nun verhimmelt wurde als Unfehlbarkeit des Urteils und als angeborenes Herrentum.

Verglichen mit den Frauen jener Zeit erschienen die Männer bestürzend arm an Lebenskraft und Ideen; sie krochen vor einem jeden, der mit Macht ausgestattet war; sie zeigten in ihrer Jugend Mut nur innerhalb der bewaffneten Macht, hatten im reiferen Alter weder Weisheit noch Würde.

Fromme Männer haben oft geklagt, wahre christliche Liebe sei aus der Welt verdrängt worden durch die luziferische Macht der Geschlechtsliebe. Aber auch der Sinn der Liebe zwischen den Geschlechtern war fast gänzlich abhandengekommen. Für meine Zeitgenossen war sie ein derbes Vergnügen zwischen Trunk und Völlerei, vielleicht ergiebiger als die Letztere, aber geringer im Ansehen als der Erstere. Lasst Euch nicht täuschen durch die Fülle schmachtender Verse und empfindsamer Essays, die aus jenen Tagen auf uns gelangt sind. Sie wurden von den Damen der Gesellschaft als die ihnen zustehende Entlohnung angesehen, vorausgesetzt, es konnte der Eindruck entstehen, der Liebhaber seufzte nach nichts mehr als nach einem Lächeln oder huldvollen Blick – auch wenn die Angedichtete seit Monaten mit ihm schlief. Diese allgemeine Übereinkunft, so närrisch sie Euch erscheinen mag, entstammte der Scham und dem Bedürfnis besser gearteter Frauen, nicht bekannt werden zu lassen, wie unsäglich banal und roh ihre Liebesaffären wirklich beschaffen waren. So war Liebe, das vornehmlichste Gesprächsthema der Epoche, nur mehr ein höflicheres Wort für Intrige, Niedertracht, Unzucht.

Nochmals sei es gesagt: Ich richte nicht. Sittliche Entrüstung würde mir schlecht anstehen, der ich nichts aufzuweisen habe als meine offenen Augen und Ohren, die es mir ermöglichten, Tatsachen zu registrieren. Ja, wenn ich ein Beispiel echter Liebe gegeben hätte – jener Art von Liebe, die sich nicht verflüchtigt angesichts einer Wandlung im geliebten Wesen –, dann könnte mir wohl das Recht zustehen, jene zu verdammen, von denen die Liebe degradiert worden ist. Aber ich habe mich selbst gewogen und gering befunden: geringen Mutes, geringer Liebe.

Von allen mir bekannten Menschen war nur ein einziger in seinem Handeln und Trachten von Liebe geleitet. Von Liebe, nicht in einem idealen oder geistigen Sinn – nein, von Liebe, die im Geschlechtlichen verwurzelt ist. Hitzige, leidenschaftliche Liebe, deren Lohn zu gewinnen ihm nicht bestimmt war; denn er war ein Krüppel. Dieser Mensch hieß Paul Scarron, Dichter und Schriftsteller. Von Scarrons Jüngern bemühte sich um Befolgung jenes Beispiels nur Adam Lesage, mit dem ich erst unmittelbar vor seiner Verhaftung näher bekannt wurde. Unglücklicherweise war er nicht imstande, das Geschick der Frau, die er liebte, in eine lichtere Bahn zu lenken. Wie alle Übrigen, die in die Giftaffäre verwickelt waren, endete Lesage im Kerker einer Festung in der Provinz, über den Nachrichter von Paris, einen gewissen Guillaume, konnte ich ihm noch die Nachricht zukommen lassen, dass die Frau seiner Liebe vor den Qualen des Flammentodes bewahrt geblieben war.

Diese Frau, die Adam Lesage auf ihrem Lebensweg treulich begleitete, Catherine Deshayes, Deine Pflegemutter, hatte einen ruhelosen, kühnen, unablässig forschenden Geist. In einer Gesellschaft, die begabten Frauen berufliche Möglichkeiten eröffnete, wäre sie wohl eine bedeutende Ärztin und Beraterin von Seelen geworden. Neben ihrem Scharfsinn besaß sie eine außerordentliche Einfühlungsgabe, und ihre Voraussagen über Menschen und Ereignisse erwiesen sich oft als erstaunlich zutreffend. Toren und Windbeutel redeten ihr frühzeitig ein, diese natürliche Veranlagung charakterisiere sie als Dienerin Satans! So begann sie mit dem Unsichtbaren zu kokettieren, sich mit dem Übersinnlichen in Abenteuer einzulassen – und geriet unversehens auf das Gebiet jenseits der Grenze, die menschliche und göttliche Sitzung festgelegt haben, geriet aufs Gebiet des Verbrechens.

Ich höre im Geist Deine Frage: Wenn du sie so gut kanntest, mein Vater, warum bemühtest du dich nicht, sie von ihren Irrtümern abzubringen, gelehrt und umsichtig wie du warst? Meine Tochter, ich muss mich schuldig bekennen – schuldig nicht so sehr der Gleichgültigkeit wie der Unwissenheit –, obwohl mich das nicht entlastet. Ich schreibe Dir das so ausführlich, weil ich möchte, dass Du an Catherine mit einigem Mitgefühl zurückdenkst, nicht mit Abscheu.

Ich war es auch, der, ohne dass sie es jemals erfuhren, das Zusammentreffen der beiden Frauen herbeiführte. Catherine, so nahm ich an, würde sich mit Leichtigkeit die Konversationsfertigkeit und die

Manieren der Frauen unserer Oberschicht aneignen – während die Tochter der hochmütigen Mortemarts eine gesündere und menschlichere Haltung dem Leben gegenüber gewinnen könnte durch den Umgang mit einem begabten Geschöpf aus einer anderen Klasse. Beide fühlten sich sogleich voneinander angezogen kraft jenes wundersamen Instinkts innerer Verwandtschaft. Was ich nicht vorausgesehen hatte, war die Richtung, in der sie sich hinfort gemeinsam bewegten, wechselseitig ihren Schritt dem Verhängnis zu beflügelnd. An Intelligenz, Mut, Energie und Verachtung der Konsequenzen waren sie von ungefähr gleicher Natur. Der König traf Vorkehrungen, ihre Verbindung vor der Welt geheim zu halten. Aber ihm gelang nicht mehr als die Vernichtung von Dokumenten und die Beseitigung einiger Zeugen. Die Stimme der Wahrheit konnte er nicht für lange zum Schweigen zwingen. Dieser Stimme gehorchte Françoise, als wir uns hier oben nochmals trafen, zum letzten Male. Von ihr erfuhr ich, ohne Beschönigung und Ausschmückung, die ganze Geschichte. Eines zukünftigen Tages – falls der Menschheit eine Zukunft beschieden ist – wird Françoises Beichte durch dokumentarischen Beweis bestätigt werden; denn eingemauert in einem Gewölbe der Bastille liegt eine vollständige Abschrift der Akten, die der König verbrannte.

Ich beabsichtige keineswegs, diese Frauen reinzuwaschen. Sie waren oder wurden Verbrecherinnen. Ihr schlimmstes Verbrechen, so hieß es, war die Verschwörung gegen den König. Gegen den König, der durch seine Armeen halb Europa brandschatzte und viele Hunderttausende töten ließ, ohne dafür von der Kirche oder der öffentlichen Meinung angeklagt zu werden. Missverstehe mich nicht: Es fällt mir nicht ein, Catherine oder Françoise als Vorkämpferin für Frieden, soziale Gerechtigkeit, höhere Zivilisation darzustellen! Sie waren Verbrecherinnen. Aber es war eine Kraft tief im Untergrund ihres Seins, erwachsen aus den Wurzeln ihres Geschlechts, die sie zur Auflehnung trieb gegen die Herrschaft des Mannes; denn sie waren von anderem Schlag als die unterwürfigen Hausfrauen und willfährigen Spielzeuge, deren einziges Bestreben es ist, möglichst alle Launen ihrer Gebieter zu befriedigen.

Die Frauen, von denen hier die Rede ist, wetteiferten mit dem Manne in Ruchlosigkeit. Vielleicht verstärkte es ihre Erbitterung, dass er der Liebe jede Ehrerbietung verweigert halte. Die Männer aber, die zwecks Mehrung von Louis' Reich die Niederlande und die Pfalz verwüsteten, sengten und mordeten wie Mongolenhäuptlinge – diese Männer mit blutbeflecktem Lorbeer um die Stirnen haben keinen Anspruch, gehört zu werden mit ihren Jeremiaden über die Verruchtheit jener »Tigerinnen«.

Die Welt möge es wissen: Françoise liebte den König. Seit den kurzen ersten Monaten unserer Ehezeit gab es in ihrem Leben keinen Mann außer ihm. Als sie, eine Vierzigerin, den Hof endlich verlassen durfte, war sie so auffallend schön wie in ihrer ersten Jugend. Dazu war sie reich. Unter den Fürsten Europas hätte sie wählen können. Sie nahm keine Werbung entgegen, hatte keinen Liebhaber, lebte bis zuletzt in völliger Keuschheit.

Vor zwanzig Jahren bemühte sie sich um Versöhnung mit mir. Gott ist mein Zeuge, ich hegte längst keinen Groll mehr gegen sie nach unserer siebzehnjährigen Trennung. Ob sie erwartete, von mir zur Erneuerung eines gemeinsamen Lebens aufgefordert zu werden, weiß ich nicht. Ich hielt es für untunlich, unsere Existenzen wieder zusammenzufügen, nachdem sie einander so fremd geworden waren. Sie ehrte mich durch die Aufrichtigkeit ihrer Mitteilungen über alles, was sich seit meiner Verbannung in ihrem Leben ereignet hatte. Danach sagten wir einander Lebewohl, ohne Feierlichkeit, ohne Tränen – wie zwei abgeschiedene Seelen einander treffen und wieder verlassen in den wallenden Nebeln zwischen Erde und Himmel.

Für ihre Verfehlungen hatte sie auf die grausamste Weise gebüßt, die einer Frau ihrer Art auferlegt werden konnte. Der König hatte sie gezwungen, den raschen Aufstieg der Marquise de Maintenon bis zum Thron aus nächster Nähe mit anzuschauen. Erst nach dem Tod Maria Teresas durfte sie den Hof verlassen. Wie sie sich hinfort verhielt, das überraschte einen jeden. Sie teilte ihre Zeit zwischen Besuchen bei ihrer Schwester, der Äbtissin von Fontevrault, und dem

Aufenthalt auf ihrem eigenen Anwesen, Saint-Joseph, von wo sie die Erziehung von Waisenmädchen überwachte. Sie nahm diese letztere Aufgabe sehr ernst und führte zeitgemäße und gesunde Grundsätze ein, die das Erziehungswerk nutzbringend machten. Vielleicht hörtet Ihr drüben von dem Institut von Saint-Cyr, das später von Madame de Maintenon eingerichtet und als etwas völlig Neuartiges gepriesen wurde. Es war und ist, in seinen praktischen Zügen, eine Nachahmung von Françoises Werk. – Nach und nach gab sie fast alles, was sie besaß, an Bedürftige weg. Als ihr Reichtum abnahm, arbeitete sie täglich acht bis zehn Stunden mit den Frauen des Bezirks, um alte und kranke Leute sowie Kinder mit Kleidung und zusätzlicher Nahrung zu versorgen. Die königliche Haltung, die man an ihr in den Tagen ihres Glanzes bewundert hatte, legte sie niemals völlig ab. Gleichzeitig aber unterwarf sie Körper und Geist unablässiger Kasteiung. Sie tat das nicht vor den Augen der Welt. Das härene Hemd und den Büßerinnengürtel soll sie unterhalb weltlicher Gewandung getragen haben. – Als sie ihr Ende kommen fühlte, ließ sie die laufenden Unterstützungen, die sie gewährte, für zwei Jahre im Voraus zahlen und verdoppelte die Beträge der übrigen Almosen. Vor Empfang der Sakramente versammelte sie ihr Gesinde, Handwerker und Landarbeiter und bat um Verzeihung dafür, dass sie die Mätresse des Königs gewesen war, sowie um Vergebung ihrer niemals ganz unterbliebenen Temperamentsausbrüche. Auch wurde mir berichtet, ihre Furcht vor ewiger Verdammnis sei überwunden worden durch ihr neu gewonnenes Vertrauen in die Gnade Gottes.

Als die Nachricht von ihrem Tod nach Versailles gelangte, war der König gerade im Begriff, auf die Jagd zu reiten. Er zeigte völlige Gleichgültigkeit, verbot ihren Kindern, Trauer anzulegen, und äußerte, gleichsam beiläufig, für ihn sei sie schon seit Jahren tot gewesen. Dann galoppierte er davon, um seinen Hirsch zu erlegen. Das einzige Wesen, das bitterlich weinte, war Madame de Maintenon. Ob aus Reue über ihr Verhalten gegen die Frau, der sie alles verdankte, oder aus dem Wunsch, als empfindsam und mitleidvoll zu gelten, entzieht sich meiner Kenntnis.

Sie, die ehemalige Madame Scarron, war von Natur weder tückisch gesinnt noch ehrgeizig. Als Françoise sie zum ersten Mal getroffen hatte – es war in der Bibliothek des Dichters –, berichtete sie mir ihren Eindruck: Der eigentliche Krüppel in jenem Haus ist nicht Monsieur, sondern Madame Scarron, sie gefriert von innen. Es mag auch sein, dass Armut und ständige Sorgen diese Frau hart und engherzig machten. Jedenfalls vergaß sie die gute Lehre einer anderen berühmten Französin, der »Perle der Valois«, Prinzessin Marguerites: »Um Gott recht zu lieben, müsst ihr erst seine Geschöpfe lieben« – eines von Paul Scarrons Lieblingszitaten.

Frömmler sind verfeinerte Egoisten. Zum Regierungsprinzip erhoben, wird Frömmelei Fanatismus. Und wenn Bekehrungsversuche an Andersgläubigen ersetzt werden durch planmäßige Verfolgung, entartet der Staat zu einem System von Spitzelei und Erpressung. Die Religion Christi stirbt aus. Gehüllt in die Fetzen ehemals verehrungswürdiger Gewänder, bemächtigt sich der Antichrist des Throns. Wir sahen es geschehen, als, vornehmlich auf Madame de Maintenons Betreiben, das Edikt von Nantes widerrufen wurde – jenes Toleranzedikt, das ein Segen für Frankreich gewesen war. Nun wurde ein Viertel unseres Bodens entvölkert, Hunderttausende völlig unschuldiger Menschen wurden erschlagen. Die Welt sah, wie eine nach Millionen zählende Einwohnerschaft geächtet, ihrer Habe beraubt, von Ort zu Ort gejagt wurde. Diejenigen Protestanten, die sich ins Ausland retten konnten, trugen vielfach bei zum wirtschaftlichen Aufschwung ihrer neuen Heimat. Dabei erlitten unser Handel und unsere Industrie nicht wiedergutzumachenden Schaden.

Bossuet und andere rechtschaffene Katholiken stöhnten ob dieser fanatischen Protestantenhetze, fühlten sich erinnert an das Wüten heidnischer Tyrannen gegen unsere heiligen Märtyrer. Aber Madame de Maintenons Einfluss war in der Tat allmächtig. Niemals vergab sie dem Marquis de Louvois, dass er seinem Herrn heftig abgeraten hatte, sie zur Königin zu machen. Louvois sollte unter irgendeinem Vorwand verhaftet werden, als er plötzlich starb. Es hieß, er sei vergiftet worden. Aber dies ist nicht erwiesen. Immerhin: Als der englische

Botschafter im Namen seines Königs kondolierte, erwiderte Louis, weder in England noch in Frankreich würde irgendjemand den Marquis de Louvois vermissen.

Madame de Maintenon verbringt ihre alten Tage im Institut von Saint-Cyr und gibt den Töchtern verarmter Adliger Religionsunterricht. Sie hat unsern Wohlstand und unser Ansehen bei den Völkern der Erde weit schlimmer geschädigt als Madame de Montespan, die letzten Endes nur gegen sich selber sündigte.

Der Mann, um den alle jene Schicksale kreisten, starb vor ein paar Monaten. Als ich erfuhr, er sei ernstlich krank, wagte ich noch einmal die verbotene Reise. Ich musste, bevor er starb, für mich selber herausfinden, was für eine Art Mann er in Wirklichkeit war.

Ich bestach einen Kammerdiener des Palastes und ließ mir eine Livree geben. Es war nicht schwierig. Niemand kümmerte sich mehr darum, wer bei dem Sterbenden aus und ein ging. Seine Gattin, Madame de Maintenon, fürchtete sich vor dem Hauch des Todes und floh von seinem Bett nach Saint-Cyr. Seinen Höflingen und Generälen dauerte es zu lange. Auch sie verließen Versailles.

Ich machte mir in seinem Schlafzimmer zu schaffen, wusch sein Essgeschirr, putzte die Kerzen, wechselte ihm die Kissen. Ich sah seinen kleinen Enkel sich sträuben und ängstlich weinen, als er hereingebracht wurde. Man musste ihn sogleich in die Kinderstube zurücktragen. Der König sagte in gleichmäßigem Ton: »Ich habe so viel für Gott getan. Es ist nicht recht, dass Er mich so verlässt …« Dann sprach er nicht wieder.

Er starb einsam. Von allen Großen seines Reiches war nur der Kardinal de Rohan in der Nähe, betrat aber nicht das Sterbezimmer, sondern stapfte mürrisch und ungeduldig in der menschenleeren, halbdunklen Galerie umher. Der Einzige, der sich nicht davonmachen durfte, war der Pfarrer von Versailles – ein verdattertes altes Männchen.

Um sechs Uhr morgens betrat der Erste Kammerherr das Schlafgemach des Königs, öffnete das große Mittelfenster, blickte in den Marmorhof hinab, zerbrach seinen Amtsstab und sprach: »Der König ist tot – es lebe der König!« Von unten kam keine Erwiderung. Kein Schluchzen. Schweigen lag über dem Palast, über dem Park.

Ich kleidete mich um, schlüpfte aus dem Palast, ging in das Städtchen Versailles. Es war ein nebliger Morgen. Die Leute waren im Begriff, an ihre Arbeit zu gehen. Manche standen in kleinen Gruppen. Man fragte: »Ist es wahr, dass er tot ist?«

Auf einmal hörte ich Singen. Die schmutzigsten, unzüchtigsten Verse, die ich jemals vernommen habe. Einige Weiber hatten damit angefangen. Männer stimmten ein. In diesem Gesang war nichts Revolutionäres, auch kein elementarer Ausbruch des Lebenswillens im Angesicht des Todes. Es war nichts als die brutale Genugtuung über das Verscheiden eines, der zu lange gelebt – und jede Anteilnahme verwirkt hatte, die ursprünglich im Herzen des Volkes vorhanden gewesen sein mochte.

Ich wanderte nach Paris. Im Boulogner Wäldchen sah ich zwischen den Bäumen Zelte errichtet. Es war wie auf einer Kirmes. Stadtbewohner und Landleute kampierten hier in Erwartung von Neuigkeiten. Sie schwelgten in anstößigen Anekdoten und Blasphemien, tranken dazu und aßen. Einige redeten, als wäre es ihr persönlicher Triumph, vom schmählichen Verlust des Krieges und dem demütigenden Frieden, der uns aufgezwungen worden war. Andere wieder brachten einander die lange Liste der innerhalb Frankreichs verübten Gräuel in Erinnerung. Vom heldenmütigen Widerstand der Protestanten in den Cevennen wusste jeder, trotz der Heimlichkeit, die seit Jahren von den Behörden geübt wurde. Man wusste von allen Einzelheiten, allen Schandtaten des Regimes: Einkerkerungen, Folter, Hinrichtungen, Vernichtung unbescholtener Familien, Zerstörung großer Gemeinden, nur weil die Mitglieder sich geweigert hatten, die höheren Orts vertretene Weltanschauung zu der ihrigen zu machen. Unvergessen waren auch die Bauern in der Bretagne, die in Scharen niedergestochen oder gehenkt worden waren, weil jemand in den Garten eines Edelmannes Steine geworfen hatte.

Die meisten dieser Leute hatten gehungert, während in Versailles und für die Armee Millionen vergeudet worden waren. Was galt es diesen Erbitterten, dass der Verstorbene ein würdiges Auftreten, einen majestätischen Blick, eine wohlklingende Stimme gehabt hatte? Was gaben sie dafür, dass er seine Umgebung durch Höflichkeit und männliche Anmut zu beeindrucken wusste und so noch inmitten seiner Extravaganzen und Laster den äußeren Schein der Größe bewahren konnte? Für diese Leute hier war er der Mann, der verantwortlich war für die marternde Unsicherheit des täglichen Lebens, für die Hoffnungslosigkeit, die Öde, die Trauer, die über jedem Haus lag. Verantwortlich für das Auseinanderbrechen von Familien und, am allerschlimmsten, für die Vereitelung allen Bemühens, etwas zu vollbringen zu Nutz und Frommen der kommenden Generation.

Seine Glorie war dahin. Seine Misswirtschaft und seine unsinnigen Abenteuer verstopften noch alle Bahnen persönlichen und nationalen Lebens. Um Unruhen zu vermeiden, war es so eingerichtet worden, dass der Leichenzug erst nach Einbruch der Dunkelheit Paris erreichte. Aber die Leute waren noch nicht auseinandergegangen. Die schwarz gekleideten Fackelträger beschleunigten unwillkürlich ihren Schritt. Hohnlachen quoll aus der Menge. Wieder sang man jene schamlosen Strophen. Dazwischen ertönten Flüche, Johlen, wilde Ausbrüche von Freude. Im Stadtinnern standen sie vor Schenken und Gasthäusern, den Becher in der Hand, und grüßten den Trauerzug mit unflätigen Trinksprüchen.

So nahm Paris Abschied von seiner Allerchristlichsten Majestät Louis Quatorze, dem König von Frankreich.

Die Kerze flackert. Meine Augen brennen. Aber ich höre deutlich eine Stimme: Die Feder jetzt nicht aus der Hand legen, den Brief beenden – bald schließt Schnee den Pfad ins Tal hinunter. Wessen Stimme es ist, weiß ich nicht. Das Leben mit meinen Gebirglern hat mich ihre Gewohnheiten annehmen lassen; auch die Gewohnheit der Zwiesprache mit Tieren, Bäumen, Geistern.

Mir tun die Menschen leid. Welch ungeheure Verschwendung

von Mut, Energie, Begabung und gutem Willen! Aber ich bin nicht ohne alle Hoffnung. Vielleicht gelingt es doch noch, Harmonie herzustellen zwischen dem bewussten Handeln der Menschen – und dem Wirken der dunklen Gewalten, die immer wieder menschliches Planen und Vollbringen zunichtegemacht haben.

Ich erinnere mich an einen stürmischen März in Holland. Ich wanderte die Nordseeküste entlang. Ein heftiger Sturm sprang auf und peitschte das Meer. Riesige Wellen erhoben sich mit Gebrüll, eine ungeheure Masse schwarzen Wassers warf sich gegen das Land.

Da erschien ein Heer auf dem Plan. Ein schweigendes Heer: Fischer, Seeleute, Bauern, Handwerker. Sie arbeiteten am Deich, überall wo Breschen entstanden. Sie schaufelten Gräben, um das durchgebrochene Wasser abzuziehen, errichteten neue Dämme gegen den Wogenprall. Einige hielten Wacht, damit nirgends die tobenden Elemente einen Überraschungsvorteil erringen sollten. Und es gelang den Menschen. Das Land wurde gerettet. Diese Schlacht, so erzählten sie mir, kämpfen sie in jedem Frühling und jedem Herbst. Sie gehöre zu ihrem Leben.

Seit jenem Jugenderlebnis habe ich das Gefühl: Es müsste in ähnlicher Weise gelingen, unser tägliches Leben zu versöhnen mit dem Walten jener andern unergründlichen dunklen Macht, die so oft die Deiche und Wälle durchbricht, an deren Errichtung unsere Vernunft, unsere Moral und unsere Gesetze so mühevoll gearbeitet haben.

Nutzlos war es bisher und wird es weiter sein, diese Macht zu beschimpfen, sie als satanisch zu verfluchen, um ihre Zerstörung zu beten. Denn sie ist so unzerstörbar, so ewig wie Gott selbst. Sie ist mächtiger als sämtliche menschlichen Gewalten zusammengenommen. Aber sie ist nicht des Menschen Feind. Sie erschafft und spendet reichlich, was wir zur Erhaltung unseres persönlichen Lebens benötigen.

Ich glaube, es bestünde doch einige Aussicht für uns, zur friedlichen Verständigung und Zusammenarbeit zu gelangen mit dem mächtigen Element, das da außerhalb des Bereichs unseres wachen

Bewusstseins waltet – wenn wir uns nämlich dazu verstehen könnten, für dieses Ziel mit ebenso viel Energie, Tapferkeit und Umsicht zu arbeiten wie jene wackeren Küstenbewohner in ihrem Umgang mit der See.

Bellegarde, Pyrenäen, im November 1715.

Louis Henri de Pardillac, Marquis de Montespan

Opulentes Mittelalter – und eine Frau, die ihren Traum erfüllt

Katia Fox
DAS KUPFERNE ZEICHEN
Roman
640 Seiten
ISBN 978-3-404-15700-6

England 1161. Die zwölfjährige Ellenweore, Tochter eines Schwertschmieds, möchte nur eines: ebenfalls Schwertschmiedin werden. Doch das ist für ein Mädchen undenkbar. Als sie nach einer ungeheuerlichen Entdeckung von zu Hause fliehen muss, verkleidet Ellen sich als Junge und nutzt die Chance: Sie begleitet einen berühmten Schwertschmied in die Normandie und erlernt dort als Schmiedejunge Alan das Handwerk. Doch die Lüge, auf der sie ihr Leben aufgebaut hat, wird ihr zum Verhängnis, als sie sich in einen jungen Ritter verliebt, denn sie darf ihre Identität nicht preisgeben. Zu spät erkennt sie, wem sie vertrauen darf – und dass sie bei Hofe einen Feind hat, der zu allem bereit ist …

Bastei Lübbe Taschenbuch

»Fundiertes Wissen und große Erzählkunst.«

WESTDEUTSCHE ZEITUNG

Rebecca Gablé
DIE HÜTER DER ROSE
Roman
1200 Seiten
ISBN 978-3-404-15683-2

»Etwas Furchtbares war in Gang gekommen, das nicht nur seine Familie betraf, sondern ebenso den König, das Haus Lancaster und ganz England. Ihnen allen schien der Blutmond.«
England 1413: Als der dreizehnjährige John of Waringham fürchten muss, von seinem Vater in eine kirchliche Laufbahn gedrängt zu werden, reißt er aus und macht sich auf den Weg nach Westminster. Dort begegnet er König Harry und wird an dessen Seite schon jung zum Ritter und Kriegshelden. Doch Harrys plötzlicher Tod stürzt England in eine tiefe Krise, denn sein Sohn und Thronfolger ist gerade acht Monate alt …

Bastei Lübbe Taschenbuch

Intelligenter Lesestoff für lange Abende: neue Abenteuer zu einem alten Mythos

Kai Meyer
NIBELUNGENGOLD
Roman
672 Seiten
ISBN 978-3-404-15701-3

Was bindet Alberich an den Hort der Nibelungen, den er mit so großer Treue bewacht? Woher rührt Kriemhilds Überzeugung, dass ihr ein großes, aber tragisches Schicksal bestimmt ist? Wie kam es zu jener nicht wieder gut zu machenden Schuld, die Hagen an den Siebenschläfer kettet? Hagen von Tronje, der Torhüter Alberich und die schöne Krimhild – drei Helden, wie sie unterschiedlicher nicht sein könnten. Und doch verbindet sie eine gefährliche Mission – der Kampf um das Gold der Nibelungen, den prachtvollsten Schatz des Mittelalters …